庭院深几许

李风军 著

作家出版社

第一章

韩玉林总经理一票。

马凯和副总经理一票。

韩玉林总经理一票。

马凯和副总经理一票。

……

唱票员捧着选票大声念着。黑板上，韩玉林名下代表票数的“正”字排成几溜长队。每当喊出“韩玉林总经理一票”，就像警笛呼叫震撼王连灵的耳膜；每当韩玉林名下多一个正字，就像焊枪烈焰刺痛王连灵的眼球。

王连灵最担心的事还是出现了，韩玉林总经理的选票越来越多，马凯和被远远甩在后边。王连灵脸变得瓷白，皱着眉直盯着黑板，坐在椅子上一动不动，内心却像动物园被游客挑逗一番的野兽般焦躁不安。时间一分分过去，选票统计过半，王连灵喘了一口大气坐不住了。他唰的一下站起来，几步跨进办公室的套间，进屋就掏出“大哥大”。由于用力过猛，套间的门发出咣当的响声，一连串动作诈尸一般。

“喂喂，古书记吗？情况不妙，计票超过大半，韩玉林遥遥领先，马凯和远远甩在后边。”

电话那边立刻传来抱怨和愤愤的话语：“扯——淡，马凯和没个屁数。会议室外的投票也补不上缺吗？”

王连灵说：“差距太大，无济于事。”

电话里很不耐烦地说："那……那怎么办？"

王连灵皱了皱眉头不失诡计多端："是不是可以说有新情况，暂停计票，待以后……"

电话里停顿了一霎，然后声音不大："嗯，看着办吧。"

王连灵拇指还没按下手机的挂断键，就转身蹿回办公室。

他昂着脖子，煞有介事说："大家听好了，有新情况急着处理，计票暂时停止。已经唱出的票，放在一起保存好。没有统计的票，严密封存。什么时候再计票，大家听候通知。"

他的话电棒一般突然施向大家，让人猝不及防。听明白的，互相看着不知所措；没听明白的，仍在继续工作着。那位唱票员精神特别集中，根本没听清王连灵说了些什么，依然对着一张选票，瞪着大眼提高嗓门儿大声喊道："韩玉林……总经理……一票……"

王连灵疾步上前，一把夺过选票，瞪着眼喊道："好啦……好啦，让你停下来……"

这时，整个屋里好像突然没了气息，鸦雀无声，人们的眼光全部投向王连灵那瓷白又涂了一层黄的脸上。

……

上世纪九十年代初，再次唱响了春天的故事。

这一年，旺城所属的东州市委、市政府决定对全市国营、集体企业进行改制。

旺城县委、县政府像农村联产承包一样，对这次改制又跟得很紧。制订方案，部署动员，清产核资……改制方案分两步走，第一批对小的、亏损特别严重的企业。四铁是组建不足两年的新企业集团，原计划第一批改制没有四铁，但后来又被"榜上有名"了。

四铁改制方案是实行股份制。企业原有欠账甩掉，组建新的企业不再背包袱。把原有资产平均摊到新企业人员身上作为股份；新企业人员向企业投入一定资金作为股金。

这原有资产，深深吸引着每一个有志之人。它像一个藏有金银的宝岛，谁都想乘风破浪奔到岛子上抓一大把。没有这笔旧资产，按当时的经济条件，很少有人能筹集起那么多资金，创建一个相当规模的新企业。

还有一项更耀眼的规定：总经理、副总经理从现有领导班子中由员工投票选出。

这就是说，现有领导班子成员，谁都有资格利用国家这笔财富来当四铁老大。

这在四铁就像战场上吹响了冲锋号，立刻杀声震天起来。

投票结束，计票在公司办公室进行。有些人在办公室旁，或近或远不肯离去。杜洪在楼道里东西来回溜溜达达，每当来到办公室的玻璃幕墙前，头就像设定了自动转向，自然扭过朝屋里看一眼。

这时，杜洪看到办公室里好像不再计票，而是在收拾选票，整理票箱。他心里纳闷儿，票箱还没全部打开，怎么就收拾摊子呢？他招呼旁边的几个人过来，这些人看了也觉得奇怪。杜洪推开门问："计票完成了吗？"一个工作人员一边忙活着收拾票箱一边说："新情况，有新情况。"杜洪又问："什么新情况？选票还没有统计完咋结束了呢？"别的工人也插话了："会上宣布的，统计完选票立刻公布结果，怎么没有结果就收摊子？"对这些问话，工作组的人没再理会。屋里没了说话声，只听到稀里哗啦收拾票箱的声响。

蹊跷。杜洪马上叫人去告诉韩玉林，忽然想起韩总的妻子明天要转院去北京，他有事去医院了。杜洪又马上派人去告诉商世玉和安小飞。这时，马凯和神情紧张，奔丧般匆匆进了办公室。王连灵赶紧招呼他又进到那个套间里，没有五分钟，两人便走出套间。这时马凯和表情复杂而又不安，眼珠子滴溜乱转，说不上想看谁。刚才进里屋时大背头还是板板整整，这会儿头发乱了。猜得出，在里屋一定是抓耳挠头皮了。他稳了稳神，干咳了一声对大家说："县里……有新情况，先暂停计票，大家散去吧！"

这时，副总经理商世玉忽闪着大耳朵，挺着高高的大鼻子来到王连灵面前，说："这么大的事应该告诉韩总一声，应该给公司领导班子有个交代呀。"马凯和抢过话题："工作组准备告诉老韩，可他没在公司里呀。"商世玉不相让地说："把他找回来呀，工作组不能就这么仓促走哇，到底是什么情况比这选举都重要？”马凯和指着自己的脑袋说：“老韩不在家，我这个党委副书记、副总经理二把手知道还不行吗？”他又挥挥手，推推商世玉的肩膀说，“好啦，好啦，大家回去吧。快下班了，工作组也该走了。”说着，马凯和示意王连灵和工作组的人快走。

“那不行！”随着说话声，安小飞挤到人们前面。他小白脸涂了一层蜡黄，长头发有些凌乱，小眼睛瞪起来咄咄逼人。他一字一句说：“这——么重要的选举计票工作，怎么就随意停下来！县里有新情况，碍着四铁的选举计票啥事？领导们忙可以去忙呀，王主任您忙？您可以去忙呀，其他的领导还可以在这里继续计票嘛。人手不够，我们还有工人呢！”

随着安小飞的出现，王连灵与马凯和下意识地扫了一眼屋内屋外的人们，感到人越来越多了。特别安小飞这番话他们无法回答，这样下去局面可能不好收拾。这时，工作组的一个人喊，票箱都装上车了。于是，马凯和拿出了公司领导的大架子，挺着胸脯大声说：“大家注意了。刚才呀……已经说过了。上边有新……情况，这里的计票工作暂时停止。目前选票已经有了初步统计，剩余的选票统计呢，仍然由工作组和工人代表来搞。下步还要继续的。”

“那好。工作组走，选票留下。”安小飞面带怒容说。

“对对，把选票留下。”

“把选票带走，晚上动了手脚怎么办？”

……

其他人也跟着吵嚷起来。

马凯和瞪着眼睛，装模作样地说：“选票是送到县委、县政府，经委主任、四铁改制领导小组组长王连灵同志亲自押运。难道你们不相信工作组，不相信县委、县政府吗？”

“选举计票说停就停，这么随便，哪能让大家相信。谁是县委、县政府？”安小飞怒气冲冲了。

“安小飞，你还是车间主任，怎么连我这个厂领导也怀疑，连县委、县政府也怀疑呢？”马凯和指着安小飞发威，眼睛瞪得又大了一圈，哈密瓜脑袋犬吠般仰动。

商世玉举着双手，示意大家静一静，然后说：“选举这么草草收场，大家当然有意见，当然怀疑。王主任……”他指了指办公室的套间继续说，“我看选票就放在套间里锁好，派上工人黑白值班。明天如果继续计票，也方便吧。”

这阵子王连灵没敢发话，但心里又气又急。商世玉是厂领导，正好朝他发泄。他推了推滚圆的眼镜，指着商世玉的大鼻子说：“商副经理，这里边有个安全问题，安……全问题！”

商世玉甩了一下大耳朵坚定地说：“王主任别怕，在我们公司绝对保险。”

马凯和又抢过话题：“那不行！公司里这么乱，出了问题那还了得。”

“是啊，大家想想，冷静地想想啊……”冯冰铜不知什么时候也来到了这里。他不紧不慢，仰着肉皮松软带着几个麻眼窝儿的蒜头鼻子，瞪着似磷火闪闪发亮的小眼睛，接过马凯和的话，“大家想想，凭我们公司的条件，保险程度哪比得上县里呀……”

安小飞反驳说：“我们公司怎么啦？我们公司是治安先进单位。”

冯冰铜仍然故弄玄虚、神秘兮兮地说：“小飞，这可不同往常啊……这是选票，选票啊……”

杜洪挺着胸脯说：“我是多年的保卫科长，安全保卫从来没有出过事故。这回我也保证，选票放在厂里绝对安全。”

马凯和听到这儿又朝杜洪发起威，他咧着嘴气急败坏地说：“你杜洪保证？县委、县政府、厂党委还信不过你呢！还是按照工作组的意见办，大家闪开，让工作组马上离开。”说着，上前把人们推了推闪出一条缝隙。王连灵趁机疾步走出办公室，下楼就蹿到车子上。工人们随着呼呼啦啦拥下楼来，向王连灵的车前靠拢。马凯和挤到车前声嘶力竭：“怎么？还想挡车吗？”话音刚落，一个工人跑过来喊：“马总，马总，大门被锁上，大门被锁上了！”

“什么？”马凯和更加气势汹汹，拨开人群，甩着膀子，杀气腾腾朝大门奔去。

原来，安小飞刚才看出王连灵他们要带着选票溜，便小声给杜洪交代堵住他们，把大门关好、锁定了。马凯和来到大门口就喊：“哪个胆大包天！敢锁门！”

“我锁的。”

安小飞拨开几个人又走到前面，那劲头就像在鬼子机关枪面前高喊着“我是八路军”走出人群一样。马凯和一手攥着拳，一手指着安小飞：“你，安小飞，你劫持工作组，是犯罪的！”

安小飞脸上没有一点惧色，又质问马凯和：“计票有没有问题？谁的选票多？谁的选票少？为什么不敢统计完毕？为什么非要把选票带走？我看有鬼！”

马凯和上前抓住安小飞的衣领，一副决斗的样子说：“鬼？什么鬼？难道县委、县政府在搞鬼吗？”安小飞慢慢把马凯和的手从自己胸前拉开，但狠狠地抓着不放。说：“谁代表县委、县政府？你吗？你们这些人吗？”马凯和使劲儿一拖，手从安小飞的手中挣脱出来，朝冯冰铜瞪着凶眼挥着手说：“冯科长，砸，把锁砸开！”

聚集到大门口的员工们，本来是围拢着马凯和与安小飞听他们辩解。这会儿一听马凯和要砸锁，立刻像掀起一股波浪拥挤到大门前面，把大门挡在身后，形成了一道厚厚的人墙。

四铁总经理韩玉林的妻子李桂花，多年患心脏病，最近一个时期多次发作，又住进县人民医院。她躺在病床上，面色憔悴而苍白，脸庞上宽下窄棱角分明。闭着眼睛，眼珠子鼓溜溜地把眼皮顶了起来，更显得消瘦。

这会儿，大女儿韩阳守在她身边，门一响，韩玉林进来了。韩玉林一米八的个子，一双大眼睛放射出敏锐的目光，宽厚的膀臂呈现出能扛千斤万斤的力量。加上宽阔脸膛上眼角微微皱起的小波纹，显得更是智慧、坚毅。

进门韩玉林就问：“怎样？这会儿感觉怎么样？”李桂花睁开眼，有些意外地说：“不是选举了吗？你怎么还到这里来呀？”韩玉林说：“已经选完了。”韩阳急切地问：“选得怎么样？”韩玉林不以为然说：“正在统计票呢。北京阜外医院已经联系好了，明天就转院。有些事情必须和县医院再联系一下，准备准备。”李桂花叹了口气说：“我病得真不是时候，这你能去吗？”韩玉林笑了笑说：“既然老乡已联系好医院，就不能再耽误。选举不管什么结果我都去，安排好马上回来。”李桂花还是担心说：“这能行吗？”韩玉林毫不犹豫地说：“行。统计完选票就知道了。选上呢，说明员工信得过咱，工作各方面照旧；选不上，说明咱威信不高，咱就退下来那更没挂牵了。不论什么结果我都陪你去，不能含糊。”停了一会儿，他继续说，“我感觉……选票应该没问题吧。”

说到这儿，他像小孩子一样笑了笑。

医生对韩玉林说，根据李桂花的病情，到北京很有可能做心脏手术。韩玉林又向医生询问了一些心脏手术的问题，刚回到病房，忽然医院办公室的人来找他，说公司来电话，有紧急情况让他马上回去。

那时，旺城刚用上“大哥大”，使用“大哥大”是一件很奢侈的事，只有个别人刚刚享用，韩玉林还没给自己配上。他听了心里一惊，什么紧急情况？有工作组统计选票，能出什么情况？要是通知回去听结果，也没有必要传话有紧急情况呀。他眨巴着那双浓眉下的大眼思索着，像是刚进入战场就闻到了火药味。在这敏感时期不敢怠慢，他嘱咐韩阳去北京需要准备的几件事，马上叫着司机杨磊向公司赶去。

韩玉林还没到公司，就远远看到大门前有些人，再走近一看，大门紧闭着。里边人声嘈杂，外边都是过路人，停下想来看热闹的。杨磊上前踹了几脚大门，里面根本没有理会。他又回到车上按响了喇叭，院内依然吵吵嚷嚷。

韩玉林对杨磊说：“我托你爬到门上，告诉他们马上开门。”小杨使劲一跳，抓住大门的上沿，又一使劲探出头向里边喊：“韩总回来啦……快把门打开……”听到小杨的喊声，里边的吵嚷声停顿了一瞬间，然后有人喊了起来：“韩总回来啦……韩总回来啦……”

马凯和听到韩总回来要求开门的喊声，就像掉进枯井后，突然听到有消防队员喊他的名字一般，立刻打起精神。他伸长脖子，大声嚷嚷着：“韩总回来了……韩总要求开门，快打开吧，快打开呀……”

安小飞和杜洪相对看了一眼，脸上没有反应，依然没有去开门。马凯和朝着安小飞喊：“韩总要求开门。快开门，快开门哪！”

大家把目光都转到安小飞身上。安小飞扫了一眼人群，那眼神是为自己的头脑按下了快速反应键，急速思索着。把门打开呢？还是继续僵持下去？若是平常，当然会按韩总的意思把门打开了。可是今天，门开了，人走了，那选票可也跟着走了。选举到底是怎么个结果？突然停下计票里面有什么猫腻？不仅安小飞，商世玉、杜洪……还有很多人，应该都在这么想，门无论如何不能开。

安小飞、杜洪还是一动不动，一言不发。马凯和张牙舞爪，左手托着右手的手背使劲拍打着，发出啪啪的响声，像个疯子大声喊："连韩总的话都不听了，连韩总的话都不听了！"

韩玉林看着大门迟迟不肯打开，就让杨磊把门卫的窗子推开了。他从窗户挤进，走出门卫。

马凯和见了韩玉林，家犬见主人般亲昵的样子抢上前去，急切地说："韩总，王主任他们要回机关，工人们堵着不让走，快让他们把门打开！"商世玉也很快跟了上去，他凑到韩玉林的耳朵前，大鼻子差点戳到韩玉林的脸上。声音不大，但足以让他听得清楚，把大概情况作了汇报。韩玉林看了商世玉一眼，他听明白了，但面无表情，样子像什么也没听见。他问："王主任在哪儿？"

王连灵一直坐在车里，他没让车子靠近大门。野兽遇见猎人，远远看着动静呢。这时王连灵见韩玉林朝他的车子走来，便使劲儿推开车门，噌地蹿出车外，还不失上司派头大声教训说："韩玉林，你怎么管理的你的公司，竟敢阻挡工作组出门！"

韩玉林看到王连灵本来狼狈不堪，还故意耀武扬威，心中不免泛起一股厌恶之感。他看到王连灵和工作组的人完好无缺全在这里，就放心了。但他还是没说话，还是像什么也没有听到，头脑中只有一个念头：必须把门打开，让他们走。他知道，当前无论发生了什么事情，决不能阻拦工作组的行动。

韩玉林没再和王连灵对话，直冲着安小飞走过去。

"把门打开。"韩玉林板着面孔，语调并不高。

"这？他们计票有问题！"安小飞迟疑地说。

"什么问题不问题，把门打开。"

韩玉林进了公司的院子虽然没有多说话，但一言一行像手机发出了一条又一条的信息，安小飞头脑中的接收键已经全部接纳。从韩总举止表情的信息中，他已经悟出了什么。他想韩总让开门是对的，不能蛮来。

安小飞给杜洪使了个眼色。

大门的锁打开了。

但是，工人们仍然用身体把大门堵得严严实实，每一张脸上，都充满了怒气。有的还嚷嚷："把选票放下再走，把选票放下再走！"

韩玉林看到这些，又激动又着急。他挥起双手让大家安静下来，然后平静地对大家说："大家听我的，不论发生了什么事情，我们都要相信县委、县政府，相信组织。坦坦荡荡，遵纪守法，是四铁员工的风格。我们不做违背四铁品德的事情。公道总会有的！"

第二章

春节刚过，夜晚还是贼冷的。

平原上旺城的人们似乎根本没拿天冷当作一回事。各家门店仍然灯火通亮，客来人去，熙熙攘攘。

夏季里，人们晚上走出家门是自然的。晚上失去了太阳的炙烤，处在平原地带，特别那个年代楼房还没有这么多，一丝丝凉风能吹到全城每一个角落。但是这乍暖还寒的，人们为什么对这冰冷的夜晚如此钟情呢？应该说那时有一个重要因素——卡拉 OK。

据传，卡拉 OK 的发明者曾夸言：要在中国造就一亿个歌唱家。这话虽然大了些，但是卡拉 OK 的出现确实吊起了国人的喉咙。那种让人痴、让人醉、让人会奔向那发狂境地的神力、魔力，肯定卡拉 OK 的发明者也没有料想到。这不，夜幕下冷空气依然袭扰的大街小巷，歌声早就火嗤嗤响亮起来。许多商铺门口都安上一台卡拉 OK，供人们随意来唱，跟没有卡拉 OK 就开不成店一样。城西一条老商业街上，集中了很多“练歌房”。白天晚上，音乐、歌声缭绕不断，难怪人称“狼嚎一条街”。不仅街道上，所有的宾馆、酒店里不论大小餐厅，卡拉 OK 室室皆有，厅厅具备。

龙凤大酒店早就音乐轰鸣，多种腔调、不同的歌声透过门缝、穿过墙壁从每个单间里喷发出来。名为“八仙厅”的房门打开了，服务员传菜进去。这里与其他房间却迥然不同。电视机黑屏，影碟机静静地躺着。除了缭绕的烟雾、酒菜混合在一起的怪味儿，就是时续时停的说话声。偶尔人们端起酒杯，但喝得似乎不那么尽兴。

可以看出，这个房间的人们在进行着一个沉重的话题。

坐在主陪位置上的是韩玉林，副陪是他的二女婿，旺城县芦集镇镇长徐慕菲。这会儿，韩玉林朝着主宾位子上的旺城镇党委书记孔大智慢声说："目前厂里的思想确实很乱，多种版本传说。但感觉挺我的人还是多数，也有些不利咱的说法。什么我依仗省城的关系，早就活动回济南干大事业。什么在旺城我和一些领导、企业关系好，要自己投资干个体老板、赚大钱。连家属身体不好、对我精力牵扯太大也在议论之中。有些说法，好像这个四铁的总经理就不再是我了。"

西市村党支部书记田保华，朝着副主宾位置上的盛国典仰了仰脸打趣儿地说："盛主任，身在县委办公室，上边的意思听见一点没有？"盛国典说："老田又拿我开涮哪——"田保华一挺身子说："领导身边的人，就是当今的新式打印机，'四通'嘛。"

田保华对盛国典的调侃也没有活跃起气氛。盛国典吸了一口烟，声音低沉地说："县委的意思咱哪知道。不过……上层一些领导私下里议论起四铁改制的事，说老韩继续干总经理的还是主流。刚才老韩说的这些负面东西，在上边也听到不少。"

这个场上别人喝酒不多，安小飞却自己一杯一杯喝红了脸，他又端起酒杯猛喝了一口。忽然门一响，西市村的企业家潘治安匆匆进了房间，他一边找座位一边道歉来晚了。安小飞全然没顾面前闯进一个人来，仍然愤愤地说："这些负面的东西肯定是马凯和散布的，听说他最近几个月上蹿下跳，拼命啦！"

孔大智细听着人们的谈话，大眼珠子转来转去看着每一个说话的人，有时皱起眉头思索着什么。听了安小飞的话，他若有所思地说："马凯和应该说这些年在上边有很厚的根基、很深的背景。组建大企业集团时，要不是张智和书记提拔老韩，马凯和那一次就很有希望。老韩的工作、人格魅力是可以信赖的，但张书记调走了，这次能否继续干总经理我感觉会有一大拼的。"

自从得到企业改制的消息，韩玉林当然在深思熟虑着这个问题，今天又请来几个知心的领导、朋友再次议起这件事。但是几番议论，形势似乎总是对韩玉林不利。你看今天酒场上的气氛这么沉闷，连孔书记都说老韩能否继续干会有一大拼。

那么，面对这不利的形势该如何应对呢？

韩玉林的老领导张智和，原旺城镇的党委书记。个子不高，略胖的身躯，大眼睛，厚嘴唇。当过村民兵连长、村支书、公社书记，是地地道道坷垃堆里爬出来的“土干部”。在改革开放向纵深发展的年代，他已是旺城县委书记了。农村改革用了几年的时间，虽然也有很多波折，但很快就融入了改革开放的快车道，获得成功。但是为了这些国营、集体企业进行改革却是一波三折，或者是一波多折。张智和带领县委、县政府的领导们，去“西天取经”，到“蓬莱阁寻灵丹妙药”……按照大船能抗风浪的理念，确定对一些国营、集体企业实行重组，把产业产品相同或相近的企业合并，创建大企业集团。

这个在旺城引起轩然大波的提议，几经上下调研、讨论，终于尘埃落定，形成决议。但是有一个大问题——人选问题。特别是四铁这个由四个“吃铁”企业组建而成，全县最大的集团公司一把手谁来干？有一种建议是有归并四铁的原机械厂厂长马凯和担任。因为原机械厂是旺城的老企业，马凯和担任厂长多年，四铁集团当中原机械厂占的比重最大，有他担任四铁一把手应是顺理成章。更多的看法是，马凯和多年来为机械厂的发展作出过贡献，但近些年机械厂停滞不前，效益低下，亏损严重，马凯和是有领导责任的。否则，这一次也不会把机械厂这个骨干企业并入四铁的名下。

那么这个人选到底是谁呢？县委常委会上“蹿出一匹黑马”，一个令人意想不到的人事安排：旺城镇五金厂厂长韩玉林任四铁集团党委书记、总经理。这消息如同突然升腾起无数烟花，引起很大震动。韩玉林一个镇办厂的厂长，一下子提拔到县属企业，并且还是全县最大的集团公司，一时间成了一些人眼里的谜团，但是明眼一看很明白。

韩玉林在五金厂二十多年要离开了，工人们难以离舍。厂里计划照张相，给大伙留下个念想。为了这次照相，可谓精心安排。因为不能停产，一些人先照了一张，然后去接替正在干活的员工，从车间替换出来的人们又照了另一张。这就在韩玉林的案头一直摆放着五金厂的两张全家福。

那天照相以后，韩玉林和大家道别了。他上了车，工人们就渐渐围拢过来。车慢慢启动了，工人们又缓缓地跟随着车向外拥。在车的后视镜里韩玉林看到了这一幕，他让司机停下来，又走下车子，庄重地站好，给大家深深鞠了三个躬。当他昂起头时，这个向来坚强的汉子，泪水充满了双眼。

田保华端起酒杯说："来，喝酒哇——老韩，别走神哪。"

韩玉林看了田保华一眼，思绪丝毫没回到饭桌上。

两年来，与员工含泪惜别的场景经常在韩玉林脑海中显现。那两张全家福人头密集，不拿放大镜是辨不清张三李四的，但他摆放在办公室的书架上当宝贝，每天进门都能看到这两张照片。似乎这些人是他的靠山，天天给他撑腰壮胆呢。

张书记已调离旺城，我真的没有所谓靠山了？我到四铁是因为有靠山来的吗？马凯和的能量确实是社会公认的，但是四铁的员工像五金厂的工人们一样，是自己的根基。沙滩上盖楼房，必须看基础牢不牢，员工不拥护说什么也干不下去。他们不投你票，不抬举你，你就上不去，上去了也坐不稳。

关键还得看员工的态度。

也是在这天晚上，另一家富豪大酒店内，马凯和与一帮子人也在商议四铁改制的事。

马凯和四十岁出头，中等个儿，消瘦的身材。本来脸长得就长，再加上那大背头，更显得脑袋像个哈密瓜。右手总爱向后脑勺抿那大背头，只两下。轻松的时候慢慢地向后抿，着急的时候快速唰唰两下。

参加他这次聚会的有原机械厂的供销科长冯冰铜、马凯和的密友情人谢淑华，还有其他几个亲信，也有机关中干部身份的人和几个企业家。

这个时候，他们已经酒过几巡，满桌的杯盘勺筷散乱在桌面上，各种美味佳肴也用了不少。加上卡拉OK动听的音乐，整个屋子和韩玉林那边的气氛大不相同，好似马凯和"把里攥"当上总经理一样喜庆快乐。这时，冯冰铜摆着双手招呼大家：“喂喂……大家静一静，静一静。请马厂长一展歌喉怎么样？”话落，屋内立刻响起啪啪的掌声和叫好声。

组建四铁集团的时候，马凯和原以为他是这个集团的一把手，没想到韩玉林取代了他。韩玉林从一个镇办企业的厂长，成为四铁集团一把手，自己却屈居第二，马凯和一直耿耿于怀，总有一种黄鼠狼被鸡啄伤、狼被羊顶伤的窝囊感。这次改制他又看到机会来了。原本四铁没有被列入第一批改制企业当中，但是马凯和凭着多年上上下下的关系，把四铁也拉入了第一批改制的名单当中。他像一只半夜出窝的老鼠，四下活动，上蹿下跳，做足了功课，一心想坐上四铁第一把交椅。

这时，马凯和放下手里的酒杯，右手轻轻抿了两下大背头，站起来说：“好，给大家助助兴……”谢淑华说：“马厂长想唱什么歌？我来给你点上。”她一边说，一边起身来到卡拉OK点歌器旁边，自己随手操作起来。马凯和得意地说：“来段儿有意义的吧，爱吡（拼）才会哑（赢）。”

“好——”随着叫好声，音乐也响了起来，马凯和晃动着身子，扭动着屁股，活似个杂技小丑，酸不溜溜咿咿哇哇唱了起来。

一时失志不免怨叹，
一时落魄不免胆寒……
人生可比是海上的波浪，
有时起有时落……

唱到最后，还特意改了一句词：“这回真拼才会赢，这回真拼才……会……赢……”

一阵掌声。马凯和放下话筒走回自己的座位端起酒杯，说：“诸位，前一段按照我们的计划，大家活动得很好，收到很好效果，职工对韩玉林能不能继续担任四铁一把手，已经产生了怀疑。下一步该活动选票了，大家再努一把力。来，干了这一杯。”冯冰铜嚷嚷着说：“韩玉林刚刚执掌四铁不到两年，四铁原来四个企业他一个都没待过。

机械厂这帮人势力最大，是咱的班底，选举绝没问题。”

说着，冯冰铜拿出很多纸张，举到头顶说：“我这里有份名单，大家每人都照着名单上的人员去活动。学学搞传销，通过下线发展下线，把面越扩越大。”

“好好，没问题。”

“有咱老厂的这帮人，每个人再活动上几个，选票跑不了！”

……

又是一阵叮叮当当碰杯声和欢笑声。

马凯和很晚才回到家里。这会儿，酒劲儿一点也没有散去，仍然兴奋不已，酒精像速效兴奋剂一样发挥着效力。他打开房门，咣当一声把门关好。随手啪一声打开客厅的大吊灯，立刻整个客厅通亮。又把双脚一蹬，皮鞋啪嗒啪嗒甩落地上。然后拿杯子喝水，去卫生间……像个刚进了笼子的野兽那么不安分，整个屋里叮叮当当弄出不小的动静。他进了卧室，今天没有了过去的轻手轻脚，哗的一下把门推开，一进门又啪地按下墙上的开关，卧室的大灯一下像白天的阳光照进了房间。老婆朱丽琪已经蒙蒙眬眬睡着了，被这突然的声响和强烈的灯光弄得很不耐烦。她用枕巾捂着眼睛说：“干吗干吗？都几点了！”马凯和一边脱衣服，一边嚷嚷：“醒醒，醒醒，听我给你说说改制的事。”朱丽琪掀掉头上的枕巾斜了一眼说：“说什么呀？八字没个撇儿，不要高兴得太早。上一次不也想得挺好吗？怎么落空了？”马凯和上了床，朝老婆的屁股不轻不重拍了一巴掌说：“这一次和上一次可大大不同喽——给韩玉林使劲的领导已经调走。咱有古书记撑腰、王主任撮合，上下领导该打点的都……”

朱丽琪听到这儿，腚底下像安了弹簧，噌地坐了起来，不无抱怨地说：“光金条就弄出不少了！”马凯和不以为然说：“这算什么？等我弄上四铁的一把手，把你的金库填得满满当当。”

说完，他倒像真捧到一大把金粒子咕咕笑了起来。笑毕坐在床上，静静地想了一会儿，收住了笑容，似乎“兴奋剂”的效力在消减。他也不管朱丽琪是否在听，自己一字一句很认真地说：“深圳的国贸大厦不是一下子就拔起来的。我和古书记这么多年的关系，他当官我的机械厂是出了力的。他在旺城经营的这盘大棋怎么也不能丢掉我这个棋子；他经营的这个圈子，怎么也不能从我这里出个缺口……”

“古书记就……”朱丽琪插了一句没说完，马凯和伸手捂住了她的嘴，继续说：“这一次刚换完届，书记、县长都是新人。老古从分管工业的副县长升为分管经济的副书记，系当地猴子、地头蛇，成了旺城真正的大拿了。”

朱丽琪说：“别忘了，选总经理是要投票的。”马凯和听了斜了老婆一眼说：“古书记私下里说得好，改制虽然可以民主决定一把手，可是因为改革初期，有民主还得有集中呀。万不得已就把宝押在这集中上。”

马凯和不再坐在床上，赤身下到地板上掐着腰，灯光下现出一副骨架子。他斜仰着脸思索着说：“省里、市里、县里……胜算的比重已经很大了。不过一晚上我算计着还有——还有四铁改制工作组组长很重要，要是王主任……”马凯和想了一阵，右手背啪又打在了左手的手心上，“明天还要找古书记。”

韩玉林从张师傅家出来，又来到赵兰友家。

近几天，韩玉林行动起来了。按照他的计划，去车间、到员工家中，或者把相关人员请到办公室。与各个层次，特别是最下层的员工交心、谈话。他要了解近两年来，员工对自己到底是否认可，对自己到底有什么看法。

还好，在不同场合接触到的工人，对四铁组建后的工作都伸出了大拇指。那些粗大的手背，直截了当憨厚的言语，使韩玉林融入了温泉一般，浑身上下热乎乎的，心里有了底数。

赵兰友原来是机械厂的副厂长，应该说也是马凯和一手提拔起来的，在四铁精简上层及科室人员时下调当了车间主任。韩玉林知道，赵兰友这样的人更有代表性，他应该算是四铁成立后受到冲击的。但是人们反映赵兰友有正义感，工作也认真。像这样的人在改制这个节骨眼上怎么想呢？对自己是什么态度呢？

赵兰友的家还是原来机械厂修建的职工宿舍，副厂长享受三间平房，单门独院。房子虽然旧了些，但是家里收拾得挺利落。赵兰友白皙的脸庞，有神的眼睛，穿了一套西装，加上胖瘦匀称的身材，显得格外有精神。韩玉林的到来，他有些意外，但精明的赵兰友眨巴着眼睛思索了一番，很快找到了答案，明白了韩玉林的来意。他笑着引领韩玉林来到屋里，一边张罗着让家人倒茶，一边说："韩总，干吗还往家里跑？有事通知我到办公室聊就行嘛。"韩玉林自责地说："咱们相处也两年了，厂干部的家里我应该都去看看，可是没有做到。"赵兰友收住笑容，摆摆手认真地说："韩总话可不能这么说，四铁合并到一起，人员组合，整顿秩序，车间承包，安排生产经营……我还不知道时间的宝贵吗？"赵兰友表情非常诚恳，韩玉林看在眼里，然后直截了当地说："老赵，这次改制，我当然还想干下去。但是我总觉着，能不能继续干下去，要看大家对我这两年的工作是不是认可。员工不认可，想继续干也不可能。你是老同志，可要对我说说真心话呀。"

赵兰友起身添加茶水，然后拿过一包烟，抽出一支递给韩玉林，自己也点着一支。韩玉林会抽烟但早已戒掉了，这个茬口上他自然接过烟并且点着也抽了两口，不免咳嗽了两声。赵兰友看了笑着说："看来很长时间没练了。"韩玉林也笑了说："再享受享受。"赵兰友也不制止，自己深吸了一大口烟说："韩总，感谢你对我说这么掏心窝子的话，并且还这么直截了当。因为我原在机械厂，好像是马凯和的人。但我知道，你凭着大家的反映和你自己的感觉，你一定认为我还是个正直实在人。我和马厂长是老伙计这不错，说真话他前些年的一些做法有很多不妥。工作漂浮，不同意见听不进去……员工看重的就是经济效益，有工资。可前些年效益不好工资发不出去。四铁组建以后，员工真得到了实惠。你不是到刘根志师傅家去了吗？"

韩玉林听了并不意外，说："哦，你知道了。"赵兰友认真地说："你到他家后，刘师傅和他儿子刘修玉就激动地跑到我这里来了。刘师傅两口子加上儿子，三人都在原机械厂。因为机械厂是个老企业，一家人都在这个厂的情况可不少哇。前些年效益不好，他们这样的家庭受伤害最重，这两年他们得到的好处也最多，你说他们能不激动吗？"

韩玉林实在享受不了这香烟的美味，自己把烟掐灭了，剩下的一大截放在烟缸里，然后笑着提出了一个更尖锐的问题："老赵，你由原来的副厂长又回到车间当主任，就真的没意见吗？"听到这儿，赵兰友像坐飞机刚着陆的那一刻，身心一震。呀，韩总这是往真地方挖哟。他在沙发上动了动身子，略加思考说："当然，每一个人都愿意企业经济效益直线上升。但我明白，如今情况不同了，四铁由四个企业组建到一起，上层领导人员怎么也得分流。我到了车间，不是什么互相排挤呀、互相打击呀之类的因素，真实情况是工作需要，这样也就能接受得了。当然你我都知道，有的人不会这么想，但我还是觉得这样的人是个别的。"

韩玉林听了这话，脸上没有露出什么异样的表情，但是从内心像是喝了一口醇香老酒回味无穷，对赵兰友深深敬佩。赵兰友继续说："我们车间绝大部分是原机械厂的人，从这些天人们的言谈话语中可以听出，他们像刘师傅爷儿俩一样，对今后老总的选择应该还是你。"

马凯和约王连灵晚上跑一百多里，来到东州一家豪华饭店里。

王连灵五十来岁，中等个子，瘦身材，白皙脸庞，说话慢条斯理。多少年来，人们戴的眼镜镜框多是扁圆的，王连灵却总是戴着一副圆圆的眼镜，看上去像个老夫子，自己感觉是很有风度吧。县企业改制领导小组古玉亮任组长，说话算数。经委是县属企业的直接领导机关，王连灵也是老资格的工业系统领导，便顺利当上了四铁改制工作组组长。

饭店的房间不大，西式装潢。墙上《林中仙女》《震惊》两幅欧洲古典裸女油画仿品特别显眼。这个房间此前马凯和已经多次享用，宴请过多个市县的领导。他走进房间，先是快步走到窗前，哗啦哗啦把窗帘拉严。那巨大的窗子像照妖镜，他害怕。王连灵走进房间，虽然只有他们两个人，还是不失风度，倒背着手，像检查工作左右环顾了一下，慢慢晃着头说："有情趣，有情趣。"马凯和一边把中间的椅子拉开，一边张开手示意他坐下，满脸堆笑说："辛苦领导了，跑出一百多里。"王连灵抿着嘴笑了笑说："哪里哪里，我还不愿享受马老弟的美意？”马凯和叫了服务员点菜，然后对王连灵说：“这里新上了一道菜，叫清蒸燕窝，既清淡，又有味道，又有营养。饭后再桑拿一把，好好享受一番，今晚喝茅台怎么样？”王连灵转过头看着酒柜上那“飞天”已是口水荡漾了，装腔作势地说：“茅台好，有些人说喝不习惯这酱香型，那是假话，一怕假酒，再者这价格也是受不了噢。”

韩玉林上任四铁的时候，张智和与他谈了一次话。张智和说：“玉林哪，咱们也算是老伙计了，你了解我的心思。创建大企业集团，旺城历史上从来没有，这可能是我领导生涯中最大的举措。把你放在这个新组合的最大摊子上，你的成败关乎着这次重大决策的成败，更关乎着旺城长远经济发展战略呀。”

韩玉林理解张书记的良苦用心。四铁组建后究竟如何发展？采取哪些措施？从哪里入手？他来到四铁，同干部工人一起讨论、研究，就像给人检查身体，CT、核磁共振、抽血化验……用上所有办法诊脉挖病根，首先看准了“头重脚轻”的重症。本来原有的四个企业就科室多、管理人员多，四个厂合在一起，这个病症就更突出了。韩玉林就把工作的第一刀，先砍向了精简科室和上层人员这个敏感问题上。

自从四铁组建以来，马凯和极少到韩玉林的办公室。这天他倒是登了“三宝殿”，把一张照顾人员名单放在了韩玉林的办公桌上。其中包括原机械厂供销科长冯冰铜、办公室的谢淑华。马凯和说：“机械厂是我县的老企业，这个企业的干部，应该说为旺城的经济发展流了血、出了汗。所以，这次精简应照顾他们一下。不能企业这么一合，就把他们随意打发了事呀。”

韩玉林的眼睛CT机般的穿透力，一看就清楚马凯和骨子里的东西。一来他切实要安排一下亲信，继续拉拢一帮人马。更主要的还是发泄他没有当上四铁一把手的不满，故意出难题。但毕竟是机械厂的老同志，也是现在四铁的二把手，韩玉林当然耐心劝导。

韩玉林拿着马凯和递给他的那份名单说：“是啊，很多同志为企业的发展作出过很大贡献。可是你清楚，这次用人制度的改革，党委会上有严格规定，咱们怎么能够随意敞开照顾这扇门呢？”

马凯和不以为然，无赖“刮地皮”般说：“你我都清楚，改革归改革，规定归规定，照顾不是一点也没有吧。”

韩玉林父兄般诚恳说：“四铁成立后，第一次人事改革就出现照顾的问题，那今后我们怎么工作呀？”

马凯和挺了挺腰板又摆出了老资格：“老韩哪，我在机械厂工作这么多年，有人提出照顾的问题，你是应该理解的。你是一个人轻松来到四铁的，和我及其他厂领导不一样，我们还肩负着关心爱护老同志的责任哪。”

韩玉林还是语重心长：“是的，我原来厂里手下的人一个也没跟过来。但是，四铁这么多的干部、工人中，亲戚、朋友各种关系还是有的，并且有的与我关系还非常亲密。到现在已经有朋友、亲戚，以及县里有的领导找上来了。但是老马我向你保证，我绝不照顾一个人，绝不违犯党委人事改革的规定安排一个亲戚、朋友。我请你监督。”

说到这儿，马凯和还是不甘心，似乎交出了底牌：“老韩，实在为难就把冯冰铜一个人照顾一下好了。”

韩玉林仍然像个心理医生对病人耐心劝导一样，说：“老马，这不是我为难不为难的问题。你我是这个集团的一二把手，应该共同努力，严格按照党委的决定把这一次人事制度改革抓好哇。”

马凯和什么都清楚，什么都明白，他知道在韩玉林这里不可能讨到什么“香火”。他就是那个目的——发泄、出难题，制造矛盾。那天，马凯和虽然表面心平气和地走了，但内心深处隐藏的雾霾没有散去。在他眼里，韩玉林更成了瘟神魔鬼。

酒菜上来，马凯和示意服务员回避。然后急切地说：“王主任，前段的周密安排，我全做到了，多亏您帮忙啊。”王连灵还是慢慢摇着头说：“哎呀……太客气了，平时老弟对我帮助甚多呀。光说老父亲得病……”马凯和打断了话头忙说：“互相帮忙，互相帮忙。世上只要弟兄们相帮相助，才会事业有成，家庭幸福啊！”

王连灵神秘又明察秋毫般说：“老弟这会儿又攀上大领导了。”

“心照不宣，心照不宣吧。”马凯和得意忘形。

“哈——哈——”两人相对笑了起来。野兽嘶叫一般。

王连灵把酒杯送到鼻子下，闻闻味道，然后“嘶……”的一声嘬一小口说：“形势很好啊。我当这个改制工作组组长，太有利了。遇到什么不测我全清楚，咱们可以直接商议，这和你当组长有什么区别呀。哈……”

殊不知，他的这个官衔是马凯和的阴谋。王连灵喝了一口酒继续说：“还有一个关键的问题我给卡住扭过来了。就是又有人提出让四铁一把手从社会招聘的问题，我谈了看法，并且也提前和有关大领导进行了沟通。理由就是改制刚起步，还是稳妥一点好，商品经济政府不可能撒手不管吧。”

听到这儿，马凯和感谢王连灵能说出这么同流合污的话。但是不是社会招聘的问题，县委、县政府早已定好，不可能又有王连灵“力挽狂澜”。古副书记，已经……马凯和心里明白，此时的任务就是感恩戴德，迷魂汤也像桌上的茅台一样喝，下一步还得让王连灵卖力气哩。他抬手举杯猛喝了一大口酒说：“对对，这样我才有资格争取这个总经理呀！”

“就是，就是。”王连灵趁势又捞到一个好，心里比喝茅台还痛快。然后又装模作样地说：“老弟，大口满灌是对茅台的亵渎。这茅台酒啊，得慢慢品才有味道。”

“噢，对对，对对。”马凯和一边附和着，一边看着王连灵神仙升天般飘飘然了。趁此，他忽然问：“王主任，如果我的选票真的比韩玉林少，怎么办？”

王连灵微微点下头瞪着眼睛，眼珠子越过镜框直接看着马凯和：“这，这……”

马凯和故作卑谦地说：“王主任，我有个想法说出来您别见怪，能不能……搞出一部分可以任我们摆弄的选票？”

听到这儿，王连灵连惊讶带紧张，太阳穴的青筋嘣嘣直跳。“搞出一些任我们摆弄的选票”，就像医学介入用的手术刀，一下深深插入王连灵体内，触动了他的神经。他感受到一种马凯和从没表现出来过的刁钻歹毒，又佩服他的机关算尽。他恐慌不安地说：“这——怎么操作？这有很大危险吧！”

马凯和一种咄咄逼人的神态说：“老兄多年相助，老马没齿不忘。

再帮我一把，让咱们兄弟还有古书记更进一步，更加辉煌！我有一个详细的方案，把你的责任设计得很小很小，真出了娄子古书记不会坐视，大不了我一人全部承担，绝不给弟兄们添麻烦。”

王连灵心惊胆战地听完马凯和利用不能停工人员的选票进行控制操作的方案。

待马凯和把王连灵送到家时，王连灵手里多了一张存折。

县委、县政府下派的改制工作组进驻了四铁，带队的就是王连灵。韩玉林原来所在的五金厂是乡镇企业，隶属当时的“第二工业局”——简称“二工局”分管，与分管县属企业的王连灵打交道不多，更没有深交。

马凯和眉开眼笑。

韩玉林沉着冷静。

按照“套路”，工作组到厂以后首先召开领导班子会议，公布改制方案、步骤。因为清产核资早已搞完，剩下的无非是召开全体员工动员大会，多种形式宣传政策……最后进入最实质阶段，就是选举厂里的领导班子，特别是总经理的人选。

在公司班子会议上，马凯和提出要打造浓厚的改革气氛，安排厂里的墙上、过道处写上标语：“动员起来，坚决拥护四铁改制！”“四铁改制，振兴经济！”……厂里在“文革”时期墙上贴满大字报，最后一次张贴大字报的高潮是在揭批“四人帮”的时候。那时满墙大字报一张覆盖着一张，新的字迹覆盖旧的字迹，就像参差不齐的树枝互相交错叠压。不过从那到现在二十多年厂房的墙上都是干干净净的。这回让马凯和一搞，人们还是报以新鲜的目光，仿佛又回到“揭批查”的年代。

最关键时刻到了，投票选举总经理、副总经理。

按照规定不能到会议室参加投票的人，如保卫人员、车间生产值班员工等，由工作组人员送票到工作地点投票。本来有的工种可以停下来参加投票，但是工作组以不影响生产为名，把一些应该能停下来的工种也没有停下来。这样，在工作地点投票的人数比重大大增加。

这不禁引起了韩玉林的警觉，心里纳闷儿，这是为什么呢？操纵这些选票吗？怎么个操纵法呢？

韩玉林雾里看花，马上安排有关人员：注意观察。

公司的“大礼堂”，这个很少使用的会议室今天突然喧闹非常，坐满员工，黑压压一片。不仅显得拥挤，似乎更显得今天的会议重要而不寻常。

选举开始，场内立刻静下来鸦雀无声。大家面容严肃，瞪着眼睛看着台上，刚才那些老烟鬼们还不断地喷云吐雾，这会儿好像进到戒烟所老实了。

先有工作组的人员宣读选举要求。选出总经理一人，副总经理四人。同时明确宣布投票后就开始计票，计票结束立即宣布。当宣读完这些要求，会场内不知从哪个方向带头响起稀稀拉拉的掌声，跟着便掌声四起。那掌声，高速列车从面前哗哗哗通过一般。

投票开始。岗位作业人员先完成了投票，然后会场内再进行投票。杜洪是参加岗位作业投票的人员。他按照韩玉林的嘱咐，像探照灯一样的大眼睛仔细搜索着每一个细节，没有发现什么不正常。王连灵按照马凯和控制部分选票的方案，会场外的选票由工作组操作，是被“调包”的，非常诡秘。杜洪探照灯的眼睛不好使，不是火眼金睛发现不了。

投票顺利结束，选票集中到公司办公室，由工作组和工人代表负责统计选票。

四铁选举的方案、程序是合理的严密的，但却偏偏有人要尽阴谋，肆意践踏。

四铁像个火药库被引爆了。

第三章

清晨，徐慕菲早早来到镇上。

徐慕菲是韩玉林的二女儿韩梅的爱人，中等个，白皙的脸，留着小平头，上身穿一件浅黄色夹克衫，下身穿一条蓝色牛仔裤。在青年人爱留长发、到处时兴西装的时候，徐慕菲就一直排斥。他说小平头痛快，那西服拘谨不自在。成天在乡下跑，晚上回来洗头利落，牛仔裤不容易脏，随便。韩梅说这是懒人懒法，徐慕菲洋洋自得，多年就这个打扮。

那个选拔各级领导班子特别偏重学历的时期，徐慕菲是大专毕业生，又有能力，刚刚二十出头就进入了芦集镇党委领导班子，现在已是这里的镇长了。

这时，他顺手拿起桌上的《东州报》，头版头条：东州市委、市政府召开全市农村工作会议。提出进一步解放思想，按照市场经济要求，抓好"三放手"：放手发展多种经营，放手发展个体私营企业，放手雇用各种能人。

是啊，生产责任制以后，农村来了个大翻身。但是，现阶段怎样深化农村改革成了大课题。依托市场经济，在多种经营和私营企业上做文章，又可以雇用各种能人。好，老人家南方一讲话，企业改革的步子加快了，这农村的深化改革也跟上来了。

徐慕菲想着，随手又一翻有一封信：李店村李玉梅，要求划拨土地建设养兔场。徐慕菲看了信，点了点头，不无感慨：土地呀，您真是娘啊！这么多人向您要吃要喝，这几年吃饱了喝足了又建房热，这个要宅基，那个要宅基，都朝您说事。建房热过去了，办工厂的、搞养殖的又拥上来了。这些还是要土地，还是向您开刀。哎呀——您具有多么大的胸怀呀。徐慕菲拿过笔，在信封上写了一行字：土管所刘所长阅处。

芦集镇李店村李玉梅，中等个子，齐耳短发，红彤彤脸膛，还不到五十岁，眼神儿流露出浑浊，再加上满脸的皱纹，显得很苍老。家住四间北房也是前几年靠发“棉花财”建的，院了很大。

前几年，她听说养兔能赚钱，就利用自家的大院子喂养了十几只。嘿，这兔儿爷还真给送来了票子。于是又增加了几十只，几年下来达到二百多只。兔窝从西南墙角开始修建，越建越多，越建越高，不小的院落里还是容不下了。并且，兔粪、烂菜、烂草等臭味弥漫，特别是一到夏天，苍蝇蚊子唱大戏，弄得四邻有意见。本家的胖婶子说她家是放“毒气”，两家为此数不清吵吵多少回了。李玉梅下狠心在村外要块地，建一个养兔场，这样谁也碍不着，又赚钱。没想到村党支部书记迟长胜一听就没给好话：“一个娘儿们家，还建什么养兔场，就不怕一个人在村外被人给办了？”

李玉梅听了像被流氓猥亵一样恶心，气得双手发抖。

李玉梅家可说得上势单力薄，十几年来就她和女儿李春香娘儿俩过日子，春香刚上六年级，但说起李玉梅的祖上还是满荣耀的。她外公家在旧社会是有名的大户。父亲李明德，原本是她外公家的长工。李明德一表人才，聪明机灵，母亲高兰凤就许配给了他。可怜李明德跑商时在战乱中丧生。一九四九年以后农村划分家庭成分，李明德当然是贫农。那时“贫下中农一条心，天南海北一家人”。李玉梅也就随着母亲投入了贫农的怀抱，来李店村定居下来。

高兰凤毕竟是从大家户里走出来的，村里还传说她父亲给她留下多少多少金银、多少多少“袁大头”……也确实，她家的生活与村里任何人家相比，衣食无忧，高出一头。

李明德远近叔伯兄弟姊妹十几个。过去日子穷，这些亲门近支看到高兰凤母女俩的日子眼红，时常到高兰凤家蹭吃蹭喝混东西。有时正吃着饭，几个孩子跑到她家，坐下来就吃。有的大人故意到饭时把孩子放到她家门口，不言不语孩子推门进去，大人甩手溜了。有的婶子大娘到她家，看到什么好的东西就眼馋。有的说借，借了一去不还。有的钻门爬墙，明偷暗抢。李玉梅那个胖婶子，经常就直截了当："哎哟，你家这把勺子可真好看，我拿去用用吧。"

母女俩和他们不知发生过多少口角。高兰凤暗下狠心，扳着指头挨家挨户算计，要为玉梅在本村嫁一个大户。本村迟家，兄弟五个。路家，也是五个"小子蛋子"。迟家这五个儿子乳名：狼、狮、虎、熊、豹。路家这五个孩子比迟家几个孩子年龄小点，爷爷给取的乳名好像故意要压迟家一头，叫：钢、枪、银、铁、炮。多少年来，迟家好像真的被路家镇住了。迟家兄弟看似"歪瓜裂枣"，路家兄弟看似"膘肥体壮"。路家五个小子都是"基干民兵"，村里有人就说："民兵连是阶级斗争的铜墙铁壁，那路家就是半面子墙呀。"迟家老四叫迟长胜，比李玉梅大几岁，多次托人来说李玉梅，但是高兰凤很有主意，一次次好话辞回去了。最终李玉梅和路家的老四铁柱成了亲。

高兰凤这一招还真管用。玉梅和铁柱成亲以后，路家房子不宽敞，铁柱自然到玉梅家来住。这下那些亲门近支的兄弟姊妹婶子大娘们，再见到高兰凤，一个个变成笑面虎，再不敢"狗吃狼叼"了。但是好景不长，没到两年的时间，李玉梅家被偷盗了一回。这就像一个不明飞行物从天而降，偏偏砸到了这孤儿寡母家。被偷的不是这东西那衣物而是钱。公安局的人侦查了一天，最后落下两个字："内盗。"这两个字，像炸弹扔在了高兰凤家，炸毁了一个好端端的家。

高兰凤崩溃了。

李春香少年记忆当中最多的似乎就是挨欺负。

阳春三月，是开展学雷锋活动的时候。自从那年万物复苏的时节，共和国的领袖们相继为雷锋题词，号召全国人民向他学习，每年这个时候，学校都开展这项活动。这天，李店村六年级的教室里，老师就在讲学雷锋，树新风。张老师讲完雷锋的故事，让同学们结合现实谈谈学习体会。一个个同学踊跃举手。

李玉梅的胖婶子有个孙女叫李春燕，和李春香是一个班。李春燕站起来发言，她要说说不能损人利己的事。她说：“我们每个人都应像雷锋叔叔那样，学会关心别人，不能损害他人。咱村子里有损人利己的事，太不道德。自家养兔子赚钱，弄得周围臭气熏天，让别人家也跟着闻毒气。”说到这儿，还故意回头朝李春香看了一眼。李春香听了，立刻面颊涨得通红，噌地站了起来说：“不对。老师，她说得不对。”

李春燕又回过头说：“就是这样。不信，让大伙儿去闻闻。”

李春香还是据理力争：“不对。村里不给俺家地，要是给了地，搬走就好了。”

李春燕扭过头也不看李春香了，眼睛瞪着房梁继续大声嚷嚷：“反正你家臭气熏天，你家……”

李春香不肯有一丝一毫相让，像只小钳子咬住一颗螺丝钉。她瞪着眼睛仍然朝着李春燕的后脑勺大声斥责。两个孩子唇枪舌剑，张老师非常不耐烦地朝李春燕说：“好啦，好啦，坐下。这是怎么学雷锋呢？打起来了。”

两个孩子都坐下了，张老师继续提问别的孩子，李春燕突然哭着站起来：“让人说体会，怎么又斥哒俺呀？”一边哭一边跑出了教室。时间不长，李春燕领着她奶奶胖婶子来到学校。

胖婶子一步闯进教室门口，横着大脸瞪着大眼声如铜锣：“怎么？欺负人吗？欺负人吗？”

张老师刚想说话，李春香挺身而出站起来大声说：“叫你奶奶到学校来闹，真不害臊！”

胖婶子听了火冒三丈，拽着胖身子就朝李春香奔来，忽闪着大厚嘴说：

“你才不害臊！你个石头缝里……”

胖婶子在李春香跟前，点点画画，怒目而视，还朝李春香“呸”吐了一口。但是她没想到，李春香听了她的话，牙齿咬得咯咯响，像一头暴怒的小狮子，朝着胖婶子就撞了过去。胖婶子没有防备，双腿向后退了半步，扑通坐在地上。课桌被她挤得叽里咕噜，歪歪斜斜。

教室里乱作一团。

还是李春香刚上一年级的时候。村里买了一台十八英寸的黑白电视机。电视机放在村办公室里，做了一个木头箱子，把电视机装进去。朝电视屏幕这面的木板是活动的，白天把电视机锁在木箱里，晚上把活动木板打开。放电视机的木箱被支起两米高，以便坐在后面的人都能看得到。屋外，两根细长的木杆子绑在一起，竖起来作为天线杆，线杆顶上绑着电视天线。如果电视画面出现“雪花”不清楚，有人就到外面转动一下木杆。直到屋里的人喊“清楚啦——清楚啦——”外面才停止转动。

那时，电视里正热播电视连续剧《西游记》，现在话说收视率极高可火了。电视剧刚兴起几年本来就少，加上电视剧里边唐僧师徒栩栩如生，捉妖除怪的剧情和惊险迭出的打斗场面，每天晚上都吸引着村里很多人来看。人多屋里容不下，晚上电视机就搬到院子里。不到天黑，有些孩子就提前搬着板凳来占位子。有一天，李春香早早搬着凳子来了，先占了一个好位置把凳子放好。人来得多了，凳子也就一个挨着一个放了一大片。时间长了李春香出去解手，当她回来时看到自己的凳子被挪到远处，李春燕坐在了自己的位置上。李春香说：“我早就来了，你怎么占了我的位子？”

李春燕毫不含糊：“嘛你的位子？我早就来了。”

李春香急了：“刚才我的凳子放在这里，肯定是你把它挪到远处去了。”

李春燕坐着不动，也不看李春香，晃着脑袋说：“我没动你的凳子，反正我就坐在这里了。”

李春香把自己的凳子搬回来，硬放在李春燕旁边，可是李春燕不动只能挤别人，她只好去推李春燕的凳子。这一推不要紧，两个人立刻打起架来。

胖婶子听说两个孩子打起来了，风风火火跑过来。她不分青红皂白，抓起李春香的凳子扔出老远。李春香哭着搬回自己的凳子还要放在原地，又被胖婶子挡住。她一边推李春香，一边恶狠狠地说：“和孙猴子一样，石头缝里蹦出来的！”

幼小的李春香，脑海里还到处是空白，不懂这句话的含义。知道肯定不是好话，是在骂自己。胖奶奶对她对娘许许多多的蛮横，早在李春香不大的心灵里埋下了深深的厌恶甚至仇恨。

这个时候在教室里她又拿孙猴子来骂，李春香怒从心头起，朝着她猛扑过去。

李春香也有开心的时候。

有一年旺城组织科技下乡。为了搞好这个活动，县政府在芦集镇组织了一个科技下乡启动仪式。也就是组织了一场文艺演出，在演出过程中，把科技下乡的内容、形式宣传出去。以喜闻乐见的形式，进一步为科技下乡营造声势。

芦集镇街头一块大空场上，搭起一个舞台。舞台被彩绸、红旗装扮。背景是一幅巨大的组图，图上画的是蓝天白云大海，还有飞机、火箭、飞船等高科技的东西。启动仪式那天，吸引了四里八乡众多百姓。李春香和一帮同学也在观众当中。

这场节目由旺城的机关、学校提供。韩玉林六女儿韩晨的学校也贡献了节目，韩晨被定为节目主持人。那时，“报幕员”刚升格为“主持人”还没有几年，主持人改变了过去报幕员只站在舞台一角，报个节目名称的职责。初步具有了现代主持人自由、热辣、活泼的风采，非常时髦又受人推崇。

演出开始了，韩晨伴随着欢快的音乐走上台来。她接近一米六的个头，上身穿一件粉红色半透明蝙蝠衫，下身穿一件乳黄色短裙，齐耳短发打了几个发卷，两只大眼睛明眸传神，脸上展露着甜蜜的微笑。她走上舞台中央，右手放在胸前，脸向左侧微倾，深深地给大家鞠了个躬。就这么个小动作，立刻引起观众的热烈掌声。

“各位观众，芦集镇的兄弟姐妹、叔叔阿姨、大爷大妈你们好……”

一串俗语土称，韩晨脱口而出，清泉流水般干脆利落，亲切、动人。主持人的风采，作为普通百姓也只是在电视上见过，这样面对面观看还真是头一回。人们被这女主持人短短的亮相倾倒了，真像亲眼看到了倪萍、杨澜一样。

李春香站在台下，踮着脚尖，眼睛死死抓住台上的韩晨，一时一刻都不松开。韩晨的身躯移动到哪个位置，她的眼睛就跟到哪个位置。脑海里的摄像机，完完全全地记录下了韩晨的每一句话，每一个动作，每一个细节。忽然，身后有人捅了她一下，回过头见是一起来的同学田玉。田玉凑到她的耳旁说："看见了吧，这个主持人和你长得一模一样。"

"去去。"李春香不愿意浪费时间和田玉说话，回过头来继续欣赏着舞台上的韩晨。可这一刻，自己也情不自禁地对田玉的话作出了反应。主持人的个头、脸庞、眼睛……逐一飞快地在脑海里作着对比，自己像照镜子一样与韩晨照了一下。但是，这些对比又很快像是电脑硬盘上的无用内容被删除了，她的心思仍然专注于韩晨的一举一动上。

演出结束了。李春香和几个同伴一起回家，意犹未尽，仍然欢快地谈论着刚才的演出，话题当然集中在主持人身上。同学李兰芝猛蹬了几下自行车，跑到同伴们中间说："你们想想，那个主持人像谁？"

李兰芝刚问完，田玉就接过了话题："我早跟李春香说了，那个主持人和她长得一模一样。"

其他同伴也都非常惊讶："哎——确实长得一样，太像了。"

田玉突然骑着自行车蹿到队伍的最前面，然后噌地一下跳下车来。她放好车子，摆手截住李春香让她停下来。然后上前用手掌盖住李春香的头，比画着个子，还一个手扶着李春香的后脑勺，仔细地打量她的脸和眼睛。

田玉说："你们看哪——这脸型、眼睛、个头都差不多。春香，你要是打扮打扮，比那个主持人还好看。"

田玉这一套滑稽动作，把李春香弄得很不好意思："干吗，干吗……你这是干吗？"其他同伴也都放下车子围拢上来，都被田玉引逗得叽叽喳喳笑个不停。

李兰芝笑着说："真是的，真是的。怎么看春香都和那个主持人像双胞胎。"

"对，对！就像双胞胎！"

姑娘们齐声响应，李春香更不好意思了，她无法辩解，只好双手抓着车把，向前推跑了几步，跳上自行车，使劲儿蹬着脚蹬子向前蹿去。

“别跑呀，别跑呀！你真像啊。春香就是那个主持人喽——”

姑娘们喊着嬉笑着嚷着追了上去。

天上的鸟群喳喳歌唱着掠过，路边的杨树哗哗鼓掌一齐为姑娘们欢乐助兴。她们一路笑闹，回到了村庄。

李玉梅已经做好晚饭。她见春香还没有回来，就先到院子里去打发那帮兔儿爷。她腰间系着齐到大腿下部的围裙，推一小车菜叶之类的兔食，依次打开兔舍的门。兔儿们知道这个时候它们要“进餐”了，因此听到动静收起前爪成蹲坐姿势，竖起耳朵瞪着大眼睛，晃着脑袋等待“用膳”呢。

这时，李春香推着自行车走进院门。李玉梅说：“春香，我给兔儿喂食，你先掀锅吃饭吧。”李春香没答声，放下车子走到屋里，拿起毛巾擦了一把脸上和脖子里的汗水。刚才娘的话，她好像一点也没听见，姑娘们说她模样像主持人的话，还在耳边来回游荡，一点儿也不愿意离去。

“春香的个子，还有脸庞、眼睛，都像那个主持人。要是再穿上那个主持人的衣服，比主持人还好看。”

“她俩就像双胞胎！”

……

这些话，像一块泡泡糖含在嘴里，任她嚼啊嚼啊，怎么也嚼不烂，但味道却是那么的香，那么的甜。

思绪，像“蜘蛛侠”身上的柔韧丝带，任她百般挣脱，飞蹿跳跃，怎么也挣脱不掉。

她愣愣地坐到椅子上，歪着头，看着墙。忽然噌地站了起来，大步走到镜子面前，凝视着镜子里的自己。右手摸到自己的头顶，想象着和那个主持人对比着个头。回味着演出中主持人的每一个动作，还伸出手臂比画比画。又将面孔靠近镜子，把自己的眉毛、眼睛、鼻子和整个脸庞放大，想象着主持人的眉毛、眼睛、鼻子和整个脸庞。随手把后脑勺上扎的“甩子把”解开，让头发披散下来。她越对照，也越感觉到自己真的和那个主持人是双胞胎一样。

李玉梅喂完兔儿回到屋里，见没有放吃饭桌子，就叫着：“春香，怎么还不吃饭呢？”一边说着，一边往里间屋里走，看到李春香在照镜子。她一边把双手在围裙上抹了抹，一边说：“啥时候呀，照嘛镜子？”

李春香听到娘的话，慌然回过神来。“哦，哦。”她嘴撇了一下，答应了两声，脸上露出一点尴尬的笑容。好像做错了什么事一样，慌里慌张地来到外间屋，赶紧放下饭桌子。

一顿饭，娘儿俩的话比平日里少，但李春香这顿饭显得特别勤快。一会儿为娘拿干粮，一会儿看到娘的稀饭喝完了又立马接过碗去盛稀饭。在李春香的心里，好像有什么事对不住娘一样。

李春香家是村里买电视机比较早的户。几天后，听说在芦集镇演出节目的录像要在电视上播放，晚上她就再没有出门，一直盯着旺城电视台的节目。晚上九点钟，中央电视台、省电视台、东州市电视台、旺城电视台……从上到下，各级电视台的新闻节目全部播出以后，李春香终于盼到播出科技下乡启动仪式。

李玉梅忙活了一天，晚上也坐在电视机前。对电视李玉梅并不怎么感兴趣，平时娘儿俩有些节目也看不到一起，都是依着春香爱看什么就看什么。今天春香要看什么在芦集镇的演出，李玉梅也就随和着。节目播出开始，电视里又出现了韩晨随着音乐，欢快走到台前的场面。李春香立刻提起精神，似看三十晚上《春节联欢晚会》。她坐在椅子上，眼睛死盯着荧屏上的韩晨。左手紧紧握着右手的四个手指，放在大腿上，微微张着嘴，瞪着双眼，眼珠子随着韩晨的画面不断转动。李玉梅看她这个痴迷的样子，也感到有些奇怪。她不由自主地也对着电视仔细看起来。看着看着，韩晨的音容笑貌，像一股电流触动了李玉梅。哎呀，电视上的这个姑娘，怎么和春香长得一模一样。

啊，李玉梅想着，似乎又怕被李春香看出这一刻的心事。起身走到外间屋，装作干了一点小事，并且还弄出了一点声响。在外屋不被春香看见的地方，她也直愣愣盯着电视里边的韩晨仔细看了起来。

第四章

韩玉林坐在北上的火车上。

他靠着车窗，两眼望着窗外飞快掠过的树木、农田、河流……思绪也跟着飞快地奔驰在那广袤的田野上。他回味着昨天公司里选举的一切，这突如其来的闹剧，还真让这位在江湖上闯荡近三十年的汉子目不暇接。

一晃近两年了，韩玉林来到四铁可真是兢兢业业，费尽了心思。他在精心修理着一盆鲜花，去掉枯枝腐叶再浇上清水。先是精简科室和上层人员，紧跟着抓车间承包。按照他的想法，四铁也要推行股份制，把责权利彻底明晰开来。在经营上，也进行了一些大胆规划，考察了新项目。但是，只有不到两年时间，全市国营、集体企业改制的浪潮就汹涌澎湃地漫过来了。

对这次改制，韩玉林的认识是清醒的，对改革的指导思想是理解赞同的。但他想：早知现在，何必当初。如果早一点对企业进行彻底改制，张书记呀，还用得着你们绞尽脑汁，踏破铁鞋，创建大企业集团吗？当然，在改革的年代里一切都在摸索。创建大企业集团，也是一种摸索的结果吧。近两年，四铁员工的精神气儿有了，工厂管理机制比原来活了，特别是效益有了明显提高。可惜，更多涉及责权利改革的措施还没实施，还没来得及施展。“拳王”刚打出几拳就鸣锣收兵了。

“爸，喝点水吧。”韩阳从硬座车厢提着水壶来到韩玉林和李桂花的硬卧车厢，看到爸朝窗外愣着神。

昨天，韩玉林命令安小飞打开大门送走了工作组，随后便向有关人员仔细询问了情况，特别向计票现场的几个工人，了解当时到底发生了什么。几个工人详细叙说了总经理选票的数据，王连灵出出进进的表现，与马凯和到办公室后的一些细节。

几个工人对停下计票都难以理解，并且愤愤不平。他们说韩总的票遥遥领先，突然停下来，那总经理是不是韩总？下一步总经理怎样确定下来？没有工人代表监督，那些选票是不是会被随意改动？

韩玉林回味着监票工人们的话，联想起这些天从一些员工那里听到的对自己的反映。他感到欣慰，感到大家对自己的认可，自己进入四铁的心血没有白费，更感到员工们的真诚与正义。

“呜——”火车拉了一声长笛，车厢震动了一下，速度加快了。

韩玉林感觉到了力量。

今天陪同妻子到北京看病是已经定好的事情。由于昨天公司里出现的情况，同事和家人都劝他不要再去，韩玉林也犹豫过。他想和县里有关领导商议商议，也想得到结果以后再去。但是桂花的心脏手术不能拖延。多少年了，桂花受尽了病痛的折磨，已经约好能到最高端的医院就医不容易。同时对马凯和、王连灵之流的义愤、怒气又促使他滋生了赌徒般的心理。我堂堂正正，他们就能一手遮天？黑白就能颠倒？这个时候，他低估了黑暗的能量，低估了邪恶。这种韧性更被马凯和利用，给了他可乘之机。

韩玉林曾叮嘱计票的几个工人不要向外透露当时现场的情况。怎奈气球里装不下过热的空气，工人那愤愤不平的情绪怎么也不会压制住。那天晚上，就像手机群发了信息，把个计票全过程，原原本本地传播出去了。几天来四铁每个角落里，到处涌动着不安。这些普通的工人由原来的亏损企业进到了四铁，看到了韩玉林治厂的大动作，工资也逐步正常，心里刚刚沉住了神。但这突然降临的乱况，正如夏季里突然乌云滚滚，沉雷阵阵。大家看清了一个事实，这两年的好处是怎么来的？不就是有了四铁嘛，有了韩总嘛。选举当中闹腾这些是想把韩总赶下台呀。员工们的情绪，像世界最著名阿雷纳尔火山尖顶冒起了烟尘，熔岩欲喷。

刘修玉带着一帮人找到安小飞、杜洪商议。韩总不在家，难道选票统计就听之任之吗？就任人随心所欲吗？他们商议来商议去，决定向县里反映一下。于是，安小飞十几个人来到县委信访办公室。信访办的接访人员答复倒是很满意，答应迅速向上级反映，有什么问题及时和四铁公司联系，和上访员工联系。安小飞看着接访人员的面色表情，掂量着他们的答复，眯缝着小眼睛说："领导，俺们可不是威胁，如果不给合理解决，全四铁的人都不会答应。"安小飞他们回去了。可是他们哪里知道，这竟然也成了马凯和煽风点火的又一张好牌。

县委办公楼，古玉亮的办公室里，马凯和的三寸不烂之舌正在飞舞。古玉亮中等个子，略胖的身材，这会儿躺在老板椅子上更显得臃肿，像只北极熊。白皙粗糙的面孔板着，长睫毛下的眼珠子无神翻动着没看马凯和，但耳朵却没丢下马凯和嘴里的一个字。

"古书记，那天选举结束以后，韩玉林借口去医院就走了。你想想，这关键时刻，按情理说他怎么能够离开？走后公司里就发生了劫持工作组事件。现在他又借机去北京了，可他头脚走，后边就发生了上访事件，这绝不是偶然。他不在家，可以一推了之啊，出了什么乱子他可以说他不在家不知道哇。那天选举如果不是停止计票，如果真的是我当选，不论程序搞得多么严密、多么合理，都一定会闹起来的。"

马凯和的话虽然不乏扣帽子打棍子，胡扯强拉。但马凯和与古玉亮多年的关系，特别是这一时期古玉亮亲自为马凯和撑腰策划，选不上马凯和不就是这位大书记丢分了吗？另外封堵大门、纠集上访，着实激怒了这位古副书记。所谓两次闹事韩玉林都没在家的巧合，也确为马凯和编造韩玉林幕后操纵提供了说辞。几天来，马凯和见了古副书记，又找书记找县长，找分管工业的副县长，又找其他领导……

这"第三者"不仅存在于婚姻当中，世上很多事物为了某种目的就有不取其一其二，但求第三者的情形。要不当今出现了"黑马""黑鹰"之类的词呢。四铁选举出了问题，总得有个结果，并且这么大的一个企业一把手空缺不可长久，县委很快拿出意见：四铁改制暂停。四铁的总经理不是韩玉林，也不是马凯和，而是由县经委副主任宋大东兼任。韩玉林、马凯和担任副总经理。

孕育了多日的狂风暴雨终于倾泼下来；火山尖头的烟尘终于化成熔岩喷发出来。

虽然马凯和没有当上总经理，好像在这次改制中也没得到什么好处，但是，大家都知道那天计票过半的结果。这些天马凯和的所作所为，在员工心目中留下了深深的阴影。大家清楚，马凯和到处煽风点火，拨弄是非，伤害韩总，美化自己。如果没有他这些阴谋诡计，韩玉林这一次肯定还是他们的总经理，绝不会有什么副主任来当他们的头儿。本来一个平静、向上的企业，几天来弄得乌烟瘴气、人心散乱。有的鼓动到县里上访，有的鼓动到市里上访，有的……

晚上，刘修玉和杨磊几个哥们儿在一起喝酒，话题自然集中在公司几天来发生的敏感问题上，马凯和当然成了攻击的靶子。哥几个你一言我一语，把马凯和妖魔化了。刘修玉抓起一个酒瓶子说："一家人在四铁跟韩总刚尝到甜头，却有人踢场子。把马凯和的办公室砸了，给他点颜色看看。"杨磊一拍胸脯说："对！砸他个狗窝子。"

杨磊、刘修玉几个人，起身奔回公司窜上办公大楼，使劲儿踹开马凯和办公室的门。冲进去就摔椅子，砸桌子，踹橱柜，玻璃、镜子稀里哗啦碎了一地；橱子柜子东倒西歪，椅子被砸得少胳膊短腿。

屋子里一片狼藉。

北京阜外医院的病房里，李桂花穿着白蓝相间的病号服躺在病床上输液。液体从金属架挂着的瓶子里，顺着输液管一滴一滴流进她的血管里。

医院已确定为李桂花进行心脏手术，她听了这个消息后，眼睛里时不时就含上泪。韩玉林以为她担心，安慰说："不怕，医生对手术很有把握。"李桂花泪水簌簌流了出来，说："我不是怕死，孩子们都大了，日子过好了，我没有什么挂牵。就是……"说到这儿，呜呜地哭了起来。韩玉林问："就是什么？"李桂花哽咽着说："就是小……小七儿……"哎呀——桂花现在才想起来，小七儿，连个名字都没有给孩子起呀。韩玉林听到这儿，轻轻抚摸着妻子的头，亲昵地像是对孩子说："什么时候了还想这些。好好休息，现在要紧的是跟医生好好配合。"

这时，医生通知家属去做手术签字。韩玉林和韩阳一起走出房间，韩玉林边走边玩笑说："我幸亏来了吧，我知道签字的程序，要不然你们怎么敢做主签字呀？"韩阳说："就是公司里出了那么大的麻烦，怎么好让你离开呀，现在也不知道怎么样了？"

怎么样了呢？

韩玉林也回答不出来。这几天公司里没人跟他联系，他像夜雾里的行者辨不清方向，也预想不到前方会出现什么情况。他哪里知道，公司里几百工人到东州市委上访已经两天了。工人们要求放人，要求公布真实选票情况，要求收回四铁总经理的任命。尽管多方面领导在现场做工作，但上访的势头还是没有减下来的迹象。

李桂花的手术很顺利，麻醉苏醒以后状态很好。韩玉林浑身无数根神经，就像无数根弹簧失去了弹力一样松弛下来。这时，他头脑的切换器立刻又切换到公司这边。情况怎么样了呢？他找了个公用电话拨叫了商世玉。商世玉接到电话开始吞吞吐吐，当他听到李桂花的手术已经做完并且情况很好时，立刻说了实情。商世玉直截了当说："你已不是总经理了，员工们到市里上访了。"

"什么？我不是……员工上访了？"

"对！"

商世玉向韩玉林汇报了他走后的详细情况。韩玉林问："为什么不通知我？"商世玉说："县里可能是等你回来再同你谈话。都知道这几天嫂子手术，家里的亲朋好友都不肯打扰你吧。"

韩玉林撂了电话，浑身的热血涌动，面颊涨得通红，觉得两眼金星攒动。他震惊，为这突如其来的消息震惊；他愤怒，为免去自己总经理的职务愤怒；他怨恨，怨恨不公；他担忧，担忧上访造成不良社会影响，担忧刘修玉、杨磊他们……

他坐在楼道的椅子上，一时不知所措。瞬间，惊、愤、怨、忧……不知多少个念头、多少缕思绪在他脑海里迸发。就像刚刚看完一部宽银幕立体惊险电影，眼前总是掠过一个又一个惊险镜头。

他按着椅子，慢慢站起来，缓步回到李桂花的病房门前，侧身听了听动静，但是没有进去。他紧闭着嘴，在门口来回溜达了几次，翻着眼珠子看了一眼天花板，又朝着楼道远处望去，好像寻寻觅觅丢了什么。忽然喘了一口大气，决定一刻不再停留，马上回东州。

他进屋安慰了一下李桂花，但没讲公司的具体情况。又把随他来北京的女儿们叫到病房楼外，向她们简要说了公司里的情况和要马上回去的想法。当知道四铁已经任命了新经理，女儿们七嘴八舌，不愿他在这种情况下回去。六女儿韩晨说："爸，总经理已经不是你了，还管那么多干吗？工人上访就访去呗。"二女儿韩梅说："就是，乱了套更好。"大女儿韩阳可不这么认为，她摇头说："四铁有爸爸的事业，有爸爸的工友，那里的一切都连着爸爸的心。四铁乱了，是爸爸最不愿看到的事情。"

是的，韩玉林的心与四铁分不开，就像高铁的车轮与道轨一样。他归心似箭了。

那天晚上刘修玉、杨磊他们砸了马凯和的办公室，第二天一大早冯冰铜先听到了消息，马上打电话告诉了马凯和。马凯和听了雷霆大怒，一转眼又冒出了一声奸笑。他在电话中连声说："好，好。"他都没有去办公室看一眼，撂下电话径直向县委奔去。

马凯和办公室被砸的消息，很快在四铁传开了，在旺城传开了。公司里很多工人听了，首先的反应就是砸得好。安小飞、杜洪他们听了起初也觉得解气。但是，安小飞是理性的。当刘修玉、杨磊他们向他叙说事情经过时，安小飞像训斥调皮学生一样当即把他们熊了一通，说："你们这是给韩总添乱，添乱！"刘修玉横着脑袋说："出了什么乱子我兜着，是我带他们砸的，我负责。"安小飞冷静地说："事情像你想象的那么简单吗？不那么简单。这是为韩总输了理，怕是事情弄得更复杂，出大乱子。"

上午，公安人员赶到四铁，对砸办公室的事情进行调查。杨磊、刘修玉他们几个人走上前去，告诉办案人员，是他们砸的办公室。

没费吹灰之力破案了。

当载有刘修玉他们的警车闪着警灯、拉着警笛开出大门时，对于四铁来说是浓云热浪之中雷公显灵，重重敲击了催风启雨的鼓。工人们来到公司办公室，有的了解是怎么回事，有的问怎么办，要求公司领导马上去要人。

马凯和无影无踪了。

那位新上任的宋经理面对着激愤的员工默默无语。

上午九点多钟，东州市委门口挤满黑压压的人群，这是旺城四铁的几百工人。头一天，商世玉和宋大东到上面请求放人，但有的领导把刘修玉他们的行为看作违法犯罪，不同意放人。消息传开来，安小飞、杜洪带领一些工人来到县信访办公室，说明杨磊他们的行为事出有因，再次请求放人。但还是没有得到好的结果。第二天一大早，东州市委门口就被四铁的员工堵住了。

东州信访办公室里，韩玉林正在和市里有关领导，以及旺城的有关人员谈话。

韩玉林赶到东州，先和工人们见了面，了解了这几天的情况，然后被召到了这里。劝解上访人员的工作很艰难，没有收到成效。市县有关领导正研究对策，听说韩玉林来到了东州，似乎看到了希望，便马上召见。

此时，韩玉林面对着七八个领导，王连灵也在，还有市委的颜副书记呢。市信访办公室不是会议室，大家有坐在椅子上的，有坐在沙发上的，韩玉林与王连灵对坐在一个桌前。他高大的身躯、宽健的体魄像个小山包。王连灵消瘦的身材就是小山下面的一棵枯树。韩玉林坐下一针见血提出：“只有放人，问题才有可能解决。”

他的话立刻使办公室的气氛紧张起来，好长时间没人答话，有的脸上像笼了一层阴云，有的脸上像起了火。倒是王连灵打破沉默，一失往日清高造作的样子，脸上还露出了笑容，一对圆圆的镜片泛着光亮。他口气非常温和地说：

“玉林同志，砸办公室是触犯法律的，怎么能随便放人呢？”

韩玉林情不自禁地抬起左手，用手背抿了一下嘴唇，试图借此抹去挂在脸上的怒气，仍然平静地说：“刘修玉他们砸办公室，是对改制工作中的一些做法有意见，事出有因。我们应该教育为主，不能动不动就进公安局。”

王连灵接着说：“你应该清楚，砸办公室的性质是很严重的，光教育是不行的。公司里如果经常出现这种行为，那还了得！”

韩玉林摊着双手说：“四铁组建两年，从来没出过这种问题。就在合并之前，原来的四个厂效益那么差，也没有出现过这种乱子，在旺城出现过几回员工砸副总经理办公室的行为？”

王连灵拉下脸来。他皱着眉，沉默了一会儿说：“难道公司领导办公室被砸得一塌糊涂，造成重大经济损失和巨大政治影响，就不应该诉诸法律吗？”

韩玉林听了，眼睛瞪了起来，心头的火似焊枪点燃噌噌蹿了上来。他再没耐心和他绕弯子了，选举那天的一切，都是王连灵在场主持，内幕他一清二楚。说下大天，对他也没什么用处，不如当着领导的面揭他个底朝天。他向后挪了挪椅子，面对所有在场的人，眼睛机敏地扫了一眼大家，底气十足，慷慨陈词：

“四铁改制投票以前生产、生活秩序都很好。工人们对改制也是欢迎拥护的，他们渴望成为企业的股东，有个更好的发展。但是，为什么突然出现这么大的乱子？那天突然停止计票，到底为什么？什么紧急情况能把一个大公司的改制计票工作冲击掉？且不问那天谁的选票多、谁的选票少，那天按正常程序走下来，不论谁当选总经理，都不可能出现什么变故、乱子。但是，大家反对的是愚弄、是欺骗！”

“什么？愚弄、欺骗？”韩玉林的话像一只火烫的铁手抓住了王连灵的痛处。王连灵突然坐不住了，屁股在椅子上搓来蹭去，说话也变了声调。

韩玉林针锋相对：“你就是愚弄，你就是欺骗。你下令停止计票时选票已经超过大半，我的选票远远超出马凯和，你敢承认这个事实吗？”

“你？哪……”王连灵吞吞吐吐。

“请王主任讲清楚，是不是这个事实？”韩玉林穷追猛打，“当着领导的面你回答清楚，那天突然停止计票，到底是什么原因？”

王连灵此时还有话可说吗？他还说什么？说马凯和票数少？说与

古副书记通话停下了计票？黑暗中的幽灵怎么敢见阳光？王连灵的脸比他的眼镜片都白了。

韩玉林几个“拳脚”把对方击倒。然后放开王连灵，侧过身朝着大家说：“各位领导，既然王主任不回答那天选票的情况，那就算了，我绝不再追。我要说的是，现在我已经不是四铁的总经理，不是解决上访的第一责任人。但是，我关心着四铁的稳定，关心着四铁的工人们，更不愿看到给市委添这么大的麻烦。你们知道员工提出了三个要求。我请求领导，只答应放人这一条，另外公布选举结果、恢复我职务这两条我去做工作。各位领导，我不想多说了，相信你们这个时候比我还着急，希望领导考虑考虑我的意见。”

说完，韩玉林就站起身来告辞。他说再到工人当中去看看，转身走出信访办公室。

对韩玉林的一番话，市里的领导们是感觉不无道理呢，还是被韩玉林的真挚情感所打动呢？韩玉林从市信访办出来时间不长，工人们就得到了放人的消息。一年多以后韩玉林才听说，当时市里的领导对旺城县委的一些做法给予了批评。

第五章

韩玉林祖上就是买卖人。为了逃荒，老爷爷用一辆破推车，推着全部家当，带领全家人来到离济南不远的清河庄落了脚，后拼打成了商人。韩玉林的父亲韩立路，接过父辈传下来的生意，干得也很红火。他家以经营布匹为主，在济南城里已经有了一个很大面积的店铺，并且在有名的大观园内也有摊位，还在大明湖附近买了一套房子。中华人民共和国成立后公私合营了，韩立路被安排在一个工厂里。他为人厚道，处事精明，工作也积极。在厂里上上下下人缘很不错。再加上家里多年没有暴露的一些积蓄，那些年一家老少十几口人，生活祥和、宽裕。

韩玉林在兄妹五人当中最小，在家里很是受宠，上学念到了高中。后来运动来了，并且一个接着一个。他家自然成了运动对象，特别是到了“文革”，破四旧、立四新，抄家、游街、批斗……韩玉林一家受到很大冲击。那时候，好端端的一大家人都失去了笑声，满面愁容，处处笼罩在不安和惊恐之中。

韩玉林清楚记得一天晚上，天上不见一颗星星，淅淅沥沥下着小雨。爸爸和妈妈关掉电灯拿着手电筒，在家里四处翻腾，翻出来的东西，用包裹裹着提了出去，然后就扔到了大明湖里。一趟、两趟、三趟……全家人谁也不敢说话，静静地听着爸妈的吩咐。那个空气凝固了的漆黑的夜晚，全家人如同进了杀场，似乎有无数只尖刀对着他们，随时可能向他们刺来。

到底家里一次又一次扔出去的是什么？韩玉林不敢问半句。

“玉林，把这些东西扔到湖里去，记住！千万不要让人看见，要看着它们沉下水面再回来。”

爸爸终于严厉地吩咐韩玉林一件事，像命令他执行一项有生命危险的任务。到了院子里，他一边提着包裹往外走，一边把手伸进包裹里。一摸，知道了里面多数是一些裱糊好的字画。手又向里面伸时，好像摸到了一个很熟悉的东西。他干脆拿出来一看，呀！是他非常喜爱的一把美国造匕首。这是韩玉林的宝物，他练功习武经常用。有时晚上出门还佩戴在身上壮胆呢。这宝物可不能扔掉，随手把匕首挎到腰间的皮带上。

虽然下着小雨，但是大明湖像往常一样，还是那么安静，清风吹来一股凉意打在脸上，垂柳在微风中轻轻摆动。这夜晚的景色，他是多么熟悉啊，可今天却多了几分恐怖。湖边的灯光像鬼火，清风像冤魂，摆动的垂柳像幽灵。他解开包裹，向湖里扔出一轴又一轴的字画。湖水不愿意接纳这些弃物，发出一阵阵哗啦哗啦的抗议。扔完以后，韩玉林不敢怠慢，赶紧扯起包裹跑回家。

几天之后，韩玉林在家玩耍，一弯腰，那把挎在腰带上的匕首露了出来。爸爸正好在旁边看到了这一幕，啪！一个巴掌打在脸上。爸爸满脸怒气说：“小东西，不想活了是不是？”随后把匕首拿走了。韩玉林猜想，那匕首也一定同家里其他宝贝一样，葬身大明湖里了。多少年之后，韩玉林才听大哥说，那天晚上他扔掉的那些字画里，有一幅祖上传下来的慈禧老佛爷亲手书写的“寿”字。

运动一浪高过一浪。韩玉林一家在省城待不下去了。他的哥哥姐姐们，一个个被“上山、下乡”了。韩玉林的父母反复考虑，玉林还没有成亲，自己老两口也是快要入土的人了，到哪里去好呢？思来想去，还是到自己老家。父亲说：“叶落归根，这是常理。”韩玉林同父母一起回到了旺城。

韩玉林从省城一下子到了一个小村庄，像荷塘里的一只青蛙，突然被扔到井底一样，蹦，蹦不起来，看，看不到广阔的天际，面前像矗立起了悬崖峭壁那么令人窒息惊恐。清清的大明湖看不到了，郁郁葱葱的千佛山看不到了，自己住了十几年熟悉亲切的小街看不到了，经常在一起的同学、伙伴看不到了，他心里充满无限惆怅和苦涩。更让这个十几岁的孩子揪心的是，自己对农活一窍不通，父母都这把年纪了，自己怎么能够撑起这个家呢。无数个夜晚，韩玉林站在村头对着星星发问，向着黑漆漆的大地诉说。

旺城镇就是原来的城关公社，有一家社属企业——五金厂。韩玉林回到老家的第二年，这个厂为改善工人生活要购置一台面条机，因为面条轧出后要挂起来晾晒的缘故吧，在当地叫“挂面机”。可当时要买到这样一台机器很不容易。老厂长范志国找到韩立路，托他到省城去买。韩立路痛快答应下来，向原来厂里写了一封信，打发韩玉林陪范厂长去了济南。

老厂长带着韩玉林先上了汽车，后又转乘火车到了省城，面条机的事很快办妥了。但是，如何把机器托运回去却成了大问题。“春运”这个词在我国应该很早就有了，只是过去和现在的情况不同罢了。当今改革开放年代里，几十亿人次的流动，每年的春节都是一次人口大搬家。虽然汽车、火车、飞机、轮船等等交通工具很发达，但到了春节，每一处汽车站、火车站、机场……都是一次人口大爆炸，“一票难求”每年都成为大问题。几十年前，虽然流动人口没有现在这么多，但那个时候路破、车破、交通工具极不发达。每到春节，许多回家的人同样异常艰难。

韩玉林和老厂长来到火车站，货运员答复物资积压严重，无法托运。他们又跑到长途汽车站，服务员说：“人都上不去车，托运东西根本没门儿。”他们走出候车室，看到车站院子里有一辆大卡车，车厢周围加固上了铁栏杆，人们被堆在车厢里挤得哇哇直叫，但还是有的人托人向上爬着。服务员手里拿着一根小木棍，使劲地敲打着往上爬的人，一边打一边喊：“危险！危险！”那景象，哪是搭车回家过年呢，简直逃难一般。看到这一幕，老厂长摘下快被汗水湿透的棉帽子，头上冒着热气，眼角深深的皱纹上都蓄了汗水。他右手拿着帽子忽打着头上的热气，左手解开了棉衣最上边脖子底下的扣子，跺着双脚说：

"这可怎么办，这可怎么办？别说运东西，连人都要回不去了。"

韩玉林当然也很着急，他用手向后脑勺推了推大棉帽子，晾了晾额头上的热气，眨巴着眼睛看着旅客挤车的景象说："咱找个熟人帮帮忙吧。"老厂长还是拿帽子忽打着头上的热气说："咱个乡巴佬，上哪儿去找熟人哪？"韩玉林抓了抓头皮思索着说："过去没回家的时候，听说有个老乡在交通部门，光知道姓盖，可就是没有见过。"老厂长摊了摊手说："连名字都不知道能找着吗？"韩玉林稚嫩的脸上带着信心，说："咱到交通厅问问，只要厅里有这个人，就不愁找不到。"韩玉林这么一说，老厂长也只好答应，因为实在没有别的办法。老厂长戴上帽子，系好扣子挥挥手说："那好、那好，听你的。"韩玉林又笑着说："老厂长，咱买包烟吧！"老厂长爽快地说："好，快去买，快去买。"

他俩来到交通厅大门口，韩玉林凑到门岗的窗口上，看到是一位老人坐在屋里面，他轻巧地打开烟盒抽出一支递给老人。那时候敬烟不用送一包，接受一支就是很大的便宜。韩玉林一边递烟一边说："大爷，向你打听一个人。姓盖，老家是旺城的，是个处长。但是我没有见过他，叫什么名字也不知道，我是他老乡，有急事找他，你帮忙打听打听？"老头还真会抽烟，他接过烟卷儿点着，深深吸了一口，思量着说："姓盖，旺城的，是个处长。哦，可能是运管处的，你们到三楼运管处找找吧。"韩玉林一边道谢，一边领着老厂长到了三楼。

他们来到运管处的门口，韩玉林轻轻地敲了一下门，门开了，出现的是一位中年妇女。香烟可能用不上了，韩玉林就点点头，很礼貌地叫了声："阿姨。"他知道不能像在老家大娘婶子地叫，紧接着说，"我想问一问，你们这里有没有一个姓盖的处长，他是俺老乡，俺有急事找他。"中年妇女打量着他们两个，虽然他们衣着不很整洁，一看就是从乡下来的，但是韩玉林彬彬有礼的举止，看来给这位女同志留下了很好的印象，她客气地说："哦，你们找的是老盖呀，他原来是我们这儿的副处长，现在已调到办公室去了。办公室在一楼，你们到那里去找吧。"韩玉林又是一边道谢，一边拉着老厂长下到一楼，终于找到了那位姓盖的老乡。盖主任对他们很热情，马上联系。农历腊月二十三，也就是"小年"的那一天，他们托运着机器回到了厂里。

一趟济南，老厂长相亲一样看上了韩玉林。

韩玉林帮老厂长把面条机送到厂里就回家了，这是他返乡后第一次回济南。在他脑海里除了有一丝故地重游的感慨和留恋，别的什么也没有。但是，令他做梦也没有想到的是，这次短短几天的出差，却成了他人生的一个转折点。

春节刚过，有一天老厂长来到韩玉林家里。他还从供销社灌了半瓶白酒，和韩玉林的父亲一起喝了起来。一边喝酒，老厂长一边向韩立路夸奖玉林，说这孩子看事、懂事、有灵性。老厂长说："我和公社的领导打招呼了，让玉林到我厂里去吧，给我当个助手。"老厂长的话，一下子让韩玉林全家都愣住了。这简直像高考生突然接到清华大学的录取通知书一样，惊喜万分。在那个年代到城里、到公社里、到厂里去做事或叫上班，人们梦寐以求。别说吃上商品粮，就是当上个临时工也是莫大的荣耀，是人一辈子的命啊！何况玉林年龄还小，回到老家对农活还没有一点儿通路呢。韩立路听了，眼角上的皱纹乐得都像粘在了一起。他拍打着玉林的肩膀说："小子，你有福，你碰到贵人啦！"老厂长忙说："哪里哪里，我看这孩子好，再加上你在省城待了这么多年有很多关系，这样用起来咱也方便吧。"

"哈……哈……"韩家传出少有的笑声。

还是在省城的时候，韩玉林接待了老家的母女两个客人，这就是韩玉林的妻子李桂花和她母亲。李桂花的父亲原是旺城棉油厂的工人，火灾中救人负了重伤，厂里把他送进省立医院救治。为照看父亲，李桂花和母亲也来到济南，就住在韩玉林家。在一个多月的时间里，韩玉林一家给了桂花母女很大方便和热情照顾。

有道是天赐良缘。李桂花那年从省城回来不到半年，韩玉林一家也回到了本村。刚刚回到老家，韩玉林当然和桂花家最熟，走得近。又因为李桂花的哥哥李书林跟韩玉林很要好，韩玉林经常到李桂花家串门。时间长了，他和李桂花的关系也发生了微妙的变化。就像一杯鸡尾酒，两种颜色在酒杯中鲜艳分明，随着轻轻的作用力就很快融合在一起。虽然那个年代韩玉林一家是被赶出省城的，但是桂花和娘在省城的那段时间，对韩家、对韩玉林留下了很好的印象。在省城时，李桂花对韩玉林开始是敬畏的，但韩玉林像对待小妹妹一样那么热情亲切。并且有时怕李桂花迷路，还送她去医院。两个人结婚以后，李桂花向韩玉林开玩笑说：“开始，我还以为你是个城市‘小痞子’呢。”

一对姻缘两家欢喜，两个人发展也顺利。可是没想到结婚的这一天却遇到了大事，要命的大事。

韩玉林和李桂花结婚时正赶上“文革”。那时青年人要结婚，必须向村革命委员会汇报，目的是领导把关，不能搞“封资修”那一套，要举办“革命化的婚礼”。别说韩玉林这样在省城待不住、有“包残儿”——也就是有“瑕疵”的人，就是连根红苗正的贫下中农，也是要“过堂”的。韩玉林的父亲遵守规矩，老老实实向村里报告了儿子要结婚的事。

那年月农民一年到头长在坷垃地里，没有点乐和事。韩家的孩子要结婚，并且媳妇还是当村姑娘，这像庄稼得到了好收成一样给全村增添了喜气。那喜庆的劲头儿不亚于北京人迎接奥运会。村里商量怎么举行婚礼时，民兵连长李二奎节外生枝出了个主意，要韩玉林抱着毛主席像去接媳妇。说这是对毛主席的忠，更是革命化的婚礼。

韩玉林一家子虽然觉得李二奎多事，但不敢违抗。抱着毛主席像去接媳妇怎么了？不是说明对毛主席的热爱吗，谁敢说不字。

好朋友结婚，公社党委秘书盛国典当然到场。这一天盛国典早早来到韩家，陪着韩玉林去接桂花。他们从韩家出发，徒步围着村里转了一圈，就来到了李桂花家里。韩玉林抱着毛主席像和李桂花站在屋门口举行结婚仪式，毛主席像镶在玻璃镜框里，和天安门城楼上的那幅画像一模一样。先是背诵毛主席语录，然后唱《东方红》，再向毛主席三鞠躬，高呼毛主席万岁。这些礼仪搞完了，一对新人便并排离开屋门口向外走。在举行结婚仪式的时候，人们不敢喧哗，都严肃地看着两位新人按程序一项一项走下来。仪式一结束，人们一哄而起，欢乐的气氛喷泉一样升腾起来。他们有的向两位新人要喜糖，有的说不能让韩家的小子这么轻易把媳妇带走……大家挤挤插插拥上前来，到了院门口这个“嗓子眼儿”处挤得更厉害了。只听哗啦一声，毛主席像掉在地上，玻璃摔破了，碎玻璃把画像划破，有一道正划到毛主席的眼睛上。

“哎呀……毛主席像的镜子摔破了……”

“毛主席被划伤了，毛主席的眼睛被划破了……”

……

随着嚷嚷声，一些人吓得四散而去，韩玉林和李桂花两个顿时脸色煞白，你看看我，我看看你，又看看地上摔破了的毛主席像镜子，愣愣的不知所措。这时，李二奎忽然蹿出来，一把抓住韩玉林的胸襟，大声说：“好一个韩玉林，敢摔毛主席像，你是反革命！”李二奎的这句话，在那个时候是要人命的。李桂花的爹娘赶紧上前给李二奎说好话：“二奎呀，这是人们乱挤的，不是故意的呀！”李二奎瞪着眼睛：“不是故意的？挤的？他自己怎么伤不着，偏偏让毛主席他老人家摔着了？”李桂花的爹娘张口结舌，不知所措。桂花娘一时间觉得天旋地转，一下子瘫坐在地上。

这时，盛国典脸色铁青疾步蹿到李二奎面前说：“刚才明明是有那么多人挤的，怎么能把责任推到韩玉林身上？怎么能说他是反革命呢？”李二奎依然瞪着眼说：“呵，盛秘书，你咋替反革命说话？”盛国典斜了一眼李二奎反驳说：“别反革命反革命的，你说反革命就是反革命了？”盛国典是公社干部，他站在那里怒目争辩，李二奎还真有点怵。李二奎撇撇嘴说：“我不跟你说，我跟曹部长说去。”

这事闹大了。李二奎到公社报告给武装部曹部长，曹部长命李二奎把韩玉林带到公社里来。那时，成天抓阶级斗争，靠枪杆子镇压阶级敌人，巩固无产阶级政权，给武装线上的人撑劲。

韩玉林来到公社，盛国典一步不离陪着韩玉林。

曹部长个子不高，脸晒得黝黑，当时最时髦的军人打扮：头戴军帽，身着军装，上衣还是四个口袋哩。棕红色的腰带扎在上衣外，腰挎盒子枪。跟解放军比，就是帽子上没有那颗五角星，衣领上没有那两面“红旗”，要是配齐这两样，俨然是一名解放军的军官了。他一见面就朝韩玉林吼起来：“韩玉林，老实交代，为什么摔毛主席像？”没等韩玉林说话，盛国典走到前边抢过了话题：“曹部长，这事可不是故意，是人们拥挤的……”不等盛国典说完，曹部长冷笑一声说：“小盛，你可要站稳阶级立场啊！你是公社干部，怎么一点儿阶级觉悟都没有呢！”盛国典毫不示弱：“曹部长，我在场亲眼看见的，我是把真实情况报告你……”曹部长一挥手，又打断了盛国典的话：“韩玉林在省城就是阶级异己分子、专政对象，被撵回了家，他反革命反毛主席是生就的骨头长就的肉。”

曹部长的话别说韩玉林，连盛国典也像三九天里头上泼了一盆冰水。他意识到，这件事的真相如何先别论，只要摊在韩玉林这种人身上就得倒大霉，就是家破人亡也不在话下呀。盛国典转悠着眼珠子调集着脑壳里的智慧，曹部长瞪着眼珠子喷射出凶光。忽然，盛国典一梗脖子：“毛主席像镜子是我摔的。”

曹部长一听，惊得头发立挺，把那军帽都快顶起来了。

“什么，什么？你摔的？”

盛国典沉着冷静，一副非常无奈的样子说：“是我摔的。那些人拥来挤去，韩玉林怕把毛主席像挤掉，转手递给了我。可我还没等挤出人群，一失手掉到地上了。”

“这，这，这是真的吗？怎么可能呢？”曹部长晃悠着脑袋，军帽都晃歪了。他指着李二奎问：“盛秘书说的是这么回事吗？”李二奎回答：“不对，就是韩玉林摔的。”盛国典跨前一步逼近李二奎问：“你亲眼看见了吗？”李二奎一愣没说出什么。盛国典更逼一步指上李二奎的鼻子说：“当时你在哪儿？你在屋里抢吃点心呢。你是听到人们嚷嚷毛主席像摔坏了，你才跑出屋外的。”这下子，李二奎张口结舌说不上一二三了，像个乱了程序胡蹦乱跳的机器人突然断了电，立马不要不闹了。场面一时静下来。

曹部长哪甘心，要是这时真抓住个反革命，那他会光彩照人的。忽然他指着在场的其他人问：“盛秘书说的是假话，对吧？你们，有没有看到？嗯——你们看到了吗？”还是冷场，一个人也没有说话。曹部长左手指着韩玉林，右手顺势摸了摸挎在腰间的盒子枪问：“韩玉林，他是不是在撒谎？”

盛国典抢着担当“罪责”，韩玉林心里非常震撼，由衷感谢敬佩他的好朋友。可是，这桶脏水怎么能往他身上泼呢！韩玉林刚要张口，盛国典不给韩玉林说话的机会，还用眼睛瞪他。盛国典说：

“曹部长，毛主席的像是我摔的。但是，我绝对不是故意的。我家八辈祖宗都是贫农，三亲六友都是贫农。爷爷、奶奶是贫农，姥姥、姥爷是贫农，姑、姑父是贫农，姨、姨父是贫农，表姐表哥表妹都是贫农……”

盛国典一排子绕口令“贫农贫农贫农”，把在场的人都给说笑了。

“曹部长，孩子们绝对不是故意的，这一定是意外。”

人们随着话音一看，是五金厂的范志国。老厂长在城关公社可是有功之人和红人，他领导下的五金厂是公社书记的宝贝，全县的典型，曹部长对范厂长也是恭敬三分的。曹部长见了范厂长，口气缓和了一下说：“范厂长，这事还没弄明白呀，到底是谁摔的，是不是故意的，还要进一步破案哪。”盛国典又冲了上来：“怎么没弄明白？已经说清楚了，我摔的。但我不是故意的，是人们挤掉的。”

范厂长趁势说：“是呀——小盛这不自己承认了吗，刚才我在屋外都听到了，要说小盛故意摔毛主席像，谁也不信，小盛根红苗壮贫苦出身，他绝对办不出阶级敌人想办的事。李二奎在屋里贪吃点心，院子里发生的事他没看见哪。”

曹部长拧了拧脖子还想说什么，范厂长眯缝着眼睛煞有介事地说：“曹部长，这孩子们都是咱公社的苗子啊，虽然韩玉林是从省城回来的，可他在我手下，绝对不会办对不起毛主席他老人家的事。那样的话……就是我教育不够了，就是我的罪过了。还有这小盛你更清楚，他是公社的秘书，大笔杆子，成天给咱革命事业吹喇叭，他能做出有损毛主席的事来？”

范厂长的话软中带着硬，还把事情往自己身上贴。由于范厂长的身份，曹部长不敢造次，他像个穷追兔子的狼猛然碰见了虎，泄气了。他忽然摆了摆手，把精神头转向了看热闹的人们：“有什么好看的？去去去！”把人们都撵出了门，李二奎也被撵了出去。然后曹部长小声诡秘地说：“范厂长，这事要是反映到上面去，怎么办呢？”范厂长说：“是啊，这事闹到这份上，书记肯定会听说的。我去给书记解释，你不要害怕。”盛国典又跟上一句：“我向书记承认错误。”曹部长一听又拧了拧脖子，范厂长赶紧摆了摆手：“小盛，你不要多说了，这事我来办。好啦，曹部长你也休息休息。你对毛主席的忠诚，我是非常钦佩的，有你这样的好武装干部，我们的革命事业就没有不成功的事。”这帽子虽然大了些，但曹部长还是趾高气扬的，似乎又带着几分谦逊的口吻说：“啊，范厂长过奖了，有你的面子咱就先到这儿，书记那里您可……”

范厂长起身领着两个孩子走出曹部长的办公室。刚走出来的时候谁也没说话，可能害怕那个曹部长窥视吧。等到拐过一个墙角，韩玉林一把抓住了盛国典的胳膊，看着盛国典说不出话，眼泪唰地流了下来。盛国典说：“他不敢对我怎么着。快回家，咱还得娶媳妇呢。”

韩玉林平时晚上七点钟准时观看中央电视台《新闻联播》节目，可是今天已经过了七点钟了，他并没有打开电视，愣愣地看着电视机的黑屏出神儿。

四铁新的总经理早已上任，前些日子选举风波的惯性虽然仍在公司里有些震荡，但是组织上通过各种渠道，通过不同层次人员做了大量工作。特别是韩玉林没向组织提出什么要求，更没有追究选举当中的问题，公司里也就偃旗息鼓了。马凯和没怎么露面，用安小飞的话说，他不知又往他的葫芦里装什么药去了。

韩玉林多少天来一直做着安抚工作，说服大家安心生产，接受新经理的领导。但是别人都看得出，他内心里肯定是深水暗流，一时也不会平静。有道是十年河东，十年河西。韩玉林一夜之间降为副总经理，对四铁他还有运筹多时的改革举措没有推出，有宏大的蓝图没能实现，怎么能够平静。就像一部刚出了磨合期的汽车，正要加速快奔，怎么会一下子刹住车呢？

这时，面前的电视机黑着屏，从五金厂到四铁，以及最近发生的一切，一幕一幕地出现在韩玉林眼前。张智和拿着“蒺藜狗子”与他研究镇村企业的“表演”那么激动人心。

那年韩玉林进了五金厂，后来被提拔为副厂长，范志国退休他接了班。还在老厂长没有退休的时候，韩玉林就提过建议，厂里是否增加新项目，扩大一下规模？当时老范厂长摸着络腮胡子说：“是啊，这个厂我经营二十多年，光现在这个规模是不行的，但是我已经六十出头了，力不从心了。下一步看你的吧！”韩玉林上任以后，把扩大规模、上新项目的想法又提了出来。

还是在韩玉林当副厂长的时候，他就考察过北部边境每年替换下很多锈垢的铁丝网，在旺城叫“蒺藜狗子”。他当厂长后，就想到这些旧铁丝网废物利用的问题。他又去北疆洽谈，当场就定下合同，以很便宜的价格买下了上百吨旧铁丝网。

没有多少天，五金厂大门口前开来了十几辆大卡车，每辆车上都装满了铁丝网。韩玉林找了一个干枯的大池塘，才把这些铁家伙盛下。那么，这些铁蒺藜干什么用呢？能生产出什么产品呢？

没几天，又运来了十几车。突然闯进来的这些“蒺藜狗子”一垛小山似的，成了一大景观。很多人为韩玉林着急，许多干部都问他：“这么一大堆铁家伙怎么吃掉、怎么消化呀？”

韩玉林心里的“小九九”早就打好了。那天，他拿着一堆“蒺藜狗子”和几个破解铁丝网的工具，来到张智和书记的办公室里。张智和的办公室本来不大，唯一的一点空间，让这些“铁匠”们挤满了。张智和拿起一根干枯细枝般的“蒺藜狗子”说：“玉林，谈谈你的具体想法。”韩玉林兴致勃勃地说：“把这些铁丝网拆开、取直，然后再进行除锈处理……”没等韩玉林说完，张智和就忽闪着大眼睛急切地问：“再以后呢？”韩玉林眉飞色舞，比比画画说：“然后用它编织型号不同的铁筛子、牲畜‘笼嘴’什么的。我到省城有关部门打听过，也考察过一些地方，这些东西销路不成问题。”

张智和黑黝黝的脸苦笑着说：“这就是你的胃口？”

韩玉林知道张书记要说什么，胸有成竹，说：“我建议把运来的铁丝网分配到各村，再由村分配到户家。实行责任制后剩余劳力多了，我们发动所有劳力齐上阵，家家户户响起榔头声。这样剩余劳力搞起副业，又增加了集体、群众收入，两全其美呀。”

张智和听了很激动，闭着厚厚的嘴唇直点头。这不是一幅农村责任制后，村村搞副业的图画嘛。农村剩余劳力利用问题，是一个新课题，韩玉林的想法为破解这个难题提供了办法呀。这又是深化农村改革的一个新尝试呀。

张智和又拿起那几件铁家伙问：“这些破解的工具，可不少用哇。”韩玉林信心十足说：“张书记，工具咱厂里就可以造出来。我反复考虑过了，除了你说的这个工具，还有编织技术问题。我想把群众组织起来，请技术人员给他们讲课，先进行培训。这些技术都不复杂，易学、易懂。只要我们组织发动好，就没有问题。”

张智和看着韩玉林那张充满朝气活力的脸，和那一米八的大个子，宽宽的臂膀，特别是那双炯炯有神的眼睛，好像看到了村村开花，人人动手，大干副业的美好场景。

“好，玉林我支持你，党委支持你。”

……

五金厂的“表演”刚过，四铁的一幕一幕又出现在“电视画面”上。韩玉林看着四铁的这两年，怎么也看不出自己哪个方面有多大失误。对自己近两年的表现，近一时期在多个层面听到的是不计其数的赞赏。工人的话集中到一个“心”字上，就是“真心用心，掏心窝子”。那为什么，为什么却得到这么个结果呢？他直愣愣地看着电视机，电视机上不再有表演了，仍然是黑黑的屏幕。

“轰——隆隆隆”一阵雷鸣，把整个屋子震得似在抖动。这几天一直阴天，今天终于传来了雷声，随着雷声就下起雨，并且越下越大，没有几分钟的时间，在屋里就听到了哗哗的响声。这是今年第一声春雷，来得却是这么激烈凶猛，震撼天际。那闪电的光亮，使屋子里瞬间如同白昼。这是第一场春雨，来得却是这么急促。雨水从天上泻下来，犹如“瀑布挂前川”一般。

炸雷和雨声没有打断韩玉林的思路。近两年来，自己的表现四铁员工是赞赏的。但是上边当领导的又怎么想呢？他们对自己或者对自己工作中的有些做法，特别是涉及个别领导利益的问题，反应就不可能全是正面了。韩玉林，真心话你还没有弄懂一个企业干部，与上级领导之间的基本游戏规则。你只看到了雾霾天气的昏暗，没有看到其中的污浊与肮脏。但是，韩玉林又想到，我何尝不知道怎样与他们打交道，怎样去适应他们。如果按照他们那一套走下去，对得起企业、对得起员工、对得起自己的良心吗？国营、集体企业切实是需要改呀，这么多条线牵着你，别说经营机制上的事情，就是私情方面的东西就让你难以应对。平时他安排人员，企业改制了他也要安排人员；他要用企业的资金买车、买奢侈品、作招待费……他要你有全局观念，给这个企业担保，为那个企业筹资……更有甚者，还让你为私营企业承担这承担那，还美其名曰是为了旺城经济的发展，这能一概答应他们吗？

“啪，啪，哗啦”，随着几个电器的声响，停电了，屋里一片漆黑。人眼的瞳孔在光的照射下会收缩，突然失去了光亮，瞳孔不能一下子扩张会更感觉到黑暗。这天确实黑呀，辨不清方向，应该向哪里走？应该朝哪里奔？此时，韩玉林眼睛上就像缠绕了无数道黑布，就像眼睛瞎了一样。

“韩晨，拿蜡烛来。”

他起身焦躁地喊了一声。可是，这大雨天里突然停电，家里哪备有蜡烛？从远古就传下来一句话叫“打入冷宫”，那冷宫里就是这般黑暗吗？还有一句话叫“打入十八层地狱”，那十八层地狱里也是这么黑暗吗？

不仅伸手不见五指，还这么窒息，空气像凝固一般。他两步跨到门前，一把将屋门拉开。“哗——”连风带雨扑打进屋里，打在韩玉林的身上头上脸上。“轰隆”一声雷响，近如在院子里爆炸。韩玉林一动不动迎着风雨，任凭呼啸冲刷。这风雨的洗礼，似乎是在深刻地批判自己。韩玉林你太低估了黑暗的能量，太低估了邪恶的疯狂。这近三十年的时间你太顺了，从进五金厂，再到四铁，你都被正义捧着。你把心思全部用在了企业发展经营上，可平时你撞过几个领导的感情网？你撞过几个朋友的关系圈？你没有研究改革开放中的风云变幻，没有研究商品经济的艰难险阻。你得思考啊！你得反思啊！否则你就会在时代的大潮当中呛水甚至淹死。

但是他又想，旺城这些年来虽然滋长了一些腐败之风，难道他们就能够这样？能够不惜欺骗、强奸民意？能够光天化日之下，干着如此鸡鸣狗盗的丑恶勾当？难道这也是计划经济、市场经济变轨过程中必然遇到的吗？难道与黑暗邪恶的东西同流合污那就叫适应潮流吗？

又一道闪电从空中劈下来，雨水打下的线条被照得一清二楚。韩玉林下意识地向前迈了一大步，把自己全部暴露在了风雨中。哗哗的雨水泼在脸上有些隐疼。他抬手抹了一把脸上的雨水，使劲挤了一下眼睛，似在睡意中惊醒一样。

不，那不行，绝不能向那些黑恶丑陋的东西屈服。这些年我之所以被正义捧着，是因为只要你正义，那正义自然就会捧你。我为什么能进四铁？是张智和书记和我有什么特殊关系吗？不是，他看中的是我的为人，我的工作能力。这说明正义时时有处处在。当前不论有多么黑暗，不论有多少丑陋，随着改革开放的发展一定能冲破这黑暗，洗掉这丑陋。

韩玉林又想起了潘治安，潘治安已经竞拍下县电镀厂。拍卖会那天，韩玉林和孔大智、田保华、徐慕菲为潘治安助阵。那热烈的场面，深深感染了韩玉林。竞拍会上，参加竞拍的企业家们纷纷举牌，你争我抢，潘治安高标得手。他们上前为潘治安祝贺，孔大智书记却一把抓住韩玉林的手使劲握了起来。一边握手一边感慨地说："哎呀，玉林，你也应该拍一个呀。"潘治安听了孔书记的话大有同感，说："是啊！玉林搞经营、搞管理这么多年，若是自己干上一个企业，比我要强得多。"韩玉林谦卑地说："可别这么讲了，四铁这一摊子就够受的了，再说我哪有潘老板的资本哪。"

在人们面前韩玉林的表现向来是谦逊的。但是谦逊不是服输，不服输才是他真正的性格。那天孔大智他们讲的话，就像当今电台、电视台、移动、联通……发射出来的无数道电波一样，总是时时刻刻缠绕在他心头……内心就像大船在台风作用下不断与海岸碰撞、碰撞……承受着极大的冲击力。想起张智和，韩玉林心里就暖就有力量。想起潘治安，韩玉林心里那能量就往外蹿动。现在四铁这出戏已经落幕了，就像一部小说翻开了新的一章。何必非要绑架在国营集体的战车上呢？何必总是在官场的暮霭下厮杀呢？

又是一串炸雷，一阵狂风。在炸雷和狂风的驱赶下，雨似乎小了许多。韩玉林昂头向无尽的天际望去，看到天际边漆黑的浓云撕开了一道大大的裂缝，透过了一丝亮光，并且裂缝越来越大，无尽的亮光压住了黑云。

韩晨和李桂花没有找到蜡烛，摸到了那支旧手电筒，打开还放出了微亮的光柱。娘儿俩拿着手电筒来到客厅，看到屋门大开，韩玉林站在门口外，不由得大吃一惊。

这时，电来了，满屋里一片通亮。

李桂花朝着韩玉林以术后病弱的声音惊呼："你，你……"

韩玉林转过身一步迈进屋里，他已淋成水人，头发一缕一缕贴在头顶上、额头上，水珠不断地顺着头发面颊向下流淌着。然而他却嘿嘿地傻笑，像个孩子，嘴里还念念有词："痛快，痛快……"

他做出了一个命运转折的重大决定：

辞职，下海。

第六章

李桂花来到韩家，韩玉林父母似乎感受到了人生的圆满。但他们觉得老了，别的不中用了，守着这么一个老儿子，为他多拉扯几个儿女，更是天伦之乐呀。于是，老两口总盼着儿媳妇为他们生孙子。李桂花还真没辜负公公婆婆的希望，结婚半年多，还真“有喜”了。头一个生下来的是女儿，韩玉林和父亲母亲同样欣喜非常。母亲说：“我一辈子伺候了五个娃，男多女少四儿一女，这个千金来得正合奶奶的心愿。”大女儿长到一岁多，婆婆又开始唠叨：“你们趁着年轻，我呢也有力气帮着拖累孩子。”言外之意，就是催促桂花快点再怀上。桂花还是没有辜负婆婆的希望，来年又生了一个。可是，这一次又给公婆生了个孙女。两个女儿了，要是再添个孙子，不就齐全了吗？不仅公婆，韩玉林也是这个想法。

紧接着几年里，李桂花又接连生了三个女儿。也就是说，她来到韩家一排子生了五个女儿。外人有的开玩笑说：“韩家自己能排演《红色娘子军》了。”但公婆都是知书达理见过世面的人，婆婆说：“不论生男生女，能给韩家添人进口，就是老韩家的功臣。”话虽然这么说，可是李桂花和韩玉林也是梦寐以求想儿子呀。这样，韩玉林和李桂花商量好，再生一个，是儿子更好，不是儿子也认了，从此打住。没想到，来年又为中国的女子双打贡献了力量，一对千金，双双而至。

虽然说桂花的婆母也会在孩子们的养育上搭把手，但是，人一年年老了，对孙女们抱，抱不动，追，追不上。韩玉林忙在厂里，根本没有时间看管孩子。多年来，李桂花带着六个女儿，忙了田里又忙孩子，一天到晚没有闲空。为了管好这些孩子，李桂花用尽心思，想尽办法。每天下地，让大的抱着小的，大的后面又跟着一溜儿。李桂花队伍断后，招呼这个，吆喝那个，跟幼儿园一样热闹。她给每个孩子都买了一个小草筐，一把小镰刀，挂在门洞的墙上，一字排开。每天下地，孩子们自己拿自己的镰刀和小草筐。有一回，老四看到自己的小草筐旧了，就把老五的筐子换了过来，挂在自己第四位的钉子上。这事被老五发现了，两人抓起了架。这样，桂花让韩玉林从厂里拿来一瓶红油漆，一、二、三、四、五、六，小草筐和镰刀上，都写上了孩子的排行老几号，谁也不敢再乱拿别人的东西了。晚上睡觉，桂花躺在炕的靠门口处，往里从小到大依次排开。晚上叫孩子们醒来撒尿，一个个睡得实在叫不动。桂花就在炕头上放了一根小竹竿。这样晚上醒来拿着小竹竿，捅捅老大，点点老二，再也不用她半宿黑夜里咋咋呼呼了。

一群六个孩子，也有让李桂花看不过来的时候。有一个夏天的午后，孩子们在院子里大树底下玩耍筛子、簸箩。你扣到我头上，我扣到你头上，这个又把那个扣到簸箩底下。孩子们嘻嘻哈哈玩得开心。可是小四儿被扣在簸箩下面，别的孩子坐在簸箩上不动，不让小四儿爬出来。小四儿就哇哇地在里面哭，外边的几个孩子就哈哈地乐。小四儿在里面哭累了就睡着了。这时街上来了个货郎车，货郎小铜锣一敲，引得孩子们呼呼啦啦都跑出了家门。李桂花到地里干了点活，回来正碰到孩子们，她到货郎摊旁数了数少了一个，就问她们小四儿哪里去了。孩子们被货郎摊吸引住了，一个个瞪大眼睛，只顾盯着车子上的泥娃娃和那些用布缝制的小狗小猫，对娘的催问谁也没在意，像没长耳朵。李桂花急了，大声呵斥："小四儿怎么没有了？"她一发怒孩子们都害怕了，谁也没有想起她们玩筛子簸箩的事，都支支吾吾什么也说不上来。李桂花更急了，立刻满街寻找。找了十来个胡同，问了十几个庄乡，谁也没看见她的小四儿。李桂花把孩子的姥姥、舅舅们都招了出来，村里村外还是找不到。急坏了的李桂花，赶快让人把韩玉林从厂里叫了回来。韩玉林还特别跑到水塘和水井边，见人就问，根本没人见到有孩子来到这里。村子里各个角落都找不到，他们只好先回到家里想办法。这时，韩玉林家像炸了窝，吵吵嚷嚷，叽叽喳喳。吵嚷声把簸箩下的小四儿吵醒了，她翻身使劲儿一拱，从簸箩下面爬了出来，起来就喊："娘——喝水——"屋里的人们听了一惊，呼啦一下蹿出屋门，看到小四儿站在院子里揉眼睛呢。李桂花抱住小四儿就问："你到哪里去了？"

小四儿撇着嘴，小手指了指那顶簸箩。

唉，李桂花为了这群孩子真是操碎心了。有可能就因为这，积劳成疾落下了心脏病，这两年犯病次数更多了。

春天，李玉梅家里养的兔子又生产了一茬，兔舍实在挤不开了，不得不把一部分兔子撒放在院子里。这样，满院子跑着兔儿，有的还跑到屋里。桌子底下，板凳下面，随时都有兔儿出没。你要在她家里坐在小板凳上，冷不防就会有一只兔子蹿到你身上。

李玉梅家真成兔子窝了。

过了春季天更热了，满院子的异味更浓，再到夏天这一关真是难过呀。李玉梅要地搬兔舍的申请仍然没有结果。村里好几个人给她出主意，说迟长胜在村的人缘德性谁都清楚，他可是个"不吃食不下蛋"的。他当支书这么多年，对谁的事都是"鸡过拔毛"。没办法，李玉梅也学着买来烟酒，送到迟长胜家里，可是送完还是没有回音。

迟长胜个子不高，圆头大脸厚嘴唇，手不大却厚实，宽胯骨大屁股一拽一拽的，私下里人们管他叫"肉球"。自从那年托人向李玉梅求亲不成，一直耿耿于怀。迟长胜上过几年学有点儿文化，被当时公社的领导看上，培养入了党当了支书。前些年，李玉梅没有什么事犯在他手里。可这两年，养兔要地却成了迟长胜发泄的茬口。有一次李玉梅找到他，他阴阳怪气："不是看不上咱爷们儿吗？咱祖坟上冒青烟当上支书了，还是到路家去找吧！"那一次，地还是没有解决，李玉梅像被泼了一桶污水又气又窝囊。

夜深了，李玉梅翻来覆去睡不着。娘过早地走了，春香这么小，要是娘在还有个主心骨。要是，要是铁柱……唉，玉梅不愿想起这些，更不愿想起铁柱。可是，这大半年铁柱总在眼前晃动。那张长方形的脸庞，高高的鼻梁，有神的眼睛，像家里那台电视机天天能播出画面一样，一回接一回地显现。

李玉梅和铁柱结婚以后，曾经有过多少的甜蜜呀。两个人合计着过日子，合计着生儿育女。有一天晚上，两个人度过了一场快乐时光以后，李玉梅坐起来捧着铁柱的脸说："你娘一连给路家生了五个儿子，真有本事。俺家里从祖上人员不旺，俺向婆婆学，也给你生下五个儿子。"铁柱噌地坐起来，抱住玉梅又是一阵狂欢。他一边亲着玉梅的面颊一边说："真的，真的。你可别糊弄我。"玉梅的头放在自己手腕上，右手搭在铁柱的身上，撇着嘴，带着神秘的微笑说："你家的'钢枪银铁炮'，还真压过了迟家的'狼狮虎熊豹'。咱再有五个儿子叫什么呢？也压过他们。"铁柱装着生气说："净胡说，连他叔叔大爷都压下去呀？连我也压下去呀？"玉梅扑哧一笑："噢噢，错了，错了。"说着，起身给铁柱一个吻。铁柱说："咱给孩子再起名，要跟上这年代，要时兴的。"玉梅皱着眉头说："时兴的，跟年代？"两个人沉默了一会儿，玉梅忽然坐起来说："取跑得快的行吧，让孩子们跑得快超过他叔叔大爷、超过你总行吧。"铁柱说："好啊，那叫些什么呀？"玉梅抿着嘴，翻着白眼儿，笑眯眯地说："叫……火车、飞机、卫星、飞船、火箭！"说完，还伸出无名指向上快速一指，嘴里发出"嗖——"的一声。看她一副开心的样子，铁柱又抱着玉梅亲了一阵子。

可是，后来发生了那事。那揪人心肝、不堪回首的事啊。娘逼着玉梅和铁柱离婚。娘儿俩进行过激烈争吵，甚至到了决裂的地步，娘以死相逼。没有办法，她跑到爸爸的坟上哭过，抱着铁柱哭过，跑到河边对着老天哭过。和铁柱约好：离婚，等待看看。看看雨后的天还能不能晴，看看雪后的天还能不能暖。

李玉梅和路铁柱分手不久，南方一个什么渔业单位到这边来招收工人，去到海上干捕鱼的活计，给转"商品粮"。那年代，能脱离农村，就像改革开放初期出了国一样荣耀。路铁柱走了。

走前李玉梅和铁柱约好：不娶不嫁，等待时机。铁柱誓言：娘要同意复婚，就辞掉工作立马回来。但是，不到一年的时间收到了噩耗。路铁柱有一天出海，因为突遇风雨船翻了，他没能被救起，葬身大海，再也没有了回音。家里为他造了一座衣冠冢，就是一座空坟哪。不知多少个夜晚，玉梅在这座空坟上眼泪流干。铁柱，你真的不回来了。

一夜的思考，李玉梅决定再找迟长胜一回，毕竟庄里庄乡的。

中午吃过饭，李玉梅应约来到了村办公室的门口。没等多长时间，就远看着迟长胜像个球似的轱辘过来了。进了办公室，迟长胜往里屋指了指说："到里屋说话吧。"

这里间房内放着大喇叭的扩音设备，北墙边有一张床，窗前放着一张小桌子。李玉梅迈进里间坐到桌前，迟长胜也进屋坐到了对面。迟长胜斜了斜肿眼泡子说："不是说过多次了吗，不好办。"李玉梅说："咱村里有机动地，搞养殖业也是上级号召的事。我给你带了头，发展大了应该也是你的成绩呀。"迟长胜听了厚嘴唇一撇笑了："呵，个娘儿们家还懂得这些？"李玉梅也随和着笑笑说："就是这么个理儿不是？"迟长胜阴阳怪气地说："哎呀——过去咱还真没看走眼，又能干，还又懂得官场的事儿。那时真的落到咱屋里该多好哟。"李玉梅听到这儿皱了皱眉毛，但还是笑着迎合着说："咱庄里庄乡的没嘛过节儿，上回你就提到过去的事。这事也难说清，过去这么多年，咱岁数都大了，多原谅就是了。"迟长胜一挺身子，本来脖子脑袋像粘在一起，还是使劲梗了梗说："那可不是这么回事。想在心里的事啊，得不到就不死这个心哪。"

迟长胜说着，竟然伸手抓住了李玉梅放在桌上的那只手。李玉梅赶紧把手甩开："哎哟，都多大岁数啦，说点正经的，赶紧把地给划出来吧。"迟长胜起身，绕过小桌抓住了李玉梅的两只胳膊。李玉梅使劲儿想挣脱，但是迟长胜的两只厚手，钳子一样紧紧地扣住，使劲把李玉梅向北面的床边拉动。李玉梅浑身颤抖着，右胳膊使劲挣脱出他的手，手臂像运动员旋转的链球顺势一甩，啪的一声打在了迟长胜的脸上。紧接着，窗子上突然哐当一声，投进了一块砖头。像战士摸到碉堡下突然投进一颗手榴弹，窗玻璃稀里哗啦被打碎了。

中午吃饭，李春香看到娘一句话没说，知道这几天娘为要地的事犯愁。昨夜里娘躺在炕上翻来覆去，春香没敢出声，可她也一夜没睡好。这会儿，见娘满腹心事走出家门，她心里害怕，也跟着走了出来。远远看到娘在村办公室的门口，一会儿和迟长胜进了屋，于是她就走到跟前听着动静。还慢慢推了推办公室的门，门关死了根本推不开，她就躲在窗户旁边。当听到动静看到娘朝迟长胜打了一巴掌，就抓起一块砖头投了进去。

回到家里，李玉梅坐在椅子上满面泪水，春香也在一旁哭。但她站在娘的侧身，不敢哭出声，不敢让娘看见。等了一会儿，娘双手擦了两下眼泪，呼地站了起来："告他去！"

近几天，李春香看到娘又很少说话，脸色难看。

其实这样的情景李春香经历得太多了。她长到十几岁，就跟着娘一个人过日子，本来就这么庄稼地里的娘儿俩，渺小得不能再渺小了。像大海里的两颗沙粒，大地上的两只蚂蚁，天上落下的两片雪花、两个雨点。可是，却总有烦恼缠着她们。就说眼前，本来养兔挣钱是过日子的事，上级大力号召支持的事，可里面有着这么多的圈圈棱棱。到现在干也不是，不干也不是。李玉梅胸中似注满了炽热的铅水，胸部和肋骨胀得隐隐作疼。

娘还是为着要地烦恼？

不光是要地，李玉梅又"摊上事了，摊上大事了"。这可不是一般的事，真是件天大的事。为了要地李玉梅到镇上找领导，徐慕菲专门到她家来看了两次。李玉梅感到徐镇长很同情她，对她家的情况了解得很细，答应尽快解决。可是，前几天李玉梅又到镇政府，徐慕菲向她打听起一个人，让她猝不及防，心惊肉跳。

那天她进了徐慕菲的办公室，当然先说起地的事，气氛非常温馨，徐慕菲还给倒了一杯水，李玉梅没有一点当着迟长胜时的拘谨、尴尬甚至胆怯。徐慕菲面色和悦地说："李大姐，我问你个事。你要是愿意回答呢就回答，不愿意回答呢就算，别见怪。"李玉梅听了很意外，也很惊恐。镇上的镇长向咱打听嘛事呀？李玉梅忙说："你说吧徐镇长，在要地的事上给你添麻烦了，能向俺打听事，是看得起俺。"徐慕菲很认真地说："哪能这么讲，地的事是应该做的。我已经说过了，你家的情况符合划地的条件。"李玉梅又忙答话："谢谢徐镇长，谢谢。"

"有这么个养殖规模不容易，也就你女儿帮帮手吧？"徐慕菲停了一会儿接着说，但还是没点开想要问的话题。李玉梅点点头说："是，是啊。"此时，徐慕菲直眼看着李玉梅的面色，又一副难以启齿的口吻说："听说……哦，李大姐千万别在意啊。"

"没，没。你说，你说。"李玉梅心里也闷得慌了，徐镇长到底想问啥呀？

"听说……你的女儿……不是你的亲女儿？"

李玉梅脑袋嗡的一声，真像那年汶川人睡梦中遇到了八级大地震，惊恐万状，不知所措。她瞪起眼睛直看着徐慕菲，嘴巴张着，但一个字也说不出来。

原来，迟长胜那天中午不轨，李玉梅就找到了镇党委谢书记告发了迟长胜。谢书记非常恼火。迟长胜几年收缴提留出现问题，村里又上访不断。谢书记立即派徐慕菲到村里了解情况。

这是一个星期天的上午，李春香没有上学，吃过早饭正帮娘打扫兔舍，村会计大殿领着徐慕菲进了李玉梅的家门。徐慕菲依然小平头、夹克衫、牛仔裤。一进院门，两只敏锐的眼睛滴溜溜把个院子扫了一遍，特别是那略高的鼻子还耸了耸，故意吸了几下大气，皱了皱眉头，这是他闻到了院子里的异味。

大殿胡噜了一把乱腾腾的头发，朝李玉梅说："妹子，这是咱镇上的徐镇长，到你家来看看。"

"哦，徐……镇长。你看俺这里又脏又味。"李玉梅八辈子也没想到镇长会来到她家里，有些不知所措。她脸不知朝向谁，眼也不知想看谁。嘴里一边"哦哦"着，两只手直往身上的围裙上搓，好像见了镇长就得先把手擦干净似的。李春香看到大殿领来一个生人，也不管什么镇长不镇长，从院子里一下溜到屋里，好像房檐小雀受惊吓闪进窝里一样。

徐慕菲仔细看着院子里的兔舍和养殖的兔子，询问饲养技术以及销售渠道和效益。他见七八只兔子堆在一起争抢着食物，想抓上一个。

可他一伸手，兔儿们像石子投进平静湖面溅起的水花四下窜动，他弯腰抓了几把也没抓到。李玉梅见状随手很轻巧地逮起一只，送到徐慕菲面前。徐慕菲笑着说：“真是术业有专攻，我就逮不着。”

李春香溜进屋里后，先是在西内间隔着窗户向外看。一会儿，又跑到外间让一扇门遮挡住，只露出月牙脸和一只眼睛向外窥视。一个孩子的行动，徐慕菲当然看到了，但没在意。这时李玉梅才想起说：“徐镇长，到屋里说话吧。”

徐慕菲答应着“好好”便向屋里走来。李春香见他们要到屋里，噌地又蹿到东间去了。大家在外间屋坐好，李玉梅向屋里喊：“春香还不快去倒水，这孩子见人就腼腆。”李春香只好从东间里走出来，正好徐慕菲坐在西间的门口朝东。当李春香走出来的时候，徐慕菲和李春香自然对了一个眼神。这一霎，徐慕菲心中一怔：哎呀，怎么这么面熟哇。接下来，徐慕菲真是大脑小脑分开用了，一边应承着李玉梅他们说话，一边思索观察着李春香：这个头，这脸庞，这眼睛，这嘴巴……怎么就像一个人哪？

他们说了一些关于土地和兔舍搬迁的情况，徐慕菲说回去以后尽快研究划地的事，有了消息马上给话儿。李玉梅千般感谢、万般感激送走了客人。

回到屋里，李玉梅对李春香没好气地说：“人家镇长来了，你看你，躲躲闪闪，没个大孩子的样儿。”李春香却咬牙切齿：“嘛镇长？和迟长胜一样准不是好东西，你看留着小平头，还穿着牛仔裤。”李玉梅说：“你懂什么？别胡说。”李春香翻着白眼珠子说：“看他那个样儿，一进门就耸鼻子，嫌味儿就别到俺家来。”李玉梅唉声叹气地说：“咱家就是有臭味儿嘛，看看这个徐镇长能不能给咱把地解决了吧。”

自从那天在李玉梅家见到李春香，就像照片贴在了徐慕菲的眼上，李春香总在他的眼前晃动。那个头，那脸庞，那眼睛，那鼻子……这天晚上，徐慕菲回家很晚，韩梅已经睡了。徐慕菲进屋捅了一下韩梅说：“快起来，快起来，我给你找到妹子了。”韩梅本来睡得迷迷糊糊，听说找到妹妹，噌地一下翻身起来。徐慕菲看着韩梅的样子，扑哧笑了起来。韩梅皱着眉头说：“糊弄人呢，三更半夜的。”徐慕菲说：“这天我看到一个人，跟韩晨长得一样。”韩梅揉了揉眼睛，又看了一眼徐慕菲说：“净瞎说吧，在哪儿？”徐慕菲答道：“在李店。”“在李店？”韩梅睡得昏沉沉的眼睛一亮来了兴致，催着徐慕菲快说说到底是怎么回事。徐慕菲就把那天在李玉梅家的情景讲述了一遍，但是他又平静地说：“世界之大，模样相同相似的很多，那也不可能就是小七儿呀。”是啊，哪有这么巧的好事呀。这么多年拉网一般都找到外地去了，鼻子底下怎么会突然……韩梅不再兴奋了，立刻染上了困虫，哼了一声又躺下睡了。徐慕菲也没再多想，不一会儿发出了鼾声。

这天，徐慕菲又到李店催问提留款的事。他和迟长胜、会计大殿坐下来喝水，东拉西扯，话题又扯到李玉梅要地的事上。徐慕菲说：“哎，那天到李玉梅家，她家里那个女孩儿……”迟长胜一听，咧着厚嘴唇阴阳怪气地说：“怎么，徐镇长有什么意思吗？那丫头长得还真有个模样……”徐慕菲打断迟长胜的话：“胡说八道的，就你肚子里面没好水儿。”迟长胜嘿嘿地笑了起来，流氓色鬼一般。徐慕菲瞥了迟长胜一眼，兴致被一下子打了下去，说别的吧。刚要转个话题，大殿一句戳了出来：“那不是她亲闺女。”

“什么？不是她亲闺女？”

徐慕菲一惊。这话说的，就像徐慕菲哪根神经敏感大殿非要拨弄那根似的。迟长胜又咧着嘴说：“那丫头，石头缝里蹦出来的。”徐慕菲说：“石头缝里蹦出来的？话从你小子嘴里说出来就变味儿。我看着她面熟。”迟长胜追问：“面熟？她像谁？”像谁？像谁呢？徐慕菲当然不好说出像谁，还是若无其事地说：“这么说——这个孩子不是李玉梅的亲生女儿？”迟长胜斜了斜眼睛说：“拾来的。李玉梅，那娘儿们哪有生孩子的福分。”

“噢……是抱养！”这下徐慕菲的每根神经真像受到了针灸的刺激，既兴奋又紧张。但他还是尽力抑制住自己的情绪，仍然装作漫不经心问：“是哪一年抱来的？”迟长胜抓耳挠腮，没有想起来：“是、是——”大殿掐着手指头算了算说：“七八年？对，一九七八年春天。那时，天还没有暖和，是用小褥子包裹着抱来的，我老婆在她家亲眼看到的。”

啊……徐慕菲不再强迫抑制自己，让浑身的血痛快淋漓地涌动起来，自己也感觉到了浑身胀热。为遮掩自己脸上的表情，他随意抓起水杯喝了一口水，端着杯子起身装着欣赏墙上贴的一张旧年画，脸背向迟长胜和大殿。这张年画大概有十几年了，画面上一男一女两个孩童都骑着鲤鱼，预示着来年发财，富富有余。看到那女童略胖的小脸，徐慕菲立刻想起了岳母时常叨念的那句话："略胖的小脸，瞪着眼睛，头略动，嘴里只发出嗯嗯的乳声，脸上没有一点不愿意的表情，就被人抱走了。"

每当想起岳母的这段描述，徐慕菲就像自己有什么不好的遭遇，心里凄凄惨惨的。

那年春天，李桂花又生下一对"凤凰"。不仅还是没有生下儿子，女儿一下成了"七仙女"。孩子们"挨门挨肩"，一个个张着小嘴要吃的，撅着屁股要穿的，可不管爹娘多么苦多么难。李桂花听到两个妮子的哭声，一下子休克在产床上。李桂花醒过来以后就和韩玉林商量，把孩子送出一个吧。韩玉林虽说一个壮汉子，可是那抓了多年革命，却促不动生产的年代，韩玉林身上挤出的血和汗再无力同时供养两张嘴了。

他后悔不该这次"再生产"。

抱孩子的人来了。留下哪个？抱走哪个？

李桂花那个刻骨铭心永不忘怀并且艰难的抉择呀，真像自己被割下一块肉般难受。她含着泪掂量着，当时大几分钟的小六儿，也就是现在的韩晨，小脸略瘦一点，并且一直哇哇大哭，好像知道母亲要把一个送走似的。小七儿也就是现在的李春香，小脸略胖，分量头儿比老六重二两，瞪着眼睛，头略动，一点也不哭，只是嘴里发出嗯嗯的乳声，没有一点不愿意的表情。老六的哭声和瘦小的身体，为李桂花留下她找到了最后的理由。本来就身心伤透的桂花被小六儿哭得撕肝裂肺，心如刀绞。小七儿看起来强壮一点，在外不至于出什么闪失吧。她流着泪，用胳膊拦住大哭的小六儿。

就在桂花和小六儿的哭声中，小七儿被抱走了。

连个名字也没给孩子起。

徐慕菲极力掩饰着自己说不上是悲伤还是激动的情绪，看着那张年画的年代，自言自语地念道："一九七八年。"大殿也起身随着徐慕菲看那幅年画。听了徐慕菲的话紧接着说："对，七八年年底买来贴上去的。以前'文革'的时候哪有这种年画。"徐慕菲想：是啊，改革开放，这些童孩骑着鲤鱼风光现世了。可是，却有一个孩子正是在改革开放的元年，从母亲的怀抱里消失了。给母亲留下的只是略胖的小脸，嗯嗯的乳声，和没有一点不愿意的表情。

第七章

韩玉林辞职下海了。

这消息在旺城当然引起不小震动。韩玉林毕竟是多年有名气的企业家，主流还是同情惋惜，认为失去了一个好的企业领班人。不过近一时期，四铁改制堵大门、集体上访一系列热闹事，在旺城传得一塌糊涂，韩玉林“下课”似乎也成了必然。关键是上层，新换的县委书记、县长，事事处处以稳定为第一。一个厂长算得了什么？只要不出乱子，离了谁地球照常转。公司里不是无人上访了嘛，安定下来了嘛。安小飞也同时随韩玉林下了海，这更算不了什么，一个小小的车间主任。这些就像一个平静的湖面撒了一片石子，激起一阵波浪和涟漪，然而随着石子下沉到水底，水面也就平息了。

韩玉林没多思考这议论那议论，无所谓。就在那个大雨如注的夜晚，他心中干个体的那盏灯就已经充满了电，那铁了的心就像三峡大坝，再大的波浪也不会冲塌冲垮。

从四铁出来他就紧锣密鼓先跑了一圈，那些老朋友、老客户，不论近的远的，他都见了个面。一来打个招呼，散散心。这第二更重要的就是抓点儿商机，为下一步打打基础。

大哥“文革”时被打发到了西北农村，现在也退休了。自从“文革”分手，大哥离家这么远很不方便回来，只是在父母去世时见过面。岁月蹉跎，大哥显得特别老。别说皱纹，眼睛看上去也是混混花花的。哥哥看到弟弟又从“公家”里走出来，心里很不是滋味，此时更宛如慈父，为玉林委屈。他问玉林："这次下来，是不是和'文革'回老家的感觉一样？"韩玉林此时精神面貌焕然一新，爽快地说："不一样大哥。那时候咱是什么？咱是'黑五类'，是'坏分子'。不敢多说一句话，不敢多走半步路。现在咱是民营企业家，你们这边对民营企业家不也很尊重吗？"哥哥点头："是、是。可是民营企业也不是好干的。你年岁也不小了，再重新收拾新摊子？"韩玉林笑呵呵地说："大哥，不怕。我干了这么多年企业，应该说有一定经验吧。再说旺城的企业门类、特点我都很熟，这些都是我用得着的，是我的优势。现在又赶上改革开放向深处发展，政策越来越好，越来越宽，我有信心。"哥哥听了他的话，脸上的疑惑也渐渐消失了，说："那好，那好。我心里有数了，踏实了。"

安小飞身材不高还很消瘦，和韩玉林在一起，就像爹带着儿子。他眼睛不大，白白的面颊，加上那略长的黑发，猛一看人家会说是个"小白脸儿"。他三十多岁，恢复高考第一批考生，工业专科学校毕业。别看长得似乎柔嫩，但说话办事特别"爷们儿"。一是一，二是二，从不含糊。练过几套拳脚，浑身的"疙瘩肉"堪比健美运动员。水泵制造一直是他的拿手技术，特别是农村落实生产责任制以后，水泵的需求量大增，安小飞在这方面发挥了巨大作用。他和韩玉林关系非常密切，更佩服他的为人和能力。韩玉林决定下海，安小飞也打起了退出四铁和韩玉林干私营的主意。

韩玉林对安小飞的离开，开始并不同意。他说："你是个技术人员，又是一个难得的管理人才。凭着你的知识和能力，今后会大有前途。"

安小飞却说："有知识，有能力，要看在哪里干，和谁在一起干。四铁现在的状况不会有前途。再说坐了这么多年国营集体的车子，还真想跑跑私营的路子，尝尝私营的味道哩。"

韩玉林说："是啊，现在的年代是人人能显身手的年代，处处能显身手的年代呀。"

这次，韩玉林到外走了一圈，就由安小飞陪同。过去韩玉林出发虽然不讲排场享受，但比不上这一次寒酸。吃只有吃饱，住只有睡觉。安小飞说："韩总，我过去一个小车间主任吃什么住什么还都能将就，你可是我们旺城的大老板哪。”韩玉林扑哧笑出声来：“什么大老板？我是老总，你是副总，当下十几号人，如此之大。”说着，两个人都哈哈笑了起来。韩玉林说：“俗话讲，有享不了的福，没有受不了的罪。小飞，我连火车都扒过，你知道吗？”

“什么？你扒过火车？”

“哈……在你眼里一点儿也不可能是吗？”

“哈……哈……”

津浦铁路，向南飞驰的火车上，长龙般的车厢中有一节拉煤的车厢，车厢南端的车厢板和煤形成了一个凹槽，这凹槽当中躺着韩玉林。

那个被世人颂为遵义会议一样的全会后，企业渐渐得到了松绑。范厂长鼓励大家搞商品经销，当二道贩子。谁能给厂里带来利润，个人又增加收入，经销什么都行。收录机在市面一登场，立刻得到消费者的推崇。韩玉林听说东南沿海一带收录机价格便宜，便打起了主意。他四处打听，知道一个朋友的亲戚在南方。于是，就托这位朋友联系，决定到南方走一趟。可是，那个时候出门坐火车可不是个简单事，特别是要跑到中国的最南端，要花一大笔路费。厂里规定外出一切费用个人支付，只从净收入中提成。韩玉林合计来合计去，决定学铁道游击队扒火车。这一天一大早天还没亮，他就来到几十公里外的火车站的出口，正巧一辆货车开了出来。因为刚出站车速不快，他趁机一跃抓住火车的车厢爬了上去。

他躺在煤堆里，虽然颠颠簸簸，风呼呼呼吹起煤末打在脸上，但他兴奋极了。一想到这么多的路费能够节省下来，很快就会到达南方，什么风吹煤打他全然不顾了。他用一块破床单裹着自己的脸，那呼呼的风好像成了动听的乐曲；那“咯噔咯噔”的火车声好像变了腔调，仿佛是在向他诉说：“南方到了、赚钱赚钱，南方到了、赚钱赚钱……”

火车飞快地跑啊跑啊！过了一站又一站，不知不觉中火车拐了一个大弯道转向西去，他一点也没有察觉。也不知跑了多长时间，火车停了下来，他慢慢抬起头，四处观望，忽然看到远处墙壁上有“郑州”

的大字。哎呀方向走偏了。他来之前从地图上看过他要去的方向，应该是一直向南的走向，现在火车应该是偏离了向南转头向西了。他赶紧抓起简单的行李，偷偷溜下了火车。

韩玉林在南方收获巨大，弄来一批又一批手提录音机。因为这种录音机一大一小两个喇叭，时髦名字为“一只半眼”，可火了。厂里获得了收入，他个人的腰包也鼓了起来。

安小飞听了韩玉林的这段经历笑得喘不过气来。

韩玉林说：“小飞别笑，我绑架过人质你可能更不信了。”

“什么？你还绑架过人质？”

“那是——韩阳上大学的时候……”

南方大学经济管理系的一个教室，韩阳吃过早饭就来到这里。她环顾了这个前面低后面高、座椅面向讲台弧形排列的教室。选了一个座位，放下书包，先拿出书看了起来。

入学好几天了，韩阳总是充满着新鲜的感觉。和所有的孩子一样，从小学到高中十几年，一天到晚都甩不掉的语文、数学、物理、化学……就像天天吞吃腥鱼一样腻透了。来到大学里，每堂课都是全新的课题迎接着她。森林般的校园、整洁的教室、新颖的老师面孔……她感觉像是看到了纳木错的湖水，处处清澈一新。

上课了，今天的课程是经济学，老师进了教室登上讲台。这位老师三十多岁，消瘦的身材，高高的个头，长方形的脸，高鼻梁，大额头，再加上腰板挺直，说话总爱仰起脸，更增加了他个头的高度。眼睛不大，但感觉特别敏锐机智。同别的老师一样，先简单来了个开场白，然后转过身在黑板上写了几个字。他手臂一展，伸到了黑板的最高度，如果写得行数多了，字写到黑板下面来，他一定会大弯腰的。现在，他在黑板上面的木质框檐下写了六个大字：“我的名字——刘燊。”然后转过身面向同学们说：

“我的名字很简单，两个字。但是一半好认，一半不好认。也就是说，前边的字好认，后边的字不好认。有句老话：张、王、李、赵遍地刘。这刘我姓便是。但是后边这个字，就有好多人不认识了。”

说到这里，他仰脸微微一笑，立刻又给人一幅幽默可亲的素描画像。他接着说：“我给大家讲个小故事。大学的老师不爱面子，不认识的字就问，点我的名字后边这个字不认识，就很自然地问：这个字念什么？是谁的名字呀？我小学的老师不这样，爱面子，遇到不认识的字不会直接来问，而是绕了个弯子去问。我上小学头一节课老师点名，点到我的名字，他不认识这个字了，就把我的名字绕了过去，点完全班的名字以后又问：谁的名字没点着？这时我站起来说：老师，我的名字没点着。老师很自然地说：哦，你叫什么名字？我说：我叫什么什么。老师又很自然地点了点头说：哦，请坐下吧。”

讲到这儿，同学们被这小故事逗笑了，刘老师也笑了。他一边笑一边说：“说了半天，这个字念什么呢？同学当中有没有认识的？我们也绕过去吗？”话音刚落，看到中排的一个女同学举起了手。刘老师很惊讶：“哦，这位女同学认识，请你回答。”

是韩阳。她敏捷大方地站起来说：“念 shēn，燊字是旺盛的意思。”刘老师听了更惊讶，这位同学不仅认识这个字，还能说出燊字的含义。这么多年，一般见到新同学他都讲他的名字。一来第一次见到新同学需要报自己的姓名，二来用这个小开场白把气氛活跃一下。但是，认识这个燊字的学生，他还是头一次碰到呢。他问：“你叫什么名字？是从哪里来的学生呀？”韩阳爽快地说：“我叫韩阳，我的家乡旺城县。旺城古代叫燊城，正是因为燊字偏僻，有一年县城搬迁，延续了燊字的含义改名为旺城了。”刘老师头一仰说：“噢……曾经有个县城的名字和我的名字是一个燊字，我自己却不知。学识短浅，学识短浅哪。”他用手轻轻拍了拍前额说：“这么说，我的名字也应该改为刘旺了。”

语住，教室里又是一阵欢快的笑声。

一个燊字使刘燊和韩阳及韩玉林一家结下了不解之缘。

上完第一堂课，在刘燊心目中，韩阳像看了一部新电影的女主角，留下了很好的印象。不仅是认识一个燊字，韩阳高个子，上宽下窄的脸庞，忽闪忽闪的大眼睛，回答问题流利自如，每个表情、每一句话都显得那么成熟。接下来韩阳当了经济管理课课代表，韩阳和刘燊的距离拉得更近了。她经常到刘老师家里，并且和刘燊的妻子陈东丽教授也非常亲近。陈东丽说："韩阳就像女儿一样。"

那时韩玉林在五金厂开发了一个新产品潜水泵。这种水泵体积小扬程高使用方便，特别适合责任制以后农民的生产生活。销量非常可观，但是质量总不过关，出现了退货问题。原因是一个主部件不合格，而要造出合格的部件必须有专用设备。当时我们国家工业落后，要买到这种专业设备实属不易，像当今北京摇号买轿车一般。近处几省托关系四处寻找，也没有买到。韩玉林着急更着慌，像个沙漠里的饥渴者。他知道刘燊的妻子陈东丽是机械工程系的，就给韩阳打了个电话，问问陈老师是否有这方面的信息。这本来是有病乱投医的，可是陈教授非常热心，凭着她的各种信息资源，还真了解到有这么一台设备。

韩玉林听到这个消息，马上带着技术员小童去了南方。经过实地查看验证，对那台设备非常满意，于是就签订合同付款买了下来。

这么多年来，有时想起那次交易，韩玉林总是耿耿于怀。由于急着用设备，心情迫切，又是陈教授联系就没再多想。陈东丽每当想起那件事也非常沮丧。好心好意给韩玉林帮忙，可是没有想到经过几个关系的转弯，对方的底细摸得不透。第二天，韩玉林租好车辆去拉设备的时候，发现那台设备不翼而飞，蹲在车间的是一台破破烂烂的旧机床。韩玉林找来那位瘦小个、小胡子、长头发的耿经理。见了面他就耍起赖皮："怎么会调包呢？昨天看的不就是这台吗？"

听了这话，韩玉林好像一下子从天堂下到了地狱，耿经理一下子变成了魔鬼。接下来任凭你这关系，那朋友，这脸面，那诚信……那位耿经理撅着小胡子就实实变成了一个无赖。一会儿，又过来几个人，也都是小胡子长头发，个个脑袋蓬蓬松松像树上的乌鸦窝。

那位耿经理如同坐上了八抬大轿不紧不慢，手里还玩弄着一把匕首。他把匕首扔起来，接在手里，又扔起来，又接在手里。不论匕首在空中转几个圈，绝不是那锋利的刀尖而是手柄准准地落在他手里。刚进来的那几个人，撸胳膊挽袖子，龇牙咧嘴，凶神恶煞一般。韩玉林知道不好，上当了，这是一群流氓，早有准备下套了。怎么办？撤走吗？找朋友关系来说说吗？不会有效果。诉诸法律？那马拉松怎么受得了。

韩玉林的头脑闪电般思索着。

他站在耿经理的右侧只有几尺远。耿经理手里的匕首仍然在韩玉林的眼前翻着跟头，翻了一圈儿又一圈儿，每一圈儿匕首都闪着寒光。车间里像死了一样沉寂。

突然，韩玉林伸手掠过抛在空中的匕首，左胳膊顺势紧紧卡住了耿经理的脖子。几乎同时那把匕首的刀尖，准准地顶在了他脖子和胸腔连接的嗓子眼儿上。

韩玉林霹雳般的动作，把全场所有人都镇住了。耿经理的嗓子被卡，一个劲地嗽嗽，说不出别的。有一个长头发的家伙缓过神儿，张牙舞爪蹿了上来。韩玉林厉声喝道："滚回去！"

韩玉林那一米八的大个头，揽着耿经理就像逮着一只羊。那个家伙看了韩玉林一眼，看了他的主子一眼，退了回去。韩玉林大声喊道："耿经理，机器带不回去，钱打了水漂，我绝没有好下场。我一个穷光蛋，只好鱼死网破同归于尽！"

"啊……嗯……"耿经理感到韩玉林的胳膊铁杠般挤压着他，他动了一下喊出了声，几个长头发的家伙听了又要蠢蠢欲动。韩玉林瞪起双眼像张飞："怎么着？让他立刻就死吗？"说着右手臂动了动，一副向里扎刀子的样子。耿经理嗓子眼儿也明显有皮肉与利器顶尖接触的感觉。他直摆手，还终于说清楚一个字："别……"

韩玉林："要么报警！要么交出机器！要么你就不要命！"

耿经理："嗯……嗯……"

韩玉林大喊："小童，快去报警！"

耿经理扭了扭身子，声嘶力竭地又喊清了几个字："别……别报……警！"

接着韩玉林狼嚎一般："把机器交出来！"

那几个长头发瞪着眼看着耿经理。耿经理又动了动身子："好，你们快，快到，快……"机器已经被抬到另一个车间里，那几个长头发的家伙看到此情景，无奈地跑去了。装车需要时间的，韩玉林让小童找了根生锈的铁丝，把耿经理的双脚双手先捆起来。待机器装好车，韩玉林还是左胳膊夹住耿的脖子，匕首顶着他的气嗓，小童紧随身后。

像《亮剑》当中李云龙夹着楚云飞安安全全出了大门。

后来陈东丽问韩玉林："怎么敢做出如此举动？"韩玉林笑着说："刀真的卡在脖子上他也怕死。当时我感觉这帮痞子肯定前科累累，他不敢让警方介入。要是那样，他们的麻烦会更大。"

安小飞听到这里，又哈哈大笑起来说："那刀子你就接得那么准？"韩玉林笑笑说："小时候美国匕首都玩得那么熟，这不算什么。"

韩玉林、安小飞又笑了，笑声那么高亢，像进行曲。

在旺城，有"县管市"的说法，原因就在于有一个西市村。西市村就是旺城镇的西关村，坐落在旺城老城的西门以外。

很早以前，有个铁匠带着全家来到了旺城西门附近，从事着打铁的营生。这位铁匠手艺高超，天天炉火旺盛，叮叮当当、铿铿锵锵的锤声响彻半个城里。后来，又有一家锔盆锔碗的工匠，看到这位铁匠招徕的人多，也在这里安顿下来。久了又有许多买卖人家陆续来到这儿扎根。做买卖的人聚集多了，沿袭年久了，这里便成了一个大集市。因此，西市的名字也就流传下来，当地人称"西市儿"。到中华人民共和国成立后，这里已发展成四百多户的大村庄。也正是延续着做生意的血统，这里多少年来大多都是经营商贩。然而几十年前，学大寨、割资本主义尾巴……这个村人的经营观念、各种手艺全丢光了。剩下的只有拿起锄头、扛起铁锹，去坷垃地里找饭吃了。

前些年，旺城还是行政县的时候，人称"县管市"。后来旺城撤县改市，又出现了"市管市"了。西市村的田保华多年党支部书记、村委会主任"一肩挑"，没人管他叫名字或是田书记，都称"田市长"，号称旺城第一人。

这个"田市长"个子不高，不胖不瘦，圆形的脸庞，一双眼睛滴溜溜地转悠，特别有精神。从年轻的时候就是手快、腿快、嘴快、头脑快，被称为聪明的"小金豆子"。现在头有些谢顶了，更突出了大大的脑门，一双眼睛仍然滴溜溜地发亮，一点儿也不减精神头儿。

田保华是"文革"前的最后一批初中毕业生，算是有文化的。在"学大寨"运动中组织上选拔年轻干部，田保华有能力，从二十出头就当上了西市村的党支部书记，是当时旺城赫赫有名的年轻村干部，现在当村干部已经三十多年了。算得上是公社和现在镇上大红大紫的人物，在全市也是小有名气。

近一个时期，田市长心急火燎的。市里、镇上招商引资抓得特别紧，镇镇有任务、村村有任务。市委书记、市长常讲，招商引资是“天字号工程”，任务必须完成。田保华同其他支部书记一样年年有新任务，年年犯难。田保华说：“这招商任务就像建楼房打桩基一样，一个劲地往下压，真压得喘不过气来呀。”好在西市在城里做买卖的多，大小上个新项目还有条件。这不，田保华坐在家里正等着本村的大款“潘老闷儿”呢。

这个潘老闷儿就是潘治安。他兄弟四人，在当地说家有四个小子蛋子。吃，吃得多；穿，穿得费。过去那个年月，一家人的日子不用说非常拘谨。因此，潘治安初中没毕业就跟着一个修理收音机的亲戚学徒了。潘治安天生内向，不爱言谈。农村好听的话是个老闷儿，难听的话三脚踹不出个屁来。但是他从小聪明伶俐，虽然初中还没有念完，凭着爱学好钻，学了一手修理收音机的好技术。待他练就为成手的时候，恰逢改革开放的年代到了。收音机、收录机、电视机、影碟机……潘治安如鱼得水，大显身手。不光修理，早就搞上经销，成为旺城家电老大，创立了五个家电门市，成了赫赫有名的大款。

“少爷爷……找——”想谁谁到，随着喊声潘治安进门了。田保华是支部书记又是大辈儿，潘治安可不敢喊“田市长”，仍然按照村里的老辈分称呼。田保华嘴里叨念着：“这个闷葫芦一个字也不多说，找？找谁？后边这个字说出来就像损失一台电视机似的。”他热情地迎着，给潘治安倒上茶水。坐下来田保华就迫不及待地问：“怎么样？资金筹备得怎么样？你拍下电镀厂是件大好事，可像农民负担层层加码一样，上边又逮我催促开工呢。”潘治安说：“是，我也急。”田保华指着潘治安的眼镜说：“上级规定，招商引资责任到人一抓到底，你可别让我丢脸。那个商城的图，叫什么图？”潘治安说：“效果图。”田保华恍然大悟：“对对，效果图。我虽然不懂图，但是看上去还是蛮气派的。”潘治安慢条斯理地说：“银行那边你再帮着协调协调，这笔贷款有了眉目，咱立马开工。”听到这儿，田保华噌地站起来，连声说：“好好，你说哪家银行，咱马上就去。”潘治安笑着说：“这茶……嘛味呢。”田保华说：“别闻了。这叫‘钻天猴儿’上天——火急呀。”

“少爷爷……”潘治安叫住田保华，“你听我说，有这么一个情况。”

田保华停下脚步问：“什么情况？咱可不能打退堂鼓！”

潘治安忙说：“不是这个意思，是马凯和……”

田保华一听，板上了面孔，问：“马凯和？马凯和怎么了？”

潘治安吞吞吐吐地说：“马凯和……昨天找我，说……建商城如果资金有困难，他可以合作。”

“屁——”田保华立刻火冒三丈，瞪着眼睛说，“他有钱也是臭钱，不是好路上来的。可别听他的，你老韩叔可让他糟践苦了。不论他有多少钱，采取哪种形式的合作，都别和他啰唆。这乂不知打什么坏主意呢。走，咱找银行去。”

说着，拿起衬衣——旺城人叫“褂子”——走出了家门。

第八章

徐慕菲捅破了那层窗户纸，就似一把尖刀捅进了李玉梅的要命之处。她天天霾里雾里的，就不知哪里是南，哪里是北。总感觉不敢向前迈一步，不敢左右挪半身。睡觉睡不着，吃饭饭不香，喝水也像喝药汤难以咽下。

早晨，李玉梅天还不亮就从床上爬下来，早早做好饭，打发春香吃完饭上学去了。她走到院子里，在院子里转了一圈儿，好像屋里有什么事，又急促地返回屋里。回到屋里，又好像院子里有什么事没有做完，又转身回到院子里……来回折腾了几次，不知怎么才好。李玉梅清楚明白地知道了，徐慕菲是春香的姐夫，春香的亲生父亲是县里有名的企业家韩玉林，一家人都在旺城市里。

徐慕菲的话一直像院中的兔子在眼前蹦跳。

“如果你同意春香认亲，她当然和你还是母女关系，给你养老送终。今后韩家负担对春香的供给，她可以到城里上学，将来可以在城里就业，你现在、以后也都可以跟随到城里……”

春香刚一下生就来到李玉梅家，她没带过孩子，更不用说奶水了。那时虽然已经有了奶粉，但是要买到却像漫山遍野挖块老山参。幸亏母亲高兰凤东蹿西跑，托人巴结总还买到一点。特别是高兰凤知道，把小米粥熬稠，从中舀起的汤，照常能当奶水哺养孩子。加上厚实的家底，买米、买奶粉不愁钱，花钱抚养个孩子富富有余。因此，幼小的春香并没受委屈。

李玉梅觉得最对不住春香的是这孤儿寡母受到的欺凌，春香跟着自己受了多少气呀！母亲早早走了，她在世的时候，那些亲门近支就看到她家眼红，后来铁柱一家又成了仇人，春香从懂事就感受到了不少的屈辱。那年看电视剧《西游记》，春香挨了胖婶子和她孙女的欺负，回到家大哭。她问娘："嘛叫石头缝里蹦出来的？"李玉梅气呼呼地说："那是胡说八道，她们才是石头缝里蹦出来的。"李春香也是具有孩子们打破砂锅问到底的天性，仍然追问："她们才是石头缝里蹦出来的是嘛事呀？"李玉梅还是赶紧回避话题："那是骂人的话，咱可不问这个，怪脏的。"李春香当然还是弄不清是什么意思，只顾哭。近两年因为要地的事迟长胜刁难欺人，春香也清楚地感受到了。就连迟长胜对自己不轨都让孩子看到了，她心里多么难受哇。春香心疼娘，可是又没有别的办法，只好以一块砖头相报。

对徐慕菲的要求到底答应不答应呢？对春香要不要把这件事挑明了呢？要说——又怎么对孩子说呢？

那天，徐慕菲跟她谈这件事的时候说："你家养了这么多兔子，给你划地是应该的。但这事不能与春香的事混在一起。你让春香认亲更好，不让认，那地也一定给你办好。这是我的职责，也是政府的职责。"

李玉梅看了眼满院子的兔舍，思考着徐慕菲的话。他真能说到做到？如果不去认，徐慕菲不会也报复？到时候地没有要到，又得罪了镇上的镇长，添了一个大冤家，那可真没出头的日子了。

李玉梅不敢想了，抓起一大把草向兔舍里塞去。塞了一把，又塞了一把。笼子塞满了，兔子只好退到窝里边，她还不停手，一边大把大把地塞草一边说："撑死你们算了，喂你们这些东西添事、惹事。"直到笼子里实在塞不进去了她才住手。

她直愣愣地坐在兔舍旁，愣了好大一会儿，忽然看到了挂在外屋墙上的那个有线广播喇叭。这是前些年搞"村村通小喇叭"工程安上的，家家都有。只是有了电视这小喇叭就不响了，被烟熏得漆黑还挂在墙上。过去没有嘛娱乐活动，早午晚一天三次都能听到广播，小喇叭里经常广播城关公社五金厂韩玉林的事迹。后来有了电视，电视上也出现过韩玉林的模样。李玉梅从广播和电视里知道城里有个企业家叫韩玉林。李玉梅想：看徐慕菲说话的那个诚实劲儿，不像是不正经八道的人。韩玉林也是早就出了名的人，要是不让春香去认，不可能报复俺。可是……可是他这一家子肯定是有钱有势的，你看人家的女婿都在咱这里当镇长，以后还不得当书记？要是让春香认了她的亲爹娘，就有了靠山，看那些坏东西谁还敢欺负俺孩子。那年娘给自己找铁柱，就是有个攀图大家大户，给挡风遮雨的意思。韩家有钱有势，干吗不让孩子去认！春香长到这么大，受的欺负太多了，以后再不能这样下去了。

认，认了。要是春香找到她的亲爹娘，以后有了出息，咱这个当娘的还能沾上光呢。

可是……这孩子会不会忘了俺这个乡巴佬的娘呢？

哎呀……春香要是走了，就剩下俺一个人……

李玉梅想着，双手下意识地按住了自己的脑袋，像孙悟空的紧箍咒一下子落到了自己的头上一样难受。

自己从小除了母亲可以说举目无亲，春香是自己的希望，自己的唯一。要是再没有了春香，自己还有什么奔头哇。春香是个实在、倔强的孩子，不是无情无义的德性。可是，回到人家亲爹亲娘那里……不，不可能。春香不会忘了这个家，不会忘了俺这个娘。只是春香走了，家里空空地留下自己，这个味道不好尝呀！

多少个夜晚，李玉梅总做梦。有时梦见有鬼影，总跟着缠着自己，甩也甩不掉。有时梦见自己不知怎么跑到了高山腰上，咱从来没上过山哪，怎么上到这里来了，上也上不去，下也下不来了。有时也梦见花园，那一片片一株株的花，那红的白的五颜六色的花朵，放着香气，放着绚丽，那么好闻，那么好看……

她夜里常常醒来，醒来的时候不是在哭，就是在笑。还常常把春香也给搅醒了。

她最后下定决心，向春香说出真情。

星期天的早上，李春香还在熟睡，娘在院子里就喊她了："春香，天不早了，快起来吧！"春香被叫醒，揉了揉眼向窗外望去，娘正在收拾兔舍。

搬迁兔舍的地，镇上前些天已经批准并且办理了手续，地块都划清了。娘的脸上出现了红润，露出了难得的笑容，眼角的皱纹舒展了许多；话也多了，说话的声音也大了；走路也利落起来，一天到晚忙碌着新建兔舍的事情。她就像那年刚分到责任田时那么兴奋；像严冬过去，春天来了一样有生气。李春香看在眼里，心里痛快极了。很长一段时间，看到娘愁眉苦脸的样子，她年轻的血管里也像长了“茧子”一样堵得难受。可是自己又帮不上什么忙，问上几句话，娘总是不耐烦地把话题像关水龙头一样关闭得严严实实，嘴里什么也漏不出来了。这会儿好了，李春香赶紧下床，洗了脸，走到院子里，像屋顶上的小燕子叫：“娘——我帮你干点什么？”娘一边忙活着，一边乐呵呵地说：“其实也没什么活儿了，你就别下手了，怪脏的。你准备掀锅吃饭吧。”春香忙答应：“好，行行。”

吃完饭收拾碗筷，娘又打开了话匣子：“这个徐镇长还真好，这地说办就给咱办了。”李春香还是没好气地说：“我看到他们这些当官儿的就来气。哎，到咱家来过两趟，每次他都瞅我，真烦人，开始我就以为他和迟长胜是一样的坏东西。”娘咯咯地笑了起来，她一边笑一边看着春香说：“徐镇长看你面熟，像一个人。”

“面熟？像一个人？像谁呀？”李春香瞪着眼奇怪地问。

娘瞅着春香不紧不慢地说：“说像他对象的妹妹，就是他的小姨子。”

李春香的脸腾一下子红了起来，不好意思又难为情地说：“像他小姨子？这，这……”

怎么样给春香说出她的身世真情，李玉梅可动了心思。十七年的时间，母女俩朝夕相处，相依为命，更可以说心心相印。要是突然出来个母女不是亲缘关系，春香是抱养，另有亲生父母，这让春香怎么好接受哇！所以，李玉梅思考了好长时间。说破这件事情要慢慢来，就像剥玉米棒子一样，一层一层地剥开。

这会儿，李春香收拾着碗筷，不免好奇地问：“他，他对象的妹妹——他小姨子是干吗的？”

李玉梅说："春香，你还记得你在镇上看演出，那个主持人吗？"

李春香骇然惊诧，更不好意思地红着脸说："哦，同学说我长得和那个人一样，那是跟我开玩笑，这个徐镇长干吗跟着起哄。"

李玉梅认真地说："徐镇长可不是起哄，他说的是真的。"

"这么说，那个主持人是徐镇长的亲戚了？"

"对，是。"

"哦。"李春香不以为然，压根儿没往别处想，她把碗筷收拾在一起准备去刷洗，随口说，"这与咱有什么关系？世上长得相似的人多了。"

李玉梅紧盯着李春香的脸说："那可不一样。那个主持人和你长得一模一样，因为她是你姐姐。"

李春香大吃一惊，本来已经捧在双手的碗哗啦一声又蹾回到桌子上。她二目双瞪，张口结舌："什么，什么？我的姐姐？我还有个姐姐！是亲的吗？"

李玉梅紧接着说："是呀。是亲姐姐。"

李春香看了一眼娘，又转着脑袋扫了一眼整个屋子，就像寻找姐姐的踪迹。天哪，这屋子里还应该有个姐姐，不光是俺和娘啊。她接着问："那……那你有我和姐姐两个女儿？那么姐姐是怎么……"

这时，李玉梅收起脸上的笑容，样子像建兔舍的地刚划到手马上又被收回一样难看。手在脸上下意识地抹了一把，脸也没有朝着李春香，眼睛直愣愣地望着屋外，嘴里咕咚咽下了一口唾液，好像为了下边冗长的叙述先做了做准备。她转过脸，看着春香深情地说："春香，那个主持人真是你的亲姐姐，你的双胞胎姐姐。"

"双胞胎？"

惊诧、惊异、惊愕……李春香像电影演员要马上进入角色拍摄一个惊险镜头，立刻一脸的惊状甚至恐惧。她瞪着眼张着嘴愣愣的，浑身的汗毛孔都奓开了。

"你看春香的鼻子眼睛个头，和那个主持人就像双胞胎……"

那天同学们的喧闹声又从她耳边"唰唰"飞过。哎呀，说是双胞胎怎么就真成双胞胎了。

她干脆也不收拾桌子了，又一屁股坐在小板凳上，像听传奇故事一般问："双胞胎？那……姐姐是从小送给别人抚养了？"

李玉梅此时又看了春香一眼，还是没敢，或者说是舍不得捅破那个真正实质性的话题。眼前就像到了两重天的天界，迈出这一脚，就不在天的这一边，是去了那一边了。这一去，就一切捉摸不定了，就永远也回不来了。过去的母女情感、母女关系、母女生活，有过去的基础，有过去的环境，有过去的条件……十几年来，李玉梅和春香的每一天，每一日，每一件事，每一句话……李玉梅对李春香没有一丝一毫的"后女"的感觉。春香对娘，更是没有半分半毫"后娘"的感觉。娘就是娘，娘就是天，娘就是地。如果破了那个题，肯定是另一种情感、另一番滋味了。那情感那滋味，从娘儿两个的心灵深处会不会发生变化……

李玉梅多么留恋那十七年来亲娘亲女相处的美妙幸福时光啊……那件事一旦说破，她和春香的过去，和春香的这十七年，和春香现有的母女情感，和春香的……很多很多，无论哪些方面都会不会变换一种情形，无论母女感情多么深厚，会不会掺杂上别的东西。就像一碗清粥，撒上一点盐，粥还是那碗粥，但味道肯定有变化了，再也不可能是原来的味道了。

她愿时间停留一下，好让她再享受一会儿，以后不会有的，永远也不会再有的这十七年，这个家庭当中就她们孤儿寡母存在的那种情形，那种感觉。

但是，这个题是要破的，这层窗户纸是要捅的。李玉梅此时横下一条心，顺口说了一句："不是你姐姐让别人抚养了，是我抚养了你。"

唉——话到嘴边，"抱养"又说成了"抚养"。一字之差，李玉梅实际还是没有说透，两个农村母女之间也可以形容为当今有时国与国之间的外交辞令那么模模糊糊吧。

李春香急切地说："我知道你抚养了我，我姐姐，我姐姐到底是怎么回事？"

没等李玉梅答话，李春香又抢回话题埋怨起娘来，她瞪着眼睛说："准是你生了双胞胎，一看不是儿子，又怕负担重，把姐姐送人了。你怎么能这样？把姐姐送给谁家了，送到哪里去了？"

紧接着李春香又跟上了一句："姐姐要是知道了这些，会恨你一辈子的。"

李玉梅没有说话，停顿了好长一段时间。她目不转睛，看着春香，看得那么认真、那么仔细、那么慈祥。端详着春香脸上一点一处，脑海里浮现出春香一岁、两岁……十岁……一直到现在的这张脸。世上没有任何一个人比得上她更清楚这张脸，没有任何一个人比得上她更了解这张脸。她把她养大、成人、结婚，再伺候她做饭、洗衣、看孩子……今后这个梦想是不是会有变故？想起今后这个家肯定会发生的一些变化，心里酸楚得很哪。

她把春香拉到跟前，双手梳理了一下春香的头发。春香长大以后，这些年娘没再抱过她拥过她。这时，娘把春香紧紧地抱在怀里，眼里的泪水唰唰地流了出来。

"娘，你怎么哭了？"

李春香更奇怪，莫名其妙地出现了一种这些年受欺负时的恐惧感。李玉梅没有理会春香的话，直愣着眼睛说："春香，不是你姐姐叫人抱养去了，是我抱养了你。"

"啊——"李春香一下从娘的怀里挣脱出来，"嘛？你说嘛？"

"我不是你的亲娘，你……"

李春香瞪起大眼，样子像是对着迟长胜、对着胖奶奶："你胡说什么呀？"

李春香着实骂了娘一回，十七年来这是第一次，也是最后一次吧。但是，她毕竟明白了，没等娘从头到尾说完，她就噌地起身蹿出屋门，又直奔大门外向村北的地里跑去。她一边跑一边哭，满眼的泪水挡住了视线，不由自主撞到树上，倒在地里。她爬起来又跑，像一匹迷路的小野马，直到宽宽的泄洪河挡住了去路。

这些年，她从懂事到现在，迟长胜、胖婶子一些人欺负她家，春香心灵受到极大伤害但不敢多问，不敢多说。更使她百思不得其解的是她的父亲。娘说爸爸在海上出事死了，对奶奶那一家人娘又千嘱咐、万叮咛，不让她去接触，说爸爸已经和她离婚。爸爸为什么和娘离婚？他们离婚的时候自己是多大？在自己的记忆中从没有这个爸爸的影子，这么说爸爸和娘是在自己很小的时候就分开了。我那时那么小他们就分手，难道一点儿也不挂牵我？特别是爸爸，我这么小就丢下我？为什么又远到了海上？跑出这么远就是为了丢下我和娘吗？

十多年来，在春香脑海里，就像电视剧中看到一宗巨大案件设下的一连串问号，甩不掉，抹不掉，总是缠绕着她这颗稚嫩的心灵。

在同伴面前，她是一个没有爸爸的孩子，似乎处处矮人一头。到外村同学家去玩，同学的爸爸问她："你爸爸是谁呀？叫嘛名呀？咱这庄里庄乡的准认识。"李春香却摇摇头说："我爸爸去世了。"有一年李春香和几个同伴到地里拔草，正好那几个同伴的爸爸也在地里干活。她们撒娇地喊着："爸爸……爸爸……"一个个扑到爸爸的怀里，只甩下李春香孤零零地站在那儿。迟长胜、胖婶子他们这些人欺负她家，她总认为是没有爸爸。要是爸爸在，哪一个还敢欺负俺呢？

这些年，"石头缝里"的话，就像一把剑插在李春香那不太成熟的心灵里。随着年龄增长，她懂事了，对这句话的意思当然也渐渐清晰了，明白了里边复杂、多重的含义。但是她再没有追问过这句话，也没有向娘问过别的什么。她就认为这是故意侮辱，认为这是他们骂人的凶狠、歹毒、无耻。对骂她的这些人恨之入骨，从来没有怀疑过自己的身世，娘就是娘。那次在镇上看演出，同学们说她和女主持人长得一模一样，像双胞胎，激起她无际的遐想。回到家偷偷照镜子，那只是对自己长得好看、像主持人一样暗暗自喜，没有与那肮脏的秽语一丝一毫地去联系。大家崇拜向往这位主持人，是因为她长得漂亮。如果自己真长得和她一模一样像双胞胎，那么自己就跟主持人一样漂亮了！哪个姑娘不以自己漂亮为荣，凭着这种漂亮，将来是不是咱也可以……自己在村里总是受到一些白眼、斜眼，好像她一下生就处在最底层，不被一些人正眼看待。这次同学们夸她和主持人长得一样漂亮，像双胞胎，让她着实有了一次扬眉吐气、趾高气扬的机会，给了她一次直起腰杆的力量。哈哈，我和主持人一样漂亮！但是她无论如何怎么也没想到，她真的和那位主持人是双胞胎的亲姊妹。

李春香对着宽宽的泄洪河从心灵深处发问：为什么单单让我这么

一个女孩子遇到这些事情？被亲爹娘遗弃了，又到了一个不全乎的人家，偏偏没有父亲，只是一家孤儿寡母，受了那么多的……

李春香从小骨子里就刻印上了娘是天，娘是地，娘是她的唯一，是她的一切。娘是那么疼爱自己，自己从幼小到现在，骨子深处就埋下了好好孝敬娘的种子。娘那么勤劳，在村里是最早搞养殖的，这几年也真赚了钱。我长大了找个称心的婆家，和娘住在一起，好好孝敬她。可是，偏偏又冒出个自己是被抱养的。

泄洪河穿过七八个县市，蜿蜒几百公里流入渤海。连年旱情严重，雨水稀少，泄洪河无洪可泄，却不知从上游哪些地方、哪些厂家排出大量污水，染得河床发黑，仅有的窄窄的水面泛出白沫，刺鼻的水蒸气迎面扑来。没有一只鸟儿来戏水，也早就没有了鱼儿和青蛙。李春香下意识地抬起左手，用食指顶了顶鼻孔，这臭水的气味使她更增加了几分懊恼。她把眼睛从那肮脏的河水移开，顺着河堤转向远处，忽觉侧面一个身影。她把头转过去，娘在不远处静静地看着自己。她猛地转过身，叫了声："娘——"跑了几步，上前紧紧抱住李玉梅，头扎在娘的怀里呜呜大哭起来。

第九章

旺城上大项目，发展经济又双喜临门。玉林集团公司成立了，潘治安的商厦竣工开业了。

韩玉林走出四铁，从“玉林蝶阀制造厂”起步，生产低压管道介质的开关控制产品。如今成立了“玉林集团公司”，正好潘治安的商厦开业。县里鼓励他们两家好好庆祝一番，美其名曰造造声势发挥引领作用，促进私营经济快速发展。他们邀请了很多企业界的宾客，西北集团原供销处的副处长刘媚已经是正处长，应邀前来参加“玉林集团公司”成立大会。

安小飞专程到济南机场接刘媚。刘媚走出机场出港大厅，安小飞一眼就认出了这个让他和韩玉林多次吃“闭门羹”的刘处长。她近四十岁，本来就那么冰冷的面孔，齐着腮帮的短发右边挂在耳后，左边却在左脸上晃来晃去。头发一会儿挡着左眼，一会儿挡着左脸，显得高深莫测，难以捉摸。

那是韩玉林刚走出四铁，与安小飞到大西北推销蝶阀产品的时候。

他们一天一夜的火车，又坐汽车跑了三个多小时黄土地，在一片广袤的盆地里找到了西北集团。韩玉林看看手表说：“咱抓紧时间，还能说事。”但是，偌大的厂区，待找到供销处就快下班了。那天就是这位女处长接待了他们，韩玉林刚把产品介绍完，她就给截住了：“你们的产品我们根本不需要。”再说什么，不理睬了。

两人走出供销处，安小飞斜着眼睛说：“嘿——先让一个娘儿们给顶住了。”韩玉林自我解脱说：“今天来晚了，人家不会仔细听咱的情况，明天咱早一点儿赶到。”

离东部沿海几千公里的大西北，在地球上的纬度很高，天总是黑不下来。几天的路途劳累，窗外还大亮着呢，他们就蒙头大睡了。第二天上班前他俩就来到供销处，又是那位女同志接待了他们。这次算是认真听了产品介绍，但还是个不需要，死死关闭了窗口。再解释又给了一句话：“你们怎么这么难缠！”

西北集团地处西北连绵的山峦中，这天没有阳光，黑云像块大幕罩着天际。来时他们打听过很多朋友，都没同这边打过交道。硬着头皮跑这么远直接找上门，两次都吃了闭门羹。虽然有思想准备，但那位女子的冷面孔，就像这灰蒙蒙的天给大地蒙上阴影一样，让人心里凉飕飕的。他俩就像第一次上阵比赛的拳击运动员，遇到了强有力的对手。三下两下被击倒，刚爬起来又遭到重重一拳。

但还是不服。

俩人慢慢迈动着脚步，下意识地在办公楼前溜达来溜达去，像有磁石吸引不肯离开。脑海里都寻思着如何对付这位女同志。

西北集团办公楼坐落在一个小山坡上。远望，四周山峦起伏，把个西北集团包围在里面。厂区、办公区、宿舍区，各占一方，鳞次栉比。眼前的这栋办公楼依山坡建设，高低错落特别气派，远看就像布达拉宫一般。虽说是大西北雨少水少蒸发快，但站在这里远眺，几个大片大片的树林展现在眼前。那风吹晃动的树林，像一片片绿色浓云飘浮在城市中间，焕发着蓬勃朝气和强大生命力。

他俩不知不觉来到街上，看到的更是一派繁荣。车来车往，熙熙攘攘，店铺林立，大型超市造型别致，美观大气。通过透景院墙看到一所学校内，孩子们排着整齐的队伍在做体操。孩子们的动作和气质，整齐有力，蓬勃昂然。

韩玉林不无感慨：“有希望，有希望啊！”

安小飞奇怪地问：“什么有希望？”

韩玉林兴致勃勃地说：“西北集团，你看到了吗？这里哪像是一个企业呀，而是一座城，一座正在腾飞奔向繁华的城市。”

安小飞心灵电脑的屏幕，可能还锁定在供销处那位女人的尊容上吧，对韩玉林的话莫名其妙。又问："这与咱有什么关系吗？"

韩玉林还是喜形于色的样子，像哥伦布发现新大陆，说："西北集团的繁荣，就是我们的繁荣啊。咱们刚刚建立的企业，选中的产品，就是推向这样兴旺有前途的企业。这不就是咱的希望、咱的发达之处吗？"

安小飞听了，嘴里一声"哦"，眨巴着眼睛似乎恍然大悟："哦，对对。领导高见，领导高见。"他似乎也提起了精神，频频点头，可是随即又阴下脸来说："眼下，这个供销处的技术难关……"

韩玉林拍了拍安小飞的肩膀说："想办法。在你安小飞面前，还有攻不下的技术难题？"

第二天一大早，供销处的门还没有开，他俩又早早恭候在那里。一会儿，供销处一个姓张的小青年来了，他已经认识韩玉林和安小飞。他客气地打了个招呼，就开门拿起拖把打扫起卫生。韩玉林灵机一动来了个眼色。于是，两个人也抄起拖把笤帚忙活起来。

他们把卫生打扫完毕，韩玉林向安小飞挥了挥手，什么也没说走出了供销处。出了门韩玉林就说："看来这位小张是供销处最年轻的员工，很积极，所以早上提前来打扫卫生。那么，咱就先从打扫卫生入手，寻找战机攻破技术难关。"安小飞很赞同："对，这小家伙儿对咱还是很热情，先通过他了解一些情况。不过帮人家打扫卫生，咱韩总的架子？"韩玉林坦然一笑："什么这总那总，什么架子不架子。过去为'公'字咱都放得下，现在是为咱自己的企业了，还有什么放不下的？"安小飞无限感慨说："对，就是个金刚壳，咱也给它钻出个进去的眼儿来。"

"哈哈哈——"两人自信地相视大笑起来。

第二天，第三天……他俩专门去打扫卫生，干起活儿来还非常认真。办公室、处长室、副处长室……小张扫到哪儿，他们就干到哪儿。小张很不好意思，拒绝吧——他们又不同意，还天天一早就"上班"。在和小张的接触中，他们对供销处的情况了解得一清二楚了。

这天晚上，韩玉林和安小飞不光吃份饭了，买了一瓶酒，弄了两个菜喝了起来。安小飞喝了一口酒说："咱不能光干黑活儿了，咱的殷勤应该表现在供销处人员面前了。"韩玉林哈哈笑着说："对，明天咱就表现表现。"安小飞举起酒杯兴致勃勃说："韩总，为了我俩在遥远的大西北，有了一份打扫卫生的工作，干杯。"

"哈……哈……"

第二天早上，他俩故意晚去了一会儿，打扫卫生时又故意拖延了时间。等到供销处的人们都来上班了，他们还在忙活。那位女同志也到了。他俩已从小张那里了解清楚，她叫刘媚，还是这里的副处长哩。她看到韩玉林和安小飞在打扫卫生，立刻奇怪地问："小张，怎么他们……"小张不好意思地把她拉到一边轻声说："刘处长，这两位这些天一直帮着打扫卫生。我，我不……可仍然天天来忙活。"刘媚刚要说什么，小张又连忙说："刘处长，这两个人真够意思。连一点怕人嘲笑的意思都没有，天天来，干得还那么带劲。"刘副处长摇了摇头，似乎一种无奈的表情，说了三个字："有意思。"

她一边解着外衣的扣子一边朝里屋走去了。韩玉林装着什么也没听见没看见，放下工具走出了办公室，安小飞也颠儿颠儿地跟着走了出来。韩玉林对安小飞说："我看这块冰有所暖化，好，有戏。"

第二天早上，韩玉林和安小飞又"晚出了一会儿工"，当他们来到供销处的时候，那位小张已经在忙活了。韩玉林和安小飞当然不敢怠慢，又利落地抄起拖把笤帚。小张有些为难地说："领导们不同意你们这样，我……"安小飞问："他们没有太反感吧。"小张说："这倒没有。可是……"小张的话还没有说完，电话铃响了。小张抓起电话，耳边是一阵急促的声音。韩玉林和安小飞放下手中的活儿看着小张，小张一副紧张的面孔。他放下电话说："不好了，刘处长的孩子被摩托车撞了，我得马上去看看。"

机会来了。韩玉林朝安小飞一挥手说："走，咱们一起看看去。"

庆典活动结束的晚上，韩玉林又设宴招待刘媚。还邀请盛国典、潘治安等一些老朋友作陪。这时的刘处长与那时的刘副处长没什么两样，左边的那一缕头发仍然时不时挡住左脸和左眼。安小飞又喝红了脸，与刘媚开玩笑：“处长大姐还是这么漂亮。不过你这张脸过去怎么看也是严冬，现在怎么看也是春夏。”

刘媚说：“安总，又揭我的短，挖苦我？”安小飞忙说：“岂敢，岂敢。”刘媚面向大家说：“我知道他要说什么。想起来还真有趣，你们两个在西北集团给打扫卫生，真是演了一出恶作剧。我向处长汇报这件事，处长听了扑哧笑出声来。他一边笑一边说，还有这种事？我在供销处这么多年，还头一次遇到。都表扬小张那小子勤快，原来是有两个大汉在帮忙啊。”说着，刘媚猛喝了一杯酒，抿了抿嘴，发出一阵女人特有的甜蜜而又风骚的笑声。她说：“那事很快在整个西北集团传播开了。处长看了你们的资料说，人家也是一个多年的企业家哩，到咱这里能够这样卑谦很难得呀。可是，我们也不能因为给打扫卫生，就要他们的产品哪。照规矩办事，你们抓紧到他们那儿考察考察。”

安小飞眯缝着小眼睛说：“刘处，你可别忘了，在骑摩托车的那个痞子面前，本人可是英雄救美呀！”刘媚说：“哎呀——安总那真是武侠风度哇。哎，你别看安总的个头不高，那手和胳膊还真有劲。那痞子想耍泼，安总上前一把把他按在了地上。你说那痞子的个头比安总高，块头比安总大。趴在那里还真动弹不了。”安小飞接着追问：“怎么样？是不是英雄救美？”刘媚直点头说：“是，是。要不是你们到了，对那个难缠我还真没办法。来，我再感谢你一杯。”

盛国典听后激动了，端起酒杯，几步走到刘媚跟前去敬酒。他左脚尖儿虚点在前，又呈现出了“一点”的典型动作，刘媚看了，扑哧一声笑得前仰后合。她也站起来说：“第一次到旺城我们就见过面，盛主任也算是老朋友了。盛主任一激动，‘一点主任’的面目又现原形了。”盛国典已喝红脸，晃着向后倾斜的身子说：“我是太感动了。有道是秦琼卖马，子胥吹箫，自古英雄，也曾困乏。韩总大驾放得下，刘处大仁托得起，你们可谓珠联璧合呀。”

刘媚此时眉飞色舞，眯着带有几分酒意的眼睛，头向左边晃了一下，露出了被头发挡住的眼睛，更加美丽动人。她像在公司里拿到头等奖金般越发激动，要了一个大酒杯，从服务员手中拿过酒瓶，给自己哗哗倒满说：“今天高兴，耍点风骚。就是凭着玉林兄逆境中那昂扬斗志、谦和精神，我们才合作得愉快。为了今后更大的发展，干——”

“干——干——”全桌子的人呼啦都站起来，酒一饮而尽。

刘媚喝完坐下又说：“你们的玉林蝶阀厂当年建厂，当年投产，当年见效，现在又成立了玉林集团公司。你们县长称赞你们这是深圳速度，在旺城在东州前所未有，创下历史。我对县长的赞扬有完全的同感，你们真不愧是深圳速度，是神速哇。”

韩玉林听了刘媚的话没答腔。桌上服务员刚倒满一杯酒，他端起来一饮而尽。这酒凭着五十二度浓烈，好像为他周身的血管打了一个压力，使他更加心潮澎湃。这速度那速度，不管什么速度。前所有也罢，无也罢，是不是创下了历史，韩玉林不置可否。只是四铁又出现在眼前，改制的一幕一幕又出现在眼前。控制蝶阀在国际国内市场很好，它适用于泥浆、油品、热冷气体，以及各种腐蚀性介质。技术要求强，生产要求严，标准质量高。在四铁近两年的时间里，这是韩玉林用心考察论证的主打项目。在改制之前，蝶阀的技术、材料、生产、销售、投资……各个环节都考察完毕，正准备改制以后向这个领域开拓、转型，成为四铁的拳头产品。可是他的退出，蝶阀在四铁也夭折了。听说四铁的领导班子运转以后，商世玉曾经提出过向蝶阀产品转型的建议。但是，班子的几个主要领导各怀各的心思，各有各的打算，维持正常生产就不错了，上新产品也就是一句空话了。

韩玉林和安小飞曾经对蝶阀带来的丰厚利润兴奋。可是，一次韩玉林在谈论这件事的时候，却愣着神说了句：“可惜……”安小飞问：“什么可惜，难道赚了钱还可惜吗？”韩玉林深情地说：“不是这个意思。那年张智和书记提议让我担任四铁一把手，寄予我很大期望。四铁的一砖一瓦、每个工人兄弟我都是那么有感情。那会儿考察这个项目，就是想把四铁做大，可是……”韩玉林停了一会儿继续说，“如果没有那一年多的考察，没有蝶阀这个项目，咱们两个刚组建起来的这么一个小厂，又怎么会有所谓的深圳速度，更谈不上前所未有、创下历史了。”

《春节联欢晚会》，中国的一张名片。

大年三十上午，旺城大街上仍然热闹。过年了，各种商品搬出了门店，家家商铺店内店外一样热闹。场面最大的是那些卖酒的，一摞一摞不同品牌的酒水，在门店前都垒成了一堵堵墙。

“噼里啪啦！噼里啪啦！”“咚——啪——”

二踢脚、钻天猴、火箭筒、响天雷……那一万头的鞭鸣起……更加重了过年的气氛，大街上烟雾弥漫，炸响声声。

韩晨和几个同学在街上看热闹，人群中正好遇到了田培露。田培露朝着韩晨挤了过去，跳着脚昂了昂头喊：“哎……韩晨，晚上……”田培露这么一喊，韩晨还了个鬼脸马上答应：“哦，知道了……好的。”他们两个这么一呼一应，和韩晨在一起的同学说：“干什么呢？咿咿呀呀的，有什么秘密？”韩晨咯咯一笑，调皮地说：“不告诉你。”另一个同学说：“当然不告诉我们喽，你们两个的秘密还能让别人知道？”

韩晨的脸红了，她干脆坦白。自从一九八四年，中央电视台大年三十晚上推出春节联欢晚会，便受到全国亿万观众的关注。过春节人们除了大拜年、放鞭炮、吃饺子，还有一项最重要活动就是看春晚。每到大年三十晚上，大家都会集中精力，放下一切来观看。韩晨家买了一架调频收录机，每到春晚她就和田培露在一起，把好听的歌曲、小品什么的录下来。今天大年三十，他们两个见了面当然要说这件事。韩晨的同学说：“真的吗？晚上我也到你家去。”韩晨高兴地说：“好，好，欢迎，热烈欢迎。”

韩晨和田培露可谓青梅竹马。本来他们两个不是一个村子的人，可是他们还很小的时候，两家就搬到一个村子、一个院子里去了。韩玉林所在的韩庄，是城关公社一个边远的村庄。为了照顾他的家庭，同时也是为表彰韩玉林对五金厂的贡献。城关公社党委协调，把他一家迁到了本公社的西市村。因为是一个公社，对韩庄和西市两个村的人口、土地、公粮等也没什么大的影响。多年来，韩玉林和田培露的父亲田保华早就是好朋友。他们都算是公社的中层干部，经常在一起学习、开会，还有很多需要配合的工作，相互之间非常要好。韩玉林要落户到西市村，田保华当然满口答应。还腾出了自家的房子，和韩玉林一家住到了一个院子里。

田培露比韩晨年长一岁。他们小的时候没有幼儿园，两个孩子跟着大人下地干活，跟着两家的哥哥姐姐们玩耍，就像一家人的孩子一样。田家、韩家的大孩子们都上学了，两家的大院子里只剩下田培露和韩晨。他们追追逐逐、打打闹闹，给两家增添了不少乐趣。有时她跑到他家的屋里吃饭，有时他又跑到她家睡着了。田家有事就把孩子寄托给韩家，田家有时看孩子就看着韩晨、培露两个。待田培露七周岁上了一年级，院子里只剩下了韩晨一个人，她可不愿意，吵着闹着要跟着培露哥哥去上学。没有办法，韩晨六岁的时候就上了一年级，和田培露在一个班。

现在的孩子出门怕的是车多，怕被车撞了碰着。然而几十年前，怕的是水井和池塘。大人担心孩子滑进湾里，掉到井里。两个孩子一起和哥哥姐姐们来往走在学校和家的路上，一起玩耍做个伴儿，大人也放心。田培露虽然联系一帮男孩子，但是小朋友们都知道韩晨是培露的妹妹，韩晨掺和在里面也一样融洽。田培露知道呵护妹妹，虽然韩晨自小个性强，但是她也听哥哥的话。有很多时候，他们都是在小桌上一起做作业，一起缠着哥哥姐姐们给他们讲解作业、念课文，两个孩子学习还是很用功的。

一晃十几年，他们都上初中了。孩子们的年龄一大，自然结交的圈子也就大了。韩晨是个女孩子，自然在女孩子里面有了自己的圈圈。男孩子们在一起集结的时候，田培露带着妹妹参与还算自然顺畅得体。但是，韩晨和女孩子们在一起集结的时候，田培露这个哥哥要是参与就显得尴尬多余了。这个时候，他们有分有合，心有灵犀，一点就通。如果韩晨在和别人玩耍的时候，田培露过来找她，或是田培露在忙，韩晨走过去，两个人的眼神一对，头一点，哼哈一搭腔。他们的脑海就像当年那 BP 机，立刻显示出传来的信息。

对于韩晨和培露之间的关系，家长们自然高兴不想别的，孩子们还小哩。有时候，同学向他们两个开玩笑，说他们两个以后要成为两口子，韩晨和培露两个当然回拒他们：“胡说。”但是，在他们看不到的心里，却有着一丝丝朦朦胧胧甜蜜的感觉。

落实农业生产责任制后，农村的生活比原来好多了。韩玉林不能光居住在田保华家。他也在农村建设新房的第一个高潮中，在西市村建了自己的新房。韩玉林一家要搬到新房那天，两家在一起吃了一顿合饭。还特意摆上了酒，放了几挂鞭炮。他们一边吃饭，一边诉说着这些年来的情谊，难舍难分的。田保华对着韩晨和田培露开玩笑说："咱们两家合在一个院子里的时候，你们两个还没有桌子高，这些年你俩在这个院子里可像那国宝熊猫一样受捧啊。韩晨搬走以后还到这个'老家'里来不来呀？"韩晨急忙说："来，来。"韩玉林笑着说："咱们这两家了就韩晨能闹，她走了你老两口子也清静清静。"田保华使劲儿喝了一杯酒说："你这话说得可不对，没有韩晨我还真少了一份乐趣呢。"说到这儿，田保华拍了一下桌子："哎——韩晨，以后干脆你就叫我干爸好了。"然后又朝着韩玉林两口子说："培露也就是你们的儿子啦。"韩梅拍着手说："好啊，好啊，我爸妈终于有儿子啦！"其他的孩子们也跟着起哄，连声说好。从那以后，两个孩子还真的干爸干妈地叫上了。有这干爹干妈的保护，韩晨、田培露的兄妹关系就更自然了。

第十章

春香就是拐不过这个弯，为嘛单把我送人。这些年，她对娘说的“爸爸”有一种隐隐约约的恨，抛下我和娘跑到海上，一去不回了，让我和娘在家受了这么多气，心真狠哪。没想到自己还有一个被送人被抛弃的经历，那亲爸妈的心不也这么狠吗？

几个月了，春香和娘出现了从小到现在从没有过的冲撞，从没有过的两个人的“战争”。娘劝她认亲，她就是不肯。一张嘴就是：“他们不愿要我，把我给扔了，我还认他们干吗？”态度从来没有的冷漠、愤恨。娘要是再多说几句，她就会发怒，双手抱头大声嚷嚷：“行了！你也不愿意养我了吗？”

这天，一整天都是阴云密布，天空开始由微黄变灰，再就昏暗起来。一点风没有，院墙外那棵大垂柳树垂着长长的枝条，都像僵直了一样，枝条上还挂着发黄了没有脱落的叶子也是纹丝不动。本来就是冬天日头短，夜色很快降临了，黑云织成了大黑口袋把整个村庄装了进去。

李春香和娘早已吃了晚饭，坐在屋里又是很长一阵寂寞，谁也没有搭话。似乎今天的灯泡也减少了度数，也那么暗淡。家里的电视机刚刚配上遥控，是新鲜呢，还是无聊呢？她拿着遥控器，手指不断地按着按钮，换了一个台，又换一个台，每换一个台喇叭就发出嗤嗤的响声。哪个台的节目都看不上几眼，又被换掉了。她就这么下意识地拿着遥控器按来按去，其实心思根本就没在电视上。

今天娘又坐下来劝春香，可她还是一提这件事就烦。任你怎么说，她都是那一句话："他们不愿意要我，我还认他们干吗？"

娘今儿对春香说了一天了，你们这些年龄小的孩子，没有经过那个年代。那时候，农村吃饭靠工分，城里靠粮票。农村孩子多了劳力少，挣的工分就少，口粮就少。多一个孩子，多一张嘴，你就是有钱，也不可能多买一点粮食，因为除了分口粮，根本就再也没有卖粮食的。都还不够吃的，谁家还卖粮食呀？韩家为了盼个儿子，孩子生得就多了。到你这里，已经是七个孩子，又是个双胞胎，你不知道那个难处呀！你也猜不出那个难哪！听徐镇长说，你妈近年做过一次心脏手术，这都是年轻带孩子坐下的病根儿啊。

"哪为嘛偏把我给送出来？"

"哪个孩子不是娘身上掉下来的肉啊！十个指头咬咬哪一个都痛。你们刚下生，可没有跟谁亲、跟谁厚的事啊。听徐镇长说当时你的姐姐比你瘦小，哭得可怜，这才把你抱走了。"

又停了一会儿，李玉梅脸上露出了笑容，一副献媚般的样子说："香儿啊，这也是缘分哪，你来到我这儿，才有了我这个娘，我才有了你这个女儿，要是把你姐姐抱来，咱娘儿俩怎么能过到一起呀。你有你城里的娘，又有我这个娘，以后有两个娘疼你，这是多么好的事啊！"

任凭娘怎么苦口婆心，李春香就是不答应认亲。

这个家李春香和娘是再熟悉不过了。靠北墙是一个大堂柜，这种堂柜没什么花样，就是一个从东到西长方形的木质容器。木板有半寸厚，里面可以放东西，可以储粮食，是过去农村必备的家私。因为它盖子厚能承重，电视机就摆放在上面。原来西墙冲门的迎门橱，换成了写字台，为了给李春香写作业好使。南面窗户下边，原来是从东墙到西墙一溜儿的土炕。近些年，农村烧火炕的很少了，她们家也把土炕换成了木床。从炕上到床上，都是春香在里面娘在外，这么一直睡了十七年。

李春香就坐在床的西角处，左胳膊担在床帮上，右手拿着遥控器还是按来按去。娘起身从她手里拿过遥控器按了一下，啪的一声电视关机了，屏幕黑了下来。但是，李春香仍然直愣愣地瞅着电视。娘坐到了春香的身边，左手抚摸着她的头发，一把一把，那么轻，那么柔。

“香儿啊，我从小就没了你姥爷，跟着你姥姥过日子，后来又是咱娘儿俩，多少年来咱家都是孤儿寡母啊。你在这个家里受过多少外人的气呀，娘总觉得对不住你。”

娘说着，泪水哗哗地流满面颊。

“你们韩家是个大户啊。你爸是旺城有名的企业家，你姐姐、姐夫们都是有出息的人。你知道，娘不是势利小人。可那都是你的亲人哪，你认下了，他们会对你好哇，娘不也跟着沾光吗？娘也不是光顾眼前的利己小人，我不怕你把我忘了，你也绝不会把我忘了，只要你能过得好，怎么都行。”

娘说着抹了一把泪，脸上露出了笑容说：“你认了爹妈，到城里上学。就是没有你亲爸妈这回事，我也是打谱送你到城里上学。这下好了，咱更有条件到城里上学了。学好了长出息，娘也跟着得好哇。我本来有了你就有了希望，有了奔头，这下又有了城里你那一大家子，娘也是更长福了，更有奔头了。”

李春香听到这儿，回身抱着娘又哭了起来，并且呜呜的哭声那么大，泪水把娘的衣服浸湿了一片。她是伤心呢，是委屈呢，还是对娘的感激呢？还是……她不会解释清楚，永远也解释不清楚。娘右手托着春香的下巴，使她抬起头，左手给她擦了擦眼泪。

“香儿啊，你要是不去认你的亲爹娘，外人也会戳咱的手指头，说咱六亲不认。到时候我得个无情，你得个无义，那些坏东西就更欺负咱了。咱可不能办那傻事。”

这个阴沉沉的夜啊，别说月亮，就是星星也那么无情，一点亮光也不给。从窗子向外望去，天像一个大黑锅堵住了窗口。娘儿俩不像是在屋里，是坠入了无底的深洞。天哪，要不你打雷，要不你下雨，要不你行风，好给这空气凝固一样的屋子里添上点生气吧。

娘的每一句话像一颗颗钢钉，钉在了春香的心上；每一句话像一颗颗滚烫的水珠，使春香那颗冰冷的心开始融化。是啊，谁不疼爱自己的孩子呀，娘说过多次，虎毒不食子，谁舍得把自己的孩子往外送呢。娘从小把我养大，对我那么好，把我养得这么壮。我要是在爸妈身边，那艰难的生活也许赶不上娘对我的照顾。唉，也许老天是让娘专门来照顾抚养自己吧。这些年看到娘的辛苦，看到娘受的屈辱，自己恨不能有翻天覆地的本事，替娘解忧，替娘解难。可是，一个小小的女孩子办不到。自己心灵骨子里不是想好好孝敬娘吗？想上好学到城里找工作，把娘带进城里过城里的生活，过无忧无虑的生活，过不再受气、受屈辱的生活。这下有了亲爹娘的帮助，我这些愿望更能实现啊，更能好好地报答娘啊。

就为了俺娘，去认，认了。

爸妈都是嘛样子？

过了春节，正月初十，李春香也快满十八周岁的时候，她要到旺城去认她的亲爸妈了。

今年又是个“暖冬”，春节刚过天就暖融融的，没有了那么多的寒意。过年的这些天里别说下雪，阴天的时候都很少，那太阳的光特别灿烂。李玉梅说：“能让俺春香找到亲爸妈，真是老天有眼哪。这不天爷爷知道俺春香要去城里认亲，天天都给个好天气，天天都是晴朗朗暖融融的，就像那大春一样了。”

春节的这些天来，李桂花就操持着怎么迎接春香回家。光扳着手指头算计在哪个饭店里摆饭局，叫哪些亲朋好友参加，见面是不是有个见面礼，要是见面礼给孩子个嘛好呢……一天到晚唠唠叨叨没有个完。因为李桂花心脏做了手术，全家人都怕她太激动。韩阳总是说：“妈——好了好了。这些都不用你操心，我们到时候一定会安排妥当的。”话是这么说，桂花也知道这些事用不着她操心，可是她心里总是对于这些琐事撂不下。也难怪，这是桂花十八年的憧憬和期盼哪。十八年来，她睡里梦里，无时不想找回小七儿。

李桂花自从进了韩家门，带一帮孩子，家里穷，年龄也轻，从来没想过生日的事。她五十岁生日的那一天，正是和韩玉林结婚三十周年的纪念日。女儿们都说：“妈妈正好五十岁是个整数，并且还是爸妈结婚三十周年也是个整数，太值得庆贺了，一定给妈妈过个生日也庆祝爸妈结婚三十周年。”

李桂花痛痛快快答应了。生日宴安排在龙凤大酒店，专门请来了盛国典、田保华等家人朋友。席宴开始后大家纷纷敬酒祝寿，孩子们还献花，李桂花看着乐得合不上嘴。忽然对韩玉林说：“小七儿，要是小七儿……”韩玉林其实听得很清楚，可是他装着没听清什么，又拍手，又嚷嚷，尽量转移桂花的思绪。可是，当李桂花看到韩晨敬酒时，突然伏在桌子上哇哇大哭起来。

李桂花的举动把大家吓坏了，都以为她又犯了心脏病。韩玉林忙示意大家坐到自己的位子上，把拇指、食指和中指捏在一起，给大家比画了一个“七”字，大家立刻明白了。可是大家又劝解李桂花时，发现她脸色苍白，呼吸困难。韩梅惊叫：“妈真的犯病了。”韩玉林一看情况不好，赶紧说：“快打 120，快打 120。”

就因为想小七儿，桂花不知犯过多少次病了。

李春香答应认亲以后，李玉梅就和徐慕菲取得了联系。徐慕菲这个大联络员很快传过话来商量，春香认亲后到城里去念书，孩子还是属于李玉梅，春香就业后还是和李玉梅在一起。上学就业找对象陪嫁……出钱全不让李玉梅操心。李玉梅本来是个明白人，她对徐慕菲说：“咱可不提孩子属于谁的事，春香是我的，更是她亲爸妈的。咱都盼着她长大成人，有出息。咱更别提钱的事，我挣了钱不也是为了春香嘛。”至于哪个时候去认亲，李玉梅心里有她的“小九九”。她坚持春节以后再让春香认亲。一来春香初三第二个学期快到了，过完了春节再让春香去旺城正好赶上新学期。二呢，李玉梅愿意让春香去城里以前再在李店过个年。

十八年了，头几年还有娘和春香三个人过年。那时候她和娘整个年都是围着春香打转转，给她买好吃的，给她穿新衣打扮，逗她欢乐，好像这就是过年。以后娘走了剩下她们孤儿寡母，每逢过年李玉梅仍然是围着春香转。可是孩子小哪理解娘的孤独与凄凉，每到这个时候，娘总是带上春香到铁柱的坟上去烧上几张纸。

后来春香长大了，懂事了，渐渐明白了娘的心。过年的时候，春香总是故意挑选娘爱听的话说，逗娘欢喜。特别是娘给她买回新衣服，春香都欢喜地穿上，在娘面前晃来晃去，自己夸赞自己穿上新衣服多好看。每到这个时候，娘眼角都积出纹线，露出欣慰的笑容。伸手给她拉拉衣领，扯扯衣角，好像没有看够的时候。

再以后这个年是个啥样儿呢？

李春香这一回过年更是七上八下的。这个还没有成熟的孩子的心灵里，增加了很多异样的味道和很重的负担，显得特别累。就好像自己的心在胸膛里游荡起来，说不上放在哪个地方好受。不高兴吧，可过年了怎么会不高兴呢？往年都是那么兴高采烈的。高兴了吧……又怕娘……

唉，剩下春香一个人在屋的时候，她就愣神儿。心里总有些怨天怨地的，大人们常说人的命运是老天给定好了，老天你怎么单单让俺……可是她一想到娘，心情又好起来，又鼓起了勇气，好像又给自己找到了依托，找到了理由，找到了台阶，找到了……

明年我当然回来过年，不是全为了俺娘吗？俺娘说了，韩家是个好人家，到了那里也是给娘带福了，先上好学，等俺就了业就……不，看情况，也可能早早地就把娘接到城里去。

韩家到底是什么样的呢？那亲爸妈又是嘛样的呢？

认亲的这一天到了。

韩玉林让韩阳开着公司那辆红色桑塔纳 2000 到了李店，把李玉梅和李春香接进了城。一路上，李春香心里翻江倒海一般，难以平静。更多的还是充满疑问，她探着头一个劲地望着车窗外，就像是在窗外寻找韩家，寻找她的亲爸妈，看她那些姐姐们。

进城后，她们先是被接到家里然后又去了酒店。李春香从李店的家到了城里，到了韩家，又到了酒店。一直紧跟在娘的身后，面无什么表情，大眼睛一直不停地转悠，仔细观察着发生的一切，似乎一直像是坐在那辆轿车上，悠悠忽忽，缥缈不定。要么是左手，要么是右手，紧紧攥着娘的手或拉着娘的上衣边。

这过程中，万花筒般眼花缭乱地知道韩家是楼房，姐姐、姐夫，这叔叔那阿姨，还有几个叫小姨的孩子们，熙熙攘攘，火火爆爆。这个从记事就进出在那几间土屋里的孩子，哪见过这等气派热闹的场面。但是她从一进家就时刻想着注意看着，哪个是爸，哪个是妈。等到了韩家的院门口，看到院内像生意兴隆的门店一样热闹，好多人在迎接着。韩阳先是一指最前面的一对中年男女大声说："春香，这就是咱爸妈。"

李春香停下脚步，眼睛像照相机快速地调整着焦距好使自己看得更真切些。

李桂花闪出人群向前赶了两步，蹿到李春香面前，伸出双手就搂住她，同时呜呜地哭了起来。

李桂花的动作使李春香一时不知所措，直挺挺地面无表情，转着眼珠子看看这个又瞅瞅那个，似乎一点也没有在乎眼前这位亲妈妈的拥抱和哭泣。人们赶紧走上前劝说李桂花：

"今天是大喜的日子，别这样啊。"

"你先看看春香，长得多俊哪……"

李桂花恍然大悟。是啊，孩子嘛样子的呀，没等看出个眉毛鼻子就先哭起来，自己心里也觉得好笑。她抬起满是泪水的脸，两眼同时又笑出两道缝，一手握着李春香的手，一手托着她的头。不过这只是很小一会儿，然后还是双臂抱着李春香又哭起来。韩阳上前用手碰了碰妈的胳膊说："妈——光顾哭了，玉梅姨在这儿呐。"

"呃，玉梅——玉梅妹子。"

李桂花好像又一下子醒过盹来，赶紧松开抱着的李春香，手快速地抹了一把脸上的泪水，转身向李玉梅并紧紧握住了她的双手，脸上依然又是泪又是笑地说：

"你看我，你看我，净顾着高兴了。你这大恩人，大恩人哪。快进屋，快进屋。"

这会儿进了饭店走进餐厅，人们把目光一下子又投向了李春香。她的左手还是紧紧地攥着娘的手，不知是不好意思还是有些恐慌，像是记者招待会上遇到了强烈闪光灯的照射，右手不由自主地抬到了脸前。忽然感觉这样不妥吧，唰一下又将手甩了下去。妈妈又向春香介绍这个，介绍那个，她只是撩起眼皮看这个一眼，盯那个一刹，还是一个也没记住。

这时候大家看到的李春香留着短发，因为这种发型很简单，头发从头顶自然垂下齐耳剪平，样子像倒扣着的草筐子，因此农村人称这是“草筐头”。方形的脸庞，长睫毛大眼睛，只是嘴光闭着。这也是她时常的表情，也许从小心灵创伤比较多吧，很多的时候她就是这样。特别是有什么气恼的时候，嘴闭得更紧，好像用雕刻家的凿子也凿不开似的。有这种表情的时候加上那大眼睛自然瞪起，并且带着怒气目视前方，整个脸庞更显得冷漠，像块石头。

韩玉林两口子今天特约了几个亲朋好友，这少不了田保华、盛国典……一般有个酒场儿，田保华自然操持得多，这会儿他又招呼了：“大家注意了，比赛场上发号令，各就各位。”老田的话把大家逗笑了。本来按当地家庭规矩，年龄大的长辈分的往里坐，可是让了一阵子谁也不肯往里去。田保华只好说：“哪——按国宴标准。老韩你先坐好当主陪，这玉梅妹子你就得当主宾了。”李玉梅也不知什么主宾不主宾，也不知应该往哪儿坐，按照田保华指点就坐在了韩玉林的右边。李玉梅刚坐下，李春香向左一靠，缩身坐在娘旁边的凳子上。坐下后还把屁股下的凳子向娘这边挪了挪，紧靠住了娘的身子，和娘粘在一起似的。田保华指着李桂花说：“桂花嫂子就得坐副主宾了。也应该，生了这么个好姑娘，老韩该请请你了。”大家又笑了，但李桂花没有按照田保华的指点去坐，本来她就没有离开春香，随即一侧身就坐在了春香的右边。田保华连声说：“好好，守着你闺女也好。”然后把盛国典让到了副主宾的位子上。

韩玉林在这热热闹闹的场面里，从见到春香的那一刻起，别说和女儿正经八百地说上几句话，眼睛都没捞到和孩子对在一起。这时都坐下来了，韩玉林又和春香距离很近，他向右歪着身子隔着李玉梅看着春香，并且笑容满面，可掬可亲，下巴朝着春香点了点问：“春香——爱吃什么菜？点一个。”李春香瞪着大眼睛看着韩玉林，轻轻摇了摇头，嘴唇和面颊只是略动了一下。春香的这个小小表情，在韩玉林脑海里像电流一闪而过，但心里却像签订了多少亿的销售合同乐开了花。他知道孩子不会点，也只是找个茬口儿看看孩子说上句话罢了。

他马上一扬头，朝韩晨喊了一声：“韩晨——你不是爱吃糖醋里脊吗？春香也准爱吃，把菜单里再加上个糖醋里脊。”

韩晨一边答应着，一边走到春香这边来。她问春香：“你也爱吃糖醋里脊？”

李春香只好点了一下头。她不知道什么是“糖醋里脊”，这个时候，爱吃不爱吃都答应呗。

李春香和韩晨在家里见过面了。当李春香到家进到屋里时韩阳继续介绍大家，点到的每个人也只是一带而过。当点到韩晨时韩阳专门把她拉到了李春香的对面说：

“春香，这就是韩晨，比你大几分钟的姐姐。”

那会儿，李春香的眼睛虽然对那么热烈的场面应接不暇，但韩晨来到面前，就像那年演出韩晨那一亮相，一下子把李春香的注意力吸引住了。她用眼睛调控着自己思路集中了一下精力，着实仔细看了韩晨一眼。看了看这位曾经令她那么崇拜的主持人，看了看被同学们说是双胞胎其实真是双胞胎姐姐的韩晨。韩晨和别人不一样，不光寒暄，上前伸手来了个现代派拥抱，显得异常热情。但这又很快被人们的欢闹打断了。

这会儿，韩晨又来到跟前，李春香像绘一幅人物肖像般仔细地描画起韩晨的眉毛眼睛鼻子。她感到韩晨比那次演出时更好看了。她个子更高了，和自己差不多，眼珠黑白分明，长长的睫毛随着大眼睛忽闪忽闪地翻动，白皙的脸就像娘刚蒸熟的馒头的皮色那么白皙鲜嫩。记得那年韩晨当主持人时留的是短发，现在是披肩的长发，更加潇洒，更加楚楚动人。对李春香来说，也只有在电视上看到过这样时尚的美人儿。那年韩晨在舞台上，李春香在拥挤的舞台下和多少年轻人一样被她所倾倒哇，原来她真是自己的姊妹，真是双胞胎的姐姐。

李春香和韩晨的眼睛又对在了一起。

李春香嘴唇略微动了动，露出一丝笑容。

韩晨张着嘴，嘿嘿笑了起来。

大家又都哈哈笑了。

韩玉林笑得那么真切痛快。

李桂花又抹了一把眼泪。

韩晨又伸手搂着李春香的腰，把李春香抱了起来，大家又是一阵欢呼，田保华还举起双手带头啪啪啪拍起了巴掌，并扯着嗓子喊：“两个姑娘站好，来个选美大赛，看谁是冠军！”

酒席开始了，肯定是田保华先说了一番祝福吉祥的话，然后喝酒吃菜，举杯举筷，碰杯声声，全场喧哗，喜气洋洋。李桂花不停地为李玉梅和春香夹菜，弄得李玉梅和春香面前的小吃盘里堆满了这肉那菜。

到了敬酒的时候，席宴上更是欢声笑语，你推我嚷。多是韩阳和姊妹们前来敬李玉梅。韩梅带着儿子徐建超前来敬酒，李玉梅忙站起来。一进餐厅时李桂花就介绍了，韩梅是徐慕菲的爱人，儿子叫徐建超。这么多人，李玉梅也全记不下来，但徐慕菲徐镇长的爱人她记清楚了，徐慕菲在她心目中可是恩人哪。李玉梅还没站好，李桂花又把她按到座位上说：“她们敬酒，你可不能站起来。”李玉梅谦卑地说：“徐镇长可是我家的恩人哩。”

韩梅恭恭敬敬地说：“玉梅姨，可不能这么说，以前论公那是慕菲应该做的。今后你是我和慕菲的长辈、建超的姥姥，我们全家敬你酒，可惜过了年慕菲就搞计划生育，沈庄出了点事他来不了。”

李玉梅说：“听说了，听说了。”

韩梅说：“在李店也听说沈庄的事了？这类的事传得就是快。”

这个茬口不适宜多说这类的事，韩梅很快改了话题说：“李店村过去我是经常去的。”

李玉梅新奇地问：“是吗？”

韩梅说：“我一参加工作就在芦集镇，后来为了照顾家，我调回城里来了。”

李玉梅更加兴高采烈说：“有缘，就是有缘哪。”

徐建超这时抢过了话题，他端着酒杯一本正经地说：“祝姥姥健康，祝小姨漂亮。”

说完，建超脖子一梗，表示诚心诚意。小建超的滑稽模样把大家逗乐了，李玉梅也笑了。她是发自肺腑的笑，她为春香有这么一个好家庭兴奋，为春香有这么一大帮亲人兴奋。孤单了半辈子的李玉梅，也为自己能结下这么个大家庭兴奋。

李春香整个宴席始终没说一句话。

第十一章

春香来认家，徐慕菲这个为春香和爸妈穿针引线的却没到场。这是徐慕菲升任芦集镇党委书记后，第一次全东州市计划生育大检查，却遇到了因计划生育死人的事。整整折腾了一天一夜，才把事件处理完。

上午九点多钟了，镇上的干部集合以后，又分散到各片区继续搞计划生育检查去了，只剩下徐慕菲一个人站在镇政府的院子里。院里非常清静，徐慕菲环顾了一眼整个大院，看到有一片冬青被踏倒了。他知道这是昨夜在忙乱中，镇干部们不顾这那给踏倒的。他从办公室里拿出皮包，又招呼司机正要到下边去转转。忽然，大门口传来汽车喇叭的响声。一辆桑塔纳进了镇政府的院子，开到徐慕菲的面前戛然停住。

徐慕菲惊讶地看到开车人是韩阳。韩阳咯咯笑着走下车来，随着车后面的门也开了，杨新秀跟着下了车。

韩阳朝着徐慕菲满面笑容，像取得了什么佳绩获得表彰洋洋自得。

杨新秀面目苍白，耷拉着眼皮，噘着嘴像一个女人受到猥亵一样惊恐而又不高兴的样子。

徐慕菲看了他们俩说："你们这是……"韩阳笑着说："怎么样？是我开车跑了三十多里来到你们镇上的。"杨新秀斜了斜眼睛生气地说："行了，行了，净逞能。第二次摸车就跑出这么远，快把我吓死了。"徐慕菲明白了怎么回事，说："哦，韩阳会开车了。"杨新秀还是埋怨的口吻说："刚学了两天，就跑到大马路上来了。"徐慕菲问："新秀你呢，你会开了吗？"杨新秀结结巴巴："我，我……"还没说完，韩阳就抢过了话题："他这个胆小鬼，比我学得还早，可现在上车跑不了几步就吓得嗷嗷叫。"杨新秀生气地说："别听她的，净胡说八道。"韩阳接着说："好啦好啦，说点儿正经的吧，也当我们来慰问慰问你。昨天春香来认亲你都没回家。怎么样，计划生育的事处理完了？"徐慕菲如释重负一般说："处理完了。闹腾了一天一夜，我可体会到这个天下第一难的难处了。"

"处理下去就好，现在不论什么工作，只要坚持下去就是成功。再把善后尾巴收收，你这个书记合格。"杨新秀的情绪恢复到了正常，安慰了几句还挺在行。他那忽闪忽闪的大眼睛更有神更动人，水灵灵的双颊在阳光照射下放着光，更显出"奶油小生"的气质。

几年前，旺城工业局来了个俊小伙。被形容为"奶油小生"，说是像唐国强，也有的说像蔡国庆。传说姑娘们排着队去竞相赏看，工业局的门框都要挤断了。有的姑娘故意到工业局找朋友去玩，目的是为了欣赏这位俊小伙。工业局食堂的水平并不高，可是有个外单位的姑娘专门托朋友加入了工业局大食堂，目的是为了一天三顿饭，能够有更多的机会见到、接近这位俊小伙。

这位俊小伙就是杨新秀，省财政学院财务专业毕业。本来是为了给企业选拔财务人员，工业局的领导看到杨新秀又漂亮又有学历，就留在了局机关，在办公室工作。

这一年的中秋节，工业局组织一些企业出资，搞了一台中秋文艺演出。因为演出地点设在中心广场上，为了安全，工业局和有关部门的工作人员，都安排在台前场内维持秩序，杨新秀被安排在舞台的右前方。演出中有一个女主持人和观众互动的节目，这个节目叫"抛绣球"。由女主持人把手中的红绣球抛向观众，谁接到绣球谁就到台上来唱一支歌或表演个节目，还能得到奖品。节目一公布，观众就沸腾起来。女主持人拿着红绣球环顾台下，一眼看到了舞台右前方的杨新秀正举着手臂也在呐喊。这女主持人可能也没有见过这么俊俏的小伙儿，直奔舞台右前方，她是真心要让杨新秀接到这个绣球。她左手拿着话筒，右手拿着绣球，朝着杨新秀的方向喊："再到前边来——再到前边来。"她真让杨新秀迷住了，一边喊，一边向前走，根本没有顾及这是舞台，不是平地。说着喊着，一腿向台下迈去，翻了个跟头摔到地上，当时摔得左腿就不能动了。120 急救车来了，到医院诊断：左小腿骨折。

事后传出这位女主持人的自白：光顾看那个俊小子了。

韩阳和杨新秀同一年大学毕业。当然有韩玉林的关系，韩阳被招收为县政府办公室的干部。一位花季女子，美丽漂亮，又是大学生，工作在县政府办公室，也不失为当时青年中的一位明星人物。

韩阳也正是应该找对象的年龄。杨新秀的传说她也有耳闻，不过没有登门去排队欣赏。但是对这位出了名的"奶油小生"、俊俏小伙儿，韩阳当然也是充满着一种神秘向往的感觉。有一天，李桂花与田保华两口子在一起闲聊，说起韩阳找对象的事。几个人掐着手指头，算计着熟人们的孩子。一个县城，巴掌大的地盘，有多少好儿男街面上的人心里有数。何况田保华两口子这样八面玲珑、四面贯通的人物，城里哪条街上有什么新鲜事，什么重要人物，耳朵就是个信息中心。

田保华说："桂花嫂子，你没听说工业局来了个小伙子吗？人称'奶油小生'，长得很俊，也是大学生。"田保华的老婆张华英接上茬说："哎，对了，工业局看门儿的张老头说得可热闹哩。说这几个月姑娘们风一样往他们局里蹿，排着队去相亲。咱也去看看，要是真好咱就拿过来。"田保华说："对对，去看看，咱也学着人家姑娘们去挤挤门框。要是真好，就是咱的了。工业局在咱地盘上，就像自助餐，得先依着咱挑选。"

哎，田保华还真托人接上了这个茬。

这么多姑娘追求杨新秀，任他挑来挑去，当然也有中意的。本来他看上了工业系统的一个姑娘。但是，当听到韩玉林的女儿，大学毕业工作在政府办公室，长相也如花似玉的，杨新秀立刻对韩阳望眼欲穿了，很快答应和韩阳见面。

按实情说，如果杨新秀找到韩阳为对象，不说是十全十美，你也真是没有"调儿"。别说韩阳的家庭背景什么的，就凭韩阳自己的气质、自己的长相，对杨新秀来说那肯定一见钟情。田保华的老婆张华英说过，韩阳的长相更多继承了桂花的基因，像她妈一样上宽下窄的脸容，一笑脸颊上一边一个酒窝。大眼睛镶嵌在上宽下窄分界处，恰到好处，完美无瑕。这时候她的发型好像很听主人的指挥，头发不长，从头颅下垂到肩头，完全随主人的头型凸凹着，下垂到了耳旁自然凸起，到了颈部又自然凹陷，然后自然放射垂散到肩上。当今男儿有“高富帅”，这韩阳就是女子“高富帅”的代表了。杨新秀的姐姐说：“过去在电影电视里看见过什么是天仙。这不，这天仙就来到咱家了嘛。”

韩阳和杨新秀在田保华家见的面。那天晚上，杨新秀早早地来到了田家。待韩阳一踏进门槛，他眼睛一亮，似乎很大方地说：“韩阳同志，早就听说过您了，您在政府办公室工作，在领导身边一定很忙吧？”韩阳淡淡一笑，还没回答什么。杨新秀又把头向右上方略微一晃，似乎幽默地说：“嘿，你看韩阳同志，就是在领导身边嘛，领导的气质。”多年以后，韩阳和杨新秀这第一次见面的情景和杨新秀的头几句话，有时会出现在韩阳的脑海里。特别是两个人有什么矛盾、疙瘩时，这个情景也会出现在眼前。这可能是韩阳潜意识当中对杨新秀的一种最初的反感，或是杨新秀不自觉中流露出的个人气质的弱点。但是，韩阳又好比是看了一眼太阳，太阳那耀眼的光芒遮挡住了它自己的黑斑。在人的眼睛和太阳几十分之一秒钟的对视瞬间里，这耀眼中的黑斑点是看不到的。也就是说，虽然光芒四射，但“黑斑点”确实存在。

杨新秀一米七六的个头，匀称的身材，不胖不瘦。长方形的脸庞，大眼睛双眼皮，水汪汪的眼珠子滴溜溜地滚动，宝石般透明净亮。特别是那脸蛋的皮肤，真是奶油一般白皙、鲜嫩，难怪人说是“奶油小生”。现在话说真的“暖男”“小鲜肉”。在那追逐明星的年月里，有多少影视明星被姑娘们所青睐、所追捧、所倾倒、所痴迷。这眼前，不就是那明星一般吗？一见面，韩阳也是热血沸腾，激情荡漾了。难怪有那么多姑娘去排队，杨新秀你真迷人。

韩阳坠入了杨新秀的爱河当中。韩阳感觉这条河流是那么清澈，那么温暖，就是有点丝丝寒意，也被那爱情的热浪所冲刷得一干二净了。

星期天早晨，韩阳起得床来。

她洗漱后来到客厅，走到窗前，左右哗哗两下拉开窗帘，伸手把窗子全部推开，一股新鲜凉飕飕的空气吹到面前。她深深地吸了一口气，然后进到厨房。啪一声打开煤气灶，然后操勺两手忙活，放油，放葱姜，昨晚就已经切好成片儿的西葫芦放到锅里。随着嗤嗤啦啦的声响，一盘素炒西葫芦熟了。她回身啪打开微波炉盖放进馒头，微波炉的玻璃托盘在炉子里骨碌骨碌转着。定时一到啪的一声停止转动，馒头热好了。

杨新秀蒙蒙眬眬刚刚醒来，就听到韩阳在客厅里喊了：“新秀——醒了吧——快起床，吃饭以后咱们还要去练车呢。”杨新秀懒洋洋地在床上伸了伸双臂，像个阔少，说：“呵——像公鸡一样叫得真准哪，刚刚醒来。好的，起——床。”

杨新秀穿好衣服，走到窗前拉窗帘打开窗户。但是，窗帘只拉开一半，窗子也只开了半边。这时，韩阳推门进来，她看到他拉开的是半边窗户问：“怎么不全打开呀？”

杨新秀又伸了个懒腰说：“天气预报不是说今天降温嘛。”

韩阳听了走上前去，拍了一把杨新秀的屁股，一伸手把窗子全部打开，随手又拉着窗帘说：“你看你，就是降温开开窗子也不至于把你冻僵了。”

“好好好，全打开，全打开。”杨新秀说着来到客厅里，他拿起茶杯来到饮水机前，一手按动按钮，一手拿杯子接水。水刚流出来，他忽然又把按钮关掉了。他歪着头，看着饮水机上边的水瓶说：“呀，水不多了。”说着把杯子放到嘴边喝掉了不到半杯水，他瞅着水瓶自言自语：“水少了，别把饮水机烧坏呀。”说着随手放下杯子，朝着鱼缸走去。鱼缸里边的一群鱼儿灵性地向着杨新秀的方向蹿出头来，翻得水面唰唰作响，这时应该给鱼喂食了。打开鱼缸盖，拿出鱼食向鱼缸里撒了一调羹的鱼食，然后又撒进半调羹，把鱼缸盖子盖好。韩阳正从卧室里出来。

“就喂了这么点呀？”

“人家养鱼的师傅不是说了嘛，不能多喂。”

“嘿哟——这个寒酸劲儿，人家师傅说起码也得两勺。”

杨新秀摇摇头：“留有余地，留有余地嘛。”

韩阳听了咯咯地笑了起来说：“你看你，你看你。干什么事都不肯到位，就知道留有余地。快去洗漱，吃饭以后咱快去练车。”

“好好好。”杨新秀答应着，进了卫生间。

汽车早就进入了中国家庭，韩玉林的这些孩子们当然有条件首先享用，因此韩阳拉着杨新秀想早早把驾驶证考取下来，但是一直没有时间练习。快到春节的时候，韩阳就对杨新秀说：“光想时间不行，得下决心找时间挤时间，春节期间多练习，一定尽快学会开车拿下驾照。”杨新秀也说：“对，明天就开始。”

杨新秀还真没食言，坚持了一个月，早起晚归，学得也很刻苦，但就是不敢自主驾驶。韩阳说：“你这胆量也……”杨新秀不服气说：“你以为吃饭呢这么容易，把握不住撞上人连自己也难保。”韩阳说：“那是当然要把握好。明天咱们一起去，你当老师，看看这个学开车有多难。”

两个小时的时间，韩阳知道了怎么挂离合器，哪里是油门，韩阳特别牢牢记清楚那个救命的关键——刹车。回到家里，坐在椅子上韩阳也抬动着双脚体会着离合、油门、刹车。晚上躺在床上左脚也蹬，右脚也左右摆动：“油门、刹车，油门、刹车。”杨新秀问：“你这是干吗呢？”韩阳说：“练习开车嘛。”

这是李春香认亲的第二天，是一个星期日。韩阳和杨新秀又去练车了。来到车前，韩阳就上了主驾驶的座位上。杨新秀惊讶地说：“你这就要开车？”韩阳毫不含糊：“那当然。”杨新秀一开始还坐在了副驾驶的位子上，等到韩阳刚打着汽车，又急忙喊：“等等，等等。”

说着跨下车来，打开后门坐在后座位上。韩阳讥笑说：“看你这胆量，怕我开车技术不佳，撞车伤到你身上？”杨新秀显得有些不好意思说：“哪里哪里，哦，当然还是后排安全。”说着，又把安全带挎到胸前。

车开动了，因为韩阳只是第二次摸车，开起来非常小心，速度也不快。但是，杨新秀坐在后面，紧抱着副驾的座位后背，瞪着眼睛，胆战心惊，就像韩阳要拉他去沙场一样。车子拐过小区的大门，上了宽宽的街道。韩阳踩了下油门，因为来到大道上，脚踩油门的劲略微大了点。随着汽车加油轰隆一声，杨新秀又吓了一大跳："慢点儿，慢点儿！"

韩阳只是一笑，没有吱声。她开车不能回头，要是回头一看，杨新秀已经是惊恐万状了。汽车要路过一个十字路口，车离路口还远着呢，就听到杨新秀一个劲地提醒："注意红灯！注意红灯！"

韩阳故意按了一声喇叭："嘀嘀——"

杨新秀又吓了一跳："前边没车没人的干吗按喇叭？"

韩阳咯咯笑出声来，一边笑一边说："看你这坐车的，比我这开车的还累，比我这开车的还担心。"

拐过几道弯，来到一条刚修好的死胡同路上，这是练车的好去处。韩阳停下车来说："来吧先生，看看你的吧。"杨新秀小心翼翼坐到正驾驶位置上，系好安全带，并嘱咐韩阳："你掌好手刹。"

说着，杨新秀踩离合挂挡，车子慢慢地启动了。但是这车的速度不像是有人在开动，而是像两个人在使劲推动一般。在远处看来，车子就像只大乌龟，磨磨蹭蹭地向前爬动着。

练了一会儿，韩阳又接过车来。她一打方向盘，就离开了这条新修的马路，直奔国道。杨新秀着急而又胆怯地问："你，你这是要去哪儿呀？路上车多危险，危险——"只听韩阳坚定地说："你坐好等着吧，我给你个惊叹。"

左拐右拐，车子一直开到芦集镇政府，开到了徐慕菲的面前。

李春香认亲那天，午饭后李玉梅又把她送到韩家，自己就回李店了。进屋后韩阳催促妈妈去休息，但是李桂花还是亲自把春香送到了给她早就预备好的房间里。被子在哪里，褥子在哪里，这个橱子里放着衣服，那个橱子里放有钱……然后又嘱咐春香睡个觉，就把屋门关好回自己房间了。

屋里剩下李春香自己，她根本没有睡意。从进了这个家到现在，就像连续上了几节“满堂灌”的数学课，眼睛看尽了，耳朵听乏了，脑子灌满了。又像中午吃的这顿丰宴，一时半会儿消化不下去。虽然进了城里已经好几个小时了，但从进城到现在好像记忆总是那么模糊，这个新家的概念还是那么浅薄。这时，她倒是静下心来，让那个“满堂灌”和那顿丰宴在脑子、肚子里消化消化。

妈妈和爸爸先是出现在眼前。

妈妈身材那么瘦。听说妈妈做过一次大手术，身体不好。她脸色确实黄蜡蜡的，说话气量也不那么大，由于面颊消瘦脸上的皱纹很多，颧骨显得突出，两只眼睛更显得那么大，对人总是那么笑容满面的。

爸爸身材高大，满面红光，两只眼睛忽闪着扫来扫去，好像前后左右、大事小事都瞒不过他。他的眼珠一动，眼皮一眨，传递的就是指令和信息。

李春香自懂事起，只知道爸爸叫铁柱，早早死了。只知道自己是一个没有爸爸的孩子，“爸爸”两个字对她来说就是痛苦，就是心酸，是可望而不可即。特别是娘嘱咐要躲着奶奶一家人，爸爸的概念也就渐渐从脑海里消失了，甚至成了屈辱的代名词。也只有，也只有受到欺凌，说她“石头缝里”时，她才会想起“爸爸”这个概念。

“石头缝里……”

想起这句话，李春香就扎心掏肺般痛；想起这句话，她的头就立刻发涨像要爆炸一般；想起这句话，她就怒火在胸。为此她恨，恨自己没有爸爸，恨爸爸早早地死去，也恨爸爸和娘离婚，让她连奶奶一家人都不敢凑合，不敢接近，奶奶那边的人见了自己，眼神就像见了仇人一样可怕。

可是自己有爸爸，有妈妈，却是被送出，被抛弃，被别人抱养，得不到……

你看韩晨，我们一天来到这个世界上，她从小享受那有爸有妈的欢乐。一定是想找妈妈的时候，就找妈妈；该找爸爸的时候，就找爸爸；欢乐的时候，烦恼的时候，要么对妈妈说，要么对爸爸说……吃饭的时候，爸爸问自己喜欢吃什么菜，这是自己从小到大开天辟地第一次得到爸爸的关照哇，第一次得到爸爸的关怀呀。韩晨多么幸福，从小爸爸就知道她爱吃糖醋里脊。

想到这里，十八年的委屈、凄苦、欺辱……一下子蹿出脑海，浑身的血像两种液体在容器里面突然发生化学反应，一下子涌动起来，并且还非要冲破容器迸发出来。眼泪唰的一下流满了面颊，春香趴在桌子上抽泣起来。

这时，另外五个姐姐，鲜花一样开放在眼前。她们都长得那么俊俏，真像人家说的长得跟花一样。像什么花呢？俺村地里的那些花都没法比。在电视上看到过牡丹花、玉兰花、茉莉花……对，姐姐们就像那些牡丹、玉兰、茉莉……

看她们穿的衣服，样子那么时兴，那么合体。都打扮得像花篮一样光彩夺目，自己在村里可从来没有看见过。特别是她们的外套，都带着毛皮。听说大姐韩阳穿的那件是狐狸皮的，三姐韩林穿的那件是叫——哦，叫貂皮。

吃完饭走出饭店，三姐开着一辆红色的轿车送人。那个腿脚有毛病的叔叔说，三姐的车叫“夏利”，得七八万元才能买到。这个叔叔看到姐姐们推的摩托车时，拍着爸爸的肩膀说：“老韩，跟咱们在公社那会儿相比，你家真是‘换了人间’了。孩子们骑的摩托车都是名牌，那一辆‘嘉陵’还不得上万？”

“现在条件好了，就随她们的便吧。”爸爸说得那么慷慨、自如。

屋内墙上挂有一个电子钟，它轻声地走着，已经下午四点多钟了。李春香想要方便一下，轻轻地拉开门，正好韩晨在客厅里。

西市村近些年随着城区拆迁，一些居民已经住上了楼房。韩玉林原来的房子拆迁后由于家人多，实际是钱多，就在居民楼的最西端要了四间楼盘。他家这四间楼从上到下和别的户一样都是三层，只不过他家单独设计，一楼有一个大客厅，二、三楼有大小不同的房间。韩玉林说：“咱没儿，生的全是千金。今后无论结婚的没结婚的，都在这个老窝儿里有一间房，谁来就住在自己的房子里。别没了人家的地盘，人家就不来了，咱老了，没人管了。”

这是笑谈，但他家三层通体楼房不无气派。田保华说：“这跟在我家的那几间房没法比了，你这是旧上海的阔宅、洋房了。”

这时，韩晨见春香出来了连忙迎上前去。待春香从卫生间出来，她小声对春香说：“妈妈还在睡觉，我领你到楼上看看。”

韩家的一层楼除了客厅和厨房餐厅，也只有东西两间卧室。平时韩玉林两口子住东间房，西间房空着，这正好为李春香安排了卧室，其他姐姐的卧室都在楼上。李春香和韩晨刚走上楼梯几步又回过头来。在一瞬间，她发现站在楼梯的角度看，客厅更显得气派。韩晨见李春香是在欣赏客厅，也转过身来，把右手搭在了春香的后腰上亲切地说：“好看吗？中间的沙发是红木的，爸爸说这东西以后会增值的。那边是餐厅，餐厅和客厅连接的那个弧形的高桌子是小酒吧，爸爸亲自设计的。”春香把眼睛落在了冲门的大电视机上，韩晨指着说：“‘大背投’，刚买的。”

随后她们俩上到二楼。二楼是大姐韩阳、二姐韩梅、三姐韩林的房间。大姐、三姐都不在家里住。二姐因为徐慕菲在乡下工作，和儿子建超都住在家里。二楼房间里都没有锁门，韩晨带着李春香一一进屋看了个仔细。李春香看到大姐和三姐的房间虽然平时没有人住，但还是家具齐全，床铺桌子橱子都有。每间房子都像宾馆的客房一样。

刚一上三楼，韩晨就诡秘地笑着说：“三楼是‘光棍儿’层，我和四姐五姐一人一间，自由自在。”

韩晨说到这儿捂着嘴没敢大笑，她又把手搭在了春香的肩上说：“哎，三层最西边还有一个‘卡拉 OK’间呢，把它倒出来，你也搬上来吧，那可真是‘光棍儿’层了。”说着，她推开一个门，拉春香进门后随手把门关好，然后哈哈大笑起来，笑着笑着一仰身子躺在了床上。

这是韩晨的房间。

韩晨的房间摆设和春香的房间差不多一样，这是爸妈刻意安排的。韩晨说春香现在住的那间房，原来不是现在的这些家具，为了春香的到来，爸爸把原来的家具换成了和韩晨房间的家具一样了。屋里一张床、一个写字台、一个连体的衣柜和书橱。韩晨很浪漫，床头桌前摆放了几个小动物玩具。书桌前正、斜贴着三张明星照片，韩晨说他们是电视剧《十六岁的花季》中白雪、欧阳严严、袁野的扮演者。屋里特别醒目的，还是床中间上方挂着韩晨一幅彩色大照片。照片上韩晨昂头斜视着远方，神采飞扬，满面阳光灿烂。真能和墙上那三个明星相媲美。

“韩晨你真幸福啊。”

李春香心里默念着，高兴、羡慕、妒忌、羞辱、痛苦……不知什么感觉。忽然，一句话如一只蛔虫一下子爬进了脑袋里：

“石头缝里……”

她立刻满脸涨红，眼睛一黑，面前忽然掠过一道黑纱一样。

她抱着头，冲出门，噔噔快步跑下楼，蹿回自己房间。

韩晨愣了。

正月十四晚上，韩玉林和李桂花坐在被窝头上，扳着手指头算计，春香已经回到家第五天了。同时谈起她那天突然从韩晨屋子里跑出去的事。李桂花忧心忡忡地说：“你看到了，这些天春香很少说话，一直不那么欢喜的样子。韩晨说的这事也真奇怪，怎么突然像吓着一样？这，这孩子有病吗？”韩玉林摇了摇头说：“这不是什么病的表现。”沉默了一会儿，他身子靠在床帮上，眼睛直愣愣地看着屋顶上的吸顶灯，深情地说：“有病，就是心病啊。孩子十八岁了才进咱这个家，怎么也得有一个磨合阶段。孩子对咱们怎么看？在过去十八年里孩子都经历了些什么？特别是在一个单亲家庭里，孩子是不是有些说不出的东西？这心病，比身上有条刀伤还难以愈合呀。”

韩玉林还没有说完，李桂花又抽泣着哭了起来。一边哭一边说：“前些年日子不好，家里的这帮孩子受了不少屈，可那毕竟是跟着自个儿亲爹妈呀，这些年又都泡在蜜罐子了。可是小七儿、小七儿……”韩玉林赶紧安慰她说：“好了好了，不说这些了。孩子能回来，是咱祖坟上冒青烟，天大的造化。孩子在玉梅那里生活上不可能受到多大委屈，其他的……好在回来了，今后咱对孩子关心细致点儿，弥补咱对孩子的愧疚吧。”

说着，韩玉林不知不觉眼泪也掉下来。他赶紧擦了一把，别让桂花看见，往被窝里缩了缩，伸手啪关了灯。

正月十五，清晨。

李春香刚刚洗漱完毕回到自己的房间，房门就被咚咚敲了几声，她知道是韩晨又来了。自打李春香回家的第二天早晨，韩晨就来敲门，问她洗过脸没有，睡得怎么样，有时还使个鬼脸儿，问是不是做了好梦，天天这样来敲门。姐妹俩见面以后或者闲聊，或者韩晨领着春香到外边去转着玩，双胞胎姐妹处得很融洽，像一对情侣那么亲昵。

爸爸妈妈交代给孩子们，要哄着春香，让着春香。妈还特别对韩晨说："春香从小没在家里，现在刚回来，要让她感受到家的温暖。春香和你一样大，却一直没在爸妈身边，受的委屈多。要是……"

韩晨眼睛一翻，怪声怪调说："要是二位老同志把我送出去，那我可就惨了——受委屈喽——"

说完韩晨咯咯地笑了起来。说笑归说笑，韩晨还是认真地说："好了，你们放心吧，我又不傻，我是她亲姐姐。"

从心里说，韩晨对来了一个妹妹是心花怒放的。十八年来她在家最小，受爸妈和姐姐们的疼爱娇惯是自然的。但是，又来了个妹妹，有没有可能动摇她最小最受宠的位置？她一点儿也没想过，一点儿也不在乎。毕竟是那血缘关系，把她们的心灵以及方方面面都紧紧地联系在了一起。十八岁的孩子懂事了，正像她说的，我是亲姐姐，哪一个不爱自己的亲妹妹呢？

几天来，韩晨可成导游了。带着春香逛大街，去百货，去公园，跑了好多同学家，还带着春香到了旺城初中。因为寒假快结束了，开学后春香要到这里上初三的最后一个学期。

每当韩晨领着春香出去，见到熟人，知道她们关系的，韩晨就说："这就是春香，要到城里来上学了。"

不知道她们关系的，韩晨就主动介绍："这是我妹妹，是亲妹妹，我们是双胞胎。"

刚才，韩晨又敲开春香的门。一进门，韩晨就装腔作势地说："大懒虫，今天是元宵节，还不快点出来。"

看来，过节确是能给孩子们带来快乐，李春香今天早晨心情也特别好。她打破以往话语稀少的情形，主动问韩晨："城里过元宵节热闹吗？”

韩晨答道：“热闹，非常热闹。城周围十几个村都有秧歌队进城。咱们吃完饭先照相，照完相就领你到街上看热闹。”

李春香问：“照相？照什么相？”

韩晨忽闪着大眼睛顽皮地说：“对呀，不是为了你吗？你回来了，爸妈说人全了，要照全家福呀。”

照全家福的事，从李春香刚来的时候就计划好了。本来认亲那天就想照，但那天人多，还要照顾那些亲朋好友。在饭店里照吧，孩子们说餐厅里杯盘饭桌的不好看，人多也坐不下，不如改日到家去照。全家人坐在自家门口，留下永久的全家福岂不美哉。韩阳说：“等到正月十五吧，正月十五正好是圆月，大团圆的日子，那时照全家福不更有意义吗？”韩阳的意见，得到大家的赞同，就定下正月十五照全家福。

十五到了，韩晨一大早就跑到春香的房间里，开玩笑说：“提前梳梳头，打扮打扮，我们的全家福上又多了位美丽公主。”

李春香听着韩晨的话一直没有表情，好像还有些不那么高兴。韩晨依然开玩笑说：“怎么了？不高兴吗？今天肯定把咱们两个安排在一起照。有你这个家伙，我就显不出漂亮喽——”

李春香对韩晨的话还是没什么反应。她背向韩晨，脸朝着窗外。韩晨捅了她一把说：“我还向朋友借了几套古装，咱们再照几张古装相。扮演一下婵娟呀——西施呀——你想当哪个美人儿呀？”说完用手比画一下古人甩袖子的样子，咯咯笑了起来，笑得那么开心。

李春香转过身也没看韩晨，说了句：“我不照。”

“你不照？”韩晨收住笑容，瞪着眼睛奇怪地看着她，“为什么呀——”

“我不照。”

“我问你为什么呀——”

韩晨又奇怪，又有些着急。

“春香、韩晨——别在屋里叨咕了，吃饭啦——”

妈妈的喊声。两个人没再说什么，走出门坐到饭桌前。爸爸和几个姐姐都已经坐好。韩阳因为中午要到婆家过节，早晨赶到家里来了。她已经端起了饭碗，看韩晨、春香走了过来就说：“快吃吧，我都饿了。”可是，春香和韩晨谁也没答话，都默默地坐在时常的位置上。韩阳见她们没答话，眼珠动了两下，看了她们每个人一眼，看出两个人的脸上都挂着不高兴。

韩阳没有再把话题放在她们俩身上，端起碗吃了一大口饭，眉飞色舞地对大家说：“吃了饭都去打扮打扮，今天咱们照全家福。”

韩晨抬眼看了看姐姐，又很快把目光投到了饭桌上。那目光似乎没听懂韩阳的话。

李春香也是没有一点反应。就像她与韩阳中间隔有厚厚的玻璃，能见到人却听不清话语一样。

本来早上韩阳在家里吃饭是这些天来没有的。大姐今天来吃饭，韩晨、春香见了应该是先客套两句。可是韩阳的到来不仅没有引起她们的注意，连韩阳说话她俩都没怎么理会，韩阳觉得不对劲。一个念头闪过：她们两个发生什么矛盾了吗？这么几天就……不可能。真有矛盾也不可能暴露在大伙面前吧。于是，韩阳还是继续提照相的事。

“春香、韩晨听到没有哇，吃完饭打扮打扮，照全家福。”可韩阳哪里知道，问题就出在了照相上。韩晨说话了，很委屈地说：“我早上跟春香说了，她说不照。”

“不照？”

全家都愣了。爸妈、姐姐们都停下吃饭，把目光投向李春香。韩玉林平心静气，面带微笑看着春香，妈妈有些不解，张了张嘴：“这，这……”韩梅急性子问：“为什么呀？春香，为什么不照呀？”

李春香也停下了吃饭。双手耷拉到饭桌下，抬着头，眼珠子转来转去，却谁也没看。整个饭桌沉默了一会儿。只听李春香喃喃地说：“娘，俺娘。”

李桂花着急地问：“你娘，你娘怎么了？”

李春香噘着嘴说：“没有俺娘，俺不照。”

韩玉林听了，身子向椅背上一靠，脸上露出了一丝笑容。桂花脸上虽然没有什么表情，还是松了一口气。韩晨从早到现在，好像憋着一口气，李春香刚说完就冒出一句：“咱是照全家福，她又不是咱家的人。”

听到这儿，李春香的脸腾一下子红了起来。她瞪着眼朝韩晨说：“不对，那是俺娘！”

屋里的气氛一下子又紧张起来。李桂花和韩梅几个人瞠目结舌，不知说什么好。韩晨的脸也红了，瞪起眼睛张了张嘴。韩阳摆了摆手没让韩晨再说什么，自己赶紧插了嘴：“哎呀——春香妹妹真懂事。对对，这事可不能落下玉梅姨。全家福，全家福嘛。”

韩玉林听了韩阳的话，满意地点了点头，也附和着说：“就是，就是。”

李桂花又一下子松弛下来，紧接着韩阳的话说：“对，快把玉梅接来，一起照。”

韩晨说：“那，那要等到什么时候，我向人借的古装人家还急着还呢。”

韩阳说：“这怕什么，好好跟人说说，晚还会儿。”

韩阳上午叫车去接李玉梅了。可能李玉梅不想掺和韩家这种事，人家毕竟是一家人，全家福有咱没咱都一样，再说养兔场里也确实忙。另外，她不知道因为照相的事韩晨和春香不太愉快，也就推辞了。

娘不来，李春香就坚决不照。

韩阳就对爸妈说：“那就等玉梅姨什么时候来了再照吧。”

韩晨说了句：“她不来咱就照不成相了吗？”

李春香一副毫不相让的架势：“不照，不照。”

正僵持着，韩阳提前订好的照相师傅夏师傅进门来了。夏师傅乐呵呵地说：“祝贺元宵快乐，恭喜全家团圆，全家团圆哪！”

韩阳见状赶紧攥着春香的手，拉她到了房间里，轻声对春香说：“春香，玉梅姨不来了，可是订好的照相师傅来了。咱要是不照了——这怎么对人家照相师傅交代呀？咱照吧，以后等玉梅姨来了再照一次。”李春香也毕竟是十八岁的姑娘了，听了韩阳的话也没再说话。韩阳赶紧又拉着春香返回客厅说：“好——咱们快搬椅子，排队。”

全家随着韩阳的话熙熙攘攘来到屋外。李春香虽然那么不情愿的样子，但还是随和着一家人排到队伍里去了。自然韩晨和春香坐在了爸妈的左右。但春香瞪着眼睛，噘着嘴，一副不高兴的样子永远定格在这张全家福上。

毕竟因照相韩晨、春香有了这么个小小的口角，再加上韩晨让春香照古装相，春香坚决不照，弄得韩晨那么尴尬。在这张全家福上，韩晨也是老大不高兴的样了。

第十二章

李玉梅家春香认上亲爹妈了。

春香的亲爸是城里的大企业家，姐夫就是芦集镇原来的徐镇长，现在的徐书记。

这消息对李店百姓心灵的震动，堪比大年三十晚上家家鞭炮齐鸣；这消息的传播又像干热风来临，麦子一晌午就熟透一样快。街头巷尾，餐前饭后，在地里干活歇下来就会议论这件事。

“春香的姐姐、姐夫，有当官的有经商的，个个神通广大。”

“人家全家出门坐小车，那天玉梅就是小车接送的。”

“听说春香亲爸的钱百元一张的有好几抽屉，从早到晚吃香喝辣的。”

……

胖婶子见人们议论这事，眼睛一斜，鼻子一哼，表面还装得不以为然，心里还是“咯噔”一下子：拾个孩子也让她攀上了大枝儿？唉——怎么尽让她赶上好事呢？

迟长胜听到这个消息心里一惊，怪不得徐慕菲打听玉梅家的孩子，这娘儿们还真有点造化。

凭着李玉梅在李店的人缘，多数人还是为她高兴，说她没白疼春香，从一块砖那么大，拉扯成一个大姑娘，一勺饭一勺水的，总算给玉梅带福来了。人家玉梅她姥爷老辈子就是大户，这福还接续着哩。韩家在城里有钱有势，比铁柱那一家子又强多了。

就这么你说你的，我说我的，有的还云山雾罩。但时间一长各忙各的地，各忙各的日子，人家有好事是人家的，与咱没关系，也就淡下来。就像那干热风，随着徐徐凉风吹来，便渐渐散去了。但是，有一个人——迟长胜，有一天突然眼睛一亮，又想起了李春香认亲的事。

现在迟长胜见了李玉梅可变了一副模样，玉梅长玉梅短的，叫人起鸡皮疙瘩。他是怕李玉梅在徐镇长——现在的徐书记面前给他加“楔子”。又是那句话，三十年河东，三十年河西。唉，人家这哪是东啊西的，一下子就从地下翻到天上去了，人到佛前不得不磕头啊。不过，不用李玉梅给他加“楔子”，这一年多来迟长胜也很不好受。村民们不断到镇上告他，迟长胜真担心他这个书记坐不稳当。他挖空心思想着怎么才能稳住这个局面，在村民当中讨个“香火”，落个好儿，继续“老牛车稳稳当当”的。想来想去，一下子想到了李春香，想到了韩家。他一拍大腿：“哎……有了，找韩玉林。”

多年来村里的路坑坑洼洼，一下雨雪就泥泞不堪，要是找到韩玉林，让他“出血”把路修好，庄乡爷们儿该说咱好吧。这对镇上、对咱的工作也是政绩呀。韩玉林的孩子在李店长了十八年，虽说是李玉梅抚养，李店村对他韩家也有恩哪。这事找徐慕菲帮忙，他徐书记也应该是义不容辞的。这就是显显积极性，上下都落好。

对，先找徐慕菲，让他垫个话，然后直接找韩玉林。

迟长胜美美地打着算盘，像抓住了一把稻草，对自己的政治生命又看到了希望。第二天，迟长胜就先跑到镇上找了徐慕菲。徐书记这水平、那素质吹捧了一番，就提出了李店修路的事。徐慕菲当然不好推辞，别说有李春香这回事，就是没有这一“锅”，为群众办事的茬，怎么也不好推辞。这样就给岳父打了个电话。然后，迟长胜直奔城里来。

迟长胜见了韩玉林一个劲奉承。他提着半袋子小米、半袋子绿豆，还解释：“这都是咱自家的，群众的咱一根毫毛都不能动啊。”还一鼓劲地夸奖春香，这孩子多么多么听话、多么多么仁义、多么多么勤劳等一大套。其实这些年，他除了那天差点挨了李春香一砖头，认都认不好李春香。

迟长胜的这一套，韩玉林感觉得出来，面前站着的不可能是一个正经八百的好干部。但李店来的，自然要热情招待。至于修路的事，韩玉林答应商量商量。

晚上，徐慕菲回到家里，韩玉林便在客厅里和他拉起迟长胜要求修路的事。徐慕菲说：“这家伙想到这门子上来了，他可不是给大伙办事的主儿。这些年弄得村里乱七八糟，好多群众上访告他。”说到这儿，徐慕菲鼻子哼了一声，一副鄙视的目光继续说：

“现在瞅上这个茬儿了，他是想借这个关系成点事儿，巴结巴结村里和镇上的领导，保住他这个支部书记。他这是小把戏。”

韩玉林若有所思地说：“不管怎么样，有这层关系找到门上来了，就得考虑考虑吧。”徐慕菲说：“从春香的情面、群众受益的角度给修路也应该，要是看迟长胜……”徐慕菲没有说完，韩玉林就打断了他的话：“这事怎么能分得那么清呢，无论谁提出来修路，修好了全村都能受益。”徐慕菲点了点头说：“是啊，咱看的不光是他这一头。”

韩玉林思考着说：“省工商联搞了一个‘光彩事业促进会’，前段把我录为会员。这个促进会就是组织企业家们采取多种形式，以人力、物力、技术、资金等扶弱济贫。市里一再号召，让企业报项目，找题目，结对子，要不把这两件事结合起来？”

“嗯，一举几得。”徐慕菲见水烧开了，把已经放好茶叶的水杯冲上水，放在岳父和自己跟前。韩玉林伸出手端起茶杯，送到鼻子下深深吸了两口气，闻了闻茶香。忽然耳边一声喊：“爸……不能给他修路！”

韩玉林、徐慕菲像机器人得到指令，唰一下同时转向了声音的方向。是李春香。

李春香这个时候本来要从自己的房间里出去，她推开门时忽然听到迟长胜三个字，脑袋不免一炸。迟长胜？迟长胜怎么了？爸爸、姐夫怎么说起迟长胜来了？这个坏东西和这里有什么关系？

奇怪、愤怒一时间一同涌进脑海里。她又返回了自己的房间，进屋后没有把房门关紧，留了一道大缝，静静地听着外边的说话。又听到什么投资大、爸要求交通部门帮忙、什么预算……又听了一会儿，虽然有些话听不明白，但迟长胜要爸给村里修路她听得明明白白。李春香向后退了几步，一屁股坐在床上。眼睛直愣愣地看着墙面，本来黑白分明的眼珠，没多大工夫充满了血丝，牙齿也在不知不觉地打架。

“哗啦！”村办公室窗上那砖头打碎的玻璃片像一下扎在她心上。她忽地抬起屁股，拉开房门，冲出屋去。

李春香忽然从屋里杀出，愣把两个大男人吓了一跳。两个人都眨巴着眼看着李春香，一时不知说什么。还是韩玉林面带奇怪的微笑问：“春香，怎么了？”

李春香向前走了两步，离韩玉林和徐慕菲更近了些，说：“不能给他修路。”

“为什么呀？”韩玉林还是问。

“他坏！”

“他坏？”

李春香面带怒气，满脸通红，好像面对的不是爸爸和姐夫，面前就是迟长胜：“他欺负俺娘，欺负俺家。”

“他？是……”韩玉林的问话还没有说完，李春香就打断了爸爸的话：“迟长胜，就是迟长胜。他欺负俺娘，欺负俺家。”

韩玉林从李春香的方向转过头来，和徐慕菲相互看了一眼，客厅里沉默起来。李桂花本来在自己的房间里，听到客厅里李春香那么大的声音，赶紧推门走了出来。她站在屋门口看看春香，看看韩玉林和徐慕菲，也不知说什么好。

韩玉林很快缓过神儿来，明白了李春香的意思。他喝了一大口茶水，指了指沙发，示意让春香坐到沙发上。但她双手扶着沙发背没有坐。韩玉林就侧过身说：“今天迟长胜找到公司里了，提出给村里修路。我想——你在那儿这么多年，是李店的水土养大的，咱家也应该给作点贡献。”

“不，他找就不给修。”李春香还是一副愤愤的样子。韩玉林喝了几口水，示意徐慕菲再给茶杯冲上水，继续说：“原来也不知道迟长胜和你们的关系，不过这事咱不光看迟长胜，咱是……”

“他找就不修！”

李春香又打断了韩玉林的话，像刚刚跟迟长胜斯杀过一样，还是瞪着眼睛，脸气得通红。韩玉林看到春香这个样子很是意外，他感觉在修路这件事上和孩子没必要说得多么深，先把这气氛缓和下来吧。他从沙发上站起来说："哦，今天不说这些了，春香咱不着急，考虑考虑以后再说。"李桂花赶紧来到春香的身边，也附和着韩玉林的话说："对，以后再说吧。春香，你是不是要出去啊，叫上韩晨。韩晨，跟春香一起去玩吧。"

李桂花嚷嚷着，这个场儿就这么散了。

徐慕菲上楼回到了自己的房间，韩晨拉着春香到田培露家去了。韩晨说田培露家养了一只宠物狗，全身的长毛都把耳朵、眼睛埋得看不见了。她们到了田培露家一看，果真如此。那只小狗的长毛就像一个女孩子披头散发一样，别说眼睛、耳朵，就连爪子也都给埋得找不到，看上去就像一只毛球。李春香看了非常开心，但"迟长胜"三个字在脑海里一闪，心头又是一紧。

晚上十点多钟了。

韩玉林忙了一天，他简单收拾了一下办公桌上的材料准备回家。刚要关灯，北墙下那具大鱼缸里的鱼哗啦翻腾了一下。

他的办公室是玉林公司成立以后新装饰的。过去他的办公室一面墙放置书橱，书橱前一个办公桌，还有沙发椅子之类。这次安排办公室，当然也少不了这些。但是变化大、最显眼的是靠北墙放了一个大鱼缸，鱼缸里水草山石，塔楼小亭，亭旁石边，老翁垂钓，滑稽逼真。这是田保华知道韩玉林喜欢有灵性的东西，指点增设的。

鱼缸里放的都是热带鱼。在鱼缸内专门设置的灯光照射下鱼儿多姿奇形，色彩斑斓，相互追逐，游离于山石水草之间，加上充氧器泛出的气泡和哗哗的流水声，真是海底世界一般。

韩玉林听到鱼儿泛出的声响。心头一怔，哦，两天没有给鱼上食了，这鱼让咱来养就光受委屈吧。他想着走上前拿出鱼食，捏了一把撒在鱼缸内，鱼儿蜂拥而上，争着抢着，哗哗啦啦又泛起水来，溅到了韩玉林的身上。

"嘟——嘟——"手机响了起来。他一看屏幕的显示，盛国典的电话。

“喂，‘一点’主任吗？这么晚了有什么重要指示？”韩玉林一边听着电话，一边重复着电话里边的内容，“哦，哦。全球知名企业家恳谈会。好，好，美国洛克公司的总裁，要到我们这里……最终商定产品价格。好，太好了。我抓紧准备……”

“全球知名企业家恳谈会”是省政府招商引资的重头戏。今年重点放在东州。开幕仪式后，前来参加活动的国内外企业家再到各县市与企业接洽、考察。美国洛克公司是具有全球影响的知名企业，如雷贯耳。东南亚的业务，洛克占很大比重。韩玉林为了打开国际市场，早就把产品推向了洛克，他们很感兴趣，还两次派中层经理来考察，已经就购买产品有了意向，但是产品价格一直没有定下来。这次他们的总裁雅各布卢要来，最终商定产品价格。

韩玉林喜上眉梢。能向洛克长期供应产品，是他梦寐以求的。他望着窗外的夜幕连连点头，像个刚刚收到一件精美玩具的孩子，情不自禁地抿嘴笑起来。

第二天，旺城按照惯例，由分管招商引资的领导和招商局的人员一起，开着一辆警车、一辆轿车，提前迎接到边界线。上午九点半钟，一辆警车和一辆大巴车进入旺城境内。然后引领车换成旺城派来的警车，大巴车和其他的车辆尾随其后，车队呼呼啦啦，风驰电掣。各个路口，交警指挥，遇到红灯，照闯不误。按照提前安排好的行车路线，一个一个企业考察参观。

晚上，举行招待会。

招待会设在旺城宾馆。这个旺城宾馆原来就是县委的招待所，也是通过改制，名字改为宾馆，政府持大股份，实际仍然是专门供政府接待所用。宾馆装潢考究，设施先进，服务一流。宾馆没评什么星级，但实际九十年代初就已经具备了三星级的标准。

席设宾馆的一层大餐厅里，两排六个大圆桌，按一号、二号……六号的次序整齐排放。多种碗盘、大小酒杯、刀叉勺筷……很有规矩地排放在桌面上。大厅中央顶部悬挂的大吊灯，放射出无数道亮光。加上大厅四壁，和顶部多种多样的小灯饰，整个宴会厅灯火通明，异常气派，像过盛大的节日。招待会开始，先由县长致祝酒辞，简要介绍旺城的情况。然后，他说：“为了旺城和各位企业家真诚的合作，为了各位企业家在旺城期间活动愉快，干杯！”一霎时全体起立，宴会厅内，椅子挪动，酒杯相碰，互诉祝愿，熙熙攘攘，气氛热烈。

洛克集团的总裁雅各布卢，与其他公司的总裁相比，当然享受最高礼遇，是宴会主桌的主宾。韩玉林被安排在一号桌雅各布卢的身边，这当然是特意安排，显得对雅各布卢尊重，更是为了交谈方便。酒席宴上，市里的领导又一次把韩玉林介绍给雅各布卢。他们又一次握手、敬酒。韩玉林还特意把翻译召到跟前，和雅各布卢长谈了一阵。宴会散去，客人们要被送回东州市休息。临行时，韩玉林还专门把雅各布卢送到车门前。但是，整个宴会过程中合作的问题雅各布卢一字未提，更没有谈及产品的价格。

送走了全部客人，忙了一天的领导、工作人员们都陆续离开了宾馆。安小飞一猫腰钻进韩玉林的车内，急切地问：“怎么样？和雅各布卢谈得怎么样？”韩玉林语气迟缓地说：“关于我们公司和产品的事，雅各布卢一个字也没提。尽说了些客套、场面上的话。”

安小飞不解地说：“一个字也没提？不是说他们专门对着玉林公司来的吗？是来谈价格吗？”

车子嘟的一声启动了。韩玉林问：“你感觉参观公司时，雅各布卢的表现怎么样？”

安小飞说：“看得很到位很仔细，问得也很到位很仔细。”

“对，我也是这么个感觉。”

“他不可能不满意。我看雅各布卢的表现，还是很兴奋的。”

车里光线很暗，他们彼此看不清对方的脸。但是，从相互谈话的声音中，他们感到了对方脸上都带着很大的疑惑。

第二天上午。安小飞忙完了手头的工作，马上跑到韩玉林的办公室。他推门就问：“洛克那边有消息吗？”韩玉林正在接听电话，示意安小飞坐下。安小飞没有坐，他指着韩玉林的电话小声问：“是洛克吗？”韩玉林挂了电话笑着说：“是电话就是他们打过来的吗？那边还是没有消息。”安小飞一边坐在椅子上，一边自言自语：“还是没有消息？”忽然又从椅子上站起来，像个猴子那么机敏，问：“要不要打听一下？”韩玉林抬头看了看墙上的钟表，已经九点半了，便说：“通过招商办打听一下，雅各布卢他们现在在干什么？是到别的地方去考察了呢，还是在市里洽谈别的项目？”安小飞听了，眼睛一亮：“对，马上联系。”

十点多钟，在市里参加恳谈会的招商办人员打来电话，说今天上午雅各布卢他们哪里也没去，都在宾馆房间里。韩玉林和安小飞听了，觉得非常奇怪。

“都在房间里，哪里也没有去？”韩玉林重复着刚才的来电，思索着走到窗前，向外瞭望着，像一个指挥员瞭望着敌阵地分析战况。一会儿，他转过身来说：“给招商办再打电话，让他们继续打听雅各布卢下午的行踪。”

“好，我再联系。”安小飞心领神会。

下午，安小飞又接到电话：雅各布卢他们依然没有外出，依然在宾馆房间里。真是奇了怪了，安小飞接听电话时像钻进了迷宫，既奇怪而又着急地追问：“你们没有弄错吧？他们不可能放假、罢工呀。”对方肯定地说绝没有错，他们还打听过接待人员。接待人员还到雅各布卢住的宾馆，专门问了服务员。服务员说这些美国人午饭以后，只有个别人互相串门，绝对没有集体外出。

电话那边说：“本来会议安排他们上午游览古王墓，下午参观古运河，但他们都没去。”

韩玉林几个人苦思冥想，像是一桩案件突然断了线索摸不着头脑，理不出个一二三。安小飞眉头快拉到一块儿了。他自言自语：“电影里说日本鬼子狡猾狡猾的，这美国鬼子更是狡猾狡猾的。”

“嘟嘟——嘟嘟——”电话响了，韩玉林眉目一扬，兴奋地一把抓起电话，安小飞他们呼啦一下围拢过去，好像洛克方面真有什么好消息传了过来。

李桂花的电话。韩玉林问：“有事吗桂花？我这里正忙着哩。”李桂花在电话中说：“你回来一趟吧，李店那个迟长胜又来了。”韩玉林听了眉头一皱，没有说话。李桂花知道这两天韩玉林有大事，也是无奈才打扰丈夫。她一听韩玉林那边没有说话，就以劝导口吻说：“知道你忙，他这关系的来了，还是见见好。”韩玉林非常不痛快地答应了，撂了电话对安小飞说：“你们再议议，听听还有什么消息。李店那个支书又来了，我先到家看看。”

说完，匆匆而去。

星期天下午。李春香没有上学，在家里复习功课累了，刚出去一会儿，回来看到迟长胜坐在客厅里。只见迟长胜胖胖的双下巴和脖子一样粗，双腿曲折着堆在沙发里，更显得浑圆像个大皮球。李春香心里立刻像污井中的污泥沉渣翻腾起来。

爸妈都坐在迟长胜的对面陪着，茶几上已经沏好茶水。李春香进了门，李桂花赶紧说：“春香啊，李店迟……哦……”她转过头看着迟长胜说：“你们这辈分我也不知道怎么……”

李春香一进门迟长胜就看到了，李桂花的话还没有说完他就和李春香打招呼：“哦，春香……春香回来了……”李春香看到那满脸横肉气就不打一处来。迟长胜皮笑肉不笑地继续与她搭腔：“春香，在你亲爸妈这里可比李店那个家好了，那个家破破烂烂的，这里多好哇，跟天堂一样。”

李春香好像根本没听见这些胡捧乱吹的话，一拧脖子，一句话也没给，开门进了自己房间。

李桂花可能觉得这样太不礼貌，起身看看春香的房门，转过脸对着迟长胜似笑非笑地说：“你看这孩子，这……这孩子是怎么了？”迟长胜晃着胖脑袋，像电视剧里的“大头儿子”满脸堆笑，他这一笑更调动起满脸的肥肉，把个本来就小的眼睛挤成线头般一条小缝了。“没嘛，没嘛，还是小哇，还是小哇。”他自己给自己打着圆场，端起茶水喝了两口说，“孩子们年龄小，在家里也见不了几个面，还是认生，认生。”

这个“油摸嘴子”巧语花言，极力遮掩着李春香对他的厌恶。可是李春香虽然进到屋里，气是一下子消不了的。她知道没有搭理迟长胜爸妈准以为她不礼貌，可是爸妈哪里知道迟长胜的所作所为，更不知道他对李玉梅一家那些丑恶不堪的行径。可她也不能在这里和迟长胜抓架呀，那样爸妈就更没有面子了。她一屁股坐下，拳头咚咚打在床上，恶狠狠地说："决不能让爸给他修路。"

李春香在屋里竖着耳朵仔细听着客厅里说的话，可是房门紧闭着什么也听不到。她不好再把门敞开缝隙，又气又急，在屋里团团转。忽然听到迟长胜要走的声音，她赶紧跑到窗前向外瞅，看到爸妈送迟长胜走了。当爸妈回屋刚一进门，她又杀了出来。

"爸，你答应他了？"

韩玉林看着春香淡淡地笑了笑，一时没回答。

李春香却暴跳如雷，像只饥饿的狼崽被同伴抢走了猎物，声音都变了腔调："爸，你不能答应他！"她一边喊着，双手还拍打着沙发靠背，双脚跺得地板咚咚直响。

"迟长胜他坏，他不是人。他不给俺家划地，想着法子欺负俺家，欺负俺娘，你怎么还答应他！"

李春香说着哭了起来，连哭带喊，嗓门快要把楼拱起来一般。韩晨在屋里听到一楼的声音，赶紧出门，还没有走下楼梯就看到春香对爸妈这么吵闹，一下子来了气，朝着春香就喊："春香你这是干吗，怎么能和爸妈吵！"

李春香光顾哭闹没有看到韩晨。这一喊，李春香还是被镇住了一会儿。她眨巴着眼睛看了韩晨一眼，随后又哭闹起来："就不能答应他，就不能答应他！"

韩晨不知怎么回事，又气又急："答应什么？看你这个样子！"

李春香抹了一把眼泪，毫不示弱："不用你管，没你的事！"

韩玉林一看事不好，火要烧到姐妹俩身上，赶紧把韩晨推到了楼上。

李桂花也赶紧把李春香拽进内屋，两堆干柴险些燃起大火。

韩玉林回到自己的房间里，脸上掠过一丝丝气恼，他没想到李春香会这个样子，自言自语地说："看这孩子，怎么这样？"是的，韩玉林不会也不可能理解这时李春香的所作所为。李春香心底的痛、心底的愤……许许多多，是不可以也是不可能大白于阳光和人们面前的。

娘那几年犯的那些愁，就是李店所有的土地加在一起也装不下呀。还有她使劲投出去的那一砖头……一个人心底的东西就是有了可以公之于世的条件，也不可能那么容易启齿呀。

李桂花安抚了一会儿春香，回到了自己的房间里。看着韩玉林皱着眉头，面色不那么好看，声音不大而又非常为难地说："上一次这个迟长胜走了以后，我和春香就说了好长时间。孩子一说就呜呜地哭，还哭得那么伤心。"韩玉林说："看来他们两家的关系弄得很僵啊。"李桂花接着说："我看不是一般的僵，好像孩子有一些话、有一些事说不出来，不好开口。"李桂花停了一会儿，眼泪顺着面颊流了下来。她一边擦泪一边说："真是作孽呀，把孩子扔给人家这么多年，不知孩子受了多么大的委屈和欺负。要不孩子怎么会这样？"说完，竟然哭出了声音。

韩玉林心头一紧，闪过一丝丝对刚才气恼的自谴。又赶紧劝说李桂花："好了好了，过去的就过去了，别再多想了。今后对孩子慢慢深入地了解了解。"可李桂花问："那修路的事怎么办呢？"韩玉林又为难地说："这事咱不完全通过迟长胜，预算已经搞出来了，交通局我也找过了，还答应一定帮忙。要是因为孩子不愿意就吹了，这，这有些说不过去吧。这又不是小孩子过家家，叫人笑下大牙来呀。"李桂花也为难地说："那还得给他修哇，春香虽然是个孩子，可也不能一点儿不考虑孩子的感受哇。"

韩玉林听到这儿抹了一把前额，一股燥热涌了上来，他挥挥手说："这几天因为和洛克的事忙得不可开交，我还得回公司。你多劝劝她，村里修好了路对谁都有好处，慢慢她会明白的。"

这样，韩玉林全当春香是个孩子，又忙于和洛克的合作，没有更多考虑什么孩子的感受。孩子就是孩子，大人的那些事，怎么能让孩子的一场哭闹就告吹了呢？韩玉林就是这么个心理。

初到家中几个月就闹了这么一场，李春香当然不敢对这件事再多问了。但是，心里却又埋下了对爸的一丝不满和抱怨。

按常理韩玉林这天应该留下迟长胜吃饭的，但是洛克的事他实在放不下。李春香的吵闹他虽然很意外、疑惑，也有些震惊，但这些就像进屋脱掉一件外衣随手扔在一边了。洛克，洛克……却如孙悟空头上的紧箍咒总甩不掉。他苦思冥想着，可怎么也理不出个头绪，抓不住雅各布卢的意图。雅各布卢似乎把他引进了一个黑洞，什么也看不透看不明。但是，晚上九点多钟，招商办公室的一则电话通知，使韩玉林眼前一亮，打开了思路。就像在那黑洞中见到了“一线天”的洞孔，得到了一丝丝光亮。

这些家伙，原来是这样啊。

通知的内容很简单：明天上午九半点钟，洛克公司一行几人准时到达玉林公司。在公司活动一个半小时，然后回市里用午餐。

韩玉林接到这个通知，马上回到办公室，安小飞和有关人员也都来了。一见面韩玉林就说：“不是说美国鬼子比日本鬼子更狡猾吗，还真是这么回事。雅各布卢跟我们耍上手腕了。”

“耍手腕了？”人们不解。

韩玉林示意其他人都坐下，他却站着，像老师给学生们上课一样，双手比画着，一字一句地说：“看过招商办的通知，我就有个判断。今天本来市里给他们安排有参观游览项目，他们没有去，在房间里憋了一天。这一天他们在干什么？休息？他们能憋得住吗？到目前，还没听说他们在东州有什么新的合作项目，倒是早就明确买我们的产品。所以，今天这一天他们在房间里，很有可能就是商议对付我们的计策。应该说他们对我们一些情况有所了解，昨天到公司实地考察，使他们对我们的了解更深了一步。但是，昨晚在宴会上，雅各布卢和我坐了一晚上，一字不提合作的事。他是故意不提，今天一天也是故意不理睬我们。给我们造成一种对玉林无所谓、不那么感兴趣，或者他又有新合作伙伴等假象。”

安小飞点了点头说：“有道理。”

韩玉林接着说：“你们看他明天的安排，九点半钟‘准时’到公司，活动一个半小时，然后回东州。回东州没什么急事，只是用餐。这就是说，让我们必须抓住这一个半小时的机会，否则就‘拜拜’了。这个家伙平静了一天，忽然倾盆大雨、狂轰滥炸，想把我们打蒙，逼我们就范。”

说到这儿，韩玉林攥起了拳头，继续说：“明天他的真心是不想回东州用午餐。他想在一个半小时之后，又给我们开出一道活口。如果一个半小时内我们还不投降，剩下的时间里就继续和我们博弈。一个半小时，这是他们假设的时间底线，不是真实意图。他们也估计到不可能在一个半小时里得出最终结果，所以想以时间压我们。我想在这一个半小时内，绝不能与他们谈崩，并且中午想法留他们在旺城用餐。他是表面上为谈判时间设限，又在用餐时间上留有余地。”

一天多的“哥德巴赫猜想”，韩玉林给说破了。听了他的分析，大家都赞同，认为有道理。安小飞面带着怒气，像刚与雅各布卢拼杀过一般说：“这些家伙，不仅狡猾，还霸道。”

“人家是国际性的公司嘛，就是有这个霸气。等到我们也成了国际大企业，世界五百强，你自然也会霸气起来的。”韩玉林的话把大家都说乐了，他又思量着说：“中午这顿饭，我们千方百计把他们留下，并要安排一顿特色午餐。”

安小飞一扫脸上的怒气，换上了笑容说：“对，对。‘长官包子大柳面，拿手大席全驴宴。’三大名吃全端上。”

第二天上午九点半钟，雅各布卢一行又乘坐大巴车真的按时来到了玉林公司。

一路上雅各布卢很少说话，陪同的工作人员问他到旺城还有没有其他安排，他摇摇头：“No，No。”问他到了玉林还要不要进车间，他也摇头：“No，No。”一下车脚板刚着地便问：“谈判地点在哪里？”韩玉林把他引进了会议室，雅各布卢坐下就滔滔不绝地讲了起来：“我们还有许多别的事情，我们语言也不方便，经过翻译浪费很多时间。所以，我们的谈判必须抓紧。”

“好，好，雅各布卢先生先谈谈。”韩玉林面带微笑，热情洋溢。

雅各布卢没有生着欧洲人的高大体格，相反却身材干瘦，黄白混杂的头发，乱蓬蓬地堆在头上。本来面孔不大，布满了皱纹，现在又板着脸，像木乃伊那么吓人。他双手放到桌上，上身前倾，一副长篇大论的架势。

“韩先生，就直截了当谈你们产品的价格吧，价格太高了。一个刚成立不久的公司，刚开发的一个新产品，价格怎么能够比一般老厂家还要高？你们的技术如何？你们的质量如何？尤其是供应量如何？这些，我们都是有很大怀疑的。”

韩玉林待翻译译完，不慌不忙，一脸的温和，像个长者面对他的子孙一样慈祥。他说：“雅各布卢先生有怀疑那是自然的，我们是理解的。但是，产品的技术、质量，与玉林公司成立得早晚有关系吗？别说我们产品的耐压度、耐腐蚀性这些主要指标，就是一些细小的环节都是达到国际标准的。价格略高了点，但高在防腐上你是很清楚的。至于能不能按您的需要达到生产量，想必你已经在考察过程中看到了，我们生产蝶阀的分厂马上就投入生产。我想供应量是绝对不会有问题的吧。”

韩玉林清楚，这些雅各布卢心知肚明，他是揣着明白装糊涂。此时到了万米决赛最后冲刺阶段，比的是耐力和策略。

韩玉林双手比比画画，口若悬河。雅各布卢随意插话，打断韩玉林。你来我往，是辩论，是交谈，是商议，气氛一会儿紧张，一会儿松弛。这时，雅各布卢抬头看了一眼挂在会议室里的电子表，然后又伸出手腕，看了看手表。他也不管韩玉林讲到什么茬口，就说：“韩总，你墙上的表慢了几分。”言外之意就是提醒时间。韩玉林扭过头看了一眼电子钟，又看了看自己的手腕说：“哦，我家的钟表倒是服从我手腕上的时间。”雅各布卢说：“那——应该以哪个为标准呢？”韩玉林抬头朝着东州市招商局宋局长问：“宋局长，你的表几点了？”宋局长回答：“我的表，比雅各布卢先生的表慢了近半分，比你的表快了十几秒。”韩玉林爽快地说：“那好，谁的官大谁的表就准，就依宋局长的表怎么样？”

一段关于钟表时间的小插曲，打破了刚才唇枪舌剑严肃的气氛，引起了一阵轻松笑声。韩玉林接着刚才的话题侃侃而谈，时间又继续流失着，已经接近十一点了。雅各布卢不容许说完，马上踩了刹车：“OK，OK，时间已经要十一点了，看来我们还是谈不出结果，那只好就这样了。”说完，他收拾起手下的东西，紧蹙眉毛，拉出了一副要马上撤退的架势。

韩玉林笑着摆手说：“我们中国有句话，买卖不成情意在。时间快中午了，我们怎么能让客人饿着肚子走呢？”雅各布卢马上说：“在东州，我们已经备好午餐。”韩玉林说：“肚子嘛，在哪里填饱都可以，何必再跑出一百多里呢？”雅各布卢板着脸说：“那边的午餐已备好，我们不能失信。”韩玉林说：“要是你们不吃饭就走，我们之间可就失情了。”

雅各布卢的脸依然像块黑铁：“那……怎么办？”韩玉林饶有兴趣地说：“我这里有几道土菜，很有特色，请雅各布卢先生品尝一下。我听说先生是一位‘吃不胖’的美食家。”

雅各布卢听完翻译，不免露出了笑容。他问韩玉林：“你怎么知道的？”韩玉林抿着嘴微笑，直眼看着雅各布卢说：“我是猜出来的，因为您的生活水平一定很高，为什么却这么苗条淑女一般呢？”

“苗条淑女？”雅各布卢听了翻译解释，开怀大笑起来。韩玉林幽默的话语，打动了他，更确切地说是正中他的下怀。他一边笑一边连声说：“好、好、好。用你们中国的话说‘恭敬不如从命’，还有一句什么……‘入乡随俗’，对不对？”

“对、对、对！”大家在一片欢笑声中，结束了谈判。正像韩玉林预想的那样，虽然没有结果，但是双方都表现出了诚意，都表示愿意继续谈下去，时间另定。

下午，韩玉林刚进办公室，盛国典也来了。

老朋友见面自然热情，倒上茶水，寒暄了几句，盛国典就直奔主题：“我找到你门上，是有重要指示向你传达。”韩玉林笑着说：“我一个民营企业，哪能劳驾您这大主任来传达指示呀，县里的领导对咱一个个体户能有什么指示？”盛国典板着脸认真而又神秘地说：“个体户虽小，可托起半壁江山呢。我要谈的可是涉及旺城、东州市，以及这次知名企业家恳谈会的大事情。”韩玉林端了端茶杯开玩笑地说：“非叫出你的真名，才不卖关子不绕圈子？”盛国典对韩玉林的玩笑话似乎一点也不介意，还是没有笑容说：“县里让我和你谈谈，你和洛克在谈的价格，是否能接受洛克的要求？”

“什么，什么？”韩玉林像是听了奇闻异事那么惊讶意外，“这是什么指示？让我给旺城少赚钱？”

盛国典继续说：“钱多钱少是其二，经济大局是第一。全球知名企业家恳谈会在我市是一项重大活动，洛克来参加为恳谈会和我市增添了光彩。如能和洛克达成协议，是这次恳谈会、东州、旺城了不起的成绩。所以，上边想促成你和洛克的这笔买卖。”

韩玉林又笑了，笑得非同一般，笑声中带着好奇、不解甚至有些无奈。他说：“这帮美国鬼子呀，对中国国情是吃透了，懂得官本位，难道也找领导走后门了？”

盛国典说：“不管怎么讲，省政府能把这么大的活动放在东州，这是对东州的重视。洛克能来参加，并且还能看上你们的产品，也是对旺城、对你们公司的重视。为世界知名企业所重视，不容易呀。可不要失去这次机会。”

韩玉林像吃了一大口榴莲，有那么一丝丝香味但更是臭味十足。他喝了一口茶水，还低头左右摆了一下脸，品味了一阵茶香。然后抬起头对盛国典说：“我们当然是想方设法不失去这次合作机会，也知道失去这次机会非常可惜。但是，下面怎样谈我心里有数。让我迎合领导，牺牲公司的利益我不能办。”

说到这儿，韩玉林用情人般的脉脉眼神直瞅着盛国典说：“老伙计，我说得对不对？你刚才的话是领导的指示，绝对不是你的意思。”

“哈……哈……”盛国典突然大笑起来。他根本就不适应以刚才那种口气和表情，与多年的老伙计谈话，现在他像是一个潜水员在水底断了氧气，实在憋不住了，一边笑一边说：“你这个眼神儿真可笑，你这个眼睛不仅情人一般，更是火眼金睛了，哈哈……”笑着起身，走出了韩玉林的办公室。

可是，盛国典走后不长时间，办公室的电话铃响了，是县委倪书记亲自来的：

“玉林同志，在与洛克合作的问题上，不要眼光短浅，要往远处看，向大处看。与洛克合作成功，在旺城在东州必将产生巨大的政治经济影响。当前不过是个利大利小的问题，能与洛克合作，本身就是最大的效益。失去当前的小利，今后得大利，得……大利的。你干了这么多年企业，连这点道理都想不通吗……”

呵！高屋建瓴，卓识远见呀。

倪书记电话里语调激昂，慷慨陈词。韩玉林没在倪书记对面，要是看到倪书记打电话的情景，他肯定一副伟人形象，比唐国强扮演帝王的镜头还精彩。韩玉林撂了电话，身子向椅背一靠，左手下意识轻轻地拍打着椅子扶手，眯缝着两眼，看着天花板。耳边，倪书记的每一句话，又从头到尾走过了一遍。他深深地品味着其中的每一个字。是觉得高明、理解、压力，还是有几分好笑？

“不要眼光短浅，要往远处看，向大处看……”嘿，领导就是领导，水平就是高。每一句话都那么意味深长，每一个字都那么漂亮给力。书记亲自打这种电话，恐怕在旺城还是第一次。不接受他的意见？恐……怕……可是，可是……

韩玉林盘算着一件产品如果降下一美元，将会给每年带来的损失。同时又回想了一遍这几天与雅各布卢的交锋，感到只要再努力一把，再发起一次冲锋，这座碉堡就有拿下的可能。还是那句话，现在是到了赛跑冲刺阶段，必须坚持住。于是，韩玉林毅然决定：沉住气，仍按现在的价格谈下去。

可是到了晚上，一个意外的消息传来，使韩玉林大吃一惊：雅各布卢晚上坐火车走了，去北京了。并且倾巢而动，一个人没留下。

韩玉林的办公室里从来没有这么紧张、不安的气氛。他坐在办公桌前，皱着眉头，紧闭着嘴，深深地思索着。心底有些懊悔，像一个老猎人失手失去了猎物一样。其他人就像木雕似的直愣着眼睛看着他。安小飞的小白脸苍白了，每个动作都那么迟缓，一点儿也不像猴子一样那么敏捷了。

思索了一阵，韩玉林忽然起身自言自语地说：“他们到底为什么走？原因是什么？我们并没有弄清楚哇。”

他又朝着安小飞，似乎是问他，也是自问：“弄清楚了吗？”

韩玉林只是在问，但安小飞已清楚了什么，麻利地拿出手机，准备再了解情况。可韩玉林已抓起了固定电话，并从抽屉里拿出一个电话本，自己查出了一个号码。“啪、啪……”接通了另一边的电话。“喂，张主任吗？我是旺城的韩玉林哪，这么晚了打扰你，不好意思。我想打听一下，今天晚上美国洛克一行人为什么突然去北京了，你知道走的原因吗？我想问问具体细节。”韩玉林听完那边的电话，“噢，当时你没在现场，刘科长在。刘科长我认识，不知道电话号码，好，我记下来。”韩玉林抬手示意笔和纸。

他撂下张主任的电话，照着刚记下的电话号码，按键打了出去。

“刘科长吗？”韩玉林又像问张主任一样，仔细听着电话那边的回答。

他静静地听着，一边听，一边轻轻地点头，脸上露出了笑容，好像不是在听电话，是在听天使向他倾诉美妙心声。

看着韩玉林的表情，屋子里的气氛一下子变了，像一股强风吹来，雾霾一下子散去，天蓝了。所有人脸上也随之有了笑容，一个个瞪大了眼睛看着韩玉林。他轻轻地把电话筒放在话机上，不慌不忙平静地说：“仍然有希望。”

他抬起头，背又靠在椅子上，左手轻轻地拍打着桌面，一边像是向大家传达电话里的内容，一边又像描述思考着雅各布卢走的场景：“晚上，宴会快要结束的时候，雅各布卢接到一个电话。然后他对主持宴会的市长说，泰国和马来西亚两家客户同时到了北京，邀请他们立即赶到北京去。他请求市长马上安排火车票。这些都是刘科长亲耳听到的。”

说完，韩玉林眼睛露出坚毅的目光，他朝着大家说：“雅各布卢绝不是弃我而去，与洛克的合作还有希望。”

他站起身，伸手抓起桌子上已经凉了的茶水，昂头咕咚咕咚喝了下去，喝完就说：“追上去。”

“追上去？”

“去北京？”

“对。”韩玉林胸有成竹地说，“从这两天的情况来看，洛克对我们公司、对我们的产品，应该是非常青睐的，只是为了压价耍了一套手段，这都是正常。他们突然去北京很明显不是因为和我们谈不拢，确实他们另有要务。在这个茬口上我们追上去，一定能起到事半功倍的作用，马上备车，立即出发。”

如愿以偿。

洛克按韩玉林的价格签订了合同。雅各布卢诚恳地说：“几天来，对玉林公司的多方考察，和对你韩玉林的几番接触，现在又专程来到北京，用你们中国的话：I am convinced——我服了。”

第十三章

李春香在旺城初中初三（二）班上学了。

她原来的学校毕竟在农村，是乡镇一级的初中，教学质量与旺城初中肯定相差很远，并且原校开课进度比旺城初中慢了许多。李春香一边跟着现在的教学进度，还要补习在家没学到的课程。这样，耽误了许多时间。前边的知识没学过，新课程就难以接受。

她在家上学晚了两年，现在比全班多数同学大两岁，甚至长有的同学三岁。特别她也继承了韩家的基因，长了个大个子。韩玉林和李桂花两口子在男女当中都属于高个，七个姑娘都那么丰满挺拔，没有一个矮子，到旺城上初中时李春香就超一米六了。在班上她比女同学都高，有的甚至矮她一头。男同学当中，有的也比不上这个新来的女学生高。她座位被安排在倒数第二排，来班上不久就得了个“大个子”的美名。有的男生顽皮使坏，不喊她名字，作业发下来故意献殷勤：“给你的作业，大个子。”每当这时，她气也不是，急也不是，只好红着脸抢过作业，坐在自己的位子上不好意思抬头。

“二班新来了一个大个子女生。”

李春香很快成了全校知名人物。要是学习能够跟得上，个子大怎么了？个子大时尚、漂亮，哪个同学也不希望自己长成被讥笑的“半残”矮子。可是一想到这么多功课需要补习，新的课程有些还听不明白，特别是考高中有没有希望？李春香的心一揪一揪的，就像家里喂的那兔儿用爪子挠她的心。一进旺城初中的大门就像钻进一张无形的网内，总觉得舒展不开，处处受到束缚压抑。

每当这时，自己的身世就像电脑中的恶意广告蹦出来。要是从小长在爸妈身边，长在城里，自己就不会那么晚才上学，学习成绩肯定不会丢下，不比现在班上的同学差。在原来的学校里，自己是属于上游，可现在就跟不上了。要再退一年级，把那些没有学好的课程再补过来。可是自己本来就晚上了两年，同龄人都上到高二了，韩晨和自己一天出生，明年就考大学了。人家都出村好多里路了，咱才走出家门，怎么能够赶得上啊。唉，这就是大人们常说的命吗……这一时期，李春香在家在学校时常就是紧闭着嘴，眼睛直愣愣地向前看着，白皙的脸就像一块白色的大理石一样那么冷漠。

李春香回李店两次。前几天趁星期日，又往家跑回了一趟。娘问起她的学习时她哭了。她明明白白地跟娘说自己跟不上趟，很吃力。可是娘有什么办法？一方面春香远在城里，再就是跟着她亲爸妈，他们肯定会操心，李玉梅就是有劲也使不上了。在城里，一家人不过多问她学习的事。爸妈问起时，李春香多是言语很少，像个受了很大委屈的孩子。要是明说："吃力吧？"她倒是点点头。说到这儿，考虑到孩子的自尊心，也就不再多问了，说些鼓励的话。韩晨要是问起她学习的事，她多是回避，不回答，不说话。李春香心里知道韩晨清楚她的学习情况，学习跟不上趟其实是明摆着的事。韩晨在她心目中，总是有一种与其他人不一样的情绪。是不服？是嫉妒？是排斥？是别人夺爱……自己也说不清。

有一天晚上，李春香正在做作业，韩晨进到了她的屋。正好有一道数学题李春香实在解不开了，便随即问了问韩晨。要不是韩晨正好进来这个茬口，李春香是不会向她开这个口的。但韩晨不论什么事，都是诚心诚意帮助她。韩晨反复看了看题，认真思考了一番。涉及初中的一些知识，她还专门上楼到自己房间里，拿来保存完好的作业和笔记本，进一步复习、验算了一下。她说初中的一些知识自己有些也生疏了。然后拿来纸笔，从头到尾解析下来。问题解决了，李春香也明白了。韩晨伸了个懒腰，张大嘴打了个哈欠，开玩笑地随意说了句："明白了？你这个笨蛋。"

这话可不得了了。李春香像身上流血的伤口又被撒了一把盐一样难受。她把手里的笔啪一声拍在桌子上，瞪起大眼："你才是个笨蛋，你才是个笨蛋！"

没等韩晨说出什么话，李春香仍然像机关枪一样："别以为了不起，我要是不在农村不会比你差，比你强得多。"

李春香突然发飙，韩晨立刻蒙头转向，不知所措了。她瞠目结舌，只吐出两个："我、我……"然后眼泪流了出来，扭头跑出了李春香的房间。

李春香看着韩晨跑出去的背影，依然瞪着眼，闭着嘴，大喘着粗气，双肩随着喘息上下浮动着。

李春香没有考上高中。

韩玉林和旺城一中的校长很熟，她继续上高中也不会有问题。同所有新生一样，李春香按时踏进了高中的大门，被分配在高一（五）班。

韩玉林和李桂花都安慰她，农村教学条件差，课程又慢，影响成绩是自然的。今后把课程再补补，追追赶赶一定会好的。李春香每次听了这话，还是闭着嘴，一句话也不说。一家人都是鼓励，哪个也不会说半个"破"字。

李春香进高中后的一天晚上，韩玉林把她的班主任和所有任课老师请到一起吃了顿饭。一方面了解了解春香这段时间的情况，另一方面和老师们融通融通，使每一位任课老师对春香都能够精心些。饭桌上韩玉林频频敬酒，请各位老师对孩子多多关照。老师们当然应允，都表示让韩总放心。班主任陆之花说："根据李春香前一段时间的情况看，她是基础没有打好，特别是初中的一些知识学得不牢不扎实，有必要把初中的一些知识再补补，一边补初中的知识，一边接受高中的知识会好些。"其他老师都认同这个观点。可是那样就要有时间补课，有老师辅导。陆老师提了一个建议，让李春香来住校，这样孩子不来回跑在路上，老师辅导起来也方便。韩玉林说："对。原来光想着在家里能吃好、休息好。老师给她补习功课，也没有时间光往家里跑呀。我和她商量商量，就让她住校。"

韩玉林很慎重，不仅和春香商量，还和李玉梅通了气。李玉梅说："这事你们比我懂得多，你们看怎么办好就怎么办吧。"这样，李春香就住进了学校女宿二号楼三一〇房间。

旺城一中，坐落在旺城的西北方向。一到校门口，就看到一块宽近十米、高两米主调灰色的梯形石墙。这是学校改造时，专门买的一块完整的泰山石。石墙上雕刻着中国著名书法家启功先生手书："旺城第一中学"。六个涂金大字刚劲、洒脱，为旺城一中更增加了品位。学校从南向北依次是办公楼、图书实验楼、教学楼、餐厅、体育场。东西两边是学生宿舍，女生宿舍在学校西部。校内以教学楼最高、体量最大，其他楼房辅助相伴，层次分明，错落有致，很是恢弘、现代。

李春香还是愿意来住校的。这半年虽然说是回到了自己的家，但毕竟过去对这些人、对这个家都不熟。自从进了这个家门，到现在心里总是有个什么"结节"，还那么不好解开。自小在李店也没有离开过家，离开家住校的味道似乎对她也有不小吸引力。刚进城时，还真有点陌生胆怯。现在好了，比起刚来的那些农村学生，自己也算是有资格的城里人了。

三一〇宿舍共上下八个床，先前已住进来七个人，正好靠门的八号上铺没人住。之所以还空着一个床位，是因为这个宿舍是个"杂货"宿舍，三个班安排不下的学生，都集中在了三一〇。韩阳开车拉着铺盖，还有韩晨一起把李春香送到宿舍。她们刚进房间，预备上课的钟就响了。李春香说："快上课了，大姐你先回吧。韩晨姐你也准备上课吧，这些东西我自己收拾就行了。"韩阳也说："好，你俩先上课。"大课间操时，李春香跑回宿舍。在铺床时，看到自己的床位上还放着一个包裹，便随手拿下放在了地上，想中午问问这是谁的东西。没想到，这惹祸了。

中午下课李春香回到宿舍，一进门就有一个"同屋"发难："谁把我的东西放在地上了？"那个"同屋"个子不矮，但还比不上李春香。留着披肩发，鹅蛋形的脸，大眼珠子鼓溜溜的把眼皮都给鼓出老高，再加上两道左右上挑的眉毛，还真有点凶气。李春香赶紧答应："哦，是我铺床的时候，也不知道是谁的东西，想你们回来问问再找个合适的地方。”那个“同屋”说：“问题是我还没回来，你就把东西扔在地上了。”李春香说：“对不起，实在找不到地方了。”“同屋”还不放过：“光对不起就算了？”李春香茫然地说：“那，那怎么办？”“同屋”翻了翻大眼珠子说：“怎么办？再放回去。”李春香不解地说：“放回去，我怎么睡得开呀？”“同屋”说：“那我不管。”李春香听了脸上也带上了一丝不快：“那……”

这时，“同屋”脸上却露出了一点奸笑，眯缝起大眼珠子声音不大说：“中午请顿饭吧。”李春香好奇地问：“中午请顿饭？”“同屋”又诡秘地一笑：“中午有排骨，请我吃顿排骨这事就算完了。”

李春香和这个“同屋”一来一去，其他几个同屋有的收拾东西，有的去打饭，有的去打水，没有一个人搭话。李春香觉得把人家的东西随便放在了地上，虽然不算什么但也不叫一回事。请吃顿排骨就吃呗，反正同学同屋的。她喃喃地说：“那……那好吧。”

李春香的下铺和她是一个班，叫孙俪。孙俪个子比李春香矮不了多少，但是非常瘦弱，胳膊细得像两根竹竿儿，头也不大，放在像茶杯一样粗的脖子上，还戴一副高度近视眼镜，走起路来摇摇晃晃的，好像随时就会被风吹倒一样。说话也是慢声细语，处处给人以柔弱的感觉。但是孙俪学习很好，班上入学时的考分她最高。

中午李春香和那个“同屋”拌嘴，孙俪就在旁边，可她没说话。下午第一节下课，李春香知道了那个“同屋”叫曲冬梅，便向孙俪问起这个人。孙俪气呼呼地说：“曲冬梅是一班的，可霸道了。在宿舍不是跟这个吵，就是跟那个打，动不动就说让哥们儿来收拾谁。因为开始闲着你那个床，都把东西放在上面了。我们知道要有人来，就把东西拿了下来，就是她没动。”李春香听了没吱声。原本不知道这些，中午给那个曲冬梅买了一份排骨并没感觉什么，听孙俪这么一说，她倒有种被无辜戏弄的窝囊感了。

在宿舍里住了一些天，李春香发现曲冬梅专爱欺负孙俪，可能就是看她柔弱吧。

有一天晚上，晚自习后李春香和孙俪，还有另一个同班同屋苏亚楠一起回到宿舍。一进门，就看到曲冬梅只穿着一个乳罩和一只小裤头躺在床上。李春香她们谁也没在意，放下书包准备洗漱。曲冬梅忽然说话了："干什么，干什么？我刚睡着你们就把我吵醒了。"尽管她这么说，谁也没理她。曲冬梅的手咚地砸了一下床铺坐起来："孙俪，就你声音最大，吃什么撑的？"孙俪还是没有吱声，曲冬梅便光着脚丫子跳下床来："孙俪，我说你呢，还不吱声，没带耳朵呀你。"孙俪用手扶了扶眼镜，也很生硬，但是声音很小像只蚊子似的说："我们刚进来，你睡不好怨谁？"曲冬梅一听，上前一步推了孙俪一把说："你还嘴硬。"说着又推了一把，孙俪像一大块长条塑料泡沫晃晃悠悠退到门后。

李春香看曲冬梅这么欺负孙俪，心里非常别扭，有点看不过。她拉下脸发话说："下了自习课我们就得进屋呀，醒了再睡嘛。"

"说得好听，谁还睡得着。"曲冬梅嘴里应承着李春香，人却还是朝着孙俪指手画脚，她又向前一步，指着孙俪的鼻子说："你把我吵醒了，你，怎么办？"孙俪确实害怕了，右手抬到脸前，生怕曲冬梅一拳打过来似的。看着孙俪的样子，曲冬梅忽然换了口气："你不说怎么办，那——把我的衣服洗出来吧。"孙俪一听急了："我凭什么给你洗衣服？"曲冬梅说："你把我吵醒了，就得给我洗衣服。"孙俪声音也大了一些："不，赖皮才叫人家给洗衣服。"孙俪刚说完，啪的一声，挡着脸的手腕上挨了一拳。曲冬梅一边打一边说："你敢骂我赖皮。"说着，又要动手。

李春香那天请曲冬梅吃排骨后就憋了一股气，几天来就像一只苍蝇卡在了嗓子里，这会儿她实在看不下去了。上前一步，右手抓住了曲冬梅的手，左手一推，曲冬梅身子一晃，差点摔倒。曲冬梅没想到李春香会杀出来，气急败坏说："你，你他妈的……"她站稳脚跟，一下又朝着李春香扑过来。李春香凭着人高马大，左手抓住了曲冬梅的一只手，右手掐住了她的脖子，使劲往下按。十秒、二十秒……曲冬梅的腰随着李春香的按劲儿，不住地往下弯。不一会儿，曲冬梅吃不住劲儿扑通趴在地上。

李春香有劲。在家帮助娘打扫兔舍、扫院子，大扫帚轮得可起劲了。娘买来喂兔子的菜、草，李春香搬上抬下，从不含糊。曲冬梅被按在地上试图爬起来，或想翻过身来。可是，她一只手被李春香死死地攥着，脖子被使劲按住，另一只手怎么忙活也不管用，就像被杀之前挣扎的一只鸡。李春香问："以后还欺负不欺负人？"

曲冬梅没吱声。李春香又问了一句，曲冬梅还是没有答声。

苏亚楠和别的同学赶紧来解围。李春香松开手，曲冬梅爬起来还想朝李春香动手，被别的四五个人挡住了。这个时候，曲冬梅或许高兴别人挡住，她领教了李春香的手劲真大，知道自己不是李春香的对手。便恶狠狠地说："等着，叫我的哥们儿收拾你。"

李春香没再理她，爬上床，也没洗漱就睡了。别的人躺在床上也没敢再出声，屋里没了一点动静，只听到曲冬梅粗粗的喘息声。

这事过去的十多天里，孙俪、苏亚楠她们进出房间，见了李春香就带着一丝丝微笑，那是对曲冬梅的幸灾乐祸。但只要曲冬梅在三一〇就没人说话，又死气沉沉的。

又有一天晚上，三一〇人员各自忙活着自己的事，还是很少听到有人说话。忽然门外走廊里传来哗哗的声音，苏亚楠和几个人开门看到是卫生间跑水了。这会儿邻屋里的几个学生，正拿着笤帚往三一〇这边扫水。苏亚楠看了立刻上前阻止，可那边的同学不以为然。这时，水都快流到三一〇的门口来了。苏亚楠提高了嗓门喊："太不道德了，把水都扫到我们这边来了。"临屋的几个学生还不耐烦："嚷嚷什么？"李春香也下床来到走廊看到这一幕，她上前夺过一个人手里的笤帚，哗哗向临屋门口扫了几下说："往你们门口扫你们干不干？"临屋的几个人被这突然的举动吓住了。李春香放低了声音，换了一副温和口气说："咱们应该扫到卫生间里去。水在我们门口我们不方便，别的同学从这里走也不方便呢。"

楼道里没再听到说话声，临屋里的几个学生，改变了扫水的方向，把水向远离房间的卫生间扫去。

曲冬梅把这一切都看在眼里。

那个晚上，她可头一次吃了大亏，憋了大气，她本来算计着叫校外的哥们儿来收拾李春香。可是，想想那天晚上和今天晚上李春香的那个凶劲儿……特别听说李春香家就在城里，她爸是个大老板，家里还有当官儿的。有一天晚自习以前，有个和李春香长得一模一样的姑娘来到宿舍，那个姑娘身后还跟着个男生帅哥。李春香一见面就喊：“姐姐、培露哥。”那个姐姐和李春香一样漂亮，但更泼辣。那个姐姐说：“也不想家，可家里好吃的却少不了你的一份儿。爸去天津带回了大麻花，可好吃了，给你送来，也是和培露来看看你。”在分享麻花的时候，李春香也扔给了曲冬梅一块。哎呀那麻花又甜又脆又香。曲冬梅知道了李春香的这个姐姐那个哥哥都在本校上学，还有……

曲冬梅发怵了。

曲冬梅也是没有考上高中的。爸爸开了个家具厂，给学校里交了钱。爸爸送她到一中时再三嘱咐：“好好读书，别像在初中那样打架、上游戏厅，这么个女孩子家差点被学校开除了。”

曲冬梅并没有记住爸爸的话，好吃懒做，不愿学习，有时偷跑到校外结交一些不三不四的人。一入学，她又想要初中那一套，凭着蛮不讲理，打打闹闹，先制服宿舍一帮子人。可是对李春香这么个茬儿，她感到了扎手。一天，她又是先回到了宿舍，见李春香一个人进来了，就凑到跟前说：“哥们儿，你还真行。”李春香听了看她一眼，没好气地说：“什么话？”曲冬梅继续拉近乎：“真的哥们儿，我挺佩服你的。”李春香更觉得好笑：“佩服我干吗？我有什么值得佩服的？”曲冬梅把手搭在李春香的肩膀上说：“以后听你的，你是老大。”李春香扑哧笑出了声：“听谁的我不管，我也不是老大。”

“别打哈哈，我这可是真话。”说到这儿，孙俪儿个进来了，曲冬梅朝着她们说：“哎——哎，听好了，以后李春香是咱屋的老大。”苏亚楠她们又进来了，曲冬梅又向她们嚷嚷：“听着，说好了，李春香以后是咱们的老大，咱们都得听她的。”李春香绷起脸，朝着大伙说：“别听她的，净胡扯。”

自从那天晚上李春香按住了曲冬梅，她倒是老实了，但三一〇的气氛总是别别扭扭的，大家都不愿意这样下去。听了曲冬梅的话，苏亚楠笑着对她说：“那好，我们都听老大的，你可不能不听。”曲冬梅拍了拍胸脯：“没问题。”

三一〇传出一阵阵笑声。这个喊老大，哪个喊大佬，弄得李春香很不好意思。但是从这天起，三一〇算是和好了。

曲冬梅与李春香和好以后，就时常跟着出出进进，像个跟屁虫似的。还胡吹乱捧，格外抬举李春香。在宿舍里老大长、老大短，还指手画脚：

“哎，孙俪子，给老大把书递过来。”

“哎，老大要睡觉了，谁也不能再出声了。”

每当听到这些，李春香都是扑哧一笑：“去去，别瞎扯。”因为有李春香，曲冬梅不敢再闹事，大家都和睦了。说李春香是老大，但她从来也不欺负人，和大家非常要好。这些大伙全当是曲冬梅的恶作剧，哈哈一笑就过去了，谁也没拿老大老儿的当回事。

“老大。”一次上课的路上，曲冬梅手搭在李春香的肩膀上，脸上一副沮丧说，“娘的，咱不在一个班，咱要是在一个班上多好哇。”李春香挖苦说：“你学习又不行，和你在一起有嘛用。”曲冬梅一挺身子不服地说：“别看咱学习不行，别的什么都能帮你，我哥们儿多。”李春香推了她一把说：“上你的课去吧，什么臭哥们儿。”曲冬梅扮了个鬼脸儿，跑到她的教室去了。

中国是世界第一人口大国，人多在哪里？在剧场影院，在体育场，在火车站汽车站……我告诉你，你到学校里再看看，就更能印证这个第一了。改革开放以后，人们的生活好起来，中国又迎来了一个生育高峰。

韩晨、李春香她们上高中的时候，正是学校一扩再扩、班级一扩再扩、学生一扩再扩的时候。无论高中、初中、小学都是拥挤不堪。学生上课时，三三两两地疏散着不断走进教室，你也没有人多的感觉。但是，你看到过学生下最后一节课的场景吗？学生们从每个教室拥到楼道里来，又从每个楼道拥到校园里。人头攒动，熙熙攘攘，像流出的水越聚越多，塞满整个校园的大小每一条路，流向宿舍，流向餐厅。一时间像奥运会开幕式散场分流，像世博会排队……发出的那声音，像大工厂里机器轰鸣，像马群跃动，像巨浪奔流……

就在这人流当中，李春香发现了一个身影。看那个头，看那一晃而过的圆形大脸，肯定是她。李春香是在一个十字路口看到她的。李春香从南向北走，她在李春香还没有到十字路口时，就已穿过十字路口向西女宿舍方向去了。李春香跟了上去，在她后边隔着一定距离。人多不好辨认，跟着跟着，看到曲冬梅和那个人说话。

好，记住短发，穿一件小红碎花衬衣。

宿舍里，李春香见曲冬梅走了进来问："哎，刚才和你一起走的，穿小红碎花衬衣、留着短发的女孩子是谁？"曲冬梅翻了翻眼皮说："刚才和我一起走的那个？哦，是我们班上的。"

"叫什么名字？"

"叫李春燕。"

"李春燕？"

"对，李春燕。"

"真是她？"

"老大你认识？"

"哦哦，不认识，不认识。"

曲冬梅撇着嘴，瞪着大眼珠子看着李春香："不认识还说'真是她'，老大有猫腻？"

李春香拿起饭盒，一边往外走，一边斜了一眼曲冬梅说："什么猫腻？就你狗鼻子，吃饭去喽……"

李春燕确实也来一中上学了，和曲冬梅在一个班，住在女宿一号楼上二〇一房间。李春燕从小就和李春香是同学，在李店不止打过一次架。自打李春香从初三到城里上学以后，再也没见过面。李春燕进了旺城一中以后，也想到李春香肯定也在这里，她们过去是同级同班，现在当然也要上高中了。有一天在校门口，李春燕隔着十几米忽然看到两个长得一模一样的女学生，都推着自行车一同往外走。她一眼就看出其中的一个就是李春香。她想，那一个肯定是她的孪生姐姐了。李春燕当然不会打招呼，更不会去主动联系，也就当没有这回事放下了。李春香那天中午知道了李春燕也在一中上学，开始听说的时候有点惊讶。有李春燕的影子毕竟会勾起李春香过去的伤疤隐隐作痛，但时隔这么长，境况也变了，无所谓。李春燕本来和她一个年级，现在来上高中是自然的事。但是，有曲冬梅这么个好闻骚事的“狗鼻子”，后来的事情就变得复杂严重了。

一天课间操，李春燕走出教学楼，在门前的大树下刚伸了个懒腰，曲冬梅走了过来。她问：“李春燕，问你个人。”李春燕长着和她奶奶一模一样的大脸，带着笑容，一副下课轻松的样子：“谁呀？”曲冬梅神秘地一字一顿地说：“李……春……香。”

“李春香？”李春燕一愣，收住笑容问，“你问李春香干吗，你认识？”曲冬梅煞有介事地说：“先别问我，先说你们是怎么认识的？”李春燕看曲冬梅那好奇的样子又笑了说：“这有什么好问的，俺是一个村的。”曲冬梅追问：“一个村的？你们怎么是一个村的？”李春燕说：“哦，原来是一个村的，现在不是了。”曲冬梅天生惹是生非的特性让她更加好奇，她靠近李春燕一步，那两头尖的长脸快贴上了李春燕的大圆脸，问：“怎么怎么？过去现在还不一样吗？”

“她是被拾到俺村的。”

“拾到你村的？”

“人家说是石头缝里……”

李春燕说到这里，赶紧用手捂住了嘴，自知失言，脸色也变了。她推了曲冬梅一把说：“你问这些干吗？快，快上课了。”说完一溜烟儿跑进了教室。

晚上，下了晚自习。李春香她们回到宿舍时，曲冬梅又是“提前”下课了。虽然天已经不热了，可曲冬梅仍然是“三点式”，躺在床上闭目养神。李春香她们放下书包，准备洗漱的，收拾床铺的，出出进进，曲冬梅仍然躺在床上一动不动。一会儿，李春香拿着牙具要出房间，曲冬梅噌地坐了起来。

“老大，过来，李春燕认识你。”

李春香听了曲冬梅的话，停住了脚步说：“你问过她了？真是多事，你问这个干吗？”

曲冬梅听了李春香的指责没在意，若有所思地说：“老大，她说你……那……话。”

李春香一惊，问：“什么话？”

曲冬梅吞吞吐吐地说："她说你是抱养，石头……缝……"

曲冬梅没说完，李春香哗啦一下把牙具全部摔在地上。好像当年冲向胖奶奶的那头小狮子又被狠狠地挑逗了一下。她瞪着眼，咬着牙，满脸涨红，一时不知说什么好。曲冬梅见此赶紧跳下床来，比画着双手："哎，老大，别生气，别生气。"

李春香就这么愣了一会儿，双手握拳使劲砸了一下自己的两边胯骨，嘴里喊了一声："啊！"就爬上床，直挺挺躺在床上，血管像钻进了火，浑身发烫。眼睛瞪着天花板，直喘粗气。

孙俪吓坏了，赶紧把李春香摔在地上的牙具拾起来，塑料杯子被摔了个大豁口，牙膏袋摔破，牙膏被挤在地上。苏亚楠僵着鼻子没出声，指了指曲冬梅，意思是说多嘴多舌。曲冬梅虽然成天打打杀杀的，也被李春香的举动吓了一跳，上了床不再说话。

三一〇又一下子成了"闷葫芦"，气氛紧张起来。不想睡觉的也上了床，老老实实躺了下来，可谁也没有睡着。

李春香脑海里从小到离开李店，记忆中的那些屈辱，娘讲过的胖奶奶一家欺负她家的一幕一幕，一件接着一件，从眼前、从脑海迅速地一遍一遍掠过。像刚打开的游戏机，屏幕上跳动着一个个鬼魂般人物晃来晃去，有的一闪占据了整个画面……她不愿回味这些，在脑海中使劲点击着关闭，可是点跑了这个，那个又蹿了出来。就像电脑中了病毒，怎么也删不掉。最后，李春香电脑屏幕的内容定格在了那年看《西游记》的那一幕上。

她不分青红皂白，掀起李春香的凳子扔出很远。李春香哭着搬回了自己的凳子，还要放在原地，又被胖婶子挡住。她一边推春香，一边恶狠狠地说："和孙猴子一样，石头缝里蹦出来的！"

想到这儿，李春香"啊——"一声，拳头又重重砸在床铺上。曲冬梅和苏亚楠她们听了都噌地从床上坐起来，来到她的床前。

"春香，怎么了？"苏亚楠问。

“老大，怎么了？”曲冬梅问。

李春香呜呜地哭了起来。她满脸泪水，坐起来向几个同学诉说了她在李店所遭受的胖奶奶一家的欺辱。李春香痛恨地说：“没想到李春燕在学校还敢说出那样脏的话。”曲冬梅听了，立刻暴跳如雷，瞪着大眼珠子摩拳擦掌：“老大，我给你出气，揍这个婊子。”

说着，她真的穿上裤了，拿起一件上衣，还没有穿好，就风一样呼地刮出三一〇。苏亚楠拉了她一把，喊她回来也没喊住。李春香泪人一样还没反应过来，曲冬梅就下了楼，很快登上了女宿一号楼的二楼。

来到二〇一，她咚的一声把门踢开，屋里的学生们还没有反应过来她就闯了进去，蹿到李春燕的床前，伸手抓住了她的胳膊，随着就向她脸上甩了一巴掌。李春燕被打得尖叫一声：“啊——”

“干吗，干吗？”同学们不知发生了什么事，先拉住了曲冬梅。曲冬梅瞪着大眼厉声说：“‘石头缝里蹦出来的’你也说得出口。”别的同学不知怎么回事，李春燕一下子反应过来。她一边挥着拳头想还手，一边大声说：“没说你，狗咬耗子。”

“那是我们老大。”

“老大？”大家还没理解曲冬梅话的意思，苏亚楠和另外几个同屋的同学就进屋来了。她们一起把曲冬梅拉出了二〇一，拖回了自己的宿舍。

曲冬梅被拉走以后，李春燕彻底缓过味儿来，捂着脸呜呜哭起来，马上找了老师。

这场突如其来的“局部战争摩擦”，很快在全校传开了。

曲冬梅的班主任杜老师把曲冬梅叫去了。

曲冬梅坚持说李春燕侮辱同学，虽然不干自己的事，但她应该管。老师说管可以教育呀、说服啊，也不能打人哪。曲冬梅说：“李春燕侮辱同学的话不堪入耳，教育说服不顶用了。”

李春香的班主任陆老师把李春香叫去了。

李春香说李春燕无故侮辱了她，曲冬梅抱不平没有错。

杜老师、陆老师询问过情况之后在一起碰头，认为从整个事情的经过来看，李春燕向学校告状说李春香指使曲冬梅打了她，事实不充分，李春香倒像是个受害者。认为问题还是出在曲冬梅身上。如果她不传舌，不招事，不去打人，这事就不会发生。于是，杜老师又把曲冬梅叫到办公室，对她进行了严厉训斥："曲冬梅，经过调查，发生这件事责任全部在你。"

"为什么？"曲冬梅一点儿也不服气。

"你拨弄是非。"

"我怎么拨弄是非了？同学受到侮辱，可以不管吗？"

"李春燕是口误，你却拿来传播，才引起事端。"

"口误？要是有人侮辱她，侮辱了你，说是口误你信吗？"

啪！杜老师拍了一下桌子，怒气冲天地说："你还多管闲事，学习不好，本事全长在乱七八糟上。"

曲冬梅毫不相让："老师你这是什么话，要是有人侮辱你我管一下，也是多管闲事吗？我怎么乱七八糟了？"

一般孩子训斥这么一通也就老实了，杜老师没想到这么个"丫头片子"如此强硬，一时没说出话来。他把手一挥："出去！"

"出去就出去！"曲冬梅把头一扭推开门，刚出门看到李春燕站在门口，正怒视着她。曲冬梅狠狠地瞪了她一眼，走开了。可是，没走多远，曲冬梅又停下回过头，看到李春燕已经进了杜老师的办公室。这时，一个邪恶念头又出现在她脑海里。

又一个傍晚，学生们晚饭后三三两两到教室晚自习，李春燕也走下楼来。当她刚走出宿舍楼的门口，两个男孩子走上前来，什么不说就是一顿拳脚。李春燕被打蒙了，当她缓过神喊人时，那两个小子早就朝西跑去，到了院墙边翻墙跳出了一中的院子。

李春燕被蹿进来的校外流氓打了。

这消息又很快在全校传遍了，学校只好报案，公安人员来到了现场。从李春燕口中了解到两个男孩儿年龄二十来岁，都留平头，穿一白一蓝T恤，裤子好像都是运动裤吧。他们向女宿舍西边一跑就是几排树林，然后翻墙跑上街道。跑到街道也就融入人流，无影无踪了。

因曲冬梅打过李春燕，公安人员便找了她。可是曲冬梅说她什么也不知道，吃完饭她和谁在一起，然后又和谁进了教室，说得一清二楚。公安人员还找李春香了解，她更是一无所知。

连夜，李春燕的父母都赶到了学校，他们一家咬定是李春香指使曲冬梅，曲冬梅又招来了那两个小子打了李春燕。

第二天中午，韩晨风风火火来到家中，像传递“鸡毛信”。

韩晨前几天就听说了女宿二〇一打架的事，专门问过李春香，李春香照实说了过程。她也觉得没有春香什么事，回家跟爸爸说了说情况。韩玉林嘱咐韩晨进一步打听打听，有什么新情况及时告诉他。这下，新情况真有了，韩晨来到学校就听说了昨晚发生的事，想来想去觉得前几天春香说了谎。

这时快要吃午饭了，韩阳、韩梅还有杨新秀也都在家。韩晨面色难看，进屋把书包向沙发上一撂，气呼呼地把昨晚学校发生的事告诉了大家。韩晨说：“学校传遍了，说是春香指使曲冬梅，曲冬梅又招来两个男孩子打了李春燕。还传说春香是什么……”

“是什么？”韩玉林紧问了一句。

韩晨咧着嘴，梗着脖子，还有些说不出口的样子：“是，是黑老大！”

“黑老大？”屋里的人全惊呆了，像家里突然闯进了持刀抢劫犯。李桂花惊得一时光张着嘴，说不出话来。杨新秀恐惧异常，说：“太可怕了，黑老大？”韩阳平心静气，放下手里的碗筷说：“有那么严重吗？”韩玉林也说：“这都是传说吧。”韩晨还是很生气地说：“这还能有错吗？前几天二〇一打过架，就是因为春香，现在又闹大了。上次我问春香还说没她的事，那肯定是糊弄人呢。”

韩玉林若有所思地说：“叫春香回来问问情况。”韩阳紧接着说：“对，我开车去学校，把春香接回来。”

韩阳走了。一家人谁也没心思吃饭了，像等待什么噩耗似的。有的坐在饭桌前，有的坐在客厅的沙发上，李桂花急得在屋里团团转。杨新秀抿着嘴，细声细语地劝说大家：“不急，不急嘛，事情会弄清楚的，咱们还是先吃饭吧。”他看到李桂花转来转去的，就走上前来，温柔地说：“妈妈，你身体不好，可不要这么着急。”韩梅也招呼着先吃饭。

门开了，李春香进来了。

屋里坐着的人都站了起来，走动的也停止了脚步，所有的目光像聚光灯投向了李春香。在李春香的感觉里，自己简直就像一个贼暴露在大家面前，一道道寒光直逼而来。特别是杨新秀大眼睛里透出的目光不仅奇异，还带着几分惊恐。

韩玉林看到春香、韩阳进来了，便招呼春香到沙发上坐下。韩玉林说："春香先喝口水，这里有杯子，一会儿再吃饭。"李春香摇了摇头，这阵势下她哪顾得喝水。韩玉林便没再说别的，直接问："春香，你们学校里发生了打人的事？"

李春香没有看爸爸，双眼盯着地板点了点头。韩玉林接着说："听说前几天，那个姓曲的孩子打了人，和你有什么关系吗？"

韩玉林口气随意自然，李春香赶紧摇了摇头说："没，没有。"

韩晨心急，一旁插了嘴，说话的口气里带着责备："春香，要说实话，爸爸叫你回来，就是听听实情，看看下一步怎么办好。"

李春香一下子抬起头，眉头紧皱说："我说的都是实话，这些事和我没有关系。"

韩玉林还是那么平和，面带着笑容说："春香，你具体讲讲你听到的一些事情。"

李春香又低下了头，噘着嘴很平和地说："那天李春燕当着曲冬梅的面说我的坏话污辱我，晚上曲冬梅对我讲了，我听后哭了起来，曲冬梅说要替我出气就跑出去了，我们屋里的……"

李春香还没有说完，韩晨就打断了她的话说："这些我们都知道，昨天晚上这一次打人呢？"

李春香回答很利落："我不知道！"

韩晨一拧脑袋说："全校都传遍了，说是你指使曲冬梅，曲冬梅又招来那两个人，你不知道？"

李春香听了更加生气说："那是传说，有证据是我指使的吗？"

韩晨说："这还用证据吗？这一连串的事情，不是很明白吗？"

李春香说："你明白什么？别人说什么你也跟着说什么。"

韩晨更急了，韩玉林摆了摆手也没压住韩晨的话头。她一步跨到爸爸坐的沙发旁边说：“当着这么多人我不愿说出……”

李春香挺起了胸问：“不愿意说出什么？你说呀——”

韩晨看了一眼李春香，说：“人家怎么叫你黑老大？”

李春香听到这儿，沙发的弹簧像变成了发射器一下把她弹起来。两只眼睛瞪得滚圆，眼睛里面喷着火。

“那都是胡说，我怎么是黑老大？”

说着，便哇哇大哭起来，一边哭一边朝韩晨喊：“她们侮辱我，你也侮辱我，这是干吗？这是干吗！”

说完冲出屋门，跑向外边……

第十四章

盛国典生于一九五四年十月一日。因为这天是国庆五周年，父母依照“开国大典”的意思，取了个名字叫“国典”，又正好姓盛，就是盛大国庆典礼的意思吧。

盛国典是个很活泼的孩子，用庄户人家的话说手脚不识闲，一天到晚蹦蹦跳跳闲不着，人称“机灵鬼儿”。特别是他身段灵活，上树爬墙毫不含糊。可是在他十三岁那年，因为爬树不慎摔了下来，把腿摔坏了，留下了一个明显后遗症——“点脚”。特别是他走路脚步快，站下时必须先右脚停稳，身子向下一蹲，向后略闪，随着左脚习惯性地向前伸出点一下。平时，有的伙伴和他开玩笑，学他的样子，盛国典都是追上去一顿臭打。直到小伙伴笑着求饶，给他作揖，这才算完了。上高中一年级时有一个同学开他的玩笑，给他起了一个绰号。从此以后这个绰号一直流传下来，跟了他一辈子。

那是盛国典上高中以后，同学们刚刚入学都陌生而又新鲜，课下闲聊谈论每个同学的特点。议论最多的非盛国典莫属。有个同学叫方慧德，留着个大分头，长一双小眼睛，加上嘴巴哒哒哒地说起来没完，像个八哥鸟特别滑稽。有一次他又和同学们议论起盛国典，方慧德学着盛国典的样子说：“你看他，左脚一点一点，名字叫国典。还不如不叫国典叫一点，加上姓就叫‘盛一点’。”他的话可把同学们逗乐了。但是笑归笑，给别人起绰号，谁也不敢当面叫出口来，只是私下里嘀咕嘀咕罢了。但是有一次课间老师到教室找盛国典，正好方慧德站在门口。老师说："方慧德，把盛国典叫出来。"方慧德答应着，转过身就朝教室里喊了一声："盛一点，老师找你！"

他这一喊，开始人们没有反应过来，教室里鸦雀无声了几秒钟，紧接着便炸了窝，同学们哈哈哄堂大笑起来。盛国典也明白了怎么回事，气得踮着脚，上前抓住方慧德就打了一拳，然后两个人像一对公鸡啄架厮打到一起。老师同学上手拉架，他俩才分开。

从此，这"盛一点"的名字广为流传，越传越久。他参加工作以后一直把一点的名字带到了各个所在单位。不论走到哪里，当了什么干部，"一点"的名字，从没有甩下来，牢牢地长在了他身上。在县委办公室当了科长，跟来了"一点科长"，当上主任，又跟来了"一点主任"。

盛国典本来就是个幽默热情的人，这么多年，时间一长也就不在乎了。每当人们叫他一点主任，干脆答应："哎，来了。"或者反击一下，给对方一个小难堪。有时叫他盛主任他似乎还听不到，紧接着来一句"一点主任"，他倒反应迅速立刻答应了。有时盛国典还会适时主动暴露自己的"丑陋"，调侃自己的"美名"，也别说在适当的场合，有这"一点"还会收到歪打正着、意想不到的效果。特别是遇到什么尴尬不快的场合，这"一点"就把气氛点活了。

有一年东州从外地调来一位史书记。这位书记人还没到，东州就传开了：史书记工作认真，对人对事严厉严苛，在基层搞调研总是刨根问底，挖得特深。有的干部被问得张口结舌。在原单位，下级领导听说史书记要来，都是先把汇报稿反复斟酌，准备得细了又细全了又全。还得下功夫记到脑子里，绝对不能照本宣科。

这天，史书记第一次到旺城。盛国典和旺城市委倪书记等领导提前到边界等候。因为有原来的传闻，史书记一下车都不免倒吸了一口冷气。只见史书记近一米八的大个儿，胖胖的体魄，四方大脸，大眼睛上边那两道浓眉又宽又黑。盛国典想，都说厉害的人长着"瘆人毛"，你看史书记这两道眉毛，不就是那"瘆人毛"吗。

史书记视察了几个企业，看得很认真但总是板着脸，像对旺城的工作不满意似的。因此视察队伍的气氛异常紧张。盛国典跟在一旁，滴溜滴溜地转动着眼珠，像看戏盯着主角演员似的紧盯着史书记的一举一动，每一个眼神。来到韩玉林汽车装饰公司的车间里，史书记在两台机械手前停住了脚步。他看到两个机械手在电脑控制下，自如地切割着面板，并且准确地点来点去，按设计要求把面板上点出许多圆孔。当时这种设备在我国还是少有的，看来史书记就是有水平，连这种特殊设备都清楚，因此显出了浓厚的兴趣。

史书记对韩玉林说："这台设备能够引进到你这个档次的企业，是件了不起的事情，你们通过什么渠道发现的这台设备呀？"韩玉林随口说："哦，是一点主任提供的信息。"史书记确实敏感，问："一点主任？"韩玉林感觉失口了，滑得像个泥鳅，一下把话题甩给了盛国典："啊——对，在那儿，在那儿。"随着韩玉林的指点，盛国典几步蹿到了史书记面前。和往常一样，来了个特有而典型的站稳动作，韩玉林看了，扑哧一声笑了出来。他这一笑，也引出史书记脸上一丝笑意。这时盛国典爽快地说："史书记，我是市委办副主任盛国典，请允许我先站稳脚跟再给您汇报，我这脚跟这机械手一样有点儿点。"这时在场的人还是不敢笑，但史书记脸上的阴云散了。盛国典仍然认真地说："这种设备是从内参上发现的，韩总有眼光，立刻花掉四百多万人民币从德国进口到厂。"盛国典回答得干脆利落。史书记嗅到了有趣的东西："哦，难怪叫你一点主任。"

他这一句，终于引得全场人员脸上敢于露出了笑容。史书记接着一指机械手说："它这一点，和你这一点，都点得好，点到了点子上。"这话即出，所有人员的神经立刻松弛下来，全场发出一阵哄笑，史书记自己也哈哈大笑起来。

这视察一下子变了天，晴了，气氛一下子活跃了。虽然遇到一些问题，史书记还是那么刨根问底，像警察侦查案件不惜到天涯海角似的。但是大家去掉了思想压力，不那么紧张了，汇报工作、回答问题都对答如流了。

对旺城的这次视察，史书记很满意。倪书记更高兴，他说："史书记满意，一点主任功不可没呀。"

盛国典家餐厅里，一个长条的餐桌。旺城一带老辈子吃饭都是用方桌或者圆桌。这些年也不知怎么兴起来的，新搬进的住宅楼装修餐厅都放一条长方形的餐桌，似乎这样就冲进了一丝洋味。这个长条餐桌的两头，对面坐着盛国典和韩玉林两个人。盛国典的妻子萧连玉又端上刚炒好的一盘菜，韩玉林不好意思地说："弟妹，让你这么麻烦。"萧连玉说："那——还不应该的，你们老哥儿俩在一起喝酒我高兴。改天把嫂子也叫来，咱们两家好长时间没在一起聚了。"韩玉林说："是啊，你嫂子也经常叨念你，是该聚聚了。"萧连玉用围裙擦了擦手说："好吧，你们先喝着，我再把那两个菜弄出来。"韩玉林忙挥了挥手说："行了，有这两个菜，就够我们俩吃喝的了！"盛国典用筷子点着盘子说："沉住气，沉住气。广场舞一天不练就生疏，饭菜一天不操勺就变味。正好让她耍一耍长长劲。"盛国典说完，几个人都笑了。

盛国典和韩玉林同在旺城镇，从上世纪七十年代就是好朋友。

那时，盛国典是公社党委秘书，也是通讯报道员，韩玉林在五金厂。盛国典经常到五金厂写材料，抓新闻稿件。两个人接触多了，投脾气很要好。有时不光是韩玉林提供情况，盛国典写稿件，韩玉林也动手写起通讯报道。两个人在一起商量题目，修改稿件，有时发表的文章署名是他们两个人的名字。盛国典后来常说："玉林不愧是从省城来的学生，文字水平就是高，肚子里的玩意儿也多。"

那时别说两个小青年，公社干部大多都是单职工，天天吃住在单位。盛国典和韩玉林经常一宿一宿地写文章。那时还没有电灯，用的是带玻璃罩的煤油灯。灯罩的形状是上边圆柱下边隆起大肚子，按圆柱的宽度在白纸上挖个窟窿，套在圆柱上正好由隆起的肚子担住白纸，这就把光线都聚到了桌面上，增加了亮度。有一年，他们两个写的《宁为国家挑重担，不给国家添麻烦——旺城县城关公社五金厂艰苦奋斗的事迹》被登在了《大众日报》的头版二条上。

盛国典的家境很差。他是老大，下面有三个妹妹并且年龄还小，特别是父亲有老腰伤的病痛，不能干力气活，韩玉林可没少帮着盛国典家干各种活计。有年冬季的一天，盛国典的母亲托人给他捎来信，说家里的玉米囤招了老鼠，白天、黑夜里都会听到咔咔咔老鼠吃嚼玉米的声音。那时粮食紧缺，咔咔咔的吃嚼声真像咬到人的心肝儿上一样啊。可是白天工作，晚上也开会学习，他们俩就晚上散会十一点了才到盛国典家里。

那时的粮囤就是用高粱秸扎成一个大圆筒，圆筒底下铺上砖头，玉米棒子倒进去，上面盖上柴草。可不像现在农村的粮囤，有的是铁皮圆筒，甚至有的用水泥沙子砌成。围拢粮食的高粱秸，很容易被老鼠咬断钻进去。盛国典家的粮囤就在北屋屋檐下，他们来到后猫着腰，耳朵贴到粮囤上，还真真切切听到了老鼠嚼吃玉米的声音。那天晚上天特别黑，油灯的小火苗像一颗大花生米，摇摇晃晃，很快就被风吹灭了。他们就找了一个纸糊的破灯笼挂在屋檐下，略微有了些光亮。夜里非常冷，可两人却忙得满头大汗。

韩玉林个子高就站在板凳上，从粮囤上边向外收玉米。一簸箕又一簸箕地收出来了，还看不到老鼠的踪影。这家伙们真狡猾呀。他们只好把粮囤拆开一个口子，慢慢向外扒拉出玉米。终于，几只老鼠被发现了，可是狡猾敏捷的东西，哪能被轻易抓住呢？那个破灯笼光线也不好，任凭他们伸进手掌怎么抓弄，老鼠还是逃掉了。盛国典拍了拍手上的土说：“算它们命大。只要不再吃咱的粮食，就饶了它们吧。”

等他们把粮囤再扎好，把玉米全部收到里面封好，凌晨三点多了。他们赶紧离开家，白天还得按时上班呢。

正是在公社相处的那段经历，还有韩玉林结婚摔像镜子事件的缘故。多少年来两家非常要好，有什么大事都互相商量商量。

最近，韩玉林内心充满了巨大的烦恼，这种烦恼胜过他从省城下乡回到小村庄，胜过四铁改制时被无端取消投票结果，也胜过他在创业过程中遇到的艰辛。

韩玉林喝了一口酒，咕咚一声咽了下去，似乎这酒使劲往下咽才能品出味道。他又深深地喘了一口粗气说：“小七儿回到家了，全家都非常高兴。可是这孩子进了门儿，烦心事就上来了。修路这件事，看起来没什么了不起，可是春香，还是个孩子呀，真和我吵。在学校里这孩子也弄出了一些事，使得全家那么不安宁。现在，现在韩阳、新秀两人都要下海，哎呀——你说我这心里头……”

盛国典还是没说话，闷头喝了一杯酒，像个法官听当事人申诉一样那么耐心。韩玉林继续说："前些时候他们提出新秀下海，我本来就不愿意。现在不论怎么样孩子们也不会受穷了，沿着从政这条道儿走下去不很好吗？偏偏辞职去经商。虽然心里不痛快，但新秀学的是财务，公司里还真需要，也就同意了。现在韩阳又要辞职，这怎么行。咱是在党政部门混不下去了还是怎么的？这在社会上我的面子，哪里也说不过去呀。"

杨新秀已经辞职下海了。杨新秀下海，是韩阳一手导演的。

很长一个时期，韩阳工作起来一直不那么踏实，平静的水面下翻滚着浮躁的波浪。用她自己的话说，每天工作就是"四部曲"：安排会议，参加会议，发放文件，接待来客。前年市委、市政府下达了关于鼓励机关干部下海经商的决定，她就动过心思。但是，孩子还小，再加上许多方面的原因，就打消了这个念头。今年市委、市政府再次发动，还订立了许多优惠政策：可以停薪离职，保留公职，保留级别，来去自如……

韩阳可真动心了。

深夜，杨新秀在床上，仰天打着微小的呼噜，女儿也睡得那么香。韩阳睡不着，离职经商的事，像个顽皮的孩子总是在挑逗，使她不能入睡。东州一个副专员下海经商的故事，也总出现在眼前。东州还是在没有地改市时，还是改革开放的初期，就有一位行署副专员辞职下海了。如今在商界如鱼得水，硕果累累。人家是副专员，就是现在的副市长啊。这么大的职位敢于放弃，走自己的路，我一个小小的秘书难道还有什么……

近年她和杨新秀经常遇到的一幕出现在眼前。那是市政府一楼大厅有一排橱柜，橱柜上安装着标有各部门各乡镇名称的小抽屉。每天各单位都要来人到自己的"窗口"里检查一下，里面有了文件立刻取走。韩阳几乎每天都到一楼大厅，打开每个小抽屉放上文件，有时一天能发放几份。杨新秀在单位也负责文印，他们经常在这里碰到一起。有一次杨新秀对韩阳说："咱们定个协议，你把工业局的文件带到家里吧，省得我每天跑来跑去的。”韩阳说：“别想那好事，丢了文件泄了密你负责？”杨新秀不以为然地说：“嘿，文件里的内容，早在电视报纸里看到了，有什么机密可泄呀。”韩阳抿着嘴笑着说：“这样好，让你每天到我这儿报一次到。”杨新秀一摸头皮说：“哦，对对。每天来这里看老婆一眼，也值得。”

韩阳想起这一幕，心里总是有一种酸楚可怜的意味。杨新秀是财经学院财务专业的大学生，自己专门学的经济管理。难道就这么发放文件、领取文件、每天开会开会开会？当然，自己和新秀所在的单位，都被以为是有政治前途的单位。但是大学四年，读了那么多的书，特别是新秀财务管理的特长，就凭现在的路子走下去，又能用上“几道题”，用上“几个数字”？

爸爸创立玉林集团以后，经常说的话、经常为难的事就是人才缺乏。他一天到晚忙碌，手下缺少的就是管理人员。爸爸的企业到处招聘财务人员，而杨新秀这个专门学财务的大学生，却每天只是大会小会，下达通知，发放文件……

杨新秀睡梦中发出了几声轻轻的哼响，动了动胳膊，又翻过身不知去做什么美梦了。黑暗中，韩阳借着窗外的月光看着杨新秀身躯的线条，大胆决定动员杨新秀一起辞去当前的工作，到父亲的企业里去锻炼、去经商。

那个顽皮的小孩逃走了，韩阳的心也平复下来，翻了翻身子很快进入了梦乡。韩阳确实做梦了，但是这些梦不是甜蜜轻松的梦。整整一夜，韩阳在梦里和杨新秀总是吵来吵去，打打闹闹。早晨韩阳醒来，头脑昏沉沉、乱糟糟的。想想夜里的梦境，杨新秀横眉竖眼，龇牙咧嘴，面目那么狰狞凶恶。

是啊，还没和新秀提出一起下海经商的事，在梦里他就和我打起来了，并且打了一宿，要是真的和他提出，他是绝对不会同意的。

上班了，今天市长们有的开会，有的外出，还有的下乡了。科局长们对领导的行踪摸得非常准确，市长们不在家，来排队等候汇报工作的也就没有了，其他几个人也去侍候会去了，办公室里不像有的时候，给这个领导让座，给那个领导沏水，尽情地客气，无端的好话。

老天像专门给韩阳腾出一点时间，只剩下她一个人很清静，正好考虑考虑自己的问题。

她左手背托着下巴，眨巴着眼睛想来想去，把自己那个大胆的决定分成了两步。第一步，先动员杨新秀辞职下海，这样工作量会小一些。第二步，等他到位以后，自己再提出辞职。那样即使新秀不同意，也有工作回旋的余地，他也不可能再回到机关里了。

想了一上午，主意拿定。

脸上一夜没有睡好觉的疲困消失了，露出了一丝似乎是得意的笑容。当然又经过一段艰难的努力，杨新秀辞去了工业局的工作，真的来到玉林公司的财务科。杨新秀辞职不久，她又提出了辞职下海的事。可是一经提出，先别说杨新秀，立刻引起韩玉林极力反对和巨大的烦恼。

韩家发生了从没有过的父女间的较量。

第十五章

晚上，韩阳故意提前回家在家里吃的饭。饭后看到父亲进了他的房间，便尾随而入。韩玉林见韩阳也进来了，没有一点的温馨，口气冷漠地问："有事吗，韩阳？"韩阳有些吞吞吐吐说："爸爸，还是，还是想和你商量辞……"韩阳没有把话说完，韩玉林挥手就打断了她的话："韩阳，我不是对你说了吗，现在要好好工作，不要想这些，这不是你应该想的问题。好了，我还忙，要出去。"说完扬长而去，也不知是否真有事去做。

韩阳提出辞职的事，爸爸就像一个巨大的屏障挡在了她向往的商路上。开始爸爸震惊不解，再提就恼怒烦躁了。一次，她给爸爸打电话，问他是不是有时间，想到他的办公室去一趟。韩玉林问什么事，韩阳说想和他再商量辞职下海的事。韩玉林立刻烦躁地说："行了，好好工作吧，不要想这些。"说完就把电话挂断了。

今天是否来直接找爸爸谈这件事情，韩阳进行了认真考虑。本来新秀辞职爸爸就很不情愿，最近爸爸对春香的烦事还未消，自己再……唉。她硬着头皮来到爸爸面前，结果……

这会儿，李桂花在客厅里看到爷儿俩进到屋里一会儿，韩玉林就匆匆出去了，并满脸的烦躁。她便来到房间里，见韩阳朝门口站着，像受了莫大的委屈，一脸的不高兴。韩阳见妈进来了，就跺脚上前几步说："妈，你帮我说说，我想辞职下海，我爸就是不同意。"

李桂花早就知道了韩阳要辞职的事。在孩子和丈夫之间，她倾向于谁呢？近年来，桂花身体不好，在家里也很少关心一些闲事。但是凭着感觉，她还是倾向丈夫。辞职下海是条什么路？能不能顺利？能不能长远？新秀已经辞职了，韩阳又要辞职，这两口子都辞职？再说韩阳还是个女孩子。所以，桂花此时也想劝劝韩阳，便说："韩阳，非要走这条道吗？新秀不是已经辞职了吗？兴许你爸的意见是对的。"

韩阳刚刚吃了爸爸的闭门羹，这时妈妈又这么说，脸上像燃气炉按动了打火按钮，立刻挂上了火苗。说了句："妈，你不懂。"就拧脑袋一屁股坐在床上。

是啊，给妈妈说什么呢？市场经济、商品大潮？还是事业、前程、经风雨见世面……这些妈妈也不可能一下子弄懂。说自己成天无聊打发时间，女孩子下海也作为？妈妈可能更不会理解。韩阳尽力使自己平静了一下，像小时候求妈妈买一根红头绳一样，用温存的口吻说："妈，就这么说吧。现在我一个月千把元的工资，咱得考虑收入哇。你和爸爸创立了这么好的家庭条件，但不能光指望你们呀。咱不是不图进步，下海也是进步呀，也是干事业呀。"

是的，李桂花弄不懂那么大的道理。韩阳从钱上说事，她还真受到了触动。李桂花心里想啊，现在的家业确实不小了，可是将来七个孩子一分，那又是个什么情形呢？玉林这些年忙里忙外，自己家的人还真没个帮手。眼前的杨新秀是跟着丈夫干了，可是从李桂花一个妇道人家的心目当中，也感觉杨新秀一表人才，要说起干事理事还真没有那种果断敢当的劲头儿。韩阳这孩子从小聪明也有胆量，将来能帮帮玉林吧。这么想着，就下决心帮着韩阳说说话。

等韩玉林回来，李桂花就坐在了他的对面，柔情脉脉地说："晚饭后韩阳跟你想说句话，你怎么就匆匆走了，和孩子好好说说。"韩玉林听了没立刻答话，脱下外衣，又到客厅里端了一杯水。李桂花又接着说："要是孩子愿意，你看……"

没等李桂花再说下去，韩玉林把水杯往桌子上一蹾，啪的一声，水都荡出来了。他面带怒气说："你也想顺着韩阳？咱一家人没别的路可走了？我被逼辞职下海，女婿辞职下海，女儿也辞职下海，一家人都要下海下海下海吗？"

李桂花本来劝说丈夫的底气就不足，此时韩玉林一排子问号，像一排子利箭射到这位病弱女子身上。自从跟了韩玉林这么多年，李桂花就合格地充当起内当家的角色。这么多孩子，家里的事李桂花都是处理得井井有条，外边的事全凭着韩玉林。她知道，这么多年丈夫一步步走来，虽然有很多不顺，但熬到现在应该说是成功的。在韩阳这件事上，丈夫既然不同意，肯定有他的道理吧。那就依着玉林？李桂花的思想，又很快转到韩玉林这边来了。

一夜，韩玉林都没有睡好。烦恼的思绪像夏天夜里的蚊子在脑袋上嗡嗡乱窜，一刻也停不下来。自己辞职走出四铁到目前应该是成功的，但是作为一个已经抱上铁饭碗、已掌管四铁这样在东州都有名气的企业家，在那种形势下辞职，怎么讲都是韩玉林心中一块巨大的伤疤，一段刻骨铭心的痛。应该说杨新秀辞职，就是无情地揭了一下他的伤疤，韩阳绝不能也辞职。杨新秀毕竟是一个男人家，学的是财务，到公司正好发挥特长。新秀的单位方方面面毕竟赶不上政府办公室，韩阳沿着仕途的路子走下去这是多么光明的成长之路。他翻来覆去，做了一个决定。

第二天他来到市政府办公室，找到办公室苑主任，直截了当挑开了韩阳也要辞职下海的事。他告诉苑主任：第一，如果韩阳向他口头提及这个问题，请他帮着做工作，坚决不同意她辞职；第二，如果她提出书面要求，请苑主任坚决予以驳回，不予批准。

韩阳看到爸爸一早到了苑主任那里，心里长草。爸爸企业上的事很少和苑主任有什么联系，怎么这个时候……是不是与自己想辞职的事有关呢？机敏的韩阳像一名优秀的侦察兵嗅到了什么。于是，她大着胆子来到苑主任的办公室，直接问起是不是爸爸提及她要下海的事。心里还盘算着，爸爸如果不是说这件事，自己就干脆向领导直接提出要求算啦。

苑主任看到韩阳找到门上来了，行，正有枪口等着呢。干脆原原本本说了她爸的意见，劝说她不要再想辞职的事。苑主任还那么立场坚定、苦口婆心。韩阳听了，噘着嘴好长时间没说话，像吃了块大冰激凌透心凉。爸爸真是釜底抽薪哪，他怎么会这样？到领导这里给自己死死地钉了一个大钉子。没想到爸爸的思想这么陈旧顽固。从小到大，从来没记得爸爸会这样对待自己，从来没有记得爸爸有事没有依着自己。于是，她决定找盛国典来融通融通，盛叔叔是爸爸最好的朋友。

傍晚，盛国典刚吃过晚饭就听到门铃声。萧连玉打开门，韩阳出现在面前。她赶紧招呼："韩阳，快进来，好长时间没有见到你了。"韩阳一边踏进门槛一边说："盛叔叔肯定在家，我看到他的车停在楼下呢。"萧连玉说："对对，还没有往车库里放呢。"

"他的车"并不是私家车，官员们的公车有好多都是随身带到家里，车库是自己的，车是公家的。一来工作起来方便说走就开，二来自家人也方便。盛国典从餐厅里走了出来，一边打招呼一边问："韩阳吃饭了吗？快坐下。"

韩阳坐下，一点也没再客气。这些天来满肚子里的话，像要开闸的水急着往外冒呢。

"盛叔叔，我也想辞职下海。"

盛国典当然没有一点意外的表现，像个哲人有先知先觉似的。他平静地说："我知道了。"韩阳一愣，眨巴着眼睛奇怪地问："盛叔叔，你怎么知道了？"盛国典挠着头皮说："哎呀，你们爷儿两个轮番进攻啊。你爸爸前天刚来过，要我劝劝你不要下海。今天你到我这里来，不用猜，又是让我劝你爸？"韩阳非常惊讶，苦笑了一下说："哦，爸爸已经在你这里有行动了。既然盛叔叔你知道了，那你说说你的真实想法，我该不该辞职下海？"

接着韩阳又把这些天与爸爸的交锋，从头到尾叙述了一遍。她情绪激动，一股脑连珠炮般把心里的哀怨牢骚全部发泄出来，并且还劝说起盛国典，思想可不要和她爸一样顽固，可别听她爸的那一套灌输……盛国典没说话，似乎还是等待韩阳放炮，好让她把全部炮弹打出来，直至没的可说。

一会儿，盛国典见韩阳仰脸看着电视机，真的不讲话了，便认真地说："韩阳，对你的行为，我是非常赞赏的。"

韩阳听了，像沙漠里突然出现了清泉般感到意外惊喜，她没想到盛国典会是这样的态度，并且还这么旗帜鲜明。她看着盛国典那副认真的样子结结巴巴：“那……你……”

盛国典似乎激动了，一下子从沙发上站了起来，又是一个习惯动作。他说：“当今商品经济的社会里，每个年轻人不一定非走仕途这条路。海阔凭鱼跃，天高任鸟飞，何必全挤在仕途这一根独木桥上……”韩阳刚要说什么，盛国典挥了挥手制止了她。他不愿此时有人打断他的话，继续说：“咱们也都应该理解你爸。经商办企业绝非易事，他吃尽了干企业的苦头。有现在富裕的条件，他是希望你们从政，让你们能在仕途上发展。他自己辞职下海，很是不情愿哪——是被逼无奈呀！这是他巨大的伤，巨大的痛。所以他怎么愿意看到你们再……”

韩阳也耐不住性子，还是打断了盛国典的话说：“我当然理解爸爸的心情。盛叔你掐指算算，一家子姊妹这么多，加上爱人对象，多数都在党政机关。慕菲当了书记，下一步还要想进步。旺城主要领导层能全是你家的人占有吗？”盛国典点头说：“问得好。官场回避要成为制度的。但时代虽然不同了，官本位依然很顽固。你爸爸在那种情况下走上私营的路，他的孩子再这样，他觉得好像在旺城甚至东州就没有别的路了，脸面好像就过不去。”韩阳摇了摇头说：“实际点吧，盛叔叔，你劝劝我爸，在旺城我爸最能听你的。”盛国典为难地说：“这件事上，他的思想不那么好打通，开隧道遇到花岗岩需下功夫哇。”

场面冷清下来，似乎两个人都在想着主意。

“嘟嘟——”韩阳的手机响了起来。她一看号码，自言自语又像对盛国典说：“陈教授的电话。”说着按接听键。电话里面说：“我们已经到北京，家也搬过来了。”韩阳激动地说：“哦，这么快，太好了。刘老师上班了？”陈教授说：“上班了。我继续安排在大学教书，定好单位就上班。”韩阳说：“向你们祝福。”

韩阳寒暄了一会儿挂掉了电话，兴奋地对盛国典说：“是陈教授的电话，他们已在北京安家，刘老师也已上班了。”盛国典说：“太好了，刘桑教授现在的单位是国务院政策研究室吗？”韩阳说：“对，就是这个单位。”

刘桑的出现，给破解韩阳的难题拓宽了思路。盛国典兴奋地坐到沙发上，得意地说："好，我想起了一个主意。"韩阳惊喜地问："什么主意，盛叔叔？"盛国典说："你爸最信服的应该是刘教授。这么多年你们来来往往，关系密切，我经常听你爸说起。我想——趁着他调动工作，你和你爸去一趟，我也去。我这个研究室主任，去到上级请示工作也是应该的吧。把你辞职下海的事提前和刘教授沟通沟通，到时候刘教授一发话，你爸准能同意。有刘教授这根撬棍，就不信撬不开你爸那老脑筋。"

韩阳一听，心花怒放，好像爸现在就同意她辞职下海一样兴奋，说："盛叔叔，你就是点子多，这个办法好。"

韩玉林确定到北京去看望刘燊，并且一个蔬菜水果保鲜项目也向他请教一下，韩阳和盛国典一同前往。本来应到东州搭乘火车的，但盛国典说："自己开车去吧，京津唐高速公路开通了，咱还没有尝过高速公路的味道呢，体验一下高速公路岂不美哉。"韩玉林说："可以呀，咱公司里的车档次低，我借辆日本进口的公爵。"盛国典说："那太奢侈了。"韩玉林说："一点主任陪同前往北京，可不能慢待了。"

刘燊已是国家最高行政机构的官员了，能同意见他们这是何等的大面子。但韩阳要下海的事装在心里，韩玉林似乎高兴不起来。令他更没想到的是此次北京之行，韩阳和盛国典已经给他设下十面埋伏。如果让一位军事家评论的话，韩玉林一定是丢盔卸甲，拱手投降，全线崩溃。

一趟北京回来不久，韩阳成了旺城富而美花卉公司总经理。

马凯和当上四铁集团公司一把手了。

四铁改制出了大乱子，县委派经委副主任宋大东兼任四铁的党委书记、总经理，这场四铁一把手的争夺战也就尘埃落定。韩玉林离开四铁当了个体户，他不追究也就没有人再追究四铁改制过程中的问题，群众也不再上访了，四铁这个"火药桶"也就熄灭了。

这个平衡术很妙很自然，争斗双方谁也没干上。县委也不用做韩玉林的安抚工作，自动辞职嘛，你自己愿意的。马凯和本来就是四铁的二把手，仍然担任四铁的党委副书记，第一副总经理很自然。他机关算尽，上蹿下跳，闹腾一番也没有坐上四铁的“第一把交椅”，像被骗子勾引从银行卡里打出巨款一样沮丧。有道是瞎子点灯——白费蜡，他费的可不是个“蜡钱儿”，胳膊折在袖子里他自己清楚哇。

宋大东是大学毕业后分配到经委工作的。开始任秘书，后任副科长、科长，一直升任副主任。大东还真是“大”，一米八的块头。就是宽阔的脸膛上阴天多，晴天少，很少有笑容，见谁都像欠他多少钱一般，见了领导也是这副模样。他勤勤恳恳，任劳任怨，工作认真，文字材料写得很好。多年来一直和企业打交道，对企业的情况非常熟悉。但是，真正的基层工作经验领导能力还是缺乏，还有人反映他灵活性差，也就是遇到什么问题都较真儿。

马凯和当然不甘心。虽然改制时喝的“大麻”已失去了药效，但他时时刻刻没有忘记那“第一把交椅”。就像败下阵来的怪兽，避在一旁喘息着，窥探着，随时准备再出击。这次，他加强了“上头儿”的功课，同时拿着放大镜抓宋大东的弱点。如果宋大东工作很好，政绩卓著，上边也不会让他挪位子呀。他是经常小报告递上，更在员工中散布宋大东能力差，基层工作经验缺乏……特别是制订下一年产值计划时，马凯和实实在在朝宋大东踹了一脚。

旺城是全东州市经济发展的领头羊，那 GDP 的指标当然要跃居全市前列甚至抢占鳌头。县委、县政府要求四铁的年产值增长要达到百分之四十。对这个数字，宋大东当然坚决予以抵制，这是大东的秉性，又是他必然下课的根本缘由。他从四铁的资金、设备、人员技术状况、往年的生产情况……反复论证，绝对不可能增长百分之四十。为此，县政府专门到四铁现场办公，就如何完成县委、县政府下达的任务指标进行讨论研究。

马凯和知道了这个消息，精心准备了一份发言稿，他从十个方面，论证四铁完成增长百分之四十绝对有把握。

“第一，四家企业组成大企业集团，有着丰富的生产经营经验。第二，公司生产经营体制进行了一系列改革，活力增强。第三，有完备的设备基础。第四，有很强的技术力量。第五……”

马凯和振振有词，慷慨激昂。那场面，谁看了都会受到巨大的鼓舞和极大的震撼。那年，宋大东没有顶住压力，仍然制订了产值增长百分之四十的生产计划，然而他不可能实现这个目标。马凯和那些金条银条不断发力，上边不断向县里插手吹风，马凯和也就接替宋大东担任了四铁的党委书记、总经理。宋大东仍然回到了经委副主任的位置上，但这次任命状上加了一个括弧：宋大东同志任旺城县经济委员会副主任（正科级）。组织的魔力就是强，让你到企业上转了一圈，回来就成了正科级，大东也没什么可说的。

马凯和终于坐上四铁第一把交椅，当上了四铁的“大哥大”。他欣喜若狂，脸上那份得意别说，轻轻抿头发的频率增加了，说话的速度慢了，似乎气质沉稳了许多。口头经常带着“哦，这个……”什么什么的。调整四铁领导班子的第二天晚上，他专门从酒店叫来海参、鲍鱼、鱼翅，拿出了多年存放的茅台酒宴请了一个人。

几十年前，宴请人吃饭是不去饭店的，那时钱少，饭店也少。到了上世纪九十年代以后，在饭店里请客场面也方便，不用麻烦家里。特别有的用完餐账单上签个字，公家就报销了。要不怎么出现了“买单”“埋单”之类的词汇呢。但是这时的家宴又显得热情高贵了，物以稀为贵嘛，请客也是这个道理，都一窝蜂跑饭店了，家庭设宴又成了稀罕珍惜之事。

这次家宴没有多少人，除了马凯和的两个亲戚、一个亲信，就是他的老婆朱丽琪。马凯和娶了个大夫人，长他快四岁。但朱丽琪方脸庞、大眼睛，接近五十的人了，姿色如初。当年马凯和能和朱丽琪成百年之好，就是看她长得如花似玉。除了长得俊，她还有个本事，就是喝酒能耐大，一瓶高度白酒不在话下，是马凯和的“秘密武器”。这一次马凯和命朱丽琪披挂上阵，主要是为了今天的主宾，今天被宴请的人——杨明义。

杨明义与马凯和是旺城同乡。个子不高，身材“骨感”，高鼻梁，小眼睛，夸夸其谈，云山雾罩。他原在东州地委接待处工作，后来辞职干企业，是东州有名的“杨三跑儿”：跑领导、跑关系、跑上级部门。仗着到处钻空子，已有了四处企业，在旺城的企业叫“明义纺织集团”。马凯和早就攀上这个“三跑儿”了，并且多年来粘贴得非常铁。

宴席开始后，马凯和、朱丽琪在杨明义面前极尽献媚奉承。马凯和不断给老婆使眼色鼓动，朱丽琪挤眉弄眼儿，上头扑面，一口一个“恩人”，像个苍蝇撞到人嘴上般恶心。本来杨明义也是一瓶的大量，加上朱丽琪的妩媚，像进了妓院般淫心荡漾，无耻至极……

这时，马凯和已喝得满脸通红，还是一个劲地说着要报答杨明义的恩情。他收住笑脸一本正经地说：“杨总，真——是大恩人哪。这一次古书记到外县当县长去了，旺城领导班子给咱使大劲的人没了。要是没有你请上边说话，能不能当上这个一把手是个大大的问号呀。”杨明义趾高气扬：“这算什么，省里华老的关系……上次改制要不是出了乱子也不会有问题。”马凯和鸡啄米般点头说：“是呀是呀，全仰仗着您哪。”

“杨总，我——再敬你一杯。”朱丽琪端起酒杯又进行新一轮的煽情。看到朱丽琪酒后红面桃花一般，杨明义一对小眼珠藏得严严实实了。他端起酒杯说：“好，嫂子赏脸，咱要！”两人的酒杯啪地碰了一下，一饮而尽。喝完杨明义说：“老马，今天你召夫人出面，莫非要使美人计呀，哈哈哈——”

马凯和恬不知耻说：“哎呀，老杧，怎么能拿半老徐娘贡献给杨总呢。”

朱丽琪撒娇地朝马凯和的屁股使劲拧了一把，整个屋里又发出了鬼吼狼叫般的笑声。

第十六章

这些年，韩玉林发展了。

他的玉林公司已经发展成为名副其实的拥有几个厂区、多种产品的集团公司。强烈发展的欲望，让他又瞄准了环保节能保鲜储运设备项目。这个项目，主要是解决水果、蔬菜等农产品在运输和储藏过程中的保鲜问题，节能又环保。为简便称谓，取保鲜储运四个字的头一个字母，简称为“BXCY”。

为了这个BXCY，韩玉林跑欧洲去美国，国内国外进行了大量考察论证。现在，他又到东南亚就这个项目考察了一圈，回来一家人要给他接风洗尘呢。

韩阳早就在家里准备，弄了一大桌菜，也让韩晨给李春香带去了信。李春香从学校回来走进家门，杨新秀正在客厅里忙活。他抬头看到了李春香一怔，立刻一种惊愕恐慌的神情充满了整个面孔，脸色一会儿白一会儿黄。

“啊，哈，春香？春香回来了，春香好哇。”

一句问候的话语，那么不自然，更显得多余。李桂花听到春香回来了，连忙从她的房间里走了出来，满面笑容说：“春香……春香回来了。”春香说了声：“妈，我回来了。”

李桂花听了更像春香认家那会儿激动万分，一时不知说什么好：“哦哦，好好好。”然后李春香就朝她的房间走去，走到房间门口进屋时，头自然回了过来。这一刹那，看到妈妈脸上已经失去了刚才的笑容，而是愁容一片，短短几秒钟妈妈就像变了一个人。可李桂花看到李春香回过头来，脸上立刻又恢复了笑容，只是笑得不像刚才那么自然了。

吃饭了，当然今天人员齐全，就连韩月、韩青几个姐姐也赶了回来。给韩玉林接风是全家欢乐的事，韩玉林谈及国外的趣事使得吃饭气氛非常活跃。可一旦涉及李春香，或是李春香有什么动作，场面就会冷清下来，大家好像格外注意她。韩月和韩青姐姐就那么客气，把个李春香客气得真像是一位客人。韩晨要是听到李春香的话茬，就只顾狼吞虎咽，默不作声。好像大家总会有时偷偷斜看上她一眼，李春香感觉到，他们的眼神里莫名其妙的有一种胆怯、疑惑，像一把把匕首直戳李春香的心窝。特别杨新秀那眼神又像一种尖刻肮脏的语言明明白白地传进了李春香的耳朵里。

一句“黑老大”，给李春香脸上重重地抹了一把灰。

为什么春香能得出这么个“美名”？韩玉林开始听了心里也一惊。虽然觉得这话严重了些，但为什么这么个名声偏偏落到春香头上，别人得不到这样的美称？从各方面表现看，春香不是那样的孩子。可是，在外十八年，她身上到底发生过什么？李玉梅的单亲家庭到底发生过什么？那到底是个什么家庭？这么个家庭能给春香的灵魂深处留下什么东西？韩玉林、李桂花怎么也不好开口问春香过去的事情，问李玉梅她们娘儿俩的事情。徐慕菲身在芦集镇，但更是不便打听太多。李桂花不同的场合、不同的时候、不同的茬口……总是想向玉梅……可总欲言又止……

李春香又一次回李店，见到娘就呜呜大哭起来。哭够了，就向娘诉说了在学校的一切。李玉梅立刻又赶到了城里，向韩玉林和李桂花解释春香可不是胡来的孩子。韩玉林和李桂花也不会相信，孩子会发展到流氓阿飞的地步。

但是，全家人对李春香、李春香和全家人之间，心里就像 X 光片上有了阴影，总是不可抹去。

多少天来，李春香心目中产生了一股怒气。她恨韩晨在家人面前说出那些话。在宿舍里一句玩笑话传出来你也不问青红皂白，你也不管真假，你就信，就拿到家里来。自己怎么解释也像盗贼说谎不予相信。她又恨曲冬梅，胡说八道，叫起什么“老大”？又狗拿耗子——多管闲事。唉——她又恨自己，这黑老大的话，虽然在宿舍里，怎么就随便让她叫了起来呢。

一天傍晚，李春香把曲冬梅叫到学校的树林里，问打李春燕的事她到底知道不知道。曲冬梅没再隐瞒，承认是她招来的那两个小子。李春香听了，立刻怒火中烧，那双忽闪忽闪的大眼睛瞪得吓人。啪，一个耳光重重地打在曲冬梅的脸上。

“真是狗咬耗子。你，你毁了我！”

李春香指着曲冬梅的鼻子狠狠骂了一顿。曲冬梅年岁不大，还是个女孩子，可是打打拳头、挨两个嘴巴的事经历得多了。她左大腿上一块寸半的“文身”，就是和别人打架留下的。要不是那天晚上被李春香按在了地上，她早就一拳还了过去。

曲冬梅摸了摸脸，一点儿也没有在乎，还心平气和说：“老大。”

“别他娘的胡扯！”

“哦，不是……”曲冬梅点了点头，有些无奈，带着歉意说，“不是老大，春香，香。是我给你添了麻烦。”她停顿了一会儿，忽然板起了面孔说：“可是，李春燕骂你是‘石头缝里蹦出来的’，并且从小就骂你，骂到现在，来到学校里了还敢这么骂。那天晚上你别哭呀，你别气得拳头砸床啊，她挖你最疼的地方，你别难受哇。姐们儿替你出气，却好心得不到好报，挨了你一个大巴掌。”

说到这儿，曲冬梅呜呜地哭了起来，哭得还那么伤心，那么委屈。李春香看了立刻有点过意不去了，不免也掉下泪来。是啊，曲冬梅为了咱哪，是咱向曲冬梅打听的李春燕。要是遇见李春燕自己不声张，也就没有现在这些乱七八糟的事了。曲冬梅停住哭声继续说：“‘老大’是叫着玩闹着玩的，打李春燕这事捅得也是大了。可是李春燕拿着‘老大’这话无限扩大，挨揍她罪有应得。”

李春香没有再说什么，心里也像遇到一道复杂的几何题，好像也说不清道不明似的。她一扭头离开了树林。

一个星期天。按照学校里的规定，两个星期放一次假，这个星期天学生们是可以回家的。但是，李春香一点儿想家的意思也没有。她想起上次回家，杨新秀那恐惧的眼神，想起韩青、韩月热情的尴尬，想起自己回房间突然转过脸时，妈妈那满脸的愁容……

她把自己锁在了宿舍里。

一大早有人来敲门："咚咚，咚。"接着是大姐韩阳的声音："春香，春香在里面吗？"一刹那，李春香张开嘴巴提了一口气，似乎想答应。但是，双手又下意识地捂住了嘴，屏住呼吸终于没有应声。韩阳又敲了几下门，又喊了几声，可能是见没有动静就走了。

李春香愣愣地看着房门，眼泪簌簌地掉了下来。

又等了一大阵子，有钥匙开门的声音。门开了，曲冬梅进到屋里。她朝李春香说："老——哦，春香，香。"李春香非常诧异，问："你怎么来了？"曲冬梅抿嘴笑了笑，非常诡秘地说："我就知道你没回家。"李春香惊奇地问："你怎么知道我在这里？"曲冬梅说："哎呀，咱们姐们儿，还看不出你的心思。心里不痛快呀，所以没有回家。"李春香甩了甩手说："去去，什么不痛快？我马上就回家了。"曲冬梅斜着眼睛说："得了，我的香。不要紧的，在外边散散心，这，也合乎情理。"李春香听了没再说话，收拾起自己的床铺。曲冬梅又凑到跟前说："香，我有事也没回家，就陪陪你。今天中午我请你吃饭，我请客。"李春香还是冷冷地说："用不着。"曲冬梅说："香，别在意，咱们姐们儿谁跟谁呀？我老爸开木器厂不比你爸钱多，但吃个饭还是有能力的。"

李春香没有回家，中午吃饭还真是个问题，到学校食堂里去吃吧，碰到熟人问起来也没法回答。在宿舍里，又没有什么可吃的。犹豫了一会儿，还是曲冬梅上前拉着她出了门。曲冬梅撒谎很有经验，说："往家打个电话，就说回李店了。"

学校附近的一个餐馆里。她们两个刚坐下，有两个男孩子走了进来。曲冬梅挥手招呼他们："小豹、德刚，我们在这儿呢。"然后她对李春香说："香，我给你介绍两个朋友。"李春香看到两个个头差不多的男孩子朝她们走来，都留着小平头，一个白皙的方脸，一个棕红色的长脸。曲冬梅对方脸膛的孩子说："这个，叫小豹。"又指着那个棕红色长脸的孩子说："这个，叫德刚。来，你们认识一下，这是我的好姐姐李春香，香姐。"

看到这两个男孩子，李春香非常尴尬，也还有点儿紧张。长这么大，还没跟男孩子这么近距离接触过。曲冬梅大大咧咧说："这两个都是在我爸厂里上班的，好哥们儿，来认识认识。"

曲冬梅说完把服务员叫来，非常熟练地拿起菜单点了菜，一看就是吃馆子的老手。李春香见她还要了一瓶酒就说："怎么还喝酒啊？"曲冬梅说："你不会喝酒吗？老爸干企业经常有酒场儿，你不会喝酒怎么能行。"李春香说："老爸干企业非得咱们来喝酒吗？"

曲冬梅脖子一梗，嘴一撇说："我们家就是。老爸来了客人，我就陪客，把他们全部灌倒可有意思了。"说完，还得意地笑了起来。李春香看了她这个样也笑了，挖苦说："又胡说八道。"曲冬梅眼眉一挑说："哥们儿，我绝不糊弄你，要是糊弄你我是狗。"

这时，上来了一个菜，曲冬梅张罗着："来，喝，干杯。"说着，还给李春香倒了一杯酒说："来，练练，看你这块头肯定能喝酒。"

李春香看着酒没动声色，曲冬梅站起走到她的身边，端起酒杯送到她的嘴上，说："抿一小口，可香了，你五大三粗的酒量准大。"李春香用嘴唇抿了一点，咧着嘴说："哎呀——真辣。"曲冬梅呵呵笑了，说："辣，就是香。来一口。"说着又端起酒杯送到李春香的嘴边说："张嘴，张大嘴。喝，喝。哎——一杯下肚，仙气儿满身。哈……"

小豹、德刚拿起杯子也站起来："香姐，敬你酒！"

这年春节，李春香又没有在城里过年，还是回到了李店娘的身边。按情理也说得过去，李玉梅一个人在家，她回家过年也是理所当然。可是，爸妈还有其他人心里都清楚，李春香是不愿意进韩家这个门。也正好是春节放假罢了，回李店表面上说得过去。

李店的路已经修好了。李春香走进村里，迈步在平展展的柏油路上，心里却很不是滋味。迟长胜到韩家要求修路，她和爸争吵的那一幕出现在眼前。不管怎么样，自己的感受没有人来听，没有人来想，没有人来体谅。说迟长胜欺负俺娘，欺负俺全家，有谁听得进去？为村里修路当然是件好事，修好了路爸爸和全家都有面子。可是怎么就不理解我的心情，照顾一下我的心情呢？还有照那张全家福，本来想等娘来了一起照，可是仍然照过了。“以后等你娘来了再照”，这是多么美好的托词，也就一说罢了。

李春香想着进了家门，就像阔别家乡多年游子的感觉。院子的兔舍早已拆掉了，又恢复了前些年的宽敞和整洁。她又好像一下子回到了过去，回到了她和娘一起的光景。她看着院子里的每一个角落，每一个角落都有永远也忘不了的记忆，每一个角落都那么温馨而又令人留恋。她默默地看着想着，一个念头出现在脑海里。若是没有认亲……然而又忽的一下自己把这个念头打消了。像院子原来滋生的苍蝇蚊子飞来，一挥手给赶跑了。那是亲爸妈，哪能不去认呢？可是，可是……又想起了那句话：这老天怎么就专门……

一个春节还是很愉快的。她和娘同往年一样，上芦集镇赶腊月二十六最后一个年集，叫“赶花花街”。扫房、贴财神、结伴拜年……可是，年一晃就过去了，开学的时间又到了。临走的头一天，娘拿出钱来要让她带上，给她作为学杂费和生活费，李春香坚决不要。娘靠着省吃俭用、办养兔场挣下几个钱不容易。在城里，吃住行……一切都那么大手大脚的，自己怎么能要娘的钱呢。

回去的路上，李春香忽然想起了和曲冬梅在一起的一幕。那是有一次曲冬梅邀李春香吃饭，李春香说不去了，钱不多了。曲冬梅讥笑说：“傻香姐，向你爸妈要哇，他是旺城有名的大老板，你姐姐们跟着亲爸妈花了多少钱你知道吗，要点钱算什么？”这一幕，像回城汽车发动机的轰鸣一路伴随着她。

“姐姐们跟着亲爸妈花了多少钱？”

这句话又像钢针扎了李春香一下，想起这句话她心里就痛就恼。是啊，看看姐姐们的穿着打扮，一个个花枝招展的，哪个不是花钱的主儿？记得刚进家门的时候，那个盛叔叔说的一句话：“老韩，你家的孩子们可真是‘换了人间’了。”她们“换了人间”，可我穷不拉叽的十八年。她们一件皮大衣就上万元，骑的全是名牌摩托车，还开着汽车。爸妈那钱自己不要也是让她们糟蹋了。对，要钱。娘养我这么大不容易，要钱给俺娘。

“要钱，要钱，要钱……”李春香第一次向妈妈伸出了手。

春香能直接要钱，李桂花很是兴奋，觉得小七儿和自己更亲近了。特别春香提的是学杂费，更不能含糊，供孩子上学嘛。

一天，李春香又回到李店娘的身边，拿出许多钱放在桌子上。娘问：“哪儿来的钱？放在桌上干什么？”李春香说：“钱是向家里要的。姐姐们跟着爹妈从小花到现在了，我要点钱算嘛？这些钱就留给你吧。”娘听了赶紧说：“你看你这孩子，钱要是够用的就不要再要，钱多了你攒起来也好，我可不要你的钱。娘，不缺钱。”可是，临走的时候，她还是把钱放在了抽屉里。

几个月里，李春香接连不断地要钱，李桂花心里感觉不大对劲，像“长草了”似的不安，学校里怎么这几个月突然增加这费那费了？她当然不是心疼钱，也正因为前一时期的那些事，特别是“黑老大”呀什么的，也触动了她的敏感神经。她不得不向韩玉林说出了这件事。韩玉林问：“要钱时说干什么了吗？”李桂花说：“她说是学校里有这活动那活动需要花钱。”韩玉林听了当然也觉得奇怪，学校里哪有这么多要钱的活动？

于是，把韩晨叫到屋里，问了学校费用的情况。

这个时候韩晨对这个妹妹的心理是很复杂的。当初这个妹妹来到家里的时候，韩晨可真是满心欢喜。和自己一起出生，双胞胎，突然见了面又确实和自己长得一模一样，心里真是一种甜蜜和奇妙的感觉，在别的孩子面前还沾沾自喜呢。

但是随着时间的推移，春香来到家里的这些日子发生了那么多……正月十五照相，韩晨就好像吃了一记闷棍。她从小在家是老小受宠，但在春香面前她不愿自己任性，那次自己也没有任性。春香的表现却是那么不尽情义。让玉梅姨来参加照相这也是她的孝心，可是——可是也不至于玉梅姨缺席就在爹妈面前那么发泼……再后来因为修路，特别是在学校里发生的一切，那句“黑老大”……

韩晨不可能也做不到深入细致地了解分析，对春香的偏见越来越大、越来越重。对这个妹妹的感觉，就像是一朵盛开的昙花，美丽但却很快凋零了。就像夜空中的飞机从天上掠过，机身闪烁的灯光那么美妙迷人，而飞机渐行渐远，美妙也就淡化了。特别在爸妈面前吵闹、发泼，似乎有些不能容忍了……

当爸爸问起学校里一些收费的事，韩晨立刻暴跳起来："撒谎，像上一次打架一样，又在撒谎。要是学校里有这么多要钱的活动，我为什么没有？"李桂花皱着眉头像霜打似的说："是啊，要是学校里需要钱，你也应该需要哇。"韩晨说："中午叫她回来，问问。"韩玉林说："不能这样，慢慢来，先别惊动春香。"

可是韩晨却等不及。上学路上，"要钱要钱要钱"像魔鬼缠身促使她不说出就要憋死一般。她没听爸爸的话，来到学校就找到李春香的班上，告诉她中午回家一趟，说爸妈有事。李春香看着韩晨那冷峻的表情，像看到了童话中的巫婆，像看到了李春燕，冷冷地说："我有事回不去。"韩晨更急了："爸妈让你回去一趟，你还有事，是爸妈重要还是你的事重要。"

"我有事。"

李春香撂下这句话，走出教室一溜烟儿没影了。韩晨站在李春香教室的门口，像个被侮辱后扔在野地里的孩子又气又恼。

中午李春香还是回到了家里，一进门见到妈妈就问："叫我回来有什么事？"李桂花不知所云，看着春香结结巴巴地说："叫你回来？没……谁？"

李春香立刻有一种被耍弄的感觉，脸拉了下来说："韩晨叫我回来的，说你和爸找我有事。"李桂花立刻改了口气："啊，是，是这样，也没什么大事。"可是，有什么事呢？直接问春香钱的事吗？不可。李桂花头脑里紧绷着，像输入程序的计算机快速运行着，对春香说什么？有什么事呢？但她的计算机还没反应过来，韩晨就闯了进来。见了春香就气呼呼地说："上午我还没有说完，你怎么就跑了？"

李春香也没给好话："跑了又怎么样？这不回到家里了吗？"

"你说你有事呀。"

"对呀，当时有事，现在没事了。"

“你，你这是什么态度？”

“我，我还要什么态度？”

李桂花赶紧上前说：“怎么了，你们这是？韩晨干什么呢？你这是？”韩晨一屁股坐在沙发上，平静了一会儿说：“好啦，不说这些。春香，你光向爸妈要钱干什么？学校里哪有这么多花钱的事情。”李春香听了一怔，又惊讶，又奇怪。奇怪的是，韩晨怎么问起了钱的事？惊讶的是，韩晨竟然像爸妈一样教训自己。这个时候的李春香好像是一点也吃不下韩晨的“气”了，也瞪起了眼睛说：“这关你什么事？我向爸妈要钱，又不是向你要钱。”

“你，你……”

李桂花赶紧制止韩晨：“韩晨你这是干吗？不要乱讲。”

李春香这时心里也明白了许多，在要钱的事上爸妈可能……但是，面对韩晨这个茬口她是绝不会示弱的，越是这样越是上了劲头，就像一颗螺丝又给拧了几扳子。她指着韩晨说：“呵，看你这个样子，比爸妈都厉害，干什么，你要干什么？”

韩晨指着李春香的鼻子说：“你在妈妈面前撒谎，胡乱花钱，真是不可救药。”

韩晨的话像干柴遇到了喷火器，李春香拍着桌子朝韩晨大吼起来：“我不可救药，再把我赶走，这个家全是你的，好吗！”

李桂花怎么也没想到韩晨和春香能在她面前吵起来，而且还互不相让。也没有想到春香说出这样的话来。“把我再赶走”？这，这……她一时着急，胸口觉得一阵发闷，一屁股坐在沙发上。

韩晨和春香都一惊。

终于熬过了高中二年级，进入了暑假。

但是有一件事情李春香不敢在家里谈起，那就是考试成绩。自进入高中以来，本来住在学校是为了补课，有更充足的学习时间。但是遇到了一个曲冬梅和李春燕的事，还有和家里……李春香学习的心思越来越少了。本来底子就薄，一拖再拖，一丢再丢。虽然有时老师给补课，但是终究没有跟上课程的进度。这时候的李春香，好像是在马拉松比赛中体力殆尽，汗流浃背，满头金星，似乎感觉自己终究会停下来；又像是悬崖上只抓住了一条脆弱的树根，似乎清楚自己终究会掉下去。

韩玉林和李桂花早就发现了李春香更多的问题。有一天晚上，已经十一点钟了，本来李春香是住校的，但那天晚上她突然回到了家中。李春香叫开门见到妈妈支支吾吾没多说什么，就跑到自己房间去了。在李春香从妈妈面前走过时，李桂花明明白白地闻到了一股酒味儿。“春香喝酒了？”李桂花怀着极大的疑问和震惊，走到李春香房间门口就想推门进去。但在门口听了一下，又回到自己的房间，向韩玉林说了刚才的情况。韩玉林听了李桂花的话没有搭腔，他看着电视机愣了一会儿，深深地叹了口气说：“学校的老师向我反映过了，春香有时晚上出去很晚回校，有时还不能去上课。有一次晚自习春香来得很晚，并且来到以后也是带着一股酒气。”李桂花听了着急地说：“哎呀，这孩子这是怎么了？过去有些事情韩晨知道了早早告诉咱们。韩晨再上了大学，这孩子就没人管了。不行，让她回家住吧，不能再撒手了。”韩玉林心情沉重地说：“春香的学习成绩也很糟，升级考试成绩很差，我得和她好好谈谈。”

中午吃饭了，全家人都闷声闷气，没有人搭话。

吃过饭，韩玉林把李春香叫到他的房间里，想和她就学习的问题谈一谈。没等韩玉林说什么，李春香就直截了当，向韩玉林提出了一个问题，一个惊人的问题，一个让韩玉林猝不及防、大失所望的问题：她不想再上学了。

李春香说：“爸，我在农村上学晚两年，教学质量差课程又慢，在城里学习就跟不上趟。像我这样的条件不可能考上大学，我还是到公司里早早上班吧。”韩玉林听了，惊得直眼看了她好一阵子，好像忽然一下子不认识她了。又好像李春香脸上长出了什么瑕疵，他要仔细看一会儿才能看明白。

可是，对爸爸的眼光李春香不以为然。

韩玉林语重心长而又带点责备的口吻说：“春香，你怎么这么想？那怎么能行。爸妈让你来到城里，就是为了让你先把学业搞好。”接下来，任凭怎么说教，她似乎换成了铁石心肠，坚决要求不再上学。李桂花过来劝解也没一点用，开口就是不再耽误时间，自己的年龄大了，比同班同学大两三岁，赶快就业。任你再说什么，再几次找她谈，她都是坐在那里一动不动，再也不搭腔了。

真的不是冤家不聚头哇。柴和火还专门爱碰到一起，干柴烈火一碰还就着。韩晨听李春香要退学，就一下闯到她房间里，那气势就像女公安干警抓捕犯人一般。她怒气冲冲开口就说："春香，不上学怎么能行，那给家里多丢人哪。"李春香哪有好话等候："好啦，好啦，你考上大学，你不丢人，你给家里争光，好吧？"韩晨更急了："你这是什么话？"李春香毫不相让："这是实话。我要是像你，一直跟在爸妈身边，比你的学习还要好，我保证考上北大清华。"韩晨简直气疯了："你，你丢人还不说，还想糟蹋别人。"

这天正赶上田培露到这里，听到屋里的吵闹声闯了进去，把韩晨拉了出来。但是李春香还没完没了，不依不饶，像一个拳击手把对方打到台子角上还不算，还非要把对方打趴下、打到台子下边去。她追到客厅里继续和韩晨吵吵。李桂花出来劝解，哪个也说不下，气得脸色苍白说不出话，越来越感到气不够用，憋闷得难受。忽然眼前一黑，又扑通一声坐在了地上。他们都吓坏了，韩晨、李春香都"妈，妈"地喊起来没完。李桂花坐在地上，身子倚在沙发上，闭着眼睛，张着嘴，喘着粗气，任凭孩子们怎么喊叫，她也不答声。田培露马上抓起电话："喂，120 吗？快到西市，有急救病人。"

不一会儿，救护车拉着响笛，嘟嘟地开到了韩玉林的家门口。

第十七章

春暖花开，万物复苏。积雪早已化尽，连高耸大楼后阴蔽处的都变成了水。大地露出湿漉漉的地皮，麦苗急切地挺身长个。春风最为活跃，天天刮来刮去，带着细沙粒，说这沙粒来自遥远的大西北。风沙形成霾，形成尘埃，形成沙尘暴，弄得黄天昏地的，连那太阳的脸都显得那么蜡黄。这风卷着沙扑向楼房，扑向麦苗，扑向树木，扑向田野大地……那大大小小、成行成片的树木过去说是被风吹绿了，现在应该说是被风沙给扑打绿了。

玉林公司异常繁忙，车间内机器轰鸣，员工在各自的岗位上忙碌着。特别是工厂院内的车辆，出出进进，喇叭嘈杂。以至于门卫还要站在门口，像交通警察那样指挥车辆。这一天九点来钟，忽然一股黑压压的人流涌动到公司的门口，并且越积越多，把整个大门堵得严严实实。场内的车辆出不来，挤在院外的车辆又进不去，远远地排列了一大溜儿。嘀嘀喇叭声不断，加上每辆车都不熄火等待运行，厂内厂外一时嘈杂一片，混乱不堪。

韩玉林还是老习惯，喜欢在最高的楼层办公。这样居高临下，伫立窗前，使整个厂区能够从窗子里尽收眼底，随时通过大玻璃窗观察整个厂区的状况。这会儿他远远看到门口聚集着人群，还打出一个红色条幅，上边的字因为距离太远看不清。韩玉林赶紧抓起内线电话打通门卫询问情况。原来是西市村的老百姓，从电话里就可以听到高高的喊声和口号声。他们聚集到这里，原因是韩玉林新开发的 BXCY 项目，又要占用他们的土地了。

BXCY经过艰苦周密论证，韩玉林终于下定决心，攀登这座高峰再次创业，或者说是决定他后半生命运的一座大山。他从资金、技术、人员、各种社会关系……为自己早早准备，竖立起一个又一个“云梯”，开凿出一条又一条“盘山道”，还为自己又设计了许多可能出现的这沟壑那险峰……

但是，土地问题和那场东南亚金融危机，韩玉林始料不及。

那天晚上，他按时看中央电视台《新闻联播》，这是他多年的习惯。今天万万没有想到，头条新闻播放的是东南亚金融危机。国际上的大事作为《新闻联播》头条，这在中央电视台是少有的。上世纪八十年代，美国“挑战者号”航天飞机爆炸，韩玉林记得上了《新闻联播》头条。这一次，东南亚金融危机又放到头条位置，就说明了这个问题多么重要。

电视播音员还是常见的邢质斌、罗京，待他们播出新闻提要之后，罗京对危机进行了具体报道，最后说：

> ……这一次东南亚金融危机，是继三十年代世界经济危机之后的又一重大事件，必将对世界以及我国的经济发展带来巨大的冲击和影响……

多少天来，韩玉林一打开电视就落脸子，并且颧骨上总是那么莫名其妙的铁青。表情像那年奥巴马通过电视观看捉拿拉登的画面一样严肃凝重。他知道洛克公司在东南亚有大量业务，东南亚遭受如此巨大的金融风暴，对洛克影响一定很大。那么自己是不是也会受到波及？BXCY是否会受到影响？韩玉林拨通了美国的电话，得知那边已是殃及池鱼，遇到麻烦。

那么我国的经济政策是否因此有什么变化？多少天来，韩玉林总是像得了强迫症一般忐忑不安。

消息终于有了。好坏两个消息几乎同时来到面前。

我国应对东南亚金融危机采取调整结构、压缩银根的政策。BXCY

贷款将大大缩减，最低压缩多少还需进一步论证，至少三千多万。怎么办？三千多万的缺口，对在上世纪末一个县级市的企业，还真不是一个小数。对 BXCY 来说，像是临近扬帆启航的关头遇到了风浪，好像在要攀岩登顶的时刻遇到了雪和雨。

韩玉林在办公室里踱来踱去，不时遥望窗外，深深地思索着。忽然，门被呼的一声推开，从美国发来的传真急火火送到他面前。他接过传真一看，洛克和东南亚国家的合作日趋艰难，有的厂家提出了产品涨价要求。为不影响洛克全年计划和今后发展，同意一些产品涨价，玉林公司的全部产品在涨价范围之内。按照现在涨价价格，玉林公司一年产品可增加三千万元的收入。

又是个三千万，是进不是出，这是多年不遇的好事啊！人说天上不会掉馅饼，这不从天而降的好处就要砸到头上吗？

可是，面对这块大馅饼，韩玉林睡不着了。

夜深了，他好像是躺在了一张病床上，有人总是拧动控制床板的手柄，使他来回翻转不能入睡。迷迷糊糊睡着了，眼前又总是三千万、三千万……缺三千万，进三千万……无数张美元、人民币铺天盖地而来，梦中的韩玉林双手捧起这些“老头票”，好像那么快乐又那么焦虑……

迷迷糊糊中父亲来到床前，一会儿又和父亲来到了大明湖畔。他们站在大明湖的北岸，望着南岸的树木、琉璃瓦房景致迷人。但任凭韩玉林向大明湖中搜索，却怎么也看不到湖中千佛山的倒影。他问父亲：“爸爸，怎么今天湖里看不到千佛山了？”爸爸抬起头望了望天际，看了看对岸，笑着说：“看不到湖中的千佛山，是因为有一层迷雾挡住了。”韩玉林奇怪地问：“迷雾？”爸爸抬起手一指说：“你看到了吗？城南天际有一层迷雾，由于这层迷雾，大明湖里的千佛山当然就不会显灵了。”

他又梦到了爷爷、老爷爷，他们到底是什么样子，梦中模模糊糊，幻觉中他们趴在被子上数钱……

忽然爷爷来到他面前，抚摸着他的头说：“自从和洛克合作以来，他们守信、重信的形象巍然矗立着。洛克遇到了困难，但凭着他们的实力，一次金融危机扳不倒它。”

韩玉林浑身一颤醒了过来。眨巴着眼睛，提了提精神，回味着梦中的一切。

那一年和洛克洽谈产品价格简直就是没有硝烟的战斗呀，自己是那么挖空心思，毫不相让。为什么今天对这么一大块好处，一大块馅饼，怎么就不肯慷慨接纳，犹豫起来呢？那年分厘相争，我们是站在同一个起跑线上，相互为今后合作建立一个平等基础。那是经营之道，商场必须。如今洛克驶到了悬崖上，需要拉它一把，而不是推搡一下。别说洛克掉进悬崖彻底死去，就是奄奄一息，也是对自己巨大的冲击。既不是双赢，也不可能单赢，正是人家感冒咱也发烧哇。

梦中爸爸说眼前的迷雾，这迷雾……

一大早，韩阳买了一大堆新炸的油条来到家里。

韩阳已是玉林集团的副总了。那次刘燊因为“三农”问题到河北、山东来搞调研，顺便来旺城一趟。他开玩笑说：“我来验证一下，旺城原来是不是叫燊城。”他调研了旺城农业的情况，参观了韩玉林及旺城的一些企业。更关注的还是韩阳的富而美花卉公司。他说：“我也验证一下，我支持韩阳下海对还是错？”当他看到大棚内和露天中多种嫩绿的苗木、鲜艳盛开的花朵，像观赏著名5A旅游景区一般兴奋。他对韩玉林说：“韩总，我给玉林集团推荐个副总吧。”韩玉林一怔说：“好哇，你推荐哪一位呀？”刘燊说：“就是你的女儿韩阳呀。”

韩玉林当场应允。田野中传出他们爽朗的笑声，笑声是那么动听，像音乐绕梁一般。

这会儿，韩玉林一见韩阳就说：“正好，你来看看。”说着把洛克的传真递了过去。韩阳刚看完传真，韩玉林像为大病患者寻求灵丹妙药一样急切地问：“韩阳，你对这笔大利怎么看？”韩阳看着父亲，坐了下来沉思着，像课堂上要回答老师的提问。她也清楚金融危机凶如猛虎，但它总会过去。洛克受到的损失一定非常惨重，但依据洛克多年发展的业绩，危机也是暂时的。想着，随口说：“这千万元大利要不要呢？”韩玉林还是追问了一句：“要不要呢？”

韩玉林执意把球踢给韩阳了。韩阳不好意思地笑了笑，然后认真地说：“我觉得应该信守合同。”韩玉林紧逼：“为什么？”韩阳说：

“我们和洛克公司的合同是庄重的。当然，这次是洛克自己提出的涨价，有金融危机的大背景。但是，我觉得洛克多年守信的精神值得称颂。我们的企业要发展，特别是BXCY以及它的后续产品，还要更多地与洛克合作。我们应该为自己打下一个重信守信的坚实基础，这样我们任何时候都能立于不败之地。”

韩玉林从不信解梦一说，但是日有所思夜有所梦他感觉还是有道理的。那爷爷、老爷爷白天也没有想起他们哪？怎么夜里回到祖上去了？他向韩阳说出了夜里的梦境。韩阳听了皱着眉头想了想，样子倒像个“大师”忽然来了灵感。她说：“爸爸，这正是日有所思的结果呀。你虽然白天没有想起祖先，但是他们的理念、他们的思想肯定在你头脑中掠过的。”

韩玉林豁然开朗，哈哈笑了起来，说：“闺女，好。咱韩家祖辈经商，视仁为理，以仁为念，不坑人不害人。这些时时灌输在咱脑海里、血液中呀。咱再加上个善救人，祖辈的理念不就达到更高境界了吗？”

父女俩的热谈，韩玉林似乎找到了“踏实”，找到了“依据”。但是他面向窗外思索着又自言自语：“三千多万哪……”就像旅游欣赏了一番风光美景后总是回过头来流连忘返。

忽然又面向韩阳说：“韩阳，你上过大学，圣人们对这守信都有哪些说法？说说我听听。”韩阳笑着思索着说：“墨子说，言不信者行不果。孔子也说过，言必诚信，行必忠正。”

“言必诚信……”韩玉林默念着哲人的这些话，忽然憨笑着说，“韩阳，说心里话，真舍不得这么大的红利呀，看着这些钱也是眼红呀。可是圣人们、老祖宗们说得都这么明，这么真切，咱认了。我看咱马上召开会议，统一思想。这千万元大利咱不要了，咱要一个诚信守信的坚实基础，把眼光放在BXCY上，放到更大更远上。”

在韩晨和田培露刚参加高考不久，旺城南园游乐场开业了。旺城历史上第一次出现这么一个专门玩乐的地方，像迪士尼进中国一样引起人们莫大兴趣。这一天，韩晨约好几个姐姐和田培露，结伴来到游乐场。

他们东跑西转，什么飞机、火箭、大转盘、碰碰车……一样也没有丢下，一个接着一个尽情地享乐着。当他们走到旱冰场时都望而却步了，姐姐们都说没穿过旱冰鞋怕摔倒。但是，韩晨却不以为然，非要去试试。没有办法，田培露让姐姐们去玩别的，自己陪韩晨进了旱冰场。田培露帮韩晨穿上旱冰鞋，韩晨问："你怎么不穿？"田培露说："不行，咱们都滑倒了怎么办？你先试试，我来保护你。"韩晨穿好旱冰鞋，扶着铁栏杆踩在了滑溜溜的地板上。她毕竟是头一次玩这个东西，像站在吊桥上身体不知向何处晃悠，脚下不听指挥。等了一会儿，韩晨大着胆子，松开铁栏杆，但是滑了没几步上身一晃，惊险的场面出现了。她失去平衡，向后仰了过来。田培露早有准备，敏捷地把右胳膊伸到韩晨背后，左手抓住了韩晨的右手，稳稳地托住了韩晨，韩晨仰面躺在了田培露的怀里。

这么多年来，他们两个在一起的时间有很多很多，但是像今天这么近距离，几乎拥抱在一起，还是头一次。就在这一刹那，他们两个人欢笑的眼睛对在了一起。韩晨充满汗水红彤彤的脸膛，和忽闪忽闪的大眼睛，软绵绵的后背，特别是胸前隆起的极具美女的两个特征，一股奇妙的感觉突然涌到田培露心头。他侧着身，脸近对着韩晨的脸。眼睛里迅速掠过几丝惊恐、担心，随之而来的又是欣慰甚至幸福、甜蜜。彼此的眼神照相般定格在脑子里，刻在了心里，以至于永远不能忘怀。

夏天的夜晚，本来就闷热。今天晚上，老天爷又好像是为韩晨和田培露白天的一幕故意增加热度，整个屋子像桑拿蒸房一样。韩晨怎么也睡不着了，白天田培露那幸福甜蜜的眼神，始终像眼镜一样在眼前离不开她。但是，白天事情多，各种思量、遐想还是支离破碎的。但是到了静静的夜晚，这些思量、遐想还有过去现在那美好时光，像一颗颗珍珠链条串联在了一起，并且这个链条紧紧地缠绕着她的思绪，让她不得入睡。这么多年来，她和田培露的生活、学习……紧密连在一起。从情感上还是亲密的兄妹，只是偶尔思想走火，会有点儿这样那样的遐想。尤其是同学们和他俩开玩笑，说她和培露以后怎么怎么样，这都没有引起她的深思，也不过像一阵清风吹来，很快就过去了。

但是今天，她怎么也撂不下。和田培露从小到上小学，一直到初中、高中，这么多年来，一幕一幕的事情太多太多了。

记得还是很小的时候，有一次他们一起到人民剧院看杂技表演。舞台上那些演员也都是些孩子，他们翻跟斗，劈大叉，表演各种蹬技、爬技、抓技还有多种蹦高技艺……博得全场观众热烈掌声，韩晨和田培露在其中同样获得极大乐趣。两个孩子回到家，就学着演员们玩耍起来。有一天，他们爬到床上，田培露仰天躺好，双手抓着韩晨的双手，双脚蹬着她的两条大腿。这样，田培露双脚一使劲，双手一举，韩晨被高高地举起来。然后，他双腿和双手一缩、一松，韩晨就从高处落了下来。这样，反复地蹬上去，落下来，蹬上去，落下来。两个孩子畅快淋漓，尽情欢乐，嘻嘻哈哈的笑声传到了屋外。韩晨的妈妈李桂花听到笑闹声来到屋里，看到他们两个的滑稽动作吃了一惊："不好好玩，这是干吗，这是干吗？"韩晨和田培露爬起来说："耍杂技，耍杂技。"是的，韩晨和田培露去看杂技演出，还是李桂花带他们去的。李桂花扑哧一声笑出声来："玩个别的不好吗？这样摔着。"

童年的记忆是难以磨灭的。这些年，有时候韩晨想起来心里也觉得好笑。那时虽然是一男一女，可是孩子们两小无猜，他们的妈妈也只是看到他们滑稽可笑罢了。而现在，为什么培露托住自己的身躯，而自己就想入非非呢？培露是否和我的心事一样呢？韩晨想：一样，肯定一样。

是的，这一夜田培露也失眠了。白天韩晨的双眼，冒着汗水红红的脸，柔软的身躯，特别是那两个……韩晨应该说是一个美丽的姑娘，一米七的个头，忽闪忽闪的大眼睛。小的时候，韩晨脸上带给田培露的是伶俐、童真。现在看来是美丽、可爱、迷人。尽管如此，也就只有今天，那一个特殊的动作，才使他对韩晨的美丽，多了另外一番别意。

有一年冬天，韩玉林去欧洲联系业务，给他俩每人带回一件压缩羽绒服。这种服装将羽绒压缩，穿上不显臃肿，国外也是很时髦的。田培露得了一件蓝色的，韩晨便是一件红色的，款式完全相同。有一天早晨上学，田培露先穿着时髦的羽绒服进了教室，立刻引起同学们的瞩目。恰巧也是这一天，韩晨也穿上了那件服装。她一进门，立刻引起同学们一阵骚动：“呀，他俩穿的衣服都是一样的。”

下了课，有几个男同学和田培露开玩笑：“呵——田培露，你们两口子真行，穿衣服都穿一样的。”田培露听了不以为然：“去去，那是我妹妹。”别看田培露这么说，还暗地里偷偷观察了韩晨一阵。韩晨穿着那件红色羽绒服，高高的个子，从上到下线条明快，光彩夺目。但是，田培露心里却一点儿也没有像今天这样的感觉。那今天这是怎么啦？他望着漆黑的屋顶，在发问，在问自己。

哎呀，实在睡不着了。韩晨起床，慢慢推开门，蹑手蹑脚轻轻地来到院子里。

哎呀，实在睡不着了。田培露起床，慢慢推开门，蹑手蹑脚轻轻地来到院子里。

夜深了，屋外有了阵阵的凉风，比屋子里凉爽多了。韩晨伸了伸胳膊，活动了一下腰。抬头看见西天上有一片云彩，本来今天晚上是有月亮的。但是，那片云彩把月亮挡住了。东边的天际倒是非常晴朗，天上的星星都眨巴着眼睛看着韩晨。韩晨心里说：星星，你们是在等我吗？是在等我出来和你们说话吗？我叫你们星星哥哥呢？还是叫弟弟呢？这时，西边的云彩散乱淡化了，月亮显现出融化了一样的形状。一会儿云彩散开了一道缝，月亮露出半边雪亮的笑脸。韩晨看到这一刻心花怒放，立刻对星星说：星星，我叫你们弟弟吧，月亮才是我的哥哥，就像培露哥哥一样。他看到我出来，他也出来了。培露哥，你真的是知道我睡不着了吗？是专门出来陪陪我吗？这时，云彩彻底散去了，月亮露出了全部灿烂笑脸。韩晨高兴极了，是真的，是培露哥专门出来陪我说话了。

培露看着散去的云彩，对着月亮说：哦，是韩晨妹妹吧，你知道我睡不着了，是出来陪我说说话吧。韩晨妹妹，今天夜里我怎么也睡不着了，总是在想你。想我们小时候的事，想我们一起上小学，一起上初中，又一起上高中。想来想去，我只想对你说一个字，就是：爱。韩晨，这些年因为我们是兄妹关系，你我都不好说出这个字。但是，现在想起来，这些年我们就是真诚相爱的。

是啊培露哥，我们已经高考完毕了。虽然我们报考的又是一所大学，但是，命运是不是总把我们放在一起，总是让我们那么幸运呢？如果我们考上的不是一所大学，要是分开了呢？

不论我们是否在一所大学，不论你我是天涯海角，韩晨，我都爱你。

过去，你总是呵护着我这个妹妹。以后，我们都长大了，你还能像过去一样那么呵护我吗？

一定。

我现在年轻美貌，要是老了，长得不那么好看了，你还爱我吗？

爱，爱你一辈子。

培露哥，你也是年轻帅气，富有才华，要是我们不在一个学校，相隔老远老远，在你身边又有很多比我更美的女子、更有才华的女子，到那时你还能看上我吗？

韩晨妹妹，都说是月下老人的红线把相爱的人拴在一起，我说应该是时间的红线把恋人拴在一起的。时间的红线越长，就把恋人拴得越紧越牢。你我都知道，咱们两个相爱不是一见钟情，是因为从小到大时间这根红绳，把我们两颗心紧紧地拴在了一起。

啊——韩晨瞪大眼睛，凝视着月亮。嫦娥姐姐，你起舞了吗？你舒广袖了吗？你的美丽传说穿越时空，传颂了一代又一代。可是你不如我幸福，我知道你是寂寞的，你在月宫中没有心上人，我有我的心上人培露哥哥。

唉——一丝云彩从月亮上掠过，田培露眉头一皱。吴刚哥哥，你不高兴了吗？或又是借酒消愁了吧。月宫虽好，但不如我们人间，嫦娥妹妹也不爱你。韩晨妹妹从小陪伴着我长大，她一直心爱着我，我也一直心爱着她。

我们人间是多么美好啊。

深夜，凤凰大酒店歌舞厅里，一派兴奋、刺激、狂热的气氛。

炸雷般的音乐声，大有掀翻整个楼房之势，震耳欲聋。舞台天花板、四墙及不同角落安置的频闪灯、蛇管灯、彩虹管、雷光管……

旋转摇晃照射着整个舞池，多彩的灯光鬼火一样在整个歌舞厅内闪烁飞窜。

场内也不知有多少个喇叭，从四面墙上、天花板上、脚底下都能叫人感觉到激烈的迪斯科舞曲。这巨大的音乐声像喷泉四射，礼花暴放。全场人头攒动，摇摆扭晃，醉鬼醉仙一般。

舞池中间有一位女子，摆动着双臂，扭动着身躯，晃悠着头颅跳得特别起劲。那披肩发被她的头颅甩起，在肩头面孔前像火舌一般乱窜。周围许多男男女女为她喝彩，他们鼓着掌喊着号。跳舞的女子更加起劲，动作力度更大，摇头晃脑，扭屁股甩腿好不风骚。

音乐停了，白色的灯光亮了。那位女子停止了舞动，举起双手，不断地作出飞吻的动作。一位男子上前抱着她的大腿，把她高高举起，这更引起人们一片欢呼声。哦——这女子，是李春香。

李春香已经退学了，在玉林房地产开发公司财务科上了班。退学的她觉得不再受那文字数据的柴草之火烘烤了；甩去了学业这个大石块，没有了考试分数无休止的死死纠缠；没有了爸妈、姐姐们成天对自己的催促，甚至低人一等的处处受到抨击的口实了。就好像一种无形的枷锁已经挣断，像风筝断了时时牵着的丝线，可以自由自在地翱翔翱翔。曲冬梅也辍学了，两人一起挣扎出“牢笼”，闯进了自由自在的境界，跟她们那些朋友三天两日聚集在一起，吃喝跳舞唱歌上网打牌……

这个时候的李春香，本来略浓的眉毛又让画笔描画得很黑，本来黑黑的秀发也染成了红黄，今晚眼睛上还戴上一副长长的假睫毛。上衣紧身小袄，下身一件露着膝盖大腿的牛仔裤。

她完全不是旺城一中那个李春香了，更不是李店那个春香了。

在她的潜意识中，隐隐约约有一套推理公式或者叫推理图。从小被抱养，在农村，上学就晚了。农村学习条件差上学又晚，到了城里学习就自然跟不上趟。学习不好就给全家人以抨击甚至看不起的口实把柄。学习好，一切的不是也就不是不是了；学习不好，一点的不是也就是不是了。要是学习好，什么“黑老大”“白老大”，兴许还是光荣和美谈呢。学习不好，娘做针线用的那针尖、线头大的毛病也会是癌症的。唉，赶哪，补啊，就像马拉松比赛，人家要都跑出很大很大一段距离了，你哭，你叫，你拼命，无济于事的。只有放弃学业，另寻出路。退学面子不好看，你要你们的面子。要好看，就别把我抛弃呀，别让人家抱养呀……

这个推理图是她潜意识当中的精神支柱，什么烦恼、忧愁，放在这个推理图上一衡量，什么也就放得下，心安理得，万事大吉了。什么自尊、什么自爱，都可以抛到九霄云外去了。

但是有一件事深深地刺激了她。在遇到这件事的时候，推理图虽在，但怎么衡量也平复不了她那颗扭曲的心灵了。

韩晨、田培露都考上了大学，并且都是一本。田保华就嚷嚷着给两个孩子祝贺祝贺。韩、田两家在旺城应该算得上是有名望的，两家的千金、公子一本考上大学更是锦上添花。再加上韩晨、田培露那隐隐约约的奇妙关系，田保华张张扬扬的热闹脾气一吵吵，捧场的自然很多。那天经过筛选参加庆祝宴会的亲戚、朋友、同学……共有二百多人。当然一些所谓的社会名流，像盛国典两口子带着女儿也来到了酒席场上。

宴会场面喜气洋洋，热闹非凡。韩晨、田培露当然坐主桌，像皇上、娘娘一样被供奉着。人们这么敬酒，那么祝贺，叽叽喳喳。这好像不是为考学的祝贺宴会，就是韩晨、田培露成百年之好一般。人们对他们俩榜上有名给尽美化，更对幸福成双、圆满一对赋予期望。

在夸赞祝贺韩晨的同时，有些人有的时候很容易带上李春香，双胞胎姐妹嘛，这个时候也会成为话题的。

“老韩一对双胞胎千金如花似玉呀！”

“一个比一个优秀啊！”

……

赞美之词绕梁灌耳，夸夸其谈。

赞扬韩晨的时候，漂亮、才女、学习好、有出息……并且有的还吹捧得非常遥远，将来学业有成当个什么女科学家、女领导干部，像她爸当企业家、女强人……说起李春香又有什么赞扬之词呢？漂亮、美丽、个高、大气……除了这些长相上的夸赞，似乎别的再也说不出了。看得出，有的提起这对双胞胎，不得不对李春香夸上几句。夸赞者表面上是那么真情实意，但明白人，还有李春香听了却是那么尴尬多余。

一位远房表嫂是不了解李春香已经辍学了呢，还是……在韩晨和李春香的话题中，专门嚷嚷了一句："韩晨考上名牌大学了，春香也一定没问题。"韩阳端着酒杯赶紧上前："表嫂，来喝酒。我听说你挺能喝几杯的。"但那个表嫂还是嘻嘻哈哈说："什么时候喝春香中榜的喜酒哇。"

李春香坐不住了。她闭着嘴，眼睛虽然瞪着，但歪着脖子略低着头看着桌子边。忽然啪拍了一下桌子，奋力站了起来，瞪了那位表嫂一眼就疾步走出宴会厅。本来人这么多，一张桌子上的不快又有韩阳的精明应承，不会产生什么大动静。可这位表嫂却一惊一乍："哎呀！春香这是怎么了，这是怎么了？"

全场的注意力立刻被吸引过来。

还是有一次李春香回到李店，娘看到她的发型扬风奓毛一般，还染成了黄色。别说眼眉，就连眼也抹得黑黢黢的，并满头的油脂香粉扑面，满嘴里一股子酒气。娘眉头皱得像两个疙瘩，说："春香，你看你怎么变成这样儿了？"她不以为然，抿嘴一笑说："什么样儿呀？娘。"李玉梅说："你看你这发型，你看你这眼睛，脸上抹的，这……这像什么呀。还这么醉枣一样的。"她又一阵咯咯地笑，说："娘，你不知道，现在城里都这样。特别是我们这搞企业的，就得好好打扮打扮。"李玉梅说："打扮也不像你这个样子，你姐姐们哪有一个像你？"

一提起姐姐们，李春香立刻落下脸子阴了天，说："你看不到我那些姐姐吗？一个个如花似玉的，她们的穿着打扮，比我更阔气、更时髦、更风骚。"现在娘说不过她了，十句话没有一句能听到耳朵里，李玉梅心里沉甸甸的，又说："看你这个样子，咋找个对象啊。"

"咋找个对象？"

还真像中医那又细又长的钢针刺到了李春香的要害上。韩家在旺城的名气很大，自己一个被抱养的孩子又回到韩家，曾被人们热议一番。可是韩家的女儿黑老大、逃学、辍学……也更引起沸沸扬扬。唉，咱是臭名远扬了。是啊，咋找个对象？你看田培露一表人才，多么优秀的帅哥！可是自己，自己的白马王子又在哪里呢。如果自己从小长在城里哪能逃学，哪能辍学？不一样有今天榜上题名的荣耀，不一样被恭维被赞誉，田培露这样的白马王子还不照样来到咱的名下。

这个时候，她不能被自己的推理图所解脱了。解脱不出来，心中韩晨这根标杆就显现出来。应该说她一回到韩家，韩晨这根标杆就已经竖立起来。一同生，一同来到这个世上，自己却……特别这几年与韩晨相处的那些闹心的事情，像蚊子一样在眼前飞舞，不胜其烦。那份自尊心又变得至高无上，一个险恶的念头被那份自尊勾引出来：韩晨，别高兴得太早。

歌厅里依然疯狂着。曲冬梅端着酒杯走进舞池，先是和李春香来了个亲吻，然后递上酒杯。她接过酒杯一饮而尽，昂头挺胸把酒杯高举在手，又引起周围一片嗷嗷的欢呼。她又拿过话筒，甩走满脸红黄的秀发，对着话筒发声："弟兄姊妹们，我跳得好不好——"

喊着，还把话筒朝向人群，好让人们的欢呼声也能通过她手中的话筒传送到音响里去。

"好——"又是一阵喧闹。

"下面我给大家再唱支歌，一首动情的歌，要不要——"

"要——"

"跟着感觉走——"

"好——"

音乐响起了，李春香放开了嗓门：

"跟着感觉走，让它带着我……"

……

第十八章

应该说田保华为旺城的城市建设立下了汗马功劳。

西市村所在的地理位置，恰好成了旺城规划的最中心地段，因此多年来拆迁一直是重头戏。田保华凭着勤奋的工作精神、很好的人际关系，把这出戏唱得有声有色。

可是，近几年田保华觉得工作越来越难做，拆迁更是难上加难。村里的土地随着城区不断扩大，越来越少，等到韩玉林上 BXCY 的时候，全村四千多亩土地只剩下五百亩了。大家都抱着这块地不愿意放弃，连田保华自己也感觉到村里有工厂，一部分人在外打工，老人妇女开着门店，再加上每人几分土地供应着粮食，这是非常舒心的“一二三产业搭配”。然而，再失去这五百亩地，人们就要买着吃，西市村的根可就彻底被拔掉了。

上访的村民先是到玉林公司的门口，然后到市政府，最后再到市委大门口停留。他们打出的条幅上写着：“坚决守住最后一块土地。”头一次他们来到市委门口的时候，就吸引了众多的围观者，市委大门口的人像暴涨的河水越聚越多，把市委门口堵得水泄不通，连院内的工作人员出入都困难。市委大门面临的那条大街，交通严重堵塞。

按规定，哪里的群众上访，哪里的领导必须到现场。田保华当然也来到了市委门口。信访局石局长拿着手提喇叭嚷嚷了一阵子，场面才安静了些。

“大家注意了——静下来！支书田保华和你们对话。”

这时，人们才看到田保华已经站在了面前。多少天来，他和这些群众没黑没白对话、谈心，“小金豆子”的精神头锐减了不少。他还是干咳了几声，清了清嗓子提高了声调说：“老少爷们儿们，不是说过多次了吗？你们反映的意见市委、市政府非常重视。电梯里耍拳——不是练武的场呀，咱们还是先回去，听候领导的处理意见。”

田保华尽管讲，人群仍然咿咿呀呀，吵吵嚷嚷，似乎对他的话没有一点儿兴趣，田保华不免觉得有些尴尬。他皱着眉，大嗓门儿抬得更高：“不听理，不听劝的。这不机器人乱程序——胡来了嘛。”接着他的话，人群里也跟着喊了一句：“逼急了，就得胡来！”

田保华向人群里扫了一眼，是田喜贵接着自己的话音，高高的嗓门扔出了这么一句。随着田喜贵的话，人群里也跟着嚷嚷起来：

“对，对。逼急了什么事都能做得出来！”

“光说这些空话没用！”

……

场面又有点失控，吵吵嚷嚷的声音更加嘈杂。

田保华还真有两下子，枪打出头鸟，专往疼处打。他向前走了几步，朝着田喜贵发起了火：“喜贵，让你爹再来踹你两脚？”

田喜贵和田保华是本家，按辈分田喜贵叫田保华叔叔。有一年田喜贵偷鸡摸狗被派出所扣留，是田保华领着田喜贵的爸爸，把他从派出所里保了出来。那天刚一出派出所的门口，田喜贵的爸爸就朝着他噔噔踹了两脚。

虽说揭人不揭短，但是田保华此时此刻亮出了别人听不明白的这个短处，田喜贵还真蔫了下来。田保华看田喜贵有了理亏的样子，赶紧招呼他说：“过来，带着你们几个头头过来，到屋里去说。”于是，田喜贵和几个“头人”，跟着田保华乖乖来到市委的门卫室里。

田保华凭着在村里的威望，利用在村里多年的老感情，特别逮着田喜贵说事，几个来回地说服教育，中午群众总算离去了。可是，要让他们彻底息访，把村里的地征过来，你说下大天，就是有海一样深的情感也不顶用啊！别说田喜贵他爹再给他两脚，就是让他爷爷从坟里出来踹他两脚也是无济于事的。

田保华感叹自己老了。多年来，西市就像一块魔方在他手里，怎么摆弄都能方方正正成为有机体。自觉“跺跺脚”西市村就得“四角颤颤”。全村犄角旮旯的事，哪一件也不会瞒过他的眼儿，谁一眨巴眼儿就知道他在想什么。可是当干部的时间太长了，腿跑细了，对大家好话说尽了，工作方法用绝了。好像釜底抽薪，少了底气，又好像一块花生饼的油，挤干了。这块魔方怎么摆弄也摆不平，弄不规则了。

怎么办呢？田保华坐在沙发上正大伤脑筋，电话铃嘟嘟地响了。他立刻起身拿起电话：“喂——哦，张局长啊，辛苦你啦！”电话那边说了很长时间。妻子张华英看着田保华接电话，他一会儿紧皱眉头，一会儿眼睛一个劲儿地眨巴，变脸变色的，就知道不会有好消息。电话还没有接完，徐慕菲进来了。

这是田保华又打出了他的拿手牌——“人际关系牌”，调动各方人士做工作呢。因为徐慕菲的一个亲戚也在西市村，所以他和刚才来电话的那位张局长一样，也接受了田保华的“特殊任务”。张华英刚想让座，田保华就急忙问：“怎么样，慕菲？说说你亲戚的情况。”徐慕菲显现出一种少有的为难表情。他说：“没想到这些人情绪非常不好。我到了这个表叔家里，说起你对他家的好处，那真是一辈子忘不了，八辈子也报不完恩哪。可是一提征地的事，立刻转变了口气。说了大半天，就是不同意。不过他向我说出了村里的一些情况，我看还是应该注意一些。”

田保华忙问：“什么情况？”

徐慕菲在田保华面前，因为有岳父的关系当然算是晚辈，因此不好那么直说。但田保华一个劲地催问，徐慕菲只好说：“你当干部这么多年，为大家为村里干了不少好事，做了很大的贡献。可是……”

田保华又追问道：“可是什么？”徐慕菲很小心地说：“总有不平均，不平衡呀。总会有这样那样的意见，甚至意见还很大，这么多年不得罪人不可能啊。有的反映这些年财务不公开，甚至说账务有问题。说村里卖出这么多地，得到的钱应该多少千万，问这些钱到底现在在哪里？”徐慕菲慢言慢语地说着，说一句还敏捷地抬起眼皮看一眼田保华的脸色，像儿子给他爹说事似的。这时，田保华听不下去了，啪拍了一下桌子，怒气冲冲地说："反天了，反天了！"

徐慕菲赶紧起身端起茶壶，给田保华冲满了茶水，然后重新坐回座位上，还是平心静气地说："保华叔，当了这么多年的干部了，怎么光是一帆风顺呢？现在群众是两个方面的人，两个方面的意见。一个是对这次征地有意见，这种人呢，只是单纯对征地不同意，怕损害他们的利益。另一个就是对你日常的工作，包括财务管理等方面有意见，对征地当然坚决反对。"

徐慕菲又看了他一眼："弄不好是想借着这次征地、群众上访，把过去和现在的情绪都发泄出来。也不能否认，个别人……"

田保华噌地站起来，打断了徐慕菲的话："好，让他们把我扳倒，支书由他们当就是了！"张华英赶紧上前把田保华按在了沙发上，并埋怨说："你看你这脾气，人家徐书记和你说真心话呢，你怎么跳起来了？"田保华说："看你看你，我是冲慕菲来的吗？他们这些人知道什么？鱼鳖虾蟹上餐桌，砖头瓦块成了精了。我辛辛苦苦几十年，为西市村的贡献大了，他们想扳倒我，没那么容易。"田保华昂首挺胸，喘着粗气，像大义凛然的抗联战士。

徐慕菲见此情景，摸了一把小平头，朝田保华轻轻地笑了笑，又不紧不慢给田保华戴起了高帽子。他欠了欠身子说："保华叔，你对西市村，对旺城镇，还有全市都有很大的贡献，领导和群众都是有目共睹的，这谁也否定不了。特别是西市村这些年的变化，西市村群众生活的变化……"

"哎呀大侄子啊，也没这么严重。"徐慕菲这一夸奖，田保华倒谦虚地笑了起来，气消了一多半。徐慕菲说："保华叔，我和我岳父多次议论过这个问题。因征地群众上访的事，不能说群众没有道理呀。四千多亩地就这么一次次征用完了，老祖宗留下的这个根就没了。你不心疼吗？当然心疼。还有在多年的工作中，难道我们一点问题也没有吗？如果借着这一次征地的事，让个别人钻了空子，那得不偿失啊！"田保华无奈地说："是啊，火箭发射——脚底下起火。西市被引爆我就坐'大蜡'呀。"

徐慕菲说："我们坚决完成上级的任务，是无可非议的。但是掌握好政策，做好群众工作，这更是必须的。我们可不可以——想出更高的良策呢？”

田保华听了翻了翻眼睛，若有所思地说：“更高的良策是什么呀？”

这些日子，韩玉林可真知道了为什么俗话当中有热锅上的蚂蚁一词，他可尝尽了这个滋味。还又像是爬山爬到半山腰，继续攀吧，面前悬崖峭壁。下来吧，又道是上山容易下山难，开弓哪有回头箭？

BXCY 一开始筹划资金就有困难，赶上东南亚金融危机，国家银根收紧减少了贷款。韩玉林信守合同又失去了洛克的几千万，这样 BXCY 资金的缺口就像碉堡的枪眼一样难以堵住哇。市委、市政府为了扶持 BXCY 上马，决定再给玉林公司一些优惠政策。就是征地的价格、费用又降低了一部分。降低部分准备落在西市村民身上。可是，这些优惠政策还没有公开，西市村就闹起来了。

优惠政策先不说了，没有土地，你能在半空中搞建设？如果春天土建不抓紧，拖到雨季厂房建不起来，今年这个 BXCY 也就泡汤了。按照合同土建工程队早就应该上工了，可是一拖再拖，终于没能履行合同，玉林公司还承担了一定的违约费用。按照这种情形向后顺延，钢梁进场、设备安装……都要向后拖。这就像多米诺骨牌效应，一连串出问题呀。

忽然有一天傍晚，田保华电约韩玉林，说有好事相商。韩玉林想：什么好事呀，你把地给征出来不就是最大的好事吗。老家伙，你办到了吗？

旺城新落成的圣彼得四星级酒店。餐厅在旺城被称为“最悬餐厅”，在大楼顶端二十层上。田保华领着韩玉林跨进电梯，银灰色的墙壁上显示着楼层数 1、2、3……很快升高到了 20 层。韩玉林问田保华什么好事，田保华神神秘秘，光笑不答。

他们进到“黄山厅”，看到两个陌生人坐在里面。那两人礼貌地站了起来。呵，一个高胖子，一个瘦矮子。田保华连忙向那两位介绍：“这位就是玉林公司的韩总。”然后又指着那位矮小的瘦子说，“老韩，这位是安德县招商局的局长白立和。安德县和我们临省、临县，和一家人一样，他们是我的老朋友了。”然后又指着那位高个胖子说：“这位是白局长的副手叫牛志德。虽然是副局长，可你看这块头，真比一把手还牛哇。”说着跳脚伸胳膊，朝着又胖又高大的牛副局长肩头打了一拳。

田保华伸手递给韩玉林两张名片，说：“二位局长的名片，今后你们要骑墙打手机——加强（夹墙）联系。”

说着大家入座。几杯酒后白局长说：“韩总，你的大名在我们安德县也是久仰啊。”韩玉林谦逊地说：“哪里哪里，没什么。”白局长继续说：“听说你要上一个更大的项目BXCY，不得了哇。”韩玉林不免有些尴尬地看了田保华一眼说：“哎呀——我们是邻县，想必你早就听说了吧，老田上访不给我地呀。”田保华此时却挺着胸脯激昂地说：“没问题，苏联不是有部老电影吗？我们的导师列宁说得好：牛奶会有的，面包会有的。”那位白局长也笑了，他举起酒杯说：“没问题，绝对没问题。”

说着，白局长收住笑容，非常认真地说：“韩总，我们安德县早就出台了招商引资政策。对土地指标放得很宽，像你这样的项目可以零地价给你，并且土地是现成，今晚就能进入施工。还享受一些减税免税政策，对厂房建设还有补贴。”

韩玉林听了这番话一愣，眨巴眼睛看了白局长一眼，但他朝别处扭了扭脸，又好像不介意地说：“好，那好哇。”

田保华按捺不住了，急火火在一旁插了嘴：“老韩，你考虑考虑，咱这边土地征用这么难，土地指标这么紧。人家那边政策这么宽，又有这么大优惠，我看还不如‘挪窝’呢。”

“什么？”韩玉林瞪着惊奇的眼睛看着田保华。

田保华更直截了当地说：“这你还听不明白，人家那边政策优惠，土地好弄，BXCY转到人家那边去上得了。”

韩玉林更加惊讶地看着田保华，那眼神就像对着身边的贼。韩玉林说：“老田你怎么——人家那是针对外商，咱算什么？”

白局长的话紧跟上来了：“你没听说吗？招商引资，本县以外就是外。”还没等韩玉林再作出反应，那位白局长示意牛副局长拿出了一份文件。白局长拿着文件对韩玉林说："韩总，这是我们县委、县政府出台的有关招商引资的优惠政策，你可以先看看。"

不由分说，白局长就把文件递到了韩玉林手中。韩玉林只好接过文件放到桌面前，看到这是一份标准的党委政府的红头文件。题目是《安德县委、县政府关于招商引资的优惠政策》。文件一开头就简明扼要写着："为了进一步做好招商引资工作，安德县委、县政府特制定招商引资优惠政策如下。"文件规定的优惠政策还真不少，什么外资企业进入县工业园区，保证"四通一平"。就是路、水、电、通信畅通，土地基本平整。五年之内免税，上亿元投资企业可享受土地零地价，厂房建设补贴……

韩玉林拿着文件，翻来翻去。思绪像飞机在高空中遇到了强烈气流，忽上忽下难以平静下来。土地零地价，按旺城三百亩的工业用地来计算，意味着到安德上这个项目，就能节省两千多万的费用。又是个千万元的大利，洛克公司的千万元大利已经丢了，眼前又来了个……作为一个企业家，哪个不是想进钱的主，哪个不是想干赚钱的买卖？这大馅饼又要砸到韩玉林脑袋上了。

白局长此时又加了一句："听说这个项目需要三百亩地，这现成的就有，并且马上可以办土地证用于贷款。"

这一句，更像是白局长拿着尖尖的手术刀挑了一下韩玉林的敏感神经。韩玉林不寒而栗，疼痛、恼怒、急迫、无奈……不知什么滋味。

白局长继续说："上项目的手续我全力帮助办理，对外资项目我是'保姆式服务'哇。"韩玉林皱着眉头仍然看着文件，没有反应。田保华斜看了一眼韩玉林，以为他全神贯注进到文件里头去了。为了不打扰他的思绪，他故意不再理会韩玉林，端起酒杯朝白局长说："白局长，从上次见面后又有好长时间没聚了，咱们今天得好好喝几杯。怎么样，弟妹挺好的吧？"

他们三个你来我往，杯来杯去，痛痛快快地喝了一阵子。那位白局长心里明白，这次"深入敌心脏搞策反"，不可能立即有结果，要沉得住气。像今晚桌子上大鱼大肉般的政策，要在这位韩总的肚子里好好消化消化才行。于是就借口还要回家、路远，吵吵着这个酒局很快就散伙了。

送走了白局长他们，田保华又拉着韩玉林回到了餐厅。一进门就急切地问："怎么样？老韩，你看这个事怎么样？"韩玉林还没有走到座位上，就指着田保华说："老田，你呀你，你真是糊涂。"

田保华圆脑袋上瞪着两只圆眼睛，大圆套着两个小圆，奇怪地问："我糊涂什么？暖气片上烧不开水，做不熟饭了。你别糊涂了。"韩玉林说："我能走得了吗？我的根在旺城，我的身家性命在旺城，我的事业在旺城，我怎么能走得了呢？"

田保华不以为然，皱着眉头摆摆手说："什么这根那事业的，现在实际的问题是你的 BXCY 没有土地。西市的土地拿不出来，其他地方土地指标又这么紧张。那天你女婿到了我那里说起另想渠道。我想也是，赶路嘛，哪条路近就从哪里走呗……"

韩玉林摇着头，一种无奈的表情说："噢，所以你就出了这么个馊主意，给我找了个婆家，把我嫁出去，你可以金蝉脱壳，不再去做群众工作，不再畏难了？"田保华理直气壮地说："事实就是这样，绝症已到了晚期又能怎么办？"

韩玉林端起桌上的茶杯，也顾不得是谁的杯子，咕咕喝了两口，说："老田哪，说你糊涂，你就是糊涂。可以不说那些根那事业的，就从一个技术角度来说，那边答应办所有手续，可是手续毕竟需要时间。我与施工队伍已经订了合同，如果转移到安德县，施工合同就要废掉重新招标，重新签立合同，重新办理建筑手续，人家还得告发你违约。这些手续若从头再来，就这一件具体的事，我就得等到猴年马月呀。慕菲说的另想办法肯定不是你这种办法呀。"

田保华此时瞠目结舌了，像在使劲理解着一道逻辑课题，愣愣地看着韩玉林。

韩玉林仍然情绪激动，桌子上剩下的还有一杯酒，他伸手端起一饮而尽，抹了一下嘴说："千万元大利，现成的土地，谁不想啊，谁不渴望啊？可是，可是，唉！土地，这个土地呀……"

田保华更是哑巴了。此时的样子，简直像个做错了事的孩子。

开学才几天，中秋节到了。晚上，田培露在教室里看了一会儿书走出教室。啊，月亮已经升起来了。今天万里无云，济南出现了少有的好天气，好像老天有意照顾田培露，故意给他一个明亮的月夜，让他好把思念，通过明月传递到几百公里以外的天津卫——天津师范大学——韩晨那里。

田培露坐在石凳上，凝望着明月拿出了手机，准备和韩晨通个电话。

“嘟嘟——嘟嘟——”刚打开手机，就有一个电话挤了进来，田培露奇怪地看着手机上的小屏幕，见不是韩晨的号码，这是谁呀？二十世纪末的学校里，有手机的学生还是极少数。田培露的手机还是在他和韩晨上大学时，韩玉林特别作为贺礼赠送的。一般田培露是不开手机的，这么巧，是谁来了电话了呢？他赶忙打开手机，“喂——”里边传出了一个熟悉的声音，田培露心里一亮，赶紧搭腔：“哦，是韩晨，怎么不是原来的号了？”手机里边咯咯一笑：“什么韩晨？培露哥，我是春香……就知道韩晨，哈哈……”田培露惊奇地说：“春香？我说不是韩晨的号码呢。你在哪里呀？”

“我也在济南呢。”

“呵，你在济南，你来干什么了？”

“公司业务的事，见面说吧。我早就来到你校门口了，你总是不开机，我也不知道你的教室和宿舍在哪儿。”

“哦，是南门还是北门？”

电话里面好像是问了问别人说：“哦，是北门。”

“好，我马上过去。”

田培露收起手机，一溜烟儿地向北门跑去。李春香站在学校门口“山东师范大学”的牌子下面，看到田培露风儿一样跑了过来，一边跑一边问：“你什么时候来的？”李春香一边往手提包里装着手机，一边说：“今天上午。”

他们边说边走进校门，来到校门南边的广场上。月光和灯光下，毛泽东的塑像矗立在那里，巍峨挺拔。李春香惊奇地问：“这不是毛泽东吗？”田培露说：“是的。济南市里像这样的毛泽东塑像也只有几尊了。”李春香好奇地围着雕像转了一圈，向上望去，虽然看不到这位伟人的面目表情，但是李春香还是惊讶地说：“好伟大哟——”李春香转身指着广场周围的大树问：“这是什么树啊？已经长了很多年了吧？”田培露说：“叫法桐。听老师说有的还是建校时栽种的呢。”转了一圈儿李春香问：“培露哥，明天能不能陪我出去玩玩，我是头一次到济南。”田培露说：“好啊，这几天刚开学，没什么课，我陪你去转转。先到哪里呢？先到大明湖？”李春香高兴地说：“好哇，听说过大明湖。我还真的想去看看。这里还有一个，叫什么山？”田培露说：“千佛山吧。”李春香答道：“哦对，千佛山。你也带我一起看看吧。”田培露说：“好的没问题。咱们上午先到大明湖，下午到千佛山。还有什么趵突泉呀……以后我慢慢给你当导游。”李春香一下拉住了田培露的手说：“谢谢你，一言为定。”

李春香又喃喃地说：“培露哥，你怎么不说带我到你宿舍里去看看呢？”田培露说：“哦，天太晚了，怕不方便吧。”李春香不乐意地说：“那怕什么？怕同学们说是恋人来了，对不对？”田培露连忙摆摆手说：“哪里哪里。好，我带你去看看。”于是，田培露真的把李春香带到了宿舍。田培露同屋的几个嘎小子一见到李春香，就鲜花美女地开起玩笑。李春香矫揉造作，一会儿慢言细语，一会儿朗朗发笑，弄得还真像田培露的恋人一般。

秋天的大明湖，景色宜人。大片的树林、灌木，这个季节出现了红、黄、白……多种颜色的叶子，远远望去五颜六色，多彩多姿。清清的湖水，在微风下荡起涟漪，滚动的波浪，在阳光下反射出一束又一束的亮光。田培露早已被这迷人的景色陶醉了。他对李春香说：“清朝刘凤诰有诗云：‘四面荷花三面柳，一城山色半城湖。’看这景色，是不是真像诗里写的一样？”他又向湖中的小岛一指说：“那个小岛叫湖心岛，历下亭就在上面。亭里石碑上杜甫所书：海右此亭古，济南名士多。”李春香对这些文绉绉的诗句不可能全部理解。她进大明湖肯定比《红楼梦》里刘姥姥进荣国府强得多，但也只是一个劲地惊讶。哎呀，这里有一棵这样的树，那里有一个这样的亭，那个房子形状真奇怪……

两人一路走来，东指西看，嘻嘻哈哈。李春香问：“培露哥，你过去来过这里吗？”田培露说：“来过。那年是你爸带着我妈和你妈，还有韩晨一块儿来的。”

听到这儿，李春香心头一紧，眉毛一蹙。幸亏她转过脸去，目光投向了远处的北极阁，田培露没有看出她的不快，顺势向北一指说：“那是北极阁。北极阁是……”没等田培露介绍，李春香就打断了他的话说：“咱们向前走吧！那儿有这么多人在看什么呢？”

李春香其实对什么北极阁没有兴趣，瞭望北极阁也只是掩饰一下听说爸妈、培露、韩晨一起来过的不悦罢了。看到湖里有些游船，有的还是自己划船，李春香来了兴致，说：“培露哥，咱们也上船玩玩吧。”田培露说：“好，前面就是码头。咱们是上游船呢，还是自己划船呢？”李春香眼珠子转了转说：“自己划吧。”田培露答应着：“好的。”

因为他们都不会划船，便搭上了一只双人脚蹬的小船。两个人肩并着肩像骑自行车一样，很快学会，驶离了小码头。一只小船从他们旁边穿过，船上年轻的一男一女说说笑笑，甚是亲热。李春香便说：“培露哥，他们两个不可能是兄妹、姐弟吧。”田培露笑着说：“肯定不是，一定是情人，一对情侣。”李春香眼睛一眨，斜看着田培露说：“培露哥，那我们两个在一起划船，也像是一对情人、一对情侣吧。”田培露哈哈笑了：“哎呀——我的好妹妹。咱怎么能和人家相比呀。”李春香也咯咯笑了起来，一边笑，一边使劲蹬船，很快到了湖的中心。

他们停下脚蹬，远远望去，美丽的大明湖东西南北，不论哪一个角度，岸边的景致都像一幅长长的画卷展现在眼前。田培露看到湖泊的东北角时忽然对李春香说：“你知道吗？那次你爸带我和韩晨游大明湖的时候，还讲起你们家的故事呢。”李春香好奇地问：“我们家的故事？”

“对呀。你爸说，‘文革’时有一天晚上，你爷爷、奶奶、姑姑、大爷全集合在家里。把金银财宝，好多好多值钱的东西都扔在湖里了，就在那个东北角扔下去的。”

李春香惊得眼睛瞪得老大：“真的吗？”

“真的。有一幅慈禧太后写的寿字，也扔在这里面了。那幅寿字要放到现在，那可值大钱了！”

“这么宝贵吗？”

“那是。你不知道吗？你的爷爷奶奶和你爸爸、姑姑、大爷，原来都在济南是大家门户。”

李春香点了点头，脸上没了笑容，声音很小说：“听说过。”然后，她的脚停止了蹬船，直起腰，放远向东北角望去。

“你的爷爷奶奶和你爸爸、姑姑、大爷，原来都在济南是大家门户。”她耳边回响着田培露的话，仿佛看到了湖水里漂动起金银财宝和那幅值钱的寿字。是啊，韩家曾经是大户，现在在旺城也是了不起的大富户吧。可是，自己这么多年却被抛弃了，跟着养母长大。虽然回到了这个家，可是，可是谁能容得下我呢？自己的一言一行，有多少能和这一家人相融相通呢？慈禧老佛爷的寿字值钱哪，可是有什么用，融入湖水，撕成碎片，也不过如此。这个家啊，是个大户，是个富户，对自己又有什么用？

从大明湖出来，他们又直奔千佛山。

李春香从小别说爬山，就是连比较高的楼房都没有攀过。一个农村长大的姑娘，怎么能有山川、大厦的见识。面对眼前的千佛山，真是耸入云霄的感觉，这青石积累起的巨大山体感染了她。她拿起一块小石头扔向树林深处，又张开双臂拥抱着巨大的石体。石体凉飕飕、硬冰冰，就像她家的感觉一样。韩家，她回到了她的怀抱，但感觉却是这么冰冷、僵硬。

李春香极力掩饰着自己，隐藏着内心的悲哀，跟着田培露一步步沿着盘山石道向山上奔去。过了半山腰的景区，李春香在一个石梯前坐了下来。她喘着粗气说：“不行了，培露哥，我爬不动了。”田培露说：“那咱们再休息一会儿。”李春香却说：“培露哥，时间不早了，你拉着我上吧！”田培露一点儿也没含糊：“好……”说着伸过手，李春香把手搭在他的手上，另一只手有时还搭在田培露的肩上。两人挽着手搭着肩脉脉情侣一般。

千佛山的山顶，偌大的济南城尽收眼底。田培露不觉激情荡漾。

他对李春香说："春香，你看到山顶东西两个亭子了吗？东边那个叫赏菊阁，西边那个叫望岱亭。我坐在教室里，放远一望，就能看到千佛山的山顶，这赏菊阁、望岱亭我称作'双亭'，这'双亭'就映入我的眼帘。"李春香惊奇地说："这么远你也能看到？"田培露说："看得到。但是夏天不行，因为我的教室在一楼，夏天窗前的大树就给遮挡住了。因为这，我还写了一首诗呢。"田培露瞭望着学校的方向，昂首挺胸，大声朗诵起自己的诗篇：

为什么双亭又在窗前消逝，
那是春回了大地。
绿叶挡住了远去的视线和美景，
却给我们带来了无限生机。
……

正在兴头之上，有一位照相师走上前来问："二位靓男靓女，是不是照一张合影留念？这是刚从日本进口的高级照相机，立照立取。"李春香兴奋地问："真的能照完就取出照片？"照相师傅说："不骗你。照完取不出照片不要钱。"她赶紧招呼田培露："培露哥，正好咱们照张相吧！"田培露面对远处的群山，正激情怒放，大声答应："好！"说着，李春香就站在了田培露的旁边，田培露昂首挺胸，笑容满面，右手还不知不觉搭到了李春香的腰间。

咔嚓，田培露和李春香的双人照，定格在了千佛山山顶的一瞬间。

韩晨和田培露约好，每到星期五晚上打开手机。李春香在多次和田培露联系中，当然也知道了这个秘密。这天正好星期五晚自习以后，田培露把手机打开，还不到一会儿的工夫，李春香的电话就打了进来："喂，培露哥吗？我是春香，我在济南哪。"田培露问："哦，又是春香啊，什么时候来的？"李春香在电话中说："怎么又是春香？听这口气，给你打电话是不是多了？"田培露赶紧说："哪里哪里，春香妹妹的电话哪能嫌多呢？"电话那头一笑："嘻嘻，这还差不多。我是今天刚到，明天就能办完事，明天晚上聚聚？”田培露痛快地答应了：“好，正好明天星期六，不见不散。”

田培露赴约了。来到酒店一看，非常惊讶：“春香，怎么你住在这里呀？四星级宾馆，你真阔气。”李春香不以为然地说：“这算什么。出来是为了公司的业务，联系那么多朋友，咱不阔气点儿，人家不说咱是乡巴佬吗？”田培露笑着说：“还真有你的，社会时尚的一套，学得挺快呀。”李春香神气十足地说：“为了公司业务嘛。”说着，一起来到餐厅内，这里已经有一男两女三位在等候了。田培露问：“这三位？”李春香说：“都是我的业务伙伴、朋友，今天一起玩玩。介绍一下，这是我哥哥田培露。”说着，又把那三位向田培露介绍。男的叫东狼，两个女的一个叫西妹，一个叫川妹。田培露没好意思问，心想怎么都叫这么古怪的名字呀？

他们分别坐到座位上，田培露看到桌上摆着五粮液，就说：“怎么，还喝白酒？还是五粮液。”李春香干脆利落地说：“喝一点。”田培露更惊讶：“呵，什么时候也能喝白酒了？”李春香得意洋洋说：“干业务嘛，这年头，不喝酒怎么能行呢？”她指着那位男士说：“不把东狼灌倒，他的业务能和我做吗？”说完，大家都哈哈乐了起来。

晚上十二点多了，街道上的行人车辆明显少了很多。他们喝完酒又到了舞厅，这会儿他们刚从舞厅里出来，没有一个能够站直的了。那个东狼对田培露说：“她……们两个你……不用管，你把春……照顾好，照顾好。”田培露赶紧说：“行，行，出门小心。”说完，三个人歪歪斜斜，你搀着我，我挎着你下楼去了。

李春香摇摇晃晃，一会儿扶着墙，一会儿连头带背又倚靠在墙壁上。田培露上前搀扶，她干脆双臂伸开抱住田培露的双肩，全身松软地压在了他身上。田培露本来也是酒精下肚了，强撑着劲和李春香上了电梯，到了房间门口，她还知道把房卡递给了田培露。田培露一手扶着她站好，一手把门打开。进了房间，李春香坐在沙发上就哇哇要吐，田培露赶紧到卫生间去拿纸篓。他进卫生间了，李春香抬起头朝着卫生间看了一眼，轻轻地笑了笑，原来她在装醉。后来田培露才知道，李春香已经是一瓶白酒的酒量了。

田培露拿出纸篓，李春香接过来对着纸篓哇哇闹了一通，也没吐出什么来。田培露赶紧给她倒了一杯水，李春香摆手："不……不喝水，喝酒……酒。"田培露说："都，都喝成这样了还喝什么酒啊？"

她挣扎着站了起来："喝酒，喝酒。"一边说一边踏着滑板一般歪歪斜斜走到房间的陈列柜前。陈列柜里宾馆早就预备了多种小瓶装的国外洋酒，还有香肠、开心果之类的小吃。她拿过两瓶洋酒，打开一瓶放在茶几上对田培露说："来，哥们儿，再……干一瓶。"说着，又打开另一瓶对着酒瓶咕咚咕咚喝了几口。啪！酒瓶又重重地蹾在茶几上。

她用手抹了一下嘴说："培露哥，你知道吗？我好苦啊，心里苦哇。"田培露说："你喝多了，胡说什么？"李春香打断田培露的话说："就……是嘛，培露哥，我从小就被送到别人家里，跟着养母长大，没有爸，就……我和娘两个人，从小就受欺负呀！我家那些亲门近支的叔叔大爷、兄弟姐……妹们，看到俺们孤儿寡母过日子，就不要脸皮经常来讨要俺家的东西，算计俺家的钱财。那个胖奶奶，那……个老东西最毒最……狠。"

李春香坐在沙发上，仰着脸，眯缝着醉蒙蒙的眼睛，老太婆般絮絮叨叨，从头到尾，拐弯抹角，把她和娘的事说个没完。这是李春香头一次，不论是长这么大，还是来到亲爸妈这里，还是在别的场合，她从来没有这么清清楚楚、明明了了、细到头发丝般地诉说过。或许是喝多了，或许她真愿意找个人把心灵深处积攒多年的痛倾泻出来。田培露听了瞠目结舌，愣愣地看着她，还真产生了深深的怜悯。听到她从小离开亲生父母，这么多年受了那么多欺辱。特别是迟长胜欺负她家侮辱她娘，田培露还真是愤愤不平。

李春香咬着牙说："培露哥，你知道吗？我看到那个畜生一般的支书撕……扯俺娘，俺真想拿刀子'抹'了他。你……也不知道，我一想起那句话，那句'石头缝里'……我的脑袋就要炸裂，恨不能一下子跳进大江大河，再也不见世人。"

说到这儿，她双手捂着脸，脚使劲跺着，哭得更厉害了。田培露赶紧拿起纸巾递给她说："春香，那都是过去的事了，不，不要再想了，现在你……回到亲爹妈身边不就好了吗？今后会更好的。”李春香听到这儿，又呜呜哭了一阵，说：“培露哥，我知道你是好人，我和你说实话。这个家接纳了我这个人，可是真到日常生活当中，这个家对我是极力排斥，容不下的。”

田培露听了摇着头说：“你真喝多了。韩叔和桂花婶子是你的亲爹妈，韩晨她们都是你的亲姐姐，他们千方百计找了你这么多年。你终于回来了，怎么会……容不下你呢。”

一听到韩晨，李春香浑身的血借着酒的作用，像壶里刚烧开的水一样翻滚，还非要把壶盖拱开似的。她抓起酒瓶，放到嘴边，仰起脖子。可是她面前的那一瓶已经喝干了，她扔掉空瓶，一抬身子伸手抓过田培露面前还没有喝的那一瓶。一仰脖子，咕咚咕咚灌了下去。

这一瓶下去她可真顶不住劲了，全身的酒劲瞬间爆发出来，刚下肚的酒哇啦一声从嘴里喷出来，随着就是一阵呕吐，开始的酒菜也被勾引出来，房间地毯上狼藉一片。同时，身子歪倒在沙发上，变成一摊泥了。

田培露拿着纸巾给她擦了擦嘴，然后站在一旁，看着她酥软地躺在沙发上，一时不知所措。他看了一会儿，抓了抓头皮，干脆把她抱了起来，向床前走来。

田培露把她放到床上，刚让她躺好。忽然胃口一蹿，差点没吐出来。只觉得头重脚轻，一头趴在李春香的身上。

不知几点钟了，李春香慢慢睁开眼睛，觉得胸前托着什么。她睁大眼睛，使劲动了动，看到田培露脚在床下，身子却压在了自己身上，呼呼地睡着。她明白了，原来自己是在沙发上喝醉了，田培露把她抱到了床上，肯定是他自己也坚持不住了，顺势趴在了自己身上。

她看着面前的情景，眼睛瞪了瞪，转头看了一眼桌子上的手提包。然后轻轻抽出身，下床从包里拿出“傻瓜照相机”，又回到床上和田培露抱在一起，伸长胳膊把镜头朝向她和田培露，咔嚓……

第十九章

像炸弹投进了旺城市委大院，一下子炸得市委书记秦志钰震惊莫名了。

当今虽是信息社会，消息传播极快，但是那天圣彼得酒店黄山厅里只有韩玉林、田保华和安德县的两个招商局长，说事的时候还专门把服务员支出去。消息怎么就飞出去了呢？这事就这么凑巧，市委办公室有一位年轻的小程秘书是安德县人，正好他回家听到了这个消息。这个秘书看好这是立功的机会，急忙回到旺城，直接向秦志钰作了汇报。

这时，天已到傍晚时分，秦志钰还没去吃饭，宾馆里有几桌客人需要他出面也没顾及。听了那个秘书的汇报，他头发要竖起，汗毛孔要炸开。他尽力控制住内心的震惊，当场对这位小程秘书进行了表扬。然后立即拨通了安德县委书记的电话，因为是邻居，关系非常熟。

“喂……商书记吗？我是旺城秦志钰呀。”二人寒暄了几句，秦志钰直奔主题，挑明了安德要拉 BXCY 的事。

商书记电话中的话语有些吞吞吐吐：“啊——这个问题，BXCY 听说过。向这边拉？哪里哪里……”

秦志钰打这个电话，一来证实一下消息的可靠性，二来也算是直截了当毫不含糊地告诉商书记：“不要跑到我的碗里找食吃！”

撂了电话，秦志钰思索着电话里的每一句话。他神色严厉，一脸怒气。那双冷淡的灰眼，就像夜晚被薄云朦朦胧胧遮住的月亮一样。

从那边的话音口气里断定：事实确凿。

他马上抓起电话通知办公室，立即召集市长车路银、分管工业的副市长孔大智，以及招商局局长、旺城镇党委书记等召开紧急会议。会上，秦志钰慷慨陈词，要求严厉，坚决不能让BXCY流到外地。他拍着茶几大声说："BXCY是在东州市委、市政府挂上号的大项目，重点项目。今年年底东州市的项目观摩，BXCY首当其冲、是第一位。如果BXCY溜走，会留下什么印象？就是旺城招商引资环境有问题。连本地本土的项目都留不住，还谈什么招商引资？哪个外商还到旺城来！这是个政治问题。政治问题大家知道不知道！"

旺城市委小会议室的陈设是靠墙周边放着沙发，中间是空场，大家开会是面对面。这时秦志钰忽地站起来，在中间空场处走来走去，显得暴躁而又愤怒。本来秦志钰是个瘦高个，又有点"水蛇腰"，此时在中间走动，就像伸开长臂的吊车晃来晃去。

秦志钰一向威严尖刻盛气凌人，从来不看别人，或者极少正眼看别人一眼。多是耷拉着眼皮，要么翻着眼珠子向上看。一旦他的眼光和你对在一起，那你会打战，你会感觉他眼中带着钉，带着寒气。他走到会议室的一头，忽然收住脚步，转过身眼睛直逼分管工业的孔副市长说："大智同志，你是分管工业和招商引资的副市长，如果BXCY溜走，你是有责任的！"

旺城镇原党委书记孔大智早就升到市里来了，现在是分管工业和招商引资的副市长。孔大智本来是有名的"瞪眼儿"，只要睁开眼就是瞪着，即使是笑眼也是瞪着的，从来没有"笑眯眯的眼睛"。这会儿秦书记利眼直逼，孔大智真有些惊恐，两眼瞪得更大了，像望远镜两个圆鼓鼓的镜头，朝着秦志钰直点头："是，是。"

秦志钰回到座位上，排兵布阵，安排堵截，兵分几路展开阻击。提出：坚决保住BXCY在旺城成功投产。

孔大智直接找韩玉林，旺城镇党委书记郝贵亮找田保华。信访局、土管局、旺城镇政府召开紧急联席会议，就如何解决西市上访研究措施，保证土地征用。秦志钰还责成市政府立即就如何宽松招商引资环境、优化招商引资政策进行讨论研究。

多少天来，韩玉林自己开着车，像个驾校的新学员，着魔似的在工业园区内来回奔跑转来转去。他感觉西市村的征地可能会泡汤，期盼着市政府能够向上级申请到更多土地指标，从别的地方解决 BXCY 的土地问题。

他看了一块，又看了一块，宽敞的地面很多，但是哪一块是 BXCY 的落脚地呢？它的指标又在哪里呢？什么时候能够争取来呢？同时，韩玉林还一直思索着上访群众的意见，感觉老百姓说的许多问题很有道理。别看表面是一帮老百姓在闹上访，背后肯定有什么力量在支持他们。因为他们提的问题太尖锐了，太切中时弊了。这些年，农民廉价的土地征用不少，工厂建了不少。可有的建起工厂迟迟不能达产，达产了效益也不佳。有的偌大土地上只建起几栋厂房。有的以二期、三期工程为名，大片土地闲置着。可这二期、三期又迟迟见不到影子。这，这能让老百姓情愿？

也就在秦志钰就 BXCY 召开紧急会议的时候，韩玉林还在办公室里。他望着窗外太阳落山后留下的余晖，知道又等了一天还是没有结果。吃过晚饭看新闻，直到进入那漆黑夜晚也不好入睡，躺在床上耳边总有个怪物在嘶叫："BXCY 地、BXCY 地……"胆子比天大的他，还真有点恐惧感。安小飞提醒他，盛国典要在参鲍翅餐馆和他们一起吃饭。韩玉林实在没心思赴宴，他安排安小飞去应付一下，自己又开着车飞快跑了出去。

不知不觉车子开到了要征用的那块土地上。这儿黑油油的土地又肥又壮，青青的麦苗在清风吹动下，像浮动着一块巨大的碧绿皇宫毯。别说老百姓，就连韩玉林也不忍心把这青苗沃土再用水泥沙石给封死盖住哇。

这块地的东临是一家生物发电厂。韩玉林早就听说过，这个厂鼓噪了几年，资金、技术全没能到位，只修了几栋厂房就撂下了。韩玉林走进大门，门卫是一个六十多岁的老人，韩玉林主动上前搭话。老人听到玉林集团的老总来了眼睛一亮，呈现一副崇敬的面容说："玉林公司好哇，可是个好厂家。不像俺们这个主儿，折腾了几年嘛也没鼓捣起来。”韩玉林说：“厂里不是有干活的吗？”老人说：“唉，三个厂房，那个最大的闲着呢，两个面积小的租用了，那是别人在干活。听说两家子因为租金的事还打架哩。”

韩玉林一边听着，一边抬眼望去。三百亩的大院子，只有最北边建了几栋厂房。在太阳落山的余晖下，那几栋厂房似乎距离这边那么遥远，天各一方一般。大门向北的人行路两旁，全是绿油油的麦田，像刚才看到的大地里的场景一样，麦苗轻轻浮动，一派兴旺。韩玉林饶有兴趣地问：“这麦子……”老人说：“这麦子呀，是西市老百姓的。因为这里没开工，闲着这么多地，老百姓不干了，到厂里来闹，非要把地种上，厂里没办法就答应了他们。说好什么时候建厂房，什么时候把地再倒出来。”韩玉林听了好奇地问：“还有这种事？”老人说：“有哇有哇。”他又指着东边说：“那边几个厂里的空地都种菜了，还有一个厂里搞了一个大羊圈，喂了好一大帮羊哩。”

韩玉林听了，苦涩地笑了起来。

他又来到那个闲置的大厂房跟前，鱼翅钢梁横竖成排，整整齐齐。厂房已经上了顶子，一米半高的墙裙已经建好，地面还没有整理，整个厂房内过去的柴草已经干黄没人收敛，今年又长出新的。有的高近两米，已探出了墙裙以外。可能是往年收获时丢下的种子吧，厂房里还有新生的麦苗哩。

韩玉林思索着在地上画了个长方形，又把这个长方形画了几笔分成几段，然后迈开双脚，围着这个厂房从东到西，从南到北，用脚步丈量了一圈。自言自语又像是对门卫说：“一万平米吧。”

门卫老汉皱着眉头说：“多可惜呀。这么大的厂房长草闲着。”

韩玉林没再应答老头的话继续思索着。忽然一反常态，情不自禁地说：“太好了，太好了。”

门卫落下了脸：“这好什么？”

“哦，对不起，说错了。”韩玉林连忙道歉失言，说完就驱车急急忙忙向参鲍翅餐馆奔去。

本来安小飞对盛国典撒了个谎，说韩玉林到东州去了。可是韩玉林的突然闯入，弄得安小飞非常尴尬。盛国典朝着安小飞说：“安小飞胆大包天，连本主任都敢糊弄，我估计老韩不可能出旺城。”韩玉林一副无奈的样子说：“哎呀，这个时候怎么能出去呀！是我让小飞撒谎的。心里急呀，沉不住气呀，我自己又开车转了一圈儿。哎，你说怎么着？收获不小。”盛国典说：“好，那好，快坐下来说说。不过先罚三杯。”说着叫服务员拿过酒杯，满满倒了三杯酒。然后又对服务员说：“海参鲍鱼鱼翅再各上一份。”韩玉林说：“不要再上菜了。”盛国典说：“参鲍翅餐馆，不上参鲍翅不是特色。”韩玉林不再推辞，端起一杯倒在嘴里，又端起一杯倒在嘴里……

三杯酒下肚，韩玉林双目发光更有了兴致。盛国典急切地问：“快说说，有什么收获？”韩玉林说：“有一块地，就是那个生物发……”韩玉林还没有说完，盛国典就抢过了话题说：“哎呀，那个厂，领导们都头疼死了。”韩玉林说：“对，就是那个厂。他们那边三百多亩土地闲置，西市都种上麦子了。这边老百姓不给土地，那边土地大量闲置。我想何不另走一条路哇。”安小飞疑惑地说：“另走一条路？”韩玉林说：“对。今天正好盛主任请客，咱们商量商量，能不能让领导协调一下，把生物发电厂的厂房和土地都拿过来，上咱的 BXCY。”

本来一个多小时的酒场，烟酒菜的怪味儿混在一起，把房间里弄得乌烟瘴气。韩玉林的话像一股清风吹了进来，在座的人立刻有了一种赏心悦目的感觉。盛国典把筷子往桌子上一拍说：“好，老韩真有你的。厂房建设不到位、达产不到位、半拉工程、半拉项目、土地大量闲置浪费的问题市委、市政府早已发现，正要下大气力治理呢。”盛国典说着，慢慢地端起酒杯轻轻地抿了一口非常感慨：“深水区里不好抓鱼，你偏偏要在这里露一手。好哇，如果把生物发电厂闲置的土地用起来、活起来，不仅 BXCY 有了着落，也在解决土地闲置问题上带了一个好头哇。明天马上向有关领导汇报，你也抓紧向分管工业的孔市长汇报，今天先喝酒。”

这时，韩玉林又端起酒杯一口干了下去。他放下酒杯拿起手机说：“哪还有心思等到明天，急死了！现在就联系孔市长。”说着就拨通了孔大智的电话：“喂，孔市长吗？今晚在哪个场合上了？一定没喝够吧，劳驾您再喝一场？”

正好，孔大智刚开完紧急会议走下市委的办公楼。接到韩玉林的电话就说："哎哟，哪还混得上场合呀。让你那个 BXCY 弄得屁滚尿流哇。你在哪儿？我们马上见面。"

孔大智坐车很快来到了参鲍翅餐馆。路上，他琢磨着如何"剃"韩玉林这个"头"。BXCY 年终观摩是最大的"烟火"、最大的"戏"，要是跑了，那——你看秦书记凶神猛兽一般，那顿"火炮"哟。秦志钰的那句话又响在了耳边："你作为分管领导是有责任的！"BXCY 真跑了，自己的政治前途也差不多了。

早有人在餐馆门前等候了，但是孔大智下了车什么也不理会，直奔楼上进了房间。这时的孔大智黑脸大汉，长方形的脸面上一块一块的疙瘩肉，白眼珠子又大了一圈儿，带着一丝丝凶光。他坐下就说："你们还有心思在这里吃参鲍翅、喝大酒。"他一言既出，立刻给房间里刚才热闹的气氛，吹进了一股西伯利亚寒流一般的强冷风。还是盛国典机灵，他虽然不知道具体发生了什么，但头脑里很快闪动：一定是为了 BXCY。于是，他单刀直入，直截了当地对孔大智说："孔市长，老韩找到解决 BXCY 土地的办法了。"

孔大智一怔，一双大眼立刻扫向盛国典，眼神儿里带着疑惑，同时又有了一丝亮光。盛国典没有停下来，趁势继续向孔大智喷送着喜讯："孔市长，老韩刚从工业园区来到这儿，他想出以生物发电厂的厂房土地上 BXCY 的方案。"

"什么，什么？你再说一遍。"孔大智像被打了一针强心剂，立刻精神起来。

韩玉林接过话题，把最近他对工业园区多次考察，和今天在生物发电厂的情况，以及他的想法向孔大智做了说明。孔大智立刻眉飞色舞，大白眼珠子差点从眼眶里蹦出来，没有一点凶光了。他拍着桌子声音洪亮："好，好。解决闲置厂区土地问题，也是市委、市政府早就想解决的大问题，是深化土地配送制度改革的大问题。这样一举两得，老韩你的 BXCY 也就跑不了！"

韩玉林一惊："怎么，怎么跑不了？"孔大智又兴奋又有埋怨的口吻说："你以为不透风啊，安德的事秦书记都知道了。"

“这消息怎么传走的呀？”韩玉林更惊奇。孔大智说：“我刚来的时候，是秦书记专门为你要逃跑的事召开了一个紧急会议。秦书记像喷火枪一样发大火了，命令我找你谈话，围追堵截，必须把 BXCY 留住。”韩玉林听了摇了摇头，无限感慨又激动地说：“孔市长，我怎么能跑哇。旺城的土地养育了我，哪里我也不去。这回要是真的跑出去，从头再来，时间也赶不上呀，别听那些乱七八糟的。”孔大智说：“对呀，对呀！咱们当前是遇到了一些困难，这不就是个‘小河沟子’嘛，一跃劲过去了。”

孔大智说着，按亮了手机屏幕，看了看手机上的时间说：“一刻不再耽误了，咱们马上到现场去看看。”盛国典说：“孔市长，你还没吃饭吧？”孔大智说：“没什么，没什么。”但孔大智毕竟是饿了，他随手把刚给韩玉林送上来的海参、鲍鱼、鱼翅端到自己这边，抓起筷子就吃了起来。一边吃，还随手抓了一杯酒，一扬头喝了下去。喝完吃完抿抿嘴说：“好啦，有这三样东西垫底，肚子就没意见了。”他也没管这酒场都喝到了什么程度，自己抬起屁股大步跨出门口，其他人只好也放下勺筷抬腿跟着走了。

在去生物发电厂的路上，孔大智就给秦志钰打了电话：“哈哈……秦书记，BXCY 跑不了。”随后简要地把情况作了汇报，秦志钰听了当然兴奋：“好，你马上通知车市长和有关部门都到现场。我也马上赶过去，连夜召开现场会，把这个方案立刻定下来！”

生物发电厂的厂区，几年没这么热闹了。每到夜晚只是那个门卫老头，看着这一片黑洞洞的厂区。今天突然一辆辆的汽车开了进来，锃光瓦亮的车灯把个厂区照得通亮。泛起的尘土，在车灯照出的光柱上“跳着慢四”。

秦志钰和车路银很快到了。他们让韩玉林作了详细汇报，现场就如何做好发电厂的工作，如何办理规划手续、土地置换手续等问题进行了部署。秦志钰责成孔大智明天就找生物发电厂的老板，其他部门立即插手做好一切工作。最后秦志钰说：“各部门要把这件事当成旺城政治经济的大事抓死、抓好。我向常委会提议，以 BXCY 为典型，就如何深化土地改革制度问题进行一次深入研究。”

说完，秦志钰拉开车门，钻进车内，门未关好，就呼啸着蹿出厂外。想必他一定还没有吃饭呢，其他人各自上了自己的汽车，一阵轰鸣，所有的车辆启动、加速跑出了生物发电厂。

厂区内立刻又恢复了往日死气沉沉的寂静。

韩晨自从上了天津师范大学，当然经常和田培露联系，因为他们用上了手机，联系起来当然方便。

他们交流学习，特别相互传达各自学校、班里的情况，就好像在旺城，还是在一个班上，根本没有那么遥远的感觉。但是，最近韩晨心情非常不好，因为在电话中知道李春香经常到济南，田培露经常和她在一起。有一次晚自习后韩晨给田培露打电话，他那边总是占线，原来是和李春香通电话。更使她担心的是有一次他们通电话时，田培露说李春香喝醉了酒，他自己说话也舌头不拐弯了。韩晨总感觉在她和培露之间有什么奇怪的东西已经插了进来，好像培露总被一块无形的磁石吸引着。

他们还是经常在一起吗？

这天，又是一个星期六的晚上，韩晨走在校园的小石子路上，又拿出了手机。本来按往常习惯会调出培露的号码就拨过去了。但是，今天她犹豫了。要是再遇到他和春香在一起呢？又在一起吃喝……韩晨不再想了，立刻把手机拨了过去。果真，从电话里知道，他们又聚集在宾馆里。此时，韩晨像火堆上又喷上了汽油，火冒三丈了。

“呵，田培露可真有你的，你可成了春香的陪伴了。陪吃、陪喝、陪跳舞，还陪什么？”

田培露听了有些不耐烦，说：“韩晨，你胡说些什么呀？我们在看电影。是美国的大片《泰坦尼克号》，太好了。学校里电视不方便，我们就跑到这里来了。”

“好哇，为了看电视，谁给谁开的房？”

“净瞎说，什么开房不开房的，我们这里还有其他几个朋友一起看呢。”

“怎么样，心虚了吧？他们去当电灯泡的吧？”

李春香在一旁知道田培露是在接听韩晨的电话，看着他皱着眉头不高兴的样子，就从他手里接过手机："喂——姐姐，忙什么呢？"说着，她站起身向卫生间走去，进了卫生间就把门关上，再说什么话，房间里就听不到了。她在里面身子靠在洗漱台上，右手托着手机，左手夹在右胳膊腋下，昂着头不紧不慢地："怎么了姐姐，是不是吃醋了？"

"什么吃醋不吃醋？这是什么话？"

"干吗对田培露这么训斥的口气，不是吃醋，还是什么？"

"胡说。"

"姐姐，不要吃醋，吃醋是对自己没有信心。"

"什么，你说什么？"

那边，韩晨双眼冒出了金星。李春香感觉她说话的声音好像不是通过电流飘过来，而是扑过来一样。她还是不紧不慢，自由自在："我说得不是很明白吗？吃醋是自己没有自信心。田培露和谁在一起，你管那么宽干吗？"

"你们一帮男男女女的，成天在一起喝酒、跳舞，像什么样子？"

"哟呵——姐姐又教训起人来了。我告诉你姐姐，这人谁和谁好、谁和谁近，可不是板上钉钉的。我到培露的宿舍，那些男生一看就说我们是情人。"

"你——怎么还去了宿舍？"

"怎么啦？培露哥能和你好，难道就不能和我在一起吗？别说在一起，我们相好也是可能的，也是应该的呀。"

"什么，什么？胡说！"

韩晨一下把电话挂断了。李春香走出卫生间，把手机还给田培露，没说什么，脸上表情非常淡定，像什么也没发生似的坐下继续看电视了。田培露看看李春香，那眼神是在问什么，她也没有理睬，仍然两只眼睛朝着电视。

"嘟——嘟——"一会儿，田培露的手机又响了，还是韩晨。这回田培露站了起来，拿着手机走到房间外面，按了通话键。可是手机里面却没有声音，田培露问："喂——韩晨，怎么不说话？"停了一会儿手机挂断了。田培露重新打了回去，电话里开始是"嘀、嘀、嘀"的呼叫声，最后是：“对不起，您拨打的电话无人接听。”

田培露在走廊里愣愣地站了一会儿，回到了房间。李春香见他开门进来，也没问谁来的电话，只是招呼说：“培露哥——快来看吧，正是高潮的时候了。”电视中，杰克和露丝正在海水里抱着一块船板拼命挣扎。

韩晨没接田培露的电话，手里紧攥着手机，脚步下意识地向前迈动着。一会儿走过了图书馆的门口，一会儿又走过了教学楼。一圈儿，一圈儿，转了好几个圈儿。她的脑海里像是一个雷雨之夜，闪电、雷鸣、暴雨……一点儿也安静不下来。随着不停的脚步，思绪又落到了她和田培露几次的通话中。有一次打电话给田培露，他和李春香在吃饭；有一次打电话，他正扶着醉酒的李春香上楼；有一次接通电话，震耳的音乐咚咚地通过电话传到韩晨的耳朵里；有一次……

她想着，思绪不免多了几分惆怅。

她相信田培露的爱情。古人赞美的那种青梅竹马，两小无猜，他们是最恰如其分的。多年来，他们可以说是心心相印，志向、情趣、情感宛如两股清清的泉水汇聚在一起，无忧无虑，欢快喜悦、奔流向前。

可这个时候的李春香，在她脑海里已经被贬化、矮化、妖魔化了，已经变成了另一个人。放荡不羁，不务正业，花天酒地……完全不是她以坦荡胸怀无私接纳的那个妹妹了。男男女女的，经常在一起吃吃喝喝，舞来舞去，竟然还喝得酩酊大醉，又开房去看什么电影。这些田培露还不以为然，振振有词。

韩晨不敢再想下去，看了看表九点多钟，她没再犹豫，走出校门，打的直奔火车站。

整整跑了一宿的火车，终于到了济南火车站。心情不好的韩晨看到什么也不顺眼了，眼前这座现代风格的火车站总觉得别扭。济南火车站她跟爸爸来过多次，每次来到这里，爸爸都津津有味地向她介绍，由德国设计修建的那所德式车站建筑。她在原来那座火车站的塔楼下，照了好多张照片。现在那个规模不算很大，但一点儿也不失恢弘的德式建筑没有了。岁月呀，总是淹没一些东西，丢失一些东西，难道培露也……她打通了田培露的电话。

韩晨到济南了？

田培露撂了电话思索着，哎呀——这个人，准是为昨天晚上的事，竟然坐了一夜火车从天津直奔到济南。虽然他满腹的不解，但和韩晨也是很长时间没有见面了，悠悠的思念之情使他打起精神。他找了一家肯德基快餐店，和韩晨约好在这儿见面。韩晨到了，田培露出门迎上去，那么亲切，那么热情。他拍打着韩晨的双肩，幽默地唱了一句："你就像那，一把火……"

韩晨却像一块冰，冷冷的冰。她很少看田培露一眼，进了肯德基快餐店就坐到座位上。见田培露给她买来的汉堡包，大口大口地狼吞虎咽起来。一夜的火车，她真累了，更饿了。

看着韩晨吃完，田培露便问她说："干吗突然跑到济南来呀？"韩晨抬起眼皮，瞪了他一眼说："还不是因为你吗？"田培露苦笑了一声说："我，我怎么了？"韩晨依然瞪着眼睛看着他说："你怎么了？自己还不知道吗？我来拯救你。"田培露身子向后一仰，昂头笑着说："这么严重啊，你来拯救我？我，犯了弥天大罪喽……"韩晨接上一句："知道就行。"田培露一副毫不在意的面孔说："知道什么呀？"

韩晨急了，指着田培露的鼻子说："你们一天到晚鬼混、厮混，难道这是正常吗？能有好结果吗？"田培露说："你说得怎么这么难听呀？不就是和你妹妹在一起嘛，那是你亲妹妹呀，这有什么不得了的？"韩晨说："难道你就不知道太过频繁了吗？难道你就不知道成天在一起喝酒跳舞是多么的堕落吗？"田培露还是不紧不慢地说："怎么能天天在一起啊，又怎么天天喝酒跳舞啊？偶尔有机会在一起聚聚，还有朋友同学们都参加，这，有什么了不起的？"韩晨接着说："我每次打电话，你们都在一起鬼混，在一起吃饭，在一起跳舞，还混在一起看电影，有时还喝得酩酊大醉。这，难道这还不严重吗？"

田培露坐在座位上，静静地看着韩晨，听她把话说完，然后摆了摆手认真地说："韩晨，春香从小离开你们家，在农村受了那么多委屈，受了那么多欺辱。她一说起这些，就是一个劲地喝酒。是的，我有时劝也劝不住，她是喝醉过。我听了看了以后，心里都觉得不是滋味。”

韩晨撩起眼皮，斜看着田培露：“呵，倒是挺同情的？”

田培露继续认真地说：“可能你也知道，她来到你们家后，有些事情也不那么如意。我同她在一起都是安慰她，说服她，对于过去不要再多想，不要对家人有什么成见。我，安抚她一下，难道就是错误吗？难道……”

“多管闲事。”韩晨打断了田培露的话，“她，她来到这个家里，哪些事不如意了？全家人哪里对她不好了？她是我爸妈的亲女儿，是我们的亲妹妹，这个家怎么能对她不好？”

“我当然也这么认为，可是她有心结，我们应该劝劝她吧。”

“劝说她就喝酒、喝醉，唱歌、跳舞？”

“那也不全是呀！”

“呵，不全是。除了喝酒唱歌跳舞，当然还有别的活动了，那就是厮混了？”

田培露听到这儿，也有些耐不住性子了：“你这是干吗啊？那是你亲妹妹，咱们俩都这么多年的关系了，你怎么胡乱猜疑呀？”

这会儿，韩晨倒是冷静了一下，她深情地看着田培露说：“培露，我当然相信你。你是我哥哥，是……可是，李春香就是李春香。你知道吗？在学校人家就叫她黑老大，和人打架。在家里要钱、说谎，现在连学都不上了。好多事我们不能向外说呀！”

田培露解释说：“所谓的黑老大，春香都对我详细说过，那是在宿舍里打抱不平的同学随便叫出来的。”

“那为什么不叫她别的，专门给她这么个‘美名’？”

田培露面带着同情，若有所思地说：“对于她来说，要钱实际是发泄。她心里不痛快，也是看到你们花钱如流水。另外一个目的——要钱是为了报答她娘的。”

韩晨听到这儿脸色苍白，不仅是急，而且是发怒了。

“呵，田培露真是有你的，李春香把你全部占有了。你们在一起厮混不是毛病，她在学校里打架当黑老大不是毛病，她在我们家里也没有毛病。全是我家的毛病、我的毛病、别人的毛病……”

韩晨把手指头指在了田培露的脑门上说：“我问你，你知道啥？她真成了你的心肝宝贝了！”

田培露气得嘴一咧，眼一瞪：“你，你……”好一阵子说不出话来，等了好大一会儿，咬着牙说：“你真是不可理喻了。”

第二十章

学校放寒假了，韩晨回到了家里，外孙辈上的孩子们也天天到家里来，家里挺热闹的。

这半年来李桂花身体一直不适，天一冷，心脏憋闷，左胸每天都像有什么东西挤在里面。因此还在医院里住了一段时间，现在刚出院不久。几经折腾，她更加憔悴，脸色越来越苍白，越来越蜡黄、阴沉。颧骨凸出，下巴颏更尖地凸显出来，说话力气越来越小。家人非常体贴她，大小事都不让她操心。还雇了一个保姆，帮助打扫卫生做做饭，这所谓的保姆当时旺城还是少有的。韩阳给妈妈规定好什么时候锻炼，什么时候会朋友说说话，什么时候听听看看文艺节目……还专门淘货买了一些“文革”中样板戏的磁带、影碟。她知道，那个年代过来的人对这些东西还是感兴趣的。

除了身体上的病症，李桂花又多了一块心病，那就是韩晨和田培露的事。那天韩晨从天津一夜跑到济南，早晨和田培露弄了个不欢而散。她没有直接回学校，而是先回到家里。韩玉林和李桂花没想到韩晨闯进家，又没放假，怎么突然回家了？韩晨阴沉着脸，一点儿精神也没有，见了父母话语也很少，满腹的心事，像得了现代“时髦病”抑郁症抑郁了一般。李桂花不知出了什么大事，韩玉林也再三追问，韩晨说出了实情。

唉，又是因为春香。

到现在，韩玉林、李桂花心灵深处的感受是：千难万难不该把孩子送出。孩子回到家，全家人心情真比桂花做了心脏手术还痛快。可是要让孩子真正融入这个家，把孩子调理好，多么难哪！

这会儿，又听说春香经常去济南找田培露，和他在一起吃喝跳舞的。李桂花怕出什么乱子，心里就像那年父亲救人被烧伤后一样难受。韩晨和田培露的这对好姻缘亲戚朋友都知道，还能出现什么差错？李桂花越想心里越难受，越害怕病情就越重。她本想把春香叫来问问，可是心里又矛盾得很。韩晨和田培露从小在一起，春香就真的……能和培露走到一起？她又怕把这张纸捅破了不好收拾。就像自己的心血管，要是一旦破裂那就再也不好缝合在一起了。

放寒假的第二天午后，韩晨睡过了一个午觉，懒洋洋地下到一楼的客厅里。刚坐到沙发上，田培露推门进来了。田培露这么多年无数次踏进这个家门，每次韩晨都是赤道盛夏般热情，而今却是南北极一样冰冷。韩晨板着面孔说："你来干什么？"田培露笑着说："都放寒假了，我当然要来这里玩了。"韩晨又愣了一会儿没说话，起身向楼上走去。田培露就像韩晨手里牵着的一只小羊羔，乖乖地跟着上楼进了她的房间里。

进了房间，韩晨一屁股坐在了床上。田培露坐在她对面的椅子上，扮了个鬼脸说："看你这个脾气，那天'摔了枪'就跑出了济南。这些天打电话，你也不开机，生这么大的气。"

韩晨看着天花板，这会儿倒像荡着秋千的公主，悠悠自得地说："你是不生气，有人陪着吃喝玩乐，还能生气吗？"

田培露摇了摇头说："哎哟喂，一说就这么难听。什么吃喝玩乐？春香到了我不理不睬？那不是别人，是你的亲妹妹。"

韩晨也不看他，停了一会儿说："亲妹妹不错，可是你们干的那些事，她这个人……"

还没有几句话，田培露就觉得头皮发紧，好像全身的血管被打了多少个压力，头皮被顶得一鼓一鼓的。他梗了梗脖子，显出无奈的样子，等了一会儿说："看来……你还是不理解。"

这时，韩晨忽然怒气冲冲，刚才伪装的那副悠闲的样子实在是半秒也挺不住了，她忽地站起来说："你让我理解什么？连一点儿的错误都不肯认。”

田培露像扶起跌倒老人反被误解一样，咧着嘴更加委屈地说：“我有什么错呀？给你说过多少遍了，春香心里有苦处，到济南去了我劝劝她，在一起吃吃饭，好多还是因为业务上的事。”

韩晨指着田培露一字一句地说：“我也说过多少遍了，她有什么苦处？这个家哪里对她不好？我们这些姐姐哪里对她不好？你干吗总是抱着她这些所谓的苦处不放，你想干什么？谁让你这么多管闲事？”

田培露摊着双手说：“她是你的亲妹妹，也是我的，我……”

韩晨一甩手说：“够了！我不和你说了，你走吧。”

田培露尴尬地笑着说：“这么长时间没见面了，怎么就叫我走啊。好了好了，咱不谈这些，说点别的。”韩晨没吭声，起身打开房门，咚咚咚走下楼梯，来到一楼客厅里，一屁股坐在沙发上。很明白，刚才上楼是把田培露引到楼上去说话，这会儿下得楼来就是下逐客令了。可是田培露来到一楼，仍然使着笑脸坐在了韩晨的对面，没有离去。

两个人还没再说什么，忽然从楼梯上传来一声：“培露哥——”

韩晨和田培露同时随着声音看去，见李春香笑容可掬地从二楼上走了下来，看那态势仙女下凡一般。

田培露一进韩家的院子，李春香在一楼房间就看到了。听到他们二人上楼去了，随后也蹑手蹑脚地跟到楼上。她来到韩晨房间的门口，耳朵贴在门上，房间里韩晨和田培露的对话她都听到了。当听到韩晨要走出房间时，她立刻躲到紧邻的韩月的屋里。看到田培露和韩晨在客厅里坐了下来，她也漫步走下楼。

韩晨惊奇地看着李春香，像发现了外星人，问：“你，你到楼上干吗？”李春香漫不经心地说：“姐姐，干吗这样凶啊，用得着么？”韩晨听了她的话，看她从楼上下来，立刻明白了。韩晨说：“你偷听我们说话！”李春香不以为然地说：“什么偷听不偷听的，你们说话声音那么大，在哪里听不到哇？”

韩晨怒火中烧，啪拍了一下茶几：“你，你真不害臊！”

李春香咧着嘴，晃着头看着韩晨说：“姐姐，你看你这个样子，说得又这么难听，太不像话了。”

李桂花午睡已经起床了，韩玉林中午没回家，她自己坐在床头上，感到浑身松软不舒服。抬头看到窗外灰蒙蒙阴沉着天，心里就更加憋闷。胸中的双肺像被脓痰血水凝固，呼吸吃力。忽然听到客厅里的嚷嚷声，打着精神站起来走出屋外。

田培露看到李桂花出来了，赶紧起身把她扶到沙发上，两人客气地寒暄着。当李桂花看到韩晨和李春香剑拔弩张的样子，不免浑身一哆嗦。

由于那块“心病”的缠绕，李桂花应该是不敢直面韩晨、春香、田培露三个人的，那样对三个孩子不好，也自知身心体力经不住风雨交加的折腾。可是今天正好是他们三个在客厅里，并且明明听见她们在吵，就像走路都聚集到了独木桥的桥头上。光回避也不行呀，那层窗户纸光不敢捅不行啊，光怕捅破不行啊。这回三个人都在这儿，就干脆跟几个孩子说道说道吧。可是她没有想到，这给她、给这个家引来了大祸。

她缓慢动了动身子，气弱地招呼韩晨和李春香：“你们两个当着人家培露吵吵嘛，都坐下。”说着，把眼睛转向李春香：“春香，正好你也在这儿，妈也想和你说说。”春香抬起屁股，坐到妈妈旁边的那个沙发上愉快接受说：“好吧，妈你说，我听着呢。”倒像一个殷勤孝顺的孩子了。田培露拿起水杯，给李桂花倒了一杯水，放到她跟前的茶几上。韩晨坐着呆若木鸡，李春香似乎非常平静地看着地板，客厅内一时寂静。

李桂花语重心长地说：“春香，韩晨和培露可是从小到大的好朋友。他们从小就住到一个院子里，这些年他们一块儿生活，一块儿学习，从小学到高中都在一个班。大学本来报的是一个学校，只是分数不允许，他们才南北分开了，他们两个的关系可是熟了的。我和你爸，还有你保华叔叔、你华英婶子，都是高兴的。”

李桂花说到这儿，田培露脸上自然露出了笑容。心想：韩晨听到了吗？不要怀疑这怀疑那的，你妈在替我劝你呢。韩晨仍然板着脸。她不愿意妈妈说这些，说这些又有什么用？过去是过去，有了这个“妖妹”掺和，田培露会不会“着魔”呀。她抬起眼皮，斜看了李春香一眼。李春香依然看着地板没说话，脸上似乎还有些不快。

李桂花见李春香不说话，就接着问：“春香，你听到了吧？听明白了吗？”

李春香动了动身子，脑袋随着身子晃动了一下，不以为然地说：“这事……也明白，也不明白。”

李春香的话，李桂花听了非常惊诧：“什么？还不明白？”

李春香重新转过身，面对着妈妈很不耐烦地说：“这事，妈妈，这事不会是一成不变的。”

李春香的话，韩晨听了气得咬起牙关，田培露听了一脸的疑惑。李桂花听了耐不住性子了，她嗓门儿忽然提了起来：“什么不是一成不变的？韩晨和田培露是板上钉钉子的！”

李春香一梗脖子说：“妈妈，你的思想太落后了。我不是大学生，可我知道大学里的事情。人家这些大学生，叫性解放，今天看上她，明天可能就看上另一个了，培露哥要是再看上我呢？”

田培露听了大惊失色：“春香，你？”

韩晨狠狠地瞪了田培露一眼。

李桂花听到这里，难受得像烧红的千根铁条直戳进她的心坎里。她按着沙发扶手，不知哪儿来的那么大劲头，噌一下站了起来：“春香，你，你……”

韩晨两眼通红，立刻像火盆又浇上汽油，又使劲拍了一下茶几说：“妈，不要跟她说了，她已经不知道羞耻了！”

李春香一拧脑袋，急了：“你才不知羞耻呢！别以为培露哥对你怎么怎么样，把自己看得太高了吧。培露哥对我好，我有证据。”

说着，跑到她的房间里，拿出两张照片丢在茶几上。

韩晨、李桂花、田培露都把眼光投向照片。

田培露昂首挺胸，春风得意的样子。李春香羞羞答答，甜甜蜜蜜。韩晨再仔细一看，田培露的手，哎哟——田培露的手还搂着李春香的腰。

另一张，灯下床上，李春香和田培露搂抱在一起。

田培露一看急了：“春香，春……你……你……”

韩晨恶狠狠地说：“怎么样？露馅了吧！”

田培露急得满脸通红，说话磕磕巴巴了：“春香，这是……韩晨，你……你听我解释。”

“解释什么？”话音未落，韩晨一把抢过照片。

李春香一边扑过去一边喊：“还给我！”

韩晨转过身把照片撕得粉碎，又转身使劲投到李春香的脸上。

李春香随即挥起拳头，打在韩晨的臂上。韩晨也伸过手，啪！给了李春香一个耳光。随后，两个人扭打在一起。

李桂花看到韩晨、春香动了手，就像看到客厅里的沙发桌椅突然会蹦跳一样震惊慌乱，开始愣愣地不知所措，忽然双手拍着大腿大声喊着：“造孽呀，造孽呀……住手！都给我住手！”说着上前去撕拉韩晨和李春香。可是，她的手臂没有动几下，忽然扑通一声坐在地上，随后全身躺下。

李桂花两眼半睁，面色苍白又有几块铁青，半张着嘴不停地喘着粗气。

急救 120，又把李桂花送进了医院。

院长再三解释，这个季节住院病人太多，特别是心脏病发病率更高。医院的监控室实在无法再加床了，只好为李桂花在普通病房里找了一个单间住了下来。

经过抢救，李桂花苏醒过来了。但是偶尔苏醒，偶尔又迷迷糊糊。医生叮嘱，这个时候病人绝对不能再受到刺激，否则就有生命危险。于是，李桂花的房间里拒绝别人探视，来的亲戚朋友都在房间以外，连大声说话都不允许。

妈妈住进了医院，李春香当然非常痛心、难受，非常震惊。想起妈妈平日里虚弱的身子，特别是近期心脏病又复发，悔不该在妈妈面前闹出那么大乱子。可是一想起韩晨，想起韩晨那凶神恶煞的样子，心头就来气，这气还就像喷火枪喷出的烈焰按也按不住。

这天，李春香来到医院，走到妈妈居住的病房楼道里。远远看到妈妈病房门口的姐姐韩梅、姐夫杨新秀，还有另外一帮人在那里。有的坐着，有的站立着，没见到爸爸的身影。李春香走近人们，就感觉到他们对她是那样一种特异的与一般不一样的眼神，似乎在向她喊“狼来了”“贼来了”“丧门星来了”。李春香又向人们扫了一眼，韩晨也在那里。一见韩晨，她心里就立刻热血涌动，像见了李店的胖奶奶、迟长胜一般。韩晨看到李春香，立刻就瞪起了眼睛，就像见到了《聊斋》中的狐狸精、吸血鬼，五个手指头还不由自主地攥在一起，一副要决斗的样子。

李春香走到病房门口，向韩梅点了点头就想推门进去。这时韩晨噌的一声站了起来，上前用手臂挡住了李春香。若是别人伸过手来，李春香可能还不说什么。此时，偏偏是韩晨。韩晨也完全可以不去阻挡，由别人把她拦住。可是，那副决斗的力量，驱使她不由自主站了起来，并上前挡住了李春香。

“干吗？”李春香看着韩晨瞪起了眼睛。

“不准进去。”韩晨冷漠而执拗。

“我去看妈，碍你什么事？”李春香横眉冷对。

若要平日，韩晨肯定说明妈妈病重怕吵不可以进去。可是这个时候，她见了李春香就有气，非什么也不解释。韩梅向前说：“妈妈不是怕吵吗？”若要平日，韩梅这么一说，李春香是不会执意要进去的。但是这个时候，韩晨阻挡在那里。越是韩晨阻挡，李春香还坚决不服这个气，似乎只要韩晨出面什么都不可以。李春香把韩晨的胳膊拨一下说：“我吵什么了？我进去看看，有什么不可以的？”

李春香越是这样，韩晨还就越像南北互冲的冷风热浪绝不相让，非碰出阴云撞出大雨挤出冰雹不可。李春香气更足了，她推了韩晨一把：“允许你看，就不允许我看？”

韩晨说：“就不允许你进去！”

旺城自古被称为“蟋蟀之乡”。这里生长的蟋蟀耐力强、牙口硬，从北宋末年就成为皇帝的贡品。千百年来，旺城盛产的蟋蟀在天南海北参加过无数次打斗比赛，比赛当中骁勇善战，咬掉胳膊、打掉大腿从不屈服，直至气息丧尽。一只小小的蟋虫尚且如此，何况两位倔强性烈的姑娘。韩晨、李春香你来我去，推推搡搡，互不相让。并且，嚷嚷的声音也越来越大。

韩梅认定妈妈这次病发住院，全是韩晨、李春香两人在家争吵惹起的祸端。看到她们两个依然争执不下，湿棉被扑向火盆也压不住那腾腾的火苗，理智一下子也甩到九霄云外。啪，啪，朝着韩晨、李春香一人扇了一个大嘴巴。

“啊呀！怎么打人哪！”

韩晨和李春香挨了打，一时蒙头转向并没什么激烈反应，杨新秀却怪声怪气、虚天扑地大叫了一声。他这一声，当然传进了病房里。李桂花正好这会儿神志清醒，虽然身体虚弱，喘息困难，嘴边戴着氧气罩，但耳朵还是管用的。她听到屋外的吵声，看了在身旁的韩玉林一眼，没等韩玉林有什么反应，忽然外边传进：“啊呀！怎么打人哪！”她分明听得出这是杨新秀的声音。杨新秀喊“打人”，肯定家里又发生了什么，是不是春香和韩晨又……

李桂花心里一阵难受，喘息急促、困难，两只眼睛瞪了起来。

病房内是韩玉林和韩阳在看守。看到李桂花的样子，韩玉林急促而轻声地叫着：“桂花、桂花，怎么样？”

韩阳也着急地发出哭声：“妈，妈——”韩玉林见桂花没有反应，感觉情况不好，急促地跑出去喊医生。外边，韩梅她们见了，也呼呼啦啦跑向护士站。

医生们一个一个来了。

楼道里的人们看不到病房里医生怎么忙碌着抢救病人。但是，看到护士们从病房门口出出进进，神色紧张，就感觉到了不妙。没多大工夫，房间里传出了韩阳悲惨的哭叫声：“妈呀——”

韩梅、韩晨、李春香……都跑了进去。

李桂花已驾鹤西去。

玉林集团的 BXCY 项目正式开工了。

玉林集团和生物发电厂的合作模式，充分利用了闲置厂区厂房，解决了土地浪费问题，受到各级党委政府高度重视，在东州市乃至全省引起很大反响。报刊、电台电视台，以及党委政府内部这刊物那简报进行了好一番宣传。东州市委、市政府组织专门人员，对全市闲置厂区厂房的情况进行了调查摸底。调查结果令人惊讶。一方面国家土地指标紧张，城区土地越来越少，一方面又有这么多土地和厂房闲置。东州市委、市政府清醒地认识到，与土地问题相同的还有许多方面的因素、问题，已经成为经济发展的瓶颈，必须解决改革当中深层次的问题。因此决定在旺城召开一次现场会，主题是：学习推广旺城经验，深化重点领域改革，促进经济更快更好发展。

这样的会议，韩玉林要到主席台上作典型发言是必须的。开始市委办公室通知韩玉林做好准备，他坚决拒绝了。多少天来，李桂花的去世给韩玉林带来了巨大悲痛，桂花的影子总是挥之不去。患难与共的妻子，为他生了七个女儿却没有同他白头到老，就这么早早地走了，就像自己的心肝突然被取走，自己似突然患上绝症，精神头一下子从高山之巅落到万丈深渊。韩阳说："爸爸消瘦了十来斤，一下子老了十来岁的样子。"是的，韩玉林眼眶明显凸起，眼睛明显凹陷，头发当中似乎一下子染上了霜，面目像冬天的早晨一样苍白。市委办公室的工作人员再找他，他干脆关掉了手机，办公室电话一律不接。

韩玉林不配合会议，很快反映到旺城市委领导那里。领导们理解韩玉林的心情，便想了个法子，委托盛国典去看望一下韩玉林，同时商议发言的事。领导们知道盛国典和韩玉林是从年轻时的朋友，以私人关系疏通一下更合乎人情味。

盛国典因为公差没能送桂花一程，成了心底永远的遗憾。有道是男儿有泪不轻弹。但是盛国典和韩玉林一见面，实实在在演了一场"男儿泪"。

盛国典进了韩家的门，见到韩玉林就握住他的手，泪流满面呜呜地哭泣起来，还"大哥呀、大哥，你受委屈了"喊声不断。那情景，像江湖上的兄弟们遇难重逢一般。韩玉林见到盛国典也没看他一眼，闭着眼，仰着脸，一句："我对不起桂花呀，桂花我对不起你呀。"随即也哇哇大哭起来。韩玉林拍打着前胸，一边哭一边指责自己不是一个好丈夫，不是一个好男人。年轻的时候生了一大帮孩子，竟然扶养不起把小七儿送给人家抱养，而小七儿回来以后又发生了这么多矛盾。

桂花身体不好，可是自己却没有看护好她保护好她，让她这么个年纪就走了。韩玉林一边哭一边絮叨，像个老太太。盛国典还那么哲人般地反复叨念：“韩门致富发家，桂花功不可没。韩门致富发家，桂花功不可没……”

两个男子汉在旺城，一个在政界，一个在企业界，都是赫赫有名的强人。此时竟然搂在一起，泣不成声，像一对情人难舍难离似的。特别是韩玉林捶胸顿足：“对不起桂花，桂花我对不起你。”声声悲切，撕肝裂肺。

孩子们理解两位长辈的心情，劝说他们坐到沙发上。两个人往沙发上一坐，身子一仰，面朝着屋顶，闭着眼，泪却大雨倾盆一般，又哇哇大哭起来。哭声一直传到屋外，邻居不知韩家又发生了什么，又纷纷前来探望。

韩玉林和盛国典的这场“男儿泪”，传出了很远很久。但人们不会作为笑话来传说，议论的是他们多年形成的深情厚谊，以及韩玉林、李桂花患难之中结下的深深的爱恋。

多少天来，对韩玉林来说好像头上压的有巨石，眼前压的有阴云，心里压的有铅砣……浑身上下处处承受着巨大无比的压力。而今天两位好友知己的哭诉，应该说让韩玉林的情绪稳定了许多，这是挚友间真知情感力量促使下的解脱吧。也只有好友之间这么真真切切的哭诉，韩玉林浑身的压力才能得以舒缓。

盛国典传达了领导们的意见，从旺城、东州大局出发，韩玉林当然同意在会议上发言了。

东州市委、市政府的这次会议规模很大。主席台上就座的当然有东州市委、市政府等几大家的领导，有韩玉林和生物发电厂的老板，还有一位穿着西服打着领带的南方人模样的人士，这是谁呢？经主持会议的孔副市长介绍，原来这位南方人模样的人士，是南方一家巨力空调集团公司的老总。

BXCY 土地问题解决以后，另一个难题还仍然悬着。因为 BXCY 需要相关的资质，还需要几十道手续，也就是说没有几十个公章、没有一定的时间是不可能办下来的。前一期已经做了大量的工作，但是还没有彻底完结。没办法，如果按照这些公章的程序走下来，BXCY又不知等到哪年哪月，很可能再来一回“万里长征”。那时期先干再办手续的先例很多，名其曰“先上车后买票”。还是韩玉林与刘燊通电话时被刘教授阻止了。刘燊出面联系，挂靠到了巨力空调集团名下，BXCY两步走：先挂靠，然后继续申请，再继续攀登剩下的这段峻岭高峰。

这次会议上，中共东州市委、市政府发布了《关于推广旺城经验，深化重点领域改革的决定》。决定指出：改革正向深水区纵深发展，许多阻碍经济发展的问题更多地暴露出来。项目审批制度复杂、土地开发利用制度不完善、投资融资制度不完善等。今后怎样把改革引向深入？要像旺城那样，大胆主动地对影响经济发展的重点领域进行深化改革。解决闲置厂房场地的做法，就是对土地使用制度深化改革的重要方面。我们要抓住影响经济发展的那些重点领域、重点方面，推动改革开放向更深处健康发展……

第二十一章

韩晨和田培露就要大学毕业了，毕业后去向在哪儿？之间的关系又能怎么样？很长时期，老天爷像是故意在两部“雷达”之间放上“干扰器”，总是不畅通。最近田培露用电话、书信、手机信息各种形式，想探明韩晨毕业后的打算。在韩晨实习的地方，田培露还专程跑了一趟，一来看看韩晨，再就是当面摸一摸她的底细。但是，田培露没有听到温柔的和风，没有尝到甘甜的果子。

一年多来，李春香拿出她和田培露照片的那一刻，妈妈倒下的那一刻，就像毒蛇出笼，就像大厦倾倒，睡里梦里折磨着韩晨。真的要大学毕业了，毕业以后到底去向在哪里呢？这关乎着自己的人生，关乎着单身的爸爸，更关乎着她和田培露的关系。

韩晨看过小说《红岩》，那些共产党员被敌人用皮鞭、铁链、老虎凳等刑具折磨的时候，身心都受到极大创伤。有时候觉得好笑，总拿这些来衡量自己。认为自己除了肉皮上没有伤痛，心灵的伤痛和那些受过刑的共产党们是多么一样啊。

她和田培露的天平上，总是沉到她这边来，那边总是没有了田培露。她埋藏在心灵深处的一个打算：远走高飞，出国留学。距离越远越好，天涯海角，天边以外，好像忧愁、烦恼、伤痕、心痛就会减轻。这个打算，开始她一点也没有透露，对爸爸也没有说过。她的心事提前透露会不会……

对孩子远走高飞，远大的志向，韩玉林一向都是赞赏的。他也希望每一个孩子都能够到外边、到更远的地方闯一闯。所以，当韩晨说出她的打算以后，韩玉林并不感到惊奇和意外，更没有舍不得的意思。他用那么慈祥的眼光看着韩晨，又伸手拍了拍她的头，带着笑容问：“想到哪个国家？”韩晨说：“现在学生们向往的主要是澳大利亚、加拿大。”韩玉林听了头一昂，爽快地说：“好，你自己选。”韩晨小心翼翼地追问了一句：“这两个国家哪个都行吗？”韩玉林还是那么痛快：“依你选。”

她又看了爸爸一眼，吞吞吐吐地说：“澳大利亚？”

韩玉林点了点头：“行，澳大利亚。”

田培露还是摸不清韩晨毕业后的去向，就起用了他的“卧底”。

因为两家的缘分，田培露早就成了韩家姐姐们眼中的“妹夫”。特别是二姐韩梅，一个时期以来看到他们两个的关系出了问题非常着急，从中千方百计撮合。田培露给韩梅打了个电话，又要她帮着打听韩晨毕业后的去向。韩梅电话中没说什么，约他到公园见面。

“到公园见面？”这种见面的形式田培露很意外，预感到韩家姐姐们对自己……他来到公园，韩梅已经先到了，田培露走向前去说了声：“韩梅姐，早来了。”田培露靠近韩梅，只见她抡起右手啪的一声，重重打在了田培露的脸上。田培露捂着脸，像烧红的铁条突然扔进冰窟窿，一下子僵硬在那里。韩梅一脸怒气，指着田培露说：“我从小看着你长大，一直认为你是个老实、诚恳的孩子。还吃着碗里看着盘子，我他妈还真看走眼了，一家人看走眼了！”

田培露听了这些，脸色立刻苍白，双腿像被抽了筋，咯噔跪在了地上，双眼直愣愣看着韩梅，说：“姐……”

“别他娘叫我姐，我不是你姐！”韩梅依然母老虎一般。

田培露的脖子像担不住自己的脑袋，头无力地低了下来。他的眼睛不再看韩梅，无神地看着地面，说：“姐，我知道你要说什么。那照片，有一张是我和春香到千佛山去玩，一个照相师说是日本的相机，立照立取，否则不要钱，当时没有多想，站在那儿就照了。”

说到这儿，田培露停了下来，抬头看了一眼天空，又喃喃地说：“这个春香，我拿她当妹妹，她却，她却把对你们、对韩晨的恨发泄在我身上。”

田培露呜呜地哭了起来，然后说：“那天我们确实喝多了。她吐了一地瘫躺在沙发上，我把她抱到床上想让她休息，可是自己也坚持不住了，头昏眼花，趴在床上也睡着了。我醒来时春香已经坐在沙发上，我赶紧吃力地爬起来说，春香你好些了吗？我怎么趴在这儿睡着了。春香说谢谢你陪伴着我。可是那照片……那天她不当着韩晨和婶子的面拿出来，我都不知道哇。”

韩梅还是怒气冲冲，但仍然听着田培露的话。

“姐，我绝不会做出对不起韩晨的肮脏事，我向天发誓：如果我说谎，天打五雷轰！”

韩梅听了，眼泪也掉了出来。

田培露还是流着泪说：“春香回到家心理极不平衡，甚至怨恨。特别对韩晨，她更是异样看待，因为在旺城一中的一些事她对韩晨更是恨。可是春香，我这么同情她，她怎么……春香，我恨死你了！”

韩梅擦了一把眼泪追问：“田培露，你没有说谎？你还是过去那个田培露？”

“姐，我可以对天发誓！”

“哪就能信？”

田培露愣了一会儿，忽然左手把右胳膊的衣服撸开，牙齿狠狠地朝胳膊咬去。

田培露的胳膊皮肉绽开，血顺着胳膊流到地上。

公园一见，韩梅几个晚上没睡好。田培露从小到大和在公园里的一切话语表现，像风力发电机的叶片总在眼前一圈一圈转动。另外，李春香进了家门后的变化，又像一宗案件的旁证。她相信了田培露，把韩晨已报名去澳大利亚留学的消息告诉了他。

田培露知道了韩晨的去向，真像沙漠中看到了月牙湾的甘泉。韩晨的打算应该说正中田培露下怀，他也期盼着一个环境的变化，远离亲人，远离朋友，异国他乡，相互是个依靠，更有利于他们破镜重圆吧。他打定主意也去澳大利亚，决心和韩晨在遥远的澳洲再重新启动那青梅竹马、两小无猜的美好恋情。

田保华当然支持儿子的打算。就是没有韩晨这层关系，儿子伸开翅膀，远走高飞求学，他都会无比的欣慰。何况这一年多，培露和韩晨的关系出现了裂缝。他知道儿子的脾气，了解儿子，了解儿子对韩晨的情感，坚信不可能出现韩晨想象的和春香自己说的那些事情。韩玉林曾经多次向田保华说起李春香的一些情况。田保华潜意识当中也感觉，是不是春香因这些年的怨恨才从中……唉。田保华想，看两个孩子的发展吧，思想就像高速公路上出现了连环车祸，不可能一下子疏通开呀。远走他乡，没有别的任何干扰，孩子们兴许会慢慢醒悟想通，重新走到一起吧。

于是，田培露启程去报名，求学去向也是澳大利亚。

出国的时间日趋接近了，田培露又打听韩晨的行程安排，又是找到了韩梅。韩梅也正为这事着急，她也没弄清韩晨到底什么时候启程。

这天韩梅回到家里，直接跑到韩晨的房间里大声嚷嚷着："喂——六小姐。到底什么时候启程？给个正话好欢送你。"韩晨翻了翻白眼没好气地说："你管这么多事干吗？什么时候走都行。"韩梅气呼呼地说："这是什么话？姐姐关心你还不应该吗？哪——以后什么也不管你了。"韩晨扑哧一声笑了说："行了姐姐，明天就走，我快点儿走你高兴了吧！"韩梅惊讶地说："什么？明天就走？这，这又说走就走哇。"韩晨说："怎么？又舍不得我走啦，那我明天不走。"韩梅瞪着眼睛说："你到底什么时候走？你气死我了你。"韩晨上前搂住韩梅的肩膀说："姐　　告诉你真话　　就是明天走。"韩晨像对妈妈一样撒娇，韩梅听了一下甩开韩晨的胳膊："这个死丫头，真的吗？明天走，来得及吗？"

韩晨认真地说："我明天到北京和同学待几天，星期五的机票。"

韩梅又问："星期五上午还是下午？"

韩晨说："是下午。"

韩梅像在夏季闷热的房间里吹进了凉气那么痛快，可还是故意板着脸说："终于吐出了个痛快话，气死我了。我告诉你，我不上澳大利亚去看你，更不让徐慕菲去。"韩晨一缩脖子笑了笑说："不去我也不看你们。”韩梅这会儿没心思和她闲逗，急着走出了韩晨的房间，回到自己的屋里就给田培露打通了电话：“喂，培露吗？她明天先去北京，订的是星期五下午的机票，还有好几天哪，我看来得及，你赶快订星期五下午的机票吧。”田培露在电话那边算计了一下说：“好，没问题。去澳大利亚的班机是方便的。”

田培露和韩梅通过电话，马上又查出了预订机票的电话号码。定好了机票，田培露像吃了一块布鲁塞尔的巧克力，嘴里心里都香喷喷甜滋滋的。他自言自语：“到飞机上看你还能不能躲过我？”

韩晨不能和田培露一起到北京了，田培露便在星期四的晚上自己来到了北京。他在首都国际机场旁找了个宾馆，入住以后还不到睡觉的时候，自己坐在房间里。韩晨去哪儿了呢？这个时候她在干什么呢？他想着拿出了手机。手机从2号键到9号键可以设定“单键拨号”，韩晨的号码就设在第2号。可是拨号以后，又立刻按了关闭键。他想，这个时候别再讨个没趣。到了澳大利亚，我就像抓到俘虏一样让她乖乖就范。他打开窗帘望着南方，思绪飞得很远很远。啊，澳洲，但愿你成为我和韩晨美满幸福的天堂。

第二天下午，田培露早早拎着自己的大包小包来到候机大厅。办完登机手续，托运了包裹，但是没有过安检，他是想在这里等等韩晨。他站在候机大厅的中央，看着大厅的每一个门口，期盼着韩晨身影的出现。他的眼睛一会儿转向一号门，一会儿转向二号门……来回巡视像个侦察兵，唯恐韩晨到来后没有被他发现。但是，等了好长时间也没见到韩晨。这个家伙，拖拖拉拉的。他想着，干脆自己先过了安检。过安检以后，他又没有到登机口，又站在大厅里，目光紧盯着每个安检口，眼睛还是来回巡视，看哪，看哪，还是不见韩晨的影子。忽然一个高个的女子，正在接受检查。

“韩晨——”

他喊着跑了几步，到近处一看，那位女子是陌生的。

田培露又失望，又着急，离登机的时间越来越近了，怎么还是看不到她的影子？他依然朝着几个安检口来回巡视着。

“各位乘客，去澳大利亚的Y330客机，马上就要登机了。请各位乘客带好您的随身物品，准备登机。”

怎么搞的，怎么搞的？田培露急火火地拿出了手机，按动了2号键。手机里传出了一位女子轻柔的声音：“对不起，您拨打的电话已关机。”

“哎呀！”田培露自言自语地说着，跺了一下脚。又向几个安检口看了一眼，然后直奔登机口而去，一边走，一边回头张望。飞机票要递给检票员的时候，他又踮起脚，向后面扫了一遍，还是不见韩晨的影子。

他登上飞机，就蹿到一个舷窗前，使劲扒着头向外看，舷窗的方向对的是机场跑道。他又蹿到飞机另一边的舷窗口。这时，这个舷窗前已经坐上了乘客。他说了句：“对不起，我向外看一下。”没等那位乘客有什么反应，他的脑袋就伸向舷窗。可是，舷窗外边是候机大楼。唉——就是韩晨来了也是看不到的，因为登机要经过的是能够移动的登机过道。他又拿出手机，又按动了2号键，手机里传来的还是那句“对不起”的话。他又赶紧拨通了韩梅的电话。

“二姐，我都登机了，怎么没见韩晨的影子？”

“怎么？你没见到韩晨？”

“是啊，我从候机大厅就等她，进了安检又等她，直到登上飞机，到现在还没有她的影子。”

“你没打她的电话吗？”

“打了，总是关机。”

“这个死丫头，干什么去了？我马上问问我爸和我姐他们。”

不一会儿，韩梅就打来电话，说她问过了，都不知道她去哪里，不知道是怎么回事。都拨打过她的电话，还是关着机。

轰隆——飞机巨大的身躯和地面形成几十度的锐度直冲向蓝天，很快就攀升到了一万米的高度。这个时候人们还不能解开安全带自由活动，飞机上的电视也没有打开，手机也全部关闭了，乘客们没有一人说话，机舱里听到的只是轰隆隆的飞机发动机声。田培露仰坐在狭窄的座位上，闭着眼睛，懊丧、急躁、气恼、烦闷……就像机舱里隆隆的轰鸣充斥着他的脑海。

韩晨……她，她为什么没有登机？是贪玩耽误了时间？提前来了好几天出了意外？是故意不和我乘坐一架飞机？还有什么别的原因？想来想去，他否定了前两个原因。她是认真的，不可能贪玩耽误时间，也不可能出现意外。这几年她一人在外，应该说有丰富的出行经验。那么就是故意不和我乘坐一架飞机？对，一定。她，她也许是已经走了？或者是拖延一两天，故意不和我一起走。很可能是提前走了，在飞机上不准开手机，所以她的手机打不通。这个家伙这么固执，连结伴同行都不可以。唉——田培露想啊，想啊。感到有一种压抑，这种压抑比飞机上那种缺氧还难受。

中国、澳大利亚分属南北半球，要和韩晨重归于好，也好像穿越这时空一样任重而道远哪。

飞机舷窗外已经没有了一丝光线，天全部黑了下来。

一仰脸，头就要碰到机舱的顶部，空间是那么狭小。他感到窒息，好像机舱内没有了一点的空气流动。恰巧飞机遇到了气流，像个破旧汽车一般颠簸，他更加烦恼，似乎这飞机要把他送向地狱。

飞机加速、昂头、起飞、冲向云霄。

这些年，潘治安经常出国联系业务，像个大外交家频繁来往于很多国家，经常飞来飞去。但是这次坐上飞往台湾的班机，还真别有一番滋味。台湾，多少年来一直与“反动、恐怖、罪恶”等等连在一起。“国民党反动派”“反攻大陆”“台湾特务”……这些在潘治安小时候的记忆中，打下了深深的烙印。又曾几何时，改革开放的年代，台湾在大陆又与繁荣、富裕……连在一起，亚洲四小龙台湾就在其中。台湾不仅是中国的一个省份，而与许多政治的、经济的、文化的……好多大事件连在一起，更增加了人们去台湾的神秘、期盼感。

上午十一点多飞机降落在台北桃园机场。还是在飞机上，潘治安就从舷窗向下瞭望，远远看去台湾确实是一个岛，周边碧蓝的大海环绕；树木、庄稼、植被把整个岛子染得那么绿；河流、湖泊像玉石项链镶嵌在碧绿当中……飞机着陆了，潘治安还是透过飞机的舷窗望去，桃园机场的候机厅不算很高，但一下映入眼帘的是那面青天白日旗。

这面旗帜也太熟悉不过了，电影、电视中也是经常看到。特别是解放军攻进南京总统府，这面旗帜被解放军战士从总统府的大门上降下来，那是亿万人民心中永远磨不掉的瞬间。

到了台北，入住兄弟大酒店。这个酒店不算很大，但到处整洁温馨，一夜睡得很舒服。潘治安来台湾之前就有一个愿望，他想到邓丽君的墓地去瞻仰瞻仰。合作伙伴于老板爽快答应。这天早上，于老板租用了一辆面包车，潘治安和几位福建朋友一同前往。

开车的师傅姓占。

一路上，因为同时对邓丽君的敬仰，于老板、潘治安，还有那几个福建客人，当然话题全部集中在邓丽君身上。有时，福建的几个朋友还哼唱起邓丽君的小曲：

甜蜜蜜，你笑得甜蜜蜜，
你的笑容这样熟悉……

小城故事多，充满喜和乐……

于老板问起潘治安为什么对邓丽君有这么大的兴趣，潘治安像回忆久别的亲人一样一往情深地说：“邓丽君的歌美丽动人，在大陆有成千上万的歌迷呀。更重要的，要说我能够起家，一个重要的因素是多亏邓丽君的歌曲。”于老板饶有兴趣地说：“哦，潘老板，具体说说。”潘治安不好意思地笑笑说：“唉　　说起来惭愧呀。那个年代，邓丽君的歌曲一登大陆立刻受宠，特别小青年们都是邓丽君的崇拜者。可那时候歌带少哇，要弄到一盘邓丽君的歌带很不容易。我听南方的朋友说，有一种录音机叫双卡录音机，可以把一个磁带上的声音复制到另一个磁带上。我听了当即请求让朋友给买。费了很大周折，终于从国外买了一台。”

潘治安说到这儿停下来，故意抑制一下自己激动的心情。这个本来不善言谈的人实在关不住“话匣子”，心底的兴奋就像堰塞湖的水非要漫过堤坝来。他喘了一口大气继续说：“有了那个宝贝，我是不会让别人知道的，都是夜里复制磁带。光买歌带我是不卖的，一盘磁带赚不了多少钱。卖录音机带卖磁带，一部录音机带三盘磁带那利润就大喽……”

潘治安这个老闷儿，似乎一下子说出了一辈子的话。于老板听了哈哈大笑起来，他拍着潘治安的肩膀说：“老潘你真有眼光，真有一套哇。”潘治安说：“这把戏现在说起来是笑话了。不过有一个时期，邓丽君的歌曲被视为‘禁曲’，不准出售，不准演唱。我就偷偷地卖。为了卖邓丽君的歌带，还自然形成了暗语呐。”于老板更有兴趣地问：“哦，还有暗语？什么暗语？”潘治安更加绘声绘色地说：“那时候不说买邓丽君的歌带，叫‘美女’。见了面以开玩笑的口吻问：‘美女好吗？’那就知道他想买邓丽君的磁带了。”潘治安的话，把全车的人又说笑了。

邓丽君墓地到了。虽然刚下了车还没有见到墓地，但是每个人脸上的表情立刻凝重起来，刚才那快活幽默的气氛一下子没有了。

邓丽君的墓在台湾的金宝山上。墓地既简洁肃穆又使人感到温馨，棺盖用的是南非黑色大理石，棺盖前面摆放着祭拜者献的鲜花，中间镶嵌着一张邓丽君的照片。棺盖后面是一个石雕，是圣母玛利亚的雕像，这雕像是邓丽君的母亲要求刻上去的。圣母张开双臂，保护着她的女儿。

潘治安把鲜花放到邓丽君的墓前，表情像祭奠父辈一样庄重。他默默地看着邓丽君的照片心里说：邓小姐，听说你有很多去大陆的机会，但终没成行，真是人生憾事呀。大陆有多少像我这样的崇拜者啊，不仅自己因为你的歌带发财起家，也为你的歌曲所打动的，应该是一代人哪。

回到台北兄弟大酒店，潘治安进了自己的房间，于老板与那位开车的占师傅跟了进来，于老板说占师傅想跟潘老板说几句话。

“说几句话？”潘治安很奇怪，跟我有什么话说呀？他当然不好推辞。那位占师傅操着不很标准的台湾普通话自我介绍说：“我叫占生。”

在车上，大家光顾谈论邓丽君，潘治安没有顾得上仔细打量这位占生。这会儿看到他长方形的脸庞，高高的鼻梁，五十多岁，白发苍苍，没有了多少黑发。两个眼角的皱纹让潘治安这个“八百度眼睛”也能看得清清楚楚，但眼睛还是炯炯有神。

占生坐到沙发上就问：“潘先生一定是北方人吧？”

潘治安说：“对，北方人。”

占生又问：“你是哪个省哪个县？”

潘治安说：“我是旺城……”

潘治安说到这儿，占生忽地站了起来。因为潘治安还是坐着，占生个子高就弯着腰，抬着头，头和脖子快成了直角，眼睛瞪着，紧盯潘治安的脸说：“旺城？是东州地区的旺城吗？”

说这句话的时候，口音忽然出现了变化，他不再用那么不标准的台北普通话了，而是用起方言。这种方言于老板是听不懂的，但潘治安一听就是地道的旺城话。潘治安倒像是天外遇知音，惊奇地问：“你，你是……”

占生一把拉住了潘治安的手，随着他的用力，潘治安也跟着站了起来。占生像遇到紧张恐惧事件一样地发抖，全身在哆嗦，牙齿也在打架。他说：“俺……也是……旺……城的。”

潘治安惊奇变成惊喜说：“在这里遇见老乡了！”

此时，占生的眼里流出了泪水，泪水顺着皱纹的“沟渠”越流越多，一下流满面颊。并且，哽咽得无法说下去了。潘治安和于老板奇怪中又有些意外，他怎么一下子这样子了？还是潘治安安慰了几句：“占师傅别激动，慢慢说，慢慢说。”

占生和潘治安又重新坐下，他双手捧着脸停顿了一会儿，同时也擦去了眼泪说：“从上车以后，一路上俺就仔细听你说话，越听越觉得你是老乡。所以回来以后，就跟于老板说要和你见个面。”潘治安继续问：“你是哪个乡？哪个村的？”

占生听了潘治安的话，皱着眉头有些莫名其妙，思索着说：“那个乡镇——俺不知道，只知道是芦集公社李店大队的。”潘治安说：“哦，过去的公社现在改成乡和镇了，村就是村，不叫大队了。那么你就是芦集镇李店村人，你那个镇我有朋友。”

此时，占生又一次泪水流满了面颊。

波涛汹涌，暴雨如注。

好端端的天突然雷电交加，路铁柱被晃动的船体甩出甲板。

当他醒过来的时候，又躺在了甲板上。但是，他睁眼环顾四周，没有一个认识的人。忽然他反应过来，自己被风浪打下甲板，可能又得救了。是谁救的我？这又是哪里的船呢？

原来，是台湾的一条捕鱼船。

船上有位中年人叫占宝贵，在刚经历了一场突如其来的狂风暴雨后，他走上甲板看见远处好像有什么东西漂了过来，开始以为是条鱼，但仔细看是个人。占宝贵赶紧说：“有人漂过来了，捞上来，快，捞上来！”有的说捞什么，肯定是死的，喂鱼去吧！占宝贵着急地喊：“别瞎说！”说着他挎上救生圈，叫别人拿绳子把他拴住，纵身跳到海里。

路铁柱被占宝贵救上船，又马上采取急救措施，等了一会儿，他渐渐睁开了眼睛。

“肯定是大陆的。”

“弄不好，还是个共产党呢。”

……

船靠岸了。船长对占宝贵说：“这孩子，看来是甩不掉了。”占宝贵说：“那是，也不能再重新把他扔到大海里去呀，就当来个叛逃的吧！”船长微微一笑说：“你这个家伙，真有你的，当干儿子吧！”

后来，在船长的撮合下，路铁柱认了占宝贵为义父。

这个时候，潘治安摘下那高度近视眼镜，揉了揉眼，也擦去了满眼的泪花问占生：“你成亲了吗？”占生摇了摇头说：“没有。”

占生的义父占宝贵是从山里被抓当了国民党兵，来到台湾时已经接近三十岁了。他只是一个普通大兵，左脸上还有一块战场上留下的大伤疤。义父说过：“像我这样的人，还娶什么媳妇啊？”后来，义父还是在四十多岁的时候娶了一个残疾姑娘。这位残疾姑娘一直身体不好，家里的负担很重。占生进到占宝贵这个家庭以后，倒是增加了一个壮劳力。为了报答义父的救命之恩，占生拼命工作，多挣钱养活全家，同时为义母看病。占生说：“我这样的条件，年岁又大，又是从大陆漂过来的，有谁家的姑娘敢于以我为夫呢？”

再后来，义父得了脑血栓身体偏瘫，全部负担都落到了占生身上。这个时候，占生就更没有娶亲的念头了。只是多干活，多赚钱，养活义父义母。为了多挣钱，他学会了开汽车。

潘治安又问：“你义父母的身体现在怎么样？”占生带着悲痛的腔调说：“义母已经去世了，这么一个残疾的人，也没有陪伴义父走到人生的尽头，义父现在也完全靠轮椅生活了。”

潘治安又直截了当地问：“这么多年你没有回老家的念头？没有打听家乡？没有回家乡去看看？”

占生听到这儿，脸上露出了凝重、苦涩、欣慰……一副复杂的表情。他点了点头缓慢地说：“是啊，九四年两位老人在新加坡见面以后，大陆和台湾的来往紧密起来。我是非常热切回到大陆、回到亲人们身边。但是，我一个鱼肚子里爬出来的人，占生的名字是我自己起的。义父救了我让我再生，我就叫占生了。他现在靠轮椅生活，我怎么能丢下他回大陆呢？在他面前我从不提及大陆两个字，连这方面的意思都回避。他也催促我打听老家的情况，我都坚决否定立刻改变话题，唯恐给他带来思想负担，影响他的身体健康。”

占生又抹了一把泪继续说：“这次听到你的乡音，我实在难以抑制，再也忍耐不住了。”说着，又上前紧紧握住了潘治安的手。

潘治安更激动了，他说：“芦集镇我有朋友，咱电话联系一下。”

“联系？”

占生——路铁柱迟疑了。他原打算把义父义母养老送终以后再考虑回大陆的问题。今天这突如其来的老乡相遇，使他不由自主暴露了身份。他疑惑地说：“现在就联系？”

潘治安安慰说：“占生，义父对你恩重如山，你对义父也是情如海洋。我先帮你联系，了解一下家里的情况，今后对义父的孝敬绝对不会受到影响。我也以老乡的身份要求你，必须这样做。”

占生点头答应了。

潘志安又说：“了解你家里的一些情况，还有别的吗？”

“别的……”占生陷入了沉思。

玉梅，你，你现在怎么样了呢？我们短短两年的夫妻就分离了。那时我真是肝胆撕裂，天旋地转。我相信你知道我的心情，因为你绝不相信我是盗贼。你我夫妻如胶似漆，相亲相爱，到现在我也相信你绝不会怀疑盗贼是我。

因征招打鱼工我走了。我想咱们先离开，让你和娘还有我都冷静一段，然后我绝对回来。到那时，我以一个吃商品粮的正式工的身份，对天地盟誓洗清我的清白，娘可能会相信的。也许是老天的惩罚，惩罚我逃避，惩罚我不能好好在家等待时机，等待重新取得娘的信任与你和好，竟然一走二十多年。现在我成了一个已经喂了大鱼的人，一个另一个世界的人。

这个域外世界上，我无时无刻不思念我的亲人，无时无刻不思念我的妻子。你……已经……或者……唉——我不敢想象下去……

占生好长时间没有说话，思考着。他看着房间里的家具，从这个沙发看到那张桌子，从桌子又看到室内的灯具。等了好大一会儿说："再打听一下，一个叫……李玉梅的。嗯……不知还在不在俺村，如果能打听到，就向她问个好吧。"

"李玉梅？好，好的。"潘治安答应着拨通了徐慕菲的电话。他把手机打开免提，听着里边的呼叫，占生两只眼睛紧紧盯着手机。

"喂——徐书记吗？我是潘治安。我已到台湾几天了，感谢你临走前的送行款待。"潘治安和徐慕菲寒暄了几句，接着说："我在台湾，碰到咱们旺城的一个老乡，这个老乡正好是你待过的芦集镇的。"电话里边说："哦，芦集镇也有台胞？是哪个村的？"潘治安答道："是李店村的，姓路，叫路铁柱。请你了解一下他家的情况，同时向一个叫李玉梅的问个好。"

"李玉梅？"电话里面说，"李玉梅就是春香的娘啊。"

"春香的娘？"

占生像是触了电，浑身一哆嗦，脸色一下子苍白起来。

第二十二章

春天，旺城召开了一个规模巨大的经济工作会议。

为使会议引起轰动效应，按照市委秦书记的要求，市直各单位和企业创造一个热烈氛围。整个旺城各主要街道，都挂上过道条幅、宣传广告。会议中心门前的广场上，彩旗飘扬，气球腾空。每个气球都飘带着一个长长的条幅，上面的宣传标语口号内容震撼：

“招商引资，工业兴市！”

“思想解放再解放，促进旺城经济跨越跳跃式发展！”

“把工业作为天字号工程，抓紧抓死抓出成果！”

……

特别有一个条幅打出了这样的口号，非常引人注目：

“发展是硬道理，硬发展也是道理。”

人们看了这个条幅以后，议论纷纷。有的说这是乱提口号，有的说也有道理。这是哪里提出来的？报纸、电台、电视台，还是哪位领导的指示？人们想不起来，找不到依据。

原来，这是四铁集团提出来的，今天的会议上马凯和要露大脸。

你看会议中心门前广场上竖起一块巨大的牌匾，牌匾上依次书写着旺城产值、纳税头十名。第一名四铁集团公司，第二名玉林集团公司……牌匾下停放着一辆黑色奥迪轿车，车上披彩挂红，盖在车上的绸缎镶嵌着七个大金字：产值税收双第一。人们围着奥迪车指指点点，说说笑笑。四铁是第一名，这辆价值三十多万元的轿车，肯定花落马凯和了。

今天会议上马凯和要作典型发言。几天来，他就研究在这个发言中弄句一鸣惊人的大口号，这口号要跟形势，要新颖，要有震撼力。他实在想不出来了，又请杨明义帮忙。杨明义就找了上边的大笔杆子，提出了“发展是硬道理，硬发展也是道理”。对这个口号一些人存有疑虑。秦志钰看了，耷拉着眼皮思考了一下说：“思想解放嘛，胆子要大一点，提个口号，何况都是为了发展。”

那么这句口号，也就真的打出去了。

这时候，会展中心广场上正热闹。人们说笑着，围着那辆奥迪车尽情观赏着。西市田市长挤到前面，杨明义也在欣赏着那辆车。杨明义身穿一套米黄色背后左右开气儿的西服，一件大红色的衬衣，胸前像着了火。虽然这场面乱哄哄的，但田保华一张口压住了所有的声音。他对着杨明义说：“杨总，怎么样？明义纺织集团多交点税，也弄个第一，也弄辆奥迪开开。”杨明义摇着头，还带着一副洋气说：“NO、NO、NO——我勒出青筋也弄不上第一。”田保华说：“学老马呀，把自己变成电钻呀，钻呀。”杨明义仍然一本正经：“去去，我没那么大的钻劲。”田保华摇了摇头说：“别装傻了，自行车支起后架子——‘空转’哪。”杨明义说：“国际玩笑。”田保华梗着脑袋说：“那真事你不知道还是我不知道？”杨明义说：“按你这个说法，咱们旺城的纳税第一，不是好得来的？是拱出来的？是钻出来的，转出来的？”杨明义的个头本来比田保华高不了多少，说完却故意挺起胸脯，拍了拍田保华的肩膀说：“小同志——不要乱讲嘛，要讲政治——”

田保华、杨明义两人一通侃大山，引起大家一阵阵笑声。

旺城号称“干部摇篮”，来到旺城提拔不像坐火箭，起码也能赶上飞机的速度。那年换届时传出——就是不乱传，明眼一看秦志钰调到旺城市当书记就是重用。可秦志钰没想到，一下子耐心等待了近七年。社会上流行着不跑、不找、不联不提拔的怪论，你不找、不跑、不和上级领导联系，领导怎么了解你？领导不了解你，又怎么会提拔你？然而秦志钰天生骨子里有个倔强的脾气，一个农民的儿子考上名牌大学，当上副县长，县长也干了多年，特别在旺城这些年的工作成绩。

不是向组织赌气，但也有怨恨牢骚。你说是不跑、不找、不联不行，那我就坚决不跑、不找、不联。就拼命地出政绩，看市里、省里甚至更大的领导能不能了解我。

可能正是由于这些思想，在他眼里旺城到处都是长得慢的庄稼，恨不能每一棵都给它揠上一大截，让它快快地猛长起来。看到任何事物都是惰性反应，恨不能都给加上催化剂，让它快速地反应发展起来。秦志钰本来秉性暴躁，这些年在旺城可现原形了。在他身上火一点就着，气一吹就来，拍桌子瞪眼睛家常便饭。他急呀，急着出政绩呀。

进入二十一世纪，“跨越跳跃式发展”，成为各地、各级领导的灵魂。各地、各级追逐发展，相互比拼，经济恨不能一下子像火箭一样冲上天空，越飞越高。这些年，旺城的GDP没说的，一直名列东州市的前茅，就是税收让秦志钰闹心，全旺城没有一个税收过亿元的企业。这一年秦志钰代表旺城市委、市政府提出：突破单个企业税收亿元大关的口号。他亲自做工作，挖空心思，想让玉林集团在亿元税收上搞突破。别说韩玉林，实际大家都清楚，产值指标怎么也好说，但是这一亿元的税收却不得了。任你帮、扶、促……怎么折腾，玉林集团稳扎稳打，产值税收增长幅度不小，但就是没有突破亿元关口。促玉林集团无望，秦志钰的眼睛就瞄上了四铁，瞄上了马凯和。

会议开始了。秦志钰书记主持会议，车路银市长宣读授奖名单。马凯和随着欢快隆重的音乐走上主席台。书记、市长亲自给他披红挂彩。然后秦书记把一个巨大的奖励证书递给马凯和，车市长把一个奥迪车模递给他。马凯和接过证书，抱着车模意气风发，神采飞扬，和那会儿弄上四铁一把手一样兴奋。他把证书和车模一手一个举过头顶，面朝观众，左右晃晃。书记、市长带头鼓掌，会场内掌声一片。那场面，比欢迎“最可爱的人”赴朝回归都热烈隆重。

发奖以后是典型发言，发言的第一名肯定是马凯和。他身着西服领带，背头梳得溜光，人说新郎一般。台前先给主席台上的领导深深鞠了一躬，又给台下的与会者鞠了一躬，然后健步走到发言席上。以严肃的面孔向台下扫了一眼，然后用高高的嗓门儿开腔：“各位领导，各位同志，你们好——”在此，故意停顿了一下，赢得了又一次掌声。

下面，慷慨激昂，措辞有力，讲述一年内如何如何采取强有力措施，拿下铝材第一期；以铝材第一期促进产值税收双第一，攻破税收亿元大关；还有对明年如何进一步采取措施，坚决保住产值纳税双第一的殊荣……他声调忽高忽低，抑扬顿挫，像强劲的台风吹遍台下各个角落每条细小的缝隙。

马凯和出尽了风头。

按照他的安排，公司早就提前有几辆轿车和一辆敞篷车开到会展中心。敞篷车上是雇来的军乐队。大会结束，他坐着获奖的新奥迪，由早已安排的车辆陪同，在回公司的路上故意绕了几个弯，通过市区的几条主要大街，行间军乐齐鸣，着实搞了一回招摇过市。

进了公司大门，车辆全部停在办公楼前，早有安排好的许多员工在迎接。马凯和一改往日的铁青面孔，显得今天格外好脾气。和这个打招呼，与那个搭腔。看到职工们聚集得不少了，就清了清嗓子，似乎会展中心的报告还不过瘾，又像站在舞台上一样演讲起来："同志们，在市委、市政府的领导下，在四铁党委班子的正确领导下，经过全公司干部职工的努力，我们获得产值纳税双第一名的重奖。也就是说咱是旺城经济发展的'大哥大'。这个奖项可不能小看哪，在旺城如果与国际上的电影节相比，那就是奥斯卡奖。如果和世界上最大奖项相比，那就是诺贝尔奖。"

说到这儿，他扫了一眼人群："啊——国际上的这两个大奖，大家都知道吧？"不知是大家在他面前拘谨不敢回答，还是人们真不了解什么叫奥斯卡、诺贝尔，场面一时死沉下来。还是一个年轻人说了声："知道，这都是大奖。"这才打破了一时的尴尬。马凯和紧接上说："哎——还就是年轻人懂得多，奥斯卡——诺贝尔——咱们国家那个……那个谁？诺贝尔？那个——"马凯和那个这个了一大阵子，也没说清是什么。还是那个小青年给他解了围，说是杨振宁获得过诺贝尔奖。马凯和紧接上："哦，对对对。杨振宁，诺贝尔……"

为了进一步扩大影响，马凯和决定召开一个公司全体人员参加的大会，地点也设在市会议中心，就在他领奖讲话的那个舞台上。为了会议热烈隆重，这天他又来到会议中心，亲自布置起了会场。

他指点着舞台上各种条幅鲜花的摆放。为了能够让台下从各个角度看到台上的气派，他也站在了会场中央比画比画。可是，他站得距离远，台上听不清他咋呼了些什么。没有办法，办公室主任专门拿来一个手提式喇叭。马凯和拿在手里像对着万人观众一样咿里哇啦，尖声尖气儿，鬼哭狼嚎一样。

“嘟——嘟——”忽然，挎在腰间的手机响了起来。马凯和从腰带上抽出手机，一看电话号码，一改刚才这不如意、那不舒心的脸色，流露出一副既紧张又欢喜的模样。原来，是书记的电话。他赶紧挥动着一只胳膊，示意人们安静下来，舞台离他那么远，哪理解他的意思，还是嘈杂一片，要在往日他准得发“贼横”了。今天顾不上了，赶紧接通电话：“喂——喂，是秦书记啊，您好，您好。”尽管马凯和一个劲地问好，电话那边没有一句客气话，只是说让他到办公室来一趟。

马凯和不敢怠慢，舞台上什么样子，一句话也不再说了，赶紧蹿出会议中心招呼司机。司机哪里知道这紧急情况，当然来得不及时，便挨了一顿臭骂。他一边骂，一边自己打开车门，钻进车里飞也似的来到了市委办公室。

本来秘书已向书记通报，马凯和可以进去。他还是轻轻敲了敲门，待里面说：“请进。”他才推开门像踩着钉子似的，小心翼翼，缩手缩脚进到屋内。他朝着秦志钰哈了哈腰点了点头，秦志钰没看他，挥了挥手示意让他坐下。马凯和没敢坐在沙发上，在旁边一把钢管便椅坐了下来。

刚才秦志钰好像是在批阅文件，把最后一行字写完，然后抬起头，但眼睛仍然没看马凯和，问：“忙什么呢？”马凯和噌地站了起来说：“市委、市政府给我们这么大的荣誉，我想如何把这荣誉变成动力，激励全体干部职工，大干一年，再创佳绩呀。”秦志钰听了，脸上露出了一丝很稀少的笑容：“好啊，有什么具体想法？”

马凯和咽了一口口水，又像回到那天发言的舞台上：“第一，借这次市委、市政府奖励的东风，召开一个大规模的会议，打好思想工作基础。动员全体干部职工，奋力投入到新一年的生产当中。第二，铝材第一期迅速达产，力争很快形成规模生产，产生效益，发挥作用。

第三，挖掘……”

马凯和没有说完，秦志钰抬了抬手，慢言慢语声音很轻说：“说馅儿说馅儿。”马凯和先是愣了一下，很快就明白了，书记是嫌他说的都是大话，没有一口咬到包子馅儿上。他点了点头，微微笑了笑，对自己上面那些似乎没用的话表示了一点点歉意。然后又理直气壮地说：“产值，进一步增加，增加——百分之三十到四十。税收，保证仍然突破一亿大关。”

马凯和说到这儿，没再继续往下说，抬头迎着笑脸，看看秦志钰对自己刚说的这些满意不满意。

这会儿，秦志钰没说话，还是没看马凯和。他紧闭着嘴，翻了几下眼睛，白眼珠子在眼眶里“打着跟头”。脸忽然转向马凯和，神色严肃地说：“保住税收一亿，产值增三到四成，就用得着你这些一二三吗？就是没有新动作，这个目标不照样能实现吗？”

马凯和迎头挨了一棒，眨巴着眼睛，摸不到头脑了。秦志钰没有理会马凯和的表情，继续说：“税收保住一亿，这样的目标太保守了，思想太不解放了。什么叫跨越跳跃式发展？就凭你说的这几个数字，能称得上跨越跳跃式发展？”

马凯和听到这儿，像一下子跳进了一百度的热水池，浑身发烫，头上的汗像拧湿毛巾一下子挤出水来。秦志钰站起身来，离开桌子，倒背着手在马凯和面前踱来踱去。马凯和的身子、脑袋、眼睛随着秦志钰来回运动着。秦志钰的手向上一挥，马凯和的心就随着高高地提起；他的手落下，马凯和整个人也像落了地。

突然秦志钰停住脚步，转过身面对着马凯和，眼睛直直盯着他。这一瞬间，马凯和与秦志钰的眼睛对在了一起。哎哟——他不寒而栗。秦志钰的眼里不仅带着钉，带着寒气，还带着火哩。这火热辣辣的就像空中火箭尾巴上喷出的烈焰一般，直喷到马凯和的身上，直刺到马凯和的眼里。

秦志钰说：“产值，增五成。纳税，增三成。为保证这个任务指标，必须新上铝材第二期！”说到这儿，手啪拍到了桌子上，“没有规模哪儿来的产值！没有规模哪儿来的税收！”

马凯和走出秦志钰的办公室。不知自己怎么从三楼下到了一楼，也不知是怎么走出了市委的大楼，两只脚像被自动化了一般。出了市委大楼的门厅就愣在台阶上。还是司机喊了他一声，他才知道这个时候应该上车了，车子停放在市委办公楼的左前方。

“产值，增五成。纳税，增三成。”

“必须上铝材第二期。”

回公司的路上，马凯和脑海里，不断出现秦志钰那带火、带钉、带寒气的眼睛。耳边不断出现秦志钰严厉而又坚定的声音。一路上，其他的东西似乎从他的脑海里全部跑光了，外界的东西什么也没有再打入他的脑海。

……五成……三成……

……铝材二期……铝材二期……

幽灵一样缠绕上了他。

马凯和这几年经营的四铁，因为有全市最大“块头”这个基础，并且是全市几个没有彻底改制的企业之一，享受着“皇恩皇惠”，境况还算不错。

马凯和看到玉林集团红红火火，真从心眼儿里妒忌。市委、市政府领导也批评他太守旧，思想不解放。一再要求四铁上规模，上新项目。于是他顺势而上，考察了新型铝材，计划大干一场。在那年的全市经济工作会议上，马凯和就上台表态：“掉身肉，脱层皮，上铝材，上税收，破一亿！勇当旺城经济发展的大哥大！”

产值不用别人帮忙，差一缺二，公司财务科只要深入“讨论研究”能办到。但是纳税的问题可不是凭着本公司财务能够研究讨论出来的。上年由市政府分管领导协调税务、财政多个部门，让钱“跑了一圈马拉松”，问题就解决了。为了树立起一个标杆，一个榜样，突破旺城从来没有税收一亿的历史，搞点小动作似乎也值得。

今年，今年怎么办？这么大的增值数目，再玩“钱跑马拉松”的把戏恐怕……再说，还有铝材二期，可不是“仨瓜俩枣”就能办得到的。

马凯和想，这国有企业就是不如人家私营企业呀，自主权少，受命于上边。当人家的差，就得听人家调遣，就得迎合人家的需要。唉，也怨自己，老老实实，稳扎稳打也就是了，干吗去闯那个潮头，争那个头彩。这可真叫猴子爬杆儿，上上不去，下也下不来了。可是，可是在咱这种体制下，你不去争也不行。上级责成你这么上，那么上，上这个，上那个——你就得执行，不干不行。

夜深了，马凯和与班子的几个主要成员，财务上的有关人员，还在他的办公室里苦苦熬着。那气氛像办丧事一般。他们讨论研究如果再上铝材第二期，凭空算账，就有一半的资金缺口。在座的一个个愁眉苦脸，不敢多说一句话。马凯和又唰唰快速抿了两下大背头，倒背着手望着黑漆漆的窗外，脸仰起，脑袋又成哈密瓜状。

上铝材第一期时，同样也是资金困难。最后三千万没有着落，还是马凯和暗地里找到秦志钰，出主意让玉林集团担保，向银行贷出三千万。马凯和深知玉林集团有这个能力，有这个可能，秦志钰听了确实眼睛一亮。但是，马凯和向秦志钰说明，因为四铁改制的矛盾，他不好向韩玉林协调这件事，请求市委、市政府给予支持。于是，秦志钰就责成副市长孔大智找韩玉林。韩玉林当然在领导面前也讲了一大堆困难，但是市长车路银又找到他。车路银从他发展企业，为旺城做的贡献，一直谈到他的人品、人格多么的诚实优秀。谈到旺城经济发展的大局，还特别对徐慕菲点了几笔。

明白。徐慕菲已经当上副市长，今后还得进步，是事都弄好了不就对徐慕菲各方面更好吗？

好的。从全市经济发展的大局出发，不看僧面看佛面。四铁这些年自己也总惦记着，那里干部职工的生活、发展，应该说也系在自己身上。就这样，韩玉林让下属的房地产开发公司担保，为四铁赢得了三千万的贷款。

星期天的晚上，马凯和与谢淑华又来到老地方，这是马凯和秘密购买的一套两室一厅的楼房。房子面积虽然只有一百多平方米，但是装修很讲究。在一般还用地板砖的时候，这里全部是木制地板。墙上粘贴的都是从上海专门买来的壁纸，说这种壁纸不散发甲醛，是环保型的。

两人上得床来，云雨一番，谢淑华感觉不理想，朝着马凯和的屁股使劲拍了一下："干吗？又吃外食去了，到我这里就没本事了。"马凯和鼻子哼了一声说："还说你是机灵鬼儿呢，屁。看不出我愁吗？要是不愁，我翻你个底儿朝天。"谢淑华也哼了一声说："净吹牛，什么时候有那本事？"马凯和没再理会谢淑华的话，忽然问："韩玉林那个老七，就是他要回来的那个，叫什么？叫……李春香吧，你们还有联系吗？"谢淑华一听，又朝着马凯和的屁股啪打了一下："怎么？你又迷上那个小妮儿了？"马凯和眼一瞪说："和你说正事呢。"谢淑华板着脸说："尽弄些花花草草的，还有正事？"马凯和平心静气下来，吻了谢淑华一口说："说真的。我问你，从去年咱们办那笔贷款抵押以后，现在还和她联系吗？"谢淑华说："你问这个干吗？"马凯和诡秘地说："我想利用利用这个丫头。"

还是在机械厂的时候，本来谢淑华在车间工作，一个偶然的机会，马凯和看上了这个身材略高、眉清目秀的姑娘。他了解到谢淑华是学文科的，便以培养文字材料人员的理由，把她调到了厂办公室。这样，他和谢淑华接触的机会多了，天天见面，还经常在一起研究这材料那报告。谢淑华凭着自己办事利索、能说会道，更赢得马凯和的信任。渐渐地马凯和那个心思越加浓重起来，对谢淑华由信任到了爱慕，慢慢地就把她调到了自己的床上。四铁成立后精简上层人员，马凯和为谢淑华说情，还与韩玉林弄得那么不痛快。

谢淑华前些年有些发胖，可把她吓得不轻。她怕胖了没有了身段，失去吸引马凯和的资本，就千方百计减肥，节食、按摩、吃药，可折腾得不轻。可是"过劲了"，特别是脸上瘦得够呛，眼眶子明显凸起来，并且颜色发紫。如果捂住眉目，说眼眶子是眉毛都行，如果直眼看去简直就是"双眼眉"。毕竟是老情人了，加上谢淑华相机行事的本事，仍是马凯和的心肝宝贝。马凯和弄上四铁一把手，谢淑华虽然没有学过财务，但硬是从车间拔出来塞进了财务科。

这会儿，谢淑华从床上坐起来，身子靠在松软的床背上。从床头柜上拿起一支烟点着。她平时很少抽烟，只有和马凯和在一起云雨的时候偶尔抽上一支。她点着抽了一口，然后把烟送到马凯和的嘴边，马凯和也使劲抽了一口。谢淑华说：“办完贷款以后，有几次吃饭碰到过这个丫头，没再专门接触过。”马凯和听了眼睛一亮说：“好，有几次吃饭的接触就好，没有断这根线，你想方设法和她进一步接触接触。并且，要越混越深。”谢淑华不解地说：“那有什么用？她能主得了贷款抵押的事？”马凯和说：“她当然主不了。”谢淑华问：“那，有什么用？”马凯和说：“想办法呀，我的机灵鬼儿。”谢淑华还是不能理解，她和马凯和再是如胶似漆，这回也猜不到他会有那样阴险狡猾的鬼蜮伎俩。但马凯和在她面前放屁也是香的，她从马凯和那里得到了莫大实惠。马凯和是她的一切，为了老马她什么都会干的。

马凯和伸出胳膊，把谢淑华搂在怀间问：“韩玉林那个姑娘，平时喜欢什么呢？”谢淑华推开马凯和的胳膊说：“这，这还能有什么？女人家就是穿衣打扮呗，钱当然需要了。你，净装糊涂。”马凯和说：“这丫头，毕竟还是个农村来的孩子，这要照顾到她的特点。钱好说，但要一步一步来。你说穿衣打扮这倒是个茬口。”谢淑华噌地坐起来说：“哎，这个丫头好能喝酒呢！”马凯和拍了一下她的胸脯说：“好，能喝酒，说明她好吃好喝好玩的，你正好对付得了。”谢淑华瞥了他一眼说：“去你的。”

两个人笑了起来，笑声就像污水井里咕咕拱出来的气泡。

夜幕刚要降临，各家酒店就开始热闹了。特别是那些有名气的大酒店，门前的保安不停地指挥着车辆，门厅内左右两边整齐排列着服务员。每每进来客人，服务员就热情打招呼，过问有没有预订，有预订的就引领客人进入预订房间，没有预订就引到吧台订餐。

阿波罗大酒店，来了八位风骚的女子。她们个个时装绕身，香粉扑面。也不理会大堂服务员上前询问有没有预订，只顾一路说说笑笑，叽叽嘎嘎，旋风一样刮上楼梯。

进了房间，她们手里的小皮包、身上装饰的披挂、衣服外罩……衣架上就挂了一大堆。谢淑华坐到了主陪位置上，然后招呼：“喂，姊妹们，谁坐主宾哪，谁当今晚的第一公主？我看坐主宾的规矩咱得改改。”女子们你推我搡，谁也不肯去坐主宾，同时嚷嚷着：“怎么改，怎么改？”谢淑华拍了拍桌子说：“哎，哎，停下来停下来，听我的，听我的。今晚坐主宾要有两个条件：第一，长得要最漂亮。第二，酒量要最大，起码要和我一样，白酒一斤。”女子们听了，又叽叽喳喳。

“OK，我的！”

是李春香。只见她挺着胸，晃悠着脑袋，右手举起中指和拇指使劲一搓，“啪”一声响，大摇大摆走到主宾的位置上，并得意洋洋地说：“不敢说模样，白酒一斤还是能对付了的。”

有一位留着大分头，自称“小三儿”的说：“哎——春香，对，对，对。”别人也嚷嚷：“就是她，李春香。”谢淑华咯咯大笑了一阵说：“就是嘛，妹儿，明白。除了你哪个能顶得了我这个量？”说完，大家扯着女人特有的高尖嗓门儿又是一阵大笑大嚷。

坐定，谢淑华朝李春香问：“妹儿，你说怎么喝？今天你是主宾，全听你的。”李春香故弄玄虚说：“姊妹们听说没？有一品红酒叫‘奥德曼’，这‘奥德曼’原来咱还真不知道什么意思，与他妈日本怪兽电视剧《奥特曼》差一个字。后来一问才知道，这‘奥德曼’就是‘有气质男人’的意思。就是说，有气质的男人才能降得住这酒。哼，什么有气质男人，不就是个红酒吗？今天咱给它来个底朝天，对着干。弄白的，喝出个‘有气质的女人’来！”

女人们听了嗷嗷叫喊，还啪啪拍巴掌，像一大把干豆粒子扔进热锅里。李春香板着脸招呼服务员：“服务员，来……这酒杯也欺负咱姐妹们，这么小的东西给谁用？撤下去，上大的。”

服务员不敢怠慢，叮叮当当，把小酒杯都收了起来，重新拿来了一两一个的杯子。李春香一看，白了服务员一眼说：“呵——今天还真的要拼一拼了，你也看不上俺姊妹们？二两的，大的！”服务员赶紧又重新收拾杯子，一边收拾一边说：“对不起，对不起。”服务员一个劲地忙活，给她们每人上来一个二两的大酒杯。

谢淑华不愧为马凯和的心上人和能人。为了拉拢李春香，她把她的干姊妹队伍由六位扩大到八位，号称“八仙女”。说非要比七仙女大个数。八个女人称姐道妹，有时喝起酒来也弄上句“不求同日生，但求同日死”的江湖名句。为了把李春香拉进她的队伍，又显得自然得体，那位自称“小三儿”的陆叶，也同时成了她的干姊妹。陆叶是税务局的，和李春香是最要好的朋友，谢淑华通过陆叶进一步联系上了李春香，陆叶当然也成了她的干姊妹。加上谢淑华原来六个干姊妹，现在八个人，按年龄大小从老大排到老八。谢淑华年龄最大，当然是老大。陆叶年龄排行第三，所以自称“小三儿”。李春香在她们之间排起来，与她亲姐们相比高升两级，排行老五。

自从她们在一起称姐道妹，就三天一聚，五天一会，往往喝得酩酊大醉。今天再大的酒量，也难以抵挡那二两的大杯子。没多长时间，每个人都红粉扑面，连眼珠子也充满了血丝。李春香来时化了妆，这会儿让汗水一冲，粉红的脸蛋儿上明显地出现了几道汗水的印痕。

见喝得差不多了，谢淑华拿出了她今晚的重头大戏。她放下酒杯大声喊道：“哎——姊妹们，刚才你们光顾瞎嚷嚷，就没看到姐姐又添了一件新——行头。”说着，起身晃晃悠悠地走到衣架旁，穿上了刚才挂在上面的一件外衣。穿上以后，还模特表演般左右一晃，让大家把胸前背后都能看个清楚。

“哎呀，是件皮衣。”咖啡色的，皮料细腻柔软，胸前和袖口印缀着小花纹，更显得精致高档。大家围拢过来，有的夸赞，有的惊叹。陆叶说：“哎呀姐姐，你穿起来有点大了，看我给你穿穿就好了。”她脱下谢淑华的皮衣，穿在自己身上，大家不免哈哈大笑。因为她的个头还没有谢淑华高。谢淑华说：“看你穿上像个大衣似的，要是春香穿上，肯定比你我都强。”

“对对对，穿穿看看，穿穿看看。”大家嚷嚷着，陆叶把衣服脱下来。李春香毫不含糊，双手一轮穿在身上。呵，这分明是按照李春香的身段儿制作的。谢淑华暗喜自己的眼光，没有让李春香试穿，好像就是量身定做。

陆叶朝着李春香左看右端详，一惊一乍：“哎……呀呀，这哪像是谢姐自己买的衣服呀，简直就是朝着李春香来的。看咱春香，本来一表人才，再穿上这件皮衣，怎么说也是亿万富翁的太太吧。”李春香打了陆叶一拳说：“去你的，什么太太，亿万姑奶奶。”

又是一阵哄笑：“对对对——”谢淑华说：“好啦，好啦，下边喝酒了。春香，你穿着合适，就穿着吧。”李春香还是毫不含糊说：“行！”谢淑华说：“谁穿着合适就——谁穿。”这时，李春香从头到脚到处冒着酒气，自己又扯了扯衣角说：“那好，就咱的了。”谢淑华端起酒杯：“来，为了咱这亿万姑——奶奶，干杯！”

第二天，谢淑华接到李春香的电话。她在电话中说：“姐姐，我把你的衣裳给穿来了，是不是喝多了。”谢淑华说：“什么喝多了，你穿正合适，比我穿着漂亮多了。”李春香说：“你刚买的东西，还没喜欢够呢，我自己买一件就是了。”说得这么轻巧。谢淑华又说：“哪有这么多事？一会儿我到你那里去一趟。”李春香愉快地答应着：“好，来吧姐姐，我等着你。”

玉林房地产开发公司的财务科，在一个新建的小区内办公。一个四室一厅的单元房作为办公室，会计、出纳员、记账员分别在各个房间里工作。对这里，谢淑华非常熟悉了。近期她来来往往，经常到这里找李春香。有事没事，就到这儿聊上一阵子。李春香办公室的文件橱柜在什么位置，桌子上几个抽屉，保险柜放在什么地方，谢淑华已经是烂熟了。特别是李春香使用的公章，平时放在哪个抽屉里，什么时候放进保险柜，她都一清二楚。这里应该向克格勃推荐：谢淑华胜任“燕子”。

谢淑华走进财务科，这个妹子，那个姐姐，嘴甜着呢，这里的人她也熟透了。李春香一听就知道谢淑华到了，就像《红楼梦》里王熙凤进屋，不用见人，听声音就知道是谁来了。李春香还没有出房门就喊了：“姐姐——”比叫她的亲姐姐还亲。谢淑华答应着，两人一见又是拥抱，又是拍肩，好不酸气。

见了面，没有别的话题，就是昨天晚上这个喝得那样，那个喝得这样，这个说什么，那个喊什么。两人还沉浸在昨晚的火爆场面当中。李春香说：“昨晚小三儿可是说了，她要请客。”谢淑华说：“对对，刚才已经给我打过电话，时间已经定好了。”李春香眼皮一挑，说：“呵——还真积极，定在什么时间？”谢淑华说：“星期六中午，星期六不是不上班吗？”

李春香听了皱下眉头，掀了掀桌上的台历算了算说："哎呀不行。那天正好是我妈妈的忌日，我们全家要回老家上坟呢。"

谢淑华一听，眼睛一瞪来了主意。这一瞪眼眉骨上的紫色就加重，那"双眼眉"更清晰了，说："噢，老娘的忌日。那，那我们一块儿去上坟吧！"李春香赶紧说："不用了，麻烦你们干什么呀？"谢淑华眨巴着眼睛，晃动着"双眼眉"，一副知情达理的模样又说："去，必须得去。要不咱们怎么是姐妹儿呢。我通知她们六个，到那天弄两辆车，就这么定了。"李春香还要推辞，谢淑华说："这你可不能推辞，老人的事是最大的事。咱们一块儿尽尽孝心，不是吗？"谢淑华说完，从包里拿出来一个信封说："这是那件皮衣的发票，凭着它衣服终生免费打理。这好衣服，就得年年让专门人员去收拾。好啦，我走了。"

说完，谢淑华抬起屁股花喜鹊般一溜烟儿出了房门。李春香把谢淑华送到楼下，回到办公室打开那张发票一看：16800 元。

星期六这天上午，韩玉林一家来到了李桂花的坟前。

还在韩玉林一家刚出发的时候，就看到他们的车后又跟上了两辆轿车，一直跟到坟地里。韩玉林走下车，那两辆车上的人也走下来，是谢淑华和一群女子。韩玉林不知怎么回事，韩阳她们也觉得奇怪，李春香心里明白。正要问话，谢淑华走上前来，朝着韩玉林说："韩总，听春香说今天是大妈的忌日，我们姊妹七个也来了，一块儿祭奠祭奠。"韩玉林惊奇地只说了两个字："哦，哦。"按当地的习俗说，这是离世人几年后的祭奠，不是初丧，一般不会来帮这个人场的。这时韩玉林虽然有点不情愿，但大老远来了，就只好对人家千般感谢。本来韩玉林家就是女多男少，今天又加上这七个女子，场面更显得阴盛阳衰了。

祭奠开始了。他们先摆上供品，有鸡鸭鱼肉、水果之类，然后点上香烛，参加祭奠的人员全部朝着坟头跪到地上。韩玉林和韩阳把带来的"纸钱"全部点着。在纸钱烧成灰烬后，韩阳拿着水壶浇了一圈水。这是为了把钱拢住，不要丢掉，好如数把钱送到阴间亲人的手里。

进行完这些程序，孩子们早就忍不住了，韩阳先是一声"妈呀——"大家也跟着哭了起来。

李桂花已经去世几年，其实孩子们早接受了这个现实，就是跪在坟前哭泣，也不可能像刚过世时那样的悲恸了。但是谢淑华跪在坟前，带头哇哇地大声哭喊，也“妈呀，妈呀”叫声不断。其他跟着来的女子们，哭声大作。这又勾起韩家姊妹无比悲痛的思绪，也呼天叫地大哭了起来。什么“受累的妈呀”“没有享福的妈呀”“命苦的妈呀”……

很远都能听到这撕肝裂肺的哭喊声。

李春香想起妈妈病重，以及离世时发生的一切。虽然内心不承认妈妈的病情加重去世，有她的那么一丝丝原因，但是内心隐隐约约还总是那么愧疚。因此，她哭得格外悲伤。谢淑华过来搀扶她，她一头扎到谢淑华的怀里，仍然啼哭不停。

第二十三章

山路上，一辆别克商务车艰难地行驶着。明眼人一看就知道开车司机肯定没跑过山路，因为这辆车成色很新，车况很好，可是在山道上跑起来，就像运动员在进行攀崖比赛，小心翼翼，速度迟缓。

车里坐着韩玉林和公司的几个人，还有一个穿着棕红皮夹克的人。车厢里放着颜色不同大小不一的一些石头。韩玉林带着这么一支队伍，跑到深山里干什么来了？车上还拉着石头？

危机来了，经济危机来了。

这一年，韩玉林及平原上的人们似乎命中注定要接受大灾大难的考验。从春到夏阴雨过多，秋季里仍然接连不断连阴天。上次的雨水还没有蒸发渗尽，又一场阴雨跟上，街道马路烂泥不堪，池塘河沟的水漫上地皮，有些地方出现了洪涝。这种天气，危害最大的是建筑工地。

玉林集团接受了一项特殊工程。政府规划建设一座旺城艺术中心，市财政一下子拿不出几个亿的资金，便同玉林房地产开发公司合作，采取了土地置换的方式。政府拿出一块土地由韩玉林搞开发，建设卢森堡大公城高档住宅小区，艺术中心的建设全部由玉林集团承担。艺术中心开工早受阴雨影响不大，而卢森堡大公城建设却进入了泥潭。

这不，美国的次贷危机又像那年墨西哥大地震震撼了世界。地球那边总传来一些不祥的消息：雷曼兄弟控股公司宣布破产，美林集团委身美国银行，房利美、房地美被美国政府接管……

中国深深笼罩在经济危机的乌云当中。旺城虽是一个小小的县级城市，魔影也总是显现。美国那边的合作伙伴发来消息，由于他们与地产商的合同不能履约，木器厂的家具出口要限量，已经生产出的家具不能全部销出。面对这些，韩玉林就像股民望着大盘一路下跌般心惊肉跳。

多少天来，他像处在千军万马厮杀的战场中，分析着战况变化，权衡着多个层次、多个方面的利弊。掌控着玉林集团这座狂风暴雨中的大厦，哪个方面也不能出现一点儿闪失。

加快卢森堡大公城进度最终还是要加大投入，原来的成本预算必须打破增加；

家具销售限量影响资金回流，下一步很可能要部分停产，停产后工人基本工资、设备保养仍需要投入；

BXCY 刚刚签订了销售合同，银行的贷款还没有下来；

……

钱，到处是钱。这钱怎么来？怎么用？韩玉林就像一个魔术师，变呀、变呀，怎么也不能把那用钱的池子变满。在眼前一团乱麻中，他仔细理顺，从中发现了一根能够帮助解套的线索——艺术中心的石材。

车子在摇摇晃晃慢慢地爬行着，当车子行驶到半山腰时，透过车窗玻璃，深深的山涧出现在眼前，不免使人呈现出几分恐惧。但是，韩玉林脸上却没有什么表情。他的身体随着行车晃动着，眼睛看着前方。

艺术中心快到了内外装修阶段，加上主体周边广场的铺装，需要大量石材。这可是一笔大买卖，在一块石头上多拿下几块钱，那综合起来就是一个不小的数字，就能为整个集团的资金流动发挥作用。因此他豁出时间，亲自带着有关人员，当起了石材采购员。

爬过了半山腰再往下面走，就看到了山与山之间一片非常大的开阔地。远远望去，一个石料厂出现在眼前。这是韩玉林到过的第三个县，第六处石料厂了。

在平原长大的韩玉林，平生第一回这么集中对山石进行考察。为进行石材色泽、质量对比，他在车的后备箱里装下了十几块石头，这是他从已经考察过的石料厂带来的。石料厂的庞经理拿起他们带来的石头非常感慨："韩总，见过这么多人来考察石材，也没见过像你这样带上这么重的石头作对比，真有你的。"韩玉林笑笑说："货比三家嘛。平原上的人对石头一窍不通。你到我们平原上考察，肯定要装一车厢土。"说完大家都笑了起来，刚才山路上那紧张气氛一下子轻松下来。

经多方考察论证，石材供货合同签订下来了，韩玉林心底的那块石头也向下落了落。那个穿皮夹克的人是好友介绍高薪聘请的参谋，用他的话说："这一大批石材价格搂到了骨头。"这样，比原来的预算节省了一大笔资金。杀下来的这笔资金，韩玉林正像是拆了东墙又要补到了西墙上。

签订了合同，韩玉林这些天来脸上总挂着的焦虑，算是刷去了一点儿。忽然一个电话，又让他双眉紧蹙：家具合同全部违约，必须马上停产。

这次旅途注定是一次艰难的行程。韩玉林接到电话立即回返，不到东州就下起了冻雨。整个大地让冰给封住了，地上到处是透明和半透明的晶体，到处都是滑溜溜的。刚到东州天黑了下来，司机肯定困乏了，问是不是等明天再……韩玉林只一个字："走！"像一锤下去，板子上钉上了一颗钉子。

车子像蜗牛一样慢慢爬行着。司机紧握方向盘，目视前方，眉头紧皱，全神贯注。本来半个多小时的路，他们走了两个小时才回到公司。

公司里已是满院子车辆，韩玉林的车子来到，保安不得不叫来几个司机把自己的车开走，才让出一条道。路上韩玉林就下达了通知，这会儿公司大小头目正等着老总回来召开紧急会议哩。

因为晚上七点多钟了，韩阳要把韩玉林他们让进餐厅，但韩玉林劈头就问："家具没有一点挽回余地了吗？"

韩阳心情沉重地说："美方经济危机来自房贷，与地产关联的产品受冲击最大，没有可能了。"

韩玉林微微昂起头，深深地叹了一口气："那公司资金周转的壁垒就更难爬了。"

韩玉林回公司召开的这个紧急会议，气氛可想而知，凝重而又紧张。杨新秀更是一反常态，坐在距离韩玉林较远的位子上，一句话没说，会议内容一句也没听进去。

杨新秀、安小飞都已是玉林集团副总了，杨新秀兼任房地产开发公司经理，安小飞兼任 BXCY 公司经理。这老天不作美，卢森堡大公城建设进度慢，杨新秀一天到晚急得抓耳挠腮团团转。本来一向书生气的他，也不时显得有些粗鲁，还朝着施工队伍骂娘。骂归骂，建筑工地内上一次的雨水还没排尽，再一次大雨又把工地冲刷了一回。没有办法，工地只好时干时停。业主们经常跑到工地上来观察建设情况。看到这水牛陷入泥潭般的进度，当场发牢骚。任你怎么解释天灾人祸不可抵挡，不可预测，但是，已经掏出钱买了楼盘的人们依然像是手持马鞭，对着正在使劲的牛马，猛抽上几鞭子。

杨新秀眼睛恍惚，如坐针毡，像被妖怪扑上魂儿一样。建筑工程进度把他压得喘不过气来，但还有一个巨大的压力，更压得他要死要活的。这就是那个刘明章，她竟然说……哎哟！那可大麻烦了。虽然是冬天，杨新秀脸上却流出了汗水。眼前总是像鬼魂一样出现一个“狰狞面目”，和隆起的大肚皮。

杨新秀想着，到底怎么样了？看看去？

第二天，杨新秀自己开着车，直奔安德县而去。

来之前，杨新秀挖空心思，先想好了到刘明章家的理由。就说刘明章工作很出色，听说她生病了，到安德办事顺便来看看。虽然百里“走单骑”，连一个人也没有带，但这个理由还倒是勉强符合他这个老板的身份。那么她是在家呢，还是没在家呢？要是没在家，她去干什么去了呢？一路上，杨新秀身上像孙悟空背上妖怪，那妖怪又变成了山石一样沉重。脑子里嘀嘀咕咕，胡思乱想，路过一条小河沟处车子还险些撞到树上。

她还真的在家里。

见了面刘明章表现得还算热情、自然，似乎没有发生过什么。只是刘明章的父亲和母亲受宠若惊，虚天盖地。她母亲双手拍着大腿嚷嚷："哎呀，这么大的老板还到家里来看，怪不得今天早上喜鹊一个劲儿地叫呢。"她的父亲脸上的皱纹像菠萝，上下打量着杨新秀惊叫着："哎呀呀……你看这总经理，这大老板，这么俊呀，真像唱戏的那小生一样哩！"

两位老人不夸还好，这一夸杨新秀真想在地面上挖个缝立刻钻进去。特别那"戏里的小生"一句，使得杨新秀差点呕吐起来。

进到屋里几个人都坐了下来，总得有个话题呀。杨新秀不自然地夸奖起刘明章。说她怎么怎么能干，怎么怎么聪明。刘明章的父亲一下子抢过了话题："说她能干我信，她也不傻。就是性子野，不好好读书。初中没上完就散伙了，到处窜。还去过南方老远的叫嘛地角？"刘明章听到这儿白了父亲一眼，打断了他的话："说什么呢？总经理来了肯定是有大事的。"刘明章的父亲恍然大悟，朝着老伴说："哦，对。总经理来了，让他们说'差上'的事，让他们说'差上'的事。"

屋里只剩下刘明章和杨新秀两个人。杨新秀问："你，你不是大学毕业？"刘明章刚才平和的脸色立刻落了下来，没好气地说："这……还有什么意义吗？"杨新秀感觉这确实是自讨没趣，现在再问学历还有什么用呢？他一副不自然的关怀的模样说："明章，你怎么没上班呢？"刘明章瞪了瞪眼说："人家病了嘛。"

"病？哦——病，病。"杨新秀又是结结巴巴了，嗓子里像被什么东西卡住一般，不再说话。刘明章嘴上也好像贴上了封条。他咧咧嘴不自然地晃了晃脑袋，她撇着嘴也不看杨新秀。屋里好大一阵子没有任何动静。

还是杨新秀鼓了鼓肚子，给自己打了打气，壮了壮胆，也不是那么关怀的模样了。他吭吭两声清了清嗓子一本正经地问："你打算怎么办？"

刘明章梗了梗脖子，翻了翻大白眼珠子问："什么怎么办？"

杨新秀咬了咬牙说："怀、怀孕的事呀。"

刘明章瞪着眼冷冷地说："怀了就生孩子呗。"

杨新秀眉头一皱："不是说好了采取措施吗？"

刘明章轻轻地奸笑一声说："美国的航天飞机还有掉下来的时候

呢，哪有那么保险的。”

“你，你。”

刘明章又说：“我怎么啦？你不能光顾痛快呀，男女之事最终就是孩子。你不是爱我吗？把我的名字都改成刘梅了嘛，你不是说我是你的梅表妹吗？说得那么好听那么甜，到时候就这么个德性。”

杨新秀像挨了一桶北冰洋的冰水浇灌，浑身哆嗦了一下。等了一会儿，刘明章甩动着披肩发，眯着一对淫荡的眼睛，风骚地伸手搂住了杨新秀的脖子，并且还深深地亲吻了一下。杨新秀就像一个木头人，直愣愣的，任凭刘明章怎么搂抱亲吻，好像什么感觉也没有。她娇声娇气地说：“亲爱的，人家那些老板要二奶、三奶的多了，你不就我这一个嘛。我躲在一边，不让别人知道，给你生个儿子，这是多好的事情。”

杨新秀脸上没有一点反应，但刘明章吐出的每一句话，就像唐僧对着孙悟空念起了紧箍咒，脑袋一炸一炸难受。刘明章又说：“亲爱的，不要害怕，我全都给你想好了。我现在就不去上班了，大着肚子怎么上班呀，那样不就暴露目标了吗？我辞职别人也不会说什么吧。我在家里就养着，把咱的儿子养得壮壮的。等儿子生下来以后，我到东州去，你可得把房子提前给我准备好了，不能让俺娘儿俩受罪。”

“啊——”杨新秀的脖子被刘明章的双臂搂着，像被两条毒蛇缠住一样恐惧。他挣脱开刘明章，双手抱着脑袋跑了。

邻省的一个小山村里，马凯和被朋友引导着来到一家门口。这是一座四合院，院门朝南建在南房中间。红门，瓷砖墙，门面不大，但也显得阔气。尤其是门两边，蹲着一对一米来高的石狮。不知是不是故意涂抹，狮子的两只鼓溜溜的眼珠子是红色的。马凯和下车看到这对张牙舞爪的家伙，感到它鼓溜溜的两只红眼睛在盯着自己。他故意左右溜达了几米，变换了一下角度。可那红眼睛，哪个角度都能够盯上他。马凯和有些沮丧，难道今天不顺？他想着，走进门洞。朋友没让他进院子，门洞左墙上有个便门，进门是一个客厅似的房间，摆放了几件桌椅，可是没有人。

再向里走，又拐了两个弯才来到一个房间里，整个路程迷宫一般。各间房子都有窗户但封着，只透进一丝丝光亮。马凯和拐了这几道弯，迷迷糊糊，分不清哪儿是东哪儿是西了。进的这间屋子很大，屋里没有多少家具摆设，只是在朝门口的方向放着一张小桌，一位男子背墙伏身小桌上。这位男子长长的胡须，乱蓬蓬黑白相间的长头发，脸上满是皱纹。由于胡须和乱蓬蓬的长发也看不出是长脸还是圆脸，更看不透有多大年龄，只看见长着一对小眼睛。经朋友介绍，马凯和知道面前这位男子，就是鲍大师。

朋友让马凯和坐在靠近门的一张椅子上就退出了。他环顾着空荡荡的屋子，与那鲍大师相隔似乎非常遥远。室内阴沉一片，大师伏案小桌的右角上一根残蜡，蜡油流到蜡脚跟堆积在一起参差不齐，溶洞里千年万年的一块钟乳石一般。蜡尖上花生米大的火苗挣命般跳动，跳一会儿停一会儿，跳一会儿停一会儿……马凯和不禁又想起那对石狮鼓溜溜的红眼睛，立刻浑身冰凉，阴曹地府受审一般。

鲍大师眯缝着小眼睛斜视着，也不说话，马凯和欠了欠身子，先开口了："啊……大师，早就……久仰……您的大名，久仰您的……道术。"说完，眼睛向那位大师扫了一眼，他仍然没有说话，眼睛仍然眯成一条缝，似乎点了点头。马凯和见他还是没有说话，就继续说："我来，我来，啊……哦……听说大师，大师对……算得很准呢。"马凯和又扫了一眼鲍大师，他还是刚才那个样子。这时，马凯和不想再多说什么了，干脆听他问什么。可是等了片刻，那位大师板着面孔，依然一字不发。

马凯和近一个时期焦头烂额，日子非常不好过，没有了一点点全市经济工作会议上的那种气概。就像北京烤鸭进了烤炉，上下左右四面是火，都快烤出油来了。第一期铝材刚刚完成，还没有完全达产，又上铝材二期。这样一期需要流动资金，二期需要固定资产投入。马凯和让钱给逼疯了，天天各银行跑贷款，跑得屁滚尿流。再加上这一年经常的阴雨天气，二期铝材建设速度更加缓慢。市委、市政府的督导组几乎天天催进度，督导电话一个接着一个，督导人员一次次来到公司。恰在这个当口，经济危机又来了。危机一来，资金更紧张，贷款就像古罗马斗技场逃跑一样找不到门在哪儿。

更让他心惊胆战的是公司里又长出了一根粗粗的导火索。这根导火索连着“火山口”，一旦爆发就像地球内部又爆发一次能量，会立刻烈火喷发，烟尘浓烈——这就是员工的群体上访。

他回到家，唉声叹气，没有好气，坐立不安。老婆知道他的境况，就小心翼翼地说：“听说邻省一个小山村里有一位大师，能呼风唤雨，化解愁烦，解除危难。你是不是也……”

马凯和心烦，当时皱着眉头没有回答。但今天还是不远几百里，来到了这个小山村。

来的路上，马凯和就打着小九九，先听听这位大师算他的近况有没有灵验，体会一下这位大师的真实本领。可是他从一到院门口看到那对石狮子，进到屋门又拐了几道弯，来到这间阴森森的房间里，就有点毛骨悚然了。他咿咿呀呀说了半天，大师时而哼上一声，时而点点他那长满胡须乱发的头颅，眯缝着小眼睛，连看他一眼也不看。

他又没便强呕、没屁强放了一阵，大师才开口说话了，并且一改刚才那萎靡不振的样子，小眼睛瞪得溜圆，长长的胡须随着头颅甩动起来，像马尾甩弹马屁股上的苍蝇一样。

“前一时期，你遭难了。”

“遭难了？”马凯和也脱口说了出来。心想哎呀太准了，周身一阵舒服，就像头痛的病人让医生按了一下百会穴。可是说自己遭到灾难，似乎又觉得太严重了些。这时，鲍大师又说：“灾难，有大难，小难，或者中等灾难。你遭受的算不上多么大的灾难。不过，仍然使你夜不能寐，如坐针毡，如鼠掏心，如火烧烤，如蜂围蜇。”

“哎呀呀大师，您说得太对了！”此时马凯和如夏日逢甘露雨，痛快至极，对大师描述的他前一段的境况，佩服得五体投地。他赶紧追问了一句：“下一步，我怎么才能逢凶化吉呢？”

只见鲍大师招了招手，示意他走上前来。他伸着脖子，弓着背，颠儿颠儿来到桌前。大师又轻轻挥了挥手，让他把头探到大师面前。大师站起来与他耳语了一番，然后坐回椅子上，口里还念叨着：“切记，切记。”

马凯和如获珍宝。对大师千般谢恩，万般感激。随后又在那位朋友的引领下，走出了这地道般的房屋。刚跨出院门，本来悬着的心刚落下，忽然手机响了起来。他急忙打开手机，里边传来急火火的声音：“马总，不好了，员工们又到市委上访了。”

“什么？”马凯和听了一震。一转脸，那双鼓溜溜的大红眼珠子又在瞪着他。他头皮一奓，开门钻进车里。

车子飞一般开走，像一只撕咬溃败下来逃窜的野兽。

早晨刚上班，韩玉林就来到木器厂。仓库里已经包装好的家具，整齐排列，中间只留下叉车运送出入的过道。它们在静静地睡着，似乎还想和往常的伙伴一样，等睡足攒好精神就出发，就漂洋过海去那大洋彼岸安家落户。可它们哪知道，它们已经成了大洋彼岸拒收的弃儿。已经打好包装的家具仓库里容纳不下，就只好露天堆放。院子里横竖成行，排列整齐。这些娇贵的东西怕日晒雨淋，又专门买来防水防晒材料加以保护。光怕风吹日晒不行，更怕火灾哩。

这批货物不能快速出口，押上的资金就像投进黑洞不能回笼；BXCY的订单像急速的列车急需加油助力；还有蝶阀原材料……钱，还是钱，他刚刚爬到山里压掉了石材的价格，但资金需求像魔影一样还是逼迫着他。同样，经济危机形势下，企业之间互相帮助没有可能。平时民间集资就有个信誉问题，虽然玉林集团有一个美好的守信形象，但危机之下又有谁能拿出个人的钱来呢？

韩玉林走进各生产车间，都静悄悄的。他走进包装车间，这里也已经停工了。车间里那一排排喷漆完毕、等待“穿衣服”的不同家具部件闪着亮光、别致漂亮。韩玉林随手拿起一块面板，手轻轻地擦拭着，那么光滑，又用指节敲了几下，声声清脆。这声响体现着品质，凭着这声响就会品出它是一款完美的产品。他不禁感慨，这些健康漂亮的弃儿，哪里才是它们的家？哪里才能收留它们呢？

看着想着，迎面几个工人在打扫卫生。偌大的车间里平时熙熙攘攘，忙忙碌碌，眼下只有这几个人在忙活，显得那么凄凉。韩玉林和他们打招呼：“这下可不那么忙了。”一个胖乎乎的女工走上来说：“是不忙了，可这不忙就闲得慌，心里沉甸甸空荡荡的。”她放下手里的扫帚接着说：“韩总，这几天工人们一直在骂，骂那些美国鬼子瞎折腾，折腾出大毛病还连累上咱。”韩玉林听了笑了起来。骂？大洋彼岸的那些鬼子们是听不到的，这些家具照常趴在这里睡大觉。那个胖乎乎的女员工又认真地问：“韩总，这家具卖不卖？”韩玉林说：“当然卖喽，咱做出这么好的东西不就是要卖的吗？”那位胖女工又说：“我儿子结婚，你看咱这家具这么好，我想给儿子买一套。哎呀可惜，我只买一套，给厂里也减轻不了多少负担。”韩玉林听了眼睛一亮，畅快淋漓地大笑起来，说：“好，好。虽然你只买一套家具，但是你这种爱厂如爱家的品德，让我这个老总心里热乎乎的。”听了老总的话，那位女工倒不好意思起来。

又一位男工说：“他美国鬼子不要，咱自己推销，厂里这么多人，要是每人推销上几件，不就卖出去了吗？”韩玉林又笑了，但表情是那么苦涩。这么多的产品凭着工人们推销，还有个款式品牌，能不能适应国内市场的问题？员工们的心真是热啊！

但是……如果要是……不卖给他们，要是……

韩玉林像一位大艺术家，突然来了灵感，突然来了创作的力量。

他大眼珠子转悠着，思索着，手下意识地抚摸着那些板板块块，像抚摸自己孩子的头。那位胖女工说：“韩总，我真的想给孩子买一套，多少钱……”韩玉林让那灵感抓住了，牢牢地抓住了。他好像一点儿也没有再听到这位女工的话，两只手一拍，噔噔迈开双脚走出了车间。几个员工看到这里，面面相觑，莫名其妙。他们不敢说，心里准在想：这韩总，怎么也神神道道的呀。

几天后，玉林集团的木器厂内外，异常热闹。不断有大小车辆出入，把家具拉出来。院子里的成品运出以后，仓库里的产品也陆陆续续抬出来装上车。车辆从木器厂的门口出来，一排一排的，像蚂蚁搬家，像泉水分流，走向四面八方。好多人奇怪，玉林集团又在搞什么名堂？这些出口的家具，怎么都运到个人家去了？

东州电视台几个记者有采访任务路过这儿，看到这大车小辆一番景象，马上拿出摄像机录了下来。他们走上前去问运送家具的人们，你们这些家具？怎么……人们当中有的说集资，有的说抵押……集资？抵押？什么意思？记者的好奇心立刻被吸引住。他们进到厂里，放弃了别的采访任务，先对这民众支前般的景象进行了采访。

韩玉林的灵感运筹了一场人民战争。他们通过向社会、向员工宣传，用家具作抵押搞了一场规模巨大的民间集资。这些家具可以买下，也可以作为集资抵押待适当时机收回。既解决了资金压力，又解决了库存压力。

韩玉林像摸到头等奖那么兴奋，谈笑风生："过去打败反动派靠人民战争，这次与美国鬼子交战又走了一回发动群众的路子。"

四铁进驻工作组了。

这消息，就像二〇〇四年印尼大海啸的波涛冲击震撼着旺城。这样的工作组多年没有见到了，特别是四铁这个全市乃至东州知名的企业进驻了工作组，说明问题的严重性。

四铁的工程进度迟迟达不到市委、市政府的要求。这个涉及年终观摩与旺城一年工作业绩的大项目绝不能泡汤。那样，将对旺城市委、市政府带来严重的政治影响。并且，又有几次百十号员工上访把市委的大门堵住。群众接连不断状告马凯和经济问题、作风问题、欺上瞒下、滥用职权……员工们递上了一份长长的举报信，揭发马凯和的所作所为。特别反映，原合并四铁农机厂的土地证，马凯和也暗中让他恩人杨明义抵押贷款了。为了稳住四铁的局势，市委果断向四铁派驻了工作组。

工作组的任务很明确：第一，全力督导铝材二期的工程进度。第二，解决上访问题，如发现违纪违法问题，另安排有关力量参与。

马凯和坐在办公桌前发愣。

本来普通三间房连在一起的大办公室宽敞明亮，这时马凯和自己坐在里面更显得空旷，像旷野中坐着一只孤独焦虑的狐狸。

马凯和的办公室，是在他当上一把手后重新装修的。宋大东接任以后，就在韩玉林原来的办公室里。马凯和当了一把手，大动干戈，对办公室进行了一次大的改造装修。

首先是把办公室的规模、面积扩大了一倍，把原来的两间房子扩充到四间。这四间房有一间作为暗间，是他的休息室，办公室就是三间通体的规模了。又专门找来大师，对办公室的摆设进行了指点。最西面一堵墙是通体的书橱，这堵墙本来是连着暗间的，那么门呢？原来有机关，橱门连着暗间。在外怎么看也是橱门，打开橱门就能进入暗间。书橱前面，一台偌大的老板桌。老板桌对面，是一组沙发围着茶几而放。最东南角上还摆放了一组茶艺，一台据称是千年老树根做成的奇形怪状的茶几。东面墙上镶嵌着一个一米高、三米宽的玻璃鱼缸。里边饲养着六十六条名叫千年红的鱼。这些鱼儿连头带尾全身通红，寓意着“鸿运当头”。还有四只精美的大瓷瓶靠墙角而立，这叫“四平（瓶）八稳”。另外，还摆放有泰山石、张牙舞爪的貔貅，这些都是经大师亲点。更值得一提的是除了那个千年大树根以外的所有家具，都是红木做成。马凯和还有一番道理：红木增值，放上十年八年价值成倍翻番，也是给四铁创造财富。

有一次，旺城市委一名副书记到四铁视察，来到马凯和的办公室颇有感慨，说：“老马，你坐在办公桌前和对面沙发里的人说话，是不是应该安装一台扩音器麦克风呀？”

讽刺也就是个讽刺吧，离批评还是有点距离的。就是批评又怎么样？以后也没人再过问，更没人追究。何况，老马铺张浪费也有一套理论准备着呢。那就是把办公室弄得阔气点，给外来客户一个好的印象啊。

工作组一进驻四铁，首先得听取公司领导班子的工作汇报。为此，马凯和又玩起了文字游戏，耍起了狡猾、奸诈。两夜没有睡好，绞尽脑汁，下了苦功夫弄了一个汇报材料。汇报会上，他戴着老花镜，对着材料，照本宣科，关键时候一字一句慷慨陈词：

“经济危机由美国的次贷危机引起，波及我国，不可预测，不可抗拒，影响到我们的各个经济领域。特别是影响到了我国的金融政策，不得不紧缩银根。特别是对一些中小企业的贷款收紧，使得我公司建设和准备建设的项目又遇到了资金难的问题。资金出了险情，诸多问题也随之出现，也引起员工的不满情绪……”

明白人一听就会露出微笑：这个老狐狸，推卸责任的力气比火箭都大，一下把责任推到大洋彼岸了，问题全让经济危机这堵墙给挡了。透透彻彻，明明白白，把工程进度慢、工人上访的责任全部推到经济危机上了。给人的印象是公司在领导、管理等许多方面，都付出了很大的努力，还功劳巨大。然后他话锋一转：

“发展是硬道理，一个企业的生存在于不断的发展。但是，我们在发展的同时必须兼顾好前期工程的资金、管理、达产、完善等。我们正是没有处理好这样一个矛盾，顾此失彼，前后不能照应。”

是啊，本来就是拔苗助长，就算是神人，能办得到吗？马凯和在这里不敢直接批评、指责这种发展方式，但以自身找毛病的角度把问题托了出来。实际是说明前边的一期还没有完善，后边就接着上二期铝材，这种发展方式有多少资金才能够撑得住啊？这是他推卸责任的又一招，是将污水又泼向了领导。但是，秦志钰若没有调走，再给个胆儿他也不敢这样说的。

这篇汇报抛出后，马凯和把耳朵伸得像那无线电波一样长，四处打听，八方听风，揣摩着近些天的风云变幻，看看工作组特别是上边的那些……有何……

有了。市委书记车路银亲自召开调度会。重点项目调度，首当其冲是四铁的铝材二期，资金筹备如何？工程进度怎样？土建什么时候完成？什么时候设备安装？什么时候彻底竣工？

马凯和想起这次调度会就浑身冒汗，像狼听到了虎啸。这哪是在调度啊？都说车路银书记脾气好，哎哟——发起威来比秦书记还厉害。似乎不论哪一位，只要当上书记就是那种带火、带钉、带着寒气的眼神。只要你一下子和他的眼睛对在一起，就会得到钢钉般的猛刺、火苗般的喷射、寒气般的袭击。这领导都会逼呀，逼你必须上马，逼你立即动手，逼你不准有任何条件、任何困难。

“四铁的动作太慢了，这个速度，怎么能跨越跳跃式发展！”

“干得了干，干不了说痛快话，愿意干这个差的多得很！”

……

推卸责任这一招，就像拿着一块船板去挡台风海啸，被冲打得稀里哗啦。工程上不去绝对交代不了，慢了也交代不了，再迟疑也交代不了。要是真的再查出上访反映出的……那……马凯和不寒而栗。他不知不觉又从椅子上站起来，在办公室踱来踱去。从东到西，从西到东，转了一圈又一圈，就像在笼子里关了很久的野兽惯性转动一样。最后拿定主意，拼上一搏，坚决把工程抓上去。只要全东州都有名的工程上去了，旺城年终观摩有大戏了，给领导脸上添彩了……就是自己有些什么……也会将功补过吧。发展是硬道理嘛，有了工作上的政绩恐怕一切都能说得过去。

唉，自己染了一身的“萨斯病毒”还硬撑健康哩。

马凯和翻着小眼睛，右手轻轻地抿了一下头发，又重新回到办公桌坐到椅子上。伸手拨通电话就一句：“到我这儿来一次。”

不一会儿，谢淑华推门进来。马凯和叫谢淑华也就这么一句：“到我这儿来一次。”今天心情不好，就更不可能再多说一个字了。往日，谢淑华进门以后，马凯和总像是一个几顿饭没吃的饥饿者，突然看到一杯茅台酒和一只烤得鲜嫩的羊腿摆在面前，贪婪饥渴地离开办公桌，和谢淑华保持一定的近距离，以便随时朝着胸部或是颈部伸过手去。更有甚时，一把扣死办公室的门锁，拉着谢淑华的手打开很少有人知道的橱门钻进暗间之中。

今天可不同了，谢淑华进来以后他仍然在办公桌后的椅子上一动不动，脸仍然那么铁青难看，像刚从地狱里钻出来的幽灵一般。他见谢淑华进来站在桌子前，用很低的声音问：“那个李春香，怎么样了。”谢淑华理解他的心思，这些天来经过努力收到了很好的效果，已经有十分把握了。她带着讨好的笑容说：“看把你愁的。与李春香如胶似漆，超过同性恋了！”马凯和还是不耐烦地说：“我问那个公章，看看，那个公章……能不能……”谢淑华没再献媚扯别的，胸有成竹又孤注一掷地说：“好，我这两天就去办。”

第二十四章

这几年，李玉梅精神特别好。她所有的忧郁都被赶下了面容，所有的辛劳都被赶出了身子，好似又回到青年一般。红彤彤的脸上总是带着笑容，眼角的皱纹也少了许多。李春香带着她到城里的发廊去了一次，短发上也烫了几个卷，春香说："俺娘年轻了十几岁。"

这天快中午了，她来到村外的饲养场，和饲养工打个招呼。看到七八个灰兔子正放出来在圈里撒欢儿，就抓了一大把草扔给这几个玩得正欢的兔儿爷，忽然手机响了，一看是徐慕菲打的。

"慕菲呀……"她早就不那么称呼"徐镇长"了。徐慕菲亲切地问候了一番，说："我告诉你一个消息，台湾的一位先生向你问好。"李玉梅听了非常奇怪，台湾的一位先生向咱问好？咱一个乡巴佬，哪儿来的台湾朋友哇。徐慕菲说："这个人叫占生，在老家叫路铁柱。"

"路——铁——柱！"

徐慕菲知道李玉梅离婚的丈夫早就离世了。由于李春香的关系，他由李玉梅的父母官退到了晚辈的辈分上。因此，对李玉梅过去的婚变什么的不好深问，她从前的丈夫叫什么也不清楚。对路铁柱向她的问候，徐慕菲也没多想。但是，李玉梅听到"路铁柱"三个字，立刻瞠目结舌，毛骨悚然。她已经祭奠了二十多年的路铁柱，怎么突然从台湾传来了问候哇？

"慕菲，不……可能，不可能吧！这，这能是真的吗？"

徐慕菲说："是真的。我的一个朋友去台湾，恰巧与这位路铁柱碰到了一起，就认了老乡。知道他是芦集镇李店村的，便委托了解一下他家里的情况，同时向你问好。”

“这，这……”

是突遇龙卷风袭来不知所措，还是强劲的北风袭来驱散雾霾突现阳光？李玉梅说不出此时有什么样的感觉，电话中结结巴巴说不出话来了。她愣了一会儿，突然说了一句：“他还活着？”

徐慕菲莫名其妙地问：“怎么，这个人死了吗？”

李玉梅又赶紧收住话头：“没，没有。谢谢你慕菲。”客气几句不紧要的话，就把电话撂了。徐慕菲看着电话，摸不着头脑，他不可能想象出这个路铁柱是李玉梅的丈夫，更想象不出这个人已在李店竖起了多年的坟头。

这时，李玉梅就觉得眼前漆黑，像有什么迷魂药抹在了脸上，头昏眼花，六神无主，一屁股坐在地上。放出来散跑的几只兔儿爷，见主人坐了下来，是亲昵撒娇吧，一个个向她蹿来。有的爬到她的腿上，有的使劲向她的脊背上蹿跳。有一只就跳到了她的肩头，尖嘴一个劲地拱着李玉梅的脖子。这些，李玉梅似乎完全没有感觉到。好大一阵，李玉梅的脸上突然呈现出了苦笑。

“不，不可能，一定是弄错了。徐慕菲弄错了，他的那个朋友弄错了，不会的，绝对不会的。”

她自言自语着爬起来。此时已经无心再侍弄这些兔子了，缓步来到饲养室里。坐下来拿过茶杯想喝点儿水，但提着水壶朝着茶杯倒了下去，水哗哗倒满溢出茶杯她没察觉到，热水蹿出茶杯又流出桌子、流到她的脚上，才醒过神来。但是，对这些似乎还是没有在意，顺手抹了一把桌子上的水，忽然感觉了烫，手才立刻缩了回来。她还是全神贯注地想着，烫的好像就不是她的手。她放下暖壶又坐到椅子上，眼睛直愣愣地看着满满的茶杯和流了一桌子还冒着热气的水，嘴里还是念叨着这不可能那不可能。

想着想着又觉得奇怪。路铁柱？又是芦集镇李店村，怎么就这么巧呢？难道他坠入大海又有奇迹发生？或许有人……唉——别想那好事了。肯定是徐慕菲弄错了，或是他的朋友弄错了。世上的奇迹不少，但是台湾离大陆那么远，一个人在大海里，并且波浪滔天的，怎么会跑到台湾去呢？一种奇妙的幻想，像刚打开的手机又按上了关闭键。但是，她又后悔刚才那么快挂断了电话。徐慕菲好像说那个人在台湾也有个名字，叫占……什么来着？

再给徐慕菲打个电话？她又拿出了手机，按动了手机键盘上的数字，139……按动得那么慢，唯恐按错。忽然，又停下来。向徐慕菲说什么呢，问什么呢？不行，在电话里说不清楚哇。干脆进城一趟当面问问，到底是怎么回事。她想着，起身走出了饲养场。什么拿个包裹呀换件衣服呀，统统都没有，迈开双腿就向村头奔去。

近年，国家投资“村村通工程”，从城里到乡镇到各村，都连上了柏油路，通上了公交车，交通非常方便。公交车来到还没有停稳，李玉梅就奔了过去，车门刚开了一半她就挤了上去。

那个星期五，在田培露记忆中是个黑色星期五，他独自一人登上飞往澳大利亚的Y330班机，于星期六上午降落在悉尼国际机场。

飞机刚刚落地，还在跑道上滑行着，他就打开了手机，拨通了韩梅的电话：“喂——二姐吗？我是培露。飞机刚在悉尼落地，韩晨到底是怎么回事？”电话那边韩梅的语气很沉重。韩梅说她爸爸昨天晚上收到了韩晨的信息，现在转发过来。

“那好，你快发吧。”

爸爸：

当您看到这条信息的时候，您一定很生气，女儿对不起您。可是，我不得不这么做。一年多来，我的心碎了，像一个玻璃花瓶摔在地上。并且受到极度的煎熬，有时夜不能寐，有时饭菜不香。都说我消瘦了，是的，我减轻近二十斤。我怎么也想不通，我和田培露从小在一起长大，一起学习，一起生活。有共同的语言、共同的兴趣、共同的理想……他竟然也背叛我。更没有想到的是这个插足的第三者，竟然是我的亲妹妹。

妈妈抚养我们这么多姐妹，辛辛苦苦几十年。咱们家的生活，从过去的艰难到了她应该享福的时候，可是却没有，她不大的年纪就离开了人世。前些年姐妹们经常在一起祈祷，期盼着高堂大寿，七十、八十、九十……可是，妈妈离那最低期盼的年龄还差这么远，真是让人痛不欲生呀。我们失去了无微不至亲爱的母亲，您失去了同甘共苦、风雨同舟的恩爱伴侣。虽有我们这么多的姐妹，但是妈妈对您是多么的重要，您是我们之间最大的受害者。但是这些，都是因为什么？为什么？还不就是因为他们，他们……妈妈在那个口角纷乱的场合倒下去的情景，深深打入我的骨子里，那情景一出现在脑海，就好像有一串钢针去刺我的心。

我是执意要离开他，执意和他天各一方……

韩晨清楚，田培露一直打听自己毕业后的去向，如果早早暴露出国留学的真实地点，田培露一定尾随。那天韩晨和爸爸商议留学的国家，故意提出两个，探探爸爸的态度。当她知道爸爸对这两个国家都同意时，便说出了澳大利亚，真正报名的却是加拿大。

在家人和田培露面前，她放了一个烟幕弹。

田培露看完这段信息，瞪着眼睛，像个被遗弃的孩子呆呆地坐在座位上，任凭飞机怎么样摇动，他好像也没有什么反应。这时，喇叭又传出中英文双语播音："各位乘客，悉尼国际机场到了……"飞机还没有停稳，有些乘客已经收拾自己的东西了，田培露仍然愣愣地坐在那里。飞机停稳以后，乘客们陆陆续续走下飞机，他仍然愣愣地坐在那里。飞机前部分的乘客还没走完，后边旅客紧接着拥了过来。前后左右的乘客都走下了飞机，机舱里只剩下田培露一个人，他仍然愣愣地坐在那里。乘务员走到他身边微笑着提醒："先生，悉尼国际机场已经到了，您该下飞机了。"这时田培露似乎有了点反应，头略微动了一下，看了乘务员一眼，面无任何表情，僵硬地挺起身子，到行李架上拿下自己的皮包。然后，还是没有一句话，默默走下了飞机。

他来到行李的传送带面前，人们挤挤插插等待着自己行李的到来。

田培露坐在一旁的椅子上，任凭人们怎么喧哗，怎么兴致勃勃地见到自己的行李，然后取走离去。他，还是愣坐在那里。传送带呼隆隆响着，一圈又一圈转动着，把一件又一件行李传送出来。人们急切注目着传送带，认领着自己的行李。人渐渐少了，行李渐渐少了，最后人们都走了，传送带上只有两只黑色大旅行箱，还在随着传送带一圈一圈转动着。

一位男性白人，可能是机场的服务人员来到田培露面前，叽里嘟噜说了一番话。是英语，田培露当然能听懂。但他还是头略微动了一下，看了那位白人男子一眼，面无任何表情，又僵直地站起，走到传送带前，等行李过来了，取下仅剩余的那两个箱子。

田培露的双脚没有踏踏实实地走在地板上，就像踩着海绵床垫，晃晃悠悠走出了候机大厅。他抬起无神的眼睛，看到那林立的楼房、阳光下的树木、来来往往的人群，一切都那么陌生。此时真像是 Y330 没有安全落地，而是在万米高空突然一声巨响发生了空难，他被抛出很远很远然后落地侥幸活下来，心里惊恐万状。又好像是被人蒙骗引领到了一个陌生之地，举目无亲，六神无主。

田培露向家里打过很多电话，韩梅、韩阳、爸爸妈妈，还有玉林叔叔，他们都给了他很大的安慰，特别是韩玉林，从小对他就像父亲一般。对于韩玉林，田培露从内心深处已经当成是另一个父亲了。近期，韩玉林经常主动给他打电话。

“培露吗？学习紧张吗？心情还是那么不好吗？”

电话那边，韩玉林那特有的低沉而略有沙哑的嗓音，田培露听起来总是那么亲切。

“培露哇，你是快乐而又奋发向上的性格，不论什么事情也都不可能让你一蹶不振。慢慢来，机会多得很，机遇多得很。”

……

亲人们的话语，对田培露是有激励作用的，但是他的心情依然沉重。悉尼湾的海水那么清澈，可是再清澈也洗不掉培露内心深处的伤痕；矗立在悉尼市中心的电视塔耸入云霄，可是再高也不能够帮培露捧到韩晨妹妹的心；悉尼奥运会那激动人心的从水中冉冉升起的圣火已经熄灭了，就像韩晨与培露之间的爱情之火，何时才能再次点燃呢？

田培露给韩晨写了第一封信。

信息化的时代“鸿雁传书”显得有些落伍，可是田培露珍惜那字里行间。他不喜欢微博，不喜欢QQ。这个时候和韩晨联系，他期待着韩晨能够被他的字里行间所打动，期盼着这远渡重洋的“方格”能重新唤起韩晨那爱的情感。这地球南端一撇一捺的“飞鸿”，能够温暖北半球那颗冰冷的心。

田培露把第一封信投进邮箱的时候，他就想象着他的这封信什么时候上飞机，什么时候上轮船，然后再上汽车、摩托车、自行车……虽然当今有着现代化的交通工具，但是他的信要飞跃赤道，飞跃太平洋，从南纬三十三度飞到北纬四十三度。他有决心，就是要追求“精工细磨”的功夫，再把韩晨慢慢地拉回自己的怀抱。澳洲岛离开大陆那么远，跑到南半球，不也被欧洲人发现了吗？巴拉瑞特的黄金埋藏得那么深，不也被发掘出来了吗？

田培露写了第一封信，第二封信，第三封信……第十封信……

韩晨：

很长时间没有见面了。

在还没有出国的那些天里，我是多么热切地想见到你呀，有多少话要想对你说啊！想和你说说出国的事项；说说在澳大利亚的打算；说说怎么样才能在飞机上度过那十几个小时的时光；想和你……可是对我来说本来那么简单的事，却是可望而不可即了。

我们之间的关系因春香而引起这么大的波折，我必须提及她。与她在济南见面的情况，已经以当面、电话、信息等形式，向你多次说明。虽然你的心像钻石一般生硬，但我还是想为她说几句公道话。

春香到你家后的变化，或者用你的话说变坏。我觉得是你们家人缺乏与她沟通。她从小离开父母，在农村受过不少苦，特别是受过不少欺凌和侮辱。当她又回到你们家，心理反差是很大的。特别是和你相比，同时呱呱坠地，却成长经历异样。这些，她怎么能够达到心理平衡？心灵深处肯定会产生牢骚、怨恨、妒忌等许多不健康的东西。如果再有学习、生活当中的一些矛盾分歧，她心灵深处那些不健康的东西就会萌芽、滋长。

也可能由于咱们之间的关系，对她我真心以妹妹相待，她对我说了一些真情话，特别是她在农村受到的一些欺凌、欺负与我讲过许多。但是这些话在韩叔叔、桂花婶子还有你们这些姐姐面前，她为什么就难以启齿呢？说到这儿，我替春香感到悲哀。应该说韩叔叔也有责任。作为父亲，一天到晚忙于工作，忽视了这位半路请回家门的亲生女儿的心理健康。你们在生活上对她关爱备至，但是她内心深处的苦处、疙瘩，有哪一个去窥探一下，哪一个去帮助缓解疏导一下呢？

因此，她会无意甚至有意地去做一些伤害你们家，特别是伤害你的一些事，甚至做得很过分。你我之间的关系也成了她发泄的目标，并还那么歹毒。我痛恨她对我的糟蹋，但也不会放弃对她的同情。但是我对老天发过誓，我绝不是畜生。

韩晨：

到澳大利亚后，似乎我真正明白了什么才是触景生情。似乎这里的一切都与你相连。悉尼歌剧院映入我的眼帘，她那贝壳排列般的造型美丽、别致、雄伟。但你忽然浮现在我眼前，没有你的存在，那美丽的造型，像一只龇牙咧嘴的怪兽，在耻笑我，笑我形只影单。悉尼大铁桥是世界上最大的单孔拱桥。它像横跨海湾的长虹，巍峨俊秀，气势磅礴。看到车辆、行人在大桥上自由穿梭，自由来往，我痛恨，恨自己没有回天之力，也建造一座这样的大桥，把你和我连接到一起。墨尔本那茂密的皇家森林公园，千奇百怪的树种，自由飞翔的禽鸟，如镜般的湖面……看到这些，我激情荡漾。但是，没有你的存在，这美景在眼里一下子就黯然失色：什么神奇的树种，戳在那里就像无数大小凶恶的蟒蛇；什么歌唱的禽鸟，简直就是一群叽叽喳喳的泼妇，什么湖面如镜，不过是死水一潭……

我向着悉尼的南山呼喊，向着墨尔本的雅拉河呼喊，向着阿德莱德的草原呼喊："韩晨——韩晨——"

悉尼在南回归线以南，中午有一个奇特的景观——太阳挂在北方天际之上。我喜欢这一景观，那是因为太阳能引导我的思绪，引导我的情感飞向北方。北方无尽的天际啊！那里不仅有我的家乡，也有更往北的加拿大，有韩晨生活的那个遥远的地方。你在中午时分，太阳肯定是在南方天际的。当你看到挂在南方天际的太阳是否会想起我？

有一天，是年末的季节，我到了澳洲最北端的达尔文。也是在中午时分，太阳却挂在了南方，我立刻气恼懊丧。我向北看不到太阳，就像看不到韩晨一样，你，太阳……我恨透了你！不过，一霎时我又心花怒放。因为在这个位置，我面对的是中国的南海，面对着太平洋。我的祖国，我的韩晨就在大洋彼岸，离我更近了。

唉——说是更近了，却是远隔重洋。我站在达尔文那碧波金沙的海滩上，看着那涌动着的海浪，眺望着一望无垠的北方天际，忽然张雨生的《大海》回响在耳边。我轻轻哼唱着，体味着歌里的情感，霎时对张雨生产生了莫大的妒忌。张雨生为什么面对大海，对恋人的情感唱得那么真切。为什么呀，就好像是预测到我的命运，就朝着我田培露写来一样。

……

如果大海能够唤回曾经的爱，
就让我用一生等待。

如果深情往事已不再留恋，
就让它随风飘远。
如果大海能够带走我的哀愁，
就像带走每条河流，
所有受过的伤，
所有流过的泪，
我的爱，
请全部带走。
……

那天占生在台北兄弟大酒店，向潘治安讲述了自己的身世。潘治安立刻和徐慕菲接通了电话，了解家里的情况。当时听到李玉梅是“春香的娘”这句话，占生心立刻碎了，真像是这台湾岛一下子沉没进太平洋，彻底没了希望。人家都有孩子了，名字叫春香，这，当然是早已嫁人了。唉——铁柱啊，你真糊涂，人家已经和你离婚，并一下子二十多年无有音信，你自己已是被写上家谱过年供奉的故人了，人家怎么会……你真傻，真傻。

当徐慕菲再打过来电话，大概说了说占生家的情况。对其他诸如李玉梅的情况是说不清的。只说他的兄弟们还好，爹娘已经没有了，占生当时就大哭了一场。

在台北义父患病的这些年，占生不论在外边多累，或是遇到什么委屈，回家带给义父的总是一片欢欣的面容。就是为了让义父天天有个好心情，病情不再加重。但是，今天他回到家里，写在脸上的哀愁、痛苦……全部流露出来。占宝贵虽然行动不方便，说话也不是那么利落，但是从占生的表情当中他能看出什么。他问占生：“今天怎么了？”占生进家之前也拿好了主意，干脆把今天的情况如实向义父诉说，我绝不会离开他，他会相信的，他会理解的。于是，占生眼里落下一串串泪水。他对义父说：“爸，这些年你让我联系大陆，联系我老家，因为你身体原因我都回绝了。虽然联系老家你心里同样高兴，但是我还是怕影响你的情绪，加重你的病情。所以这几年与大陆接触那么多人，我从来也没有暴露自己。但是今天，偏偏遇到了我本县旺城的老乡。”

占生说着擦了擦眼泪，继续哽咽着说：“一路上，这位老乡的乡音，我是那么熟悉、亲切。他每一个字，每个音调，我都刻骨铭心。所以我，实在忍耐不住了，回到酒店以后就认了这个老乡，同时向他诉说了我的身世。”

占宝贵听了，咧着嘴，那半瘫的脸上露出了笑容。一边笑一边说：“好，好哇。你家里现在怎么样？”占生说：“通过老乡电话里了解，我的兄弟们还好，爹娘已经没有了，我原来的妻子也改嫁了。”

听到这里，占宝贵的脸更加凝重难堪了。沉默了很长时间，占宝贵瞪起眼睛，微微颤抖着嘴唇说：“回家，回……家，咱们都要回家。我给你说过，我是从大山里被抓当兵的，我的家是哪个地区哪个县的，我都不清楚。但是这些年，回家的心，我从来没有丢下过。前些年，你母亲的病我撂不下，后来我的身体又坏了，才渐渐打消了这个念头。现在你母亲走了，你又找到家了，咱们回去。我感觉我的身体能撑得住，坐着轮椅也要回大陆，回家。”

占宝贵抬起那只还能动的右手，轻轻擦了一下眼角的几滴泪水。然后接着说：“由你找到家，就不愁打听不到我的家，我也一定能回家。就算找不到家，只要能回一趟大陆也就心满意足了。”

占生流着眼泪，深深点了点头。

这天夜里，占生一夜没有睡好。似乎总是听到爹娘的呼唤：“回家，回……家。”小时候家的光景，排着队一幕一幕从他脑海里掠过。特别是和玉梅的甜蜜生活更勾起他无限回忆、向往、无奈。我回家，兄弟们一定会高兴的。爹娘已经没有了，只有在他们坟前诉说。玉梅已经有了家庭，有了孩子，我应该为她高兴，应该为她祝福。夫妻间的爱和自己二十多年的幻想，让它们都成为过去吧！玉梅，起码我能见到你，在有生之年还能见到你，只要你好好的，只要你有个好家庭能够幸福生活，铁柱就满足了。

那天占生与义父谈话之后，心底多年那些沉甸甸的相思、哀愁、痛苦……全部倾诉出来，感伤的心情好了许多。他打算再让医院为义父进行一次体检，如果医生认为他身体状况可以，就立刻操办回大陆的各种手续。

这天，占生又拉几位大陆客人去了阳明山。阳明山位于台湾北部台北市近郊，原来叫草山，还是蒋介石到台湾以后，为纪念明代学者王阳明，把草山改名为阳明山。阳明山漫山遍野樱花绽放，万紫千红，与苍郁的林木碧草交相辉映，间杂各色杜鹃点染，更加绚丽多彩，令人目眩心驰。因为阳明山位于大屯火山群之中，至今仍然残有火山遗迹，地热气与硫磺气仍然源源冒出。远看，烟气腾腾，纷纷扰扰。近看，热气水泡咕咕作响喷发。

占生把客人送到山上，自己也走下车来深深地吸了一口气，伸了伸胳膊，踢了踢双腿。在市里很难享受这新鲜空气和山上的美景。

这时有人打来电话，占生拿出手机接听："喂——哪一位？"电话里面说："占生吗？我是潘治安哪——"占生立刻兴奋地说："哦，潘老板，你好，你好。回大陆一路辛苦了。"潘治安说："没什么，感谢你在台北的热情接待。"占生不好意思地说："应该感谢你，给我找到了家。"潘治安急忙说："我再告诉你一个好消息，有一个人要和你通话，就是李玉梅。"

李——玉——梅！

占生听了下意识地把手机从耳边移开，拿到面前仔细地瞅着，似乎不相信他手机里说的话。"喂——"手机里又说话了，占生赶紧又把手机放到耳边，电话里面说："就是你在台北让我问好的那个李玉梅呀。"

那天，李玉梅接到徐慕菲的电话，干脆跑到城里找到徐慕菲，详细询问了一遍路铁柱的情况。这个时候她信了，知道铁柱还活着，现在在台湾。那么，他是怎么去的台湾？徐慕菲当时也说不清楚。

"那么，那么，铁柱是不是成……"

李玉梅见到徐慕菲以后，就把她和铁柱的关系向徐慕菲诉说清楚了。这时听到李玉梅的问话，徐慕菲知道她要问什么。但因为是潘治安打来的电话，路铁柱在那边的详细情况，没来得及多问。徐慕菲说："玉梅姨，潘治安还有两天就回来了。待他回来以后咱们和潘治安见个面，到那时一切都会清楚了。”

“好，好。”李玉梅答应着，可是两天的时间对她来说就像她和铁柱分别那二十年一样难熬。心灵深处总蕴含着那么一丝丝一毫毫再得见面的希望，再，再还能……她白天想，夜里想，想来想去，不会，绝对不会的。铁柱怎么也得、一定会是儿孙满堂了。如果他认为还有回大陆的希望，可能也不会成家。这一下子二十多年，又是在台湾那么开放的地方，他怎么会不成家呢。那个年代，大陆和台湾互为仇敌，哪有一点回来的希望？他一定也是认为没有回来的希望才……在那种环境下，他就是想家想我……唉——再说那是娘逼着硬跟人家离婚的，时间长了，铁柱就对俺没有一点怨恨？没办法，没办法呀。

想着想着，对铁柱那期盼急切的心情渐渐淡薄了，甚至无奈而又不情愿地烟消云散了。当徐慕菲再次给她打电话，约她到城里和潘治安见面的时候，李玉梅推辞说：“慕菲呀，人家在台湾能给咱问个好，俺就知足了，别的咱还有什么说的。和潘治安见面我看就算了吧。”徐慕菲说：“还是见个面吧，可能的事情多着哩，起码你能更详细地知道他的情况吧。”李玉梅想了想也对，就是他在台湾已经成了家，咱也是夫妻一场过呀，还是打听一下好，他是怎么去的台湾？是怎么度过了这二十多年？他的家庭甚至他的妻子到底是怎么个样子？只要他能过得好，俺也心满意足了。于是李玉梅如约来到了城里。

李玉梅和潘治安见面以后，知道了铁柱在台湾的全部情况，那颗已经落地的心马上又提了起来；心头那已经熄灭的火焰又重新燃烧起来。就像漆黑的夜里看到了启明星，看到了东方的鱼肚白。这时，她又不顾一切地催促潘治安马上给路铁柱打电话。电话接通，潘治安和路铁柱还没有寒暄上几句，李玉梅就抢过了手机。

“铁柱，铁柱，你是铁柱吗？我是玉梅呀！”

“玉梅，玉梅，你是玉梅吗？我是铁柱呀！”

李玉梅在这呼叫当中确认对方是自己要找的丈夫铁柱，便哇哇哭了起来。

路铁柱在这呼叫当中确认对方是自己要找的妻子玉梅，赶紧打开车门钻进车内，双手握着电话紧捂在耳边，也呜呜哭出声来。

台北阳明山与华北平原一个小城市间，天南海北，相隔一方。多少年的怀念，多少年的泪水，多少年的情爱，多少年的哀怨惆怅，全部通过无线电波倾诉在这哭声之中。中国有许多爱情的佳话：牛郎织女，梁山伯祝英台，白素贞许仙……这些千古绝唱，感动震撼了多少代，又有多少人在为他们的爱情去颂扬去歌唱。路铁柱、李玉梅穿越千山万水的哭诉，被无线电波送出天宇，这些传说中的人能听得到吗？如果他们能听到，也一定为之感动震撼吧，也一定为之颂扬歌唱吧！平原上刚下过一场雨，巨大的彩虹挂在了天边，这是牛郎和织女搭起的彩桥吧。看那彩桥，一头连着台北，一头连着大陆呢。阳明山那儿的热气和硫磺气喷发得更欢快、更有力量、响声更大了，这也是为路铁柱和李玉梅而欢唱吧。

还是路铁柱先忍住了哭声说：“玉梅，你等着我，我回去，我回家。”

李玉梅也哽咽着说：“铁柱，我等着你，你回来，你回家。”

第二十五章

韩玉林接到一个电话，身子噌一下从椅子上蹿了起来，堪比发射井发出导弹一样急速。

电话那边说，玉林房地产开发公司为四铁担保了三千万贷款。

“什么，你说什么？”

前年玉林房地产开发公司为四铁担保的贷款，去年已经还清办结了，怎么今年又出来一个三千万呢？不敢怠慢，他撂了电话就来到银行。银行里把所有贷款的担保手续，拿到他面前。韩玉林拿着这些材料，翻来覆去，看了几遍，奇怪地说：“我们什么时候又为四铁做担保了？”银行的工作人员瞪着眼睛，张口结舌，不解当中带着恐惧：“你们没有为四铁担保？”

韩玉林说：“季行长在行里吗？我去找他。”

玉林集团是工商银行的大客户，季行长看到韩玉林突然来到办公室，忙从椅子上站了起来。他一边让着座位，一边说：“哟嗬，哟嗬——韩总驾到，怎么也不打个招呼哇？”

韩玉林进门就板着脸说：“行长老弟，出怪事了。怎么又出现了玉林房地产开发公司为四铁担保的事呢！”

季行长听了一惊：“没有这种事？是马总亲自来办理的。”

“马总亲自来办，我怎么不知道？”

“你不知道？哪，手续是完备的呀！”

“没有我这个老总同意，怎么会出来这手续呢？”

季行长肥胖的身躯，四方大脸，高度近视镜片上的圆圈圈更显得眼睛滚圆滚圆的。这会儿硕大的脑门儿上流出了汗珠，胖乎乎的大脸由刚才那么红润，立刻变得蜡黄，浮尸一般。

“这、这，这？”他晃着脑袋，双手拍打着大屁股，忽然转身走向办公桌说，“我给马凯和打电话，给马凯和打电话。”

他抓起电话，把桌子上的一堆材料推开，玻璃板下显现出几页打印的电话号码。他左手粗大的无名指在玻璃板上从上到下慢慢地滑了下来，找到了马凯和的名字。电话接通了，优美的音乐声传了过来，可是电话让他欣赏着音乐，却没人接听。随后，季行长又快速按了十一位数字键盘，接通了马凯和的手机。手机里又传来了：“对不起，您拨打的电话已关机。”殊不知，马凯和焦头烂额，手机座机都不接了。他又换了一个新手机号，只有个别人知晓。

季行长身子向后一仰，躺在了老板椅上。由于他的肥胖，老板椅负重太大，椅背向后倾斜了三四十度。他的脸自然扬了起来，面向天花板，自言自语：“没人接，已关机。”

此时，办公室的其他人都还站立着，韩玉林已经坐在了季行长对面的沙发上。他巨大的身躯坐在那儿，像一尊石狮，沉稳而坚毅。他跷起二郎腿，嘴唇紧闭，双目威严地注视着季行长的一切。

忽然，季行长噌地站了起来。由于用力过猛，老板椅被牵动得咔嚓响了一声。他离开桌子来到韩玉林面前，脸上露出笑容说：“韩总，这事儿可不是闹着玩的。老马的胆子——哦，你们，你们内部……”

季行长没有说完，韩玉林就打断他的话：“不可能。办理抵押手续之前，咱们两个应该见个面，最起码打个电话沟通一下，这些年不早就成惯例了吗，为什么这一次就单方面……这肯定有问题。”

季行长两手一摊说：“唉——老马说前年你已经给他抵押过一次，说这事还都是领导协调的。因为有上一次，这一次又有什么怀疑呢？特别是他拿来的手续都是齐全无误的。”

韩玉林坐着依然一动不动，但是那目光、那声音直戳季行长的心肺。

“因为有上一次，你就答应了这一次？这是什么逻辑？”

季行长又回到老板椅上坐了下来，双手抱在一起，低头思索了一下，忽然又站起来对韩玉林说："关键，当前关键要和马凯和联系上。韩总，要不这样，你先回去，我和马凯和联系，情况怎样立刻告诉你。"

韩玉林听到这儿站了起来。他坐过的黑色真皮沙发，被重重地压了一个坑。

"好，我等你的电话。"

韩玉林话音落下，脚步已走出办公室。送走了韩玉林，季行长朝着办公桌啪打了一拳："他妈的马凯和，搞的什么名堂？"他转身歇斯底里般对身边的工作人员说："快，快去找马凯和，找不到别回来！"

工作人员从办公室走出去以后，他嘴里念念有词回味着什么。眼睛直愣着看着对面的墙。眼珠、眼皮、镜片上的圆圈还有那圆镜框——一个圆套着一个圆层次特别分明。他想着想着，忽然双手拍了一下大腿："哎呀，那天中午喝大了！"

说完挺坐在沙发上，臃肿粗笨的身子像个吹起来的塑料人。

中午十二点半多了，韩玉林还在玉林房地产开发公司财务科里。李春香所在的那间办公室，桌子上的抽屉全部打开，桌面上表格、材料、印台、印章堆了一片。那景象就像"文革"中老干部被抄家一样。

这个时候，屋里的人谁也不说话，个个神情紧张、凝重。韩玉林坐在椅子上紧皱眉头思索着。杨新秀一会儿摸摸这，一会儿动动那，不知所措。韩阳拿着那些印章，往纸上印了一个又一个，拿起纸对着印章看了一遍又一遍。李春香呆若木鸡，脸上充满了恐惧。其他人像是一根根戳在楼盘地基上的桩柱，愣愣地挺在那里。

韩玉林从银行出来，直奔房地产开发公司财务室。员工们快要下班了，韩总的忽然到来，使大家感到意外。韩玉林作为集团公司的总裁，各分公司的科室他是很少光顾的，现在又临近下班的时候，怎么突然光临呢？杨新秀听到这个消息，马上一溜烟儿跑了过来。一见面，就那么让人酸到骨头似的说："爸爸您这么忙，怎么这个时候光临我们这里了，有什么急事吗？"

韩玉林坐下，直截了当地问："你们知道为四铁担保贷款的事吗？”在场的人你看我，我看你，都摇头说不知道。杨新秀问：“谁给四铁担保贷款？”韩玉林说：“你们房地产开发公司呀。”杨新秀恍然大悟说：“那不是前年的事吗，去年还款手续早就办结了。”

韩玉林拿出了复印的为四铁担保贷款的手续，指着那些材料说：“这里怎么又出现了新的贷款担保手续呢？”

“啊，啊！”杨新秀一惊一乍地走到桌前，翻看着这些材料。他看得很仔细，上面的印章分明是自己负责的玉林房地产开发公司的印章。“啊呀，妈呀！这是怎么回事啊，这是怎么回事啊！”他惊叫着又翻看了一眼手中的材料，抬起头，扫了一下屋子，看到李春香便问：“哦，春香，你不是管着印章吗？这印章是怎么盖上去的？”李春香本来愣愣的，惊恐疑惑的脸像一个雕刻出来的木偶面具，听了杨新秀的话，忙接过杨新秀手中的材料，一边看，一边摇头：“这，这我也，我不知道啊，这……”

“啊，啊——啊啊……”

刚招聘来的女大学生叫张燕，因为年纪轻，身体瘦小，大家叫她小燕子。这孩子哪见过这么惊恐严厉的场面，吓得大哭起来。她这一哭，人们更不知所措，屋里忽然呈现出一股骚乱的气氛。

“静下来！”

是韩阳的声音，她听说贷款抵押的事以后，和安小飞几个人也来到这里。

韩阳语气威严，掷地有声。大家把眼光都集中到韩阳这里来，不再焦躁了。韩阳敏锐的眼睛快速地扫了杨新秀和李春香一眼，说：“奇怪了，你们都不知道，难道——这是假的吗？”

屋子里更没有人说话了，还是你看我我看你，不知所措。杨新秀示意李春香凑过来，两人指指点点，又把那堆贷款抵押的材料排开，仔细地看起来。

韩阳对杨新秀说：“新秀，爸爸把你放到开发公司，这是对你的信任，你必须认认真真地工作。”她停下话，眼睛直逼着杨新秀又问：“这签字，可是你的！”

杨新秀听了皱眉挤眼，左手使劲搓着右手的手背，火烧眉毛一般。

他用着尖嗓门对韩阳发誓，实际也是说给韩玉林听：“韩阳，这件事无论如何我有天大的责任。可是，我真的不知道呀，我对天发誓，如果我知道这件事，就雷劈了我。”李春香听到这儿也赶紧接着说：“我也……真不知道，怎么会发生……这种事，我，我……”

韩玉林听了他们的话，抬手示意他们不要再说了。

不是因为他看到了杨新秀发誓，从来到财务科看到这里所有人的表现，还有在银行季行长的一举一动，韩玉林的脑海里就闯进了一个幽灵。马凯和那张奸诈的哈密瓜脸，不断地从眼前闪过。这个人一贯投机钻营，最善于耍手段、使手腕，什么事情都能干出来。去年给他担保过一次，今天会不会又是他的——阴谋？

韩玉林想到这儿，心里倒是平静了下来。他说：“但愿我们这里有过错，不要有罪恶。”

他又扫了大家一眼，思索了一番，然后摆了摆手说：“大家先去吃饭吧。”

员工们听到这儿，拿起提包的，抓起衣服的，像撤离核污染区般一溜烟儿走了。

有一首歌叫《我爱你，塞北的雪》，歌里赞美那洁白如玉的雪“是春雨的亲姐妹”。这年作为旺城来说，这雪不仅是春雨的亲姐妹，更是秋雨的亲姐妹。冰冷的秋雨刚刚拂袖而去，这寒冷的雪就翩然而至了。她不是像女性姊妹那么柔情，而来势凶猛，铺天盖地。平静的时候，像白色花瓣撒落下来，一会儿的工夫，大地便银装素裹，地上、屋顶上，就连树杈上也很快被皑皑白雪覆盖、挂满。起风了，平原上一马平川，雪片发疯一样沿着地面无章无法地四处旋转奔波；已经落在地上的雪又被掀起扑打着万物。本来还未干的泥湿大地，在这雪的扑打下，平地上形成冰的晶体，泥泞的道路上出现了无数道冰硬的鱼脊背。

夜深了，韩玉林站在办公室前的空场上看着这满天的大雪。几只白炽灯把院落照得很亮，像白天一样，他完全可以看清这纷纷扬扬雪花飞舞的姿态。

经济危机对家具出口的影响；

资金、天气多重因素给住宅工程带来的障碍；

洛克那边还没有消息，能不能也像家具一样……

BXCY 的流动资金还没有完全落实，这房地产公司抵押的灾难又重重袭来。社会上传开了，玉林房地产开发公司有“内鬼”“里通外国”，为四铁提供了贷款抵押手续。

……

韩玉林思索着。这一年，重重困惑、艰难险阻像阴雨、像冻雨、像大雪缠绕着他，扑打着他。当前问题更像是山体滑坡，一下子冲下了一大堆。

“爸——”

随着叫声李春香走了过来，肩膀和头上的雪花像一片片银箔挂在上面。韩玉林很意外地问：“春香，你怎么这个时候来了？”李春香愣愣地看着他，眼神里充满了对父亲的亲昵、疑惑，还有恐惧。韩玉林赶紧招呼她进了办公室，一进门就拿过一条毛巾，为她扫下了身上的雪，招呼她坐下。

春香，已不是刚进城缩手缩脚的农村小姑娘了，也不是在学校时冷漠、倔强，时常又那么小心翼翼的孩子了。她完全融入了城里，也染上了那么多……

韩玉林心里酸酸楚楚的。

“春香——”韩玉林声音非常关爱轻柔，倒像是李桂花。桂花那天在韩晨、春香、田培露三人面前倒下的境况韩玉林当然早已清楚了。但这都是他的女儿呀，斯人已去，罪过怎么能记在孩子们身上？这都是命啊，桂花一辈子操劳没有享福的命啊。唉，春香和桂花多么可怜，母女两人仅仅相处了几年的时间，桂花想小七儿想了一辈子呀。

李春香先让爸爸坐下，自己坐在了爸爸的对面，神情恍惚、声音很低说：“爸，外面都传开了，说抵押贷款的事……是内部人员干的。”韩玉林微微笑了笑说：“那只是个猜测。”她低着头说：“爸，猜测当然就有可能。如果真是这样，那第一个怀疑的就是我。”韩玉林轻轻地摇头，眼睛慈祥地盯着李春香说：“那……可能吗？”这时，李春香抬起头，面目带着诚恳和认真说：“爸爸，我很不争气，很伤你的心。你和妈一心把我找回城里，让我上学，盼望我有出息。可是，我没有完成学业，也学了一些不好的东西，和姐姐的关系也不好。可是，我，我可没有害咱家的心哪。在这件事上我不知我有多大责任，可我怎么也不能给他们偷盖印章害咱家呀。”

韩玉林心里又一阵酸楚。三千万贷款抵押的事，他从自己身上挖掘思考过深处的缘由。思想观念、发展观念、管理观念……自己在这些方面是否……特别是管理上，摊子规模大了，可管理并没有随着摊子规模的增大而加强呀。特别家族管理的老一套……

这件事当然要诉诸法律。但韩玉林脑海中的雷达已锁定了目标，基本的判断：马凯和搞了鬼。那么他使用了什么手段？从表面来看，他是设饵……

如果真是这样，那么是谁呢？谁上钩了呢？当然，想到的首先是杨新秀、李春香。根据杨新秀这一年多和韩阳的关系，也有可能走上这一步。但是。杨新秀对韩阳一直表现为理亏的，他还能在这方面如此歹毒吗？春香？毕竟是个女孩子，她……

这些念头时常在韩玉林脑海里闪出，但每每出现又被自己很快打掉了，然而总也不会彻底消除。就像一个顽固的电脑病毒，清除了一次，又钻了出来。

此时，他看到春香诚恳的面容，听了她这番话，从心里高兴。但看到这孩子眼神里带着自卑、疑惑甚至恐惧，隐藏着很多很深的东西。如果是韩晨、韩阳她们也是在这种情况下来到这儿，她们绝对不会是这样的表情，这样一种与自己相隔万里一样的情形。因此“我可没有害咱家的心”也成了韩玉林基本的判断。

韩玉林平时严峻的面容变得是那么亲昵，眼睛也那么明亮温暖，眼光更是没了那锐利，而是那么柔和。他说：“春香，这件事需要法律程序弄清楚。至于你在这件事上有没有责任，当然要等到事实清楚了才能定论。但爸爸是相信你的，你不可能、绝不会为了什么好处故意损害咱的企业。但是，你还有其他人是不是有什么失误？”

李春香听了没说话，只是睁大眼睛看着爸爸，像个冰雕。

韩玉林看得出，自从桂花去世以后，春香内心深处也一定痛苦甚至愧疚。但是，不是一天、不是一个方面、不是一个原因养成的坏东西甚至恶习，不可能有了那么一点愧疚就会觉悟，就一下子把浑身的毛病改掉哇，就像桂花血管壁上的结节不可能一下子冲刷干净。会不会……韩玉林忽然想起给桂花上坟那天谢淑华一帮人。想到这儿，不免内心又自责起来。谢淑华和马凯和的关系他是很清楚的。春香和谢淑华的关系自那天上坟后，自己就想问一问。可是忙、忙……他想到这儿，下意识地将手使劲按了几下自己的头颅。

他抬起头问："春香，谢淑华和你……"

李春香只好如实讲了她和谢淑华的一来一去，整个过程。

韩玉林听了心中一惊。

他还要说什么，手机响了。打开手机是安小飞，他要马上与韩玉林见面汇报一个关于马凯和的情况。韩玉林关掉手机说："你安叔叔找我有急事，你先回家吧。春香，刚才你说的话爸爸很感动。只要咱全家人都一心维护这个家，维护咱的企业，什么难关咱都能过去。下步要是有什么新情况就及时跟我讲，特别与谢淑华来往的一些细节再好好想想，咱们再专门谈谈。"

听了爸爸的话，李春香答应着，蹦极一般悬上悬下的心也稍微稳定了一下。

梅表姐的噩梦缠上杨新秀了。

杨新秀是个非常喜爱文学的人，遗憾自己没有上文科，但是在学校却读了大量的中外文学名著。书中那些美丽传奇的女主人公们，他情有独钟。《巴黎圣母院》的艾斯米拉达、《茶花女》中的玛格丽特、中国古典文学中的林妹妹……现当代文学作品中的美人儿更多，特别是巴金先生《家》中的梅表姐，一生的身世让他那么同情，与觉新的爱情痛断肝肠。特别是黄宗英女士演过的《家》放映以后，梅表姐深沉、哀婉的形象让杨新秀同情、爱恋，总不能忘怀。梅表姐成了杨新秀心中的偶像，《家》这部小说在宿舍的床头上伴随了他整个大学的时光。

当年挤断门框相亲的姑娘当中，化工厂的苏晓梅，为杨新秀提供了现实中的梅表姐，被他认为是梅表姐的再生。她水汪汪的大眼睛，长长的睫毛，双眼皮，眉毛柳叶般左右舒展。黑白分明的眼球，像过滤上万次的纯净水般明亮清澈。两个人短暂几秒钟的双目对视，就抓住了彼此的心。但是，那爱的火刚刚烧起，田保华就托人把韩阳介绍给了他。韩阳的闯入，使杨新秀在韩阳和苏晓梅之间的爱情跷跷板上，马上就倾向了韩阳这一边。韩阳长得不仅如花似玉，家庭背景更是在他爱情天平上增加了更重的砝码。于是，杨新秀放弃了苏晓梅，坠入了韩阳的爱河之中。但杨新秀总还是为失去苏晓梅那么惋惜，这种惋惜一直陪伴他的终生。

这一年，玉林房地产开发公司要招聘一名大堂经理。经过筛选，有三个女孩子被领到杨新秀面前。他拿着每个人的简历依次看着。

“刘明章？”脸上立刻几分腻烦的表情。女孩子怎么取了这么个名字，又俗又男人味。但是他抬眼一看，呀——他一下愣住了。

水汪汪的大眼睛，长长的睫毛，明亮清澈的眼球……这分明是……梅……杨新秀目瞪口呆，直愣愣地看着刘明章。在他眼里，刘明章简直就拔不出来了。这不又是“梅表姐”再生嘛。

刘明章被招聘为大堂经理以后，真像是盛开了一朵鲜艳美丽的梅花，重新燃起他追求梅表姐的旧梦。他还真学着小说《家》中觉新去买梅花。但是旺城这一带到哪里去弄梅花呀？他还真会想，让人到东州到其他地方买了很多塑料梅花，摆放在销售部和办公室显眼的地方，电脑桌面也改成了一大束梅花。在电脑上下载了一首《我爱梅园梅》的歌曲，转移到手机上，作为手机的铃声。座机上的铃声他弄了半天没弄好，就专门让移动公司的技术人员也给换成了《我爱梅园梅》。

杨新秀找机会抽时间经常来到销售部，销售部就像金属物遇到医院的“磁共振”牢牢吸住了他。

“彼采萧兮，一日不见，如三秋兮。”两千多年前的古人就把思念之情描绘得如此出神入化，何况畅游了那爱情红河，又受到当今包二奶婚外恋洗礼的他，还不神魂颠倒？他以工作、销售需要为由，干脆把办公室从开发公司搬到销售部二楼的两个小间里，特别是他的办公室全部由刘明章来打扫收拾。

刘明章转悠着眼睛，找空摸空去杨新秀的办公室。每当刘明章进来，杨新秀总是心花怒放，眉开眼笑。同样的茶叶，在家里韩阳给他沏上，就觉得不如刘明章给沏的味道好。因为茶杯里放多少茶叶、什么样的茶叶、用多少度的水，刘明章根据杨新秀的口味都掌握得非常准确。韩阳一天到晚忙企业，哪有这个雅兴。

早晨，杨新秀来到办公室，刘明章刚收拾完，茶已经沏好。他端起茶杯，抿了一口，笑眯眯地看着刘明章说："你沏的茶味道就是这么正好。"她说："那好，我一辈子给你沏茶吧。"杨新秀摇摇头，酸溜溜地说："那怎么能舍得让你沏一辈子茶呢。"刘明章趁机说："那你还让我干什么呀？"杨新秀眯缝着眼睛仰起了脸，她趁势上去亲吻了一口。杨新秀像触电一般，"呀"的一声捂住脸，瞪着眼睛看着刘明章。

刘明章故作慌乱地说："哎呀，对不起总经理，总经理。"杨新秀再没说什么，浑身颤抖着把她抱在怀里。

在一个星期天的下午，杨新秀到了东州市，他把刘明章招到一家酒店里。一见面，就一声"梅"把她抱到了床上。从这里开始，他们两个把感情推向了极致，把男女之事推向了高潮。杨新秀紧抱着刘明章，亲吻她的白脖子、柔软的胸襟说："我给你改名吧。"刘明章莫名其妙又惊讶："给我改名字？改什么名字呀？"

杨新秀甜蜜地说："你看过小说《家》吗？"刘明章摇摇头。又问："你看过电影《家》吗？"她又摇摇头。她什么也不知道，杨新秀有点扫兴，但还是继续说："《家》这部作品中有一位梅表姐，长得是倾国倾城一表人才，但命运不好。本来她和大表哥觉新青梅竹马，深深相爱，但是家庭把他们拆散了。"说到这儿，杨新秀有些哽咽，真动了感情。停顿了一会儿，继续说："梅表姐只好嫁了，当然婚姻不会称心，终于怨积成病早早离开了人世。"说到这儿，杨新秀的眼泪真的流了下来。刘明章替他擦了擦眼泪，他继续说："梅表姐躺在棺材里嘴唇微微张着，像要说什么话。她母亲哭着问：'你不肯闭嘴，你还有什么话要说吗？'梅表姐想要说什么呢？这么多年来我想啊想啊……"

说到这儿，他泪流满面了。刘明章又为他擦着眼泪，说："哎哟，你要是对我这么钟情就好了。"杨新秀说："对，一定。我刚上班的时候，爱上了一个姑娘叫苏晓梅，和梅表姐长得一模一样。可是后来……哎，你和苏晓梅就像双胞胎一模一样。”

“是吗？”刘明章越听越兴奋，朝着杨新秀吻了一口说，“那我就是梅表姐了。”

“什么梅表姐？你这个年龄就做我的梅表妹吧，以后我就叫你——梅。”

“行，我就是你的梅表妹，我改名肯定叫梅了。”说着又爬到他身上，两个人打了一滚儿，又云雨起来。

这时的杨新秀快乐极了，旺城的大美人儿当年都过过他的眼，如今他向往青睐的“梅”，也真的来到他的身下。但是，云雨过后，他仰面朝天，喘着粗气，一语不发。

他们尽情快乐的时候，一种恐惧重重地压在躯体上。韩阳、韩玉林还有背后……更令人生畏的东西，总是抓着他不放，他总也不会摆脱掉，就像粘上了“蜘蛛侠”的蜘蛛网。后来，有人评价杨新秀和刘明章关系，说梅表姐和苏晓梅的影子，确实在杨新秀的头脑中有深深的痕迹。但是，随着杨新秀当上玉林集团的副总、房地产开发公司的总经理，随着财富的增加、地位的提高，他与刘明章是必然的。到了这个时候不论有没有刘明章，有没有“梅表妹”，就是出来个荷花“荷表妹”、菊花“菊表妹”，他也会如此。但是，杨新秀笔尖儿大的心眼儿，无论遇到哪个“妹儿”，都会是一个悲惨的结局。

杨新秀就是这么在欢乐与恐惧中和刘明章热恋着，没想到更大的恐惧来临。一天，刘明章来到办公室告诉他，她怀孕了。杨新秀听了真是五雷轰顶，脸色骤然蜡黄，目瞪口呆。他瞪着眼睛看着刘明章，像痴呆老人不认识自己的亲儿女一样，好大一阵子才张嘴结舌：“你，你，怎么……你怎么……”

刘明章见状，白了杨新秀一眼珠子说：“看你这个熊样儿，还是不是个男子汉？男女之间要干事，不就是这个结果吗？”杨新秀还是结结巴巴，不知所云。刘明章又说：“你家有个闺女，又不能生二胎，我要是给你生个儿子，这是你杨家的造化。”杨新秀抱着脑袋，转过身背着刘明章哭声哭腔地说：“不！不，我不要，我不要。”刘明章龇牙瞪着眼，恶狠狠地说：“等生了儿子我就给你抱过来。”说着，啪拍了一下桌子，杨新秀吓得浑身一颤。然后她抬腿开门走了，随手使劲把门一推，发出咣的一声。随着这咣的一声，杨新秀的身子又是一颤。

杨新秀感觉像是电影《阿凡达》里外星球上的怪兽扑过来一样，像怪兽手中的激光枪打过来一样，眼前烟花飞舞，心脏像百米赛跑运动员跑得一样快。他瘫坐在椅子上，直愣着眼，十几分钟没动一动。

几天来，杨新秀不敢见人，一天到晚鬼魂附体一般。他常常自己躲在办公室里，屋里剩下自己的时候，灵魂就好像和他的躯体截然分开。灵魂在他的面前晃晃悠悠，悬哪、转哪……一会儿露出狰狞的笑容，一会儿又魔鬼般面目凶恶。

他似乎明白了，什么“梅表妹”呀，她的温柔一下子没了，美丽一下子没了，简直就是一个凶神恶煞。一会儿面前好像是《西游记》中的白骨精来了，一会儿《画皮》里的女鬼来了……

第二十六章

星期六，玉林房地产开发公司的员工都按时休班了，李春香独自来到财务科。

她轻轻地打开那扇青色的保险门，然后又轻轻地关好。走到自己那间办公室的门口，也轻轻地把锁打开，进门以后又随手轻轻关好。她坐在椅子上木偶般愣了一会儿，便打开了存放印章的抽屉，双手端出存放印章的小托盘，把那一堆印章缓缓地一枚一枚地捏到桌子上。整个动作过程显得那么疲惫，每个动作那么无力，脸上更是无精打采，四肢就像瘫痪了一样那么僵硬。接下来又像木头人坐着纹丝不动，直愣愣地看着办公桌上的印章。

谢淑华已经交代了，是她，来到这里偷偷把印章盖在了早就准备好的贷款抵押手续上。

那天，李春香一上班就忙了起来。她打发完几笔业务，已是近十点钟了。她站起身来，伸了个懒腰，刚要喝杯水，忽然听到客厅里一个熟悉的声音传来：“哦，张姐——你好，燕子你好。”李春香一听就知道谢淑华来了。正好刚忙完，想休息一下了。她赶紧走到门前：“大姐——你来得正好，刚忙完，快进来。”谢淑华满面春风地说：“我的脑子里呀，已经有了感觉喽——知道你这会儿要休息，对不对？”谢淑华翻动着那“双眼眉”，像闻上白面儿一样精神。李春香左手抓住谢淑华的右手，右手搭在谢淑华的肩上：“哎呀——就是姐姐善解妹妹。”

自从谢淑华领着干姊妹儿们给妈妈上坟以后，李春香和谢淑华的关系更近了。在妈妈坟前，李春香看到谢淑华哭得那么悲恸，那么真切，真像对自己的母亲一样，李春香深深感动了。从那以后，她们来往的频率更高了，有时李春香有什么心里话，专门找谢淑华说说，感情上比亲姊妹还亲。特别是她们都干财务，李春香便经常请教谢淑华。有时谢淑华坐在李春香的椅子上，帮助办这写那，还随手拿起抽屉里的印章，啪啪啪盖好完事。什么公司的行章、财务章……谢淑华就像在自己的公司里一样，清楚明了，信手即来。

这会儿，谢淑华被李春香拉着胳膊进了里间。进门以后，谢淑华的眼睛电波般快速把屋里扫了一遍，特别留意看了一眼存放公章的那个抽屉，抽屉半开着。她知道，这是刚刚用过印章。谢淑华流星般闪动的眼睛，李春香根本没有留意，只是一个劲地寒暄。

谢淑华坐在李春香的对面，摇晃着脑袋打量着她的脸。李春香不好意思地问："看什么呀，姐姐？"谢淑华埋怨说："看什么呀？你看你这个妆化的，真不够水平。"李春香轻轻摸了摸脸说："早晨起晚了，抹了两下就来上班了。"

这时，谢淑华从手提包里拿出一个精美的盒子，上面还有金色的绸带系着。李春香好奇地问："这是什么呀？"谢淑华说："刚才不是说了嘛，看你这个妆化得不够水平，姐姐给你带来一盒化妆品。公司有人出国到韩国，我是专门嘱咐给你买来的。在韩国，这是女人面前最时兴的东西。"李春香眉开眼笑拿过化妆品，仔细打量着："呵——谢谢姐姐。光这包装就这么精致，一定不错。"

谢淑华重新接过化妆品盒，解开系在上面的金色绸缎，亲手打开。盒子里面放的这种膏、那种水，还有几支小刷子。两个人摆弄着这些，都赞叹产品的精美。

摆弄了一阵又看说明书。说明书上全是韩文，一个字也看不懂，两人哈哈大笑了一番。谢淑华又把这些东西重新收拾到盒子里，对李春香说："拿着它们，到卫生间里把你的小脸蛋儿再收拾收拾。"李春香忽闪着大眼，脸上充满了喜悦："现在就去？"谢淑华说："去。收拾漂亮了再来见姐姐。"李春香答应着："好。"

谢淑华拿起化妆盒，亲自拉着她来到卫生间，并说："先把小脸蛋儿洗干净了再化，知道吗？”说着随手把卫生间的门关上，自己回身敏捷地进了李春香的办公室，也随手把房门关上。

每次来到这里，谢淑华都是把手提包挂在衣架上，但这一次进门就放在了李春香的办公桌上。这会儿，她坐在李春香办公的座位上，随手从手提包里把已经准备好的材料拿了出来。这些材料一、二、三……哪一页上盖什么章，谢淑华烂熟了。没有十几秒钟的时间，行章、财务章……该扣的全部扣上。然后把材料放进手提包，又挂在了衣架上。

她开开门走到别的办公室里，这个姐姐、那个妹妹地甜蜜了一阵。等李春香化完妆，走出卫生间，谢淑华正和办公室里的其他人一起欣赏着刚刚搬到窗台上的一盆杜鹃花呢。

这时李春香办公室的房门倒是大敞四开的。

谢淑华看到李春香，故作惊讶地说：“呀——妹子，这么一抹，比好莱坞的女主角们都漂亮了。”李春香欣喜若狂地说：“真的吗，姐姐？照你这么一说，我成电影演员了。”谢淑华说：“真的。不信，让姐妹们看看。”

办公室里这个说好看，那个说漂亮，又是天仙，又是影星，叽叽喳喳，欢声笑语。

谢淑华把巨大的战利品，放到了马凯和的办公桌上。马凯和看了那套完备齐全的材料，像吃了起死回生的灵丹妙药，喜得立刻向谢淑华深深地亲吻了一口，并且还娇声娇气地说：“我的心肝宝贝儿哟——”

谢淑华推开马凯和，脸上露出一些担心和惧怕，说：“这——还要送到银行，过几道关口，暴露的可能是很大的。这是不是刀尖上跳舞的买卖？”此时，马凯和一副阴险奸诈的样子，说：“我早就想好了。我拿着全部材料，直接去找季行长。因为有前年玉林公司给四铁担保的实际情况，加上我们的材料都是完美无缺的，季行长不可能不信。我也直截了当告诉他，这次就是秘密进行，必须保密。因为人家玉林公司怕招风惹骚。这样他肯定会相信，不可能向外传播。我上午去，带上几瓶茅台，中午就让他生米成熟饭。”

谢淑华听了，更钦佩马凯和的狡猾。但还是有些担心，她皱着眉头说：“还要签字呢？”马凯和说：“咱存有去年的底档，三个字好说。”

谢淑华愣了愣神说：“没有不透风的墙。要是一旦传出去，怎么办？”马凯和又吻一下谢淑华，左手向后梳理了两下大背头，眯着眼睛，表情深不可测，像狐狸把大象引到悬崖就要摔下去一样自喜，说：“亲爱的，你想得周到，我也想好了。”马凯和张着大嘴巴，一副大义凛然的样子，一字一句地继续说：“这事为了什么？为了旺城天字号的大工程。铝材二期上去了，我就是功臣。我又不是白拿他的钱，像去年一样转过年来贷款一还，不就完事了吗？要说我不择手段？是啊，为了上天字号的大工程，我就是不择手段，又怎么样？到那时我找书记、市长，他们能不给咱遮挡遮挡？不用担心，这不是刀尖上跳舞，这是舞台上堂堂正正的表演。”马凯和又拍了拍胸脯说：“我这就是有条件上，没有条件千方百计创造条件也要上。千方百计创造条件是什么？只要把银行的钱弄来，只要铝材二期上去，说一千，道一万，都是咱的本事，都是咱的理儿……”

“哈哈，哈哈……”马凯和笑起来，笑得那么丧心病狂。谢淑华双手捧在胸前，眯缝着眼睛，念佛一般：“阿弥陀佛，但愿如此吧。”

竟然是这样。

这笔贷款确实毁在了自己手上，自己却毫无察觉。李春香的眼神，从印章上移开，无神地看着对面的墙壁。停了一会儿，又起身把自己这间办公室的门打开，缓步来到卫生间。推开门，向里边看了一阵。然后脚跟上像挂上了沉重的哑铃回到了自己的办公室。她看着桌子，看着桌子上那堆印章，目光移开，又扫了一眼其他的家具，像初进这个房间一样陌生。最后，眼光落在了那个衣服架子上。

她绞尽脑汁，挖空心思，回想着那天谢淑华是怎么进到这间屋里。她说了些什么？坐在哪里？怎么拿出的化妆品，自己又怎么同她一起去了卫生间？她又是怎么出了卫生间，回到这个房间里？她想着，像侦破一宗复杂的案件，没漏掉一个细节。谢淑华的材料肯定在她的手提包里，手提包当时放在哪里？她是先从手提包里拿出了材料，还是先从抽屉里拿出了印章？还是……

她算计着自己在卫生间里的时间，谢淑华办这件事情时间肯定不会长，十几秒？二十秒……不管怎么样她一定也很紧张。她那双眉的眼睛肯定又瞪起来了，脸色一定非常难看。想到这儿，她不寒而栗。眼前出现了一幕：面色紧张，动作忙乱，拿出材料，拉开抽屉，啪啪啪啪……

她怎么也想象不出，这位爽朗、热情、亲昵，像母亲般的老大姐，会做出这般鸡鸣狗盗的事情。

她怎么也想象不出，相互之间誓言肝胆相照，不求同生但求同死，竟然坑害自己。

她怎么也想象不出，这么一个娇柔女子，竟然这样胆大包天，像电影里的敌特一样。

她记得十多年前邻乡新建了一座庙，很多人前去烧香拜佛，娘也带着她去了。当她进到大殿时，就看到十八罗汉竖眉瞪眼，咧嘴龇牙。置身殿堂内，不免毛骨悚然。此时此刻虽然自己置身于平时再熟悉不过的办公室内，但感觉好像又回到那十八罗汉怒目而视的殿堂之中。面前的桌子，好像对她嫉恶如仇；椅子好像对她讥笑颜开；那衣架伸着长长的脖子对她冰霜冷漠。特别是那一枚枚印章，都像跳动起来，从她面前跳啊跳啊，像那一个个罗汉从她面前闪过，丑态百样，恐怖吓人……

她浑身一颤，闭上眼睛。自从进到城里，自己就不断地遇到麻烦。与曲冬梅、李春燕……与韩晨、田培露……自己为什么与这座城、与这个家、与这个家里的人好像总是格格不入。尤其是自己的双胞胎姐姐韩晨，就那么多次……还因为……唉……

她又好像看到了李春燕、胖奶奶、迟长胜、曲冬梅、韩晨、田培露……

一个一个从她面前晃过。有的朝她冷漠，有的朝她愤怒，有的朝她奸笑……

忽然，妈妈也来到她面前。妈妈好像是刚刚进行过一次沉痛的哭泣。消瘦凸起的两眼哭得红肿，满面泪水，短发一缕一缕被泪水粘在苍白而又透着饥黄的面颊上。

妈妈的眼里充满了愧疚，因为从小她没有养育自己。

妈妈的眼里充满了爱怜，因为她从舍弃自己那天起就一直期盼着自己能够重新回到她的身边。

妈妈的眼里充满了喜悦，因为有那么一天自己终于又走进了她的怀抱。

妈妈的眼里充满了焦虑，因为自己学业半途而废，有许多的事总是那么不尽如人意。

妈妈的眼里充满了悲哀，因为她多年病体，还做过一次大手术，由于自己难以启齿而又抓心挠肺的那天那个……她过早地离我们而去。

……

她受不了，抱着头颅，趴在桌子上呜呜哭泣起来。并且，哭声越来越大，以至于双手拍打着桌面哭声号啕。

怎么办，怎么办？这次贷款抵押的责任全在自己。倾盆大雨，也冲刷不掉自己的懊悔；跳进汪洋大海，也洗不净自己的罪过；互联网无限大，也点击不出自己悔过的办法；火箭飞得再高，也高不过自己的悔恨、羞耻、恼怒……

李春香是中午知道这件事的。因为是星期六，姐姐们都来到家里吃饭。可是，快到十二点钟了，爸爸还没有回来。姐姐韩阳打过电话，但是手机接通以后又被挂断了。韩阳说："爸爸是不是在开会，或者有什么要紧的事情？咱们再等等吧。"接近十二点半的时候，爸爸才回到家里。

爸爸进门脸色很不好看，像母亲刚去世那会儿一样。见人们都在等他也没说什么，走到他的房间里也没有立刻出来。

有的菜已经上到饭桌上，还有几个需要现炒的菜，韩梅赶紧打开炉灶，不一会儿就烹炒出来。

"爸爸，吃饭了。"韩阳招呼着，其他人也稀里哗啦搬动着椅子，找着自己的座位。爸爸从屋里出来也没多说话，坐下就拿起筷子吃起来。韩梅把爸爸爱吃的菜，用勺子盛了一大勺，放到爸爸的小吃碟子里。爸爸的脸上似乎勉强露出了一点笑容，说了声："好，好。"声音特别微小。

此时，大家都看得出，有事，肯定有事。要不爸爸为什么这么晚才回家？要不爸爸为什么这么不愉快？一个家庭当中，特别是像韩玉林这样大的企业家，总有些不顺心的事。有时候他埋藏在心里，不多说，有时候在饭桌上也流露出来。每次大家只要听清了爸爸的不快，心里也就痛快了。她们知道，什么事也不会难住爸爸，爸爸一定会像电影电视剧里的英雄一样，会冲破、克服各种艰难险阻最后取得胜利。但是这一次，爸爸的脸色雾里加霾一样，为什么不高兴的原因一点儿也看不出来，品不出来。

每到这个时候，任谁也是不肯多说话的，只有韩梅唠唠叨叨、扯东拉西地说起来没完，有时还逗得大家笑出声来。每到这个时候，话更少的便是李春香，她什么也不会多说的，只顾吃自己的，吃完以后立刻退场，今天也是如此。但是吃饭的时候，爸爸有一个时间，给她的盘子里夹了一个鸡块。爸爸这个小小的动作，李春香当然不会受宠若惊，倒是感觉爸爸像是对待一个陌生人，让她内心感到不安。她隐隐约约感觉到，爸爸今天肯定有烦心事，这件事是不是和自己有关？爸爸为什么偏偏给自己夹菜呢？自从李春香进城以后，爸爸的一些良苦用心，她是感觉到的。只是爸爸平时太忙，和爸爸交流的时间太少太少了。也只是在这些小小的接触中，才使李春香感觉到一丝丝父亲的厚爱。但是今天这事……李春香忽然脑中一闪，显现出一个数字：三千万……

爸爸吃完饭以后洗了洗手，回自己的房间去了，韩阳跟了进去。这个家庭里也只有她，在这个时候才有这个资格。

不幸的消息终于来了，韩阳从爸爸的屋里出来以后，就来到李春香的房间里。韩阳虽然那么温情，询问了一些情况，那么委婉地把事情讲了出来。李春香当然还是心头大震。

这时，李春香又下意识地摆弄了一番那些印章。中午饭局上的一切又出现在眼前。爸爸实际上是有多么大的火气，内心深处是多么痛苦，多么愤恨、烦躁而又无奈。因为是他的女儿，或许是他曾经舍弃而又找回来的女儿，爸爸没有让那心头乱窜的火焰升腾起来，没有让那愤怒爆发出来。这，这需要多么大的忍耐甚至魔力呀！

李春香心里一阵酸楚，又哇哇大哭了起来。

回家吗？回家以后怎么面对爸爸，怎么面对姐夫姐姐们？韩阳姐姐和自己谈那件事情的时候看得出，她急，也急不得；怒，也怒不得；恨，也恨不得……但表情上、口吻里也不免流露而又很快抑制住的急、怒、恨……她感觉自己陷入了一片沼泽地里，脚下的地盘只有那一小块草墩，四面都是深不可测的泥潭，随时都有可能滑落沉入深渊。

她又想起了韩晨，这更是难以面对的。今天幸亏韩晨没在家，哎呀——要是她中午也在饭桌上……越想越感到不敢面对所有家人。感觉自己在这个家中就像一只处处烦人的癞蛤蟆，又像一只肮脏的流浪猫。

她站起来想了想，决定回李店，回李店那个老家，去找娘。

到城里后，她先是学会了骑摩托车，后来学会了开汽车。她是个诚实朴实的孩子，就是开着汽车，回了李店，在村里村外见到熟人都停下车来，热情亲切地说话打招呼。这个叔叔，那个大爷。她在李店生活的十几年，虽然充满了艰辛和压抑，但她从小生活在李店的水土中，对这里是怀有深深的情感，她一点儿也不会忘怀。但是今天，她没敢开车，因为开车惹眼。她又重新骑上摩托车，并且穿靴戴帽，围巾裹脸，只露出两只眼睛。快要进李店的时候，她怕遇到人，怕碰到人，怕见到人，好像李店村家家户户都被她偷窃过一样。最好是无影无踪，独来独往，入无人之境。

来到村边，一阵小风刮起，感觉那风是那么凄凄切切，阴森可怕；忽然几声狗叫，她浑身一颤，似乎这叫声就是冲着她而来。进了村，好像到处都是阴暗的角落，处处蔓延着幽灵般的阴气。来到村中央的时候，偏偏遇到了一个人，一个胖乎乎的身子，胖乎乎的脸，大大的眼睛——李春燕。是她，肯定是她。这个时候？她不是已经上大学了吗？怎么在家里呢？是放寒假了吗？她，她注意到自己了吗？看到自己了吗？认出自己来了吗？

李春香一加油门，冲了过去。但是，好像两双眼睛就在那擦肩而过的一霎时，却偏偏又对到了一起。李春燕的眼睛，分明是在瞪着自己，带着怒气，带着怨恨，带着讥笑，带着仇视……好像她的嘴巴张了一下。她想说什么？她是不是想说：你半路辍学了，我考上大学啦！是不是想说：你到了你那个富有的家里又怎么样？还不是把各个关系搞得那么乱、那么糟糕吗？是不是想说：三千万毁在你手里了，三千……毁在……三……

李春香脑袋又像是被魔鬼的爪子抓了一下，猛蹬油门，见了谁都一擦而过。好像车轮不再着地，腾云驾雾般来到了家门口。

李春香进到家门，见到娘就哭起来。

娘不知所措，问她发生了什么事。李春香越发哭得厉害。娘急着问：“香儿，出了什么事，出了什么事？”李春香趴在床上，只顾呜呜地哭泣，什么也说不出来。娘赶紧拿了块毛巾，一边给她擦泪，一边说：“香儿，别着急。啊，别着急，有什么事儿跟娘说，跟娘说说。”

李春香一边擦着眼泪，一边抽泣，一边说着事情的经过。由于她不断地啼哭，加上这件事情复杂，李玉梅没有全部听懂。但是，由于春香的过错，公司要损失三千万，她是听明白了。

李玉梅惊得瞪着眼睛看着李春香，一个劲地摇头不知说什么好。李春香越发地哭起来没完没了，李玉梅的眼泪也止不住掉了下来。过了一会儿，李玉梅还是安定下情绪，擦了一把眼泪说：“春香，别只顾哭了，有了大事光哭也不顶用。有些事娘听不明白，你再跟娘说说，有什么事咱和你爸、和你姐姐们商量商量。”

李春香也安静下来，又从头到尾把事情的缘由诉说了一遍。她擦擦眼泪说：“娘，我进了城里，学没上好，和姐姐搞得关系也不好。这下又在我手里损失了这么多钱，我真是给你丢大人了。”李玉梅说：“春香，娘过去跟你说过，这几年长了这么多坏毛病，唉……”

娘说到这儿说不下去了，李春香也是悔恨交加。没想到自己招来这么大的祸端，虽然跑到李店娘的身边，可面前的这湾浑水怎么才能蹚过去呀。她坐到娘这边，搂住了娘的胳膊说：“娘，我对不起你。”李玉梅说：“现在你长大了，在社会上处事可得长脑子、长心眼儿啊。”

李春香说："娘，这些话我都记住了。可是现在，我怎么有脸见人啊，怎么见爸爸，怎么再去见姐姐们哪？"李玉梅赶紧说："那怕什么呀，那又不是别人，那是你爸爸、是你姐姐们。我寻思着他们会有办法，好在以后别再出错儿了。"

事已经出了，李玉梅由开始的吃惊、着急，到后来对春香的怜悯。这孩子不是没出息的孩子，只是从小在咱这穷人家里长大，哪有在城里见的世面多呀。这孩子就像那庄稼刚长出瓜果，就遇到了这么多的风风雨雨，哪担得了啊。想来想去，总感觉春香还是个孩子，期盼着她爸爸和姐姐们能原谅她。李玉梅说："春香，你在家里好好歇歇。到咱养兔场去看看，散散心。过几天我和你一块儿回去，跟你爸爸和姐姐们好好说说，他们会原谅你的，你也别太在意，你爸他们会有办法的。"

娘只知道宽孩子的心。可是李春香的心不能平静下来，她就像坐在了热气球上，生怕什么时候忽然来股狂风，气球破裂摔在地上。养兔场她没去，怕见到娘的几个帮工没话说。娘说村东迟海滨家那养鸡场越办越大了，你去看看吧。还有路招财家从外边引进了一种葡萄，叫巨峰葡萄，说是外国的品种，产得葡萄又多又甜。那葡萄架一排又一排，像胡同过道一样好看。可是，李春香哪里也没去，一待几天没出家门。似乎三千万就贴在她的脸上，她感觉任何人都能看破。

几天里，她接到的和打出去的电话倒是很多。

马凯和被立案调查了。

工作组像利剑刺向四铁，刺向马凯和的心脏，弄清了马凯和经济、作风等问题。他把合并四铁原农机厂的土地证让杨明义抵押贷款，从中得利也全部弄清，四铁的铁盖子被彻底揭开。马凯和已站在了X光机面前，任他穿多少衣服包裹，显现在人们面前的还是一具骷髅。

四铁出了乱子，肯定连累上了玉林集团。

韩玉林的办公室里烟雾缭绕，空气沉闷，虽然开了窗户，但还使得人们有些喘不过气来。韩玉林平时不吸烟，公司里不论是领导还是其他人员，平时到他的办公室里都非常自觉，谁也不肯拿出香烟来。

可是今天他们讨论的话题太沉重，太绞尽脑汁。安小飞不知不觉拿出烟点上一根，其他烟民也早就憋不住了。这个时候韩玉林也无心计较大家什么，大家也无暇尊重领导了，全部把心思投入到了会议的议题当中。

工商银行东州分行派下专门人员，对旺城工商银行在四铁抵押贷款当中的问题进行专门调查。在这桩涉嫌诈骗案件中，玉林集团应该是受害者，但又同时是责任者。形成事实，也有玉林房地产开发公司管理失误的原因。

韩玉林不得不接受有关部门的调查和讯问。特别是东州市工商银行工作组的负责人同他谈话，明确提出开发公司的责任。如果四铁失去还贷能力，开发公司必须负连带责任。其实，有关部门不对他进行调查询问，他自己也清楚，四铁目前的状况已经明确：这三千万的贷款，极有可能是“打水漂”了，这场官司肯定要打起来。

韩玉林和有关人员商议着，当前资金的壁垒本来像山一样高，又出现了三千万的窟窿，怎么填，怎么平？家具打了一场人民战争，收到巨大成果。这又一个三千万，怎么办？卢森堡大公城的业主最近活动频繁，情绪激动怎么来平息？

办公室里一派寂静，无人多讲一句话，好像在场的人都是影子。除了烟雾缭绕，似乎没了其他任何气息。那空气就像电影里的慢镜头滚呀滚呀滚呀，让人喘不过气来。

“嘟——嘟——”是韩梅打来的电话，韩梅在电话中说：“爸爸，保华叔叔急着去澳大利亚看培露，中午你可到保华叔家去一趟呀。”韩玉林恍然大悟：“哦，对，好好。”

韩玉林刚撂了电话，忽然办公室的门被推开，杨新秀出现在门口。他本来白白的面颊，这会儿变得苍白，死人一般了。他惊恐万状，战战兢兢地说：“哎呀不好啦——一群人跑到开发公司，要退钱退房，追究我们的法律责任呢！”

本来住宅开发进度上不去，已经造成很大的负面影响。为四铁抵押贷款的风波也越吵越大，越喊越凶。人们把这一系列的事混合在一起，对玉林房地产的管理、实力、能力提出了很大质疑。卢森堡大公城年底不能按时交房已成定局，一些购房业主担心出现问题，每天都有人到公司里去询问，现在这些人终于联络起来，一起到公司来要求退钱退房了。

韩玉林皱着眉头。由于杨新秀的传言，韩玉林内心里不仅有一股子气恼，还带着几分恶心、厌恶。他抬起眼皮，但没看杨新秀，而是对安小飞说：“小飞，你去看看。”安小飞答应着：“好的。”他掐灭了手里的香烟，拿起钢笔和笔记本，匆匆冲出了韩玉林的办公室。杨新秀没再说什么，一转身跟在安小飞的屁股后下楼去了。

第二十七章

李春香好几天没到公司上班了。

她回到李店后，李玉梅立刻给韩阳打了个电话，告诉她春香回李店了。几天来，李玉梅看到李春香的情绪稳定下来，便又劝她回去上班，并且要送她回城，要不叫韩阳她们来接。但是李春香执意不肯，坚决要自己走。李玉梅千叮咛万嘱咐，让她把摩托车开得慢一些，别走神。

就这样，母女俩分别了。

公司里因为业务上的事需要李春香办手续，可总见不到她。财务科里给她打电话，手机关机了。公司里就给李玉梅打了电话，问李春香什么时候回来。可是李玉梅回答说，她已经回公司三天了。

李店家里说李春香已经来上班了，公司里却没见她的人影。

这事很快禀报到韩玉林那里，他又来到开发公司，确认这几天李春香确实没有上班。于是他刚要抓起电话，电话铃也响了，是李玉梅打过来的。她还是那句话，春香已经从李店走了三天了，李玉梅声音当然很着急。

韩玉林不敢怠慢，通知杨新秀，让他打电话问一下春香经常来往的同事朋友，有没有见到春香。是不是她还不好意思来上班，暂时躲避起来。自己又和韩阳一起赶紧把李春香的卧室、办公室，仔细查看了一遍。但是，什么蛛丝马迹也没有。她的房间里依然如故，办公室当然也是原来的景况。办公室抽屉都锁得好好的，桌面上摆放的也是像从前一样。韩玉林他们还没有理出头绪，就听到李玉梅吵吵嚷嚷地赶到了。她由于着急满脸通红，皱纹一道道的又显得老相。见到韩玉林，上前抓住他的手就问：“韩大哥，咋样？春香在哪儿呢？”

韩玉林让她坐下，自己坐在李春香平时的座位上，语气缓慢地说：“现在还不知道，还没有找到，电话还是关机。”李玉梅紧接着说：“是啊，是啊，我不知打了多少遍了，老关着机。”韩玉林一时也没话可说，在场的人也没有人再发话。李玉梅禁不住双手捂着脸呜呜地哭了起来，一边哭，一边叫春香：“春香，春香啊，你这是到哪里去了？这是怎么回事啊？”韩阳赶紧上前：“玉梅姨，先别着急，咱慢慢想办法，别哭了。”

杨新秀进来了，满脸的惊恐，好像突然有公安的手铐悬在他面前一般，说李春香的同事朋友都不知道她的下落。杨新秀朝着韩玉林问：“爸爸，是不是赶快报警啊？”韩玉林没吱声，他刚才还是直愣愣的眼睛，现在翻动了两下思考着什么，摆了摆手说：“先不要报警。”又对韩阳说：“韩阳，叫人先陪着你玉梅姨回家，我们再商量一下。”李玉梅还要推辞，韩玉林抬了抬手说：“玉梅呀，你先到家里休息休息，一会儿我们回去见面。”

李玉梅三步一回头，好像是和韩玉林他们永别一样。

送走李玉梅，韩玉林对大家说：“你们再仔细想想，春香还有哪些同学、熟人？她有可能到哪里去？都电话联系一下。还有东州的车站，临县的车站。还有……”说到这里，他停顿了下来，接着又慢慢地说：“这肯定与三千万贷款抵押的事有联系。你们还要到，到……”韩阳听到这儿摆摆手说：“爸，你别说了，我知道怎么办，我去安排吧。”

韩阳心领神会，知道爸爸想说的是水井、池塘……或许哪个还没有看到的房间。韩阳没有让爸爸说出这些，她知道爸爸心里难受。然后又说：“爸爸，你也回家先去休息吧，玉梅姨一个人在那里，肯定也很着急的。”韩玉林听了没再说什么，起身下楼，韩阳赶紧指点着一名工作人员跟着韩玉林回家了。

时间很快一分一秒过去了。

不断有消息反馈到韩玉林这里，但是哪里也没有见到李春香的踪影。

韩玉林不得不向公安、民政等部门打招呼，请求他们帮助。但是，一天两天三天……很快过去了，这些部门反馈的消息，也是没有见到李春香的踪影。

多日里多头查询，再加上公安等部门参与，李春香的行踪还是没有一点线索。但有关部门分析判断，李春香还活着，自杀和他杀的可能很小，很有可能并没有在旺城附近，而是已经去得很远。因为在旺城周围的县市区多方查询，并且公安机关互通信息，都没有找到她的行踪，也没有发现最近有什么死尸、命案的出现。

春香去哪里了？她走出了多远？两个问号，睡里梦里无时无刻不在缠绕着韩玉林。

当前没有别的方法，韩玉林安排韩阳他们对李春香经常走动的同学朋友，不断地打电话，问问他们是否有新的线索。唉，韩玉林实际也清楚，人家真有消息也会马上通知的，但还是嘱咐大家多加联系。这天晚上，韩玉林在李春香的房间里，仔细翻看着所有的“遗物”。从桌面翻看到抽屉，从一个抽屉翻到另一个抽屉。所有的橱柜全部打开，还有李春香的衣服，他也一件一件地翻看。看到一件衣服，手都伸向口袋里，期盼着口袋里有什么能够提供找到她的蛛丝马迹。比如信件，期盼着有一封信放在口袋里，告诉爸爸她去了哪里，去干什么，什么时候能够回来……

他翻着翻着，在一个抽屉里出现了一些照片。照片中有她和公司员工的照片，有她和同学的照片，有出去旅游的照片……有一张女孩子的照片引起了韩玉林的注意。韩玉林拿在手里仔细端详着，看着面熟。

照片上的女孩子，留着披肩发，鹅蛋形的脸，大眼珠子鼓溜溜的把眼皮都给鼓出老高，左右上挑的眉毛。他回想起来，还是在李春香上高一的时候，有一天她领回家里一个女同学，就是这个孩子，还在家里吃过一次饭。这孩子姓曲，叫什么名字来着呢？他苦思苦想的，怎么也想不出来了。他打电话给韩阳，问已经联系过的人当中有没有姓曲的，韩阳回答没有。于是，他马上拨通了旺城一中冯校长的电话，说明想找有关老师查问一下这个姓曲的孩子，同时再了解一下春香在学校，还有谁和她有更多的联系。

冯校长爽快地答应了：“好，没问题。咱们……”

韩玉林恳切地说：“冯校长，你知道我的心情，咱们能不能今天晚上就……”

“好，没问题，你到学校这边来？”

“好的，我马上到。”

韩玉林随后给司机打电话，风驰电掣般去了一中。一路上，韩玉林一再催促车子“快点，快点”。还好，老师们就住在学校附近的宿舍楼上，冯校长查了一下，把当时担任李春香班主任的陆之花老师找到办公室里，说明韩玉林的来意。陆老师拿过照片一眼就认出：“这是曲冬梅。”韩玉林像悬崖峭壁上抓住了一个长在石头缝里的树根根，说：“哦，对，是叫曲冬梅。陆老师，你有这孩子的电话吗？”陆老师说：“前两年联系过，我得查查我的电话记录本。我先回家一趟，还有当时李春香宿舍里其他同学的电话，我看看有没有。”

“太好了。”韩玉林的大手抓着陆老师白细柔软的双手，使劲地摇动起来，这似乎抓的就是李春香的手。

回到家里，已经是接近晚上零点钟了。韩玉林想，她们都离开几年了，同学的这些电话准确不准确呢？这么晚了，就是联系上人家也休息了，明天早晨再打吧。于是，韩玉林脱衣躺在了床上。可是躺在床上，一点儿睡意都没有，翻来覆去怎么也睡不着。啪，他伸手把灯打开坐了起来。现在就打电话？确实太晚了。他想着又慢慢伸手把灯关掉，重新躺在了床上。没有多大工夫，灯随着啪的一声又亮了。韩玉林不再犹豫，拿起电话，拨了曲冬梅的电话号码：139053……电话里的反应是：“小灵及时通通知您，您拨打的电话暂时无法接通。”

“无法接通？”但“小灵及时通”说明这个号码是对的，曲冬梅仍然用着这个电话，只是现在关机了。韩玉林犹豫了一下，还是拨了另一串号码。电话那边传来一串悦耳的音乐声，等了一会儿，一位女子睡梦中不耐烦的声音：“谁呀？这么晚了……”韩玉林双手抓着电话的听筒，嘴准确地对着话筒的麦克风，一字一句地说：“你是孙俪吗？对不起打扰了，我是李春香的爸爸。”电话那边听了这几句话，精神愉悦起来，声音虽然带着睡梦的沙哑，但是话语比刚才甜美多了：“哦，是韩叔叔呀。”经过一番交流，韩玉林知道韩阳他们已经和她联系过了。孙俪已经知道李春香失踪的消息，但她不知道她的行踪。孙俪在电话中还说，她和李春香是很要好的同学，她也正在四处打听消息，如果有什么信息一定马上告知。

心理还是得到了一些安慰。接通的电话都像孙俪一样答应寻找，并说一有消息马上告知。曲冬梅的电话虽然一直没有打通，但越是不通似乎越是感觉到了希望似的。韩玉林又随手拨通了韩阳的电话。

“喂，爸——这时候你还没睡呀？”

电话那边，韩阳看清话机上显示的号码是爸爸，先说话了。韩阳也没有入睡。

韩玉林把晚上到冯校长那里找电话，后又打电话的情况向韩阳简要说了一下。韩阳说：“爸，这些刚才你已经向我说过了。”韩玉林恍然大悟：“哦，对，对。”韩阳又劝说了几句：“爸，看你都忘事了，可不能这么着急，慢慢来，先睡吧。”

韩玉林只好挂掉电话躺在了床上。

这一夜，韩玉林注定不可能入睡，梦神刚悄悄来到枕边，就被他冷彻骨髓的事吓跑了。一会儿蒙蒙眬眬进入了梦境，忽然手不知不觉滑动一下，又醒了过来。这么三番五次，迷迷糊糊，昏昏沉沉，再睁开眼时窗上已经有了亮光。他一看表，还不到七点钟。现在打电话人家也不可能开机，便又躺在了床上，但没有睡着。闭着眼睛，又受了很长时间的煎熬，连吃饭都没去，终于熬过了时辰，到了八点来钟，又按动了曲冬梅的手机号码。

听到的还是小灵及时通的回话。他又在八点多、九点……整整打了一上午电话，仍然没有接通曲冬梅。

这孩子，怎么就是不开机呢？难道今天忘了打开手机？难道这个号码不常用了？还是其他什么原因？“小灵及时通”说明如果她打开手机，就知道有人给她打电话。她虽然不知道是我的电话，但是我给她打了这么多电话，她应该回电话的。

想到这儿，韩玉林疲困的脸上立刻出现了一丝丝兴奋之意。忽然他又想到，以前拨打的都是固定电话，我再用手机给她打上几个。

韩玉林粗大的手指又一次次按动了绿豆粒大的按键：139053……

是由于电话号码不熟的原因吗？韩玉林一天中不论是固定电话还是手机都没有联系上曲冬梅。很晚了，韩阳、徐慕菲、韩梅……一家人都在客厅里陪着爸爸。

今天一整天，韩玉林似乎莫名其妙地感觉到了什么希望。曲冬梅上学时和李春香关系最好吧，要不然春香的抽屉里怎么还放着曲冬梅的单人照片。他又想起来，曲冬梅不仅在他家吃过饭，有一次还是韩玉林开车把她和春香送回学校的。一家人都分析，春香没有更多熟人，曲冬梅这里有很大希望。想到这儿，韩玉林就像宇航员飞船里闯过“黑障区”见到了光明一样兴奋起来。

他拿过茶几上的固定电话，用免提又按动了139053……

喜出望外，里边传出了清脆的《牧羊曲》。《牧羊曲》的曲调是那么优美，当年《少林寺》的电影放映以后，韩玉林也曾经跟着潮流疯唱过。但此时他急切等待着《牧羊曲》停止，盼望传来曲冬梅的声音。一家人围拢到韩玉林这边来，都瞪起眼睛，竖起耳朵。

“喂，谁！”是一个女子的声音，那么懊丧、蛮横。

韩玉林赶紧答话：“喂——你是曲冬梅吗？我是李春香的爸爸。”

“谁？你是……”

“我是李春香的爸爸。”韩玉林一字一句，语速匀称。

听到这儿，对方那懊丧、蛮横的腔调还真一下没有了，立刻变得热情起来：“哦，李春——李，哦韩叔叔。”

“是我，是我呀，我叫韩玉林，李春香的爸爸。”他弓着身子，嘴巴又离麦克风近了些，唯恐电话那边听不清他说的话。

“哦，你——好，韩——叔叔。”

韩玉林说：“哎呀——我给你打过多次电话，你的电话总关机。”

电话那边一阵刺耳的笑声：“哦，哈哈哈……关……哈哈哈……”那边嘻嘻哈哈、吱吱呜呜的一阵过后接着问：“韩……叔叔，你打电话……有……什么……事吗？”

韩玉林屏住呼吸，仔细倾听着对方每一句话，每一个字。这时他带着悲伤的语调说：“冬梅，春香失踪了，我是问问她是不是和你联系过？”

“联系？李春香，失踪？没、没有啊——我，我不清楚哇！”

对方虽然结结巴巴，好像有时还语无伦次，但意思很清楚，李春香没有和她联系过，李春香失踪的消息她也不清楚。

韩玉林失望地放慢了语速，放低了声音说：“冬梅，要是春香和你联系，你可赶快给我回话，也请你帮助打听打听。”那边答应着，把电话挂断了。

韩玉林呆坐在沙发上没再说话。韩梅声音不大说：“爸，时候不早了，先去休息吧。”韩玉林还是没说什么，点了点头，也没看任何人，起身回到自己的房间里。

人在无比绝望、茫然无措的时候，总是对一点点的东西都抱着希望，要不有“一根稻草”之说呢。曲冬梅本来是这两天韩玉林情绪极其低落后的兴奋点，一根稻草，然而这点希望又像飞出去的无人机因遥控器失灵一下子变得杳无音信了。

韩玉林回到自己的房间里，一眼看到了李桂花那充满灿烂笑脸的照片。这张照片还是李春香回来后照全家福时照的。当时大家照相以后，准备收拾板凳椅子散去了。忽然李桂花说：“给俺个人照个相。”多年来，李桂花对照相没有什么兴趣，特别是从来没提过自己照相。她一言既出，大家立刻领会了她的心思。是啊，丢弃多年的女儿回到了身边，今天全家人一个不少照了全家福，桂花当然是无比的欢欣呀。韩梅说：“对，给妈照一张，老七回来了，妈妈是多么高兴啊。”李桂花直言不讳：“是，是。”说着，还到客厅里照了照镜子，抿了抿头发。回到院子里坐好，挺着胸扬着头。头上就像套上了和谐美满的金色光环，满脸的笑容又像是要与太阳比灿烂，一双眼睛好像看见了丰美的源泉，从那粼粼波光中借得了光辉。整个画面那样的幸福，那样的精神，那样的美丽。丢弃小七儿后的那些痛苦，那些哀怨，那些无奈，那些……在这一瞬间，一下子全部丢弃了，全部扫光了。

相片洗出来以后，韩玉林对孩子们说："嗯，不错，不错。这是我认识你妈后照得最好的一张照片，就把她挂在我们老两口子的床头上吧。"韩梅说："你们两个应该照一个合影挂在床头上，哪有光把俺妈挂在这里的？"韩玉林说："不用了，有你妈这笑容就行了。"唉，如今偌大的房间真的光剩下李桂花的笑容了。

李桂花去世以后，韩玉林把屋里的一张小桌子腾出来，从墙上取下她的照片，放在小桌中间。并且，还买了一只精致的小香炉。在旺城一带，有每逢初一、十五烧高香的说法，过去韩玉林从来也没理会这一说。李桂花的照片摆到那张小桌上以后，他就每到农历初一、十五点上一炷香。那香烟像他的思念，升腾缭绕在房间里，然后透过窗户飘向天际。每到这个时候，他总是默默地看着桂花的照片。他是在想桂花的过去，想和桂花的姻缘，想桂花的艰辛……心里也总是在说："桂花，这些思念你都收到了吗？"

今晚韩玉林再次看到桂花那张笑脸，泪水簌簌地流了出来，要不是在家中这个环境里，而是在田野上、在河床边、在……面对着蓝天大地，他肯定是号啕大哭的。

桂花，你看我这个人多无能啊，连自己的孩子都看不好。小的时候把她像送一件东西一样送给人家了，好不容易费尽心机、经历艰难曲折找回了她。现在，现在又出现了这样的事情。我不是一个称职的父亲，早年把孩子送人，找了回来又没把孩子培养好，在培养孩子的过程中失败了。

桂花，不怨你，全都怨我。自从找到这个孩子，把她领回家，我只是高兴，似乎就万事大吉。从来也没有再想想，如何培养这个孩子。这孩子过去在农村的生活，我很少想过；这个孩子过去生活上特别是心灵深处受到过什么创伤，我很少想过；这个孩子来到家里能不能在生活、心灵各方面适应，我很少想过。虽然家里有她的亲生父母，还有她的亲姐姐们。可是，她能不能和大家融为一体，我也没有想过……

我对不起你桂花。你对春香是那么牵挂，你说从把孩子送走那一刻起，就天天难以忘怀。你做过多少个梦，梦到小七儿。为了再找回这个孩子，你四处打听。多少次外出，瞅着和小七儿年龄相当的女孩子，出神呆看，有时还尾随跑出很远很远。桂花你走了，你应该最为挂牵的还是这个小七儿。你在天堂之上应该对小七儿也是放心不下。可是，我没有把她看好。黄泉之下的你知道了这消息，一定会悲痛欲绝的。

是的，这孩子回家以后，发生了很大的变化，出现了很多问题，很多事情不尽如人意。可是，孩子出现的这些问题，还不正是父亲的责任吗？对孩子身上出现的这些，自己似乎还有一种烦躁、恼怒、回避……不愿去想这些问题，不愿去接触这些问题，不愿去过问这些问题。说穿了，自己非常的虚伪，怕影响精力，死要面子。不愿在我的名下，在我的孩子里出现这样那样的问题。一旦出现了这些，便恼羞成怒，简单粗暴。没能过细地理解孩子的情趣、孩子的感受，更没能去捕捉、化解孩子心灵上的疙瘩。

有时，有时还为自己开脱：我们这个年龄的人曲折太多了，不容易。在事业上获得了成功，在孩子这方面就没那么着心。光是让她们自由发展，自己不那么关怀。什么事业成功？我天天忙啊，忙着企业的发展，忙着赚钱。可是，连自己的孩子都不能培养成人，忙这些有什么用，有这些钱又有什么用啊？

近些天来，韩玉林忽然在房间里放了一包包的香烟。

他很早就戒烟了，但近期房间里却是烟雾缭绕。有时他大口大口地吸烟，被呛得一阵阵咳嗽，然而却不肯停下来，仍然一大口一大口地吸着。有一天，韩阳进到屋里看到满屋的烟气，惊讶地问：“爸，你怎么抽起烟来了？”他好像什么也没听见，还是一口一口地吸着，还是被呛得一阵一阵咳嗽。韩阳没再多说，把烟全部收了起来。但是，不知什么时候他又把这些“神仙”“请回”了房间。

这时，韩玉林把大半根烟按到烟缸里，由于动作不熟练，无名指被狠狠地烫了一下，但他好像一点儿也没感觉到痛。

忽然，手机响了。

韩晨快要变成一个纯粹的加拿大人了。

从生活习惯到服装服饰，还有礼仪礼节完全是一副加拿大范儿。吃饭早就用上了刀叉，喜欢烧制食品，特别喜欢烤牛排。家里黄油、番茄酱这些加拿大味道的佐料应有尽有。在国内时她就能喝点白酒，到加拿大爱上了白兰地、香槟酒。

同加拿大人一样，韩晨早有了一个精致的皮夹，这是装各种卡片的小包包。在加拿大，钱包是名副其实的“卡片夹”，内有社会保险卡、商店购物卡、航空里程卡……这些卡就存放在那个小包包里，出门随身携带。

韩晨变了，她是努力使自己去变的。

她来到加拿大已经六年，早早就业于一家刊物担任记者编辑，并且业绩卓著。已三十岁的她，六年的时光在人生道路上是多么宝贵。正是在这六年中，她走出国门踏上异国他乡的土地，并融入了一个与自己祖国制度迥然不同的社会。这六年的时光，她有许多许多难以忘怀的记忆，她走出国门飞出祖国领空的那一刻，永远也不能忘怀。

韩晨出国的时候，她对家人说她先到北京，星期五的飞机去澳大利亚。姐姐们要送她一程，韩晨执意不让。她说北京的同学接站，安排了食宿，没有必要再麻烦姐姐了。这样，家人把她送到东州火车站，韩晨就走出了家，走出了她从小生活的家。她没有等到星期五，而是到北京的第二天就登上了飞往加拿大的航班。

这是她精心策划的，执意甩开田培露，与他背道而驰。她的决心那么坚定，她的计划那么义无反顾。但是，当飞机轰隆隆冲向天空，飞出祖国领空的时候，韩晨才真正意识到她和田培露已真正地分道扬镳了。

自从飞机冲上天空那一刻，韩晨就落泪，就在哭。眼泪像泉水、像夜雨一样不断流淌。飞机和地面形成夹角，人们都系上安全带仰卧在椅子上。但是她却尽力向前弓着身体掩着脸面，不想把泪脸让别人看见。但是她一直在哭，以至于身边一位白人男子用英语对她说：“Here ie a tissue（小姐，给你纸巾）。”

培露，我爱你，我永远不能忘记过去的时光。不能忘记童年，我们一起耍杂技的情景；不能忘记上学时，我们一同穿着同样款式的压缩羽绒服走进教室的那一刻；不能忘记高考完成后，南园旱冰场的那一幕……通往旺城一中的路啊，我们两个不知来回走了多少趟，骑车、坐车、有时步行……在北京，我签署留学方向，写上加拿大的时候，手颤抖了，心跳加速了，脸上溢出了汗水。那一刻，就像走上了高山半腰窄窄的栈道，一边是壁石矗立，一边是深渊万丈。我只有往前走，往前走。就像一种凶狠、邪恶的魔力使劲地驱赶着我，推搡着我，使我怎么也停留不下来。

培露，我曾暗暗自比我们的爱情是《少年维特的烦恼》中维特与绿蒂，《罗密欧与朱丽叶》中罗密欧与朱丽叶，《魂断蓝桥》中的罗伊与玛拉……唉，现在看来不应这样比，我只是看到了他们那么的热恋，那么的忠贞不渝。可是他们每一对都是悲剧的结果。

我犹豫过，但是那一年多济南的那些电话，特别是那照片……哎呀，我真是不愿回想。那一刻，我对你的爱，那团炽热的烈火就像一下子遇到了灭火器的粉末。像多伦多街上厚厚的积雪，被重重的车轮碾碎了。我从小爱恋的偶像破碎了，爱情的天堂崩溃了。

多伦多唐人街上人头攒动，川流不息。但是站在那尊千禧门下，双目环视，千方百计寻找，怎么也寻找不到培露你的影子。尼亚加拉瀑布飞流直下，溅起圣洁的白雾，像巨大的天幕挂在眼前。可是在这巨大的天幕前我翘首望眼欲穿，怎么也看不到你培露的容貌。

加拿大国家电视塔，宏伟壮观，耸入云霄。在它三百四十二米高处的玻璃地板上，可以俯视脚下小如蚂蚁的车辆人群。人们站在这块玻璃地板前望而却步，不敢迈进。可是我轻盈地走在了上面，没有半点恐惧。那是因为我的脑海里别无他物，没有脚下的深渊，只有培露你在眼前微笑召唤。

我下定决心，融入加拿大，融入她的城市，融入她的人群，融入她的生活……去学，去练，去适应，好使过去的时光得以淡化。

关于韩晨和田培露的关系，家里经常劝说让他们修好。但是，韩晨总是不开口。任你电话、书信，韩阳还经常在QQ上劝解，她就是不答应。还是在韩晨要出国的时候，人们寄希望于他们能够在澳大利亚，在远离家乡、远离过去那些是是非非的环境里重归于好。后来两人南北相隔，家人又希望他们尽快毕业，毕业后回到国内再……然而等到韩晨毕业，她的工作早已落实，根本没有打算回来。一年，两年……几年下来了，韩晨和田培露的关系还是没有希望。韩晨不打算和田培露修好，又不打算回国。田培露那边也好像是早已有了约定，毕业以后也没有回国，也在澳大利亚就业了。到如今也是六年，两个人没有重归于好的希望，也还没有一个重新恋爱另寻佳偶的消息。

姐姐们在和韩晨多次联系当中，提到田培露和韩晨分手后独自去了澳大利亚，心情非常不好。并且，他给韩晨写了那么多信件，韩晨一字未回，根本就没有拆启……田培露精神上受到很大打击。一个时期以来，田培露和家里联系很少，就是联系，话语也不多，就是和他爸妈通起电话也没有多少语言。还有很长一段时间，身体也不太好。每当韩晨在电话中、QQ 上、信息上听到看到这些，如果是在打电话她就默默不语，在 QQ 和信息上，更是再也没有一个字的表达。但是家里的人们不会知道，每到这个时候，地球另一边的韩晨总是泪水流满双颊。

加拿大别说是华人圈子里，就是加拿大籍的朋友也为韩晨介绍过对象，但是韩晨总是婉言谢绝。特别是上海的一个叫魏杰的小伙子向她求婚，苦苦追求了很长时间。但是韩晨竟然把魏杰培养成了弟弟，并且还给小魏介绍了一个对象，还是韩晨亲自操办了魏杰的婚事。一次电话中，韩梅又说起韩晨自己一人远离家乡过日子，有多么大的苦处。可是韩晨不以为然地说："很好呀，你不知道，有人和我过日子的。"有人和你过日子？韩梅不知是高兴，还是疑惑，还是烦恼。再问详情，韩晨要么笑要么不语。韩梅通过朋友打听她和谁在一起。但是朋友们回信说，她就是独身一人。韩梅打电话，向她说明了打听加拿大朋友，知道她现在仍然是一个人。韩晨听了仍然咯咯地笑，说："姐，我肯定有人的。"韩梅听不明白，说她受到刺激心理变态了。

培露，真的有人同我过日子，那不是别人，就是你。就是我们上大学以前的你，就是那个两小无猜欢乐度过童年少年的你。我真的变态了，每天晚上忙完一天的工作回到家里，总是默默地说，培露我回家了，咱们怎么用餐？每天早晨起床，心里都是默念，培露我们起床吧。特别是遇到这样那样烦恼的事，我总叫着你的名字问该怎么办，该怎么化解。如果真的把矛盾化解以后，我还总是向你诉说："培露，已经 OK 啦。"

对于李春香，韩晨在加拿大的这些年从来没有问起过。就像李春香没有回家的那些年，心里根本没有这个妹妹。只是姐姐们从电话中主动提起，她才知道了一些关于她的情况。春香啊，矛盾指的是事物的两个方面，难道我们双双落地，就是一对矛盾体吗？当初爸妈无力抚养我们，必须送出一个，要么是你，要么是我，这确实是矛盾的。但是父母可不是那时就偏袒我而舍弃你呀。我自己作为老小在家生活的这十几年，就形不成矛盾体了？你回了家，我俩这对矛盾体的元素就全活了？如果我们真是一对矛盾体，任你矛盾在什么地方我都能够谅解、忍让、容你……而你矛盾的单单是他——田培露。我这位就读于加拿大的研究生，到现在也理解不了，想不通。我是你的亲姐姐呀，培露应该是你的亲姐夫呀，你怎么能……

最近几天，韩晨的心情非常糟糕。

一天，她和魏杰两口子还有其他几个朋友在一起聚会。刚坐下，有一个同学发了一个信息，说田培露在澳大利亚病倒了，并且很重。韩晨看了头皮一奓，浑身的汗毛孔似乎全部张开。她精神恍惚地走进了化妆间，对着化妆间的镜子看着自己。心情像尼亚加拉大瀑布，飞流几十米冲向水平面泛起巨大浪花，发出巨大声响。

"怎能忘记旧时的朋友……"韩晨的手机唱起了她喜欢的《友谊地久天长》。魏杰见韩晨没在场，拿起手机喊着："晨姐，晨姐——电话。"韩晨从化妆间回到餐桌上接过手机，见是韩梅打来的："喂，姐姐，你们那边三更半夜的，不睡觉打什么电话？"

电话里急促地说："韩晨，春香失踪啦，春香失踪啦！"

"什么，什么？"韩晨惊讶地瞪着眼睛，看着魏杰他们，不知说什么好，头又轰响了一声，轰响得像多伦多圣詹姆斯教堂里的钟声一般。

从韩晨当着李春香的面撕碎她和田培露照片那一刻起，韩晨对她就是鄙视、厌恶、痛恨。加拿大六年的时间，这种意识没有一点点消退。但是，她毕竟是自己的亲妹妹。一个在外十七年，没有得到亲爸妈关爱的妹妹。此时，韩晨的心里立刻又产生了一种疑惑、怜悯、同情、担心。哎呀，真是祸不单行。培露、春香……培露又是怎么回事呀？

几天来，韩晨失眠了，李春香、田培露一直浮现在眼前。忽然，脑海里又显现出一个头像：爸爸。爸爸怎么样了呢？

爸爸失去他同甘共苦的妻子后一直心情不好，身体消瘦了，人变老了。现在又有这么多坏消息，爸爸一定会痛心疾首的。爸爸，您要多保重呀。韩晨想着，拨叫了爸爸的电话，可是无法接通。

她又打了一遍，电话里还是“对不起，您拨打的电话暂时无法接通”。爸爸肯定有事，或是开会，或是……她掐算着时间，一个小时过去了，又拨打了爸爸的电话：“对不起，您拨打的电话暂时无法接通。”

怎么了？国内这个时候应该下班了，爸爸怎么还不开机呀？她干脆打给了韩阳。电话接通了，韩阳在电话中很长时间没有说话。韩晨急切地问：“怎么了姐，怎么了？”

韩阳哇哇大哭了起来……

第二十八章

韩玉林失踪了。

玉林集团董事长失踪了。

消息以火箭一样的速度传遍了旺城或更远。女儿刚刚失踪，他怎么又跟着没了呢，听说是在一天夜里一去再也没有回来。

不知从什么时候开始，出现了一个词叫“疯传”。好事不见得有人那么热衷传播，这反面的消息一出门那真像疯了一样肆无忌惮到处灌输泛滥。

“文革”中曾经提过一个口号：“把毛主席的最新指示宣传到家喻户晓，人人皆知。”说实在，在旺城也赶不上现在韩玉林和女儿失踪的消息传送得那么广泛，议论的频率那么高、那么大。茶余饭后，闲谈莫论，或人们在做一件事情的开头收尾时，都要议论一番。

打开“旺城贴吧”，一时间帖子像泉水涌出地面一样，呼呼啦啦不断线。有的博客还深入剖析，危言耸听：

> ……父女俩相继失踪，玉林集团公司多年来发展的神秘面纱就要脱落。为四铁抵押三千万贷款事件，暴露了玉林集团公司的混乱、黑暗，甚至犯罪。要不然父女俩前后时间不长双双失踪，为什么？为什么？有道是跑了和尚跑不了庙……
>
> ……韩玉林让黑社会带走了。黑社会下单子向韩玉林索要五百万韩不肯给，就发生了不测。

企业损失三千万、卢森堡大公城泡汤、债务累累、女儿失踪……韩玉林自杀了……

韩玉林是在一天夜里出旺城的。

接近十二点钟，韩玉林给韩阳打了个电话，说接到曲冬梅的电话，她今晚见到了李春香。曲冬梅说她是因为那三千万的原因不愿再回公司，就去了昆明在一家公司打工。韩玉林他们对曲冬梅的电话进行了分析，感觉消息可信。因为这些天来，李春香的同学朋友都联系上了，但都回电没有李春香的音信，这个时候她跑到昆明也合情合理。并且，曲冬梅也清楚三千万的事。韩阳提出带人去昆明，韩玉林没同意，韩阳又提出与父亲一同前往，韩玉林也没同意。他感觉自己亲自去为好，因为曲冬梅讲得很清楚，正是因为三千万的原因李春香才去了昆明。她不让告诉家里，曲冬梅是背着李春香给家里打的电话，只有自己亲自去，春香回家的工作才有可能好做。同时，韩玉林多少天来的煎熬，盼女儿的那份情感，心就像乘上“超高音速飞行器”早已飞到昆明了。韩玉林再三嘱咐韩阳留在家里，全权处理好公司的事情。当前公司危机四伏，这个时候他离开，韩阳肩上的担子会更重。

这样，韩玉林带着韩梅和公司的小戴连夜奔到省城，第二天一大早的班机，上午就赶到了昆明。飞机落地，韩玉林给韩阳打了一个电话，告诉她安全降落，下一步有什么情况再随时联系。

但是，几个小时过去了，韩阳和爸爸再也没有联系上。

韩阳接到爸爸从机场打来的电话以后，心里还总是放心不下，惦记着：爸爸这会儿到哪里了？见到春香了吗？如果见到她，她能不能跟着立刻回家？不，不可能。她既然背着全家跑到昆明这么远的地方，是下定了决心，考虑成熟的。这孩子任性，让她回过头来绝对不是一件容易的事。

一个多小时过去了，爸爸怎么也没个电话呢？就这么不方便打电话吗？韩阳这么想着，下意识拿起手机，但又放下了。爸爸比自己更着急，这个时候打电话就是催促，不要再给他增加思想负担了。

又等了一个小时吧，韩阳还是没有接到爸爸的电话。到了昆明当然有很多事情去做，但是如果见到了春香，爸爸应该是先来个电话的。这会儿还没有见到她吗？韩阳不再犹豫，拿起手机拨打了爸爸的电话。可是，手机里传来的声音是“无法接通”。

怎么会是无法接通呢？

她立刻又拨打了韩梅的电话，也是“对不起，您拨打的电话暂时无法接通”。她又打了小戴的手机，也是这句话。

关机不可能，这个时候怎么会关机呢？一个人的手机因为电量不足或别的原因关机，不可能三个人都关机呀？手机关机的反应就是“已关机”，不是“无法接通”的回应。

是信号不好吗？

财务科的人来到韩阳的办公室，向她汇报融资的情况。

人的心里有节，心里有事，生物钟好像非常懂事，到时就会主动提醒你的。就在韩阳忙乱中一抬头，忽然：爸爸……为什么还没有一点儿消息。于是，她又拨打了父亲的手机。

第一次没有打通爸爸的电话，像是一个亲人病重的消息传来使人焦躁不安。但是这次电话里的“无法接通”，就像有噩耗传来，使韩阳惊恐万状。她下意识地摇了摇头，抹了一把眼睛，稳了稳神。又接着打了韩梅、小戴的手机。

还是“无法接通”。

韩阳挺着脖子，瞪着眼睛，接着又拨通了杨新秀的电话：“喂，新秀吗？爸爸有电话吗？”电话那边说：“没有哇。”

近一个时期，韩阳是极少与杨新秀通电话的，忙乱中还是和过去一样，有事先拨通了丈夫的电话。韩阳没再等电话里说什么，把电话挂断了，又接通了安小飞的手机：“安总吗？我父亲有电话吗？”安小飞说：“我正想问你呢，我没接到电话呀！”其实韩阳心里也明白，爸爸有电话也是要先打给她的，自己接不到电话就下意识地期盼着别人可能接到电话。她握着手机，也没有挂断与安小飞的通话，眨巴着眼睛，自言自语算计着时间：“十一点、十二点、一点……这么长时间过去了，怎么还无法接通呢？”

安小飞在电话那边听到了韩阳的话语，也接着说：“是啊，飞机着陆应该几个小时了，他们着陆后来过电话吗？”韩阳回答：“哦，那时来过，告诉他们已经着陆。可是……安经理，咱们马上见个面。”安小飞赶紧答应：“好。”

安小飞一帮人，急急忙忙聚集到韩阳的办公室里，杨新秀也来了。韩阳把她联系和不断拨打电话的情况向大家叙述了一遍，每个人听了都是心急如焚。可是没有别的办法，再一次又一次地拨打他们的手机。这个时候手下的每一个人，都下意识地期盼着从自己手上打通电话，好像谁先打通电话谁就立头功一样。一遍遍拨动着数字按键，但听到的仍然是那句“无法接通”。开始刚进到韩阳办公室的时候，大家还是坐在沙发上，此时都不约而同站了起来，一个个都那么不能安定，看上去每个人恨不能立即插上翅膀，飞向昆明。

时间一秒一秒过去，大家脸上的焦虑，就像被一名油漆匠在一遍又一遍地刷着灰色的油漆，一会儿比一会儿浓重。经过一番急火火的议论，他们决定立刻向市委汇报，同时立刻派人去昆明。

韩阳思索着对安小飞说：“安经理，先给盛主任打电话吧，先通知他一下，听听他的意见。”

安小飞说：“好，对，先听听他的意见。”

盛国典此时还不知道韩玉林失踪的事，见是韩阳的电话就问：“韩阳，忙什么呢？”韩阳在电话里沉默了十几秒钟，然后语气沉重地说：“盛叔叔，我爸爸又没有消息了。”说着，泪水涌出眼眶。

“什么？你说什么？”盛国典噌地从椅子上站起来。在市委办公室干了一辈子，处理过多起突发事件，一向处惊不乱的他，对这突如其来、晴天霹雳般的消息还真的大惊失色。他情不自禁地离开了椅子，在桌前做了几个典型动作。似乎这样才能平复一下他震惊的心情。

安小飞从韩阳手里接过电话：“盛主任，我是安小飞，韩总从昨天夜里去了机场，今早的飞机去昆明找李春香。可是自他们着陆后打回过一次电话，到现在也没有回音，手机总是无法接通。”

“他一个人去的吗？”盛国典在电话里急切地问。

安小飞答道：“还有韩梅和公司的小戴。我们多次打过他们的手机，都是无法接通。”

盛国典又和安小飞、韩阳交流了一会儿，确定立刻向市委主要领导汇报。时间不长，韩阳接到回电，盛国典在电话中传达了领导的指示：第一，继续联系，同时公安与玉林公司马上派人一同前往昆明。第二，保守秘密，韩总失踪的消息不要外传。第三，全力做好公司的稳定工作。

哪有不透风的墙？日本、俄罗斯的核电站都能泄漏，何况一个企业的什么消息。韩玉林又失踪了，很快不翼而飞，并且得到了“疯传”，立刻引起社会和网络上极大的关注和纷纷扬扬的热议。

平日里韩阳是副总，一天到晚忙忙碌碌，但那是单纯的。她只顾拼命工作，天塌下来父亲扛着。但是如今妹妹失踪了，爸爸又失去联系半天多。公安机关将情况已逐级汇报，并同云南很快取得了联系。派往云南的人员也已启程。但是她明白，各方面的工作即使神速，也不可能立刻有什么清楚明白的结果。除非是手机网络在哪个区间出现了问题突然修复，手机一下子畅通了。但是，当下没有出现这个惊喜。

她通过 QQ 向北京的刘槃教授通报了情况。刘槃在 QQ 上嘱咐：“这个时刻要有勇气，沉着冷静。”

韩阳答复：“老师放心。”

她调动着头脑里每一颗细胞每一条神经，尽力保持头脑清醒，梳理着纷乱如麻的局面。就像一名年轻的舵手，驾驶航船漂泊在狂风暴雨的大洋中，接受着雷雨交加、狂风巨浪的考验。

她清楚，稳定局势是当务之急。目前社会上、网络上发布的“消息”“评述”已是风雨雷电、铺天盖地的大雪一般了。然而稳住局面，关键还是在自己内部。不论社会上风雨多大，舆论多么负面。只要自己能挺得住、立得住，自己内部团结一致就会立于不败之地。同时，集中资金保证房地产工程，把四铁抵押贷款诉诸法律。抓住这几点，玉林集团翻不了船。

她召开了分公司正副经理参加的会议。向大家讲明了情况，同大家分析形势，研究对策，找准方向。

她继续联络友情公司筹建资金。

她让安小飞再到几家银行联络。

……

夜又深了，她坐在办公室里。房地产开发、蝶阀、造纸、BXCY、家具、汽车装饰……每个公司的情况都像机场过安检一样，“人员、物品”都从她眼前一一掠过。思来想去，最不放心的还是房地产开发公司。好像老天有意诅咒这个公司一样，天灾人祸样样俱全。一年中接连不断的阴雨耽误了施工大好时机，更令人痛心疾首的是杨新秀，这个曾经自己心爱的丈夫，宝贝女儿杨阳的爸爸……

想到这里，韩阳禁不住流下了眼泪。新秀啊新秀，这个时候多么需要你呀，这个摊子应该是你来支撑的。可是……

这一夜，韩阳没有回家。她在公司里稍事休息，清晨一大早就来到了玉林房地产开发公司副总经理赵兰友家里。

赵兰友在四铁精简人员时，由副厂长精简到车间当了主任。后来负责基建工作，对建筑工程非常熟悉，如今虽不到六十岁就内退了，但为人忠厚，工作扎实肯干，四铁改制时对韩玉林的工作支持很大。杨新秀任房地产开发公司总经理，年纪轻工作经验少，韩玉林就聘任赵兰友为副总经理。

走进赵兰友三室两厅的家，有一种清新的感觉。因为这是玉林房地产开发公司开发的“领秀城公寓”。公司低价卖给他这套房，他告别原机械厂家属院的小平房，刚刚搬进来不久。

早晨，赵兰友听到门铃声，朝“猫眼”一瞅。呀，是韩阳。韩玉林是赵兰友在四铁的老伙计、领导，要是韩玉林登门他也不会觉得意外。这年轻的“女当家”登门，又在这个特殊时期，他还真是受宠若惊。

“哦，韩阳，怎么劳驾你登门了。”

韩阳彬彬有礼说：“赵经理，这么早来打扰你了。”赵兰友忙说：“哪里哪里，怎么能说打扰呢？”赶紧让韩阳坐在了客厅的沙发上。韩阳扫了一眼内屋的门问：“婶子没有在家呀？”赵兰友说：“哦，早起遛弯儿去了，现在也知道锻炼身体了。”说着，韩阳、赵兰友不免笑了笑。紧接着收住笑容试探着问：“韩总——还没有消息？”韩阳也收住笑容，摇了摇头说：“还没有。”

前几天，韩阳和赵兰友通过几次电话，安排他利用一些市直部门做业主们的工作。赵兰友想，韩阳早上登门一定也是这个事情，他不愿把韩总失踪这沉重的话题继续下去，给韩阳带来巨大的悲痛，于是连忙改变话题：“韩总不在家，韩阳你可受累了。”韩阳点了点头说：“是啊赵叔，我这么早到你这儿，就是和你商议一下开发公司的工作。昨夜我想了很长时间，觉得当前开发公司重点是两个方面。一是内部管理必须跟上。杨新秀的情况你也清楚，越是这样你越要大胆统揽全局。二就是前几天咱们说过的那个问题，要稳住局面，业主是非常重要的一环。”

赵兰友深深地点了点头。韩阳伸出手指头算计着：“处理业主上访，涉及信访、经委、公安、法院、规划、城建、土管、房管、设计、监督、监理……十几个部门和公司。那些业主们已经多次到他们那儿去讨公道了。你一定要下功夫，利用这些部门、公司的业务特点和能量把业主的情绪稳定下来。”

最后，韩阳还特别交代，工作情况直接向她沟通。

韩阳从赵兰友家出来，草草吃了早餐直奔办公室。她登上办公楼走到门前，就听到办公室里哗哗的电话在迎接她了。

韩阳的办公室没有什么异样，办公桌也是一个偌大的老板桌，背后是一排书橱。沙发、茶几靠墙而放。但是，面对着韩阳办公桌的那面墙上，是一张大幅国画，上面画的是广阔无际的草原，草原上是一匹骏马，天空是一只雄鹰，骏马和雄鹰在天地之间，朝着同一个方向疾驰翱翔着。

有人进到她的办公室看到这幅画，说你又不是在草原上，为什么偏偏挂一幅草原上的图画。韩阳每每听了总是一笑说：“我喜欢这幅画的气派。”

这会儿，她进了办公室坐到办公桌前，因为刚才听到电话铃声的缘故吧，先是把内线外线两部电话拉到面前，翻动着电话的储存键，看看哪里打过来的电话。屈指数了数，从上班到现在，已经有几十个电话打进来了。内线里有一个财务科的电话，财务科应该是优先回话的。她立刻回拨过去问："财务科吗？打过电话了？"里边回话说有一笔材料汇款，问谁来签字。韩阳毫不犹豫："我签。"

她刚撂下电话，内线随着又响了起来。

她抓起电话："喂，哪一位？"电话里说，质检部门上午要来进行检查……

没等电话里说完，韩阳就打断那边的话问道："知道谁分管质量吗？"电话里说知道。韩阳说："去向分管经理汇报。"

韩阳处理了几个电话，又签署了几份文件。咚咚，咚咚——有轻轻的敲门声，韩阳喊道："请进。"门被轻轻推开，是一位二十来岁的女子，一进门就呜呜哭了起来。韩阳很意外说："别哭，有什么事？"那女子抽泣着说："我是旺城大酒店的服务员叫许红梅，李春香有四万多元的欠单。我是金玉厅的服务员，李春香喜欢在金玉厅请客吃饭。老板规定哪个厅的欠单，由哪个厅的服务员追要。我找过她多次，她总是推脱，现在听说她……我上哪里去要哇。"说着，又是一把鼻涕一把泪。韩阳皱了皱眉问："你没去房地产开发公司讨要吗？"许红梅说："去了，去找那个杨总了，杨总说不是他的签字他不管。"

韩阳听了眼睛转向窗外，深深地吸了一口气。

一个塑料袋，里面是一沓厚厚的账单。有的账单上油迹斑斑，一股油腥气味扑鼻而来。账单多数是李春香的签字，有的签字不是她的名字，或是李春香的名但字迹不是本人。其中一张欠单上，一次消费就四千多元。

韩阳看着账单上的日期，默默地计算了一下，这些账单时间累计也就是一年。这是在旺城大酒店金玉厅，在其他厅、其他酒店还有没有呢？这孩子真是胡闹啊！

韩阳用非常温和的口吻对许红梅说："你放心，是欠账一定要还的。我们核实一下，有了结果和你联系。"许红梅欣喜若狂，一个劲地鞠躬说："谢谢韩总，谢谢韩总。"

韩阳站在办公室的窗前，望着许红梅远去的身影，思潮起伏，不能平静。爸爸、春香，你们在哪里？见到面了吗？为什么就联系不上了呢？到底是怎么回事呀？随着你们这些意外的出现，这"连环雷效应”可能很快出现哪。突如其来、意想不到的事情还不知有多少，如今公司千头万绪，有多少事情需要爸爸来处理，公司任何时候都比不上现在需要爸爸这根大梁来支撑。可是，就在那天晚上匆匆走了，没来得及安排任何事情。

韩阳的思绪就像办公室那幅国画上的骏马与雄鹰一样奔驰着，飞翔着。突然，办公室的门又被咚咚使劲敲了几下，随着响声门被推开，季行长肥胖的身躯幽灵般出现。韩阳的思绪被无奈打断，只好回到眼前季行长面前。季行长没说话，面色铁青，走进门就坐在了沙发上，那肥大的身躯把沙发深深压了下去。

“韩阳韩总经理，很自在呀。”季行长头一句话就阴阳怪气。

韩阳听了淡淡一笑说：“什么自在呀？正焦头烂额呢。”

季行长也不看韩阳一眼，昂着头，白眼珠子在眼镜片上的圈圈内翻动着。他抱怨说：“你看你家公司，管理混乱，简直是乱七八糟。贷款抵押受骗连累了我，我的行长被免了，没别的事了，专门负责追回这笔贷款，以观后效了！”

韩阳带着几分歉意说：“是啊，这件事马凯和用心歹毒，我们公司确实有责任。”

季行长听到这儿，眼睛一瞪，还是没好气说：“光有歉意不行，快拿出三千万，替四铁立马还上，马上了结。”

韩阳看到他这个样子，心里觉得好笑，又感到来者不善。但还是拿出茶杯，倒上一杯茶放到他身边的茶几上，并满面笑容地说：“季行长心里有怨气，这是自然的。可是你们在审批把关上问题、漏洞也不小哇。”

“什么？问题出了还扣在我身上，你，你这太不够意思，太没良心了。”

韩阳还是平静地说：“多年来，季行长对我们支持很大，我们非常感激。但是为四铁抵押这件事上，你我双方应该都努力去挽救。现在让我拿出三千万，那还不是水里捞月呀。”

“那怎么办？我光跟着你们啃干烧饼？”季行长一副“拉破头”的样子。

“今年经济危机银根收紧，这你知道，各个银行贷款都非常难，我们公司又遇到了这种特殊情况，开发公司那边业主还成天讨公道，要房子，退房子。怎么会有三千万的闲钱放着？再说四铁那边有些情况还没有彻底弄清，待弄清以后还贷也不会有问题吧。”

季行长脖子一梗，像个抢劫的盗贼，说：“想好事去吧，那个破烂摊子，三万块钱能还上就是好事。别扯四铁，别扯马凯和。今天你给我个说法，你们抵押失误，管理混乱，你们让人给骗了，我受你们连累，你们必须拿出措施，拯救我！”

季行长进门到现在一直蛮横不讲理的样子，韩阳也改变了语气：“我们承认失误，但是你们银行的责任就没有了吗？你们那边难逃其咎吧。”

季行长听到这儿雷霆大怒，啪拍了一下茶几，水杯随着震动哗啦响了一声，连声问：“什么，什么，你说什么？”

韩阳针锋相对说：“别说规章制度，就按照人情世故或者惯例，这几年我们两家有重大业务，行长与老总之间都必有沟通的，哪笔业务老总们之间没见面？更别说当面签字了。这一次三千万哪，你竟然单方面大笔一挥同意了。”

“那些材料手续完备！”

韩阳嘲笑说：“现在我再给你一份完备的材料，你敢批吗？任意送个材料扣上印章你就可以批吗？办理抵押手续的那天中午你和我们这边没见面，和马凯和却见面了。一人一瓶茅台，酩酊大醉。这是什么行为？凭着茅台的冲灌你能把住关口？”

季行长听到这儿气急败坏：“谁，谁说的？你听谁说的？”

韩阳穷追猛打，像个漫山遍野追赶野兽的猎人，厉声说道：“你这种作风早就被你自己的员工所厌恶，你的一切行为早就传向十万八千里了。在酒场上你们的那些猫腻，我们早就清楚。现在应追究你，上告你们狼狈为奸！”

“你……”季行长满脸的横肉抽动着，刚才的盛气凌人一下子变得惊恐万状起来，眼上一圈圈的镜片似乎是浑浊的水冻成冰块，发出暗灰的光泽。

突然，韩阳的手机唱了起来，接着，座机也响了起来，内线电话也发出了呼叫声。像一场战斗几处同时向这间房子进攻响起机关枪一样。韩阳镇定地朝三部电话扫了一眼，挨个查看着显示屏上的号码，脑海里下意识地决定哪个号码急切、哪个号码熟悉就先接通哪个电话。手机上显示的是“安小飞”，于是她先迅速地打开了手机：“安经理。”

安小飞在电话中急切地说：“韩阳，业主又到市委上访了。”

真像那年唐山大地震，震后就是倾盆大雨祸不单行呀。昨天晚上，“旺城贴吧”上又出现了一则帖子。大意是：李春香从小被韩家抛弃，虽然又回到韩家，也是心怀仇恨。她早就想报复，这次就裹着卢森堡大公城的资金跑了，韩玉林去追捕，被李春香杀害。现在李春香下落不明，业主的钱更不知去向。

这则帖子被一个业主看到立刻转发，一夜之间，业主就像刚刚熄灭的森林之火遇到了清风的吹拂又燃烧起来。他们早晨集合在一起，写好条幅：“还我钱款，还我房屋。”堵到了市委的大门口。

韩阳在电话里与安小飞约好，到市委去看看。她撂下电话，拿起衣架上的包包，季行长还不知所措呢。韩阳把包挎到肩上，朝着季行长说了声：“请吧！”季行长一愣，似乎一下子清醒过来，连忙像熊一样抬起沉重的身子，一跩一跩地跟着出了门口，再没说什么。

韩阳驱车赶向市委的路上，手机又响了，是赵兰友的电话。“喂，赵经理吗。”

韩阳听到赵兰友在电话里着急地说：“嗨，我跟城建、土管那些部门都联系了，他们已经派专门人员对业主进行工作，怎么又出现上访了呢。”韩阳说：“是因为昨天晚上‘旺城贴吧’上出了一张帖子，这张帖子完全是造谣惑众。我已与公安局进行了联系，公安部门会依法处理，我现在已经向市委来了。”赵兰友说：“我已经约好，今天中午在凤凰大酒店和那些部门见面的，如果你能出席一下就更好了。”韩阳听了马上答应：“好的，我现在先去市委，中午我赴宴。”

韩阳的车子一踏上中心街道，远远就看到市委门口的人群。来到人群旁，韩阳跨出车门。安小飞和几个人已经到了。她二话没说，就走到人群当中。信访局的领导正和业主们对话，韩阳接过信访局已经准备好的手提喇叭，大声开口了：

“各位业主，你们好。我是玉林集团的副总韩阳。由于种种原因，开发公司耽误了交房日期，我向大家表示深深的歉意。但是大家一定要相信，昨天晚上网上出现的帖子，纯粹是造谣惑众，公安已介入，会依法处理。大家的钱款，全部在公司账上，收入支出清清楚楚。如有必要，公布账目都可以！”

说到这儿，韩阳故意停了下来。她是让业主们充分理解一下“公布账目都可以”这句话。接着继续说：

“近两天我们与施工单位进行商洽，拿出一个具体的工期方案，这个方案将公布于众，就贴在小区的宣传栏上请社会监督。保证按方案规定的期限完成施工。对延误交房会按照合同给予赔偿，绝不反悔。大家可能知道了，我父亲还没有消息，但是我接手了玉林集团的工作。我父亲不在，我们完全能掌控全局，对整个工作的运转全权负责。”

韩阳一席话，底气十足，有情义、有方法、有力度。那劲头，像当年八路军号召民众参加抗日一样有力。场面一时静了下来，没人再嚷嚷了。韩阳趁势又对大家说：“大家先回去，施工方案明天就公布在小区门口那块广告牌上，到时大家随意去看。”

安小飞也高高举起了一只手向大家说：“我是玉林集团的副总兼BXCY公司经理。刚才韩总的话，一定是实话，大家一定放心，我们说话算数，决不反悔。”

这时，赵兰友联系的那十几个部门、公司的人员也来到现场。他们在人群里穿梭，像撒出去的网。他们以各自部门的身份向大家做工作，有的还把上访人拉到僻静的地方说起话来。没多大工夫，一部分人撤出了上访队伍。安小飞又趁势说：“大家看到了，有的业主已经回去了，都回去吧。我们一定按照刚才韩总说的去办，请你们放心。”

上访的人们陆陆续续地散去了，市委的门口恢复了平静。这时，韩阳才觉得虽然是冬季，内衣已经被汗水湿透了。她约安小飞中午一起到凤凰大酒店，然后驱车回家了。

韩阳到家里换下了已经湿透了的内衣。家里女儿没在，杨新秀也不知现在在哪里。房地产开发公司发生了上访，但他没有在现场，这个家他已经很多天没有来过了。韩阳换好衣服，不知不觉泪水顺着面颊流了下来。但是，她又立刻止住自己的眼泪，赶快到卫生间洗了几把脸。因为中午还要到凤凰大酒店，她不能让大家看出流泪的痕迹，更没有时间多想她的这个家。

韩阳赶到凤凰大酒店的时候，客人们已经到齐了。她抱歉地说："来晚了，来晚了。"她入座环顾了一下在座的朋友，信访局石季春局长也在。韩阳说："多数人不认识，是新朋友。石局长可是老领导了。"

石季春张着长嘴巴笑了，他这一笑，那洁白的牙齿就献殷勤般全部开放出来。石局长说："你妹夫徐书记那年处理计生问题我去了，西市因为 BXCY 征地上访我也参与处置了。"

韩阳说："是啊，我们公司又给你添麻烦了。今天请你还有大家来，就是向大家表示谢意，我先敬大家一杯酒。"

一杯酒下肚，房管局的陆科长说："现在群众动不动就上访啊。"石局长接着话说："是啊，群众有了困扰，不愿意也不敢打官司，就只有上访这条便利之道了。"

韩阳说："信访办都改成信访局了，这些年信访任务越来越重，你们可辛苦了。石局长可是'老信访'了，你劳苦功高哇，我再敬你一杯。"

按照旺城的习惯，主陪连敬三杯酒，副主陪安小飞也敬了三杯，赵兰友也进行表示。一时杯来杯往，气氛一下子活跃起来。大家都表示请韩总放心，一定尽力做工作。有的还根据自己的业务特点拿出了具体方案。韩阳听了当然高兴，她说："请你们告诉业主，我今天上午当着大家讲的那些方案、许的那些愿，一定办到。"

从凤凰大酒店出来，已经是一点多钟了，韩阳又回到了办公室。酒场上虽然安小飞和赵兰友他们出手劝酒，韩阳喝的并不多，但毕竟是几两酒精下肚也不免脸赤脑涨的，她可比不上李春香的酒量。进到办公室先洗了一把脸，梳理了一下头发，司机给她冲了杯茶水。她没有坐到办公桌前，而是坐在沙发上。靠着沙发背也架起二郎腿，这样确实舒服一些。

她没有困意，只是尽力驱赶着脑海里接待上访那乱哄哄的场面，让全身每一根神经、每一根筋骨都松弛一下。她端起茶杯，茶叶还没有全部沉淀，吹了一下浮在杯口的茶末，抿了一口，水当然是烫的。

“好一朵美丽的茉莉花……”随着乐曲的传来，韩阳知道手机里又有电话了。从酒店里出来的时候，把手机放到包里还没来得及拿出，她起身来到衣架旁打开包，手机还在热情地唱着。她按动了接听键：“喂——”

“韩总，不好了，杨总出事了！”电话里传来一阵急促的喊声。

“什——什么？”韩阳下意识地把电话机从左耳边换位到右耳朵上，似乎这样听到的消息才是准确的。她急切地问：“出了什么事儿？杨总是杨新秀吗？”

电话里说：“是。”

“他怎么了？”

“他，他一直睡在床上，喊也喊不醒。”

第二十九章

曲冬梅早就游荡到昆明来了。

她辍学以后父亲把她安排在自家的木器厂里，再指望她学学会计。可是没多久她就闹着“到外闯天下”，父亲怎么劝说也没用。几天没见面，再接到电话时她已在深圳了。在深圳一家饭店里当“服务生”时，她认识了昆明天宇化工集团的贾三。

天宇化工，化工是一个巨大坚硬的壳，这个壳子掩盖的是毒品贩卖勾当。但是天网恢恢，公安缉毒机关发现了天宇的蛛丝马迹，采取了秘密侦破。狡猾的总经理沈志华就像吸毒人对冰毒特别敏感一样，也嗅到了味道。因此，他制订了一个计划：金蝉脱壳，国外发展。疯狂生产一批新产品，迅速甩掉，远走高飞。

贾三，一个瘦小个子，薄嘴唇，很矮的鼻子，小耳朵，加上光头，整个脑袋简直就像个“电灯泡”，猛一瞅似乎看不出鼻山眉地扇耳，像个外星人。可是这个家伙头脑聪明，是沈志华的忠实铁哥们儿，得力助手。对沈志华如此计划，贾三开始持有异议。他小嘴像鱼儿离开水慢慢地喘息一般说：“大哥，这样是不是太可惜了，天宇化工你呕心沥血，我们是不是采取‘休克战术’？”沈志华问：“休克战术？”贾三说：“先暂停洗手不干，然后窥探时局等待机会。”沈志华听了立刻予以否定：“兄弟呀，走过的路就会留下磨破的鞋、踏陷的坑，没有常胜将军哪。我们经营这么多年，现在既然闻到了气味，那就绝不可小视。藕断丝还连着呀，说不定哪一天沿着这细细的藕丝摸到我们的鼻子上就晚了。这个东西国外市场更大，就是‘休克’，也要到国外去疗养。”贾三还是有些惋惜地说：“我们的资产……”没等贾三再说，沈志华不以为然一挥手说：“兄弟怎么犯糊涂了？这企业，这厂房，这楼房……哪一样不都是银行的？咱们贷款十几个亿，拿现有资产去还贷，算得上义气啦。”

按照他们的计划，十一月一日，天宇化工集团十周年大庆的那一天把货运走出手。为这，他们决定庆祝活动就在公司院内举办。到时，天南海北各路朋友、各级领导都来祝贺，肯定车辆密集。利用送客的机会，把运送毒品的车辆夹杂在车流里面跟着走出去。这必须用小轿车，因为来客多是乘坐轿车，鱼目混珠不会被怀疑发现。这就得要三十几辆小轿车。租用车辆数量太多，动静大容易露出马脚。只有一个方子，就是在公司内外暗中调集借用，但必须可靠。

贾三把调集车辆的任务交给了曲冬梅。

沈志华感觉到了公安的影子后，狡猾多端的他从每个细小的环节确保万无一失。除了核心人员以外，其他接近毒品生产、包装、运输等一些重要环节的人员不断更换。包装的地点也是经常游动，捉摸不定。由于仓促决定逃窜，十一月一日厂庆的日子就要到了，还有一大批产品没有包装。本来调集车辆这件事曲冬梅就伤透了脑筋，还他妈的舍不得丢掉一点儿的东西，贾三又把包装任务交给了她。因为这，曲冬梅和贾三还吵吵过。她一脸丧气说：“离交货日子太近怕是来不及，干脆舍弃算了。”贾三小眼睛瞪得像两颗自行车上乌黑发亮的滚珠，恶狠狠地说：“你懂什么？我和沈总经营这么多年，经营这么大的规模，一下子扔掉。我，我真是舍不得呀。我必须多一点，再多一点——一点儿也不能丢掉，一定不丢掉你知道吗？”贾三说完，竟潸然落泪，呜呜地哭了起来，哭得那么伤心。

没办法，曲冬梅只好孤注一掷，反正几天后就逃之夭夭了。她查出了韩玉林打过来的电话。

那天晚上，韩玉林看到妻子的照片，想着春香失踪，悲痛欲绝。忽然手机响了，正是她打的电话：“喂——韩叔叔吗？我是曲冬梅呀。”

"啊？曲冬梅……"

就像有嘎嘎的喜鹊报喜，韩玉林立刻精神一振，似乎感觉到了曲冬梅会送来好消息。他迫不及待连珠炮似的追问："冬梅，你是不是知道春香的消息了？她在哪儿？现在干什么？她怎么样？"

电话里，曲冬梅咯咯直笑："韩叔叔，你怎么就知道我是给你送李春香的消息呀？"韩玉林结结巴巴地说："不，不是吗？那……你是……你是……"曲冬梅又笑了起来。韩玉林说："这孩子，光笑什么？是不是有了春香的消息，快说快说呀。"她说："韩叔叔你那头脑还真灵，是她，我是给你带来了好消息。"

韩玉林双手捧着电话，似乎这就摸到了李春香的头，看到了她的脸。他问："在哪儿？你见到她了吗？"曲冬梅说："李春香在昆明一家厂里打工呢，我们是经一个老乡介绍，今天晚上刚刚见面的，我已经告诉她家里到处找她。可她坚决不让我告诉你，更不愿意回家。"韩玉林急切地问："那后来呢？"

"我已经答应她不告诉你，现在我们刚分手，你连夜快过来吧，要不她换了地方我可就找不到她了。"韩玉林看了看表说："现在？"曲冬梅说："还啰唆什么呀？坐飞机。她已经知道你们在找她，要是一换地方，真就再也摸不到她了。"

"好，我马上就走。"

对骗来韩玉林的事，曲冬梅重重地挨了贾三一巴掌，因为韩玉林目标太大怕被暴露。可是时间紧迫，那些产品要迅速包装，不耽误厂庆那天一起运走，曲冬梅实在不愿意再走出那栋大楼，再去招惹别的目标，弄不好把自己暴露。

曲冬梅自从跟了贾三，就惊恐万状、提心吊胆地一直追随着。爸爸那个小木器厂不可能满足她的花天酒地，但她也腻透了天宇的生活。她期盼着，快点甩出最后这些随时可能引爆的炸弹，远走高飞，到国外自由自在。既然已通知了韩玉林，如果再改变计划，说李春香跑了也可以。但是为了找女儿，韩玉林什么都会做的，他肯定会黏缠自己，也会一下子跑到自己面前来。要是生硬关机，好不容易找到的一条线断了，他怎么能甘心。为找我再报警？那自己就真成警方寻找的对象，很可能影响到整个“金蝉脱壳”的计划。韩玉林绝对不是他一个人来。包装几天也就搞完了。从遥远旺城来的人不了解厂里的情况，更能保守秘密。答应给他找女儿，他还能不帮这个忙？李春香和他以后的事，天知道去吧。于是，她只好接纳了韩玉林，同时又设计好了一系列保全的细节。

韩玉林他们来到昆明下飞机以后，已经有曲冬梅来接机了。他一看那鹅蛋形的脸、鼓溜溜的眼珠子，就知道是曲冬梅。只是那头发不是披肩发了，弄得扬风奓毛的不知叫什么发型。

曲冬梅热情地走上前，韩叔叔长韩叔叔短的，特别甜蜜。走出大厅，就有一辆白色面包车在等候。曲冬梅介绍坐在车里的一个男子叫胜仔，司机和胜仔都热情打招呼。上了车，韩玉林就急切地问李春香的情况。曲冬梅皱着眉头，一副非常为难的样子说：“韩叔叔，李春香对你们有很大的成见和怨气，甚至……”韩玉林打断了她的话：“甚至什么？”曲冬梅接着说：“甚至怨恨。你从小把她送人了，她被抱养这么多年，从内心深处是有怨恨的。我们在一起上学的时候，她就流露过对家里的不满。”说到这儿，曲冬梅朝着韩梅说：“这个姐姐不是韩晨吧。”韩梅赶紧说：“哦，我是韩梅。”曲冬梅接着说：“噢，你好姐姐。李春香好像对韩晨……”

车子忽然停了下来。曲冬梅对韩玉林说：“韩叔叔，这个司机师傅他有事，咱们换辆车子。”韩玉林不好意思地说：“这么麻烦，师傅有事咱打个的不就行了嘛。”她笑着说：“哪怎么能行，你这样的大企业家怎么能坐出租呢？”一辆商务车已经停在路边等候了。

说了这么一阵子，又换了一辆车。李春香到底在哪儿，怎么个情况，韩玉林急着问清楚。曲冬梅当然知道他的心思，她说：“韩叔叔，你可不能着急呀。你把她从小丢掉，回到家以后又有那么多不痛快的事。这一次，三千万的损失她说她没脸见你们。”

三千万！此时，韩玉林紧紧皱起了眉头，心真像被三千万次冲打那么难受。曲冬梅见他一副痛苦的样子，就趁势说：“是吧韩叔，三千万哪，她说她跳进黄河洗不清，怎么也洗不干净。”韩梅着急地说：“那，怎么办呢？”曲冬梅很认真地说：“你们先住下，我慢慢跟她透，做工作。我在电话中说过，我叫你来春香是不知道的。她要是知道我背叛了她，和我闹翻，偷偷跑了，咱可就……”

车子进入厂区。进门的时候，韩玉林看到大门上醒目的牌匾，“天宇化工集团”。厂区中间有一栋大楼。车子停稳，韩玉林走下车抬起头瞅了瞅，估计这栋楼有二十几层，它造型现代，装潢讲究。韩玉林脑海里闪过一个感觉，这么气派的大楼为什么不在沿街呢？

韩玉林在曲冬梅和那个胜仔引导下进入大楼，直奔电梯。韩玉林问：“冬梅，我们住在这里吗？”曲冬梅应付着：“跟我走吧！”韩玉林从电梯按钮上看到共十七层，曲冬梅伸手直接按向十七。出了电梯，又向右拐，又踏上了楼梯。在韩玉林的记忆当中，好像又爬了四层。按这样计算，应该来到了二十一层。他们进了一个房间，里面沙发、桌子、床，生活用品俱全。

在外边看到好气派的一幢楼，可这房间和楼道里却没有窗户，只有灯光照明。

北京，刘燊又是晚上快十一点了才回到家里，他像往常一样，打开电脑，查看着邮箱里有什么新的内容。邮箱打开了，韩阳的一个邮件出现在眼前。他点开了韩阳的来信，哇，内容占满了整个屏幕。他心想，这孩子又有什么重大事情或高见，一发就是长篇大论。

刘教授：

杨新秀自杀了。

经公安局鉴定，他是服用大量安眠药，地点在他的办公室。你看到这个消息一定非常震惊。我在他的办公室，见到他僵直躺在床上的情形，我晕倒了。你知道，这几年他生活不规，背叛了我的感情。但是，别说是夫妻之间，就是同事朋友看到那一幕，听到他自杀的消息，也同样会十分震惊、万分悲痛的。

现在他自杀的原因还不清楚，公安机关还在进一步侦破。但是我百思不得其解，近两年他和我感情不好，另寻新欢，我是多次忠告和警告过他。但是，我并没有以此威胁他什么，没有以此要毁掉我们的婚姻，没有以此毁掉他的事业，更没有想以此毁掉他的性命。他那位新欢已经几个月不上班了，难道是他们那边发生了什么？啊——天知地知，我只有陷入深深震惊、万分悲痛之中。

刘教授，妹妹和父亲失踪以后，我记住你上次对我说的那句话：要有勇气，沉着冷静。面对家庭、公司、社会缤纷复杂的乱象，我努力使自己保持清醒的头脑，冷静思考观察，分析着各种复杂的情况，尽力抓住主要矛盾，采取了一系列措施。感觉这些天，我是拼着性命四处奔波，上天入地般地努力，应该说各方面理出了头绪，稳住了阵脚。特别是房地产开发公司业主们的问题，有了一个比较妥当的解决方案。但是，杨新秀突然离世，又在社会和业主心目中，燃起熊熊烈火。过去对房地产开发公司的猜疑、不信任又重新占据在了业主们的意识当中。

刘燊一口气把邮件看完，然后对着电脑屏幕愣愣地思索着，像国际上又发生了什么重大事件，使他感到突然而又震惊。杨新秀来过北京，见过几次面，那年到旺城他也陪同过。凭几次见面的感觉，杨新秀谨小慎微，又不失几分虚华，大事面前肯定不堪一击。韩阳向他透露过玉林房地产今年境况不佳，只是进度问题，不可能把他压垮。那就可能是他的生活作风问题，才是真正的原因？

刘燊也尽力冷静下来，拨动着手里的鼠标，又反复把韩阳的邮件看了几遍。

几天来，旺城的舆论一下子又像一个个狙击手准准地瞄向了玉林集团公司。社会上谣言四起，网络上的议论、评说铺天盖地。就像西伯利亚刮来的寒流，又立刻充满了大街小巷，甚至家家户户。特别是在网上，博客、QQ空间、手机信息……有人把杨新秀的自杀，与李春香、父亲的失踪紧紧地连在一起。那个李春香裹走卢森堡大公城业主资金的消息继续发酵。在李春香裹走资金、父亲追捕被杀害的材料基础上，又增加了李春香和杨新秀是同伙。杨新秀看到父亲被杀，李春香和资金无影无踪，怕把罪责全部押到自己身上，因此……

我感叹，玉林集团经历过那么多的艰难险阻，在风风雨雨中成长起来。但是近期却一波未平一波又起，在旺城引起轩然大波。难道她遇到了灭顶之灾吗？

怎么好像老天爷是专门来惩罚我？给我的头上不仅压上了一座“东岳”，而又搬来了一座“华山”……

我就像前往圣地的途中，本来要沟沟坎坎，翻山越岭。到如今，眼前又增加了一片无际的沼泽……

四个月，五个月，六个月……

刘明章的肚子多么大了呢？见不到她当然清净，一想起她，杨新秀又异常烦恼、厌恶、恐惧。这些日子，他把手机《我爱梅园梅》的铃声改了。可是，座机却怎么也没有调整过来。办公室的梅花偷偷扔掉了。可是，大堂里那几盆大的也扔掉就太显眼，只好依旧放在那里。

尽管这样，刘明章总还是像影子甩不掉抹不掉。虽然他不愿想、不敢想她，但她每时每刻又像幽灵一样紧紧抓住他的魂魄。她那水汪汪的眼睛，细条的高个……如今又是什么样子呢？难道腰部真的……哎呀，杨新秀不敢想下去，鸡皮疙瘩立即起了全身。现在是六个月的时间，再等上几个月……

他突然又想起了韩阳。韩阳一个一见钟情的爱人，应该说得上是大家闺秀，给自己带来多少幸福和欢乐。还有女儿杨阳，长得多么可爱，凭着自己和韩阳的一表人才，女儿长大后一定会是绝妙佳人。可是，可是如果……

韩阳对他和刘明章的关系，已经发出过多次强烈警告。

还是在办公室挪到了销售部时，韩阳就有了警觉。她说：“你挪动办公室，从表面上看为了工作需要。可是，销售部只是个门面，更多的是接待客户，总经理办公室怎么适宜在这里？何况二楼之上只是两个面积很小的房间，按常理是不可能成为总经理办公室的。你真正的目的是什么？是不是外边的传言确实是真？”

为刘明章改名为“刘梅”，韩阳非常愤慨。至于为什么要改成“刘梅”韩阳不清楚，但有一个事实是真的，那就是杨新秀帮刘明章改的名字。因为改名要涉及公安户籍方面的关系，刘明章是没有这个能力和关系到公安局去重新命名的。是杨新秀为她托人找关系，连身份证、户口本全部改成了“刘梅”。

“这些都是为什么！”

在韩阳的逼问下，杨新秀后悔不该搞这一套，一时冲动，忘乎所以，可是晚了。自己再解释只是对下属帮个忙，但已经露出了尾巴。一个总经理，根本不值得为一个小职员费那么大的力气去办一件根本毫无意义的事情。

天黑了，杨新秀喷着酒气，晃晃悠悠，来到销售部的楼前。他就像被活埋后又刚从坟墓里钻出来的人，战战兢兢，魂不附体。幸亏天黑了，那死人般黄白灰三色混杂狼狈不堪的脸不会暴露在人们面前。保安穿着黑色的制服，在门口晃来晃去。杨新秀头皮一奓。“呀！公安？”他使劲眨巴了几下眼睛，又摇了摇脑袋，让自己更清醒，眼睛看得更清楚一些。确认确实是保安，才走近门口。保安啪一个立正，唰一个敬礼。杨新秀皱着眉头斜着眼睛，没理会径直走向二楼。拐过二楼楼梯，那盆一米多高的梅花，忽然出现在他眼前。他头皮又一奓，抬起腿就想飞起一脚。可是，右脚在身后上下晃动了几下没有踢出去。那梅花，就像刘明章站在眼前一样，杨新秀战战兢兢把腿又放了下来。他打开办公室的门锁推门进去，伸手在墙上摸索了一番，才摸到墙上的开关。但是啪按了一下灯没亮，屋里仍然漆黑一片。他啊呀一声退了出来，声嘶力竭呼喊：“保安，保安——怎么他妈搞的？灯怎么不亮了？”保安赶紧咚咚咚跑到二楼，进了他的办公室，先打开台灯有了亮光，检查了一下是吸顶灯坏了。保安赶紧说：“杨总，是吸顶灯坏了，我马上去找电工。”杨新秀更不耐烦：“不用了！”保安退出房门，他咣当一声把门关上。

屋里只有台灯亮着，并且台灯的灯罩把灯光全部遮挡在了下面，屋顶上面还是黑漆漆的。他感觉毛骨悚然，推门进了里屋，把所有的灯都啪啪啪全部打开。

也就在韩玉林失踪的第二天上午，杨新秀刚上班手机就响起来。他打开手机，看到是一个不熟悉的号码。

“喂，哪一位？”

“是我……亲爱的。”

刘明章那风骚朗朗的语调飘了过来。杨新秀感觉头皮像蜘蛛精无数只细爪狠狠抓了一下，浑身每一根筋被抽动了一下。

“哦，是……你，是你。”

“怎么了亲爱的？听着你的声音怎么不对呀？”

“哦，没什么没什么。”

“亲爱的，我想和你见个面。”

“见面？”他又浑身一哆嗦。

“怎么啦？人家想你了，见见面还不行吗？”

“有，有事吗？”

“非得有事才见面呀……不过……还真有事。”

“有事？有，有什么事？”听到这儿，他又像黑夜乱坟岗子里听到野獾嘶叫一般，吓得脑子里一片空白。

“我没钱了，你给我送点钱来吧。”

“钱，送钱？”哦，只是要钱。紧紧抓着杨新秀那颗心的魔爪似乎松动了一下。

“对呀——我们娘儿俩得吃饭哪——”

“娘儿俩？”哎呀——“娘儿俩”这字眼又猛刺了一下他的神经，就像电视剧《潜伏》女主人公翠萍盒子枪里那颗带毒的子弹，慢悠悠飞了过来，它从安德县穿越几十公里后，没有打上陆桥山，而是准准地射在杨新秀的脑壳上。

哗啦——丁零当啷……

杨新秀手打哆嗦，手机摔在地上。手机的主体、电池和后盖三分了家。他赶忙弯下腰拾起手机，手哆嗦着把电池往手机上安，可是怎么也安不上，原来电池的正负极搞错了。他好容易把电池安上，后盖儿还没有盖好，座机忽然响起来。他放下手机，又抓起座机的听筒。

“喂，怎么挂电话了？”刘明章的声音又哇啦哇啦传了过来，并且很不耐烦……

安德县新开的一家德克士，虽然忙了一中午，但是到了下午三点来钟人也渐渐少了，门前的车辆也少了，巨大光洁的玻璃窗把室内的一切都展现给街道。杨新秀在德克士对面商铺的门后，透过大玻璃窗向里面搜寻着。

刘明章和杨新秀约好，下午三点钟，杨新秀到安德县新开的德克士与她见面，并且带上了钱。他来到安德县城找到这家德克士，没有立刻进去，而是躲在对面的商铺里向这边观望，先看看动静。刘明章早早来到了德克士，坐在靠街道的玻璃窗前。开始她背向着街道，杨新秀没有分辨出哪个是刘明章。一会儿，她起来走出餐桌，好像是去方便吧。就在她站起来的一刹那，脸朝着街道方向晃了晃。杨新秀一眼就认了出来，并且那高高隆起的大肚皮，也真真切切地显现在玻璃窗前。

有一年，杨新秀和韩阳领着孩子去旅游，游乐园有一个魔鬼洞。在韩阳和女儿鼓动下，他们买了票来到魔鬼洞的门口。但是，杨新秀撩开门帘刚一进去，就见到一只披头散发、青面獠牙、伸着两只细长爪子的魔鬼，在幽暗的光线下迎接着他们。杨新秀啊呀一声退了出来。韩阳和女儿看他那个样子，笑得肚子疼。但是杨新秀再也不敢陪她们去洞里了。此时此刻，杨新秀看到那隆起的大大的肚皮，又像是看到了那只披头散发、青面獠牙、伸着两只细长爪子的魔鬼。

他顿时天旋地转，身子晃动了一下，两只脚总不听使唤，差点儿昏厥摔倒过去。幸亏双手紧紧抓住了店铺的门。

这会儿，他躺在床上，由于把里屋的灯全部打开，身躯完全暴露在了锃明瓦亮的灯光下。

双手抱头面朝里，身躯S形曲卷着。

上半夜，他入了十八层地狱。掏心、下油锅、铡刀、上吊……

一道刑具也没有放过他。

下半夜，他被噩梦惊醒，于是一瓶安眠药下肚，第二天再也没有醒来。

刘燊又看了几遍韩阳的邮件后，把夫人陈东丽叫过来说："你看看，韩阳的信件，杨新秀自杀了。"陈东丽大吃一惊："什么？杨新秀自杀了！"她赶紧坐在电脑旁，滚动着鼠标，念读着韩阳的每一句话每一个字。

刘燊起身倒背着手，在房间里缓缓走来走去。他挺直了腰板，高扬起头思索着，自言自语说："韩阳这孩子可真是遇到天大的难处了。父亲和妹妹的事，还有企业上的事就够她受了，现在丈夫又去了，真是天灾人祸呀！"说着，他抬头看了看墙上的钟表，已经十一点半钟了，他对陈东丽说："给韩阳打个电话？可是天太晚了。"陈东丽也站起身离开电脑，双手搓摸了一下疲惫的双眼说："打个电话可以。这个时候韩阳处在悲痛之中，从心理学的角度来说，让她倾诉一下，对她的身心倒有好处。"刘燊说："对。"

说着，陈东丽伸手拿起话机。

这天下午，旺城的街道上异常热闹，出现了一条特殊的长长车队。一辆灵车从幸福家园开出，途经六七华里来到城北殡仪馆。后边紧随着长龙般的车队，浩浩荡荡，一辆接着一辆。领头的灵车已经进入了殡仪馆，车队的尾巴仍然留在半路上。

杨新秀的遗体火化以后安葬完毕。韩阳在韩月的陪同下回到了家，回到了曾经和杨新秀共有的那个家里。韩阳一进家门，家景依旧，客厅里沙发、电视……一切一切都是杨新秀生前家里的模样。特别是杨新秀、韩阳和女儿的一幅全家照，依然挂在客厅正面墙上，一家人依然笑得那么灿烂。

韩阳看到这一切，号啕大哭起来。

杨新秀你个混蛋，你背叛了我的感情，违背了我们恋爱的诺言。本来父亲、妹妹还有公司堆积如山的事务，压得我喘不过气来。你，你不给我承担一分一两，却又造就如此天大祸端，使得我焦头烂额，狼狈不堪。

然而，毕竟是自己的丈夫，他们热恋过，相爱过，有过甜蜜的生活，幸福的家庭。韩阳还是百思不得其解：你，你怎么走上这条路？

晚上，韩阳仍然坐在沙发上想着，泪水流着。好大一阵子，她起身来到书房的电脑桌前打开了电脑。韩月赶紧劝说道："还不休息，又打开电脑干什么呀？"韩阳坐在电脑前愣愣地说："我和刘教授说说话，兴许心情会好一些。还有，下一步公司该怎么办？"韩月听了赶紧说："哦，好，和刘教授说说吧，这样好。"

于是，韩阳按动了键盘，给刘燊写起邮件。写作过程中，她几次被哭泣打断，几次趴在桌子上泣不成声。以至于到了晚上十点半钟了，才把邮件发出。

邮件发出了，韩月见韩阳还愣坐在电脑前，又劝她说："好了，邮件发出去了，去休息吧。"韩阳用手抹了一把脸说："等等，刘教授肯定会有回音的。"

"丁零……丁零……"

电话？这个时候谁来电话呢？韩月赶紧跑到客厅拿起电话："喂，哪位？哦，陈——老师，你好，你好。韩阳在，你等着我喊她。"韩阳已经听到了是陈老师的电话，赶紧跑出书房。她接过电话，叫了一声陈老师，又哇哇哭了起来。陈老师在电话里面说："哭吧，哭出来心里痛快。"就这样韩阳抱着电话哇哇哭泣着，陈老师在电话里这么安慰、那么劝解，韩阳也不可能听到几句。这个时候刘燊接过电话："韩阳，我是刘燊。"

韩阳光顾着哭泣，也不知道电话那边已经换人，哭了一阵才听明白刘教授已经接过了电话，她才喊了一声："刘老师……"刘燊说："知道了杨新秀的消息，我和陈老师也感到非常震惊。"

韩阳这个时候已经不再哭泣了。

刘燊继续说："通过你的邮件和你过去说过的一些情况，以及我对杨新秀的直觉，这是个性格悲剧。杨新秀天性脆弱，无论什么风雨吹打，他可能都坚持不住。我感觉他的事与他自己的情感变故有关联，他们那边很有可能出现了什么问题。”

韩阳听了刘燊的话，嘴里也喃喃地说：“是，是。已经有了这方面的情况。”

刘燊说：“我和你陈老师知道你的心情。但是，我们相处这么多年，知道你是个坚强的人，这个时候你更要挺住。你父亲、妹妹还有公司里的那些情况，都需要你来处理。这个时候坚强、冷静最重要。前一段，你处理公司问题措施很得当，很有效。下一步，面对当前的现实，再冷静地和大家商议商议，拿出个具体方案。这个方案给我发过来，我和陈老师也看看，帮你出出主意。同时，看看业务上北京方面能不能给你帮助。”

韩阳说：“谢谢老师，我一定听你和陈老师的话，全身心处理好当前公司的问题。我马上再拿出个新方案。这么晚了，你们也休息吧。”

似乎有了刘燊和陈老师的电话吧，韩月看到韩阳这一夜中，有几个时间还真睡实了。

二十一层楼上一处六间通体的大屋子，里面放着满屋的小纸箱和一些塑料袋装的白色粉末。塑料袋有大小两种，容量不一。看样子像是什么药品。韩玉林拿起精美的小纸箱，看看上边注明的产品是“睡美灵”。“睡美灵？”这是什么东西？他翻弄着箱子，箱子上有说明：“‘睡美灵’调节神经，促进睡眠，增强免疫……”韩玉林对韩梅、小戴有些无奈地说：“那咱就当一回包装工吧。”

他们来到这栋楼上后，曲冬梅说：“韩叔叔，你们就住在这里吧，什么时候联系好春香我马上给你信。”韩玉林打量着房间说：“住这里给你添麻烦，还是在附近找家宾馆吧。”曲冬梅说：“这里条件一般，但是我们之间联系方便。另外——我想，我想麻烦你们一下。”韩玉林很是意外，麻烦我们什么呢？他问：“在这里我们能帮……”韩玉林没有说完，曲冬梅一副乞求的样子说：“是这么回事。我们目前有种产品必须在十一月一日出售，可是包装跟不上了。我眼下抓不到人，正好你们在听春香消息的时候帮帮忙吧。这个产品是我们绝对保密的。你们就住在这儿，方便黑白加班，又利于保密。”韩梅疑惑地说：“我们能干得了吗？”曲冬梅说：“没问题，一看你们就知道了。”

对这件事韩玉林非常意外，又不好推辞。但更令他们不解的是这里的手机信号被屏蔽，手机打不出去。

刚进到这二十一层的房间里，韩玉林就拨打了手机。可是，拨打几次都没有信号。手机拨不出去就肯定打不进来，从下飞机后到现在，家里不知道他们的情况，一定是火上眉毛了。曲冬梅解释说：“为了产品加工过程中的保密，这里加了手机屏蔽。”

本来韩玉林已经坐了下来，听到这儿又立刻起身说：“还是到外边找家旅馆吧，如果手机打不出去，家里和我们联系不上，那还不急死呀。”曲冬梅说：“韩叔叔，不是跟你说过了吗？住在这方便黑白加班，另外正是因为产品绝对保密，厂里采取了屏蔽措施，并且厂里规定在这里没完工之前是不能离开这层楼的。”

韩玉林抑制住内心的急躁说：“不就是包装产品吗？我们又不往外携带。”曲冬梅为难地说：“韩叔叔，这个产品是高科技的，很多厂家都采取各种措施偷窃技术。所以，各个环节都严格把关。我不能再给你多说了，你知道保密再保密就行了。为了侄女你能不能坚持一下？坚持几天过了十一月一日交货期限，我们就随便了。家里我下楼以后马上联系，向他们说明你在这里的情况。在这儿有什么事你打内线，号码很好记四个8，我和胜仔都能找得到。”

韩玉林听了曲冬梅的这些话，眨巴着眼睛算计着时间，离十一月一日只有几天的时间。心想，曲冬梅为了找春香费了心思，这么个要求不答应，别影响找春香的事。反正还要等曲冬梅去做春香的工作，也只好答应下来。他嘱托抓紧时间找春香的同时，又千般叮咛：“抓紧时间给家里打电话。”曲冬梅答应：“你放心好了，绝对没有问题。”

这会儿韩玉林干着活，忐忑不安。一时见不到春香，又同家里失去了联系，心情像这封闭的楼里燃起大火。他放下手里的活自己走出房门，看了一会儿空空的楼道，便按照上楼时的记忆下了几层楼梯找到了电梯，可三部电梯都关闭了。他又找到消防通道，消防通道被三角铁牢牢封死。他更加疑惑，曲冬梅把我们弄到这个地狱般封闭的地方有没有别的目的？这些“药品”就这么保密？曲冬梅真的见到春香了？许多问号在脑海里画来画去。他想，曲冬梅是不是为了钱呢？现在社会上一些乌七八糟的人称之为“黑社会”，就干这种勾当。那自己就是遭绑架了？但是现在曲冬梅连一个钱字都没提。不，很可能会在适当时机提出，很有可能。曲冬梅要是真的见到过春香，那春香是不是也遭到绑架了？

韩玉林立刻回到二十一层，向韩梅、小戴说了自己的想法，他俩也有同样的感觉。于是韩玉林拨打了内线电话，电话真通了，是胜仔接的。电话中，韩玉林用着急的口吻说：“胜仔，你们厂里这是什么规定呀？连楼上的出入梯全封死了。”胜仔在电话中说：“韩总，请谅解吧。我们的高科技产品绝对不能向外透露一点信息，所以就……”韩玉林说：“那你让冬梅和我见个面吧。”胜仔很痛快答应：“好的，韩总。”

曲冬梅真的来了。她一见韩玉林就笑容满面地说：“韩叔叔，你放心。家里我已经打过电话了，已经告诉他们你在这里的一切。”韩玉林听了故意紧盯一句：“你给谁打的？”曲冬梅流利地回答：“给韩阳，韩阳姐姐呀。”他又紧盯了一句：“那电话号码……”曲冬梅打断他的话：“不是你给我的电话号码吗？”

“哦，对对。”韩玉林说着不再想绕圈子，就直截了当地问，“冬梅，我怎么觉得被关了禁闭一样，你真的见到春香了？”曲冬梅皱着眉咧着嘴非常委屈地说：“哎呀，韩叔叔，你不相信我呀。”

韩玉林说：“我们都来这儿快两天了，春香的影子都没见着，我是心急呀。现在春香在哪儿？你联系上了吗？”

韩玉林一召见曲冬梅，她就知道他一定着急了。心想：那好吧，就把第二步棋子拿出来。有了第二步棋，就能再稳他两天，那时货全部装完。他能不能见上李春香，李春香是否跟他回去，与老娘就无关了。眼下看到韩玉林火堆里刚钻出来一般的样子，曲冬梅翻动着鼓溜溜的眼珠子说：“韩叔叔，我真的不敢跟她说你们来了，那样她一生气偷偷跑了可真没办法。怎么做她的工作我还真是为难，你不叫我我也想上楼来和你商量。我想这样行不行？先别惊动她，你先在远处看看她，看了你好放心，然后你们也想几招，怎么才能做通她的工作呀？”

曲冬梅那鹅蛋形的脸挂满了为难，说得也非常诚恳，韩玉林也觉得有道理。那就先看看，只要确认春香在这儿，再作打算也不迟。

曲冬梅千叮咛万嘱咐。怕人多被李春香发现，只韩玉林一个人去，并说：“韩叔叔，见到她你一定别喊。她的逆反心理非常严重，二千万她可吓坏了。她知道了我把你们招来，一定会非常气恼。一气之下跑了……”韩玉林答应，一定光看不答话。

于是，韩玉林被曲冬梅还有那位胜仔带领着，又拐弯抹角，下楼梯进电梯，到了地下三层。韩玉林心里一惊，呀，整个路程真像是迷宫、山洞一般。

朝着地下三层楼梯口有一个铁门，曲冬梅先让韩玉林等候一下，自己开门进去。等了一小会儿，曲冬梅又推门出来招呼他和胜仔。韩玉林进到屋里，眼睛立刻变成了相控阵雷达，急速捕捉着李春香的影子。屋里已被玻璃幕墙分割成若干房间，曲冬梅指了指远处的一位女子，她背对着这边忙着什么。一会儿，她几次转过头来。韩玉林心头一亮，是，就是春香。这时，曲冬梅一挥手，胜仔把韩玉林推出了门外。

韩玉林挣扎着还想回去，胜仔用胳膊死死挡住。曲冬梅面无表情挥了挥手，带头走向楼梯。一路上没人说话。进了房间，韩梅、小戴正着急等候呢。曲冬梅心花怒放地对韩玉林也是对韩梅说：“没糊弄你吧！看清了？她在实验室里做服务工作，工作还不累，收入也算可以。”这个时候韩玉林恍然大悟说：“原来她是和你在一个公司呀。”曲冬梅说：“是啊，开始我没有给你讲实情，因为李春香对你们那么大的怨恨，绝对不让我透出消息。我，我是背叛朋友，觉得很对不住她哩。”韩玉林说：“哪能这么讲，我是她父亲，对我讲实情是应该的。”曲冬梅说：“对对，韩叔说得对，我不后悔。下一步就看咱们怎么做她的工作吧。”

多少天的焦虑，多少天的挂念，多少天的期盼……这会儿终于知道春香的下落了。韩玉林的脸上抛弃了多少天的铁青，一下子红润发光了；他的嗓子多少天来像得了顽症，发出的声音总是那么粗糙嘶哑，这一下子恢复到铜钟般洪亮有力。他对曲冬梅说：“多谢冬梅了，下一步怎么做工作，你更得多操心。”曲冬梅见韩玉林被稳住了，装腔作势地说："不客气，就是要慎重。但不论怎样一定让她跟你回去。你们也抓紧想想办法，有什么想法给我打电话，我先回去忙了。"说完，起身告辞了。

韩玉林坐在房间里依然难以平静，此时对曲冬梅的怀疑和不满一下子荡然无存了。找到春香还多亏了曲冬梅，刚才她说得还那么坚定："不论怎样，一定让她跟你回去。"想到这儿，感觉两天来对曲冬梅的态度做法还有几分内疚哩。下一步如何做春香的工作，他和韩梅、小戴商议了大半夜，第一个方案、第二个方案……想来想去一下想出好多办法。

第二天一大早他又与曲冬梅见了面，说出了他们想的那些方法，曲冬梅答应去办。只是韩玉林又担心和家里失去联系，曲冬梅非常诚恳地说："韩叔叔，我又和韩阳姐联系了，告诉她你见到春香的消息。她让你不要挂牵家里，让你专心做好她的工作。韩阳姐姐知道你见到春香的消息高兴极了。"

韩玉林又觉得无话可说了。找到春香是最大的责任，最大的难题。现在找到了，就放心了。人家帮咱找到了春香，咱也只好遵守人家的规矩，为人家干完那些包装吧。

等到韩玉林再次见到曲冬梅的时候，那就是天宇化工集团厂庆的日子到了。

第三十章

美国华盛顿洛克公司总部。这座现代化的摩天大楼，不用登上顶层就能把国会大厦尽收眼底。这个在美国人心目中民有、民治、民享政权的形象，在现代化的楼群当中也显得矮小了。

洛克总裁办公室里，雅各布卢正发着脾气，他对着杰克说："NO，NO，NO！这个削减计划绝对不可以，我是怎么给你交代的？你是怎么论证的？"

雅各布卢瘦小的身体在办公桌前窜来窜去，一边走动一边吼叫。有时候也停下来，干柴般的双臂不时一同举到胸前挥来挥去。杰克站在一旁，低着头不说一句话。等到雅各布卢发泄完了，杰克才抬起头说："总裁，我实在没办法。你还是和、和其他……"雅各布卢紧闭着嘴，下意识地抬头看了杰克一眼，明白了。他一拍桌子果断地说："OK，马上召集副总裁和部门经理开会。"说着也不管杰克的反应，径直走到办公室门前，推开门大步奔向会议室。

金融风暴给美国带来的危机越来越严峻。洛克公司受到巨大冲击，雅各布卢指示抓紧制定一个削减进口产品的方案清单。在制定这个清单过程中，雅各布卢对杰克一再叮嘱，要大杀大砍大手笔。但是到今天雅各布卢看到这个清单立刻雷霆大发，没有达到他要求的削减目标。刚才杰克说的那句话，他立刻明白了，原来对削减这个单子，其他人看来是阻力巨大。

会议室里，雅各布卢自己占据了长条会议桌的一方。他面前没有其他笔纸，只摆放着那张削减清单，小眼睛滴溜溜转着，呼呼地喘着粗气，像只刚钻出水面的海豹。每个进来开会的人看到他这个样子，有的坐到他对面没敢打招呼，有的打个招呼，得到的还是他那副怒气冲冲的面容。

“人到齐了。”杰克轻声说。这句话，就像一根火柴燃着了一大串炮仗，立刻引出一阵剧烈爆炸。

“这个方案是绝对不行的。你们还要不要生存？都到什么时候了还这么大胃口，资金哪里来？你们说说哪里来……”说了一大篇，雅各布卢仍然呼呼地喘着粗气，眼睛不看任何人，斜看上方，忽然又对着大家说：“各位，如果每个人给我拿出几千万美金。那好，一个数不减我也不反对。”

还是没人说话，人们是在等待。这已是老习惯了，等待他发泄完后再作理论。就像一挺死守阵地的机枪，等到把子弹全部倾泻完了再去进攻。但是此时，大家看到他可能一时半会儿还发泄不完。雅各布卢接着说：“你们拿不出钱怎么办？只有出售财产喽？难道我们这栋大楼、这个总部都投进去？”

公共关系部经理小声说：“总裁，这么大的削减当然能减少资金压力，我最担心的是我们的声誉……”

雅各布卢挥手打断了他的话：“什么声誉？朝鲜战争怎么样？不也是和刚刚建立的红色政权签订了停战协议吗？越南战争又怎么样？打了那么多年，到时候该退不就退下来嘛。”

会场上硝烟弥漫，厮杀惨烈。其他人开始反攻，像一阵阵炮轰铺天盖地冲向他。雅各布卢就像掌握着导弹防御体系，凭着这个防御体系，不论多少弹头都被他一一挡在阵地之外。

也就在差不多同一个时间，大洋彼岸，地球的另一端，正是午夜时分。韩阳依然坐在办公室里。

几天来召开多种会议，和不同层次的人员进行座谈沟通。光市委、市政府的办公大楼，她就不知跑了多少次。经过曲折的过程，一个解救当前危机的方案初步形成。这个时候，刚刚召开了一个核心会议，人们刚刚散去。韩阳又把那套方案摊在桌子上，反复推敲斟酌着。看来看去，感觉重点还是洛克这批产品能不能顺利出去，出去以后资金能不能顺利返还。这是牵动整个方案能不能实施的最重要一环。因为开发公司抵押的那三千万，须通过法律形式，确认马凯和为诈骗以后才能够得到合理解决。但是时间不会等她，不等法律程序走完，银行就很可能采取措施，绝对不会客气。那样整个资金的缺口仍然不能弥补，危机仍然不能顺利度过。

美国，洛克，雅各布卢……

韩阳思索着，怎么想这个方案当中，洛克这边还是一个沙土堆起来的城堡。公司已得到信息，洛克那边正在制订削减方案，这批产品能不能保住？几经多方面分析韩阳都感觉不妙。怎么办？坐以待毙，等待那边的消息？主动出击？目前洛克还没有向我们提出削减的问题，如果他们的削减清单中没有玉林公司？韩阳又立刻打消了这个念头。心想，那是侥幸。一种可能没有被削减，一种可能被削减，一种可能是在犹豫当中。三种可能，只有第一个可以接受，就连犹豫当中也不能接受。为了我们方案的安全，必须取得主动权。

于是，韩阳又重新打开电脑，按动键盘，起草了一份简短的文字传真：

洛克公司，雅各布卢总裁：

当前贵公司以及世界许多经济体都遇到了同样的危机，殊不知我这一方更是天灾人祸。请求在我们多年合作、多年友情的基础上，能够保证目前已经生产的产品顺利出关，并资金顺利返还。

中国，玉林集团公司

副总经理韩阳

写完，韩阳又在最后加了一句：“具体情况与杰克先生电话沟通。”并在“天灾人祸”四个字下面涂上黑点加以突出。

就这么一百来字的东西，打印出来拿在手里。她离开办公桌站在办公室的中间，又仔细读了几遍。然后抬起头看着窗外影影绰绰的灯光，思索着。然后又坐在沙发上想了一会儿，喘了一口粗气，微微点了点头。身子一跃起走到办公桌的传真机前，按动了按钮。随着无线电波那不可琢磨的速度飞逝而去，地球那边的雅各布卢很快收到了这封远方的传真。

洛克公司。

雅各布卢刚用过咖啡，杰克拿着玉林集团的传真，急火火送到雅各布卢手中。雅各布卢拿起眼镜，很快看完。等了一会儿，又拿起电文，戴上眼镜又看了起来。简短的电文，温和的口吻，并不像遇到了急风暴雨、艰难险阻的样子。

雅各布卢和玉林公司多年接触当中，已经吃透了他们的秉性。他感觉蹊跷，我方削减方案还没有拿出，他们就主动请求援助，这不是玉林的风格。还有电报的口吻越是温和，应该说越是隐藏着深刻的意思。“天灾人祸”？特别最后落款“副总经理韩阳”。那总经理韩玉林哪儿去了呢？敏锐的雅各布卢又拿起了传真，下边“具体情况与杰克先生电话沟通”一句又引起他的注意。与杰克先生电话联系？看来有很长内容电文当中无法囊括。看到这儿，啪把电文拍在了桌子上，对杰克说：“去，马上与玉林公司联系，凭我的感觉，他们发生了什么。”

十几分钟以后，杰克脸色凝重回到雅各布卢的办公室，把近一个时期玉林集团发生的一切绘声绘色地讲述了一遍，雅各布卢听了自言自语：“哦，上帝呀。”随后对杰克说：“把那份削减清单再拿过来。”

这份清单共分三个档次，第一必减产品，第二可减产品，第三待研判产品。玉林的产品就在第一个档次当中。雅各布卢坐在办公桌前，透过巨大的玻璃窗看着国会大厦圆形的尖顶，好长时间没有说话。只见他合起双手说：“上帝呀，保佑他们吧。”

会议室里又像两个小时前一样，副总裁、部门经理各自坐在自己的位子上，雅各布卢仍然坐在大家的对面。这时气氛与上午大不一样，雅各布卢表现的是一副满面惆怅的模样，瘦小的脸上显得皱纹更多了。真像当年从朝鲜、越南退下来的败兵。他说话的声音平和了，说：“现在又把你们招回来，是有一个特别的情况，就是中国的玉林集团发来了传真，请求不要削减他们的产品。”

说到这儿，雅各布卢停了下来。只是提出了问题，到底想怎么要求他的下属没有了下文。听到这儿，开始人们沉默了一会儿，而后便开始交头接耳发出了小小的议论声。还是公共关系部经理问："总裁的意思呢？"

雅各布卢毫不含糊，果断说："我的意思是保留玉林。"

分销部经理说："总裁，两个小时的时间，就召开了两次会议。第一次你雷霆万钧，逼迫大家极力削减，这会儿又保留玉林。这样前后不感到矛盾吗？"

雅各布卢紧闭着嘴，摇了摇头说："NO，我是想让大家回顾一九九七年东南亚金融危机时，玉林是怎么样为我们付出的。"

雅各布卢停顿了一下，环顾了在座的每一个人，然后一字一句地说："那一幕应经常浮现在大家眼前。当时玉林没把产品加价，减轻了我们的负担。关键是当时玉林的行动，影响到了许多客户。那一次洛克能够渡过难关，有玉林巨大的功劳。"

就在这次经济危机的第二年，韩阳和钟志伟去美国见到雅各布卢，雅各布卢问韩阳，那份求援的电文为什么那么温和，没有一点十万火急的味道。韩阳说："中国有句古话叫心有灵犀一点通。洛克公司、雅各布卢总裁和我们合作这么多年，我想还用得着那么恳切、急迫的表白吗？"

雅各布卢频频点头。是的，韩阳清楚雅各布卢的秉性。别看他说话那么一针见血，有时雷霆大怒，但骨子里是个善于同情弱者的人，喜爱和风细雨地讲话。在那么艰难的时刻，如果你把你的困难说成海、夸成山，他更会有反感，他会感觉你一点儿也不体贴他人，硬把自己的东西强加于人。强加于他的东西，他是坚决拒绝的。

另外韩阳和杰克非常熟悉，并建立了很深的友情。杰克文雅、细致，富有很强的正义感。并且在多年接触中，韩阳知道他很会表达，娓娓动听，像讲故事一样。韩阳故意在电文当中不去叙说玉林公司的难处，不把电文搞得很长，而是通过杰克去"讲故事"，那更打动了雅各布卢。

鼓山，漆黑的夜里，韩玉林把车停稳，小胖子吩咐不要乱动就下车去了。

天宇集团连日来张灯结彩，十年大庆的日子到了。从上午开始，各路宾客就纷纷而至。下午庆典活动之前天宇集团公司的大门、院内车水马龙，车辆波浪一般涌入。原有停车场上的车辆肯定挤得满满当当，就提前安排了一个篮球场、两个货场，作为临时停车场。还有些车辆，就停在厂区内各条路上。在大量车流涌入的过程中，已经装上“货物”的三十多辆轿车都陆续充斥在来宾的车辆当中。

晚上，宴会进行到尾声的时候，曲冬梅急火火又上到二十一楼。这个时候她鹅蛋形的脸似乎更长了，眼珠子鼓溜溜更大了。她尽力抑制住内心的暴躁，但脸上每一个器官还是带着火苗。她见到韩玉林说：“我已经和李春香谈好了。”韩玉林听了立刻心情振奋，眉飞色舞地问：“谈好了，她说什么？”曲冬梅说：“我按你设计的方案找过她几次。开始就是不同意和你们相见。没有办法，最后我以断绝同学关系、解除劳动合同吓唬她，她才答应了。”

韩玉林长长叹了口气说：“这孩子快要到金石难开的地步了，虽然小的时候她被抱养，但是全家人千方百计找到她，诚心诚意地把她领回家。就是这三千万的损失……”曲冬梅心里有事，哪有兴致听他唠叨，一副嫌弃啰唆的口气说：“就是没有人指责怨恨，她自己也是心里害怕，没脸见你呀。”韩玉林叹了口气，曲冬梅紧接着说：“你知道我们正在搞厂庆，春香有接送客人的任务，晚上厂庆一结束就让你们见面。”韩玉林说：“好，那好。”曲冬梅又有几分请求口吻地说：“韩叔叔，我，还需要麻烦你们一下。”

“还麻烦我们？”韩玉林三个人虽然都不解，但人家给做好了李春香的工作，还是显得那么慷慨。韩梅爽快地说：“没问题。”曲冬梅说：“我知道韩叔叔会开车，韩梅姐和小戴会开车吗？”韩梅、小戴还真没摸过车。曲冬梅听了说：“哎呀，你们这两个年轻人怎么还不如个老头儿呀，那——还得麻烦韩叔叔。晚上得给你一辆车帮着送送客人。”

曲冬梅后来被审时说过一句话：“天意呀，那天那么多的不顺。”本来向外运送毒品需要很多辆轿车，车找齐了，再找一些靠得住的司机费了很大劲。可是厂庆这天有一个司机的母亲过世不能来了，急得曲冬梅找到了韩玉林。只要能见春香，韩玉林这个时候似乎什么也可以答应，只是又叮嘱曲冬梅："不论多晚，都和春香见面。"曲冬梅当然也是满口答应。

夜漆黑一片，天空深邃得像个无底洞，不知老天把月亮和星星都深藏到哪里去了。韩玉林和其他车辆一样，来到鼓山后就停在了一块比较宽阔的场地。通过不时闪动的车灯可以看出开阔地不远处是一条河，靠近河边的小渡口上隐隐约约看到有辆车，好像有一些人围拢着不知在干着什么，河里好像有一条船停靠在岸边。

韩玉林从二十一层楼上下来，胜仔就把他交代给了一个小胖子，说这个小胖子是他们这几辆车的头儿。可能是韩玉林不熟悉路的原因吧，小胖子上了韩玉林的车。还是在刚上车后，韩玉林坐好就拿出了手机。小胖子忽然伸过手："不许打电话。"韩玉林听了张口结舌："怎么？不许——打电话？"他虽然带着巨大的疑惑，仍然按动了键盘。小胖子一把把手机抓了过去。韩玉林急了："为什么？"小胖子显得倒是很温和，说："老哥听我的，等送完客人我与你说明原因，你就可以随便打了。"并且，小胖子以一种非常机警的口吻发出了一连串的问号："听口音你是北方人？你怎么到这儿来了？你到这里……"韩玉林说："我的女儿在这里上班，我是来找女儿的。""噢——"小胖子若有所思。

连手机都不让打，这是为什么？小胖子是车队的头儿，也不是需要送的客人，那客人在哪儿？再看看这车停在山坡河边的，这阵势就像电影电视剧的战争片要借着夜色攻占山头，或是打谁的伏击一样。他们是不是在干什么不好的勾当？今天晚上这个地方说不定要发生什么事？不行，我得赶紧找到春香。曲冬梅说春香也在送客人，是不是也在这里？找到春香以后看看是否能够离开这个地方。离开这个地方，在远处看看动静再作打算。

这时，从远处又开来了几辆车。韩玉林瞪大眼睛，仔细看着是不是春香的车。其实，他根本不知道春香开的什么车，只是下意识地恨不能一下见到春香的面。

韩玉林慢慢推开车门，伸出左腿，溜了下去。他没有走动，跳着脚看着前面的车辆，寻找着春香的影子，偶尔借助车灯的扫射，像狙击手观瞄一般快速地随着晃动的车灯搜寻着目标。

传说有的动物是靠着感官、嗅觉寻亲，寻偶，寻食，寻敌……人是高级动物，当然也具备这些功能吧。也许当一个人正在搜索目标的时候，便对进入眼帘的一切都特别敏感。忽然，有一个人从韩玉林前面那辆车旁走过，好像还是个女子。当这个女子在六七米远的地方从他眼前走过，那身高、走路的姿态，他头脑中立刻就闪现出两个字“春香”。

这两字一闪，身子便一跃向前蹿去，子弹出膛般神速。靠近再看，那女子身躯的晃姿，双臂的甩动……不用看到她的正面，肯定是。他在身后轻轻地叫了句：“春香，你是春香吗？”

李春香失踪前在李店的几天里，三千万像三千把锋利的尖刀对着她。一想到这个数字，想到面对公司里的人，面对家人……这事李店的人们迟早也会知道。她就像踏上玻璃幕桥看到脚下的万丈深渊，头昏眼花，一身冷汗。再回到公司面对每一个同事，以后见到李店的人，哎呀呀，真是无地自容啊！

一天晚上手机响了，她一看号码是曲冬梅，赶快按了接听键，传来特有酸溜溜的笑声。李春香没心思和她耍笑，眼泪掉了出来。曲冬梅在电话里听到李春香哭了，就问：“怎么了，春香？”她如实讲了三千万抵押的事。

曲冬梅和李春香电话闲聊是经常的事。因为天宇“金蝉脱壳”计划，敏感的实验室服务工作要重新换一个人。曲冬梅下意识拨通了李春香的电话，但是在拨通电话那一刻，她立刻又意识到李春香是不可能来的。她家庭富裕，有固定工作，在公司管着钱，绝对不会到这儿来。可是，当她听到三千万元的损失，情绪又像死了亲妈一样低落，头脑中立刻蹦出：这个时候她……

曲冬梅的鹅蛋脑袋瓜快速反应着，专门挑逗李春香的敏感神经说：“哎哟哟——你真是的，造成了这么大的损失，还有脸见人嘛，还有脸见你的父亲嘛，还有脸见你那帮子姐姐们嘛！”

李春香说：“唉……是呀，我已经回李店好几天了，总是不愿意回去。在李店也不愿意见到任何人，见到谁都好像是指着我的鼻子骂我，嘲笑我，讽刺我。我，我该怎么办？怎么办哪？”曲冬梅拉着长声说：“哎——呀……真——不好办呢。要不，要不去旅游旅游吧。”李春香说：“那也得回来呀！”曲冬梅接着说：“可是的，怎么也逃脱不了哇。先出来散散心吧，要不……到我这里来？”李春香思索着说：“到……你……那里去？”

曲冬梅听得出，她在家一刻也待不下去了，趁势说：“我领你转转看看，我这边的好风景到处有，不比咱老家整天黄沙昏地的。还有，我们公司是省里的王牌企业，可牛逼哪，你那小地产开发算个什么？”李春香喃喃地说：“光看有什么用，哎——你，能不能在你那里给我找个工作？”

上钩了。可曲冬梅还是故作惊讶地说：“那还了得。工作嘛倒是好说，你姐姐们不把我给撕烂了？特别是那个韩晨。”

曲冬梅这是哪把壶不开专提哪把，李春香立刻来气了。进了这个家门几年里，处处觉得她们趾高气扬，自己矮人一等。是的，特别那韩晨……李春香说：“怕什么，干脆不告诉她们，一走了事。”曲冬梅说：“我这里有一个实验室的工作，真适合你。工作环境、薪水我感觉都不错。”

“实验室？”李春香陷入了沉思。同时，懊丧，烦躁，恐惧……又紧紧缠绕上她的心头。

没有半个小时，李春香收到曲冬梅一条信息：春香，刚才我和老总联系了一下，跟你说的那个实验室工作确实有人竞争的。请抓紧时间定下来。

李春香不会猜到曲冬梅的阴谋诡计。看了信息，立刻决定走。先不告诉家人，在南方站稳脚跟，混出个模样再给家里报信。如果那里不合适，干脆立马回来。走，到底怎么样去看看。不合适，第二天就回来。

第二天一早，李春香告诉娘说她要回去了。李玉梅当然没有想别的，想送她回公司她坚决不肯。李玉梅便一个劲地嘱咐："和你爸好好说说，不要拿这件事情太当回事。事已经出了，以后好好工作。再说你爸爸肯定有法子，听到了吗？"

"听到了。"李春香脸上没有笑容，"听到了"三个字倒是说得真真切切。她是在糊弄娘，也是在糊弄自己。这不过是让娘一时放心，她知道当自己去无踪影的时候，娘、爸爸、全家就会……但是，她还是咬着牙，匆匆离开了家门。

来到昆明，也是曲冬梅把李春香接到了公司，安排她到了地下实验室。曲冬梅交代，每天按照要求到楼上去领实验室里需要的器具和药品之类，然后按工作人员的要求把里边打扫干净，还有其他事情随时听候。曲冬梅答应，当她熟悉了这里的情况，再让她跟着学习一些实验室的技术。对这项工作，李春香还算满意。就是疑惑那三条规定，曲冬梅说这里的工作需要绝对保密，不准打手机，不准接触外边任何人，不准随随便便出进。为了做到这三条，曲冬梅把她的手机给收起来了。曲冬梅说："反正你没有告诉家里人，没必要和家里其他的同事朋友联系。手机我先存放起来，实验室规定是不能带手机的。"李春香茫然地说："在宿舍里，也不可以用吗？"曲冬梅斜了她一眼说："傻家伙，你跟谁联系都会暴露你。"

李春香初来乍到，又是曲冬梅为自己找的工作，跑出来就不想马上和家里联系，打算等看看再说，也只好应允。但是，她在这里住了几天，吃饭楼里有餐厅，宿舍也在楼上。感觉是被困在这栋大楼里。这是怎么回事啊？她想给曲冬梅打电话。一摸口袋，对了，手机已让她收取了。哎呀，这是怎么回事？这时，她就像一个在原始森林迷路的孩子。

下午，曲冬梅拎着一个大塑料袋走了进来。李春香见了曲冬梅赶紧迎了上去，把她拉到实验室门外急火火地问："冬梅，我怎么连大楼都出不去呀？"曲冬梅呵呵笑着说："就是啊，进到这里就出不去啦——我的七小姐。"她板着脸说："那……我没有自由了！"曲冬梅用手指了指她的鼻子说："看这个熊样，不是跟你说了嘛，现在有一个要紧的任务需要保密。里边的技术，里边的人员，都需要保密，知道吗？等着，试验搞完了就可以随便出入了。你放心，傻样。我还能限制你自由哇。”李春香还是皱着眉头说：“我要是买随身用的东西，都不行啊！”曲冬梅扑哧笑了说：“七小姐，我都给你想到了，你看。”说着，把手里拎的那个大塑料袋举到她的面前，还一使劲，用塑料袋碰了一下她的脸说：“你小姐用的那些东西，都给你准备好了。”李春香无奈地看了看那个大塑料袋，喃喃地说：“这，这……”曲冬梅说：“还愣什么？快拿着，过了这一段就好了。你这小姐就是不知道吃苦，在外边打工什么苦都需要吃，什么事都会碰到的。”李春香没再说啥，拎着袋子回去了。

李春香盼望着这个试验项目早早结束，自己也好早日自由解放。她问过身边的工作人员是什么项目，什么时候能够完成。但是，问谁谁都淡淡一笑，什么也不说，这也更增加了神秘感。呵，这保密程度还是真高哇，工作人员什么也不说。因此她也就安下心来。

昨天晚上，曲冬梅找到李春香，说明天是公司十年大庆，公司里举行盛大庆祝活动，来好多的宾客，需要送一下。让李春香也开上一辆车送一下客人。李春香说：“我也不知道路，驾驶证也没带来呀。”曲冬梅说：“没关系，每儿辆车就有一个头儿领着，送走以后你就自由了。”李春香听了精神一振，就像地震被闷在屋里忽然听到了抢救的声响：“真的？我能走出这栋大楼了？”

曲冬梅趾高气扬地说：“当然可以了，七小姐。”李春香高兴地上前搂着曲冬梅，朝她脸上“叭”吻了一口。曲冬梅咧着嘴说：“哎呀呀，七小姐，把艾滋病传到我身上啊！”李春香回击说：“去你的。你才有艾滋病呢！”

李春香急切盼望着走出这栋大楼。来到这儿以后，她成天就是宿舍——实验室——食堂。想到明天晚上就自由了，立刻又想到了家，想到了爸爸还有娘，还有……这些日子他们……李春香的眼湿润了。不过曲冬梅把手机给收了过去，工作需要保密，不允许打手机不能和外界联系。这也倒让她心安理得。但是，明天晚上以后怎么办呢？

一天晚上，玉林集团举行宴会，接待北京长根房地产开发公司来考察的客人。

这是为了拯救玉林房地产开发公司，刘燊牵线联系的开发商来旺城考察，研究能否收购卢森堡大公城项目。北京长根房地产开发公司总经理钟志伟，也是刘燊的学生。多年致力于房地产开发，从南方打到北方，从农村打到大都市，硕果累累。刘燊希望钟志伟能与韩阳合作，使玉林房地产开发公司走出困境。韩阳虽然承受着大山般的负重，但还是彬彬有礼，热情款待。宴会别致有味，采取一边吃饭、一起歌舞的形式。宴席大厅周边摆放桌椅，中间专门设置了一个舞池。参加宴会者席间可以在舞池里唱歌、跳舞。宴会开始，韩阳进行了简短的欢迎感谢致辞，之后大家开怀畅饮，载歌载舞，场面气派、热闹、现代。

钟志伟长方形脸庞，一双大眼睛总是充满着信心和力量。他浑身上下燃烧着激情，走路带风带火一般，干净利落，说话侃侃而谈。这次到旺城考察，用他的话说，是重温“农村包围城市”的老路，是重新拓展乡村房地产市场的开始。

吃喝歌舞一番之后，他离开宴席走到饭店大堂。细心的韩阳观察到了客人的举动，也跟了出来。她见钟志伟随便坐在小酒吧的沙发上，判断只是出来透透气，于是就凑上前去，彬彬有礼地问：“钟总，是不是里边空气太闷热了？”钟志伟右手扇动着自己的衣服，左手抹了抹头上的汗水说：“是啊，是啊，出来透透气。”韩阳说：“那喝点什么，红酒、啤酒，还是饮料？”钟志伟说：“不喝酒了，已经喝得不少了，来点饮料吧，要冰镇的。”

韩阳赶紧向服务员叫来了一杯饮料，然后说了声：“钟总慢用。”示意要回到席间去。钟志伟一脸的热情说：“在这里透透气吧，里边太热了。”有道是客随主便，这一次倒是主随客便了。韩阳也要了杯饮料，在钟志伟对面坐了下来。韩阳刚坐稳，钟志伟就说：“看了你们的企业，感觉你们还是实力不小哇。”韩阳谦逊地说：“哪里哪里，在本地还能说得过去，到了更广阔的大地里就算不上什么了。”钟志伟又说：“从生产厂区、车间各方面，看到你们的管理还是有一套的。”韩阳诚恳地说：“还请钟总多指导哇。”钟志伟说：“我只会搞房地产，至于生产车间的管理我一窍不通，只是凭着感觉说说吧。”

钟志伟喝了口饮料，又环顾了一下大堂四周，回过头来问：“在南方大学你是哪一年毕业？”韩阳答道：“八九年。”钟志伟算计着年份说：“八九年——咱们应该是接茬一年，不过最后一年我们实习时间多了，没在学校待多久。”韩阳说：“是啊，听刘教授说你是他的得意门生。”钟志伟说：“得意门生过奖了。刘教授品质高尚啊，对我这个山区来的穷孩子一点儿也不小看，只要你刻苦学习他就喜欢。”韩阳也无限感慨说：“是啊，在学校里受到刘教授的培养，毕业以后这些年，我们这个企业也得到他很大帮助。”

韩阳说着这些，钟志伟一直歪着头看着韩阳，忽然说：“在学校，我们是否见过面？一见面感觉这么面熟呢。”韩阳听到这欣然一笑说：“是，第一次见到师兄就感觉好像认识。”钟志伟说：“是啊，我们是一个系，一师之徒，并且那时候学校系里经常组织那么多活动，说不定哪个场合见过。”韩阳也想着，忽然问：“你参加过灵山登山比赛吗？”钟志伟思索着说：“就是我毕业的头一年秋天？参加了，参加了。”韩阳又问：“你得了第几名？”钟志伟竖起大拇指自豪地说：“男生第一。”韩阳眼睛一亮说：“我是女生第一。”钟志伟拍了拍桌子惊呼道：“原来是这样！”

南方大学南五公里处有一座山叫灵山。这座山不高，海拔只有一千多米。那年是在一个星期六的下午，系里组织爬山比赛，全系的几百人全部来到学校的大门口，一声令下，全体学生奔向灵山。

韩阳深有感触地说：“做领头羊就孤单呀，那一天我跑啊跑啊，把别人都甩在了后边。爬到半山腰的时候，我一个人孤零零的。你记得吧，那天是阴天，道两旁树木阴森，特别那棵‘魔鬼刺桐’出现在眼前。鬼怪的传说，曾经死在这里人的惨相，一下子涌上我的脑海。那‘魔鬼刺桐’也好像故意吓唬我，风一吹呼呼啦啦晃动着身子，真像是朝我扑过来一样。当时虽也有些毛骨悚然，但我不再看它，一使劲冲了过去。”

听到这里，钟志伟笑得把头都要点到桌子上。韩阳问：“那一天，你是怎么跑到山头的？”钟志伟依然笑着说：“我嘛，我可惨喽。我和我班的小雨儿一路跑在前面，快到山头最后一百多米了，小雨儿说咱们就从这里开始拼上最后一场，看看你我谁是第一。

“我们站好，我举起右手，作出发令枪的样子说：‘各就各位，啪！’就开腿了。跑着跑着小雨儿就落在了后头，喊：‘好了好了，别跑这么快了，你是第一了。’可我的念头却真像是百米决赛，使尽最后力气，取得最好成绩。第一名就是最好成绩了，又没人给你掐时间表。就那么单纯，到了山顶就撑不住了，满脸蜡黄，倚在一棵树下呼呼喘着粗气。你忘了吗？我们在山头上还照了一张相呢。”韩阳说：“那张照片我还放着呢。”钟志伟说：“是啊，当时老师喊第一名站到最高处，我实在不愿动了，就倚在那棵树下照的相。”韩阳说：“嘿，我可是站在最高处了。当时我还纳闷儿，那男生第一名呢？”

“哈哈……哈哈……”

此时，两个人笑得畅快淋漓。钟志伟无限感慨，端着饮料说：“来，这是迟到的祝贺，祝贺我们攀登灵山两个第一名。”说着，碰了一下韩阳的杯子，韩阳也举起杯来，喝了一大口饮料。

钟志伟的老家在贵州山区里，一个穷孩子有幸考上了南方大学。学习成绩优秀，很受刘燊的赞誉。毕业后在刘燊的支持下来到深圳，落脚于一家房地产开发公司。也正是因为他的聪明能干，很得老总任平的赏识委以重任。经过几年奋斗，钟志伟就升任分公司经理。后来又代表公司独立于深圳，脱离开老总的手掌向外发展。这时候，钟志伟更是如鱼得水，但从来不失对老总任平的忠厚，这使任平非常感动。有一天任平对钟志伟说：“你有胆识、有才干、有人品。现在北方等待开发的地域很多，我建议你独闯天下，到北方去，我给你支持。”

说到这些，钟志伟一往情深，他说：“我总是碰到贵人，在学校碰到刘燊教授，在深圳又碰到了老板任平先生。”

韩阳说：“总结起来你的运气不错，但是如果自己是个懦夫，不像任老板说的有胆识、有才干、有人品，就算遇到任何贵人，结果只能是被抛弃。”

钟志伟笑笑说：“师妹说得有道理。我就是信奉诚诚实实做人，规规矩矩做事。”

两个人相谈甚欢。谈学校，谈事业，谈人生，以至于席间来人催他们两个进去，他们都没有顾及。还是钟志伟说："咱们离席时间太长了，他们等着咱们呢。"说着一起起身回到席间。

这个时候，席间正播放着约翰·斯特劳斯著名的《春之声圆舞曲》，钟志伟对韩阳说："能够跳上几步吗？"韩阳含蓄地点了点头。于是，舞池里又多了一对潇洒翩翩的舞姿。

晚上，李春香终于走出了那栋大楼，开着一辆帕萨特也到达了鼓山那片开阔地上。

一路上，她听着汽车"呜——呜——"的欢叫，鼻子闻着淡淡的汽油香，好多天没摸车了，还真是别有一番风情。但深深的苦涩、极大的痛苦一下又涌动出来。家里怎么样了？爸爸、娘、姐姐们怎么样了呢？这些日子，肯定是大火连天烧进家门了。他们，他们的心，他们的泪，他们的……想到这儿，李春香流下了眼泪。一摸衣服口袋，哦，手机还在曲冬梅那里。可这个时候就是有手机，春香你打电话吗？你敢打吗？这个时候你对爸爸、对娘、对姐姐们怎么说？她又抹了一把眼泪。又想，看看明天怎么安排。如果明天真的走出那栋大楼，开始正常的工作，再做打算吧。如果，如果明天真的一切正常了，爸爸知道我在这里工作得很好，他会怎么样呢？他会高兴吗？不，他不会高兴。他一定会痛，一定还是气恼、气愤。唉……三千万……李春香想着，明天自由的那份快乐，立刻被极大的不安所代替。她随手推开门离开车位，没目的地朝前走了几步。天真黑呀，一辆辆轿车在夜色下像一座座坟墓般吓人。

忽然，听到身后有脚步声和轻轻的叫声。

"春香，你是春香吗？"

在这里，这黑夜里还有认识我的人吗？

这声音怎么这么熟呢？

这声音怎么像是……

爸……

几个念头电流穿导体般从脑海里快速穿过。她不由自主回过头来，呀！眼前高大的身躯，雄健的臂膀……虽然是微弱的夜光，可面前这个人的姿态，和那喘息的气息就是爸爸。李春香不敢相信，她怎么也不会想到在昆明，在鼓山，在这个黑黑的夜里，在这个开阔地上能够见到爸爸。

韩玉林心里清楚，明明白白，正是在昆明，在鼓山，在这个黑黑的夜里，在这个开阔地上，看到了春香的身影。绝对千真万确，她是自己的女儿。距离再远，天涯海角；天再黑，伸手不见五指……但自己女儿的气息与父亲总是相通的。还是韩玉林先说了一声："春香，我是爸爸。"

"爸？爸爸……"

这时候李春香站在那里轻轻地叫了一声，声音很低，但是这叫声里带着疑惑，是一种疑问的口吻。李春香还是不信，不敢相信眼前这一幕，她站在那里，就像做梦，就像孤独的行者在无尽的沙漠上听到了天籁的呼唤。

韩玉林向前靠得更近，走到李春香的另一面，故意朝着似乎有点光亮的方向，让李春香能够看得更清楚。他不敢去伸手抓住孩子，怕吓着春香。他赶紧说话，语速很快："春香，爸爸出来找你已经好几天了。我是听曲冬梅说你在这里，只是曲冬梅领我在地下实验室里隔着玻璃窗看了你一眼。"

这下子李春香看清了，听清了，明白了，是真的了。她瞪大眼睛看着爸爸，但那么模模糊糊，只是看到了高大的身躯轮廓。爸爸的大眼睛还那么有神吗？宽大的脸膛还那么满面红光吗？不，不会的。妈妈的去世已经给他造成了巨大的打击，再因为我……李春香眼里的泪水唰地流了出来。

其实作为儿女，对父亲都会有特别灵性的感觉。只是在这么个环境下，那种灵性可能容易被埋藏起来，才连自己也不会相信，实际上是不敢相信。这下李春香如梦初醒，叫了声"爸爸"就扑到韩玉林的怀里。她不敢大声，但泪水已经把韩玉林的胸前湿了一片。

韩玉林赶紧拉她进了那辆本田车里。父女俩在车上，韩玉林把她出走后发生的一切都倾诉出来。李春香只是哭，嘴里只有几个字："我不对，对不起。爸爸对不起。”

韩玉林摸着春香的头说：“好了，不说这话，找到你就好，找到你就好。”

父女俩诉说中，韩玉林更感觉有许多疑问。他知道了春香到这里来，是因为曲冬梅给她打过电话，工作也是曲冬梅给找的。春香和自己一样，进了那栋大楼就要求保密，连电话也不能打。他和春香都是被要求保密。因为保密，都被封闭在手机信号屏蔽的楼内。韩玉林告诉春香不要再离开他，看看情况，找机会是溜走还是……

突然，有许多光柱照射过来，一霎时漆黑的夜晚变得亮堂起来。随着灯光的照射，听到喊声：“我们是警察，你们已经被包围了！”

随着喊声，有戴钢盔的人员从四周奔了过来，猛虎下山一般。

“啪！啪——”

响起了枪声，并且枪声越来越密，有流弹不时从前面飞过。韩玉林急中生智判断着眼前发生了什么。突然，听到“哗啦”并“啊呀”一声。就响在身边，就喊在身边。

李春香的头一下子靠在了韩玉林的肩上。

“春香，春香，你怎么啦？”她没有说话。韩玉林摸了摸春香的身上，黏黏糊糊，并且一股腥味儿扑鼻而来。

啊！春香中弹了！

这时枪声没那么密集了，渐渐稀疏，后又停止了。

一支枪对准了韩玉林。

第三十一章

液体一滴一滴从输液管流了出来，流进了李春香的身体。她躺在病床上，鼻子上戴着氧气罩，床边多种仪器通在她身上。

她躺在床上，感觉就是在飘。飘啊，飘啊，是什么在让她飘？是风，是气浪，还是云雾……她感觉不出来。只是感觉自己忽上忽下，身子有时仰卧着，有时蜷着，四肢随着飘逸自然舒展伸缩着。每个动作都那么缓慢，就像高台跳水运动员的慢动作镜头。这会儿，她好像飘到了一片一望无际的麦田上，感觉脸触到了麦穗上那尖尖的麦芒，闻到了麦芽的香味，但随着麦浪的起伏又飘了起来。一会儿，好像又飘到一片广袤的玉米地上，随着碧涛一样起伏上下飘逸着，似乎手碰到了那宽宽的玉米叶，闻到了玉米粒甜嫩的味道。

她的眼睛似乎动了。眼皮并没有睁开，只是眼珠在眼皮里边滚动了几下，透过薄薄的眼皮，可以看出是眼睛在动。她想举起双手，伸伸双腿，但像一场车祸，手和腿都被座椅方向盘什么挤得死死的。她想张张嘴，又感觉嘴是用胶带之类的东西黏合着。

毒品交接的地点在鼓山春河河边的渡口上。这是接货人提出的地点，他们计划先把毒品装上船，然后再把船开到对岸装上汽车。这样做目的是一旦出现问题，接货人可以划船回对岸，然后趁着天黑在山林沟壑掩护下逃之夭夭。沈志华、贾三也同意这种方法，如果出了问题，他们也可以跟着船只驶向对岸，也利于逃窜。但是没想到，他们把车辆都聚齐，正在交货的时候出现了前文那一幕，并且河对岸也有武警战士在等候了。

公安缉毒机关对沈志华的严密侦破到了收网的时候。坐在韩玉林车上的那个小胖子，就是缉毒人员的卧底。后来韩玉林才知道为什么那个人没收了他的手机，那是公安人员不知道他的底细，怕打电话暴露什么，影响整个抓捕行动。

韩玉林坐在李春香的床边，坚强的七尺汉子，也不时流下眼泪。昨天晚上在那个混乱的场面里，李春香被流弹击中，正好打在了她的胸部。警察把她送到医院以后进行了手术。但是，医生告诉韩玉林，这孩子生命垂危，能不能挺过来，看她的命运如何吧。韩玉林听了，哇哇地哭起来。

这个时候，已经过中午了。护士把韩玉林招了出去，出门一看，韩阳、徐慕菲、田保华还有几个公安战士站在门口。

昨天晚上，拘捕贩毒集团的战斗结束，沈志华团伙和接货人在春河南北两个渡口全部落网。公安机关连夜审讯，并对韩玉林也进行了讯问。因为公安禁毒机关已经掌握了沈志华团伙的行动计划，同时旺城警方已向昆明警方提供过韩玉林失踪的情况。因此，韩玉林父女俩被排除在贩毒集团之外。警方很快通知旺城方面已找到韩玉林。韩阳他们连夜奔向机场，乘坐一大早的航班赶了过来。

傍晚时分，李春香的手动了动，眼睛也睁了睁。韩玉林和韩阳赶紧欠起身子，轻声呼唤着："春香，春香，你醒了吗？"李春香在呼唤声中，眼睛真的睁了一下。韩玉林又高兴得热泪盈眶，他们不敢大声说话，韩阳轻声问："春香，你好些吗？"时间不长，李春香又昏迷过去。她好像是进入了一个洞里，里面不是一片漆黑，隐隐约约能够看到五彩微弱的灯光，隐隐约约听到滴答滴答水珠掉落的声音。那是什么？蓝光闪烁照耀下，一个怪物张牙舞爪。李春香眼前又是一片漆黑，又没了意识，眼睛又一动不动了，仍然是鼻子和嘴巴喘息着发出粗粗的声音。张着的嘴和一双鼻孔就像连着地狱，像是地狱的出气孔，发出来的气息是那么阴森诡秘可怕。

眼前似乎又有许多人飘然而过，有娘，有妈妈，有爸爸，有姐姐韩阳、韩梅、韩晨……忽然迟长胜、胖奶奶、李春燕、曲冬梅……也呼啸而过，李春香心头一痛。忽然，那年和娘在庙里看到的那十八罗汉，也面目狰狞，龇牙咧嘴，张牙舞爪掠过。

兴奋和恐惧同样能够刺激人的神经吧。

这个时候，李春香插着管子的手忽然又动弹了一下，眼睛又睁了睁。韩玉林和韩阳赶紧欠起身子，轻声呼唤着：“春香，春香，你醒了吗？”

这呼唤声恰似九天的神曲，沐浴的阳光，李春香眼睛真睁开了。韩玉林又高兴得眼睛一热，他们还是不敢大声说话。韩阳轻声问：“春香，你好些吗？”

李春香的眼神是浑浊的，神志是恍惚的。一会儿，她的手握住韩阳的手，但是一会儿又松开了。

这是干什么呢？韩玉林、韩阳仔细地观察着李春香的手。她的拇指、无名指和食指碰在一起，手腕左右摆动着。韩阳瞪着眼睛看着，脑海迅速反应，捕捉着她此时的意念，脑海反应之快堪比“银河”电子计算机了。韩阳意识到，她是不是要写字？韩阳赶紧拿来一支笔放到她的手上，春香微微地点头。韩阳又拿来一张纸，放在医院里夹病人情况的塑料夹子上。只见李春香挪动着右手，好长时间写下了几行字：

我不争气，
对不起爸妈，
姐替我照顾爸，还有俺娘……

在阳光明媚的一天，李玉梅、潘志安和路铁柱的一些家人来到机场。在出港大厅，李玉梅他们看到机场绿色通道上一位大高个推着轮椅，轮椅上坐着一位老人缓缓向外走来。越来越近了，李玉梅越看越清楚了，是他，是铁柱。不管你走到天涯海角，不管你是二十年、三十年兴许更长的时间不来见我，但是你在我心里就像咱村土地那黑里透红的颜色永远也抹不去。

潘治安先走上前与路铁柱握手，并向占老爷子打招呼。大家围拢过来，铁柱看到兄弟们，看到李玉梅还有兄弟家的几个孩子，泪水夺眶而出，伸开双臂抱住了哥哥。还是潘治安挥了挥双手说：“大家不要激动，要抑制住自己，别影响了老爷子的情绪。”路铁柱擦了一把眼泪赶紧说：“对，哥哥，你们好哇，玉梅你好。”他一一握着手，泪水还是止不住地往外流。

回到老家，最重要的事情当然是上坟。

路铁柱和兄弟们还有李玉梅一起来到爹娘的坟上，路铁柱看到那光秃秃的土包，怎么看也是一堆黄土，怎么也不是爹娘慈祥的面容。他跪在地上哇哇大哭起来，他抱着头，使劲儿顶着坟墓哭诉：“爹呀，娘啊，铁柱多么想你们！可现在看到的只是这堆黄土，柱儿再也看不到你们了！爹呀——娘啊——”

三哥上前扶着铁柱说：“铁柱，摆好孝敬咱爹娘的礼物吧。”他们摆上供品，点着纸钱。三哥说：“爹，娘，铁柱回来了。不光铁柱回来了，玉梅也回到咱们家里来了。你二老走的时候，放不下的就是他两个，现在你们在天有灵就放心吧。”

来到李玉梅爹娘的坟墓前，李玉梅点着了纸钱说：“娘，铁柱回来了，又回到咱们家里来了。今天来到这儿不是来责怪你的，他是来看爹娘二老的。他没有死，他从海上得救，去了台湾。在台湾，铁柱向救他的义父如实讲了他的身世和跟我的姻缘，他向义父发誓他是清白的，他不会做对不起咱家的事。这次一见面，他义父就先向我说，铁柱在你家是清白的，他是个好人，他没做那种事。你们放心吧，我和铁柱会好好过日子，俺们也要安度晚年了。”

当然，他们也来到了二十多年前为路铁柱筑起的坟墓前。坟前还用水泥砌了一个墓碑，墓碑上“路铁柱之墓”五个字清晰可见，那是玉梅每年都要几次拿着笔墨到坟墓上描画的。铁柱感慨万分，说：“看这坟头，看这墓碑，还真像那么回事哩。”李玉梅说：“干脆平掉了吧。”路铁柱说：“不，保留它。让它守着爹娘吧，并且看到这座坟墓也不会忘掉咱们过去的事。”然后他又看了一眼李玉梅说，“留着它，等咱们百年以后，也就真的埋在这座坟里吧。”

李玉梅听了铁柱的话，朝他的肩膀上打了一拳，并且脸上带了那么一丝丝似乎是撒娇的笑容。二十多年了，在任何场合，任何人面前她都不曾有这样的举动，怎么也不可能会有这样的表现。她完全失去了一个女人特有的不应失去的任何娇气，失去了一个女人属于自己应有的对爱情的表示。如今向六旬奔的人了，这一拳，这一丝笑容，也算是对李玉梅应有且早就应该有的一个补偿吧。从此以后，她再也不是这二十多年里被冷嘲热讽、侧目相视的孤独女人了。

李玉梅和路铁柱当然也来到另一座坟墓前，这是不应该有而却已经有的一座新坟——李春香的坟墓。

李春香没有挺过那流弹的冲击。进行手术以后，虽然有几次短暂的清醒，但是到了第三天，她永远结束了年轻的生命。韩玉林再也支撑不住了，像有人从他血管里吸干了鲜血，又像有人把他的筋全部抽走，一卧不起，在昆明的医院里住了十几天。按照李玉梅的愿望，李春香没有安葬在韩玉林的老家。李春香从小在李店长大，李玉梅无儿无女，她说："铁柱也要回来了，把春香安葬在李店，就成全俺这一家子吧！"

来到李春香的墓前，李玉梅就扑倒在坟墓上泣不成声，昏厥过去。火红的太阳啊，您慈祥的脸天天照耀着俺，可您不知道俺此时的悲伤。宽厚的老天啊，您能容得下这么大个地球、月亮……可是您再大，也装不下俺此时的悲伤。李春香乳香的小脸，咿咿呀呀学说话，晃晃悠悠学走路……下地干活，跟在娘屁股左右，来回跑着，围着娘转，"娘，娘"地叫着……有一年冬天下午，李春香刚上小学的时候。李玉梅到芦集镇去买东西，碰到一个亲戚说话多了。冬天天黑得早，回到村快到家门口时，远远看到门口影影绰绰的。李玉梅走近，李春香迎面扑了过来："娘，你干吗去了，这会儿才回来？"李玉梅说："我去芦集镇买东西碰到你表姑了，话一多天就黑了。早放学了，你怎么不进屋哇？"李春香倔强地说："不，你不回来就在门口等你。"她拉着春香稚嫩的手，两手冰凉冰凉的。来到屋里，她心疼地搓搓双手，捧着春香的脸蛋，嘴里朝春香的脸上哈着热气说："看你冻的，快来给你暖和暖和。"

孤女寡母十八年的一切一切，就像白日里的太阳、夜晚的星星和月亮，天天在眼前，永远也不会忘。十多个春夏秋冬，每个夜晚，娘儿俩都在那个土炕上和后来更换的木床上。都是春香在炕里，娘在炕边上。就是十几岁的春香，冬天里还时不时嘿嘿笑着钻进娘的被窝。娘儿俩有一个约定，有一个至今没有对外说的约定。那是李春香到城里不久，有一天回到家里对娘说："娘，你也到城里去吧，咱们像在这个家里一样住在一起。"开始春香说这话，李玉梅没有在意，随意支吾过去了。可是后来，李春香几次那么诚诚恳恳认认真真地提出这件事，并且还想好了，她爸妈能给弄房子，娘去了以后可以在爸爸的公司里上班。李玉梅从小艰难孤独的经历，练就一副宽阔的心底，能比得上那广袤的黄土地。李桂花想小七儿想了十八年，李玉梅作为母亲，对她们那母女情缘理解得更深。她对春香说："你妈妈想了你这么多年，回去以后要好好孝敬她。跟她在一起你妈就高兴，别让你妈寒心，等到以后我会去的。"这以后是什么时候呢？李春香日日夜夜期盼着，李玉梅日日夜夜期盼着。可是……李玉梅又后悔，后悔不如早早进城和春香在一起，如果要是那样，天天能够见到春香，春香心底的烦闷会跟娘说说；春香和她爸妈、姐姐们的那些不快，能对娘说说。娘兴许也能在春香和她爸妈姐姐们当中劝解一下。可是这一切，一切都晚了。

当李玉梅在铁柱的呼叫下醒过来，李玉梅看着那个黄土坟墓，深情、绝望而又那么充满希望地说："唉，俺这一家子，有铁柱在的时候吧，没有春香。春香来了，铁柱早就走了。如今铁柱回来了，春香又去了。唉，俺这一家总没有全乎过。没办法，就等到天堂去全乎吧。要是有下辈子，俺仨再成这个家，那时就全乎了。"

韩晨：

你看到这里的时候，这已经是我给你写的最后一封信了，下边的时间里我不想、也没有气力再写下去了，我的心灵已经成为那么昏暗的囚牢，是一块被投向地狱的冰块……

韩晨的心一阵颤抖。

韩晨，最近一个时期，我总想起陆游和唐琬《钗头凤》那千古绝唱。

“红酥手，黄縢酒，满城春色宫墙柳。东风恶，欢情薄，一怀愁绪，几年离索。错，错，错。”

对于这种佳句，从古到今，不同的人群可能各有各的理解。而我此时重新读这几句，对自己非常惋惜。陆游和唐琬是婚后离异的，而我们热恋之中，就“一怀愁绪，几年离索”了。我和妹妹还没有享受到那大婚的欢乐，婚后的幸福。陆游称他和唐琬“欢情薄”，那我和妹妹呢？岂不比陆游和唐琬更加可怜？看了《钗头凤》我又是那么迷惑，陆游、唐琬是被他母亲拆散的，是那封建的“东风恶”。而打散我和妹妹的邪恶之风是什么呢？

至今我说不清，道不明。

我给你几十封信，没想到，你没有一件拆启，全部给我如数退还。那一天，我接到那个邮包，看到是远自加拿大的邮包，欣喜若狂。这是几年中我望眼欲穿盼望的来自加拿大的第一个邮件，我盼得好苦、好累、好痛、好悲。我手撕牙咬……但是打开邮包，我心碎了。

“山盟虽在，锦书难托。”

虽说自己情如山石，永永如斯。但是，这一片赤诚的心意，又如何表达呢？陆游还能以《钗头凤》向唐琬致意，唐琬则另赋一首《钗头凤》相答。然而妹妹却……我万箭攒心，也只有“莫，莫，莫”！

病入膏肓，这句成语小的时候只是让自己机械地记住了它的含义，而此时成了对自己准确无误的描写。

“病魂常似秋千索……怕人寻问，咽泪装欢。”

我也是一样，不愿联系，不愿出门，不愿见到任何人。这正是与唐琬当时的心态一样，“瞒，瞒，瞒”吧。

看到这儿，韩晨把信捧到脸上，泪水把信纸湿透了。

田培露病倒，田保华和韩玉林又到澳大利亚看望他。临回来的时候，田培露交给韩玉林一个小纸箱，委托他务必交给韩晨。

田培露给韩晨的所有信件，按顺序从上到下整齐排列，放在这个纸箱里并用塑料胶带封好。韩玉林亲手交给了韩晨。她打开纸箱一封又一封地阅读着，彻夜未眠，泪水像小河的溪水流淌着。

韩晨：

我最近一个时期，总想起林黛玉，因此我又借来一本《红楼梦》仔细地阅读起来。我们正与《红楼梦》相反，《红楼梦》是哥哥把妹妹抛弃了，而你我却是妹妹把哥哥抛弃了。

那“林黛玉焚稿断痴情”，我不知读了多少遍。有道是男儿有泪不轻弹，可我不知流了多少泪。我也不理解自己了，为什么我变得这么脆弱，这么庸俗。

难道我也学黛玉焚稿吗？被你打回来的这些信件也全部焚掉？

不，不。我以我心换真情。

我爸和玉林叔叔又要来澳大利亚了，我的这些书信定会重见天日，我相信妹妹能够看到我的这颗心，读懂我的这颗心。

看到这儿，韩晨泣不成声。哭诉像闸门打开，泪落如雨，喷涌而出，并且淌出的泪水那么灼人揪心。

“培露，你怎么……”

“我……”

韩家在旺城注定是要受到人们的关注。

韩玉林的创业史，他的企业、家庭以及孩子们中间发生的一切一切，无时无刻，没有一件不受到旺城人的热切关注。就像“嫦娥一号”虽然远在月宫，但连休眠都会引起人们的兴趣。最近韩家又有一桩事轰动了旺城。就像几条大瀑布同时飞落到一块平静的湖面上，激起了沸沸扬扬的浪花。

韩阳要结婚了。

“韩阳要结婚？杨新秀死了才不到一年，她就改嫁？”

“杨新秀花心不轨背叛韩阳，死了难道韩阳就不能改嫁？”

“杨新秀样子好看，没有个男子汉气儿，这回韩阳再找对象可别光图那‘奶油小生’了。”

“韩阳找的是哪里的对象？是谁？是旺城的吗？”

……

一时间，社会各个层面又是一番热议。特别网上又疯传起来，又是一番各式各样的解说和阔论。有些是正面好心好意的赞议，更有奇谈怪论。最引人兴趣的焦点当然还是韩阳找的这个对象是谁。是呀，韩阳到底又爱上谁了呢？党政干部群里，企业层面里……按照韩阳的年龄和境况，人们就像我国大西南的“天眼”，四处搜索，但这次似乎“天眼”也不好使了，怎么也搜索不到目标。

是的，在这件事成熟之前，韩阳再三叮嘱家人，像保守军事机密一样不要外传。因为她知道社会对她这件事的关注度，不愿再承受洪水猛兽般的舆论，以及十目所视、十手所指的尴尬。更不愿使这个刚刚平静下来的家庭，再掀起什么波澜。她主意一定，瓜熟蒂落，水到渠成。就像一项绝密的科学实验，没有到成功的那一刻绝不外露，绝不提前一秒向外吐露任何消息。

秋天，北京香山的红叶红了，旺城满地的庄稼黄了。香山以漫山遍野红彤彤的容姿迎接着他的新娘，旺城金黄的庄稼随风舞动着绸缎欢送着自己的姑娘。北京香山脚下一个豪华宾馆里，正在进行着隆重婚礼。像一切婚礼一样，新娘穿着洁白的婚纱，那么美丽，那么漂亮。只是帮她掠起婚纱的不是两个小小的“天使”，而是一对十几岁的少男少女。男孩子穿着马甲，扎着领结，女孩子打扮得艳丽纤秀，两个孩子面容都是白嫩如玉，柳眉下大眼睛楚楚动人，猛一看就是一对龙凤胎。

这新娘，就是韩阳。

韩阳在人们欢呼声中走上舞台。迎接她的，那些像奥运火炬模样的礼花筒喷出的彩色纸叶落到她头上。像花朵插在秀发上，像蝴蝶轻伏在鬓丝上。韩阳更显得动人、靓丽、高贵，仙女一般。虽然已是中年之人，但一点也不减那年轻人的美丽气质。

新郎是谁？新郎在哪儿？随着又一阵欢呼声，新郎也步入舞台。呵，那长方形的脸，那大大的眼睛依然带着激情、带着力量。

钟志伟，哦，钟志伟是韩阳的新郎。

怎么会是钟志伟呢？他单身吗？是未娶还是离异？还是……

自从北京长根房地产开发公司，收购旺城卢森堡大公城的项目以后，实现了钟志伟重新开拓农村房地产市场的愿望。两家公司的业务当然频繁起来，他对旺城的来往当然也频繁起来。钟志伟和韩阳同是南方大学的同学，一见如故，相处之中当然留下了很好的印象。但是，多次见面从来没有谈婚论嫁的话题。韩阳的境况钟志伟当然清楚，钟志伟的家庭韩阳从来没问及过。有可能正是韩阳这样的家境，内心深处对家庭、爱情有一种羞于启齿的隐情。但是有一天，韩阳在北京见到了刘燊和陈东丽老师。陈老师问韩阳：“你看，这个钟志伟怎么样？”韩阳脱口而出：“很能干，很有才，很有志向的一个师兄。”这也是韩阳的心里话，是韩阳同钟志伟相处中真实的感觉。陈老师继续说：“他只有一个儿子，没了妻子。”韩阳惊得眼睛瞪了起来，疑惑地问：“怎么？他的家庭……”

钟志伟到北京创业以后认识了一个当公安干警的同乡姑娘，两人彼此热恋，结婚建立了幸福家庭，还有了一个宝贝儿子。但是他的妻子有一次到新疆执行任务不幸牺牲了。这几年钟志伟自己带着儿子并进行着事业。陈老师到北京以后，试图给钟志伟撮合对象，但钟志伟始终没有答应，他的情感总是停留在对妻子无限怀恋之中。钟志伟和韩阳相处以后，陈老师和刘燊商量，能不能把韩阳和钟志伟撮合到一起，刘燊也觉得非常合适，说：“他们是师兄妹，年龄相仿，结合到一起是一双儿女。你看志伟的儿子虽然比韩阳的女儿小，但是个头相当，还真像一对龙凤胎哩。”陈老师说：“是啊，钟志伟和韩阳都是德才兼备、有志向的青年人。结合在一起家庭幸福，事业也肯定会继续发达。”刘燊听了很激动，他又背起双手，挺直了腰板昂着脸，又显得那么高大的样子，兴奋地又指点江山了：“如果他们结合，玉林集团可以在北京设个分公司，这样韩阳可以到北京来生活，也为玉林在北京搭起个发展的平台，这样对事业、对家庭都方便、都有帮助。夫人，你的眼光很好，那你就来保这个媒吧，我看能成功。”

中国流传了多少年似乎嚼烂的那句话：“有缘千里来相会。”至今仍然是一种爱情的美谈。她又像是中国的一品美食一样，无论多少年的咀嚼，还总是那么新鲜有味道。是钟志伟、韩阳和陈东丽聚会的一天晚上，陈东丽点破了话题。陈老师一句让他们两家合为一家的话语，成就了钟志伟、韩阳的百年之好。陈东丽就像坐在化学实验室里，往掺在一起的两种液体中轻轻点了一滴催化剂，两种液体很快就融合在一起。并且，这结合体立刻是那么清澈明亮，滋味甜腻。

玉林集团没有遇到灭顶之灾。就像遇到了厄尔尼诺带来的强寒潮，寒潮过去温暖又重新降临。经济危机的乌云渐渐淡化；四铁被一家央企收购，焕发生机，把玉林房地产抵押的三千万贷款全部还清，马凯和移交司法机关处理。

玉林集团仍然像一颗耀眼的明星升腾在广袤的大平原上。

近一时期，旺城最惹人眼球的当属韩阳和钟志伟的婚姻，以及玉林集团北京分公司挂牌。早在长根房地产开发公司收购卢森堡大公城的时候，旺城电视台就专门采访过钟志伟，加上相关的一系列报道，钟志伟在旺城人的心目中并不那么陌生，他侃侃而谈的气质，一双总是带着信心和力量的大眼睛，似乎旺城的人们早就接受了这个“女婿”。

因此，韩阳和钟志伟结婚的消息一传出，在社会上、网络上又是一片热议。还是在手机短讯时代，就打开了人们发言的喉咙，大家得以及时传播自己的声音，这还只是一个发声的小小平台。到了本世纪初第一个十年末，互联网、手机、微信广泛运用，就为大家发声提供了广阔天地。人们可以利用这个天地真像孙悟空一样腾云驾雾，上天入地，尽情地发挥，无尽地诉说，自由自在，翱翔畅游。当然，那次通过网络对业主造谣惑众是要受到法律制裁的。

对韩阳和钟志伟的婚姻，赞美与评论者们，搜索枯肠，妙语连珠，美词尤佳，真是到了如诗如画又千奇百怪的境地。有一位自命为“天地一同春”的网友，把钟志伟的到来比作神话，鼓吹到了“高大上”的境地。说钟志伟到旺城收购卢森堡大公城，解救了玉林集团。钟志伟娶韩阳为妻，使玉林集团得以在北京挂牌成立分公司。钟志伟的到来简直是福神下凡，给韩家带来了福运，给玉林集团带来了福运，给旺城带来了福运。

还有一位叫“忠狼”的网友，不知他忠于哪只狼，还是他这只狼忠于谁，把韩阳、钟志伟的婚姻也进行了一番奇妙的描绘。他这么写道：

> 过去韩阳和杨新秀是“闺秀美貌配”，现在是“闺秀美貌才华配”。韩阳与钟志伟的婚姻是老天爷对韩阳的补偿，因为韩阳一个美妙才女过去只得到了杨新秀的一半，钟志伟才是才貌双全的理想王子。
>
> ……

无论网上的语言多么稀奇热闹，这次韩阳、钟志伟的婚姻在旺城这片海洋里激起的那片浪花，是那么的轻柔温馨，不再是那么波涛汹涌、凶神恶煞一般了。在旺城大地上引起的那股风，是那么绵绵融融，不再是那么冷峻犀利、如狼似虎一般了。

第三十二章

二〇一三年初，省的党报上刊登了一篇《玉林集团的“嬗变”》的报道，并且洋洋三千多字，光编者按就一百多字，可算得上一篇颇为重要的稿件。编者按大意是：

旺城市玉林集团公司，通过“转调改造升级”，自主创新，使企业“绿色健康增长”，实现了企业“嬗变”，为发展增加了新的动力活力。

在这一个“嬗变”的过程中，他们要“减法”，向低能、高耗、污染开刀；围绕行业前沿、尖端技术进行升级改造；创建科技研发中心，向科技要发展要质量，计划引进国际尖端技术人才……

稿件中写道：经济危机以后，玉林集团根据市场的需求，对公司各个方面进行了一次“体检”，就企业如何“嬗变”做了认真的规划。除了对 BXCY、蝶阀等产品进行升级改造，最大的举措是关闭了一个造纸厂。这个造纸厂工艺落后，效益低下，污染严重。在论证这个造纸厂是否再进行升级改造时，他们作出痛苦大胆决断，不再保守治疗，像切除毒瘤一样彻底切除。这样，不仅经济上的损失，更主要是造纸厂人员分流成为大问题。他们提出一个人都不能失业的口号，周密规划，把所有人员仔细划分门类，安排到其他公司当中。无失业，无上访。他们在实施这些举措的同时，把目光更瞄准了高科技，利用技术革新打造经济升级版。他们创建科技研发中心，向高科技要发展要质量。

……

多年行政工作经验中有一条非常重要，那就是借机、借势、借力推动工作，这常常是各级领导惯用的手法。那一年，韩玉林二次创业，置换生物发电厂闲置的土地厂房，就成为当时旺城改革土地供放制度推动土地挖潜的动力。这次省报的报道放在了旺城市委书记车路银的案头，他认认真真地看了好几遍。看着看着灵感来了。

秦志钰已升任东州市委常委了，车路银接任了旺城市委书记。二〇〇八年经济危机后，旺城低能、高耗企业像狂风暴雨中的茅草屋，经不住如此激烈冲刷损失惨重，并且危机的“阴魂”不散，产生了很长时期的负面效应。车路银组织全市相关领导进行了几次大调研，认为对这些“狂风暴雨后的茅草屋”必须进行转调改造，传统的产品、企业必须升级。正好，借着这篇报道，在旺城掀起一个企业“转调改造升级”热潮，使一个企业的“嬗变”变为全市工业的“嬗变”。名堂就叫“学习推广玉林经验，推动全市工业‘嬗变’健康深入发展”。

思路已定，马上召开常委扩大会议，统一思想，付诸实施。

会前，车路银反复思考，又别出心裁：以玉林精神推动玉林经验的落实。把经济危机时玉林集团不畏艰难战胜危机的精神，推动“嬗变”取得成果。添柴、加油、注入新动力嘛，就是要以这个动力，推动那个动力，以此推彼，不断找到新的动力点、爆发点。

常委扩大会上，车路银把思路一亮，群情激奋，热情似火，反映热烈。车路银还有一段讲话，慷慨激昂，振奋人心：

“同志们，玉林集团是我们旺城的骄傲。韩玉林、韩阳同志是企业家的骄傲。看看那个时期，啊，看看那个时期玉林集团遇到了多大的磨难？韩玉林和他的女儿下落不明，韩阳的丈夫意外。韩阳带领着玉林集团不畏磨难，努力进取，冲出危机。同样是经济危机的大气候下，有些企业并没有像玉林集团这样艰难。哦，我说得对不对呀？”

说到这儿，他的头左右晃来晃去，好像就要在会场上寻找这些企业似的。他又伸出手指比画着说：“父亲、妹妹失踪，丈夫意外，别的企业没遇到吧？但当时有的企业就束手无策，束手无策呀！再看看当前，玉林抓‘嬗变’的举措又走到了前边。可有些人、有的企业还在犹豫不决，缩手缩脚，萎靡不振。你看看，你看看你那个企业没有狂风暴雨就摇摇欲坠了，再不转调、再不改造、再不升级就必死无疑了！这些人、这些企业为什么是这样？就是缺少一种不畏磨难、奋发努力的精神。我这里提出，促进旺城工业的‘嬗变’，还得把玉林集团不畏磨难、奋发努力的精神树起来。大家要学习玉林的这种精神，弘扬这种精神，发扬这种精神。以这种精神，实现旺城工业的‘嬗变’，真正使旺城的经济达到更好更快发展。”

这时候，车路银喊出的是“更好更快”，不是“更快更好”了。

车路银话音刚落，不知谁带了一个头，会场上响起了热烈的掌声。车路银看到大家为他鼓掌，幽默地说：“哦，讲到此处有掌声，用现在最时髦的话是大家给我‘点赞’了。”他的话立刻又引起了全场的笑声。车路银继续说：“如果大家觉得我这段话讲得还行……”他朝着盛国典说，“一点主任，就把这一段写进动员‘嬗变’大会的报告中去吧。”盛国典笑了，会场上又一阵笑声，会场气氛更加活跃起来。

车路银收住笑容，朝着一位身着西服、留着平头、眉目清秀的年轻人说：“哦，央企为四铁聘任的聂总也来了。四铁在你这位年轻博士的领导下成绩不小哇，正对铝材产品升级改造。很好。一定要抓出成绩。”这位年轻的聂总挺着胸脯，用标准的普通话说：“铝材升级更是市场的要求。请领导放心，绝对以最快速度达标。”车路银笑着竖起大拇指说：“好，这才是博士气概。”紧接着又加了一句，“更是玉林精神。”真是万变不离其宗，又扣到玉林精神上了。

聂总经理汇报完四铁的工作以后，车路银又指着安小飞说：“韩董事长在美国，安总经理汇报汇报吧。”

前一时期，玉林集团进行了一系列人事调整，韩玉林只担任董事长，总经理的重担落在了安小飞身上。韩阳仍然为副总经理兼北京分公司经理。今天参加会议之前，市委办公室通知要求玉林集团汇报“嬗变”工作。安小飞专门认真准备了一个稿子。“各位领导，各位同志……第一、第二……”宣读起来。

他第一次以总经理身份参加这种会议，谨慎，怕出现什么纰漏，便照本宣科了。

从华盛顿飞往北京的又一个航班降落在了北京首都国际机场。

韩玉林结束美国之行刚下飞机。他身着西服打着领带，神采奕奕，和小戴一行几人走出候机大厅。盛国典、韩阳、安小飞、田保华一帮人迎上前去。还是田保华腿脚快，一双腿脚像一双鼓槌敲打鼓面一般利落，溜溜地冲到最前边，先握住了韩玉林的手。他拍打着韩玉林的胳膊仰着脸说：“老伙计，在美国待了这么长时间，我以为奥巴马把你留在身边了呢。”韩玉林笑着说：“留在他身边可以，他得伺候我。”在场的人都笑出声来。钟志伟的儿子钟磊走上前去，像少年儿童迎接外宾的样子献上了一束鲜花，并说：“姥爷好。”韩玉林笑着说：“呵呵，外孙还献花，这么隆重，这么现代呀。”韩阳说：“应该的，你此行收获巨大，当然要受到热情迎接了。”韩玉林扭过头专门对钟磊说：“拿好你的宝贝。”说着，把一个箱子递给了钟磊。钟磊奇怪地说：“这……”韩玉林哈哈大笑了起来。韩阳说：“咱们快上车吧。”

玉林集团创建科研中心后，韩玉林总是想着给这个中心注入新动力，使这趟列车再次提速。于是他专门飞到美国洛克和雅各布卢谈判，设想以入股的形式或其他任何形式都可以，引进洛克公司的博士赖斯先生。今天又如愿以偿，回到了北京。

钟志伟和韩阳在北京的家宽敞气派。进了门，韩玉林就看到客厅内摆放着一个大圆桌，便问：“这是……”韩阳说：“你不是想请几位老同志嘛，餐厅里可容不下，就临时在这里摆放上了这个大圆桌。怎么样，还满意吧。”韩玉林连声说：“满意，当然满意。”

韩玉林出国之前就知道，张智和书记在副省长的位子上退下以后住在北京了。因此他提前安排，想从美国回来后和在北京的老同志们见个面。这个想法，得到钟志伟和韩阳一致赞成。徐慕菲已经是盛义县的县长了，正好他在北京有个活动。韩玉林又专门从旺城请来盛国典、田保华、安小飞。在北京的老同志，当然少不了刘燊。

这天上午，刘燊、张智和、韩玉林还有几位老同志相见，话语问候，甚是亲切。他们围坐在大圆桌旁品茶畅谈，回忆过去，展望未来，气氛热烈，情意深长。

张智和笑着问：“玉林，这次去美国很顺利呀？”韩玉林兴奋地说：“还可以。雅各布卢这个老家伙真是‘抠门’。他怕赖斯来往于中美之间，耽误他们那边的研发工作，不愿意派他与我们合作，后来又以高价推托。我像当年和雅各布卢谈价格一样，再三周旋，终于又把这个家伙制服了。”

田保华梗着脖子抢过话题：“肯定的。在朝鲜、在越南，美国鬼子都被我们打败了。这次老韩上阵绝对又是胜仗。”盛国典一副认真的样子说：“对，就像中美贸易一样，我们肯定是顺差。”张智和笑着说：“差不多，可以这么比。”韩玉林信心百倍地说：“有了赖斯这样世界级的科学家参与公司的科研中心，玉林集团向更高飞翔指日可待呀。”

刘燊头一昂接过话题说：“好，这一手抓到了点子上。中央正就落实十八大精神展开调研，其中向科技要发展要质量是深化改革，加快转变经济发展方式的重大课题。”张智和说：“对，刘教授是上边的人，把上级一些重要精神透露透露吧。”刘燊说：“哪里哪里，现在就是紧锣密鼓把十八大精神落到实处。你们是改革开放的实践者，最有发言权，当初智和书记抓的大企业集团……”

刘燊没有说完，张智和就摇头打断了他的话：“——肤浅哪，那只是从规模上去适应商品经济大潮，没有触及责权利的根本。”刘燊认真地说：“我们的改革就是一步一步摸索着由浅入深的。正是有了那些改革的初步实践，才为深化改革打下坚实基础哇。要不中央下这么大的力量搞调研呢，就是要听听你们这些基层同志的意见。旺城的‘嬗变’抓得很好，玉林又带了头，还关闭了一个造纸厂。这就是深化改革，是转变经济发展方式的重要实践活动。玉林肯定有损失，但从民生从可持续发展的大处着眼，值。”

张智和无限感慨地说：“这就是希望，可持续发展的希望啊。”

正说着，对着客厅的房间里传出了砰砰的响声。钟志伟打开门一看，是儿子钟磊在拍篮球。钟磊不好意思地胸前双手掐住篮球做了个鬼脸，伸了伸舌头。韩玉林看到钟磊在玩篮球，更神采飞扬地说："这是从美国给他刚带回的宝贝，孩子新鲜，新鲜哪。"刘燊说："对呀，老韩再谈谈在美国的感受吧。"韩玉林喝了一口茶，眉飞色舞，他说："感受颇多呀，就从这篮球说起吧。在美国到处都充斥着中国产品，中国制造遍及美国呀。哎呀，我都担心，没有咱中国制造，他们怎么活呀。"

张智和说："我们是世界工厂嘛。"韩玉林接着说："就是呀。钟磊和几个孩子让我给他买几个美国的篮球，我在华盛顿的街道上这一个门店、那一个商场到处找哇，每到一处看到篮球的生产国都是中国制造。为了买这几个篮球，我可费劲了。"

韩玉林伸伸脖子，瞪瞪眼睛，像个滑稽演员接着说："有趣的是，我和雅各布卢谈起要给孩子买美国产的篮球。雅各布卢哈哈大笑说：'你要买美国产的篮球，那同买恐龙化石一样难喽。'还真是，我又找了几家商场还是没买到。没有办法，我想没有买到美国产的篮球，就买上几个篮球充上气。篮球虽然还是中国产，但球里边的空气可是纯正美国的。"

听到这儿，大家不免哈哈大笑起来，笑得那么酣畅淋漓。刘燊笑得又仰起了脸，张智和笑得那嘴唇更显得厚实，田保华笑得拍起巴掌顽童一般。

刘燊无限感慨地说："从你买篮球这件事上就可以看出，我们的经济就是需要一次'嬗变'哪。篮球以及许许多多的产品充斥着美国，甚至遍布世界，我们真是世界工厂呀。可是光这些日用品甚至低端货不行，我们应该有更高端的产品，由'中国制造'走向'中国创造'才行啊。"

"对对对——"

"刘教授说得好——"

在这欢声笑语中，韩阳提议大家照张合影留念，老同志们当然赞同。现在也不用像韩家照全家福时专门请照相师了，手机的照相像素就几千万，照相方便效果也佳。

几天后，钟志伟和韩阳寓所的客厅里悬挂上了这次的大幅留念照。

你看，照片上每一个人都拿出了最饱满的热情、最佳的神态：

张智和年龄最长，宽大的脸容上布满了皱纹，就像广袤大平原的土地记录着智慧与沧桑。

刘桑挺直了腰板，精神抖擞，更像一棵挺拔的不老松。

韩玉林自从桂花过世消瘦以后再没胖起来，显得有些驼背。但是透过那一双有神的眼睛看出，他仍像一架高速运转的计算机，不辞辛劳地博弈奋斗着。

田保华瞪圆了眼睛，仍像是“金豆子”一般。

盛国典站稳以后没有了那“一点”的风趣，倒像一位智者，沉稳老练。

韩阳像一株鲜花移植到了更适宜的土壤上，更加艳丽，更有魅力。

徐慕菲还是那小平头，更显得有才干。

安小飞仍是白脸长发，但瞪起的眼睛透出内心的刚毅和坚强。

钟志伟和韩阳的一双儿女读高中了，学习成绩优秀，更像一对精灵，比为韩阳托起婚纱时的个头更高了。

……

2014 年 4 月至 2016 年 5 月初稿于宁津

2017 年 7 月二稿于宁津

2018 年 2 月定稿于宁津

图书在版编目（CIP）数据

庭院深几许 / 李风军著. -- 北京：作家出版社，2018. 12 （2020 . 2 重印）
ISBN 978-7-5212-0274-8

Ⅰ. ①庭… Ⅱ. ①李… Ⅲ. ①长篇小说 - 中国 - 当代 Ⅳ. ①I247.5

中国版本图书馆CIP数据核字（2018）第262289号

庭院深几许

作　　者：李风军
责任编辑：韩　星
装帧设计：私书坊刘　俊　石晓云
插　　画：龙　欢
出版发行：作家出版社有限公司
社　　址：北京农展馆南里10号　　**邮　　编**：100125
电话传真：86-10-65067186（发行中心及邮购部）
86-10-65004079（总编室）
E-mail:zuojia@zuojia.net.cn
http://www.zuojiachubanshe.com
印　　刷：三河市北燕印装有限公司
成品尺寸：152 × 230
字　　数：360千
印　　张：25.25
版　　次：2018年12月第1版
印　　次：2020年 2月第2次印刷
ISBN 978-7-5212-0274-8
定　　价：45. 00元